U0129480

滿文原檔
《滿文原檔》選讀譯注

太祖朝 (五)

莊 吉 發 譯注

滿 語 叢 刊
文史哲出版社印行

國家圖書館出版品預行編目資料

滿文原檔《滿文原檔》選讀譯注：太祖朝. 五
／ 莊吉發譯注. -- 初版. -- 臺北市：文史
哲出版社, 民 110.10
面 ： 公分 --（滿語叢刊；44）
ISBN 978-986-314-572-1（平裝）

1.滿語 2.讀本

802.918   110018209

滿 語 叢 刊 44

滿文原檔《滿文原檔》選讀譯注
太祖朝（五）

譯 注 者：莊　　　　　吉　　　　　發
出 版 者：文 史 哲 出 版 社
http://www.lapen.com.tw
e-mail:lapen@ms74.hinet.net
登記證字號：行政院新聞局版臺業字五三三七號
發 行 人：彭　　　　　正　　　　　雄
發 行 所：文 史 哲 出 版 社
印 刷 者：文 史 哲 出 版 社
臺北市羅斯福路一段七十二巷四號
郵政劃撥帳號：一六一八〇一七五
電話886-2-23511028・傳真886-2-23965656
實價新臺幣七四〇元
二〇二一年（民一一〇）十月初版

滿文原檔

《滿文原檔》選讀譯注

太祖朝（五）

目　　次

《滿文原檔》選讀譯注導讀（節錄）……………………………… 3

一、固山牛彔……………………………………………………… 9

二、勞逸之道…………………………………………………… 29

三、男女嫁娶…………………………………………………… 41

四、上天無梯…………………………………………………… 59

五、罰銀案件…………………………………………………… 69

六、兵臨瀋陽…………………………………………………… 81

八、攻陷瀋陽…………………………………………………… 93

八、兵圍遼東………………………………………………… 123

九、遼東失守………………………………………………… 139

十、流芳後世………………………………………………… 159

十 一、致書朝鮮 …………………………………………… 169

十 二、致書蒙古 …………………………………………… 181

十 三、賞罰分明 …………………………………………… 193

十 四、遷都遼東 …………………………………………… 213

十 五、不念舊惡 …………………………………………… 231

十 六、心存公正 …………………………………………… 251

十 七、迎接福晉 …………………………………………… 269

十 八、罰當其罪 …………………………………………… 287

十 九、定居新城 …………………………………………… 307

二 十、賞不遺賤 …………………………………………… 325

二十一、登城巡閱 …………………………………………… 353

二十二、薙髮歸順 …………………………………………… 363

二十三、秉公斷案 …………………………………………… 379

二十四、互通有無 …………………………………………… 391

二十五、貢獻方物 …………………………………………… 415

二十六、秋毫無犯 …………………………………………… 433

二十七、投毒入井 …………………………………………… 463

二十八、利用厚生 …………………………………………… 491

附　錄

　　滿文原檔之一、之二 …………………………………… 533

　　滿文原檔之三、之四 …………………………………… 535

　　滿文老檔之一、之二 …………………………………… 537

　　滿文老檔之三、之四 …………………………………… 539

《滿文原檔》選讀譯注
導　讀

　　內閣大庫檔案是近世以來所發現的重要史料之一，其中又以清太祖、清太宗兩朝的《滿文原檔》以及重抄本《滿文老檔》最為珍貴。明神宗萬曆二十七年（1599）二月，清太祖努爾哈齊為了文移往來及記注政事的需要，即命巴克什額爾德尼等人以老蒙文字母為基礎，拼寫女真語音，創造了拼音系統的無圈點老滿文。清太宗天聰六年（1632）三月，巴克什達海奉命將無圈點老滿文在字旁加置圈點，形成了加圈點新滿文。清朝入關後，這些檔案由盛京移存北京內閣大庫。乾隆六年（1741），清高宗鑒於內閣大庫所貯無圈點檔冊，所載字畫，與乾隆年間通行的新滿文不相同，諭令大學士鄂爾泰等人按照通行的新滿文，編纂《無圈點字書》，書首附有鄂爾泰等人奏摺[1]。因無圈點檔年久敝舊，所以鄂爾泰等人奏請逐頁托裱裝訂。鄂爾泰等人遵旨編纂的無圈點十二字頭，就是所謂的《無圈點字書》，但以字頭鰲正字蹟，未免逐卷翻閱，且無圈點老檔僅止一分，日久或致擦損，乾隆四十年（1775）二

---

1 張玉全撰，〈述滿文老檔〉，《文獻論叢》（臺北，臺聯國風出版社，民國五十六年十月），論述二，頁 207。

月，軍機大臣奏准依照通行新滿文另行音出一分，同原本貯藏[2]。
乾隆四十三年（1778）十月，完成繕寫的工作，貯藏於北京大內，
即所謂內閣大庫藏本《滿文老檔》。乾隆四十五年（1780），又按
無圈點老滿文及加圈點新滿文各抄一分，齎送盛京崇謨閣貯藏[3]。
自從乾隆年間整理無圈點老檔，托裱裝訂，重抄貯藏後，《滿文原
檔》便始終貯藏於內閣大庫。

近世以來首先發現的是盛京崇謨閣藏本，清德宗光緒三十一
年（1905），日本學者內藤虎次郎訪問瀋陽時，見到崇謨閣貯藏的
無圈點老檔和加圈點老檔重抄本。宣統三年（1911），內藤虎次郎
用曬藍的方法，將崇謨閣老檔複印一套，稱這批檔冊為《滿文老
檔》。民國七年（1918），金梁節譯崇謨閣老檔部分史事，刊印《滿
洲老檔祕錄》，簡稱《滿洲祕檔》。民國二十年（1931）三月以後，
北平故宮博物院文獻館整理內閣大庫，先後發現老檔三十七冊，
原按千字文編號。民國二十四年（1935），又發現三冊，均未裝裱，
當為乾隆年間托裱時所未見者。文獻館前後所發現的四十冊老
檔，於文物南遷時，俱疏遷於後方，臺北國立故宮博物院現藏者，
即此四十冊老檔。昭和三十三年（1958）、三十八年（1963），日
本東洋文庫譯注出版清太祖、太宗兩朝老檔，題為《滿文老檔》，
共七冊。民國五十八年（1969），國立故宮博物院影印出版老檔，
精裝十冊，題為《舊滿洲檔》。民國五十九年（1970）三月，廣祿、

---

2 《清高宗純皇帝實錄》，卷 976，頁 28。乾隆四十年二月庚寅，據軍機大
臣奏。
3 《軍機處檔・月摺包》（臺北，國立故宮博物院），第 2705 箱，118 包，
26512 號，乾隆四十五年二月初十日，福康安奏摺錄副。

李學智譯注出版老檔，題為《清太祖老滿文原檔》。昭和四十七年（1972），東洋文庫清史研究室譯注出版天聰九年分原檔，題為《舊滿洲檔》，共二冊。一九七四年至一九七七年間，遼寧大學歷史系李林教授利用一九五九年中央民族大學王鍾翰教授羅馬字母轉寫的崇謨閣藏本《加圈點老檔》，參考金梁漢譯本、日譯本《滿文老檔》，繙譯太祖朝部分，冠以《重譯滿文老檔》，分訂三冊，由遼寧大學歷史系相繼刊印。一九七九年十二月，遼寧大學歷史系李林教授據日譯本《舊滿洲檔》天聰九年分二冊，譯出漢文，題為《滿文舊檔》。關嘉祿、佟永功、關照宏三位先生根據東洋文庫刊印天聰九年分《舊滿洲檔》的羅馬字母轉寫譯漢，於一九八七年由天津古籍出版社出版，題為《天聰九年檔》。一九八八年十月，中央民族大學季永海教授譯注出版崇德三年（1638）分老檔，題為《崇德三年檔》。一九九〇年三月，北京中華書局出版老檔譯漢本，題為《滿文老檔》，共二冊。民國九十五年（2006）一月，國立故宮博物院為彌補《舊滿洲檔》製作出版過程中出現的失真問題，重新出版原檔，分訂十巨冊，印刷精緻，裝幀典雅，為凸顯檔冊的原始性，反映初創滿文字體的特色，並避免與《滿文老檔》重抄本的混淆，正名為《滿文原檔》。

二〇〇九年十二月，北京中國第一歷史檔案館整理編譯《內閣藏本滿文老檔》，由瀋陽遼寧民族出版社出版。吳元豐先生於「前言」中指出，此次編譯出版的版本，是選用北京中國第一歷史檔案館保存的乾隆年間重抄並藏於內閣的《加圈點檔》，共計二十六函一八〇冊。採用滿文原文、羅馬字母轉寫及漢文譯文合集的編輯體例，在保持原分編函冊的特點和聯繫的前提下，按一定厚度重新分冊，以滿文原文、羅馬字母轉寫、漢文譯文為序排列，合編成二十冊，其中第一冊至第十六冊為滿文原文、第十七至十八冊為羅馬字母轉寫，第十九冊至二十冊為漢文譯文。為了存真起見，滿文原文部分逐頁掃描，仿真製版，按原本顏色，以紅黃黑三色套印，也最大限度保持原版特徵。據統計，內閣所藏《加圈點老檔》簽注共有 410 條，其中太祖朝 236 條，太宗朝 174 條，俱逐條繙譯出版。為體現選用版本的庋藏處所，即內閣大庫；為考慮選用漢文譯文先前出版所取之名，即《滿文老檔》；為考慮到清代公文檔案中比較專門使用之名，即老檔；為體現書寫之文字，即滿文，最終取漢文名為《內閣藏本滿文老檔》，滿文名為"dorgi yamun asaraha manju hergen i fe dangse"。《內閣藏本滿文老檔》雖非最原始的檔案，但與清代官修史籍相比，也屬第一手資料，具有十分珍貴的歷史研究價值。同時，《內閣藏本滿文老檔》作為乾隆年間《滿文老檔》諸多抄本內首部內府精寫本，而且有其他抄本沒有的簽注。《內閣藏本滿文老檔》首次以滿文、羅馬字母轉寫和漢文譯文合集方式出版，確實對清朝開國史、民族史、東北地方史、滿學、八旗制度、滿文古籍版本等領域的研究，提供比較原始的、系統的、基礎的第一手資料，其次也有助於準確解讀用老滿文書寫《滿文老檔》原本，以及深入系統地研究滿文的創制與改革、滿語的發展變化[4]。

　　臺北國立故宮博物院重新出版的《滿文原檔》是《內閣藏本

---

4 《內閣藏本滿文老檔》（瀋陽，遼寧民族出版社，2009 年 12 月），第一冊，前言，頁 10。

滿文老檔》的原本,海峽兩岸將原本及其抄本整理出版,確實是史學界的盛事,《滿文原檔》與《內閣藏本滿文老檔》是同源史料,有其共同性,亦有其差異性,都是探討清朝前史的珍貴史料。為詮釋《滿文原檔》文字,可將《滿文原檔》與《內閣藏本滿文老檔》全文併列,無圈點滿文與加圈點滿文合璧整理出版,對辨識費解舊體滿文,頗有裨益,也是推動滿學研究不可忽視的基礎工作。

以上節錄:滿文原檔:《滿文原檔》選讀譯注導讀
── 太祖朝(一)全文 3-38 頁。

一、固山牛彔

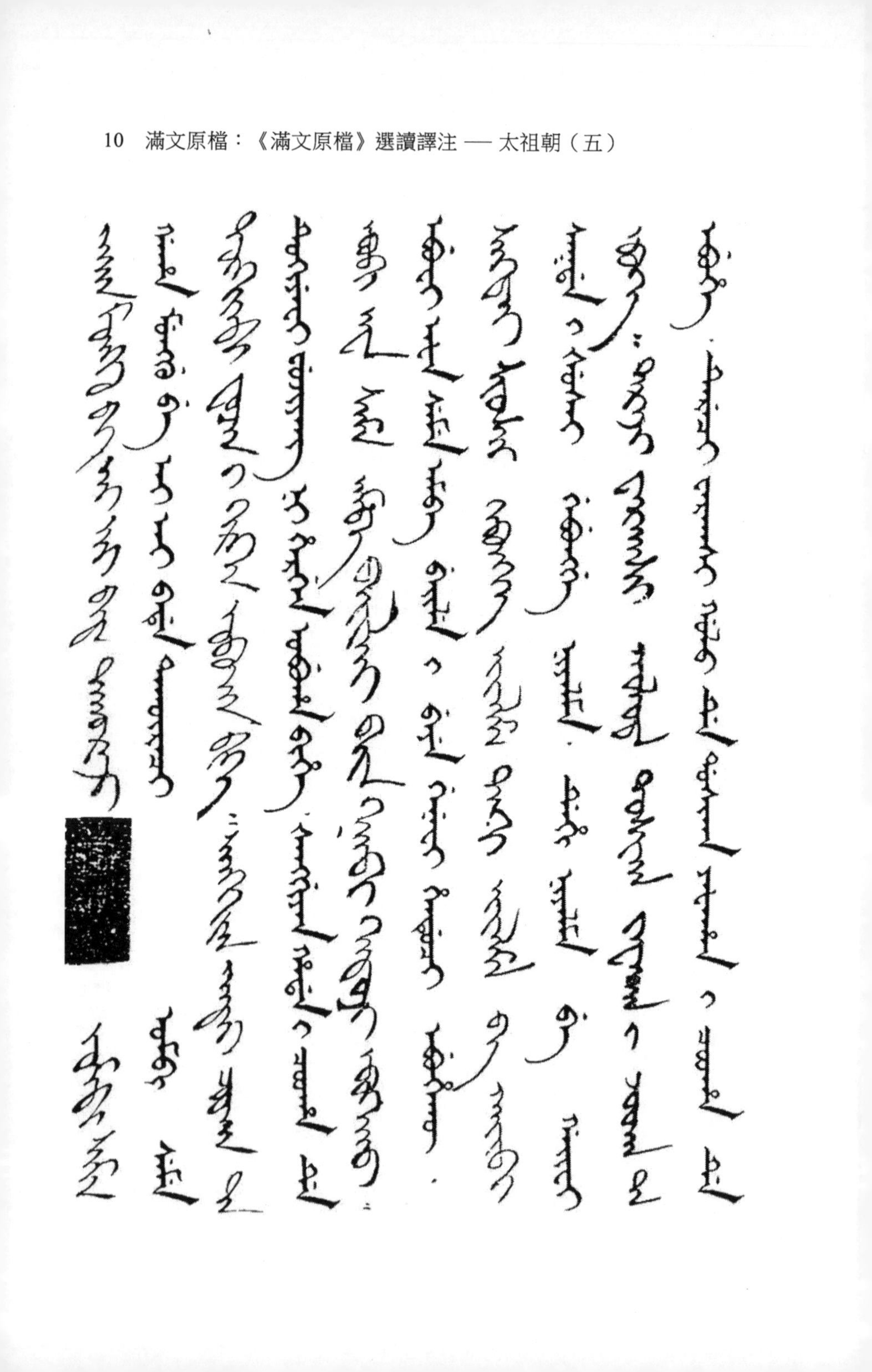

gaha munggu be ai ai bade takūraci ombi seme tukiyefi fujiyang ni hergen obuha bihe. šanggiyan hadai cooha de ebufi afa seme amba beilei beye genefi henduci ebuhekū. sakdai šusai gebungge niyalma dehi niyalma be gaifi ebuhe, tereci warkasi golode dosika yafahan i cooha de

---

噶哈、孟古曾以不拘何處俱可差遣，擢為副將[5]。尚間崖[6]之役，大貝勒親往諭令下馬攻戰，彼等未下馬攻戰。有薩克達部下名舒賽之人，率四十人下馬攻戰。其後，進入瓦爾喀什路之步兵，

噶哈、孟古曾以不拘何处俱可差遣，擢为副将。尚间崖之役，大贝勒亲往谕令下马攻战，彼等未下马攻战。有萨克达部下名舒赛之人，率四十人下马攻战。其后，进入瓦尔喀什路之步兵，

---

[5] 副將，《滿文原檔》寫作 "fojan"，《滿文老檔》讀作 "fujiyang"。按此為無圈點滿文拼讀漢文職名時 "fo" 與 "fu"、"ja" 與 "jiya"、"n" 與 "ng" 之混用現象。

[6] 尚間崖，《滿文原檔》寫作 "sangkijan kata"，《滿文老檔》讀作 "šanggiyan hada"。句中 "šanggiyan"，意即「白色、煙氣」；"hada" 係蒙文 "qada" 借詞，意即「岩峯」。按此為無圈點滿文 "sa" 與 "ša"、"ki" 與 "gi"、"ja" 與 "ya"、"ka" 與 "ha"、"ta" 與 "da" 之混用現象。

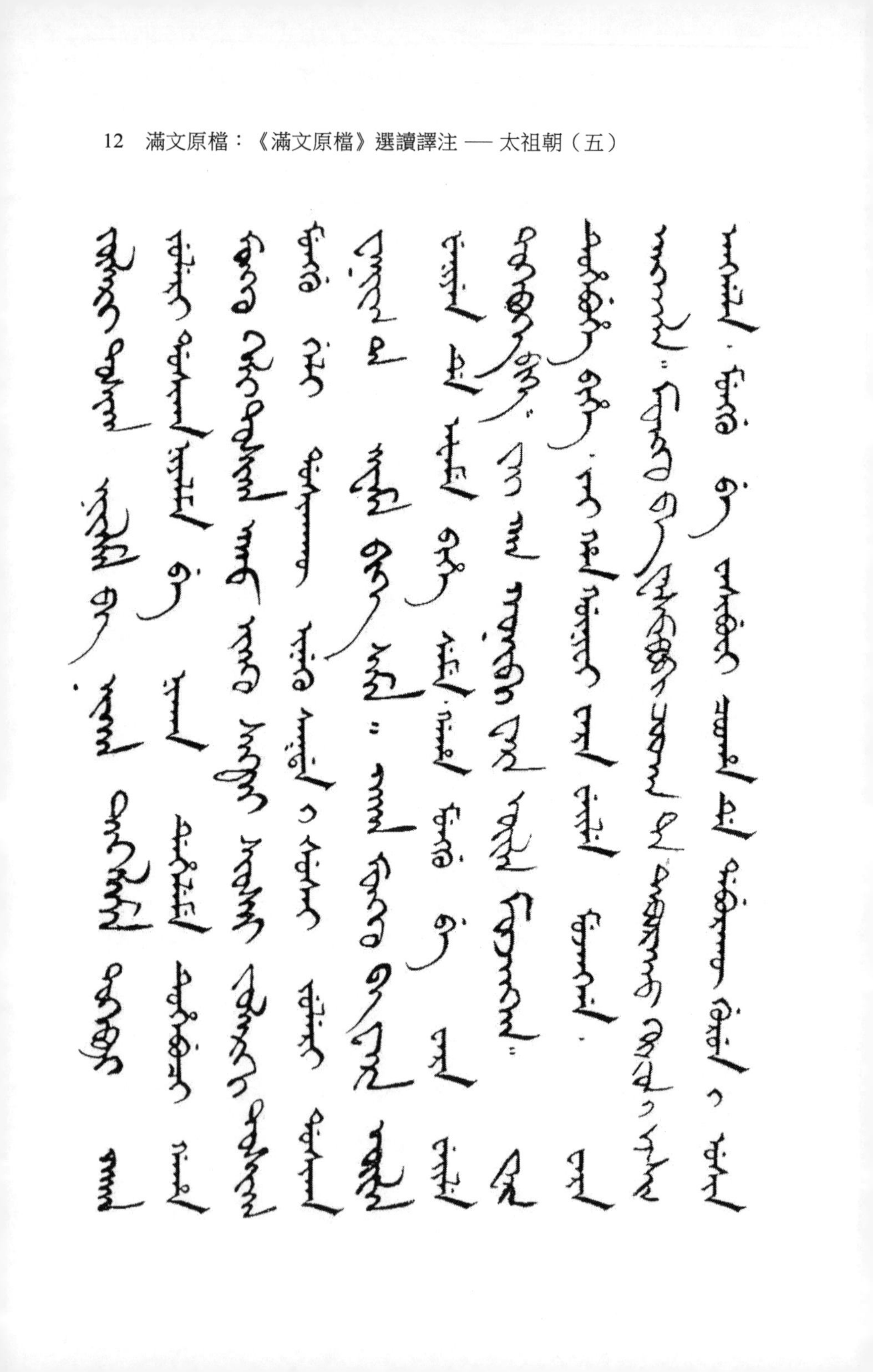

juleri dosika niyalma be nikan deheleme tuhebuci gaha,
munggu geli dosika akū ineku sakdai šusai julergi dosika
feniyen de afame bihe seme, gaha munggu be wara weile
tuhebuhe bihe. jai han gūnifi wara weile mujangga, wara
anggala, munggu be wasibufi cooha de daburakū gurun i
usin

在前進入之人為明人所鈎倒時，噶哈、孟古又未進擊[7]，
也是由薩克達部下之舒賽在前進入攻擊敵人群隊[8]，故擬
噶哈、孟占以死罪[9]。汗再三思之，所擬死罪甚是，但與
其處死，不如貶降孟古，不准參與軍務，

在前进入之人为明人所钩倒时，噶哈、孟古又未进击，也
是由萨克达部下之舒赛在前进入攻击敌人群队。故拟噶
哈、孟古以死罪。汗再三思之，所拟死罪甚是，但与其处
死，不如贬降孟古，不准参与军务，

---

7 未進擊，《滿文原檔》讀作"dosika akū"，《滿文老檔》讀作"dosikakū"。
8 群隊，《滿文原檔》寫作"wa(e)nija(e)n"，《滿文老檔》讀作"feniyen"。按
　此為無圈點滿文"we"與"fe"、"je"與"ye"之混用現象。
9 死罪，句中「罪」，《滿文原檔》寫作"üile"，《滿文老檔》讀作"weile"。按
　滿文"weile"與蒙文"üile"係同源詞，通用於「罪」、「事」二義，此處作「罪」
　解。

ᠪᡳᡨᡥᡝ ᡳ ᡥᠠᡶᠠᠨ ᠪᡝ᠂
ᠪᠠᡳ᠌ᠰᠠ ᡳ ᡥᠠᡶᠠᠨ ᠪᡝ᠂

jeku icihiyara tung pan i hergen buhe. gaha be wasibufi gurun i weile de daburakū, beilei booi tokso bošoro ulha tuwara weile de afabuha. tere juwe bade, sakdai šusai be wesibufi ts'anjiyang ni hergen buhe. suijan, uici be holo jalingga seme

_____

給與辦理田糧通判[10]之職。貶降噶哈，不准參與政事，令其管理貝勒莊屯，看守牲畜。擢陞薩克達部下舒賽，以其二次戰功，補授參將[11]之職。以隋占、偉齊奸宄不法，

_____

给与办理田粮通判之职。贬降噶哈，不准参与政事，令其管理贝勒庄屯，看守牲畜。擢升萨克达部下舒赛，以其二次战功，补授参将之职。以隋占、伟齐奸宄不法，

_____

[10] 通判，《滿文原檔》寫作"tomban"，《滿文老檔》讀作"tung pan"。

[11] 參將，《滿文原檔》寫作"sanjan"，《滿文老檔》讀作"ts'anjiyang"。按此為無圈點滿文拼讀漢文職名時"sa"與"ts'a"、"ja"與"jiya"、"n"與"ng"之混用現象。

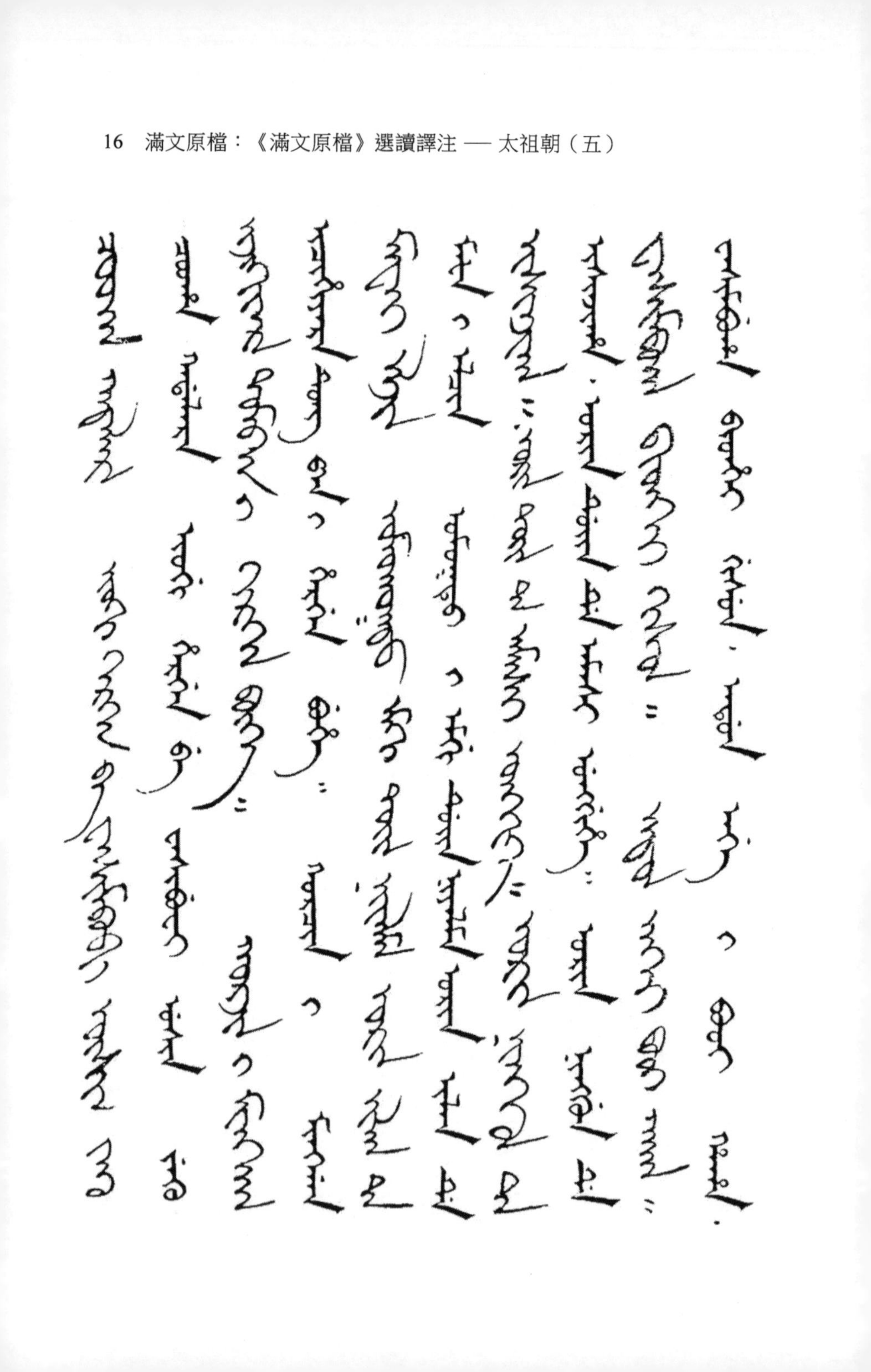

ᠮᠠᠨᠵᡠ

cooha kadalara iogi hergen be wasibufi usin jeku icihiyara tung pan i hergen buhe. korcin i minggan mafai elcin omoktu i emgi duin niyalma orin ilan de isinjiha. orin duin de amasi unggihe. orin ninggun de wasimbuha bithei gisun, adun agei booi haha,

降管理軍務遊擊之職，給與辦理田糧通判之職。偕科爾沁明安爺使者[12]鄂莫克圖同來四人，於二十三日到來。二十四日，遣還。二十六日，頒降諭旨：「阿敦阿哥之家丁

降管理军务游击之职，给与办理田粮通判之职。偕科尔沁明安爷使者鄂莫克图同来四人，于二十三日到来。二十四日，遣还。二十六日，颁降谕旨：「阿敦阿哥之家丁

---

[12] 使者，《滿文原檔》寫作 "eljin"，《滿文老檔》讀作 "elcin"。按滿文 "elcin"與蒙文 "elčin"為同源詞，源自回鶻文 "elchi" 意即「使者、使節」。

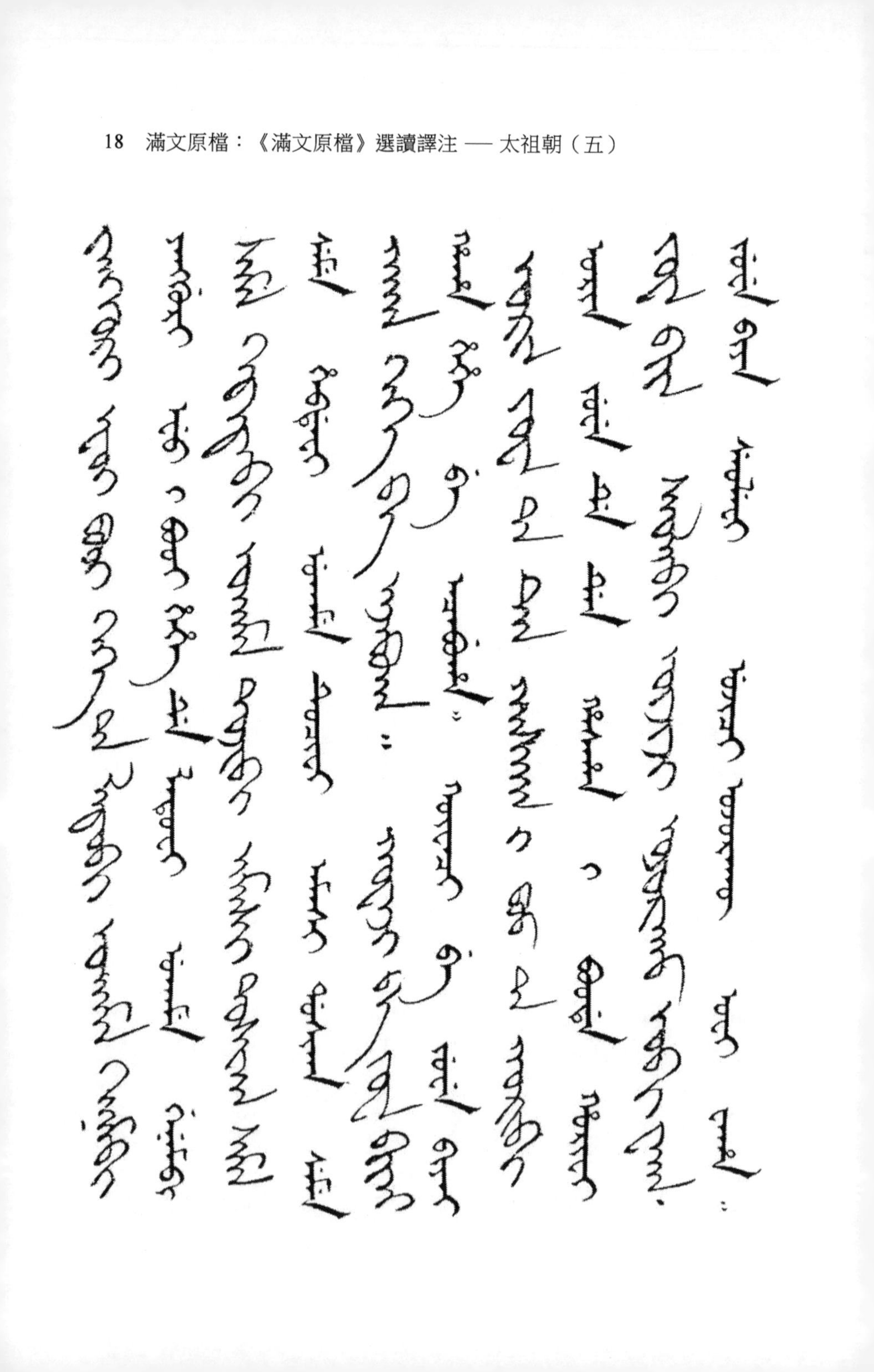

yangguri efui booi hehe de latufi ukame genembi seme
hebdefi ukame tucifi amasi dosika seme haha hehe be
acabuha. kūwaci be juwe biyai orin juwe de den hashan i
boo de horifi juwe biya seolefi ujici ojorakū ofi waha.

與揚古利額附家中使女通姦，合謀潛逃，逃走後又返回，
准其男女同居。」自二月二十二日，將誇奇圈禁於高柵屋
內，思慮兩個月後，因其不可豢養而殺之。

与扬古利额附家中使女通奸，合谋潜逃，逃走后又返回，
准其男女同居。」自二月二十二日，将夸奇圈禁于高栅屋
内，思虑两个月后，因其不可豢养而杀之。

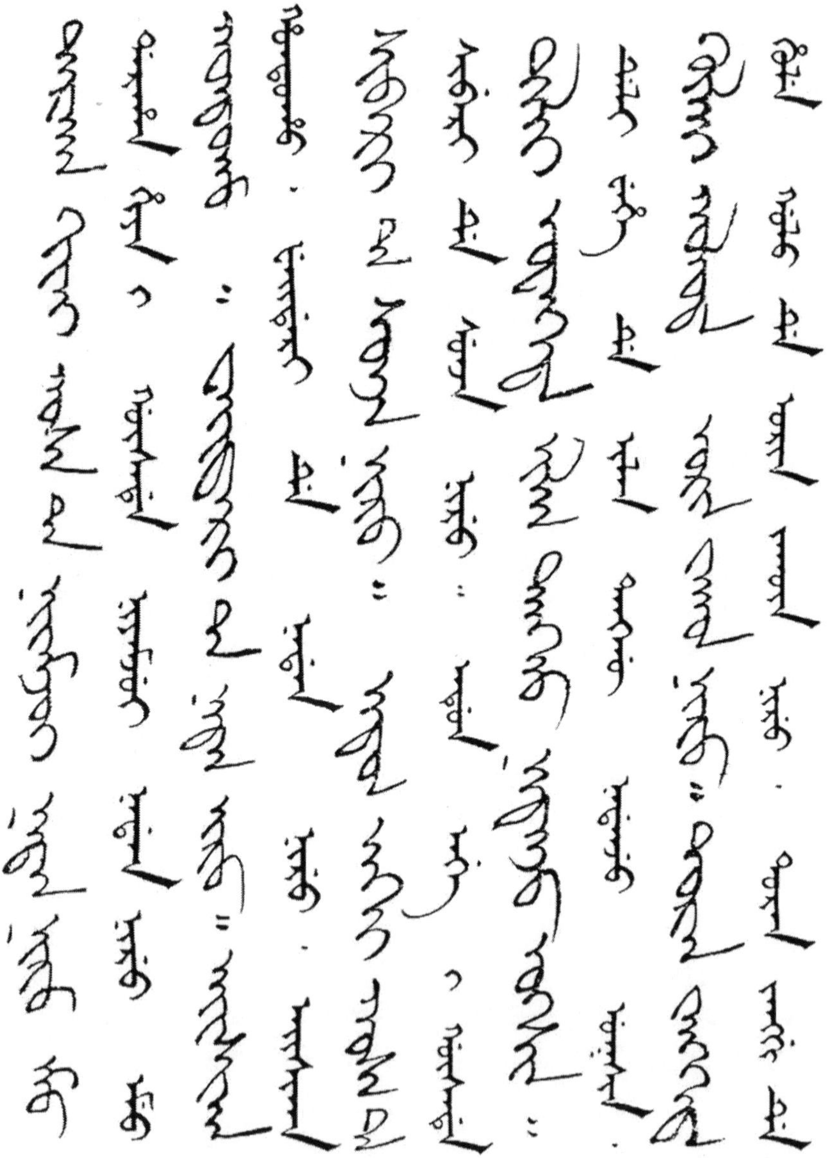

darhan hiyai gūsa de niyamjui nadan niru emu hontoho, feideri de nadan niru, aisika siberi de sunja niru. adun agei gūsa de deli wehede ilan tanggū nadanju uksin, hulei golode orin jakūn niru, toran janggide

---

達爾漢侍衛旗，在尼雅木椎者有七個半牛彔，在菲德里者有七個牛彔，在愛西喀、西伯裏者有五個牛彔。阿敦阿哥旗，在德里幹赫[13]者有馬甲三百七十人，在瑚勒路者有二十八個牛彔，在托蘭、章吉者

达尔汉侍卫旗，在尼雅木椎者有七个半牛彔，在菲德里者有七个牛彔，在爱西喀、西伯里者有五个牛彔。阿敦阿哥旗，在德里幹赫者有马甲三百七十人，在瑚勒路者有二十八个牛彔，在托兰、章吉者

---

[13] 德里幹赫，《滿文原檔》寫作"ta(e)li o(u)wa(e)ke"，《滿文老檔》讀作"deli wehe"，意即「磐石、臥牛石」。

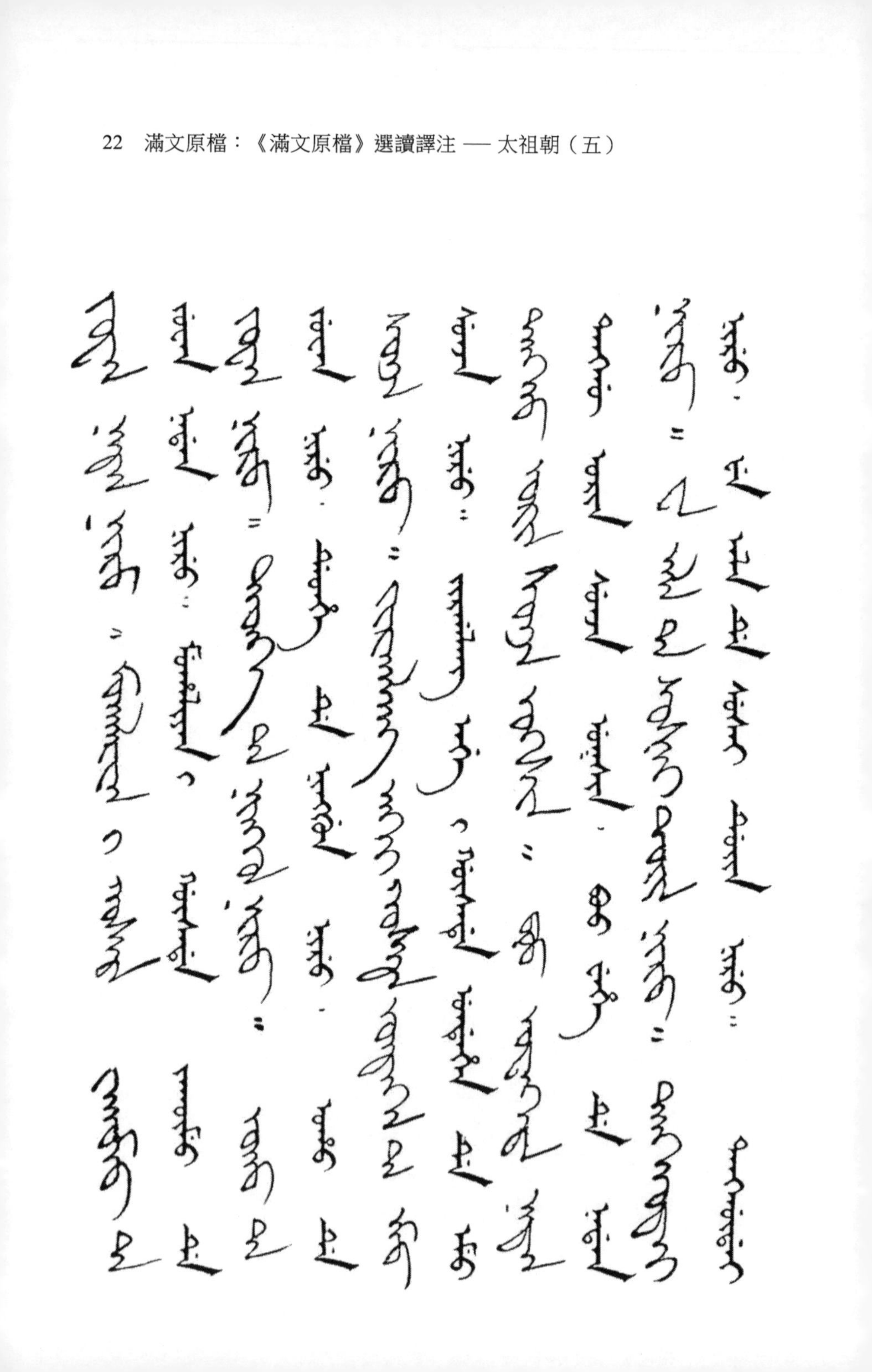

juwan nadan niru. muhaliyan i gūsade jakūmu de juwan niru, dethe de ninggun niru, oho de sunja niru. jirgalang agei gūsade undehen de emu tanggū orin sunja uksin, boo wehede nadan niru, fe ala de susai duin niru. tanggūdai

---

有十七個牛彔。穆哈連旗，在紮庫木者有十個牛彔，在德特赫者有六個牛彔，在鄂豁者有五個牛彔。濟爾哈朗阿哥旗，在溫德痕者有馬甲一百二十五人，在包斡赫者有七個牛彔，在費阿拉者有五十四個牛彔。

有十七个牛录。穆哈连旗，在扎库木者有十个牛录，在德特赫者有六个牛录，在鄂豁者有五个牛录。济尔哈朗阿哥旗，在温德痕者有马甲一百二十五人，在包斡赫者有七个牛录，在费阿拉者有五十四个牛录。

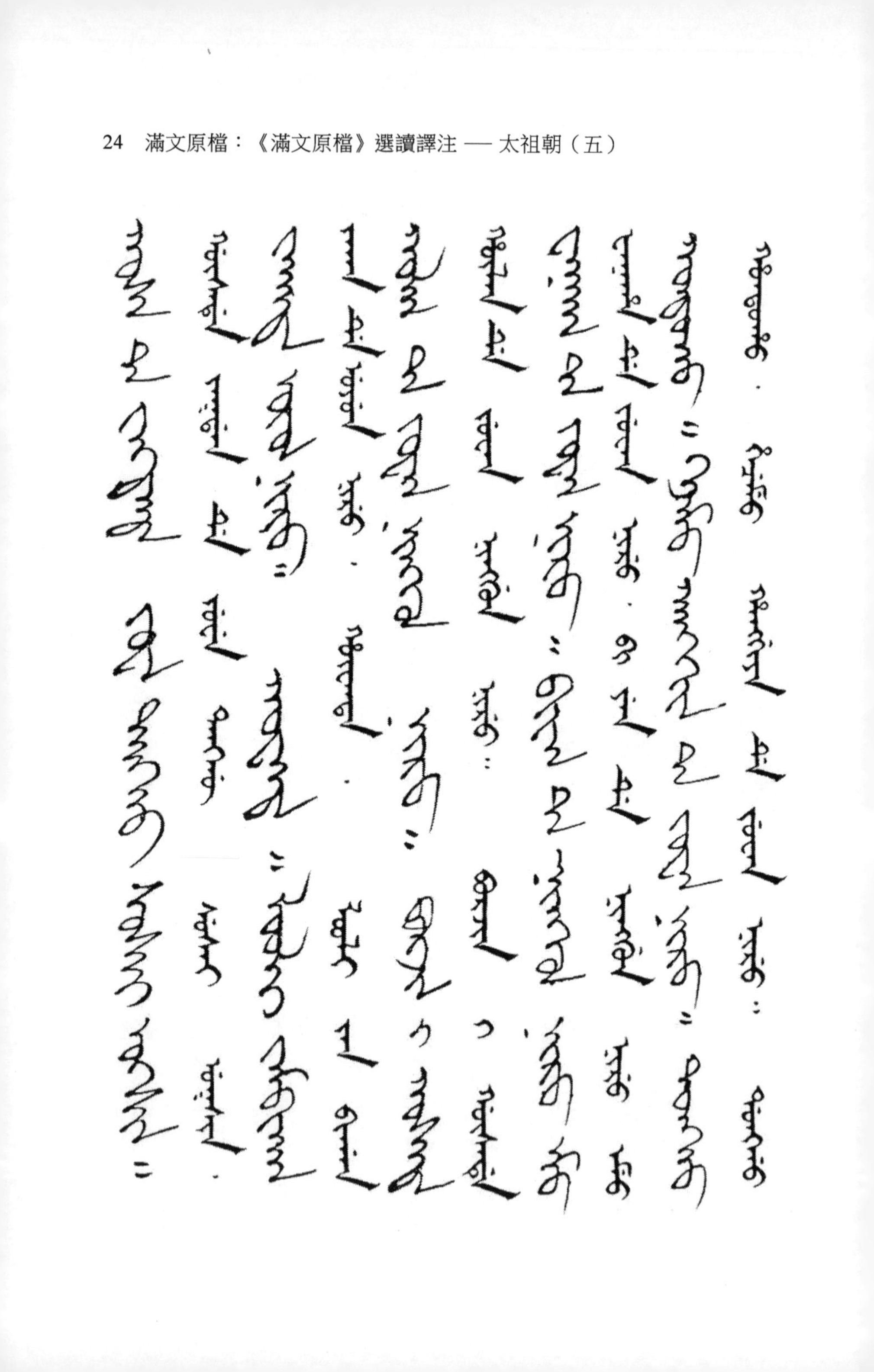

gūsa de jakdande juwe tanggū susai uksin, jakade uyun niru,
hūwanta, looli, jan bigan, hūlan de juwan ninggun niru.
borjin i gūsade fanaha de juwan niru, biyen de ninggun niru
emu hontoho, hecemu hanggiya de juwan niru. donggo

湯古岱旗，在紮克丹者有馬甲二百五十人，在紮喀者有九個牛彔，在歡塔、勞利、占比干、呼蘭者有十六個牛彔。博爾晉旗，在法納哈者有十個牛彔，在避蔭者有六個半牛彔，在赫徹穆、杭嘉者有十個牛彔。

汤古岱旗，在扎克丹者有马甲二百五十人，在扎喀者有九个牛录，在欢塔、劳利、占比干、呼兰者有十六个牛录。博尔晋旗，在法纳哈者有十个牛录，在避荫者有六个半牛录，在赫彻穆、杭嘉者有十个牛录。

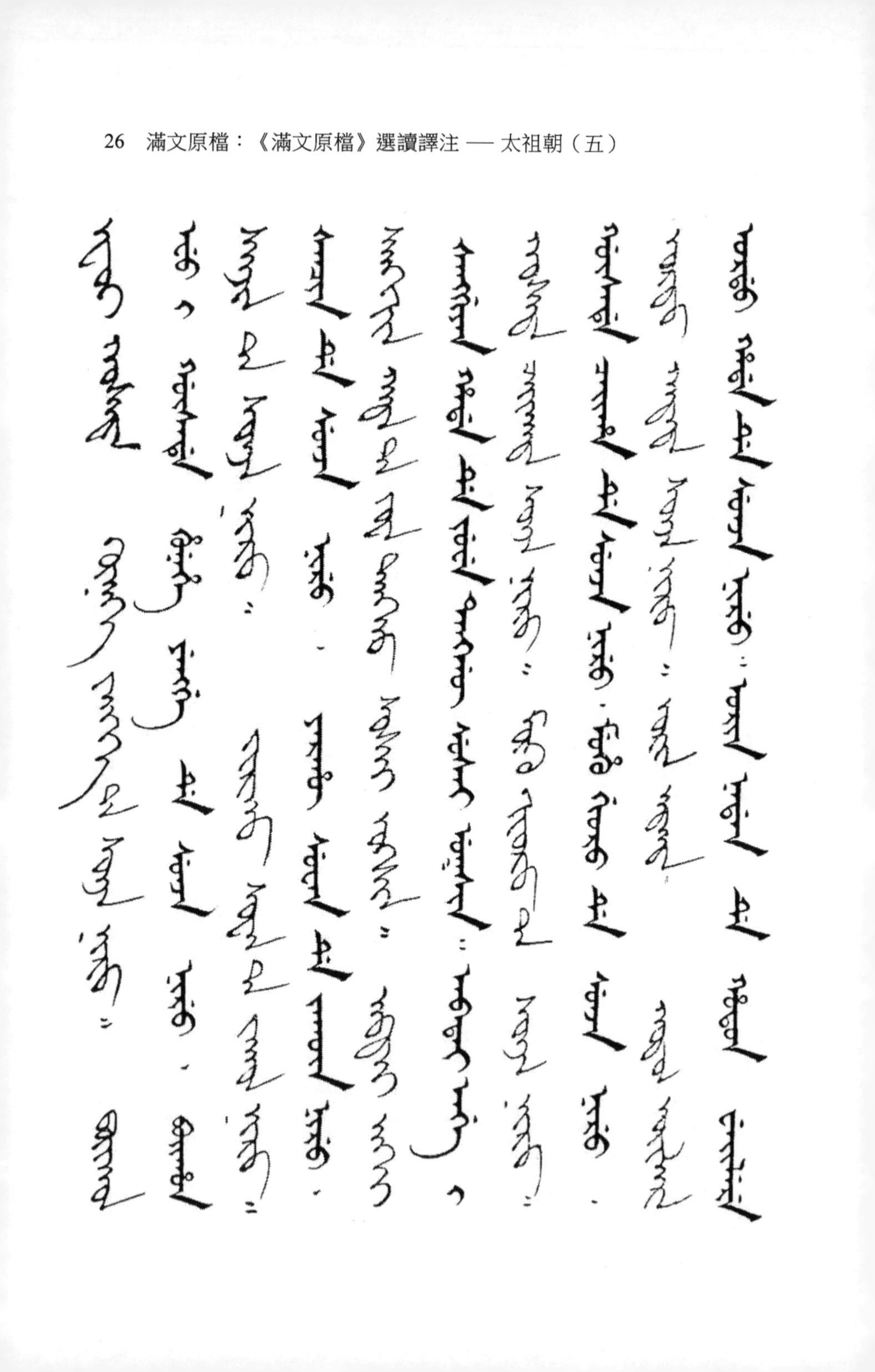

efui gūsade hunehe, yengge de sunja niru, boihon šancin de
sunja niru, yarhū, suwan de jakūn niru, šanggiyan hada de
juwe tanggū susai uksin. abatai agei gūsade caihade sunja
niru, muhu gioro de sunja niru, ordo hadade sunja niru. orin
nadan de hoton weilere

董鄂額駙旗,在渾河、英額者有五個牛彔,在貝渾、山欽
者有五個牛彔,在雅爾虎、穌完者有八個牛彔,在尚間崖
者有馬甲二百五十人。阿巴泰阿哥旗,在柴河者有五個牛
彔,在穆虎覺羅[14]者有五個牛彔,鄂爾多哈達者有五個牛
彔。二十七日,又賞築城之人,

董鄂額駙旗,在浑河、英额者有五个牛彔,在贝浑、山钦
者有五个牛彔,在雅尔虎、苏完者有八个牛彔,在尚间崖
者有马甲二百五十人。阿巴泰阿哥旗,在柴河者有五个牛
彔,在穆虎觉罗者有五个牛彔,鄂尔多哈达者有五个牛
彔。二十七日,又赏筑城之人,

---

[14] 覺羅,《滿文原檔》寫作"kijoro",讀作"giyoro",《滿文老檔》讀作"gioro"。

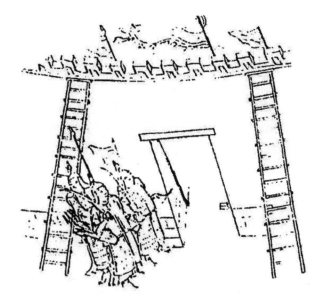

二、勞逸之道

[illegible]

niyalma de geli juwe niyalma de emu gin dabsun buhe. orin
jakūn de genggiyen han hendume, nikan gurun jase tulergi
encu guruni weile de dahabe, abka wakalafi han ci fusihūn
g'oloo cangšuci wesihun gemu liyeliyefi fudasihūn jurgan be
yabume dain arafi biya dari

每二人給鹽一斤。二十八日，英明汗諭曰：「明國幹與邊
外異國之事，因遭天譴，上自帝王，下至閣老[15]、尚書，
皆昏聵糊塗，倒行逆施，製造戰爭，

每二人给盐一斤。二十八日，英明汗谕曰：「明国干与边
外异国之事，因遭天谴，上自帝王，下至阁老、尚书，皆
昏聩胡涂，倒行逆施，制造战争，

---

[15] 閣老，《滿文原檔》寫作"kuwaloo"，《滿文老檔》讀作"g'oloo"。按《重
編國語辭典修訂本》閣老條：「明、清時，稱入閣辦事的大學士為閣老」。

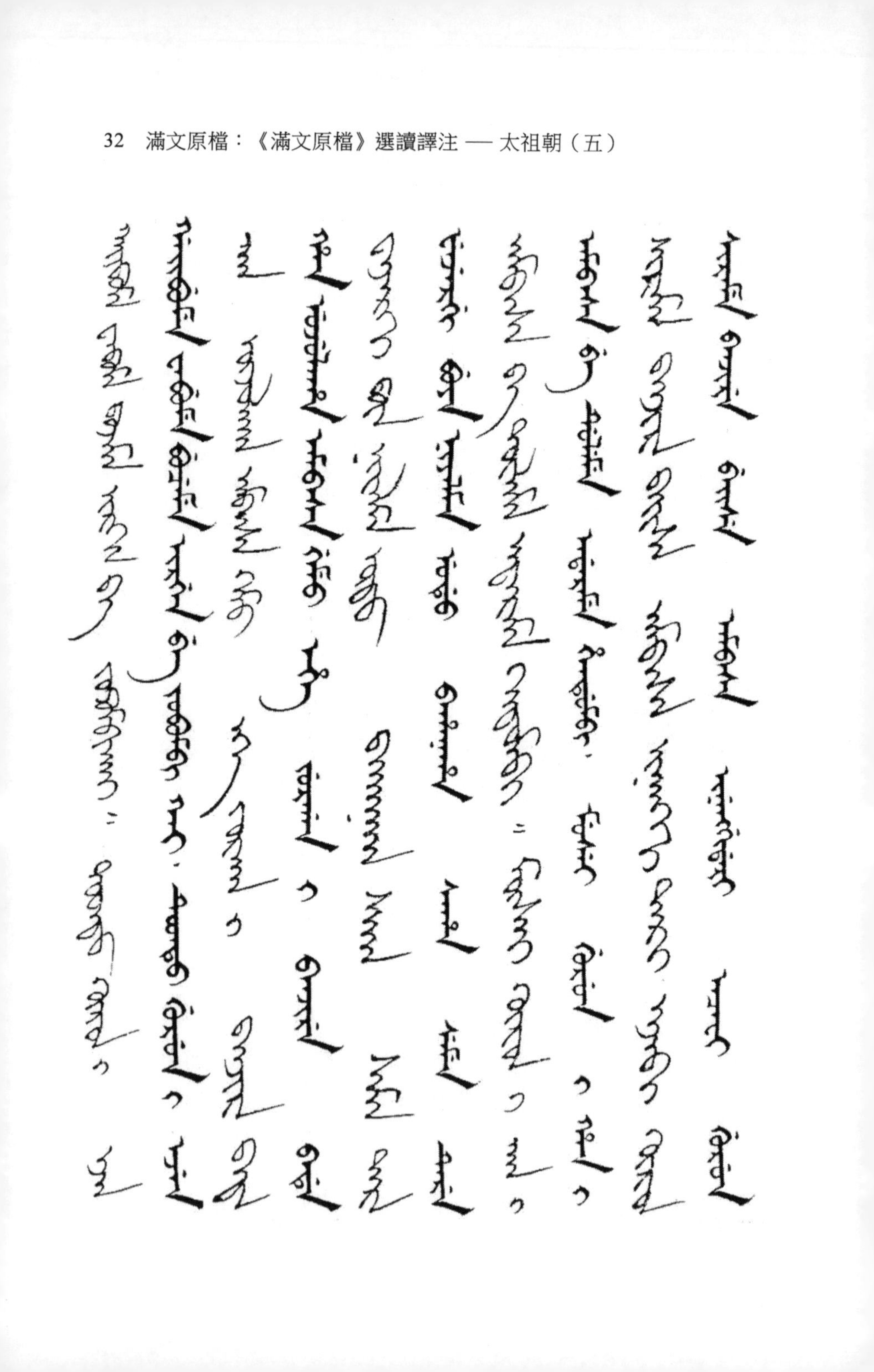

gaibume wabume buceme irgen be jobombikai. tuttu gurun i ejen han ujulaha ambasa gemu ehe jurgan i banjire bade fejergi buya niyalma udu bahanaha saha seme tere ambasa be duleme adarame hendumbi. musei gurun i han i sirame banjire beise ambasa inenggi dari acafi gurun

---

致使黎民百姓每月遭受殺戮擄掠之苦也。是以國中君王、首輔大臣皆滋生惡逆，下面小民雖然洞悉，但焉能越過其大臣而上聞？我國之汗依次至諸貝勒大臣，每日聚會

致使黎民百姓每月遭受杀戮掳掠之苦也。是以国中君王、首辅大臣皆滋生恶逆，下面小民虽然洞悉，但焉能越过其大臣而上闻？我国之汗依次至诸贝勒大臣，每日聚会

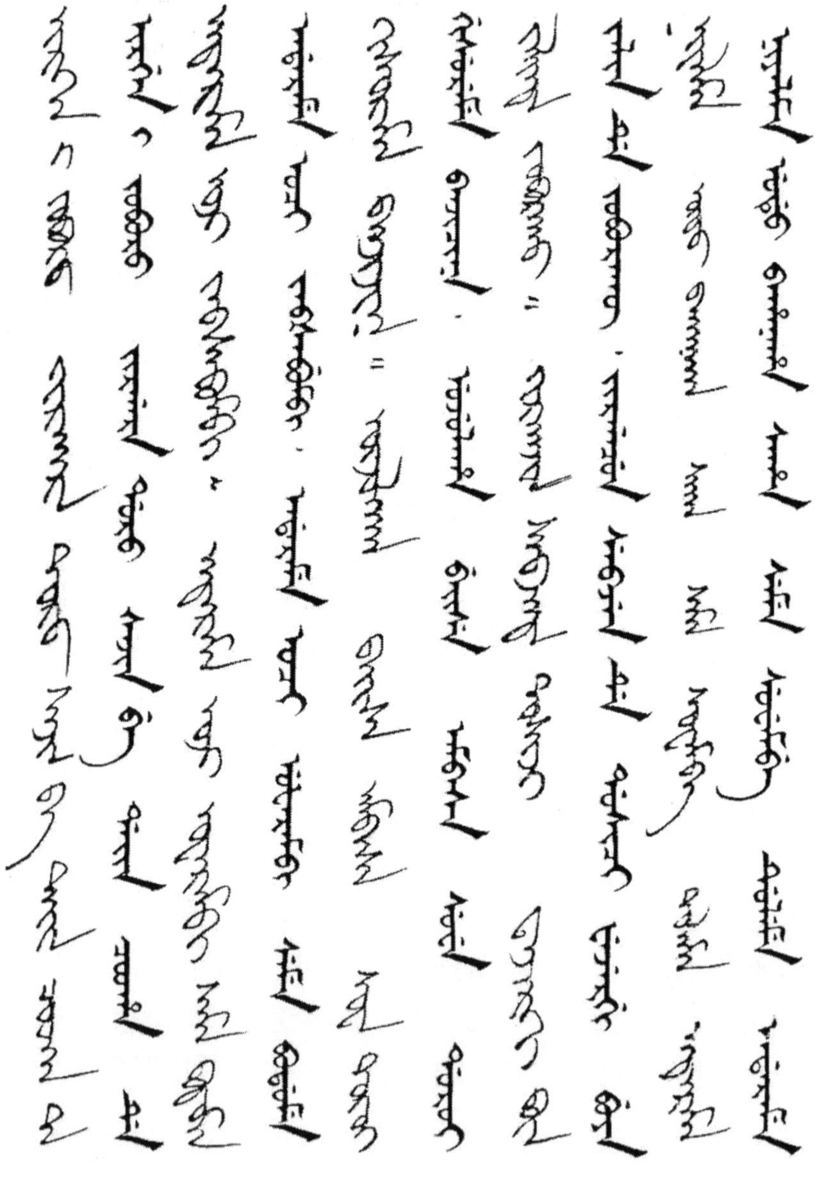

irgen i joboro jirgara doro šajin be dain cooha de adarame oci jabšabumbi, adarame oci ufarambi seme bodome gisureme banjicina. ujulaha beise ambasa suwe doroi jalinde joborakū, jirgacun sebjende dosici, fejergi buya niyalma udu bahanaha saha seme suwembe duleme adarame

籌議國中民人勞逸之道、戰役法紀軍務得失[16]之計。爾等為首諸貝勒大臣若不黽勉政事，而溺於安樂，則下面小民雖然洞悉，

籌議国中民人劳逸之道、战役法纪军务得失之计。尔等为首诸贝勒大臣若不黾勉政事，而溺于安乐，则下面小民虽然洞悉，

---

[16] 得失，《滿文原檔》寫作"owarambi"，《滿文老檔》讀作"ufarambi"，意即「失誤」。按此為無圈點滿文 "o" 與 "u"、 "wa"與 "fa"之混用現象。

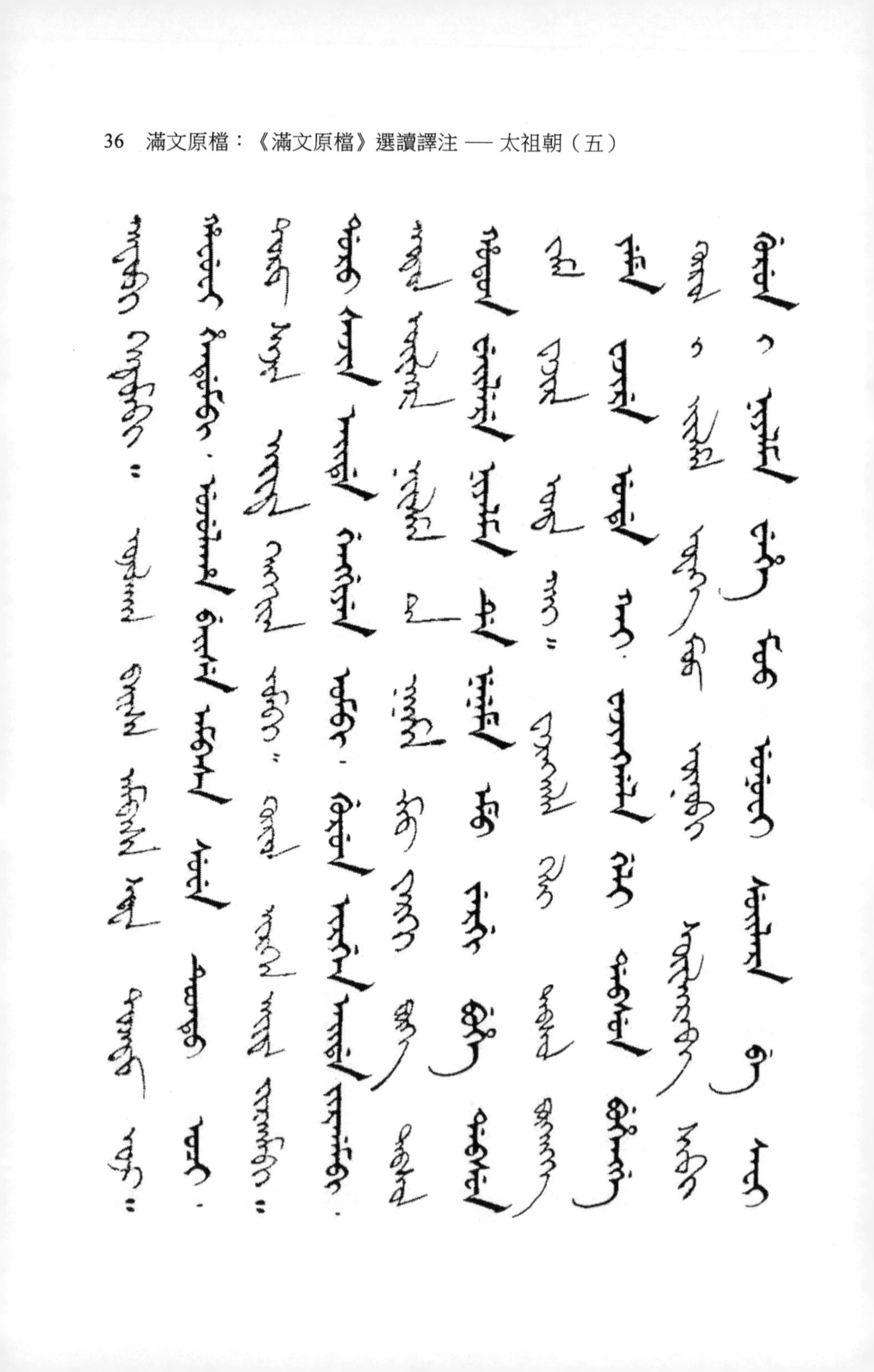

hafufi hendumbi. ujulaha beise ambasa suwe tuttu oci, doro
šajin aide genggiyen ombi. gurun irgen aide jirgambi. hoton
weilere niyalma de neneme emu jergi buhe dabsun jeme
wajire unde kai, wajinggala geli dabsun buhengge, gurun i
niyalma wehe moo unufi suilarabe safi

但焉能越過爾等而上聞？爾等為首諸貝勒大臣若是如
此，法紀何可清明？國民何以安樂[17]？即如築城之人先前
一次所給之鹽尚未食盡，食用將完時又給與食鹽，乃念國
人負運木石辛苦，

但焉能越过尔等而上闻？尔等为首诸贝勒大臣若是如此，
法纪何可清明？国民何以安乐？即如筑城之人先前一次
所给之盐尚未食尽，食用将完时又给与食盐，乃念国人负
运木石辛苦，

[17] 安樂，《滿文原檔》、《滿文老檔》俱讀作"jirgambi"，與蒙文"jirɣaqu"詞根
　　相同，為同源(根)詞。

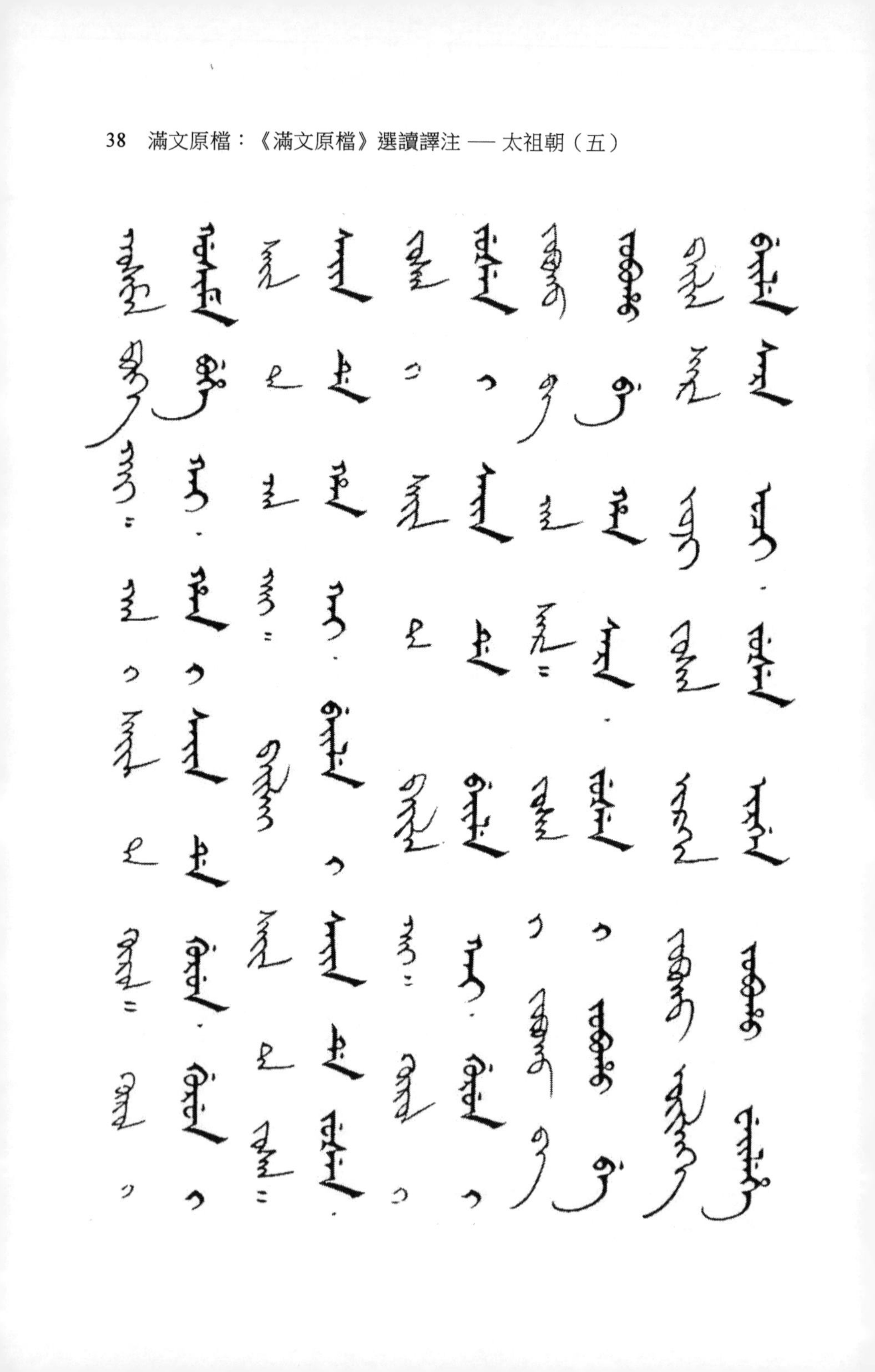

gosime buhe kai. han i sain de gurun, gurun i sain de han kai.
beilei sain de jušen, jušen i sain de beile kai. gurun i joboho
be han sara, jušen i joboho be beile sara oci, jušen irgen
joboho weilehe

而賞給也。汗賢乃有國，國治乃有汗也。貝勒賢良乃有諸
申[18]，諸申賢良，乃有貝勒也。汗若知國人勞苦，貝勒若
知諸申勞苦，諸申、民人雖有勞苦之事，

而赏给也。汗贤乃有国，国治乃有汗也。贝勒贤良乃有诸
申，诸申贤良，乃有贝勒也。汗若知国人劳苦，贝勒若知
诸申劳苦，诸申、民人虽有劳苦之事，

---

[18] 諸申，《滿文原檔》寫作 "josan"，讀作 "jusen"，《滿文老檔》讀作 "jušen"。
按前清時期諸申（jušen）含義有二：一為「女真族裔」，一為「貝勒屬下」；
與牛彔之奴才（aha），身分有別，此屬第二義。

三、男女嫁娶

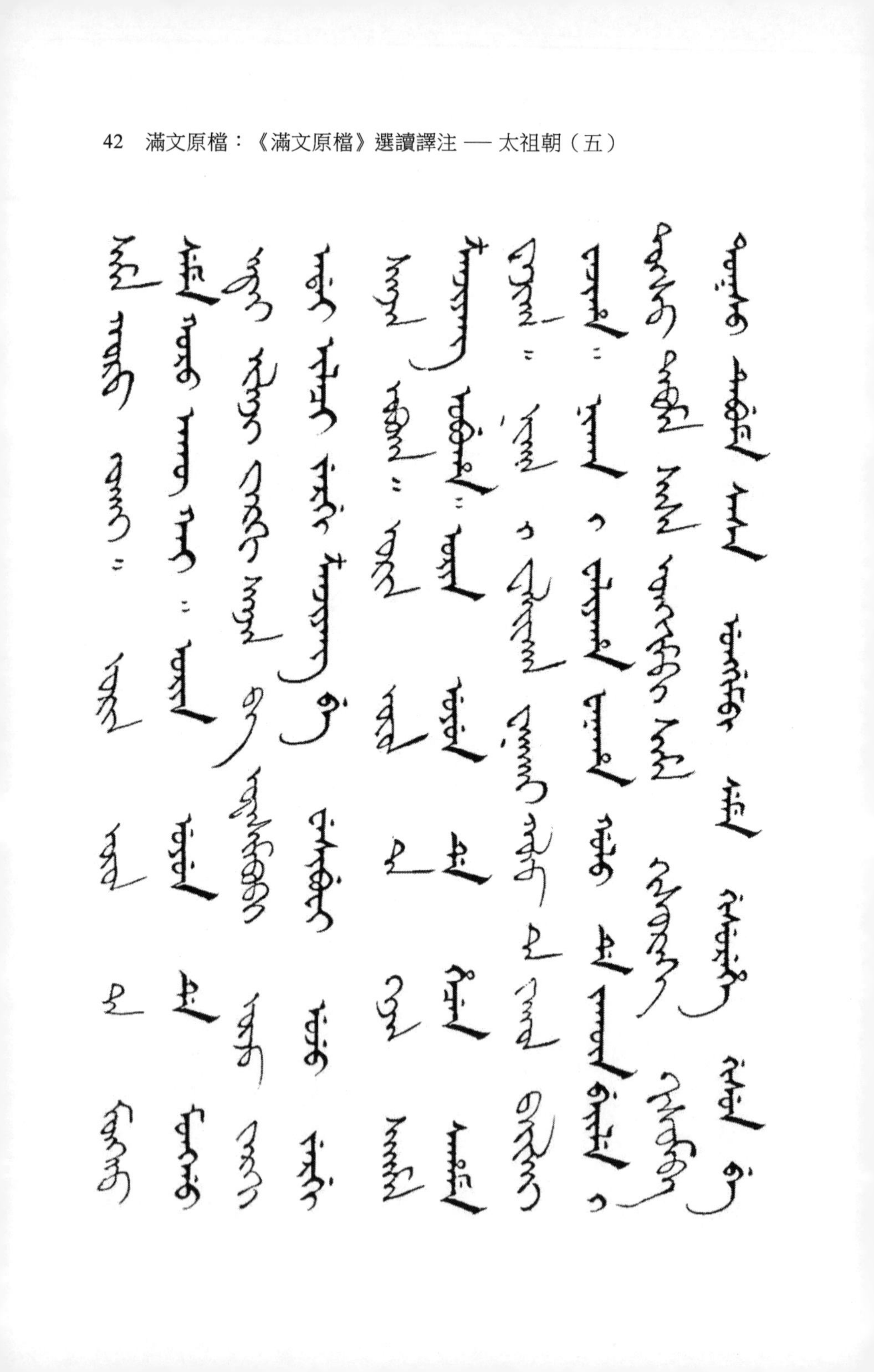

seme koro akūkai. orin uyun de monggo adai ilaci jergi
ts'anjiyang be wesibufi uju jergi ts'anjiyang obuha. orin uyun
de hecen sahame wajiha. nikan i waliyaha fanahai golo de
jakūn beilei tokso tebume sasa unggimbi seme gisurehe
gisumbe

而無怨恨也。」二十九日，擢陞三等參將蒙古人阿岱為頭
等參將。二十九日，砌城工竣。違悖一齊差往明人所棄法
納哈路建立八貝勒莊屯所議之約，

而无怨恨也。」二十九日，擢升三等参将蒙古人阿岱为头
等参将。二十九日，砌城工竣。违悖一齐差往明人所弃法
纳哈路建立八贝勒庄屯所议之约，

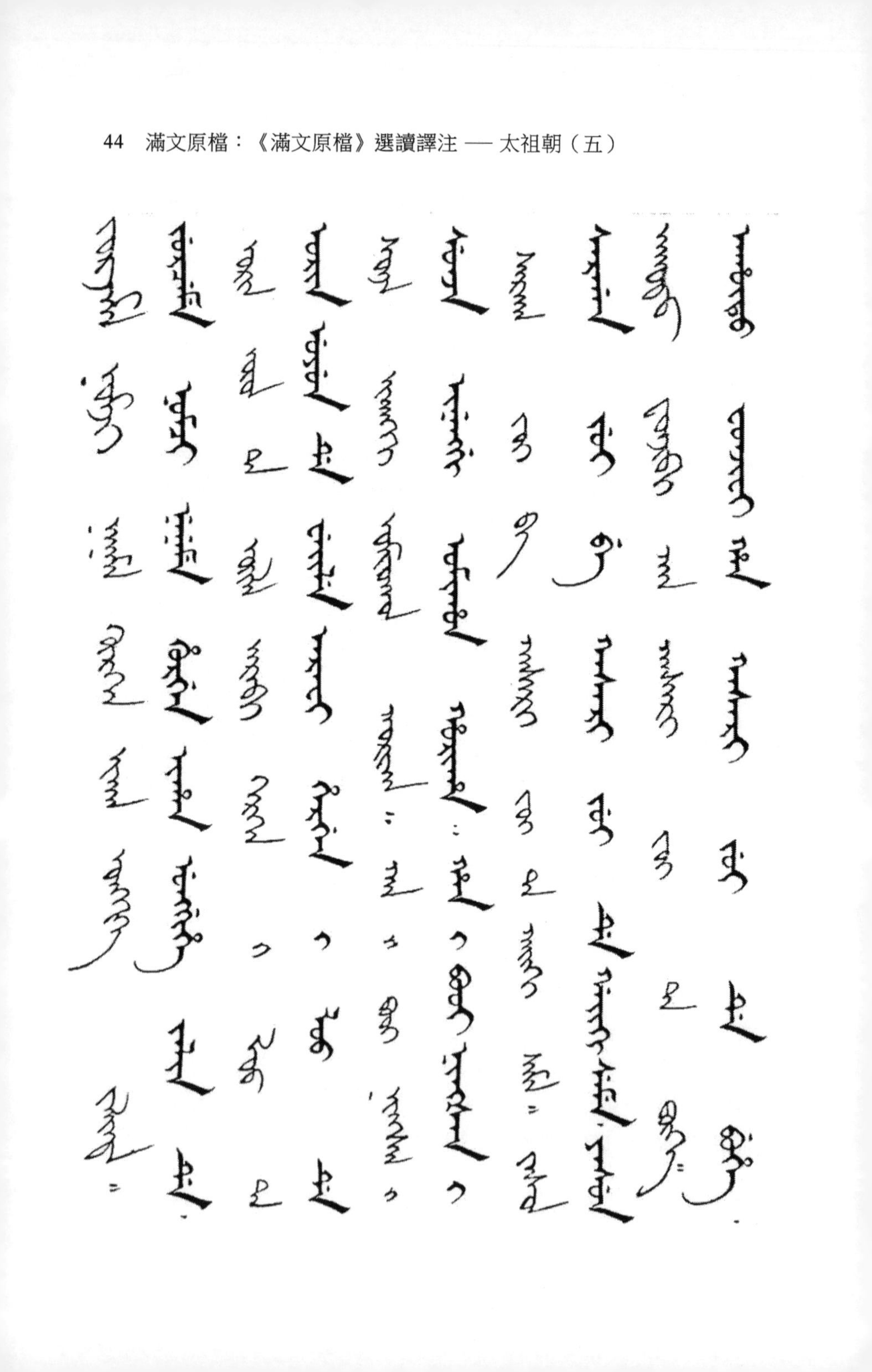

jurceme nomci neneme hurgen ihan unggihe jalinde, orin
uyun de weile arafi hergen i loo de sunja inenggi omihon
horiha. han i booi ningšan i sargan jui be kasari jui de gaiki
seme, yasun ahūtu fonjifi han kasari jui de buhe.

因諾穆齊先行差遣牛彔前往，於二十九日治罪，畫地為
牢[19]，空腹囚禁五日。雅蓀、阿胡圖欲將汗之包衣寧善之
女嫁喀薩裏之子，請示於汗，汗許其嫁喀薩裏之子。

因诺穆齐先行差遣牛彔前往，于二十九日治罪，画地为牢，
空腹囚禁五日。雅荪、阿胡图欲将汗之包衣宁善之女嫁喀
萨里之子，请示于汗，汗许其嫁喀萨里之子。

---

[19] 畫地為牢《滿文原檔》、《滿文老檔》俱讀作 "hergen i loo"，意即「字牢」。
句中「牢」，音譯作 "loo"，規範滿文讀作"gindana"。

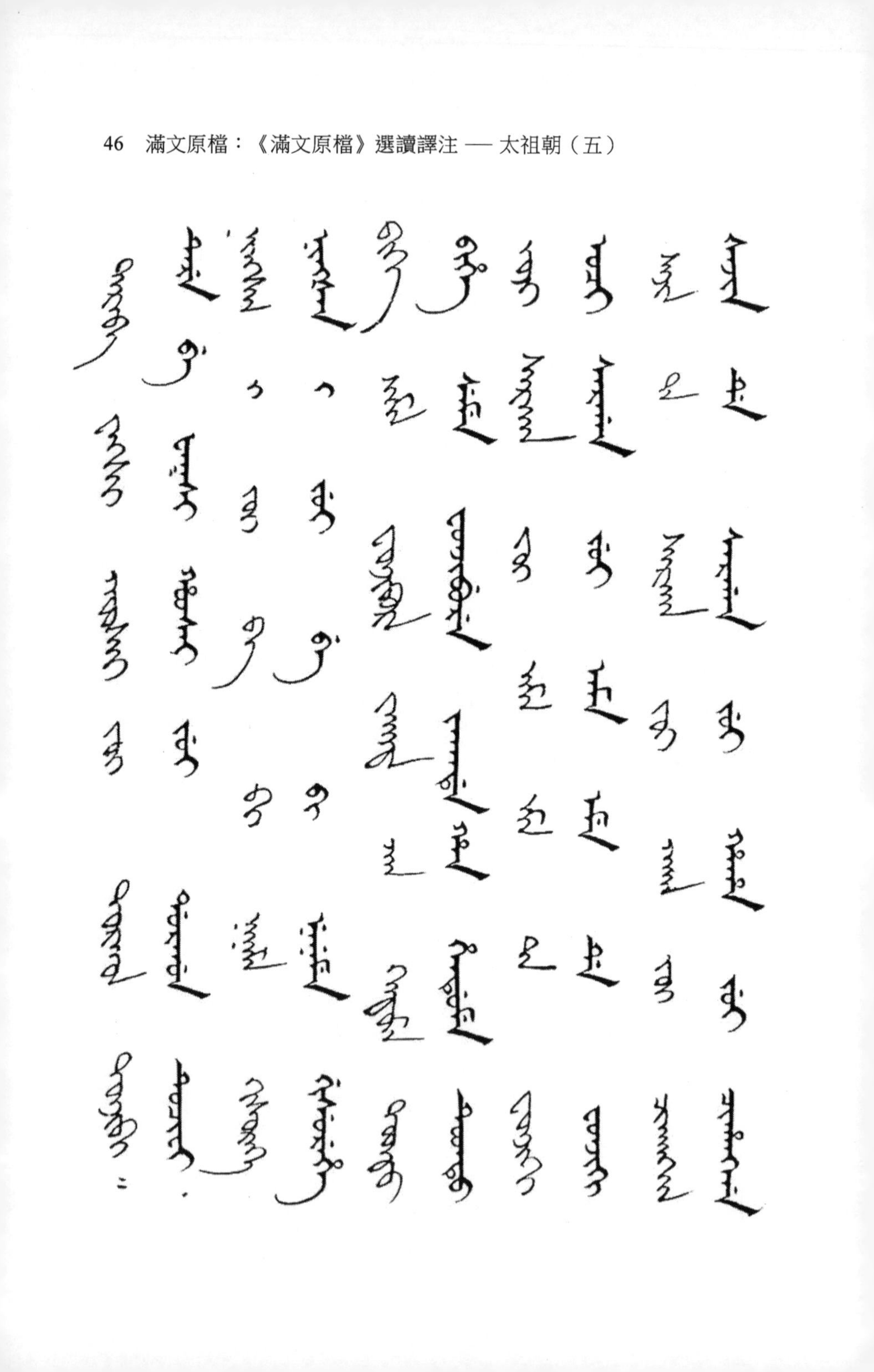

terebe faksi hoosai jui dorgon tucifi, ningšan i jui be bi neneme gisurehe bihe seme fonjibure jakade han hendume, tuttu oci sargan jui ama eme de fonjiki šajin de sargan jui haha jui cihangga

---

時有匠人浩賽之子多爾袞出來請示曰：「寧善之女，我已先聘之。」汗曰：「如此，可問女子之父母。按律，男女情願，

时有匠人浩赛之子多尔衮出来请示曰：「宁善之女，我已先聘之。」汗曰：「如此，可问女子之父母。按律，男女情愿，

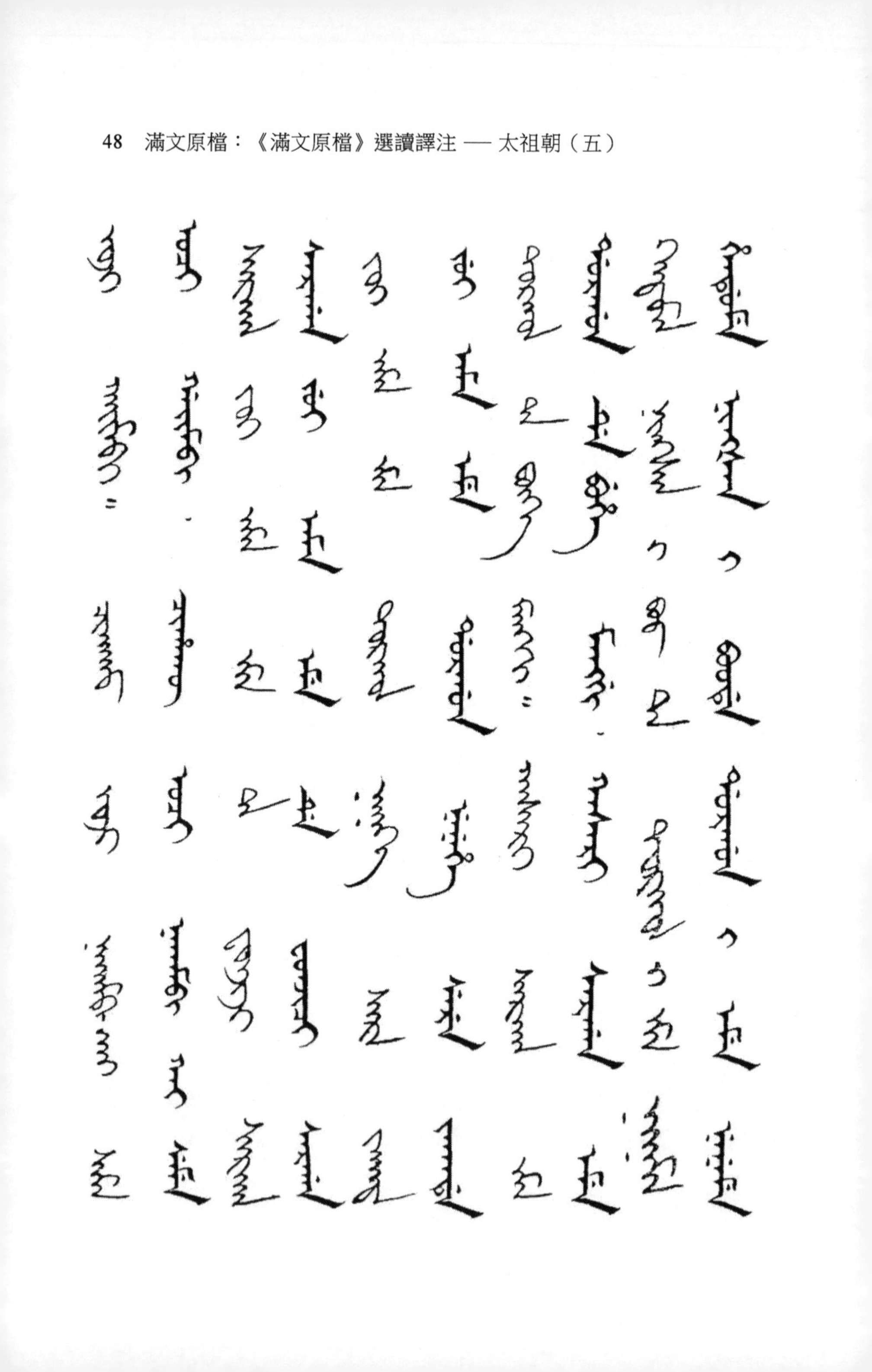

oci gaimbi, cihakū oci nakambikai seme, sargan jui ama eme de fonjici sargan jui ama eme dorgon nenehe sere jakade dorgon de buhe manggi, kasari sargan eme hendume, ningšan i boo de dorgon i eme neneme

---

可嫁娶，若不願則作罷也。」乃問女子之父母。女子之父母因多爾袞在先，故嫁多爾袞。後來喀薩裏之妻及母曰：「多爾袞之母先往寧善之家

可嫁娶，若不愿则作罢也。」乃问女子之父母。女子之父母因多尔衮在先，故嫁多尔衮。后来喀萨里之妻及母曰：「多尔衮之母先往宁善之家

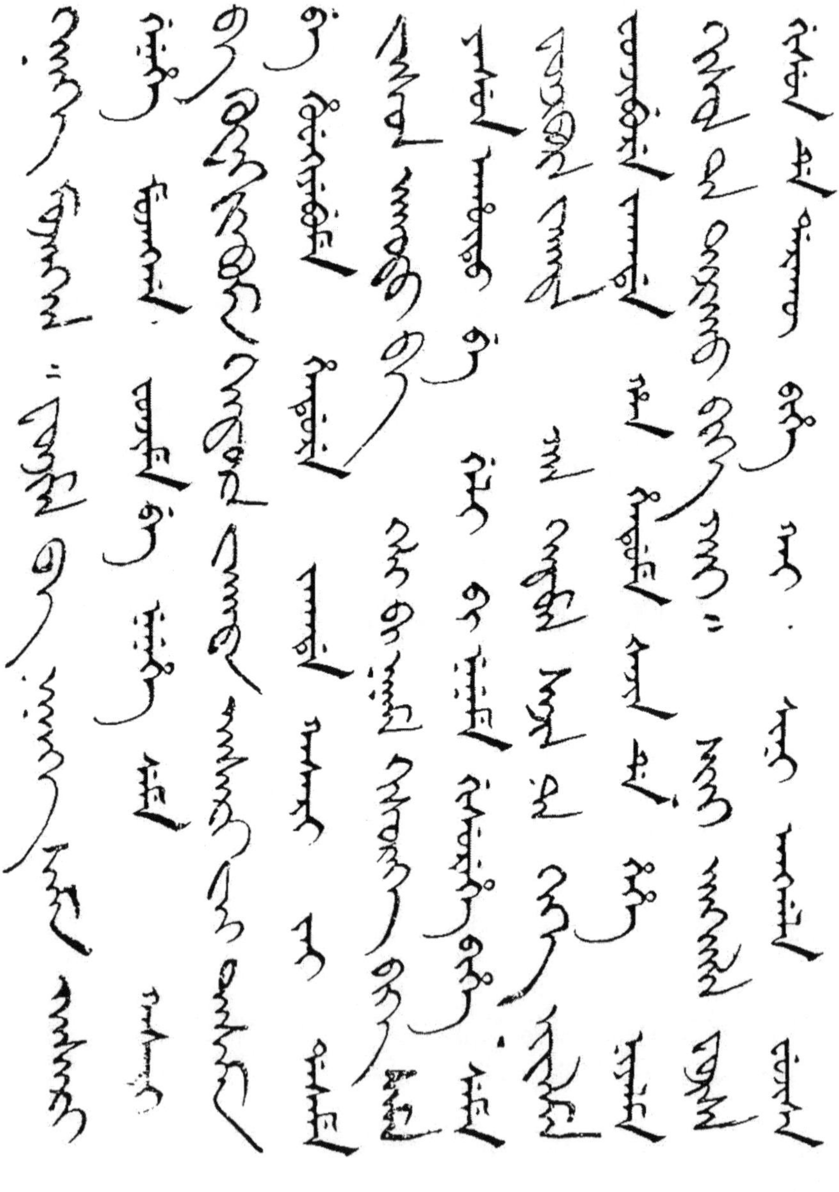

genehe mujangga, fonjime be nenehe seme kasari be
huwekiyebume hendure jakade, kasari jai dasame yasun
ahūtu be geli bi neneme gisurehe bihe seme fonjibure jakade,
han hendume, šajin de hehe niyalma gisun de darakū bihe
kai, sini anggala fujisa

是實，然而請示者乃我等為先。」如此勸唆喀薩裏。因喀
薩裏又託雅蓀、阿胡圖以我先說請示於汗。汗曰：「按律，
婦人不得出言幹與也，何況爾乎？

是实，然而请示者乃我等为先。」如此劝唆喀萨里。因喀
萨里又托雅荪、阿胡图以我先说请示于汗。汗曰：「按律，
妇人不得出言干与也，何况尔乎？

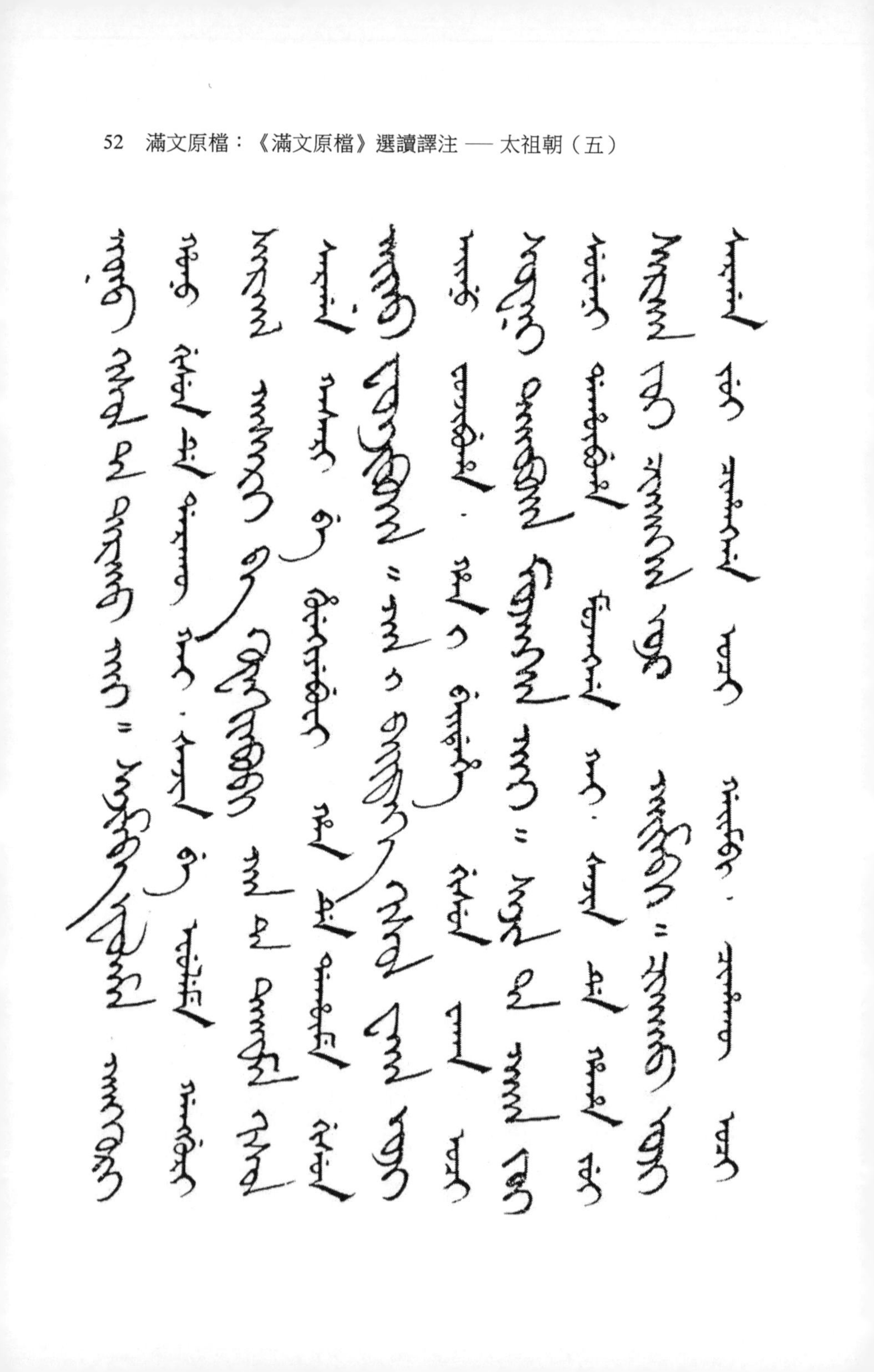

hono gisun de darakū kai, šajimbe efuleme gangguri sargan kasari be huwekiyebufi han de dahūme gisun ainu fonjibuha. han i beidehe gisun waka oci suweni dahūbuha mujangga kai. šajin de haha jui sargan jui cihangga oci gaimbi, cihakū oci

福晉尚且不得出言幹與也。剛古裏之妻為何破壞律法勸唆喀薩裏復請示於汗耶？若以汗之勘語為非，則爾等復請甚是也。按律，男女情願，可嫁娶，

福晋尚且不得出言干与也。刚古里之妻为何破坏律法劝唆喀萨里复请示于汗耶？若以汗之勘语为非，则尔等复请甚是也。按律，男女情愿，可嫁娶，

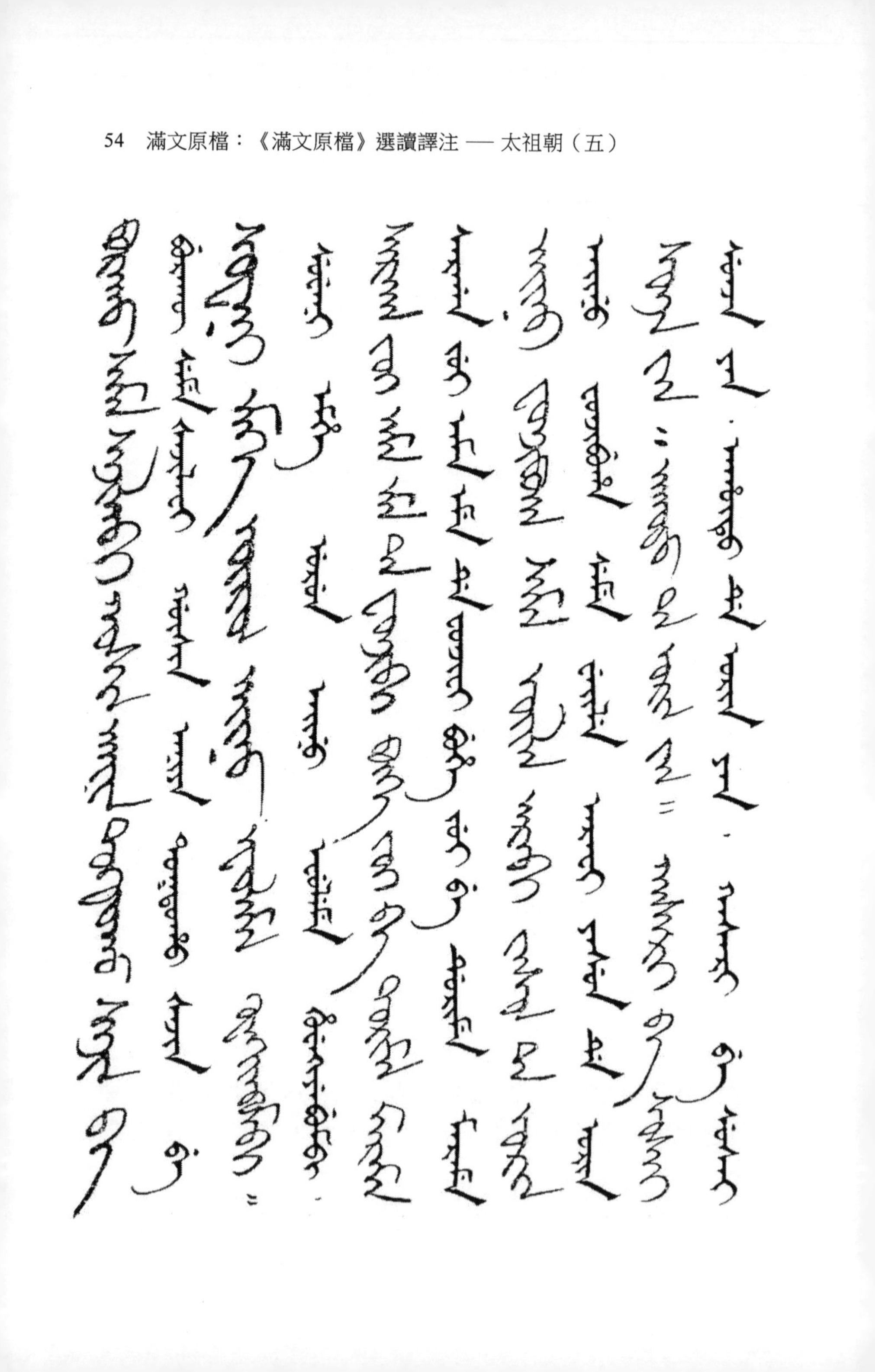

burakū seme šajilafī gūsin aniya toktoho šajin be suweni
emhe urun ainu efuleme huwekiyebumbi. sargan jui ama
eme de fonjifi buhe jui be durime marame ainu fonjibuha
seme, weile arafi yasun de orin sunja yan, ahūtu de orin yan,
kasari be susai

不願則可不嫁娶。爾等岳母媳婦為何破壞三十年所定之律
法而勸唆？為何詢問女子父母，奪其已聘之女耶？」遂治
其罪，罰雅蒴銀二十五兩，阿胡圖銀二十兩，喀薩裏鞭五
十，

不愿则可不嫁娶。尔等岳母媳妇为何破坏三十年所定之律
法而劝唆？为何询问女子父母，夺其已聘之女耶？」遂治
其罪，罚雅荪银二十五两，阿胡图银二十两，喀萨里鞭五
十，

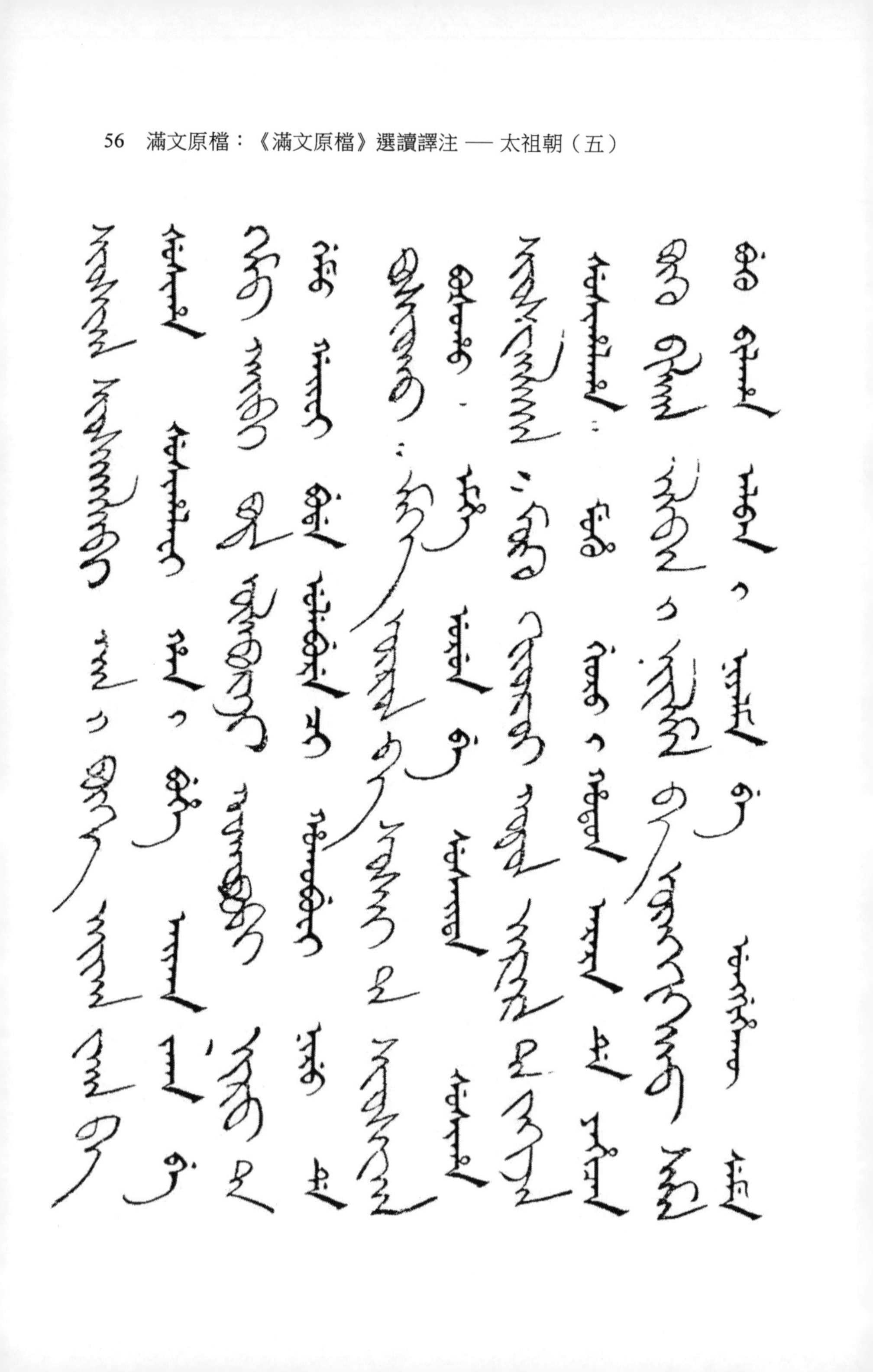

šusiha šusihalafi han i buhe aika jaka be gemu gaifi buda
ulebureci hokobufi niru de bošoho, emhe urun be susai ta
šusiha šusihalaha. muhu gioroi hoton arara de yahican buku
bilaha alban i niyalma be unggihekū seme

盡奪汗所賞一應物件，解除其司膳之職，逐入牛彔。媳婦
岳母各鞭五十。築穆虎覺羅城時，雅希禪布庫[20]未遣所限
官役往築，

尽夺汗所赏一应物件，解除其司膳之职，逐入牛彔。媳妇
岳母各鞭五十。筑穆虎觉罗城时，雅希禅布库未遣所限官
役往筑，

---

[20] 布庫，《滿文原檔》寫作 "büku"，《滿文老檔》讀作 "buku"。滿文 "buku"，
係蒙文 "böke"借詞，意即「摔跤手」。

四、上天無梯

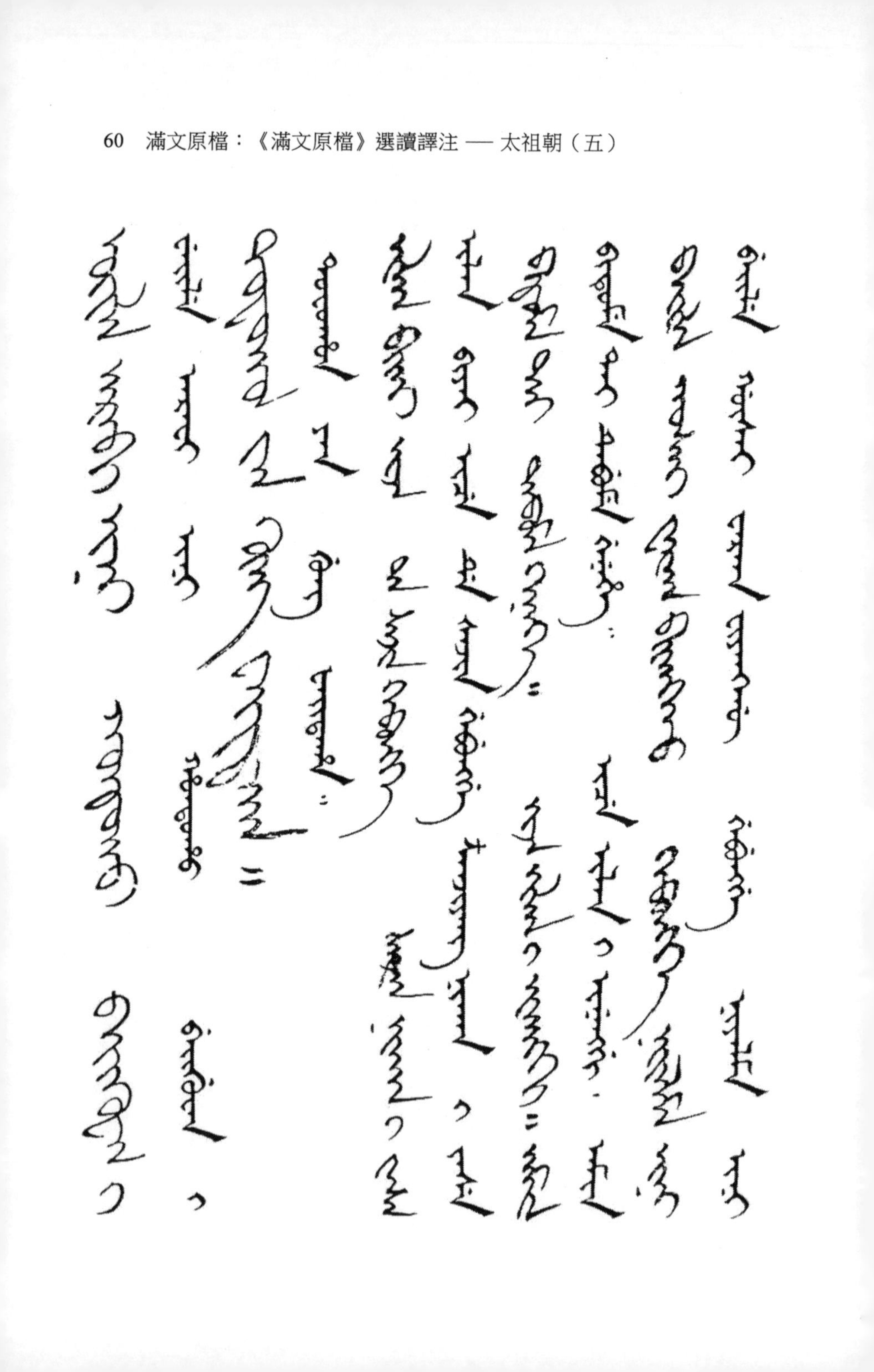

ᠮᠠᠨᠵᡠ

weile arafi ini hontoho beiguwan i tofohon yan gung faitaha.
ilan biyai ice de šajin gebungge ts'anjiyang nikan i jase
bitume tai tebume genehe. ice ilan i inenggi, amin beile
gūsai warka fiyanggū gebungge niyalma ini

遂治其罪，裁其管領下備禦十五兩之功。三月初一日，命
名叫沙金之參將，前往沿明邊安設臺站。初三日，阿敏貝
勒旗下有名叫瓦爾喀費揚古[21]者，

遂治其罪，裁其管领下备御十五两之功。三月初一日，命
名叫沙金之参将，前往沿明边安设台站。初三日，阿敏贝
勒旗下有名叫瓦尔喀费扬古者，

---

[21] 費揚古，《滿文原檔》讀作 "bijangko"，讀作 "biyangkū"，《滿文老檔》
讀作 "fiyanggū"，意即「最小的、最末的」。按 "biyangkū"，音譯作「篇
古」。

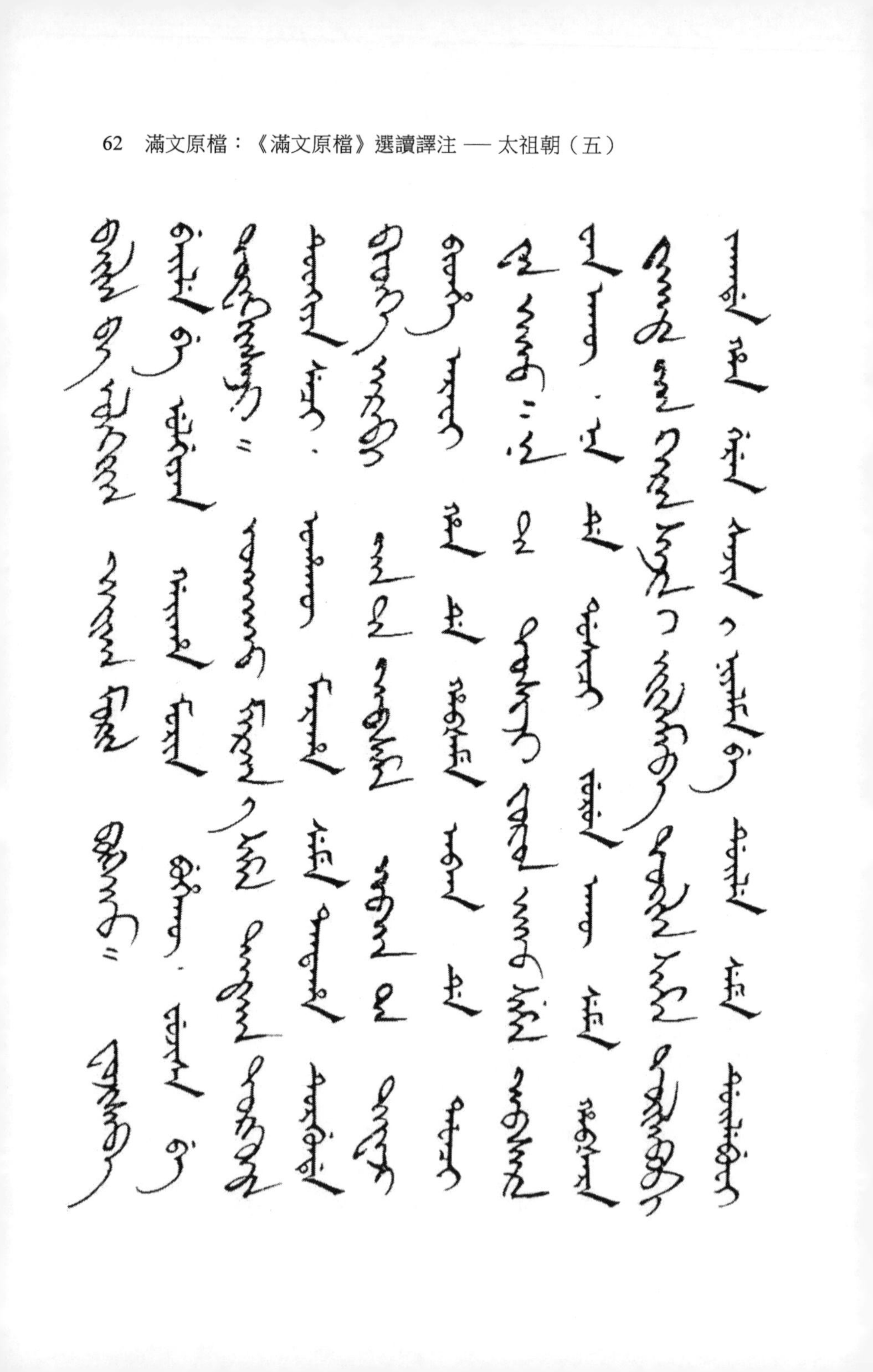

beile be ulgiyan gaiha morin buhekū, fujisabe tuwakiyaseci, ohakū maraha seme tantaha turgunde bithe arafi han de habšame, abka de tafaci wan akū, na de dosici jurun akū seme habšara jakade han geren šajin i niyalmabe duile seme duilebufi

因取人豬豕，未還馬匹，拒不守護福晉，被其貝勒鞭笞，故具書上告於汗，謂上天無梯，入地無洞。汗命眾執法之人勘斷。

因取人猪豕，未还马匹，拒不守护福晋，被其贝勒鞭笞，故具书上告于汗，谓上天无梯，入地无洞。汗命众执法之人勘断。

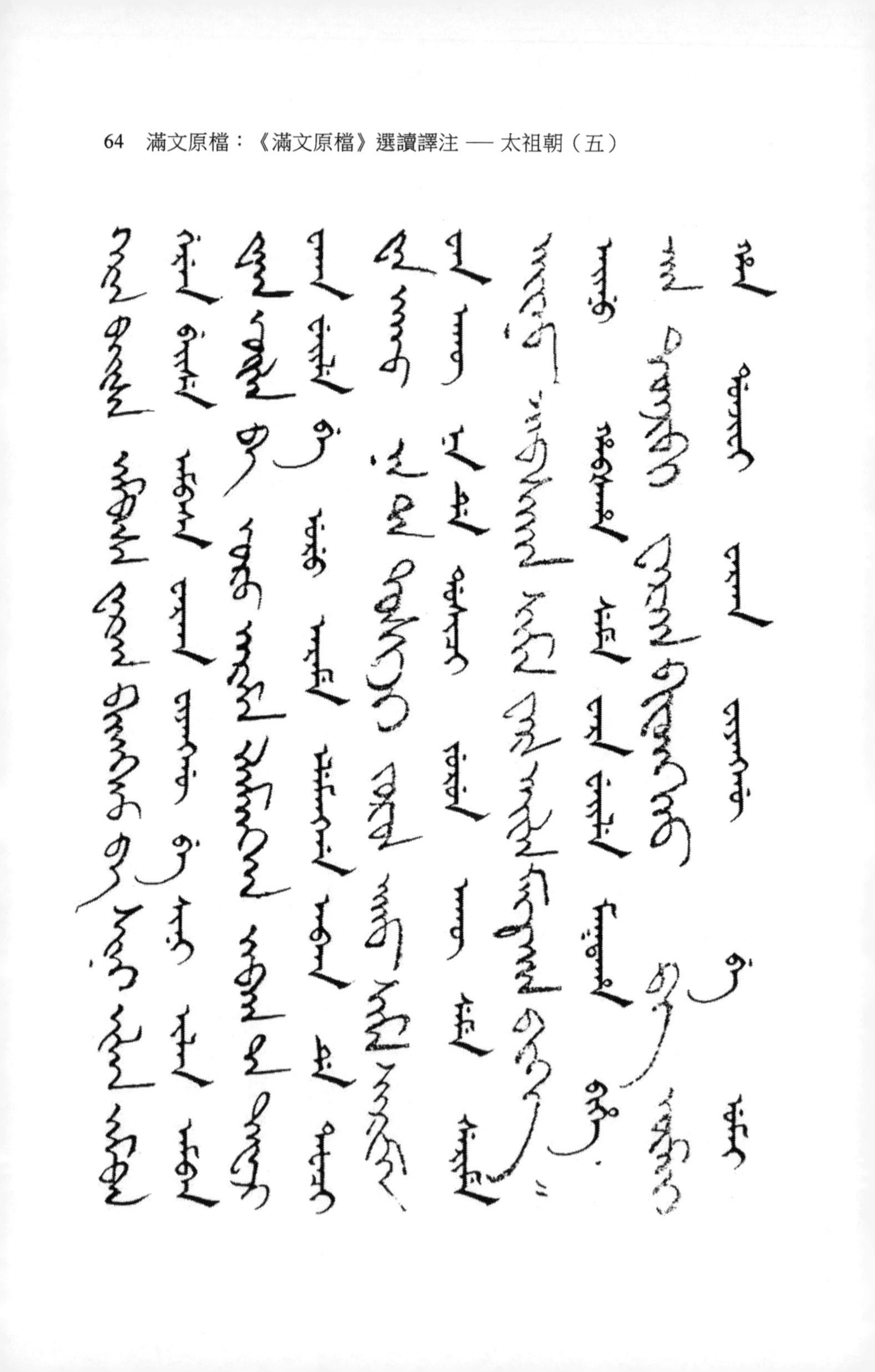

geren beise ambasa warka fiyanggū be sini ilan amban waka weile be uru arame elemangga abka de tafaci wan akū na de dosici jurun akū seme šerime ainu habšaha seme wara weile maktaha bihe. han donjifi warka fiyanggū be umai

---

經勘斷後，諸貝勒大臣責瓦爾喀費揚古曰：「爾為何以所犯三大罪過為是，反以上天無梯，入地無洞為詞，要挾控訴耶？」遂擬死罪[22]。汗聞之曰：「瓦爾喀費揚古

经勘断后，诸贝勒大臣责瓦尔喀费扬古曰：「尔为何以所犯三大罪过为是，反以上天无梯，入地无洞为词，要挟控诉耶？」遂拟死罪。汗闻之曰：「瓦尔喀费扬古

---

[22] 擬死罪，《滿文原檔》寫作 "wara üile (誤書作 aile) maktaka(陰性 k)"，《滿文老檔》讀作 "wara weile maktaha (陽性 k)"；此與 "wara weile tuheneke" 同義。

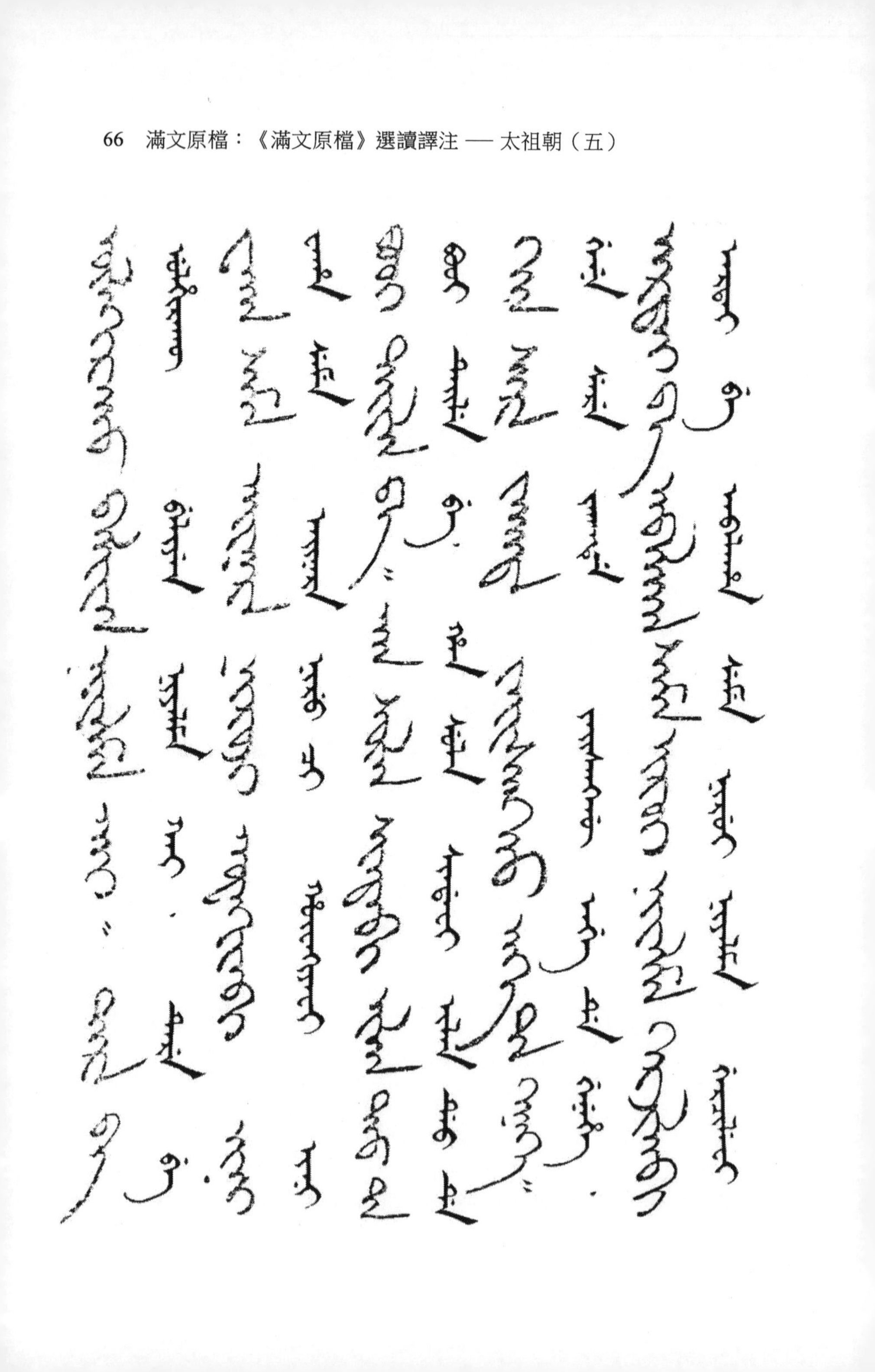

ulhirakū beliyen niyalma kai, tere be waha seme ainara. niruci hūwakiyafi ini booi teile be, han sula sindafi ilan deo de gene sere jakade jaisanggū age de genehe. artai be abalaha seme nirui niyalma gercilefi

乃全然無知癡漢，殺之何為？」遂逐出牛彔，散放其家，令其往投三弟[23]，遂往投齋桑古阿哥。阿爾泰因圍獵為牛彔之人首告，

乃全然无知痴汉，杀之何为？」遂逐出牛彔，散放其家，令其往投三弟。遂往投斋桑古阿哥。阿尔泰因围猎为牛彔之人首告，

23　三弟，句中「弟」，《滿文原檔》寫作“tao”，《滿文老檔》讀作“deo”。按滿文“deo”，係蒙文“degü”借詞，意即「弟弟」。

五、罰銀案件

ᠪᡳᡨᡥᡝ
ᠠᡵᠠᠮᡝ
ᡳᠨᡝᡢᡤᡳ

ᡳᠨᡝᠩᡤᡳ
ᠪᡝᠶᡝ
ᠠᠮᠪᠠ

gercilehe jušen hokoho, uyun yan i weile araha. šorhoi be
sunja niru be kadalambi seme eihen šangnaha bihe šangnaha
eihen be amasi gercilefi, gerci hokoho ihan toodame gaiha,
orin yan i weile araha.

命罰銀九兩治罪，並准首告之諸申離去。碩爾輝因管轄五
牛彔曾賞以驢，後為人首告，又將所賞之驢收回，准首告
者離去，令其以牛償還，罰銀二十兩治罪。

命罚银九两治罪，并准首告之诸申离去。硕尔辉因管辖五
牛彔曾赏以驴，后为人首告，又将所赏之驴收回，准首告
者离去，令其以牛偿还，罚银二十两治罪。

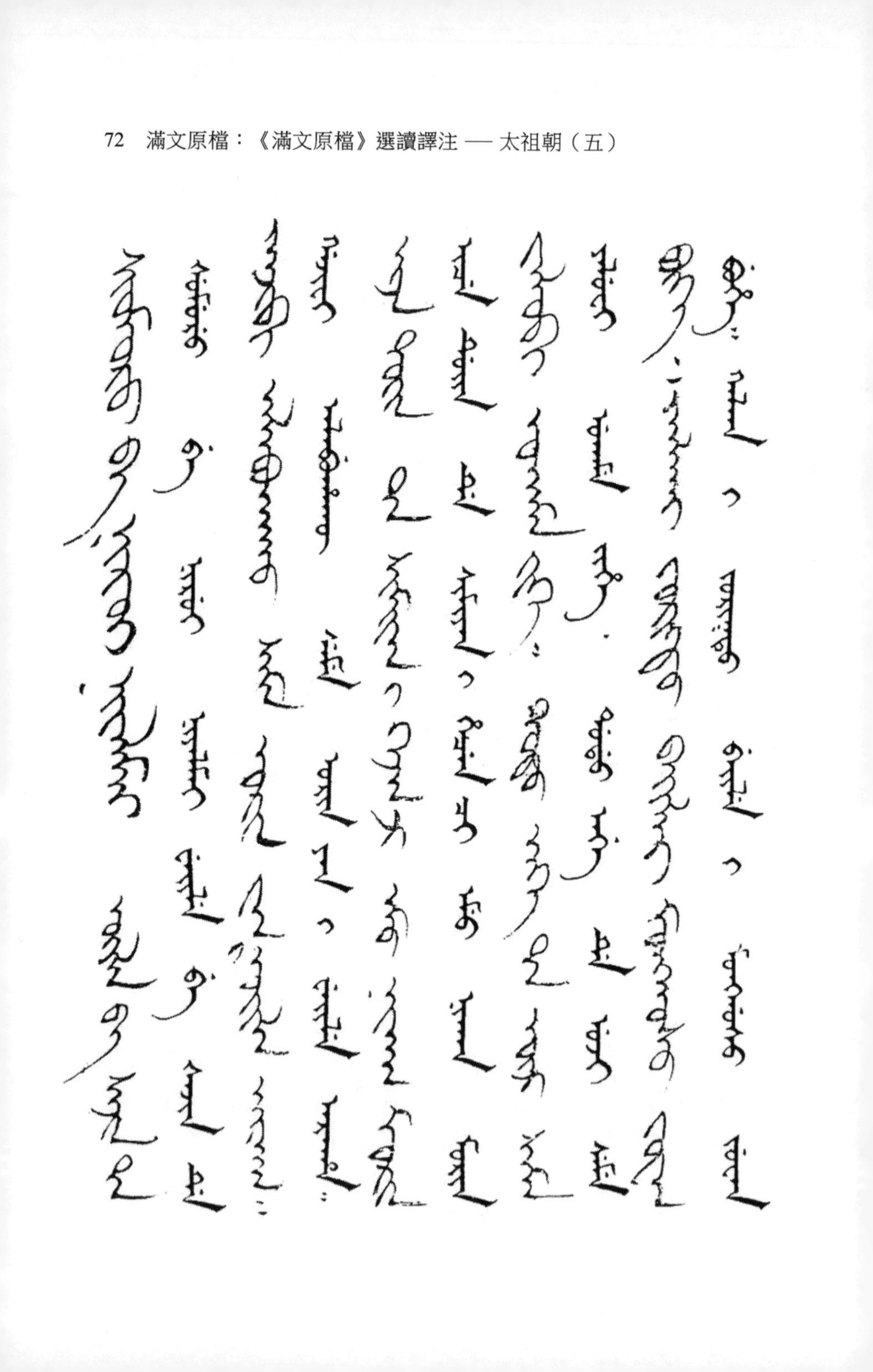

šumuru be nirui niyalmai weile be šajin de gajifi alabuhakū
seme orin yan i weile araha. ice duin de simiyan i hecen ci
emu nikan morin yalufi ukame jihe, dodo age de uji seme
buhe. kalkai joriktu beilei monggoso juwan

舒穆魯因其牛彔之人枉法未報法司，罰銀二十兩治罪。初
四日，有一漢人自瀋陽城乘馬逃來，給與多鐸阿哥豢養
之。喀爾喀卓裏克圖貝勒屬下蒙古十人

舒穆鲁因其牛彔之人枉法未报法司，罚银二十两治罪。初
四日，有一汉人自沈阳城乘马逃来，给与多铎阿哥豢养之。
喀尔喀卓里克图贝勒属下蒙古十人

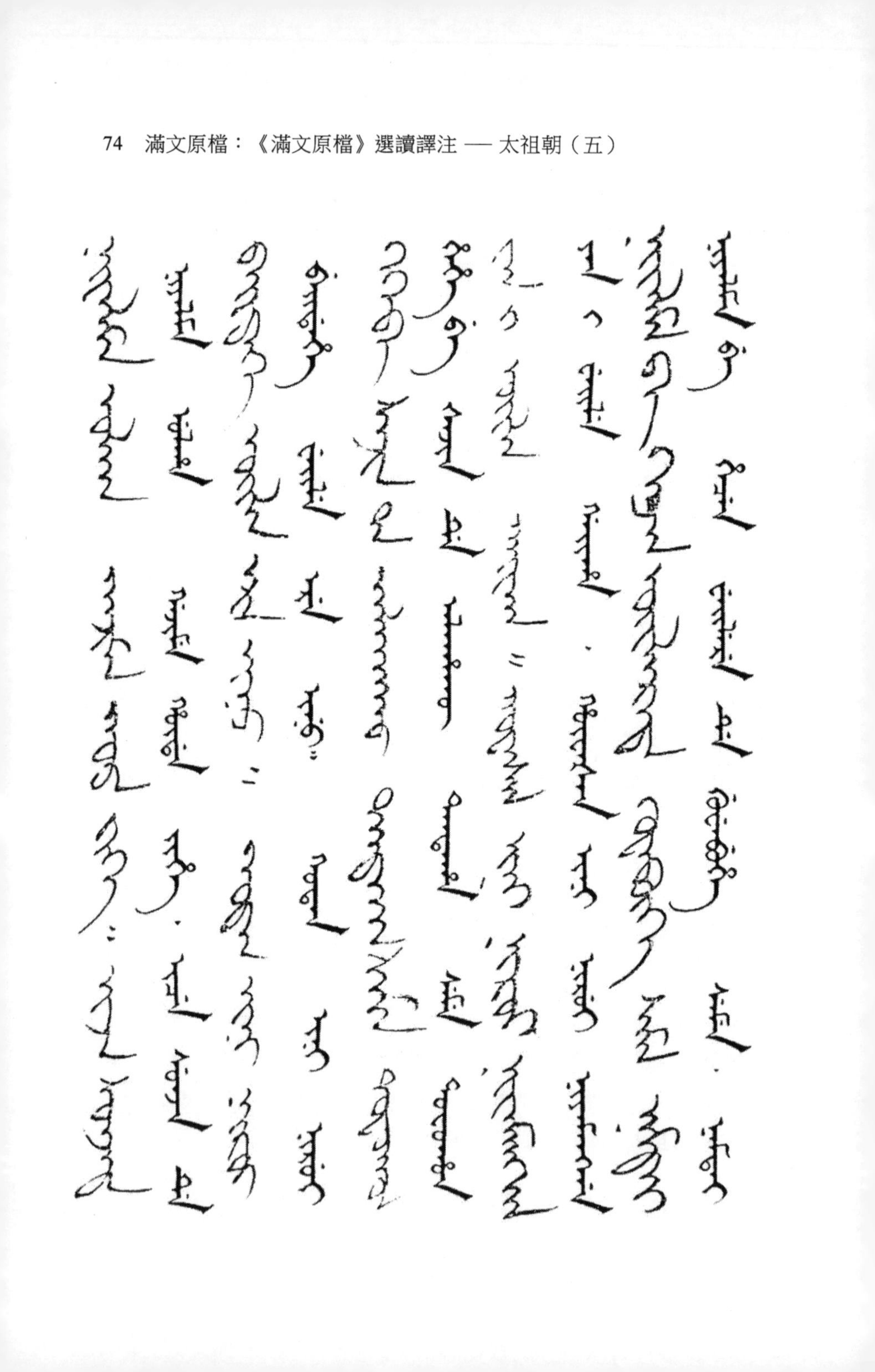

niyalma ulha gajime hūda jihe. ice sunjade beidehe weile ere
inu. kotan ini nirui hehebe šajin de alahakū tantaha seme
tofohon yan i weile gaiha, hūwašan ini nirui niyamangga
niyalma be hecen weilerede guwebuhe seme namtai

攜帶牲畜前來貿易。初五日，審理犯罪案件如下：科坦擅
笞其牛彔下婦人，未報法司，罰銀十五兩。華善擅免其牛
彔下親人築城，

携帶牲畜前来貿易。初五日，审理犯罪案件如下：科坦擅
笞其牛彔下妇人，未报法司，罚银十五两。华善擅免其牛
彔下亲人筑城，

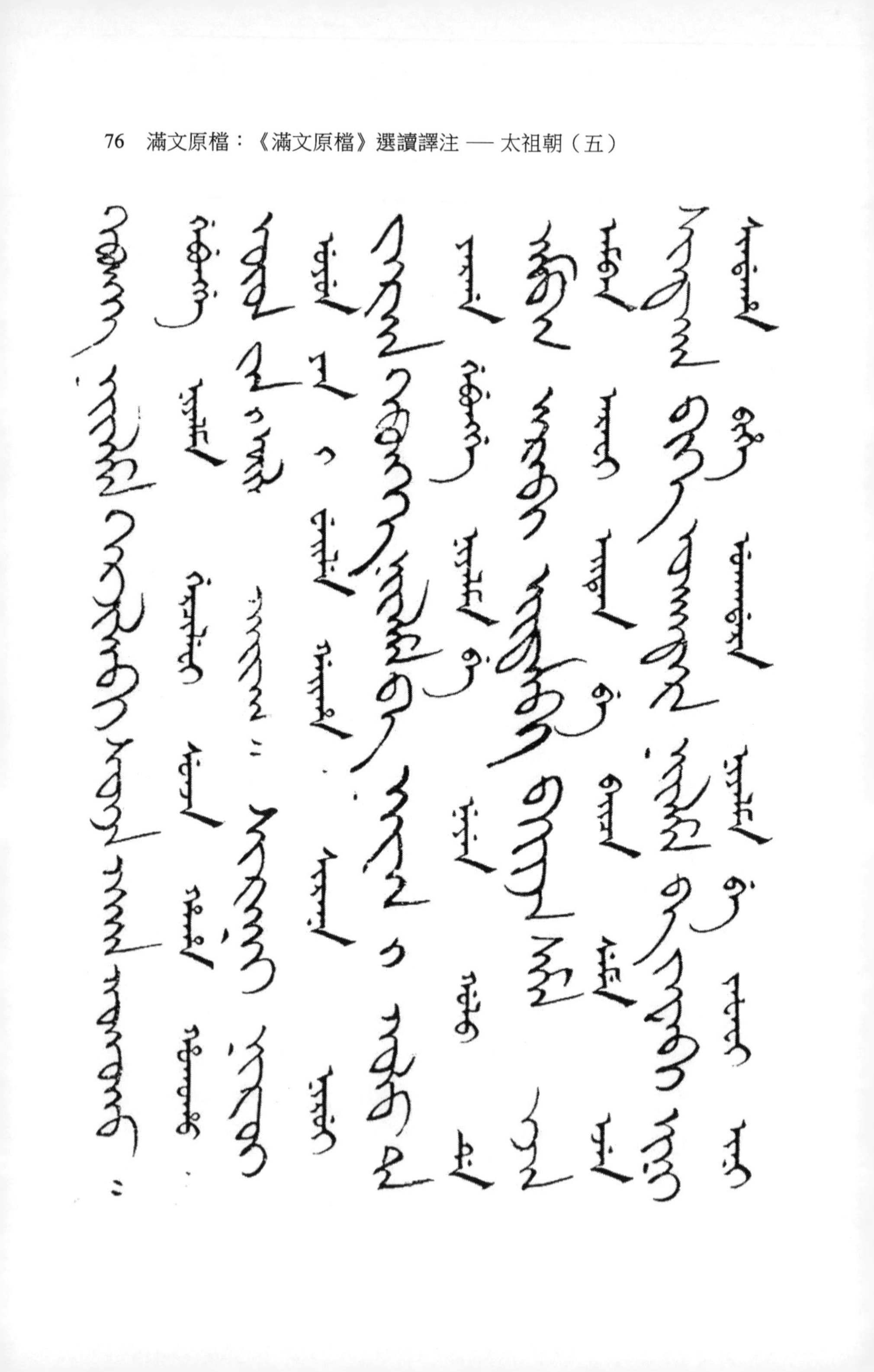

gebungge niyalma gercilefi sunja haha hokoho, uyun yan i weile gaiha. siranai nirui yarga gebungge niyalma be neyen i golo de amban arafi eitembe baica seme ejen sindaha bihe ukandara niyalma be jafafi ini

---

被名叫納木泰之人首告，奪其男丁五人，罰取銀九兩。錫喇納牛彔下名叫雅爾噶之人，曾授為主管訥殷路稽查一切事宜大臣。後執逃人，

被名叫纳木泰之人首告，夺其男丁五人，罚取银九两。锡喇纳牛彔下名叫雅尔噶之人，曾授为主管讷殷路稽查一切事宜大臣。后执逃人，

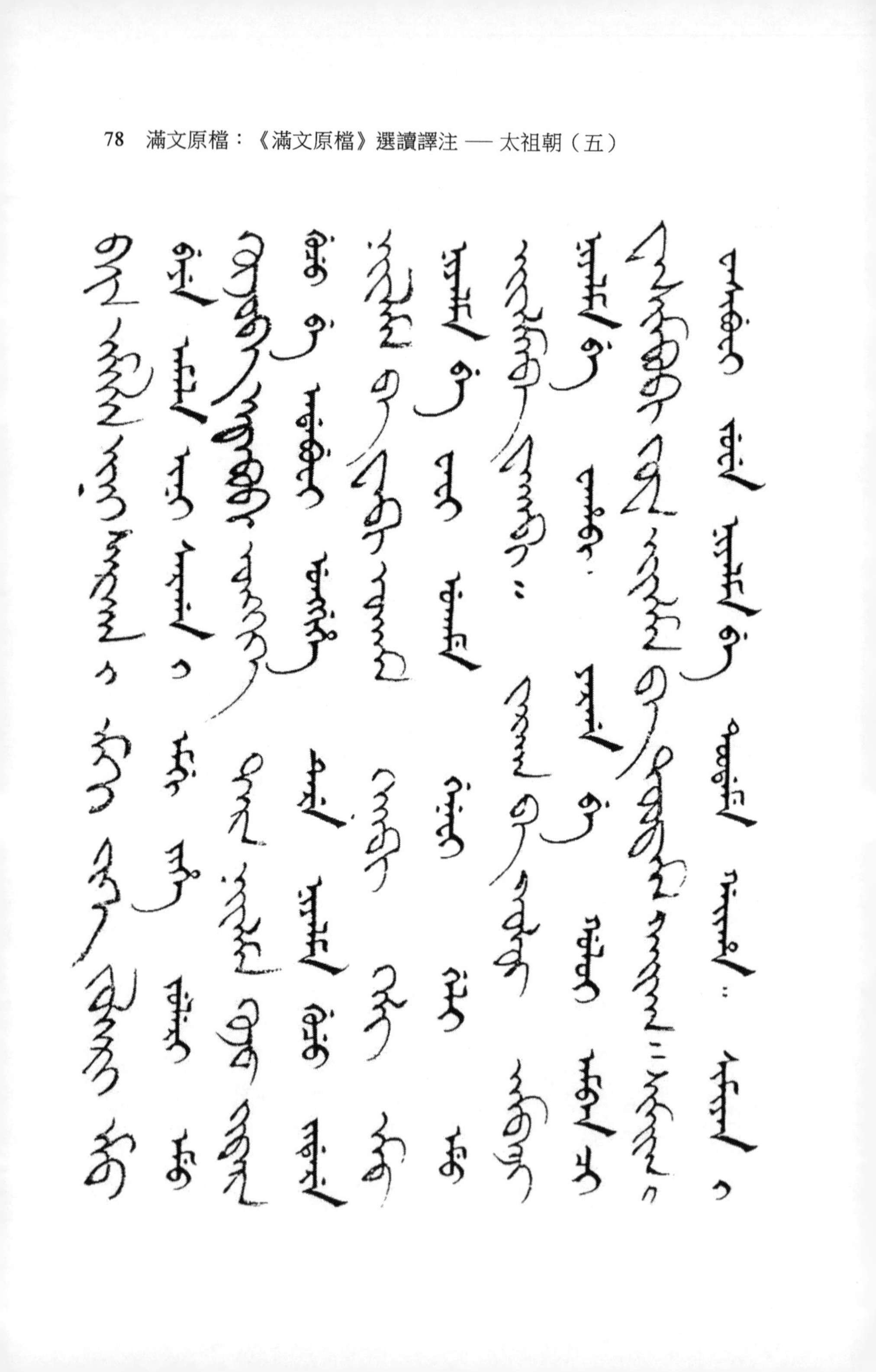

beye amala ini sargan i emgi jihe juleri emu gucube adabufi unggihe tere niyalma gucu jidere niyalma be wafi ukame genefi geli emu niyalmabe wahabi, yarga be goloi ambanci wasibufi juwe niyalma be toodame gaiha. simiyan i

---

遣其僚友一人押解先行，其自身與其妻隨後而來。該逃人殺押解僚友而逃走，又殺一人。遂降雅爾噶管路大臣之職，並命償還二人。

遣其僚友一人押解先行，其自身与其妻随后而来。该逃人杀押解僚友而逃走，又杀一人。遂降雅尔噶管路大臣之职，并命偿还二人。

六、兵臨瀋陽

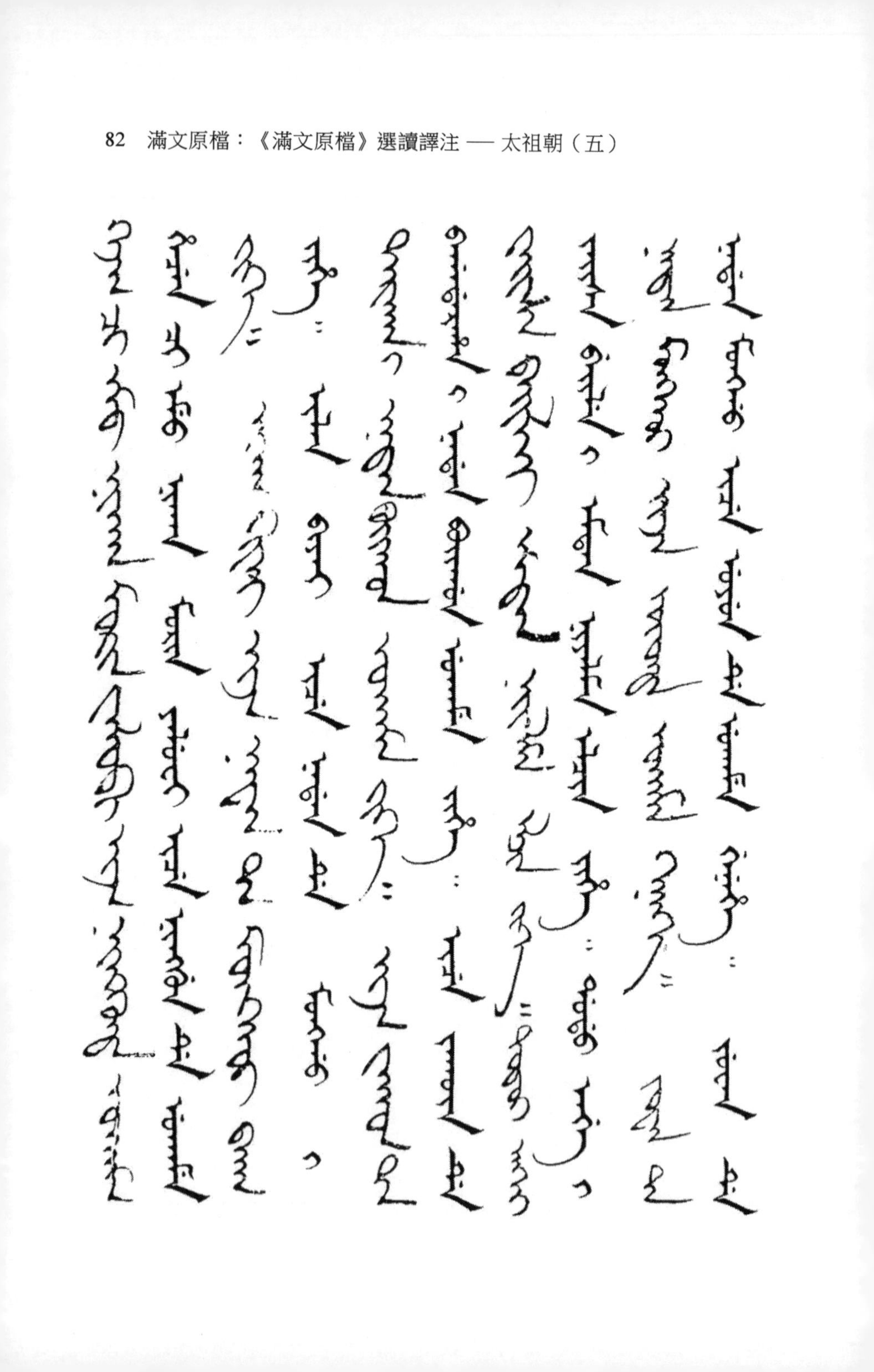

hecen ci emu nikan morin yalufi ice ninggunde ukame jihe. ilan biyai ice nadan de monggo i baga darhan i nadan boigon ukame jihe. ice jakūn de jaisa beilei emtan niyalma elcin jihe. dodoi agei nadan monggoi ice uyunde ukame genehe. juwan de

---

有一漢人自瀋陽[24]城乘馬於初六日逃來。三月初七日，蒙古巴噶達爾漢屬下七戶逃來。初八日，齋薩貝勒所遣使者額木坦到來。多鐸阿哥屬下蒙古人七名，於初九日逃走。

有一汉人自沈阳城乘马于初六日逃来。三月初七日，蒙古巴噶达尔汉属下七户逃来。初八日，斋萨贝勒所遣使者额木坦到来。多铎阿哥属下蒙古人七名，于初九日逃走。

---

[24] 瀋陽，《滿文原檔》寫作 "simijan"，《滿文老檔》讀作 "simiyan"。滿文本《大清太祖武皇帝實錄》卷三，作 "sin yang"，滿蒙漢三體《滿洲實錄》卷六，滿文作 "šen yang"。 瀋陽，規範滿文讀作 "mukden" 意即「盛京」。

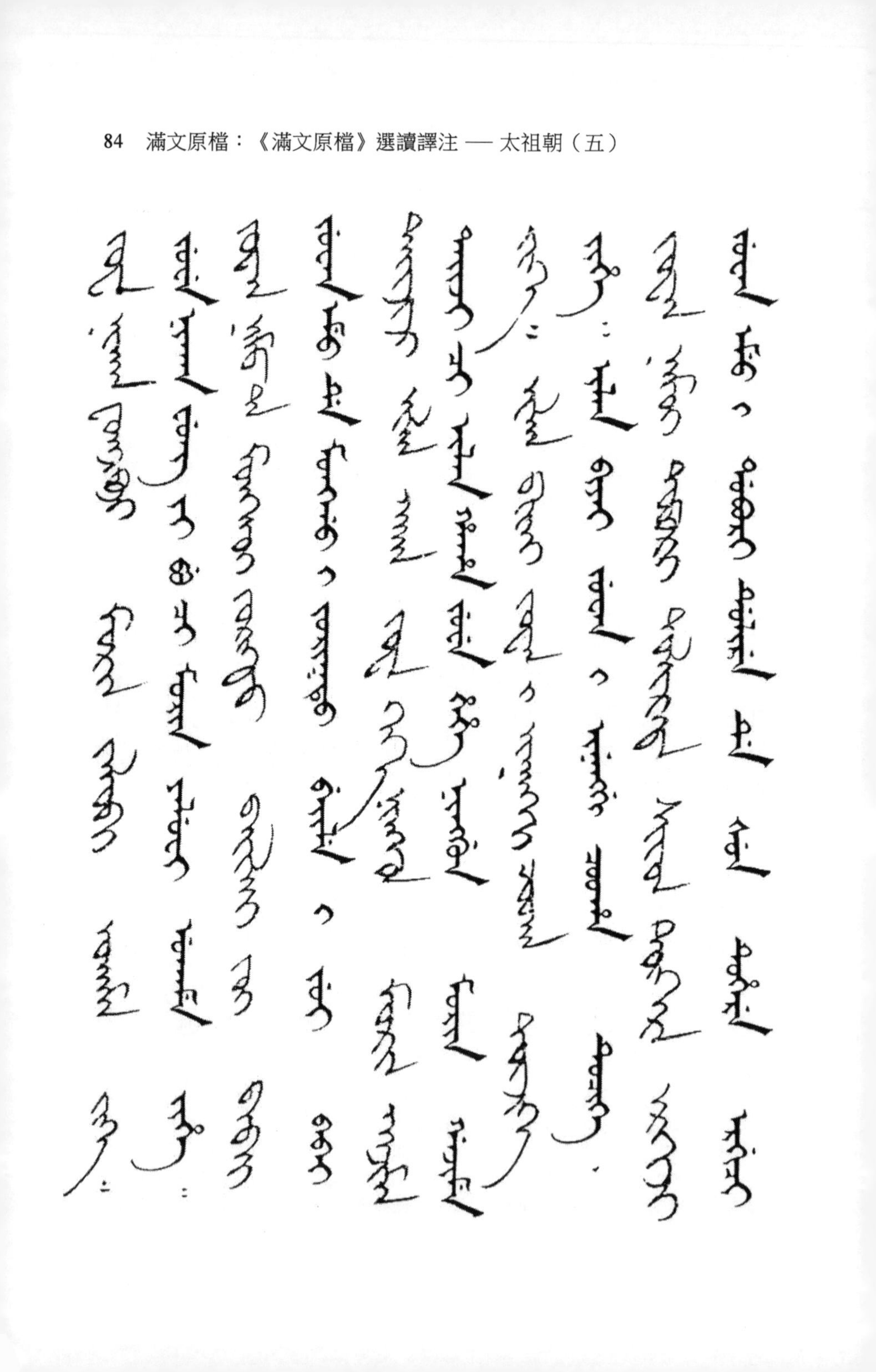

ᠰᠠᠮᠰᠢᠩᡤᠠ
ᠮᠠᠨᠵᡠ

juwe nikan fungjipuci morin yalufi ukame jihe. juwan emu de monggoi joriktu beilei jui babai taijici ilan haha juwe hehe ninggun morin gajime jihe. ilan biyai juwan i inenggi cooha tucike. juwan emui dobori dulirede šun tuhere ergici

---

初十日，有漢人二名自奉集堡乘馬逃來。十一日，蒙古卓裹克圖貝勒之子巴拜台吉所屬之三男二女，攜馬六匹來投。三月初十日，出兵。十一日夜半

初十日，有汉人二名自奉集堡乘马逃来。十一日，蒙古卓里克图贝勒之子巴拜台吉所属之三男二女，携马六匹来投。三月初十日，出兵。十一日夜半

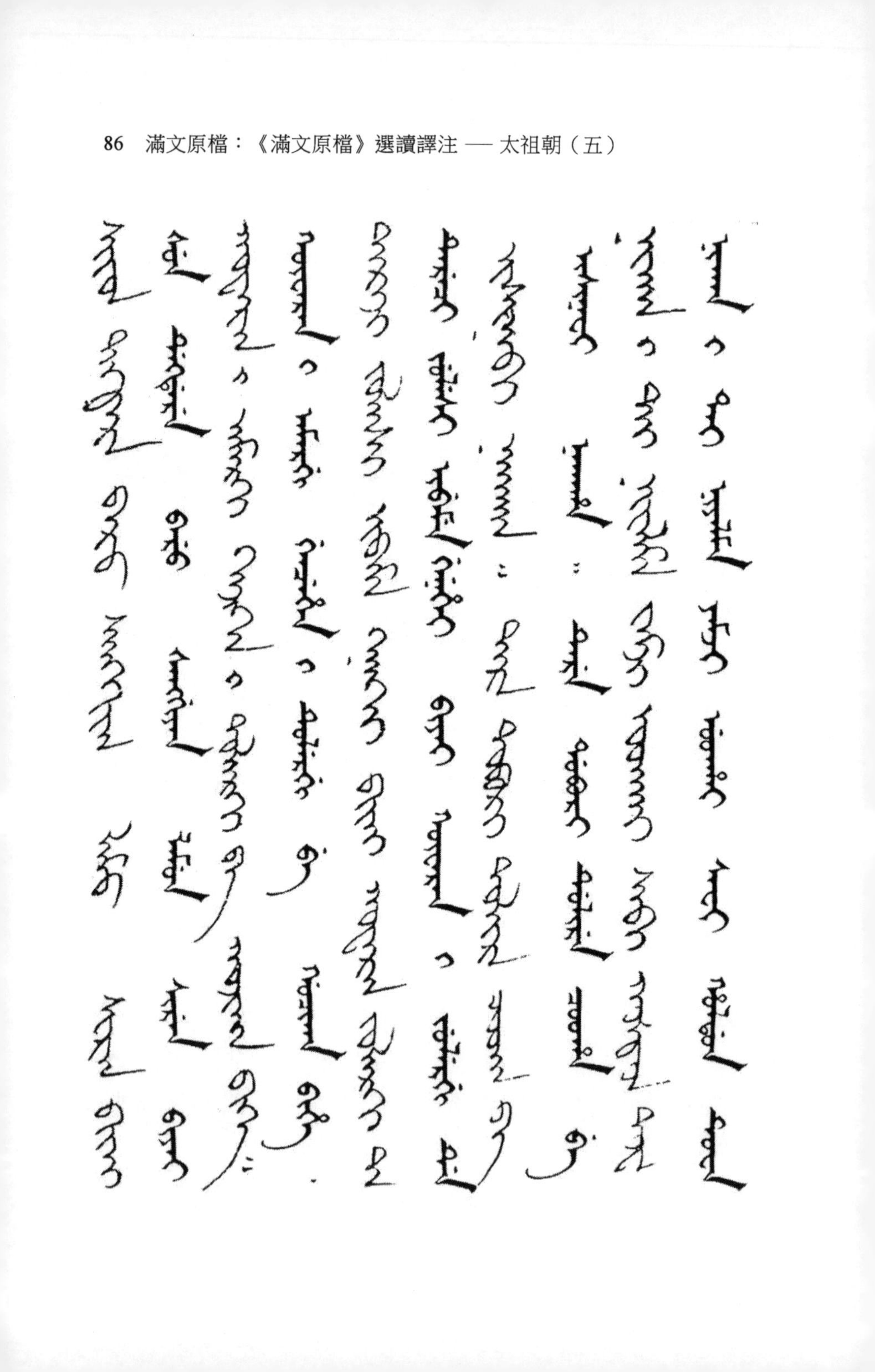

šun dekdere baru šanggiyan lamun siren biyai kūwaran i
amargi gencehen i tulergi be gocika bihe. tereci julesi ibeme
genehei biyai kūwaran i julergi de isinafi nakaha. tere dobori
dulire cooha be nikan i tai niyalma yamji uthai safi holdon
tuwa

有白藍二氣自西向東，繞月暈以北出，移至月暈以南而
止。是晚，明燉臺偵卒即知我兵連夜而至，遂舉烽火

有白蓝二气自西向东，绕月晕以北出，移至月晕以南而止。
是晚，明炖台侦卒即知我兵连夜而至，遂举烽火

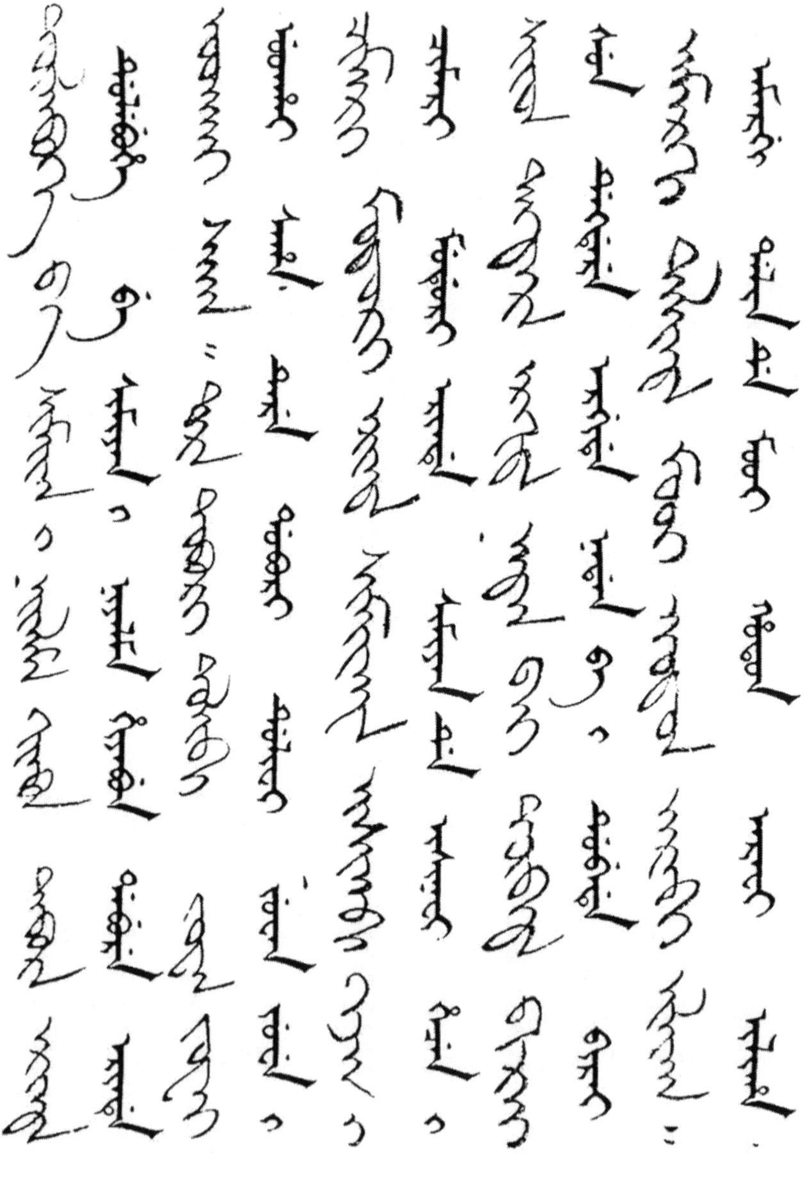

dulebuhe be simiyan i niyalma hiyabun dabure erinde uthai saha. tere dobori dulifi juwan juwei cimari muduri erinde simiyande isinafi hecen i šun dekdere ergide nadan bai dubede birai amargi dalinde mooi hoton arafi iliha.

示警。瀋陽之人於掌燈[25]時分即知。過是夜，十二日晨辰時，我兵至瀋陽，於城東七裏外河之北岸設立木城駐營，

示警。沈阳之人于掌灯时分即知。过是夜，十二日晨辰时，我兵至沈阳，于城东七里外河之北岸设立木城驻营，

[25] 掌燈，《滿文原檔》寫作 "kijabon tabora"，《滿文老檔》讀作 "hiyabun dabure"，意即「點燃糠燈」。

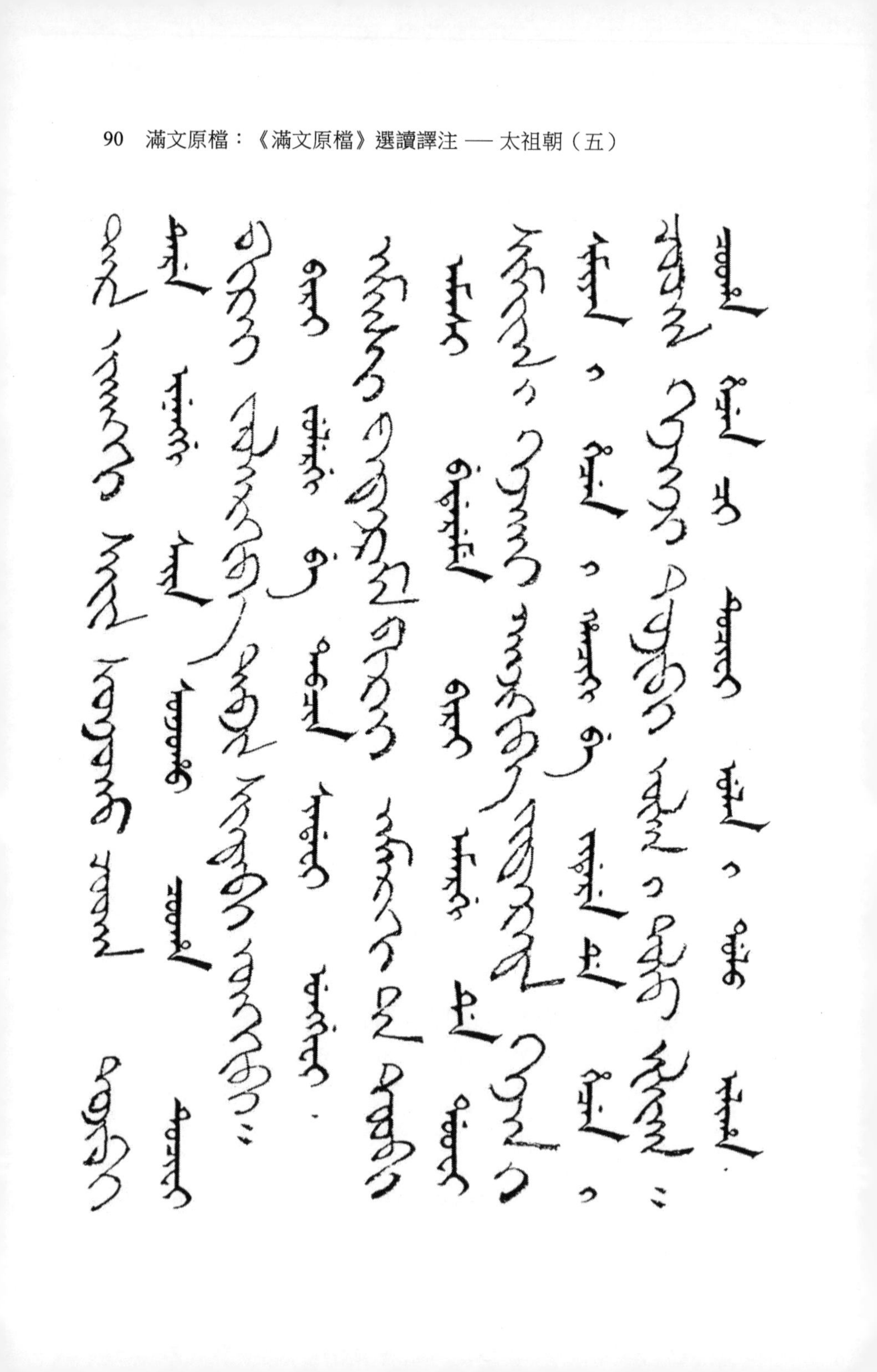

tere inenggi sain sonjoho cooha tucifi birai julergibe tabcin sindafi unggifi, amasi bedereme birai amargi de doofi simiyan i heceni hancikibe jiderede hecen i cooha hecenci tucifi ulan i dolo iliha,

是日，即遣精銳之兵往掠河南，掠後返回，渡過河北。來至近瀋陽城時，城內明兵出城外立於壕內，

是日，即遣精锐之兵往掠河南，掠后返回，渡过河北。来至近沈阳城时，城内明兵出城外立于壕内，

七、攻陷瀋陽

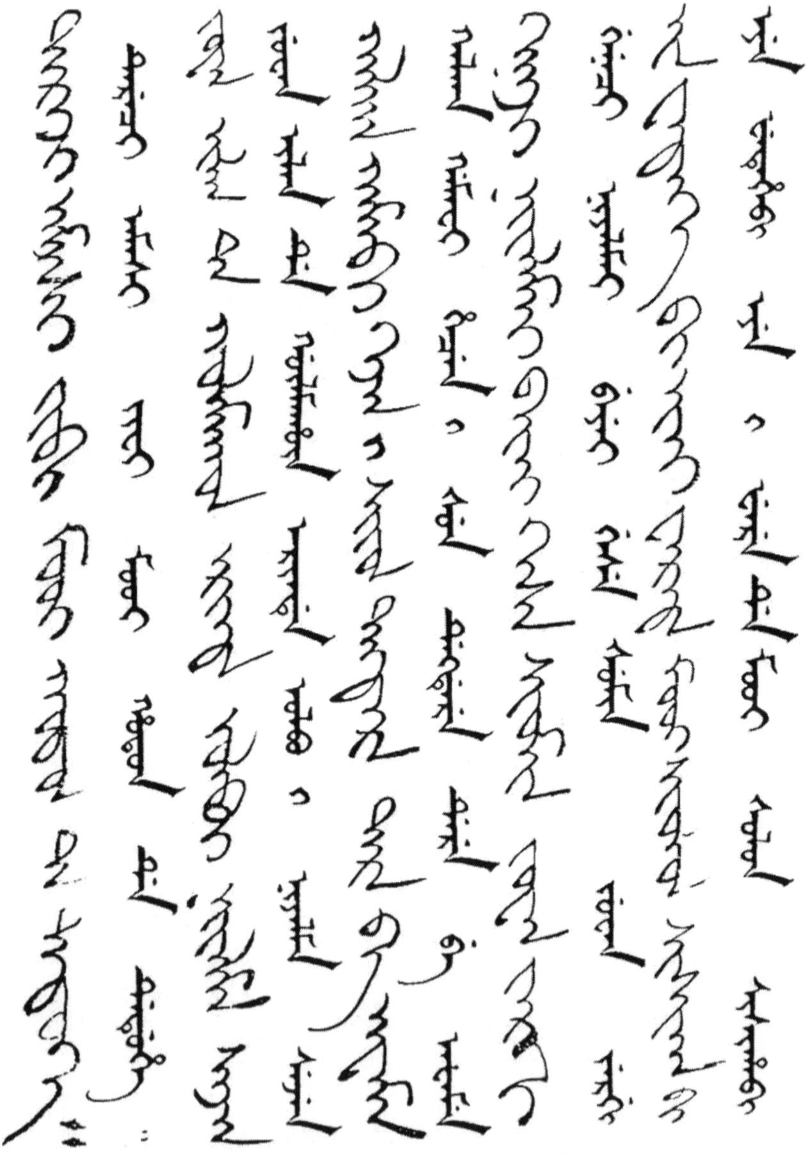

tereci amasi jifi mooi hoton de deduhe. juwan ilan de
gūlmahūn erinde olboi niyalma sejen kalka gamafi hecen i
šun dekdere dere be afame geneci niyalmai beyei gese šumin
juwan jergi eye fetehe bi, eyei ferede mooi šolon sisiha bi,

我兵遂退回木城住宿。十三日卯時，敖爾布之人，攜車、
盾往攻城東。明人掘塹十層，深似人身，塹底插尖椿，

我兵遂退回木城住宿。十三日卯时，敖尔布之人，携车、
盾往攻城东。明人掘堑十层，深似人身，堑底插尖桩，

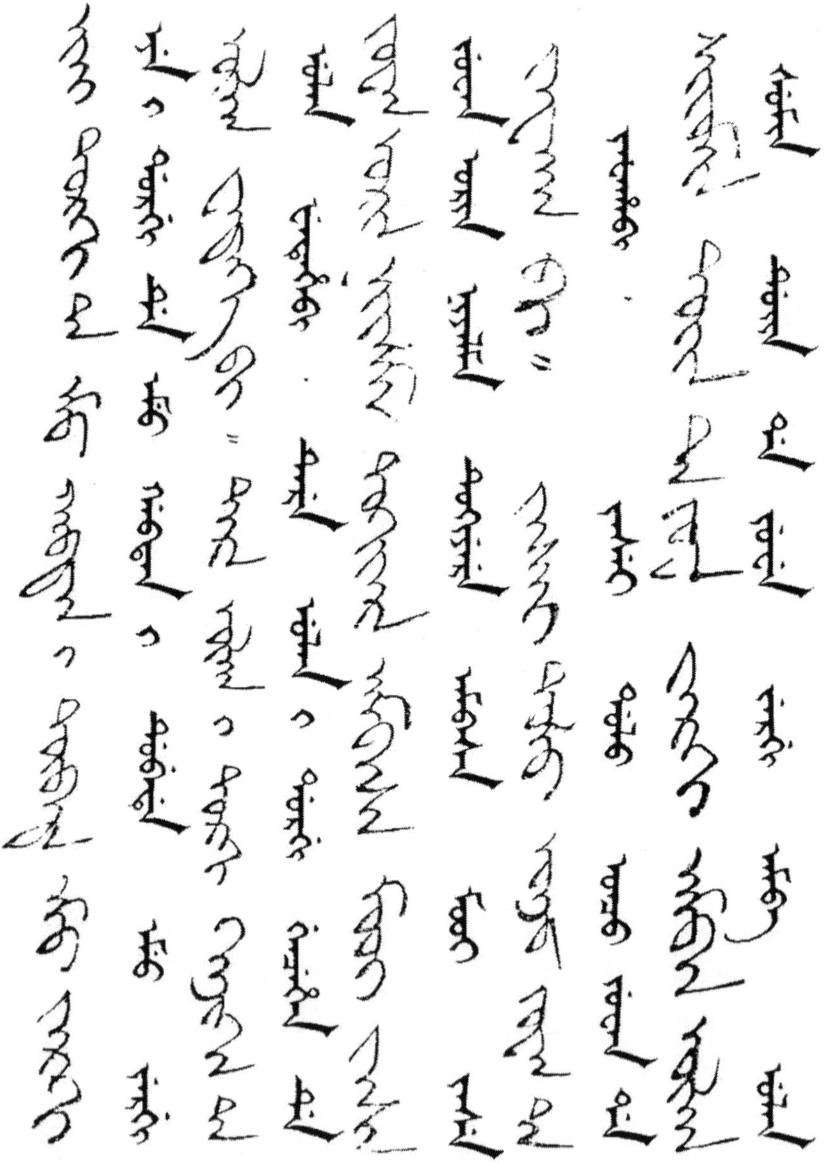

eyei dorgi de emu gabtan i dubede emu jergi ulan fetehe bi.
tere ulan i dorgi gencehen de juwan orin niyalma tukiyere
ambasa mooi jase jafaha bi, jasei dolo onco juwan da šumin
duin da juwe jergi amban ulan

塹內一箭之地，復掘壕一層，壕內邊沿以十人、二十人始
能擡起之巨木為柵[26]，柵內又掘有大壕二層，寬十庹，深
四庹。

堑內一箭之地，复掘壕一层，壕内边沿以十人、二十人始
能抬起之巨木为栅，栅内又掘有大壕二层，宽十庹，深四
庹。

---

[26] 為柵，《滿文原檔》寫作 "jasa jawaka bi"，《滿文老檔》讀作 "jase
jafahabi"，意即「搭建木柵」。句中 "jase"，係漢文「柵子」音譯，與「口
外、邊陲」義的 "jase"，乃同形異義詞。

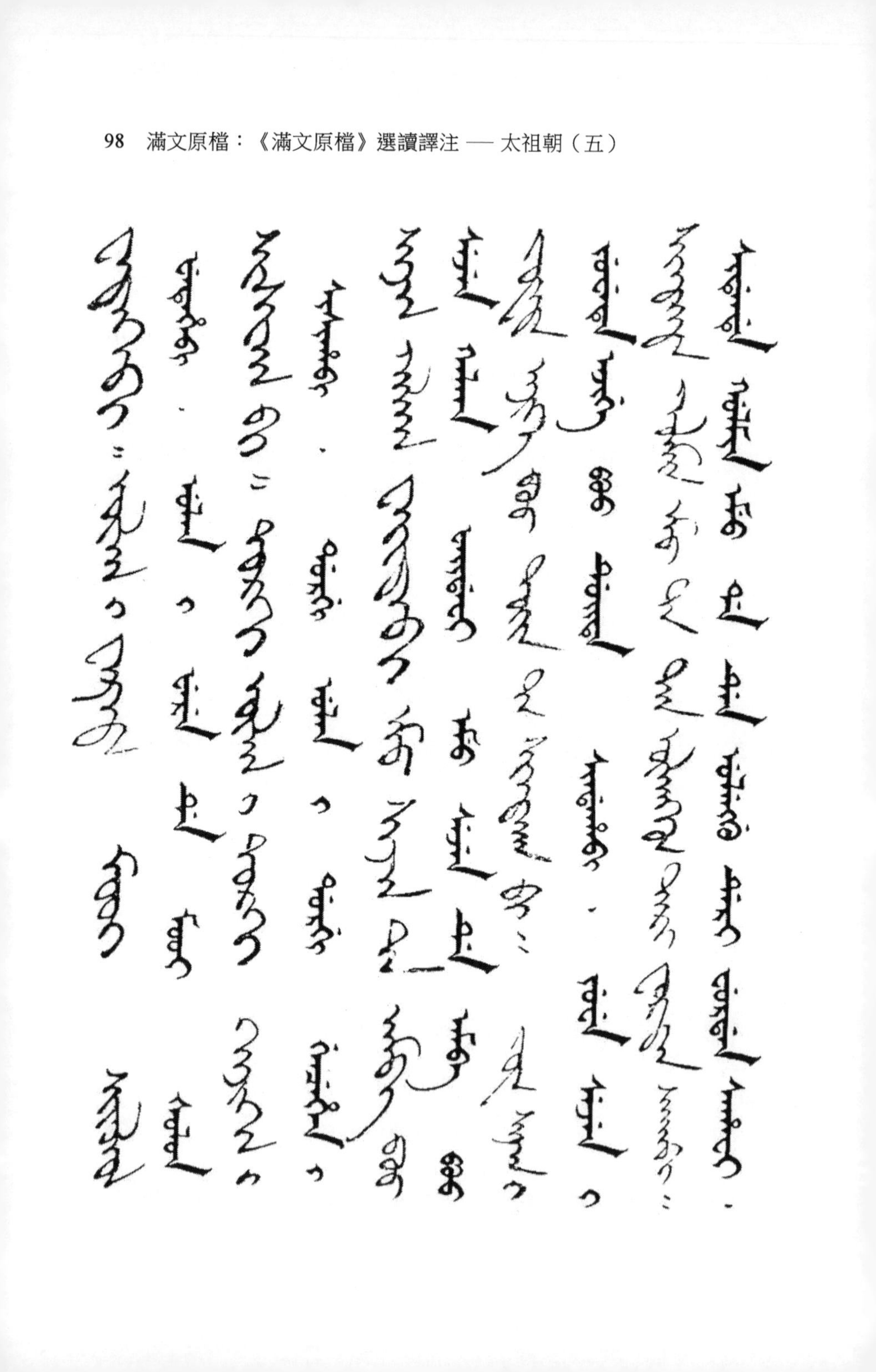

fetehebi, ulan i ferede mooi šolon sisihabi. dorgi ulan i dorgi gencehen i sejen kalka faidafi emu sejen de amba poo juwete ajige poo duin te sindaha bi, juwe sejen i sidende golmin emu da, den ulenggu deri furdan sahafi,

壕底插尖椿。內壕之內邊沿排列車、盾，每車上置大礮各二門，小礮各四門。二車間[27]隔一庹。築土為隘，高至肚臍，

壕底插尖桩。内壕之内边沿排列车、盾，每车上置大炮各二门，小炮各四门。二车间隔一庹。筑土为隘，高至肚脐，

---

[27] 二車間，句中「間」(之間)，《滿文原檔》讀作"sindende"，訛誤；《滿文老檔》讀作"sidende"，改正。

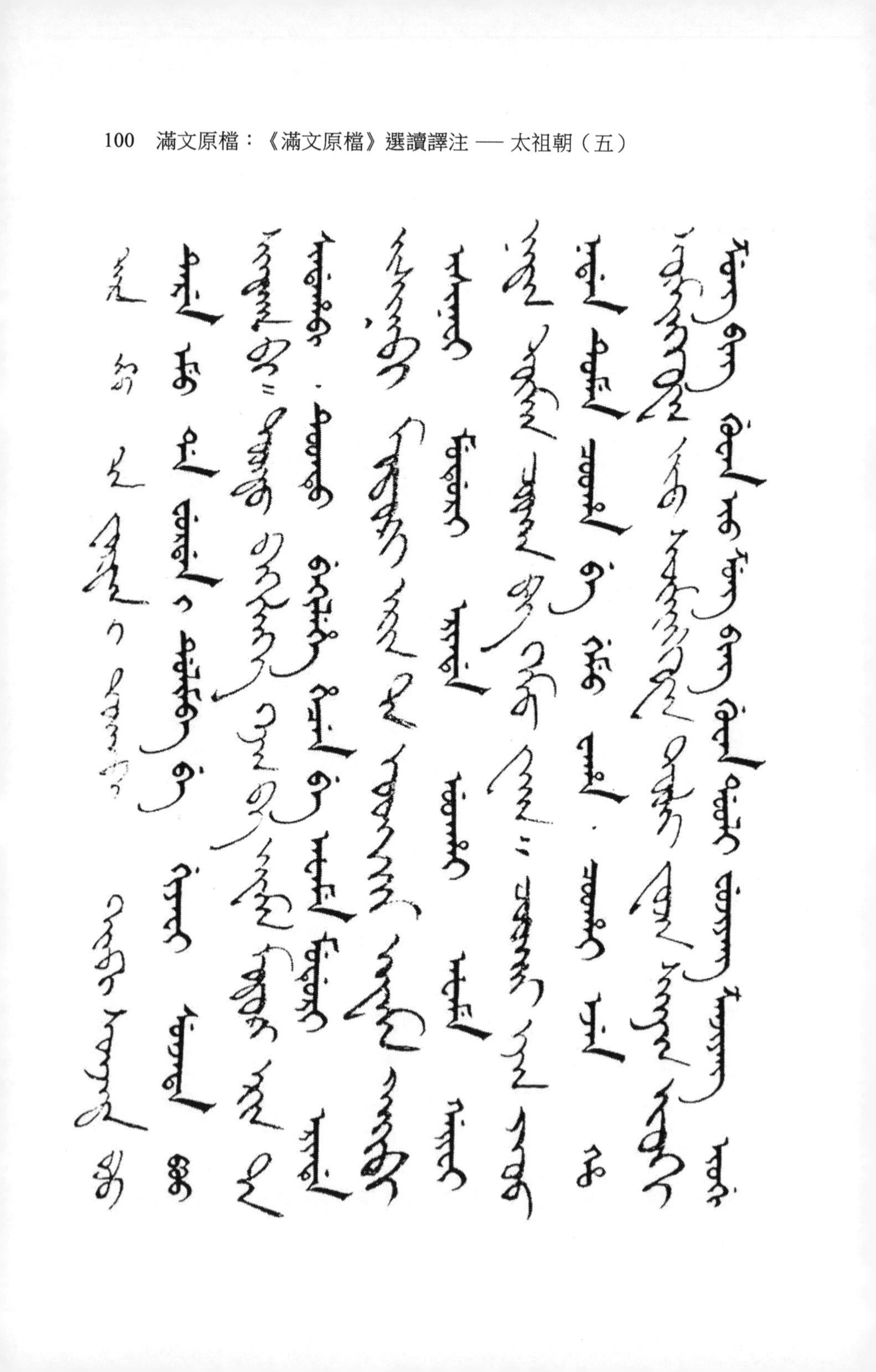

tere emu da furdan i dulimba be giyafi sunjata poo sindahabi.
tuttu bekilehe hecen be afame muduri erin de isinafi muduri
erin de uthai afame gaifi, nadan tumen cooha be gemu waha.
coohai ejen ho dzung bing guwan, io dzung bing guwan,
dooli, fujiyang, ts'anjiyang, iogi

隘中間相隔一庹，置礮各五門。我軍進攻其堅固城池，辰
刻抵達，辰刻即攻克之，盡殲明兵七萬。陣斬主將賀總兵
官[28]、尤總兵官、道員、副將、參將、遊擊等

隘中间相隔一庹，置炮各五门。我军进攻其坚固城池，辰
刻抵达，辰刻即攻克之，尽歼明兵七万。阵斩主将贺总兵
官、尤总兵官、道员、副将、参将、游击等

---

[28] 總兵官，《滿文原檔》寫作"sümingkuwan"，《滿文老檔》讀作"dzung bing
guwan"，按此為無圈點滿文拼讀漢文職名時"sü"與"dzu"、"mi"與"bi"、
"ku"與"gu"之混用現象。

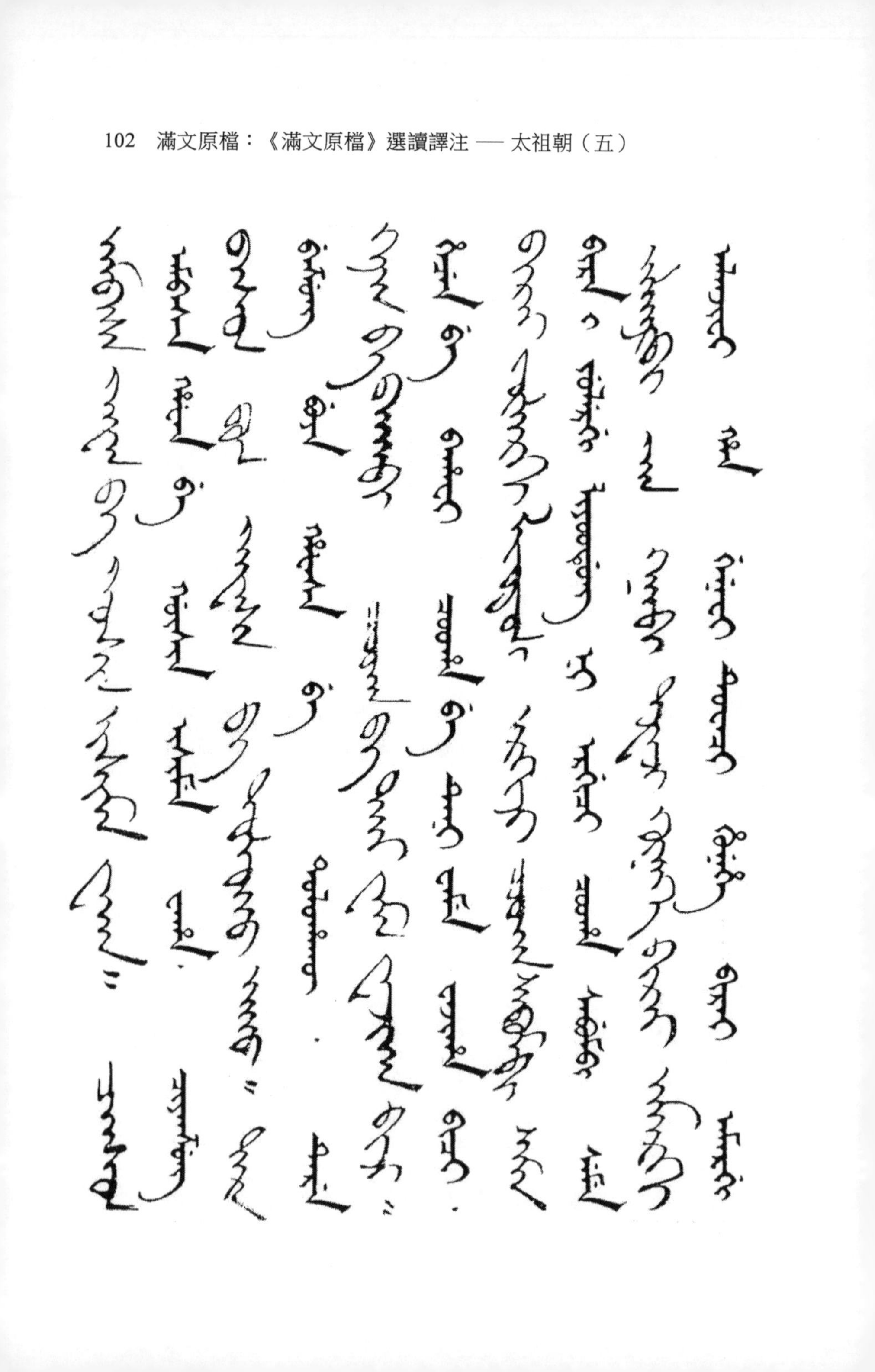

ambasa hafan be gūsin isime waha, ciyandzung, bedzung buya hafasa be tolohakū. tere hecen be bahafi cooha be teni wame wajiha bici, birai julergi liyoodung ni ergici cooha sabumbi seme alanjifi, han genefi tuwaci hunehe birai amargi

大員近三十人，其餘千總、百總等微員不計其數。甫經獲其城，殲其兵，忽又來報：「河之南遼東方向看見有兵。」汗前往觀之，見渾河以北

大员近三十人，其余千总、百总等微员不计其数。甫经获其城，歼其兵，忽又来报：「河之南辽东方向看见有兵。」汗前往观之，见浑河以北

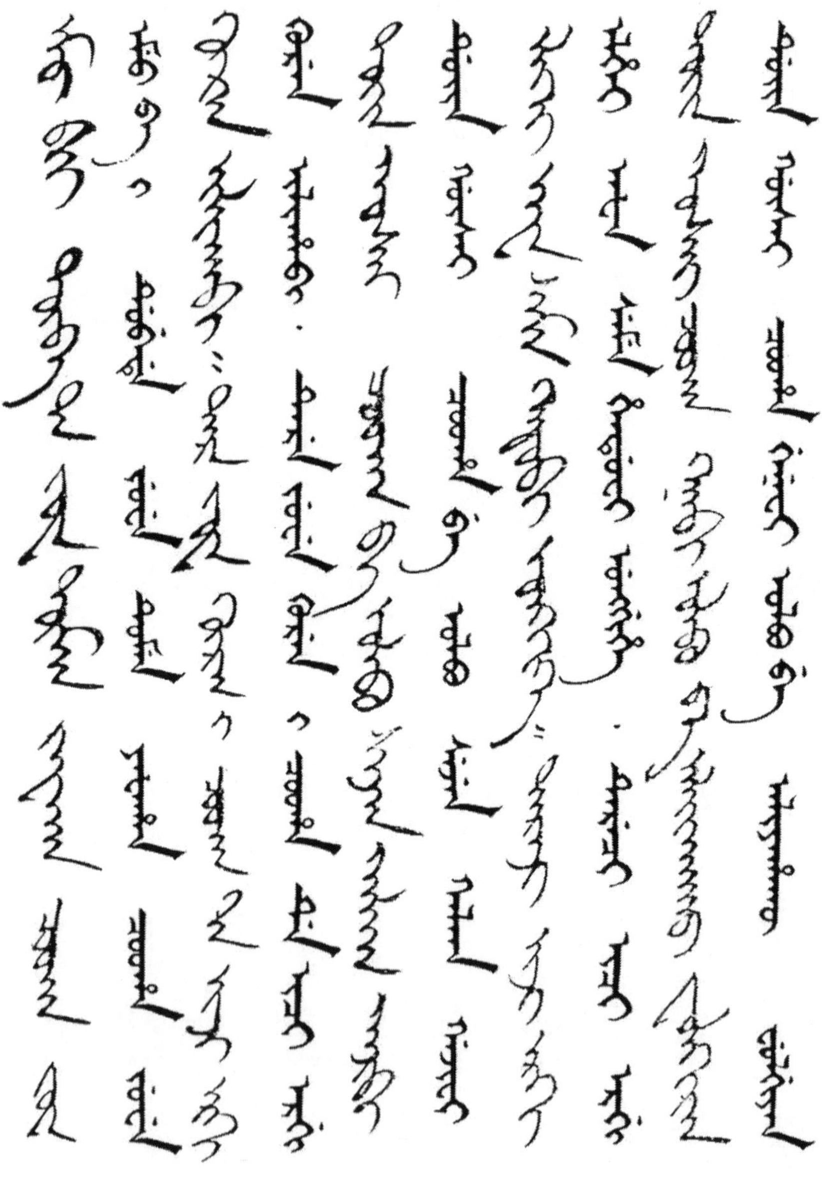

emu bai dube de juwe tumen yafahan cooha juwe kuren
ilihabi. tere juwe kuren i cooha de ici ergi duin gūsai cooha
be olbo, sejen, kalka gajifi elhei afa seme hendufi unggihe.
tereci ici ergi duin gūsai cooha genefi olbo be aliyahakū
fulgiyan

一裏外，有步兵二萬，分立二營盤。乃遣右翼四旗兵取綿
甲、車、盾，徐進攻擊其二營盤之兵。其右翼四旗兵前往，
紅號巴牙喇兵不待綿甲

一里外，有步兵二万，分立二营盘。乃遣右翼四旗兵取绵
甲、车、盾，徐进攻击其二营盘之兵。其右翼四旗兵前往，
红号巴牙喇兵不待绵甲

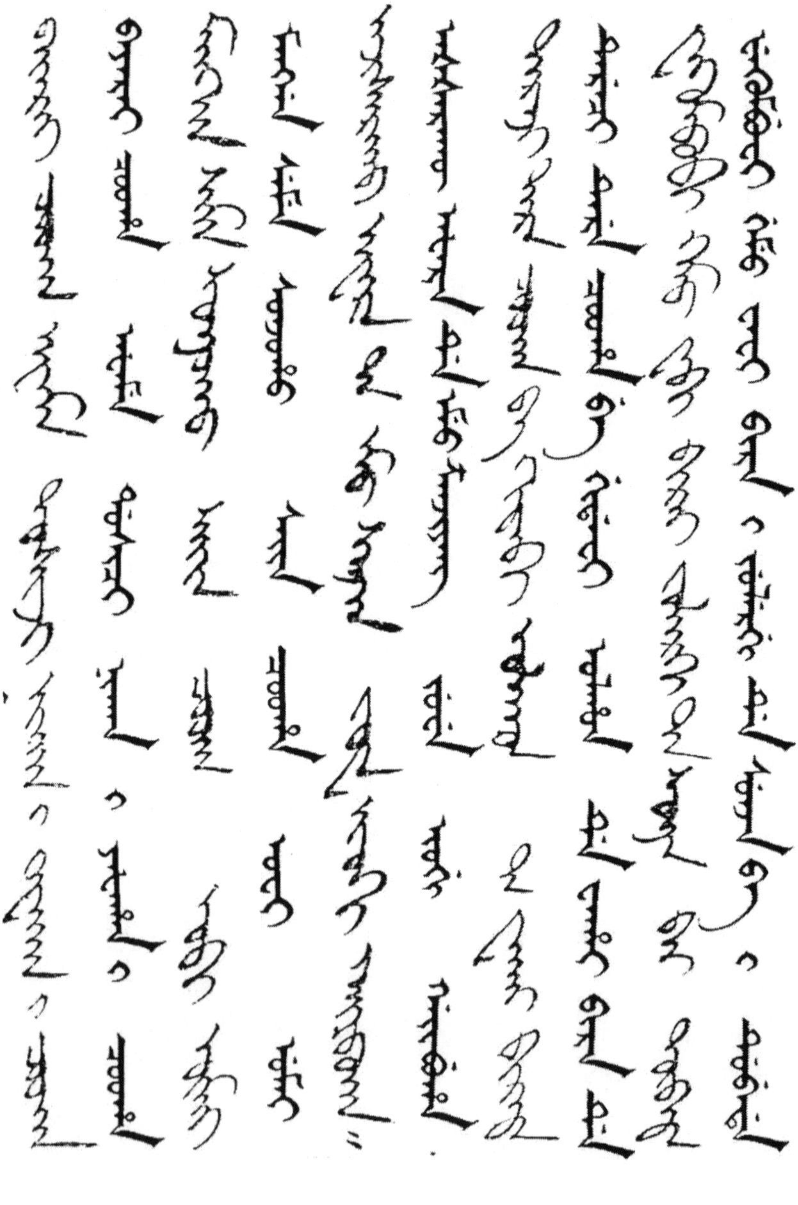

bayarai cooha afame dosici nikan i yafahan i cooha mangga
seme sonjoho sain cooha ofi umai aššarakū afara de emu
ts'anjiyang juwe iogi gaibuha. tereci tere cooha be gidafi
olhon de wahai birade fekumbufi gemu wafi birai julergi de
sunja bai dubede

即進擊之。明之步兵，因皆係精銳兵，驍勇善戰，攻之，
並不動搖[29]，我參將一人，遊擊二人陣亡。其後擊敗其兵，
自陸路追殺逼之躍入河中，盡皆殲之。時河南五裏外，

即进击之。明之步兵，因皆系精锐兵，骁勇善战，攻之，
并不动摇，我参将一人，游击二人阵亡。其后击败其兵，
自陆路追杀逼之跃入河中，尽皆歼之。时河南五里外，

---

[29] 不動搖，《滿文原檔》寫作 "ajisarako"，《滿文老檔》讀作 "aššarakū"。

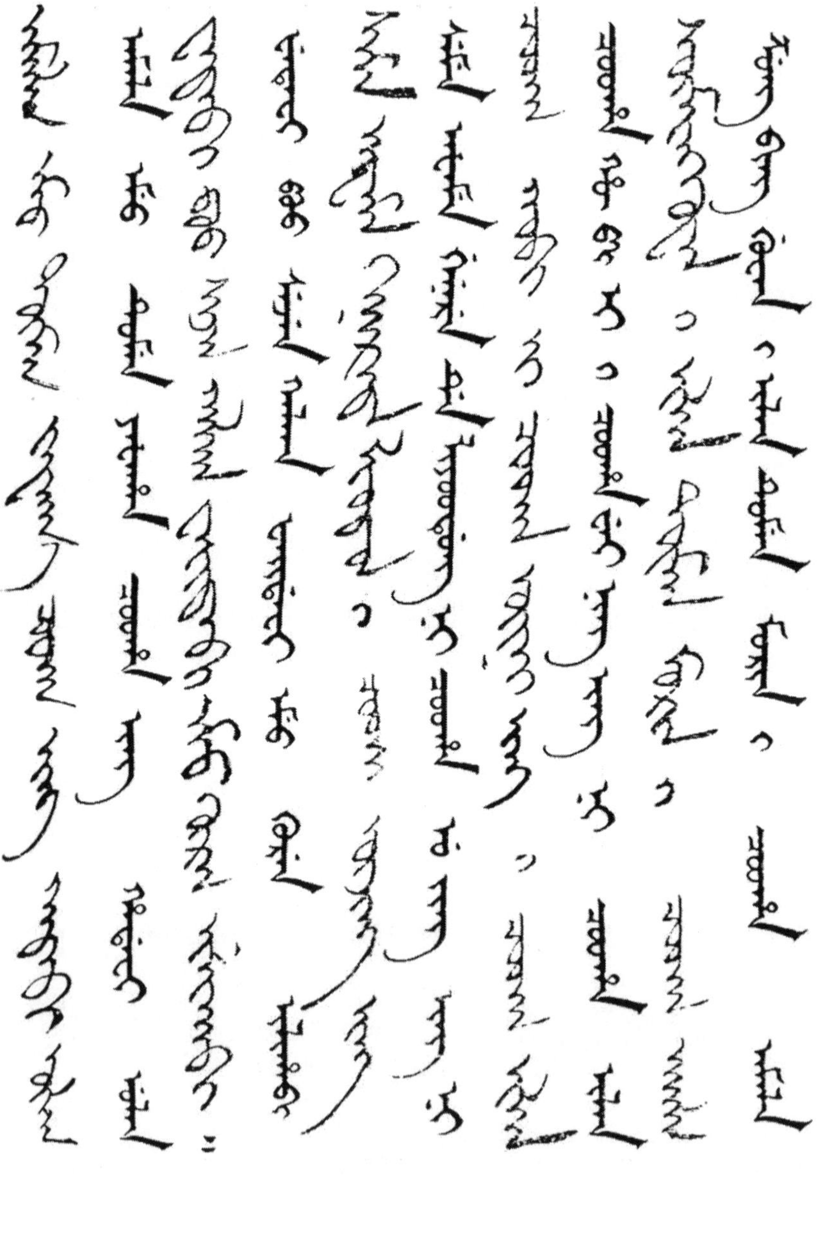

amala emu tumen yafahan cooha ing hadafi ulan fetefi poo
sejen kalka faidafi emu kuren ilihabi seme afame generede
liyoodung ni cooha, ujing ing ni cooha hūpii i cooha,
weining ing ni cooha, ilan dzung bing guwan i ilan tumen
morin i cooha amala

後有步兵[30]一萬安營，掘壕佈置礮車，排列盾牌，安立一
營盤[31]。我軍將往戰，有遼東之兵、武靖營之兵、虎皮驛
之兵、威寧營之兵及三總兵官之騎兵三萬，

后有步兵一万安营，掘壕布置炮车，排列盾牌，安立一营
盘。我军将往战，有辽东之兵、武靖营之兵、虎皮驿之兵、
威宁营之兵及三总兵官之骑兵三万，

[30] 步兵，句中「步」，《滿文原檔》寫作"jawakan-a"，《滿文老檔》讀作
"yafahan"。按此為無圈點滿文"ja"與"ya"、"wa"與"fa"、"ka"與
"ha"之混用及字尾音節「左撇分寫」"n-a"過渡至「右撇」"na"之現象。
[31] 營盤《滿文原檔》、《滿文老檔》俱讀作"kuren"，係蒙文"küriy-e(n)"借詞，
意即「院落、庫倫（音譯）」。

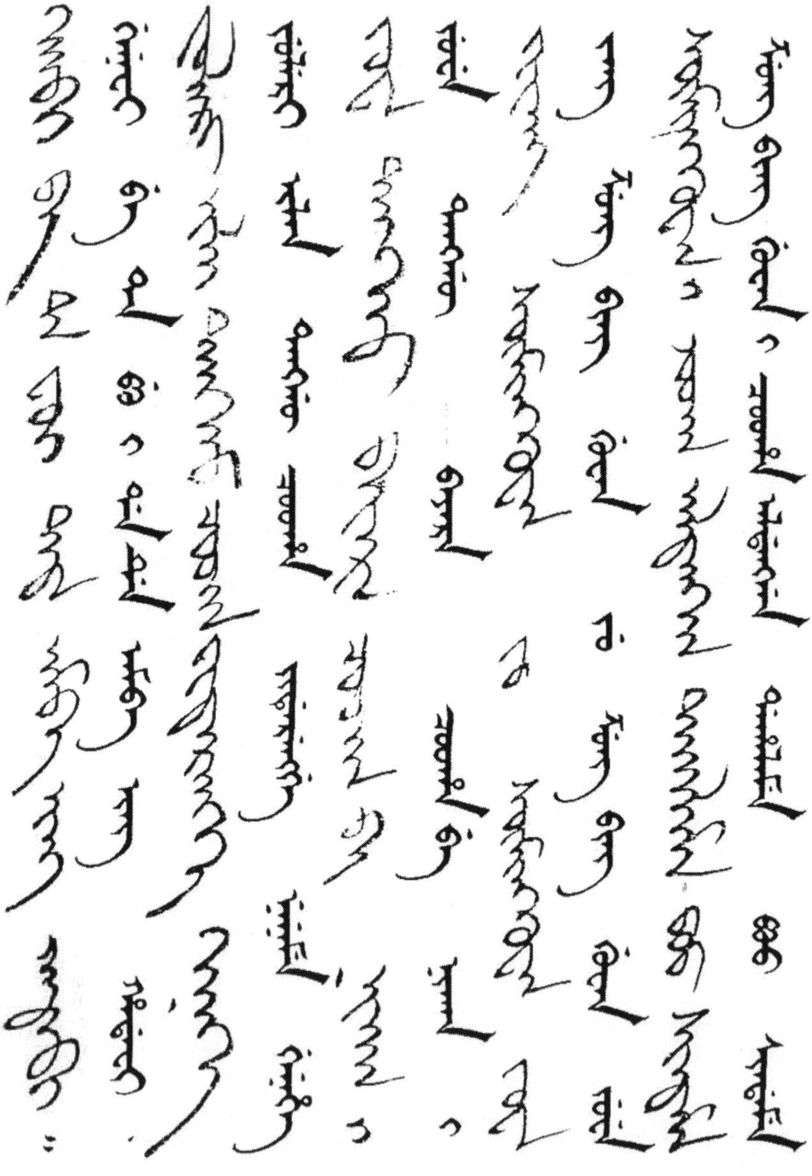

genefi be ta pui dade amba ing hadafi, juleri ilan tanggū
cooha jiderengge neneme genehe. juwe tanggū bayara cooha
be nikan i jang dzung bing guwan ju dzung bing guwan juwe
dzung bing guwan i cooha aldangga dahalame poo sindame

由後來援，於白塔舖地方安立大營，遣兵三百為前探。明
張總兵官、朱總兵官，二總兵官之兵放礮遙躡我先遣二百
巴牙喇兵，

由后来援，于白塔铺地方安立大营，遣兵三百为前探。明
张总兵官、朱总兵官，二总兵官之兵放炮遥蹑我先遣二百
巴牙喇兵，

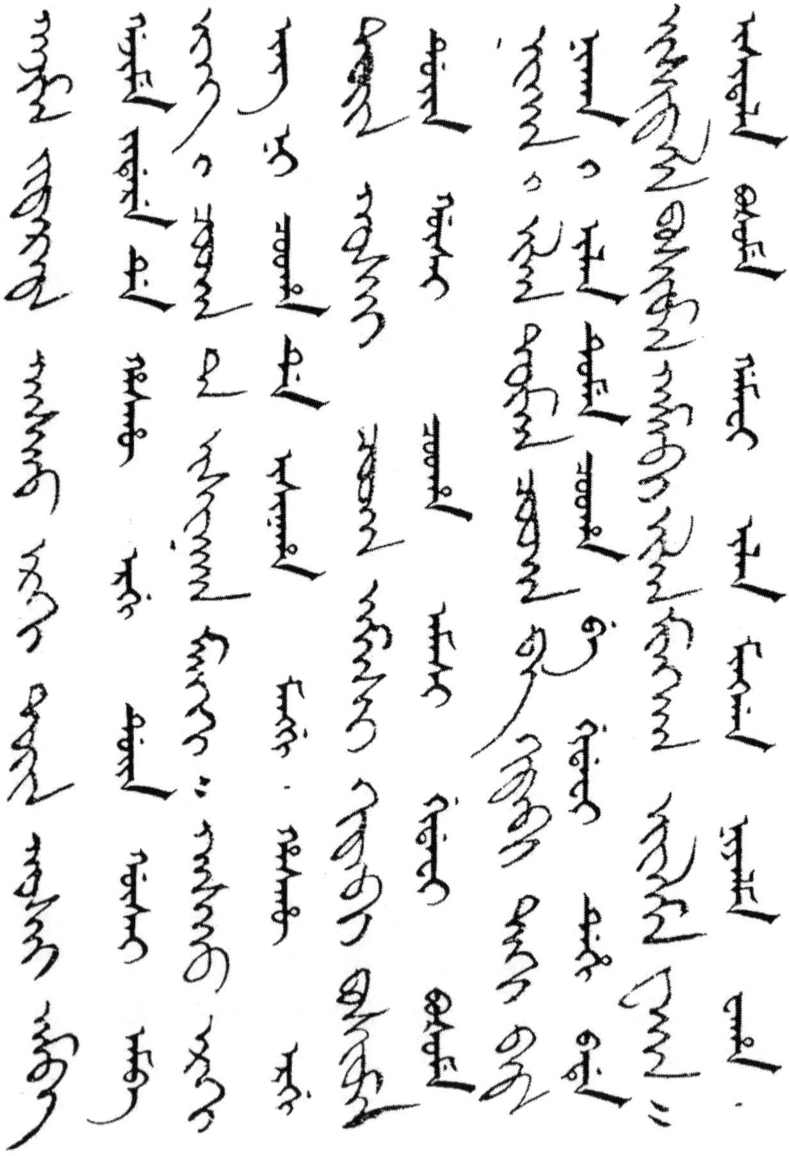

gajime jiderede hashū ergi duin gūsai amba ing ni cooha de
isinaha manggi, hashū ergi duin gūsai cooha amasi gidafi
bošome nikan i ilan tumen cooha be gidafi dehi bade isitala
bošome gamafi ilan minggan niyalma waha,

來到左翼四旗大軍之營地後，左翼四旗之兵即行回擊，追
逐明三萬兵擊敗之，追至四十裏，殺三千人，

来到左翼四旗大军之营地后，左翼四旗之兵即行回击，追
逐明三万兵击败之，追至四十里，杀三千人，

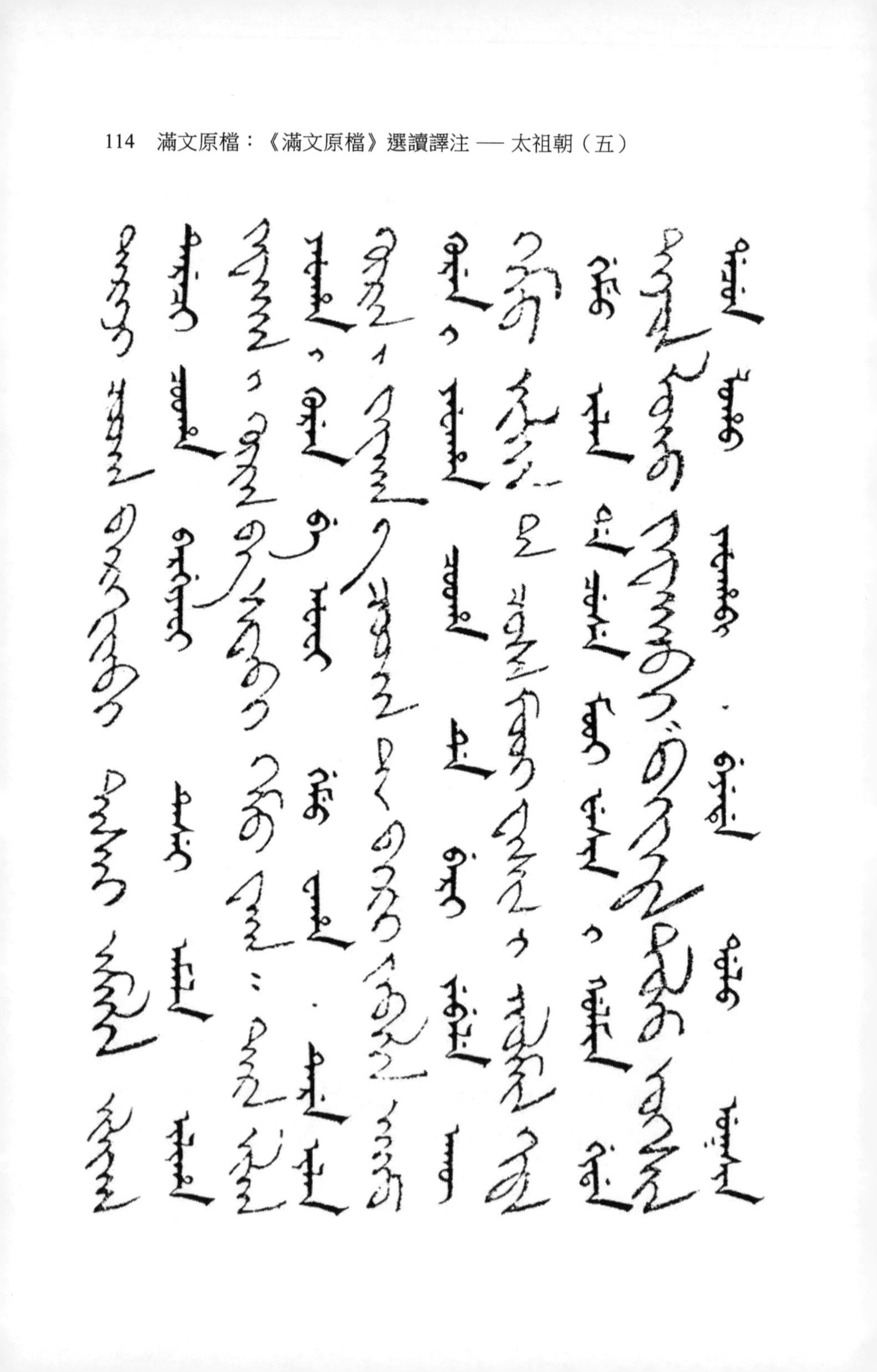

tereci cooha bargiyafi tesei amala iliha yafahan i kuren be afafi gemu waha. tere ilan kuren i yafahan cooha de beri jebele akū gemu ilan da cuse mooi fesin i golmin gida dacun loho jafahabi. beyede dolo uksin

隨後收兵攻擊其後面所立營盤步兵，盡殲之。其三營步兵未攜弓箭，皆執三庹竹木柄長槍及銛鋒大刀，身上內著盔甲，

随后收兵攻击其后面所立营盘步兵，尽歼之。其三营步兵未携弓箭，皆执三庹竹木柄长枪及铦锋大刀，身上内着盔甲，

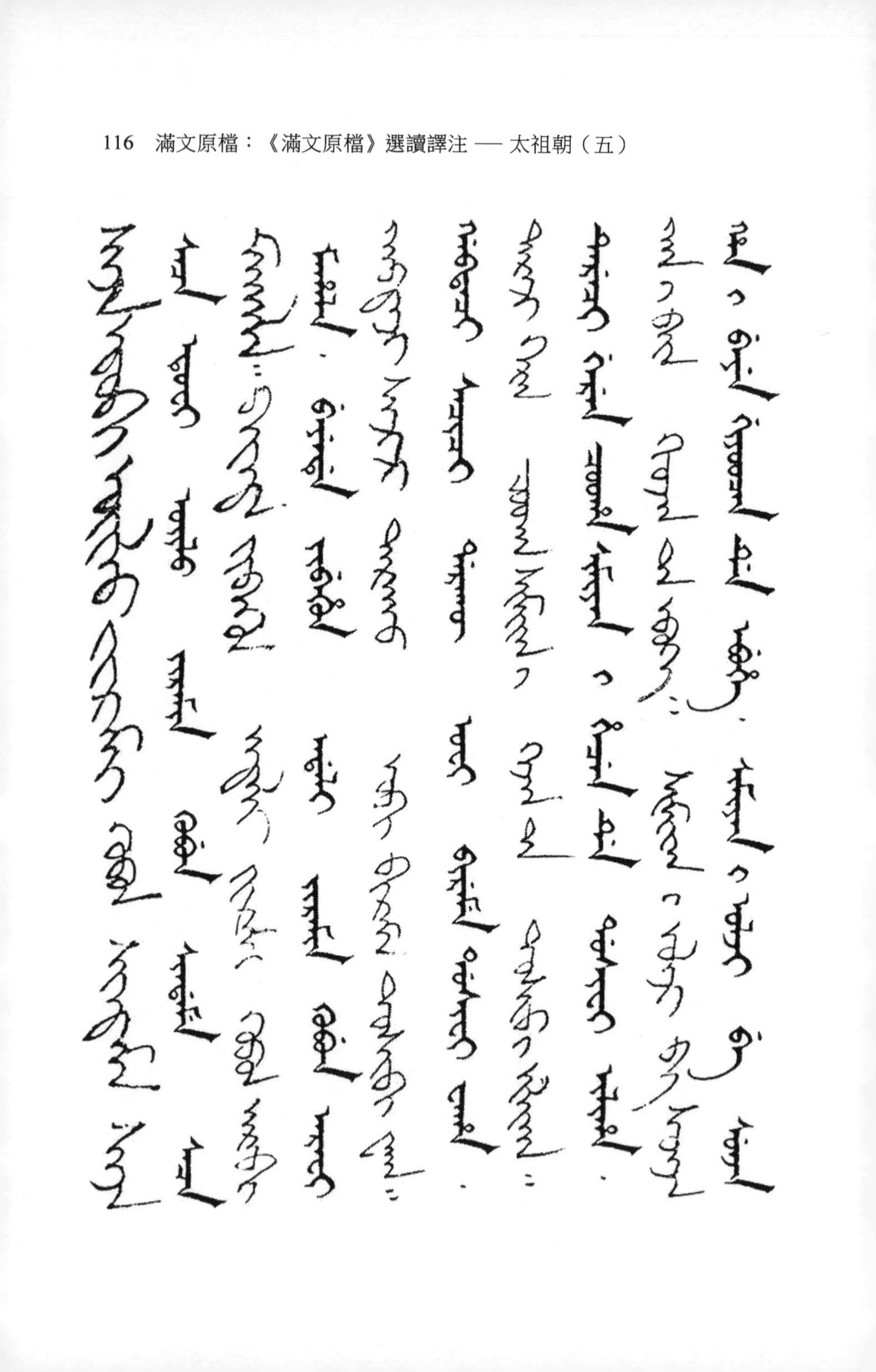

saca etufi oilo jiramin kubun sindame saca mahala, beyede jibehun adali jiramin kubun arafi gabtaci sacici darakū ofi bireme dosifi waha. tereci geren cooha simiyan i hecen de dosifi iliha. han i beye giyoocan de ebuhe, simiyan i olji be sunja

---

外墊厚棉，頭戴棉盔，身上所墊厚棉如被，刀砍箭射不入，然而為我兵衝入盡殲之。於是眾軍進駐瀋陽城。汗本人下榻校場[32]，

外垫厚棉，头戴棉盔，身上所垫厚棉如被，刀砍箭射不入，然而为我兵冲入尽歼之。于是众军进驻沈阳城。汗本人下榻校场，

---

[32] 校場，《滿文原檔》寫作 "kiojan"，《滿文老檔》讀作 "giyoocan"。規範滿文讀作 "urebure kūwaran"。

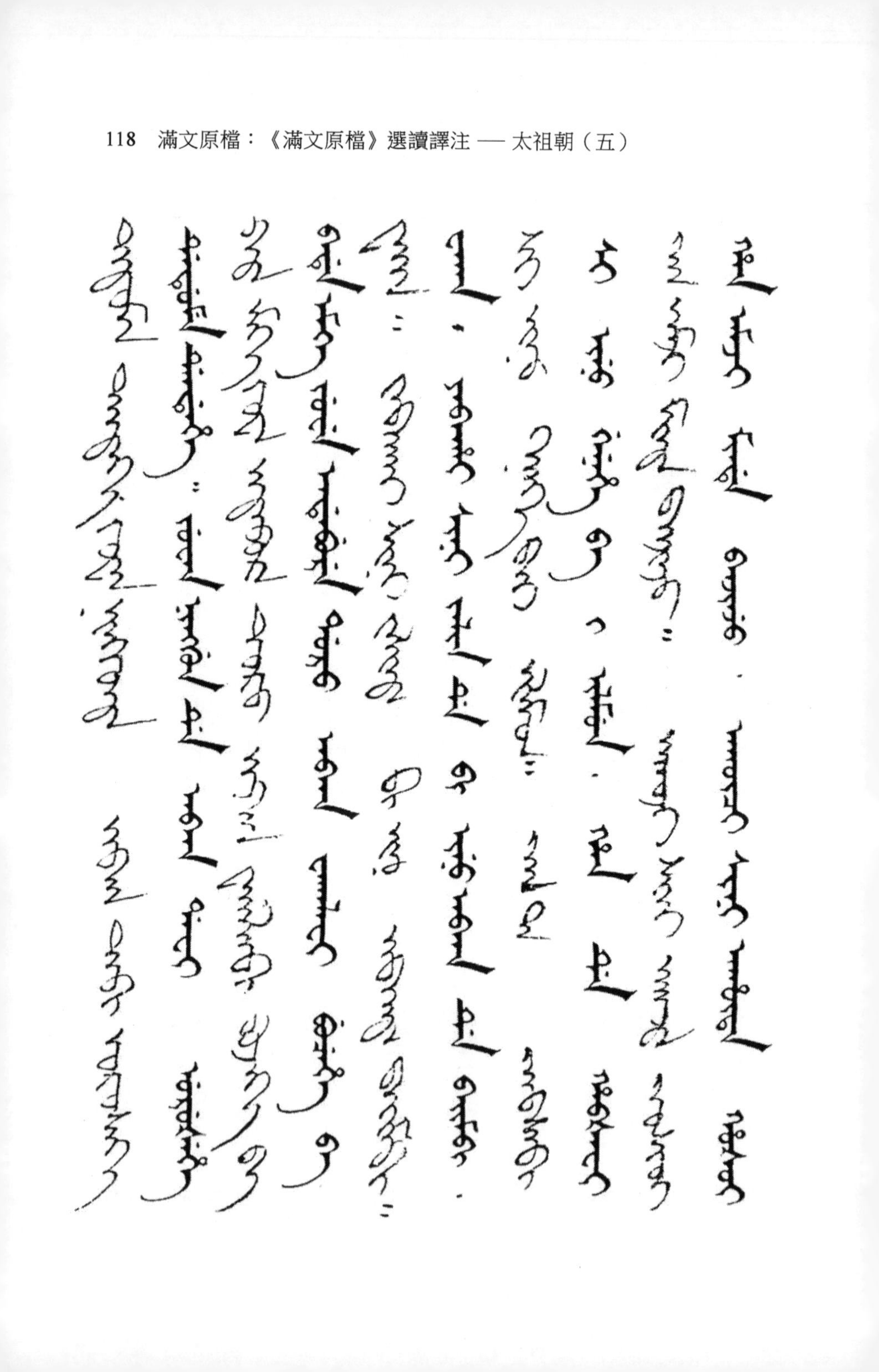

dedume dendehe. juwan ninggunde abka dafi urušehe bade emke juwe endebure doro abka wakalafi bucehe ba waka. yabahai sini jalinde bi inu abkade baimbi, si inu genehe bai ilmun han de habšafi han amji minde banjinju. akūci sini ahūta hošoi

駐兵五宿，分瀋陽俘虜[33]。十六日，汗曰：「皇天助我，以我為是，縱有一、二過失，亦非天譴而死也。雅巴海，我亦願為爾祈於天，爾亦告於所往地方閻王，俾爾轉生於汗伯父我家，不然，或轉生於爾諸兄和碩

駐兵五宿，分沈阳俘虏。十六日，汗曰：「皇天助我，以我为是，纵有一、二过失，亦非天谴而死也。雅巴海，我亦愿为尔祈于天，尔亦告于所往地方阎王，俾尔转生于汗伯父我家，不然，或转生于尔诸兄和硕

---

[33] 俘虜《滿文原檔》、《滿文老檔》俱讀作"olji"，係蒙文"olja"借詞，源自回鶻文"olja"，意即「戰利品」。

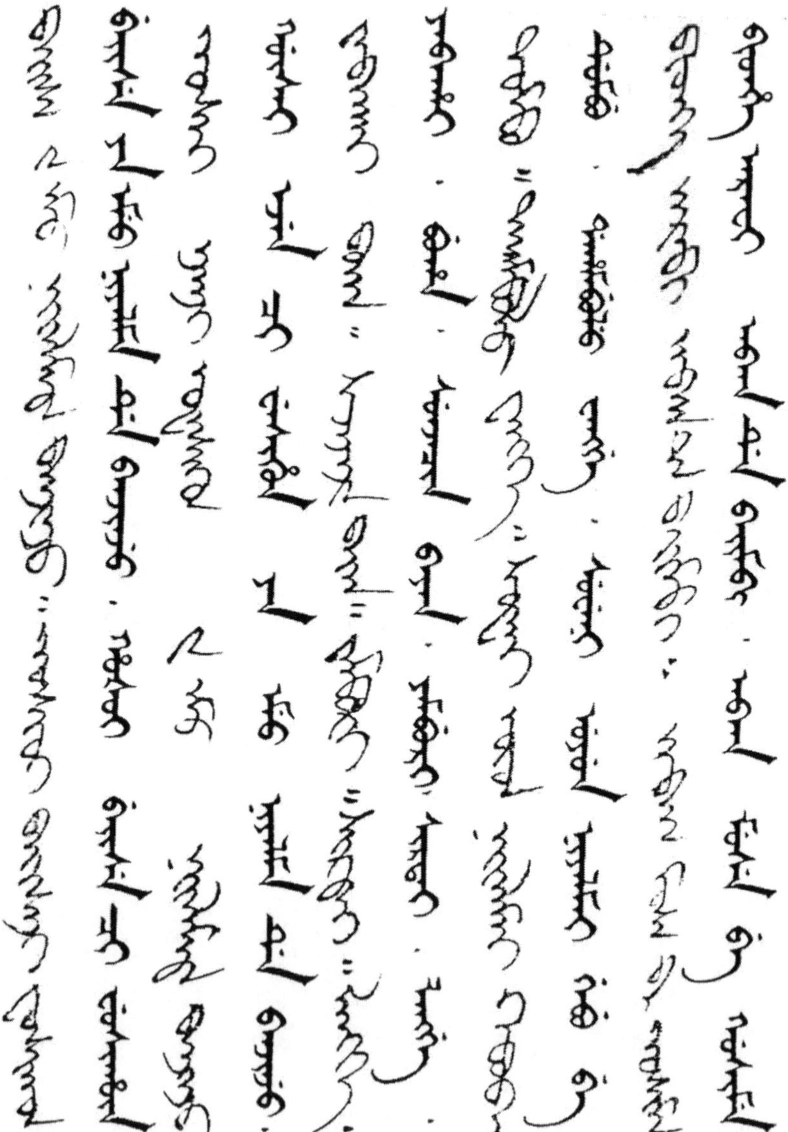

beise ya emu niyalmade banjinju. hošoi beiseci fusihūn gūsai ejenci wesihun ya emu niyalmade banjinju. yabahai, buha, sunjacin bayan, yamburi, sirtai, langge, dumbu, dahambulu, wangge, suweni uyun niyalmai gebube bithe arafi abka de baimbi. abka muse be gosime

貝勒任何一人之家，或轉生於和碩貝勒以下固山額真以上任何一人之家。今書雅巴海、布哈、孫紮欽巴彥、雅木布裏、西爾泰、郎格、杜木布、達哈木布祿、汪格等爾九人之名祈於天。蒙天眷我，

貝勒任何一人之家，或轉生于和碩貝勒以下固山額真以上任何一人之家。今書雅巴海、布哈、孫扎欽巴彥、雅木布里、西爾泰、郎格、杜木布、達哈木布祿、汪格等爾九人之名祈于天。蒙天眷我，

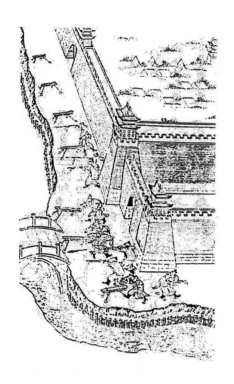

八、兵圍遼東

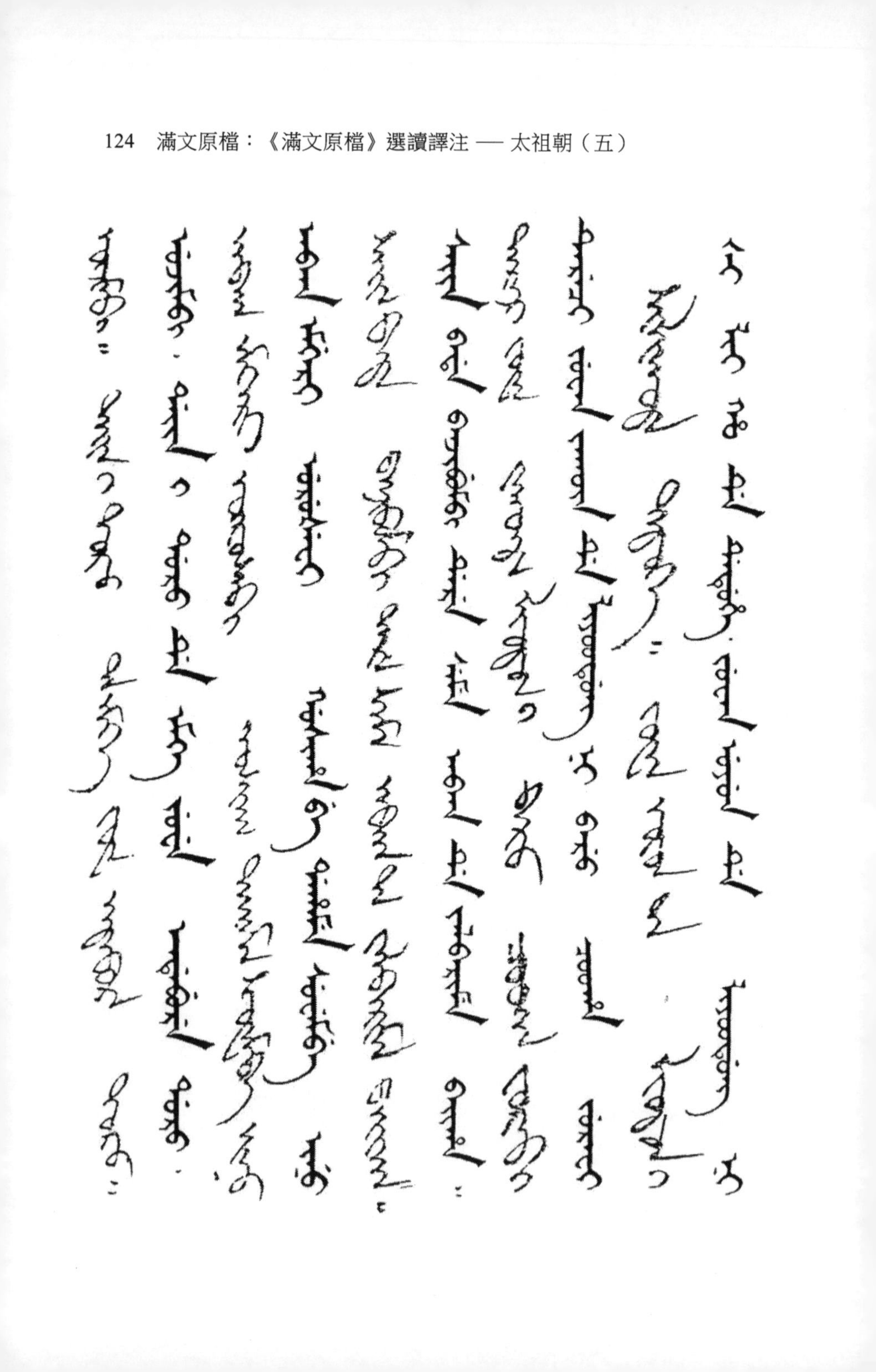

ujimbi, dain i doro de emke juwe endebure doro, abka emgeri urušefi gosiha be dahame, suwembe inu sain bade banjibumbi dere seme abka de jalbarime baiha. tereci juwan jakūn de liyoodung ni baru cooha jurafi šiliihode deduhe. juwan uyun de liyoodung ni

---

征戰之道，縱有一、二過失，然而皇天既以我為是而眷佑我，相應亦必讓爾等轉生於吉地樂土也。」等因祈禱於天。十八日，發兵征遼東，駐宿於十裏河。

征战之道，纵有一、二过失，然而皇天既以我为是而眷佑我，相应亦必让尔等转生于吉地乐土也。」等因祈祷于天。十八日，发兵征辽东，驻宿于十里河。

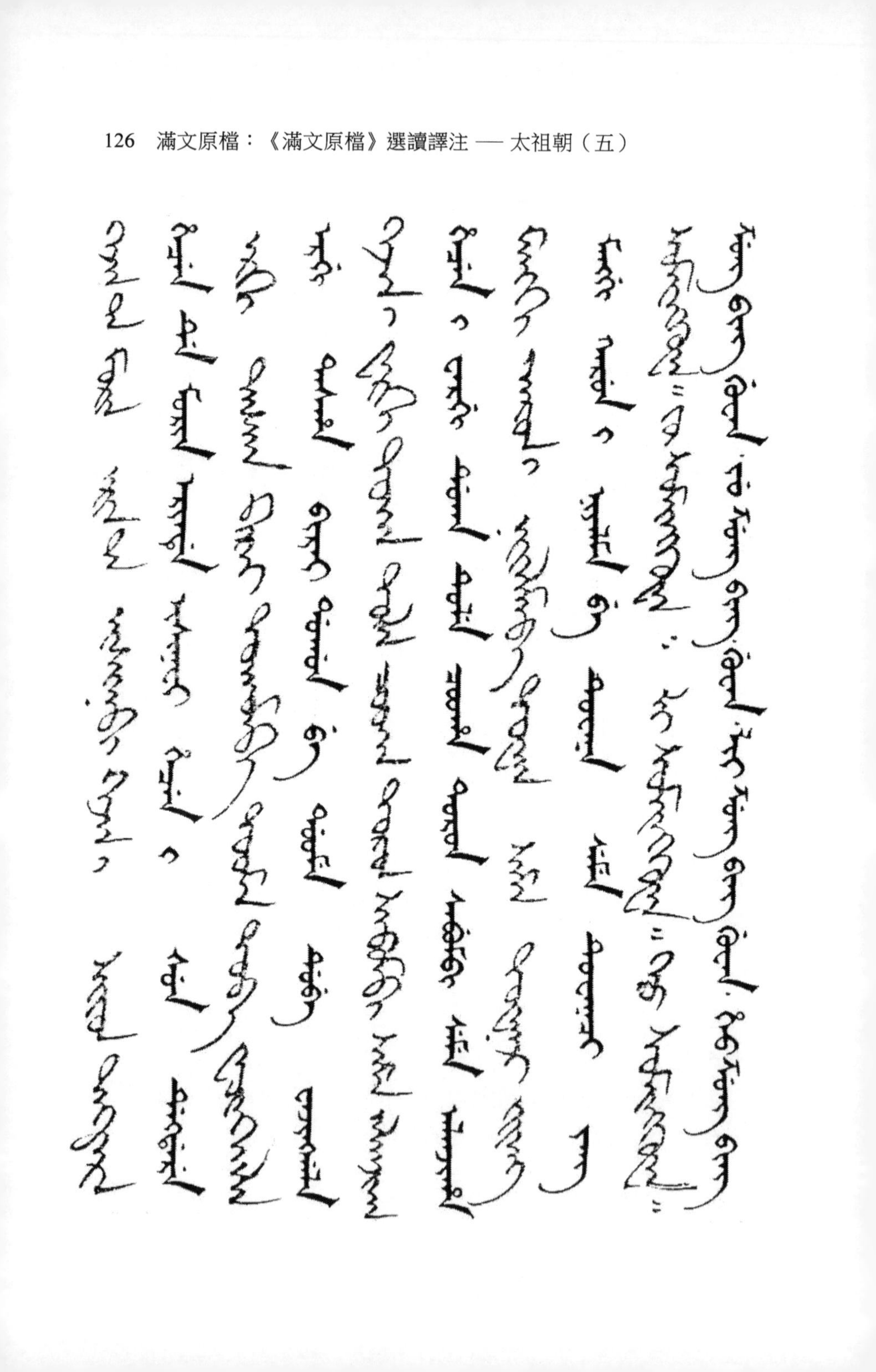

hecen de morin erin de isinafi hecen i šun dekdere ergi tasha birai dogombe doome dube wajinggala hecen i wargi duka tule cooha toron sabumbi seme alanjiha manggi, karun i niyalmabe tuwana seme tuwanaci, jang dzung bing guwan, ju dzung bing guwan, lii dzung bing guwan, heo dzung bingguwan

---

十九日午時抵達遼東城，渡城東太子河³⁴渡口，隊尾尚未渡完，有哨探³⁵來報：「見城西門外有兵馬征塵。」復令哨探往探，見明張總兵官、朱總兵官、李總兵官、侯總兵官

十九日午时抵达辽东城，渡城东太子河渡口，队尾尚未渡完，有哨探来报：「见城西门外有兵马征尘。」复令哨探往探，见明张总兵官、朱总兵官、李总兵官、侯总兵官

---

³⁴ 太子河，《滿文原檔》、《滿文老檔》俱讀作 "tasha bira"。滿文本《大清太祖武皇帝實錄》卷三，作 "taidz hoo muke"，滿蒙漢三體《滿洲實錄》卷六，滿文作 "taidz ho muke"。

³⁵ 哨探，《滿文原檔》、《滿文老檔》俱讀作 "karun i niyalma"，句中 "karun"，漢文音譯作「卡倫」，意即「邊哨」。按滿文 karun" 與蒙文"qaraɣul" 為同源詞，係字尾 "n" 與 "l"音轉現象。

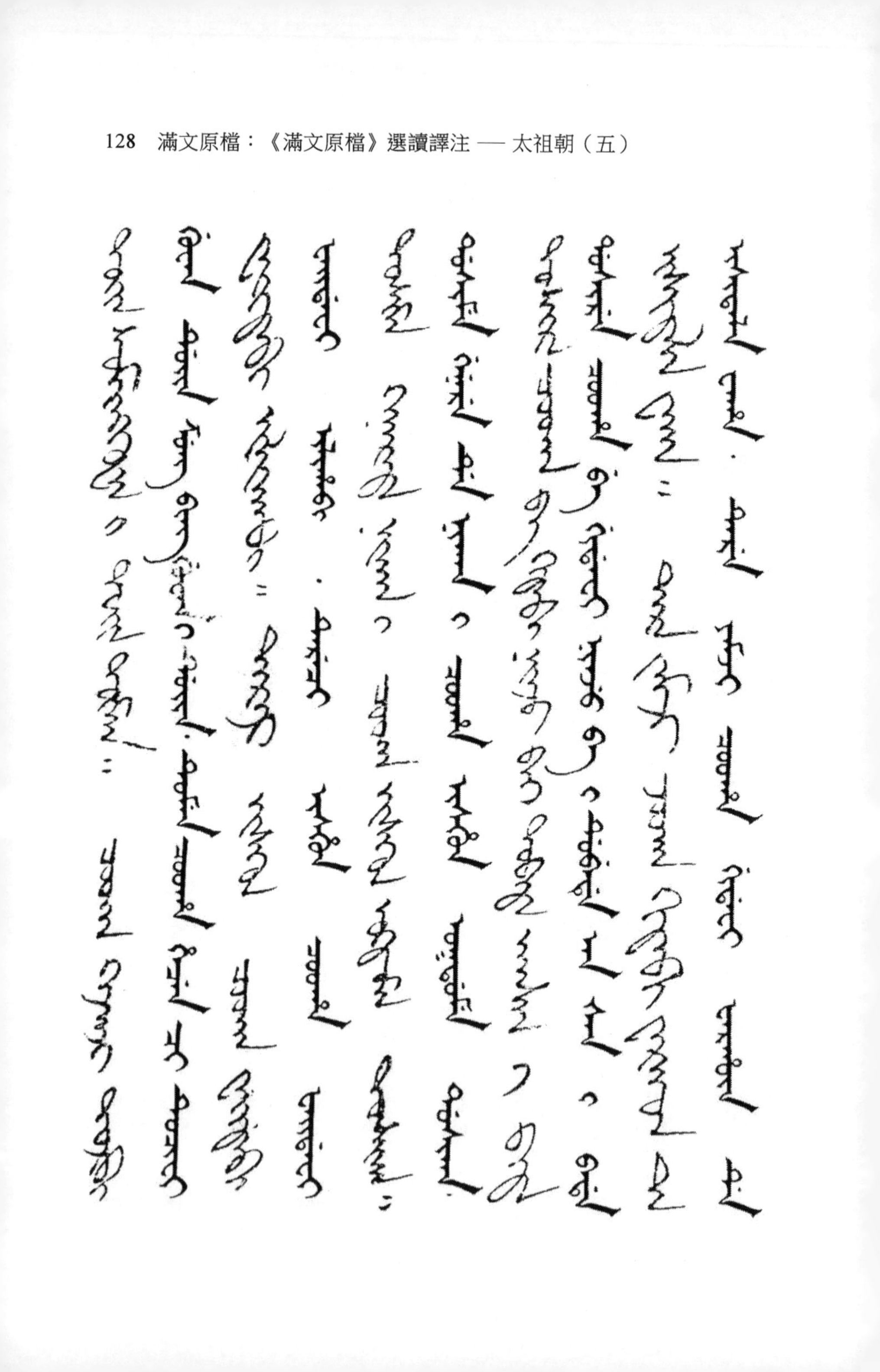

duin dzung bing guwan i duin tumen, cooha hecenci tucifi
faidafi ilihabi. tereci ishun cooha faidafi dosime generede
nikan i cooha ishun okdome dosika, dosire cooha be gidafi
ninju ba i dubede anšan i bade isitala waha, tere yamji cooha
gidafi farhūn de

四總兵官之四萬兵已出城列陣。我軍整隊進擊，明兵前來
迎戰，遂擊敗迎戰之兵，追殺六十裏外至鞍山地方，是夕
擊敗敵兵，

四总兵官之四万兵已出城列阵。我军整队进击，明兵前来
迎战，遂击败迎战之兵，追杀六十里外至鞍山地方，是夕
击败敌兵，

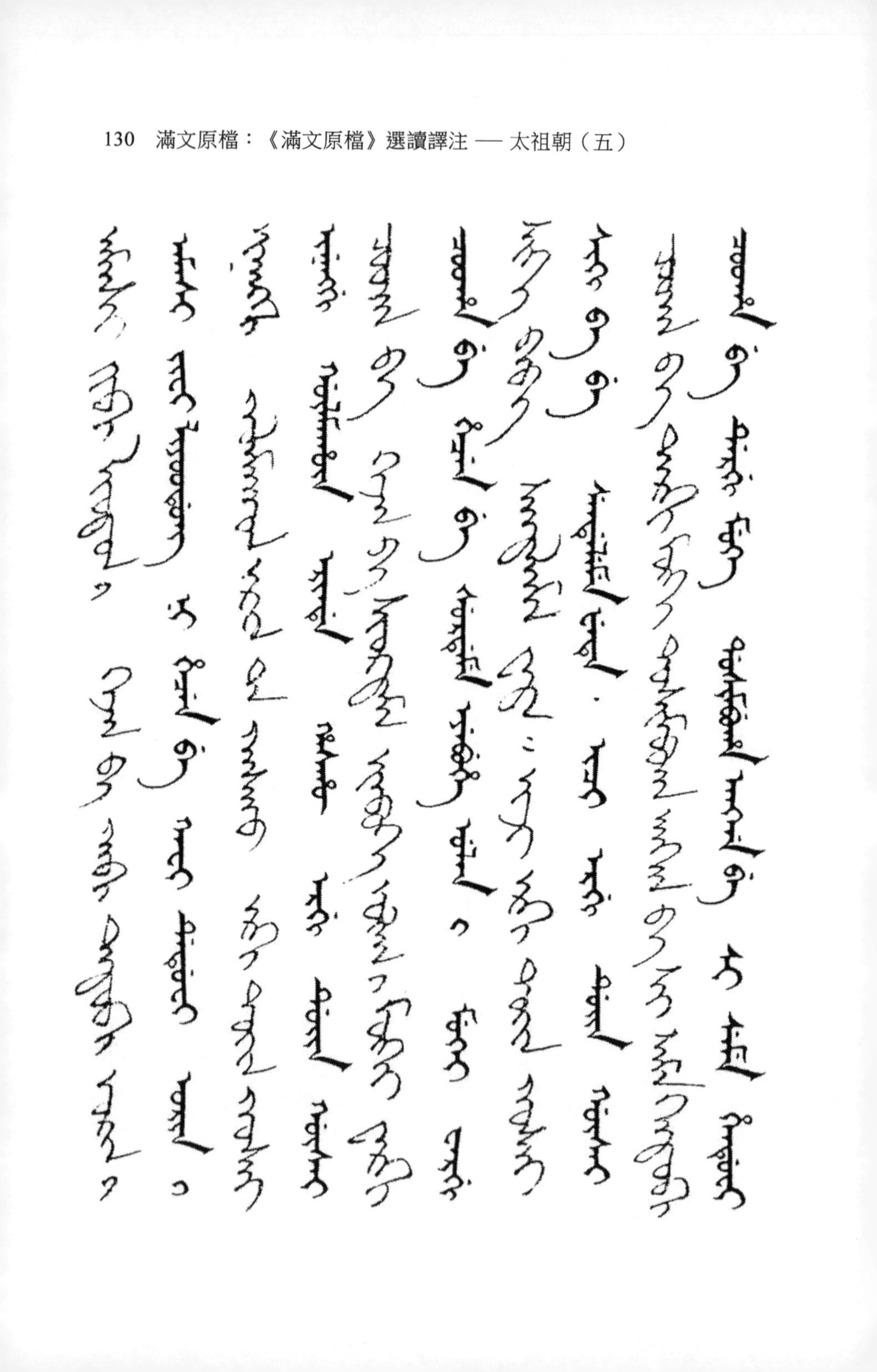

amasi jifi liyoodung ni hecen be kafi dedufi, orin i inenggi gūlmahūn erin de hashū ergi duin gūsai cooha be hecen be šurdeme eyebuhe ulan i mukei wargi siki babe sendeleme fete, ici ergi duin gūsai cooha be dergi muke dosimbuha angga be si seme hendufi,

---

至晚還師，圍遼東城駐營。二十日卯時，汗命左翼四旗兵掘開環壕西面之出水口，命右翼四旗兵堵塞城東之入水口，

至晚还师，围辽东城驻营。二十日卯时，汗命左翼四旗兵掘开环壕西面之出水口，命右翼四旗兵堵塞城东之入水口，

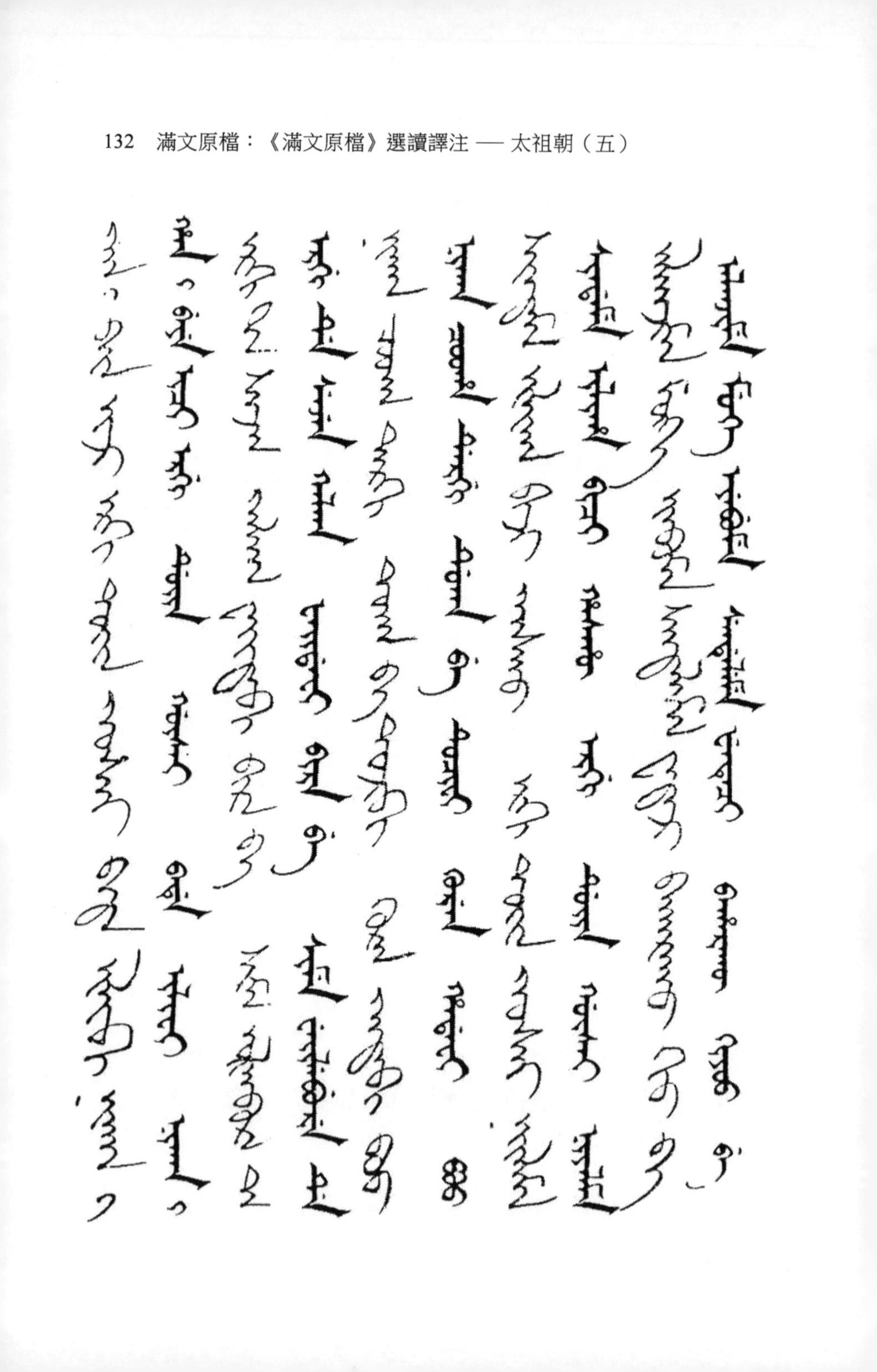

han i beye ici ergi duin gūsai bade ilifi nikan i ergi de sejen kalka faidafi bira be sime weilebure de nikan cooha dergi duka be tucifi kuren hadafi poo sindame iliha bici, hashū ergi duin gūsai niyalma alanjime, muke eyebume sendeleme feteci baharakū kiyoo be

---

汗本人親督右翼四旗對明兵佈列車、盾，堵塞河水。時明兵出城東門，安立營盤，列陣放礮。左翼四旗遣人來報：「放水決口難掘，

汗本人亲督右翼四旗对明兵布列车、盾，堵塞河水。时明兵出城东门，安立营盘，列阵放炮。左翼四旗遣人来报：「放水决口难掘，

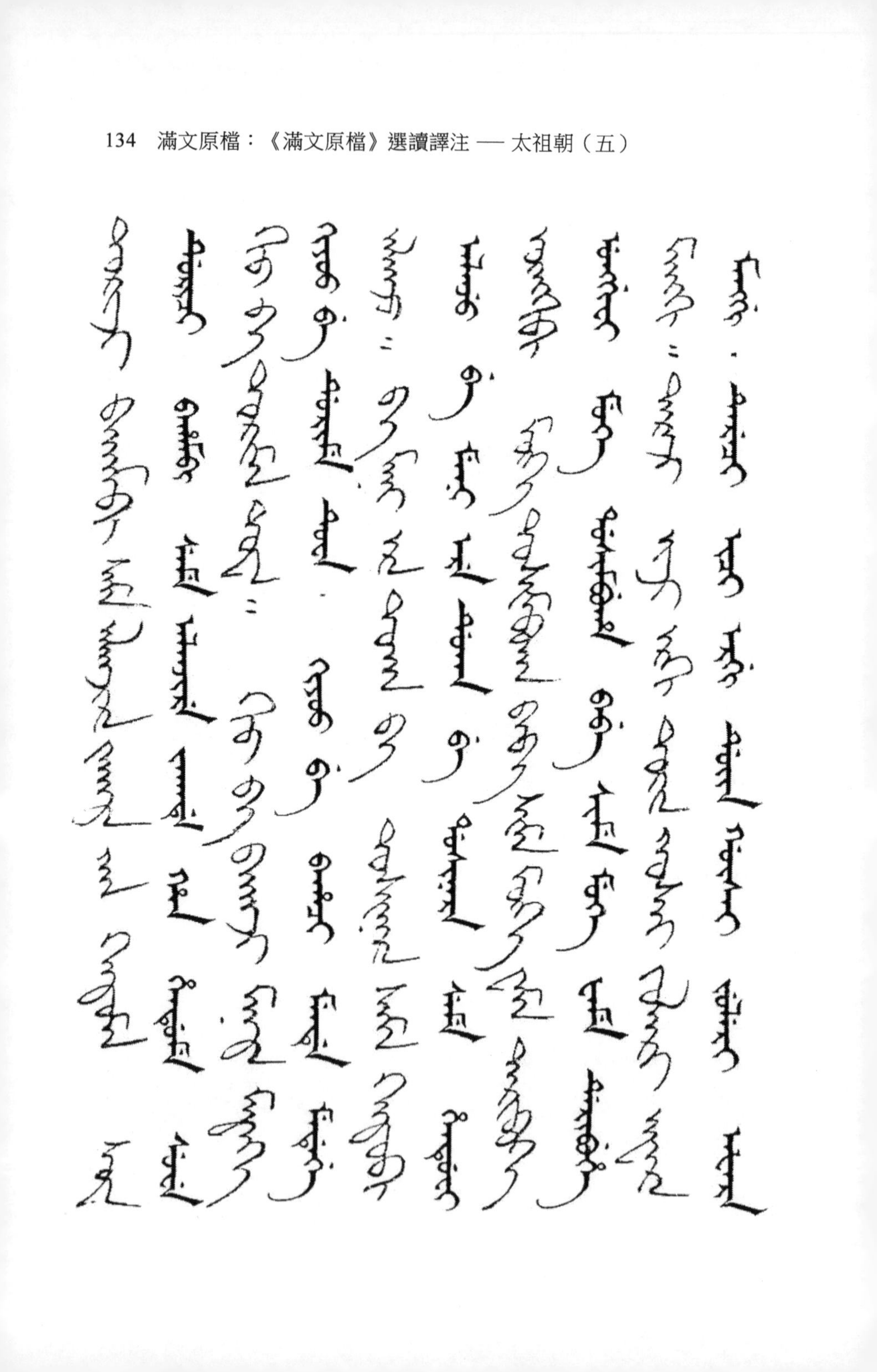

durici bahambi seme alanjire jakade, han hendume, suwe kiyoo be durime tuwa, kiyoo be bahaci mende medege alanju, be meni ere duka be dosinara seme hendufi unggifi, muke dosimbuha babe sime muke fame deribuhe manggi, tereci ici ergi duin gūsai juleri afara

---

奪橋可得。」汗曰：「爾等可試奪之，若得其橋，即來告我，吾等當進攻此門。」諭畢遣之。入水口堵塞，水開始枯竭[36]，遂令右翼四旗前鋒

夺桥可得。」汗曰：「尔等可试夺之，若得其桥，即来告我，吾等当进攻此门。」谕毕遣之。入水口堵塞，水开始枯竭，遂令右翼四旗前锋

---

[36] 枯竭，《滿文原檔》寫作 "wama(e)"，《滿文老檔》讀作 "fame"。按此為無圈點滿文 "wa" 與 "fa" 之混用現象。

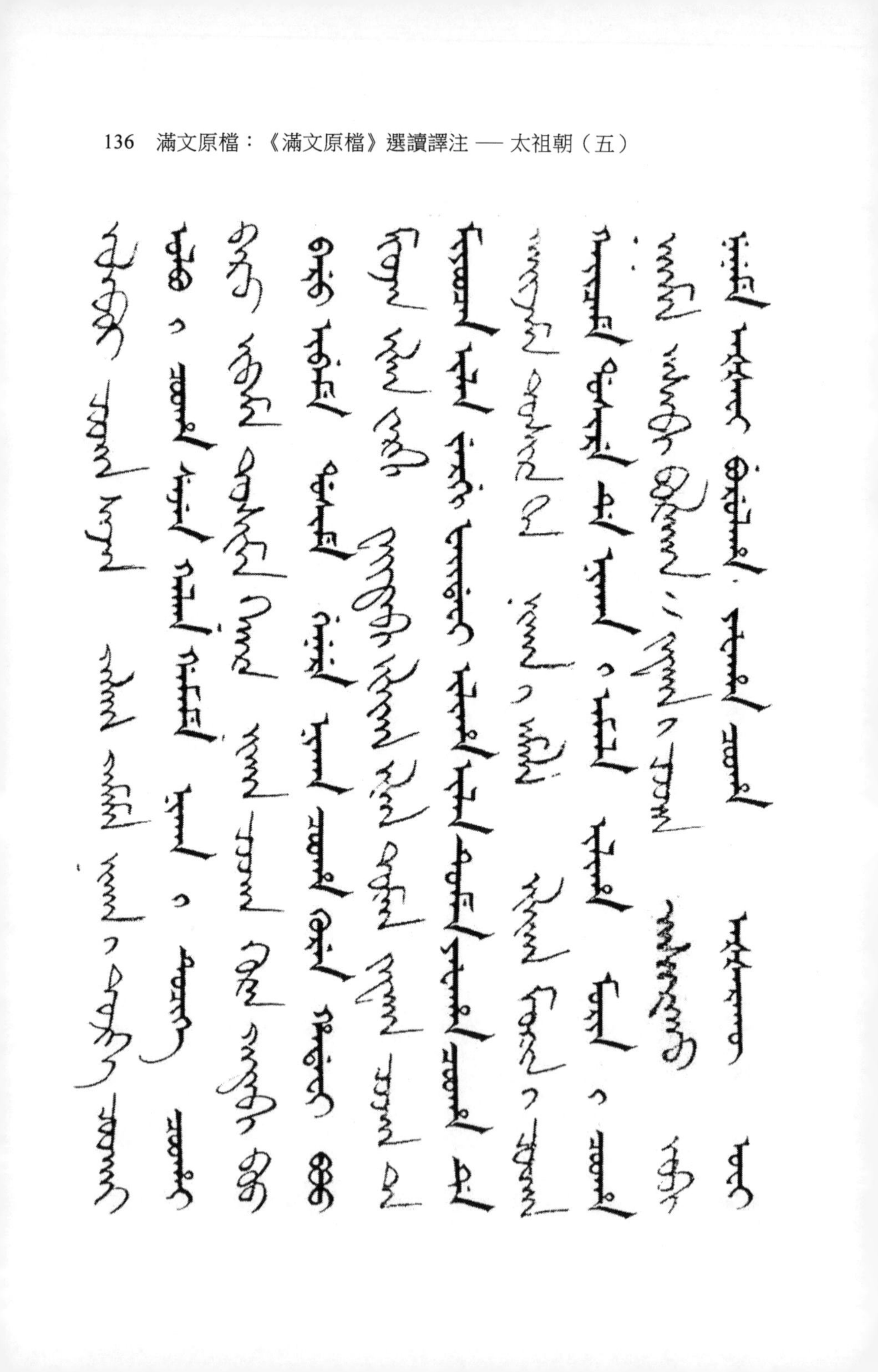

olboi cooha sejen kalka gamame nikan i tucike coohai baru ibeme dosime genere nikan cooha kuren hadafi poo miyoocan ilan jergi faidafi iliha, ilan tumen yafahan cooha de kaicame dosire de nikan i amala iliha morin i cooha neneme aššafi burulaha. yafahan cooha aššarakū ofi

---

綿甲兵佈列車、盾，進擊明出城之兵。明兵安立營盤，佈列鎗礮三層，我兵向三萬步兵吶喊進擊。明立於後面之騎兵先行動搖敗逃，因其步兵不動搖，

绵甲兵布列车、盾，进击明出城之兵。明兵安立营盘，布列鎗炮三层，我兵向三万步兵吶喊进击。明立于后面之骑兵先行动摇败逃，因其步兵不动摇，

九、遼東失守

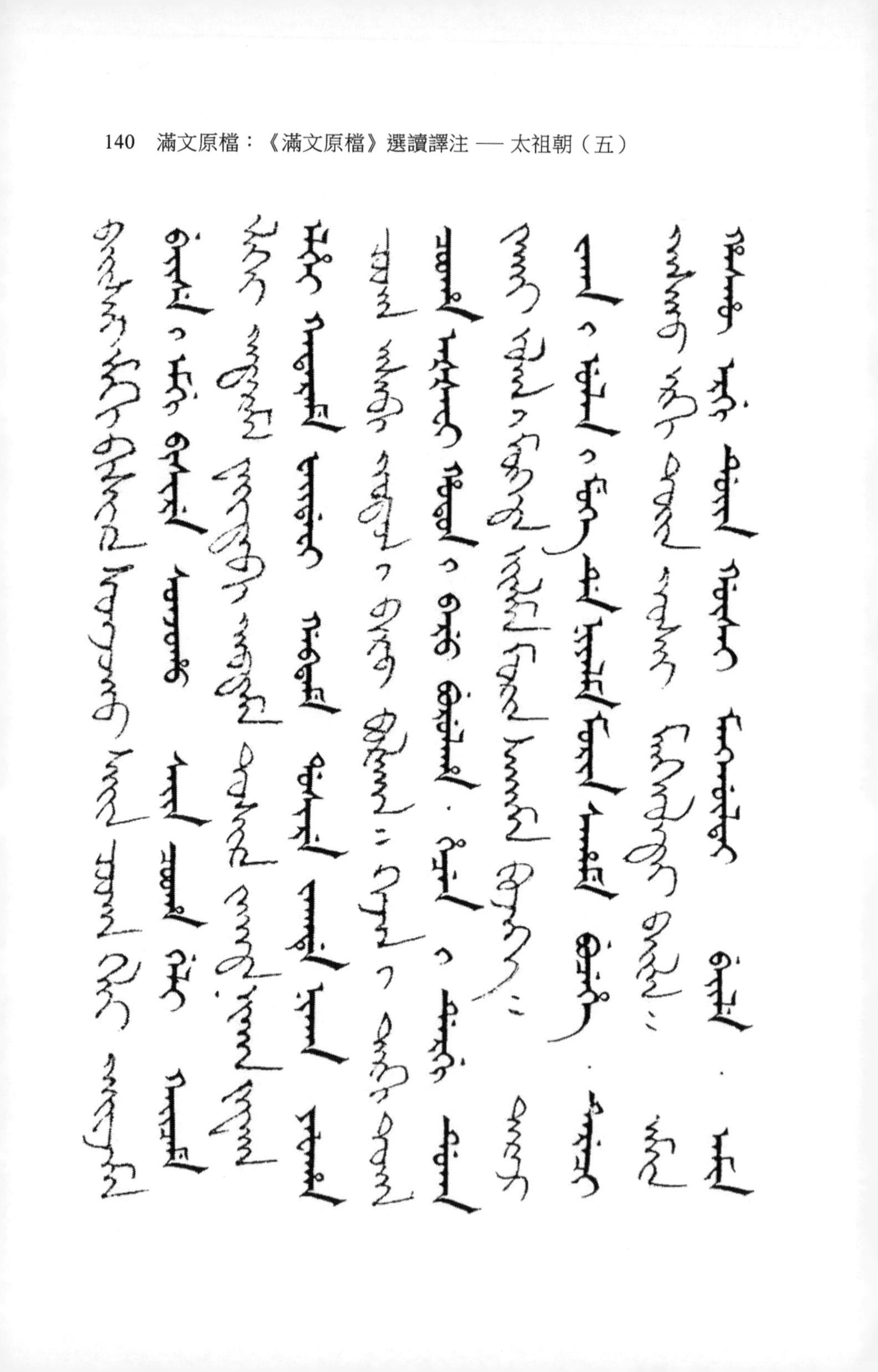

beisei emgi bisire sonjoho sain cooha geli kaicame elhei
katarame faidafi gabtame dosire jakade, nikan yafahan cooha
aššafi hoton i baru burulaha. hecen i dergi duka jakai ulan i
mukede niyalma morin sahame bucehe. tereci hashū ergi
duin gūsai manggūltai beile, amin

故隨諸貝勒之精銳，從容列陣，吶喊騎射而進。明步兵動
搖，望城敗走，人馬落入城東門隙縫壕水中而死，積屍層
疊。時左翼四旗莽古爾泰貝勒、

故随诸贝勒之精锐，从容列阵，吶喊骑射而进。明步兵动
摇，望城败走，人马落入城东门隙缝壕水中而死，积尸层
迭。时左翼四旗莽古尔泰贝勒、

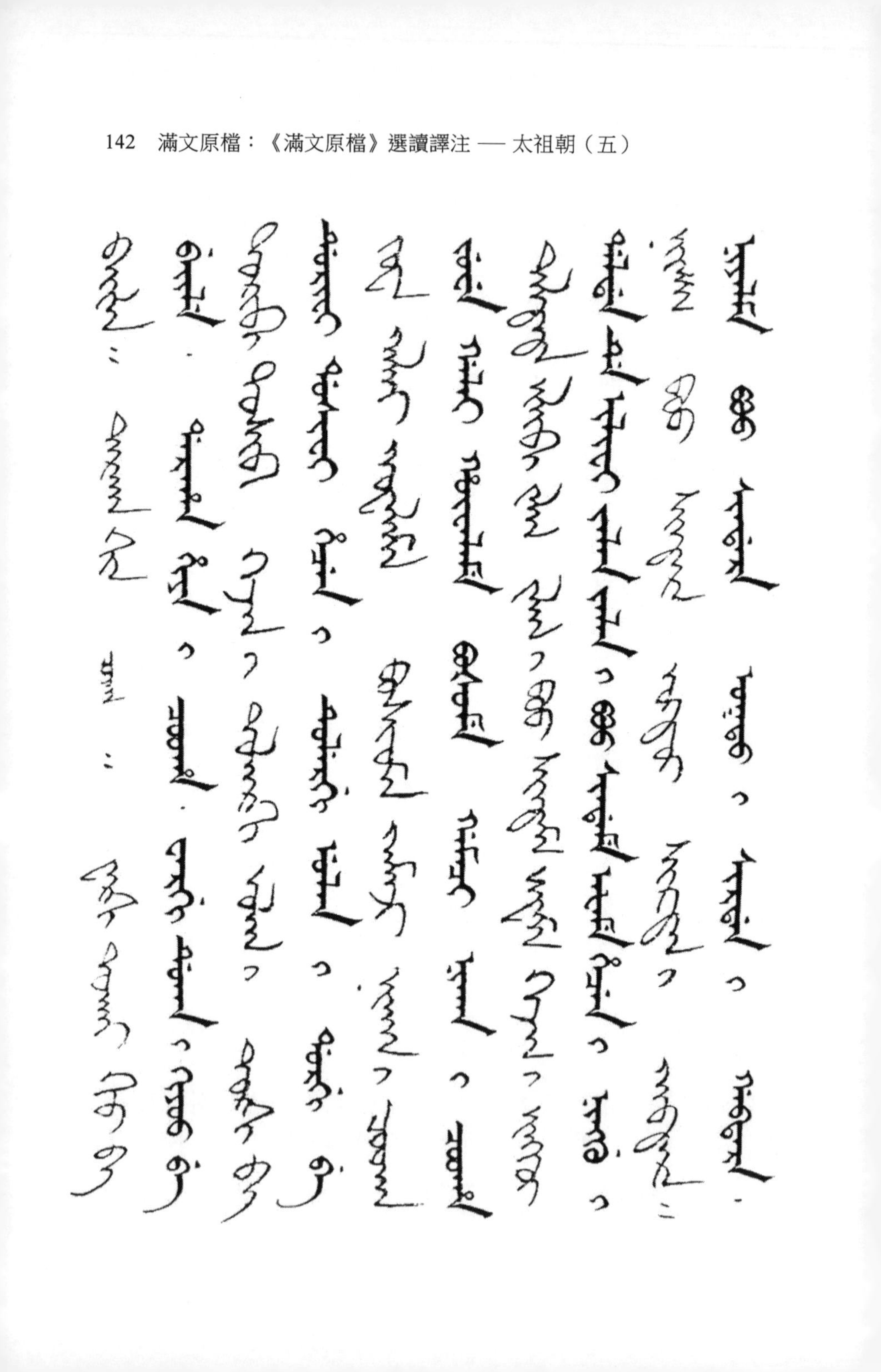

beile, darhan hiya i cooha, wargi dukai kiyoo be durifi dosifi
hecen i tulergi ulan i dorgi be juwe galai hūwalame bošome
gamaci. nikan i cooha daldade ilifi jalan jalan i poo sindame
afame hecen i ninggu i niyalma poo sindara oktoi sirdan i
gabtara,

阿敏貝勒、達爾漢侍衛之兵，奪西門橋而入，復分兵兩翼
追擊城外壕內之兵。明兵隱於暗處，接連放礮攻擊，城上
之人放礮，射藥箭，

阿敏贝勒、达尔汉侍卫之兵，夺西门桥而入，复分兵两翼
追击城外壕内之兵。明兵隐于暗处，接连放炮攻击，城上
之人放炮，射药箭，

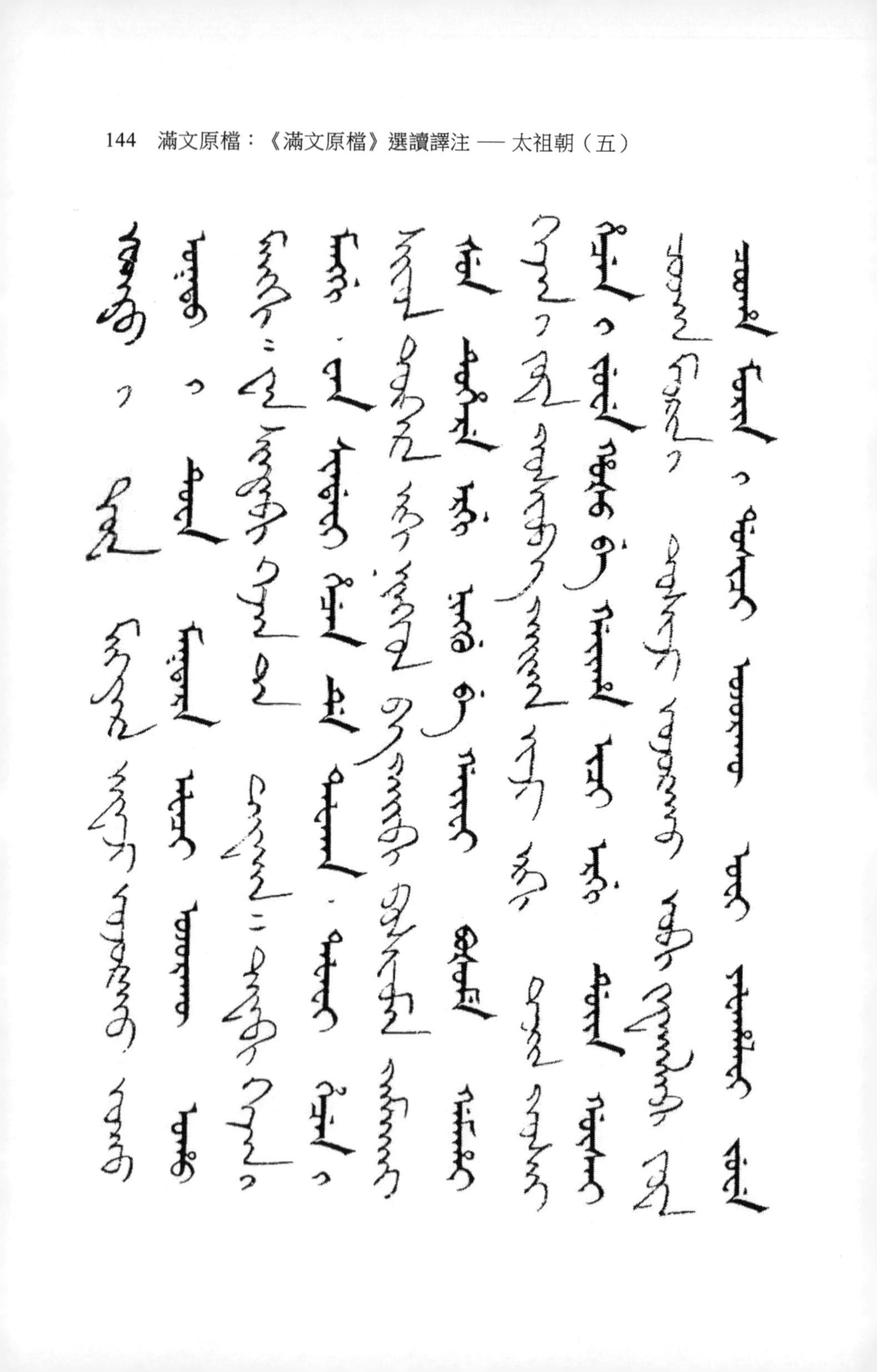

okto i tuwa maktara afaci ojorakū oho manggi, wan sindafi
hecen de tafaka, tafafi hecen i šun tuhere ergi ninggu be gaifi
bošome gamahai hecen i juwe hošobe gaiha. ici ergi duin
gūsai cooha morin i dosici ojorakū ofi yafahalafi juwe

擲藥礚[37]，攻戰不克後，乃豎梯登城，奪城西面，驅殺其
兵，據城兩隅。右翼四旗兵，因馬進不去，故皆下馬步行，

掷药礚，攻战不克后，乃竖梯登城，夺城西面，驱杀其兵，
据城两隅。右翼四旗兵，因马进不去，故皆下马步行，

---

[37] 藥礚，《滿文原檔》寫作 "okto（陰性 k）i tuwa"，《滿文老檔》讀作 "okto
（陽性 k）i tuwa"。規範滿文讀作 "tuwai oktoi šumgan"，意即「火藥礚」。

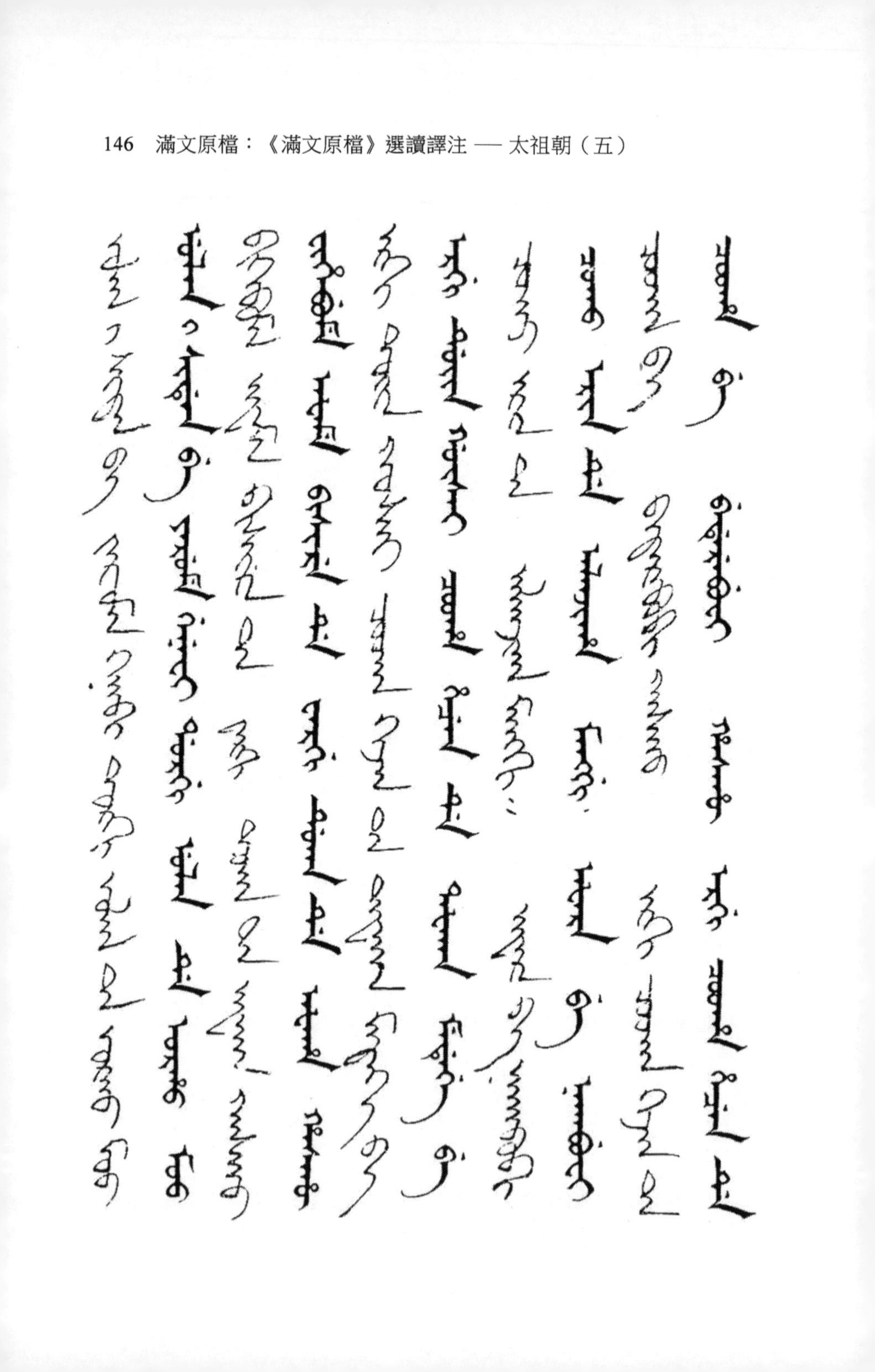

ulan i siden be yarume genefi dorgi ulan de orho moo
fihebume afame bisire de, wargi duka de afaha hashū ergi
duin gūsai cooha hecen de tafaka medege be coko erin de
alanjiha manggi, afara be nakabufi cooha be bederebufi
hashū ergi cooha hecen de

穿行於兩壕之間，以草木填於內壕而戰，酉刻，遣人來報
信[38]曰：「攻戰西門之左翼四旗兵已登城。」遂令停攻撤
軍，

穿行于两壕之间，以草木填于内壕而战，酉刻，遣人来报
信曰：「攻战西门之左翼四旗兵已登城。」遂令停攻撤军，

[38] 報信，句中「信」，《滿文原檔》寫作 "meteke"，《滿文老檔》讀作 "medege"。
按滿文 "medege" 係蒙文 "medege" 借詞，意即「消息、情報」。

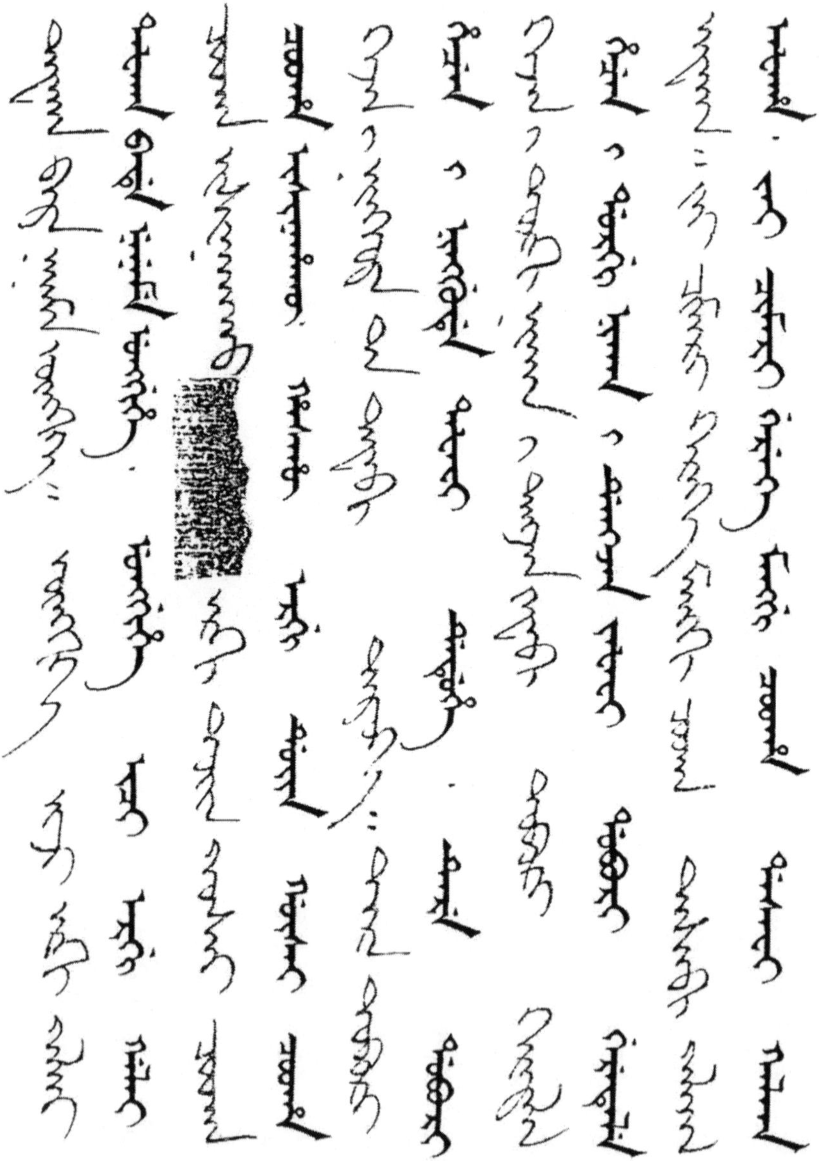

tafaka bade neneme unggihe. unggihe ici ergi galai cooha isinahakū, hashū ergi duin gūsai cooha hecen i ninggude tafafi deduhe. tere dobori hecen i dorgi nikan i dengjan jafafi dobori geretele afaha. jai cimari gereke manggi cooha dasafi kalka

---

先往援左翼登城之兵。往援之右翼兵未至，左翼四旗兵已登城上立營駐宿。是夜，城內明兵執持燈火，通宵戰至天明。翌晨黎明後，整兵列盾

先往援左翼登城之兵。往援之右翼兵未至，左翼四旗兵已登城上立营驻宿。是夜，城内明兵执持灯火，通宵战至天明。翌晨黎明后，整兵列盾

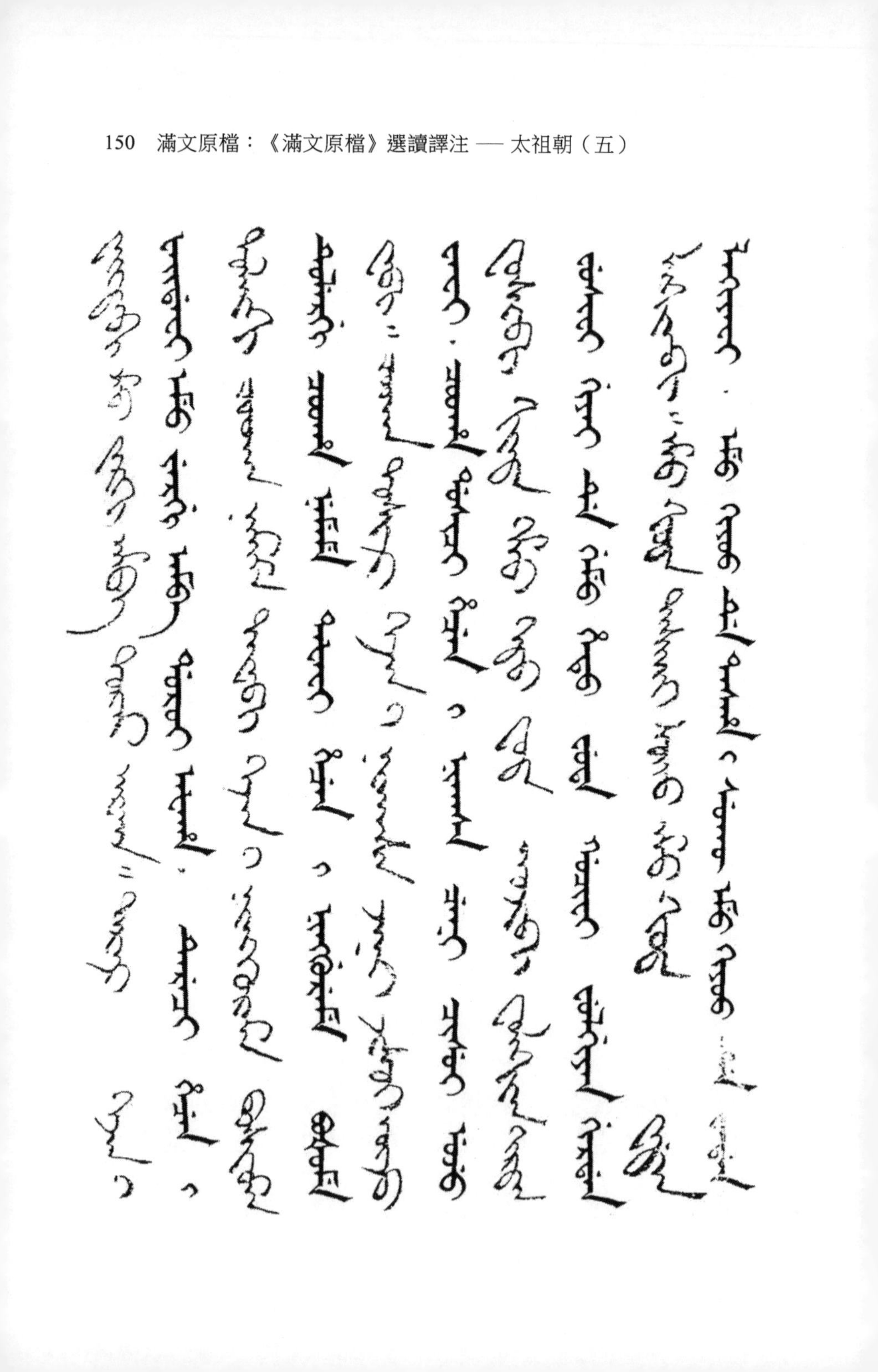

faidafi emu jergi amba doroi afaha. tereci hecen i tulergi cooha nememe tafafi hecen i ninggureme bošome wafi, cooha dosici hecen i nikasa ceni cisui uju fusifi giyade gemu hetu futa gocifi fulgiyan girdan lakiyafi, emu kiyoo de tashai sukū emu kiyoode wadan

---

大戰一次。其城外之兵先登，在城上面驅殺。我兵入城，城內漢人自行薙髮，闔街皆橫拉繩索，懸掛紅旛，備轎二乘，一轎設虎皮，一轎設圍單，

大战一次。其城外之兵先登，在城上面驱杀。我兵入城，城内汉人自行薙发，闔街皆横拉绳索，悬挂红旛，备轿二乘，一轿设虎皮，一轿设围单，

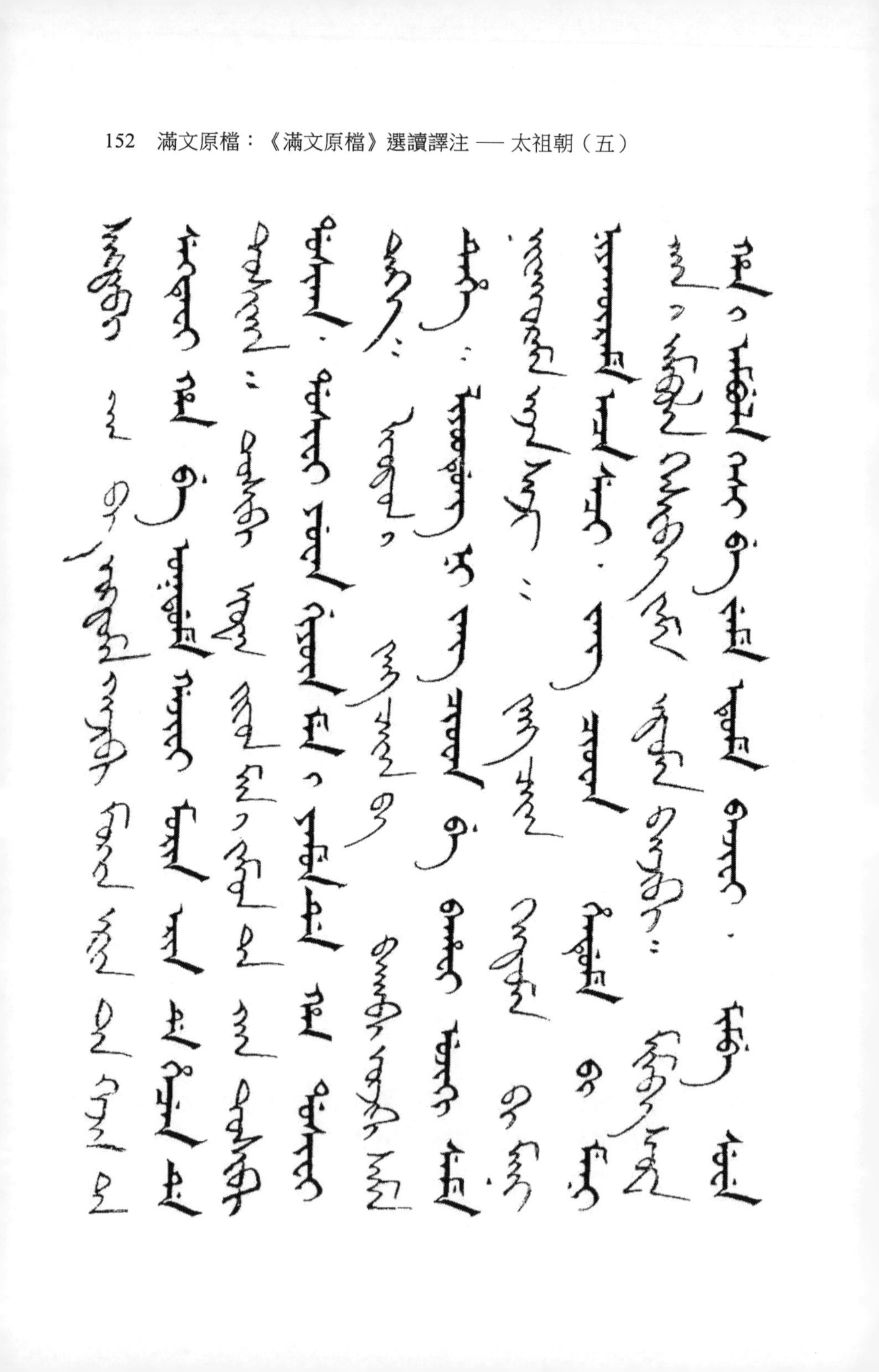

sektefi han be okdome gajifi, morin erin de hecen de dosika,
dosifi yuwan giyūn men i yamun de han dosifi tehe.
liyoodung ni jang ciowan be bahafi ujiki seme niyakūrame
aca seci, jang ciowan hendume, bi meni han i ambula kesibe
jeme etume banjifi, mimbe suwe

前來迎接汗。午時進城，進入袁軍門衙門，汗進入駐蹕。
擒遼東張銓，欲加豢養，勸其跪見。張銓曰：「我受吾皇
深恩，豐衣足食度日，

前来迎接汗。午时进城，进入袁军门衙门，汗进入驻跸。
擒辽东张铨，欲加豢养，劝其跪见。张铨曰：「我受吾皇
深恩，丰衣足食度日，

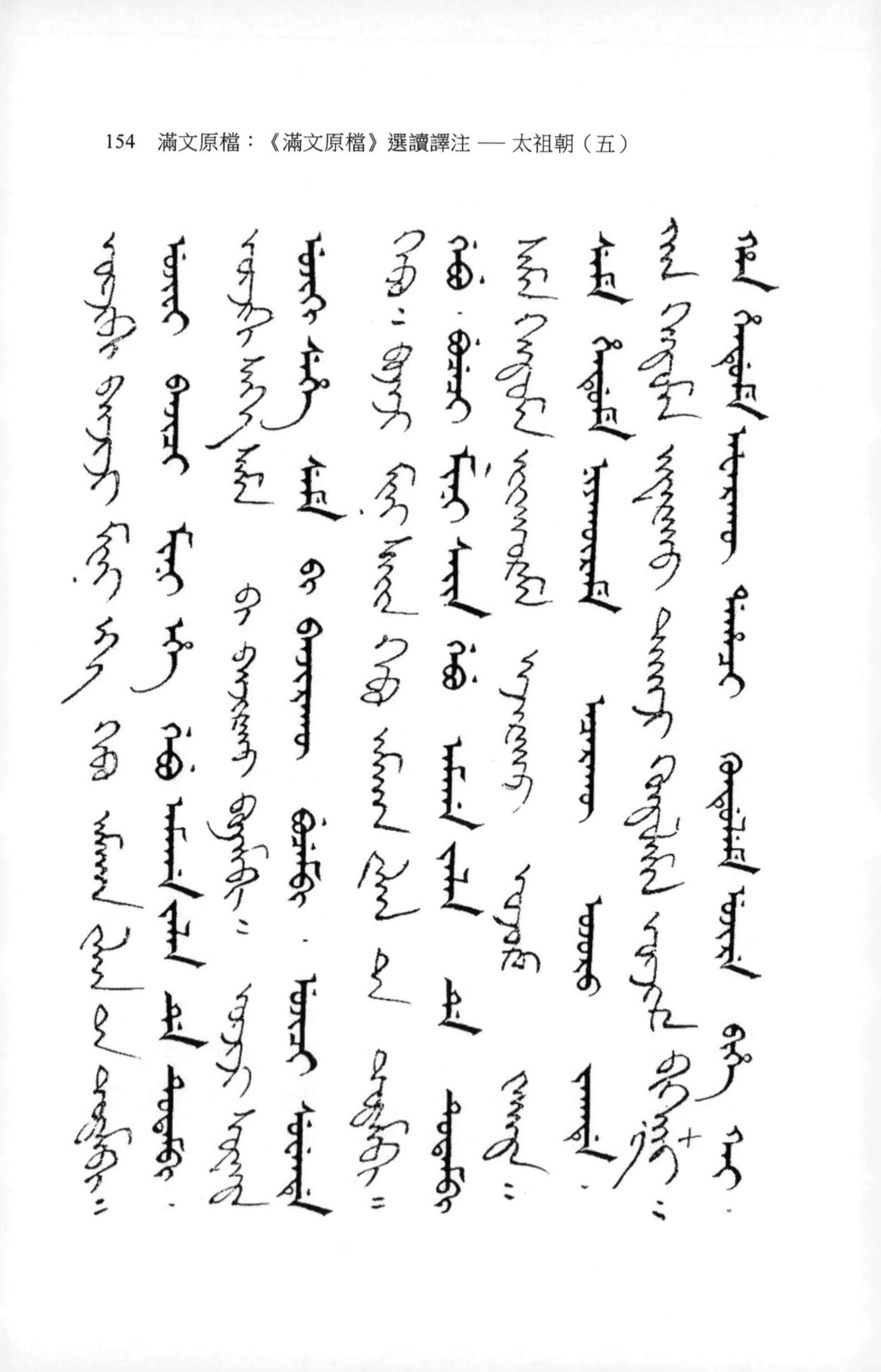

ujifi banjici mini ehe gebu amaga jalan de tutambi. ujiki sehe
seme bi banjirakū bucembi, ujici suwende gebu, buceci mini
sain gebu amaga jalan de tutambi seme hendume,
niyakūrame acarakū ojoro jakade, han hendume, afarakū
dahaci kunduleme ujire bihekai,

今我若為爾豢養而苟活，是我遺惡名於後世。爾雖欲生
我，我惟知一死而已。養則爾有美名，死則吾之芳名垂後
世矣。」因堅不跪見。汗曰：「若不戰而降，理當優養也。

今我若为尔豢养而苟活，是我遗恶名于后世。尔虽欲生我，
我惟知一死而已。养则尔有美名，死则吾之芳名垂后世
矣。」因坚不跪见。汗曰：「若不战而降，理当优养也。

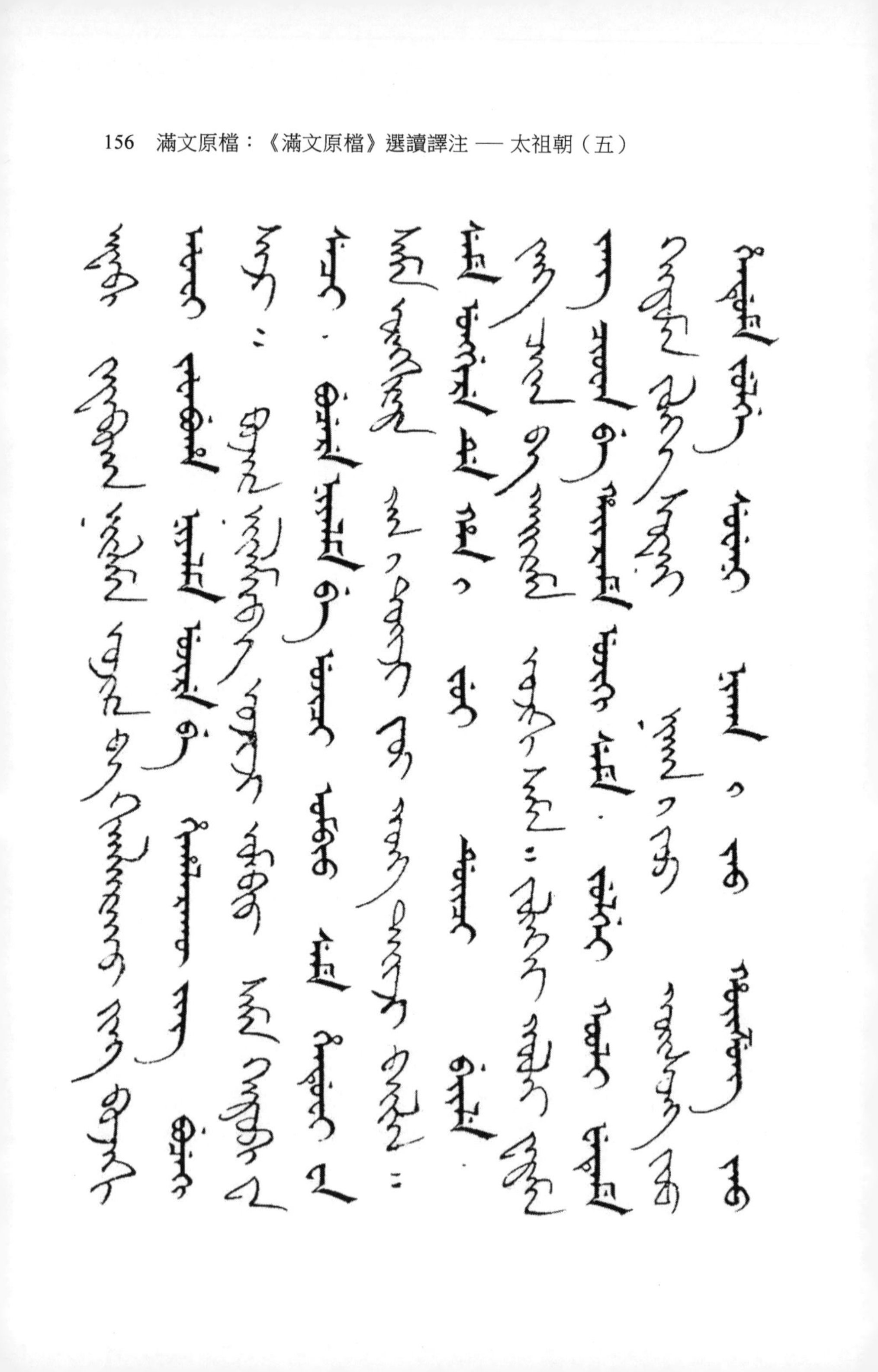

afafi jafabuha niyalma ujire be hihalarakū jing buceki seci, bucere niyalmabe ujici ombio seme hendufi, wa seme unggirede han i duici jui hong taiji beile, jang ciowan be hairame ujiki seme, julgei kooli feteme hendume, julge suweni nikan i joo hoidzung joo

戰而被擒之人，若以願死不希罕豢養之人，豈肯為我所養耶？」諭畢，令斬之。汗之第四子洪台吉貝勒憐惜張銓而欲養之，乃援引古昔之例說之曰：「昔爾漢人趙徽宗、

戰而被擒之人，若以愿死不希罕豢养之人，岂肯为我所养耶？」谕毕，令斩之。汗之第四子洪台吉贝勒怜惜张铨而欲养之，乃援引古昔之例说之曰：「昔尔汉人赵徽宗、

十、流芳後世

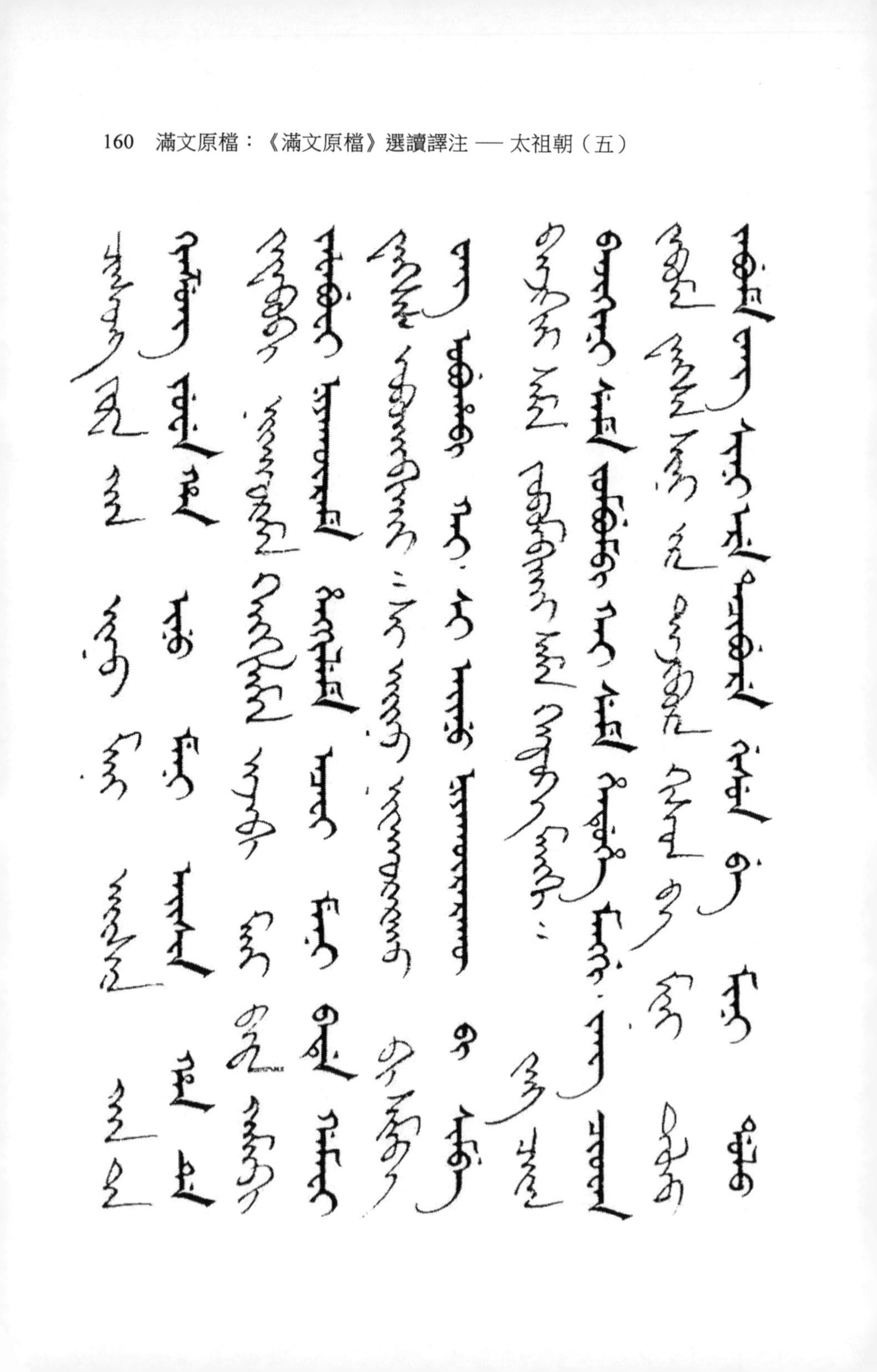

kindzung juwe han inu meni aisin han de jafabufi
niyakūrame hengkileme acafi meni bade gamafi wang
obuhabikai. si ainu niyakūrarakū. bi simbe banjikini seme
jombumbikai seme henduhe manggi, jang ciowan jabume
wangsa sini ere tacibure gisun be mini dolo

趙欽宗二帝為我金汗所擒，尚爾屈膝叩見，攜至我處，受
封為王也。爾為何不跪耶？我欲生爾，故以此言提醒也。」
言畢，張銓答曰：「王爾此教誨之言，我內心

趙欽宗二帝为我金汗所擒，尚尔屈膝叩见，携至我处，受
封为王也。尔为何不跪耶？我欲生尔，故以此言提醒也。」
言毕，张铨答曰：「王尔此教诲之言，我内心

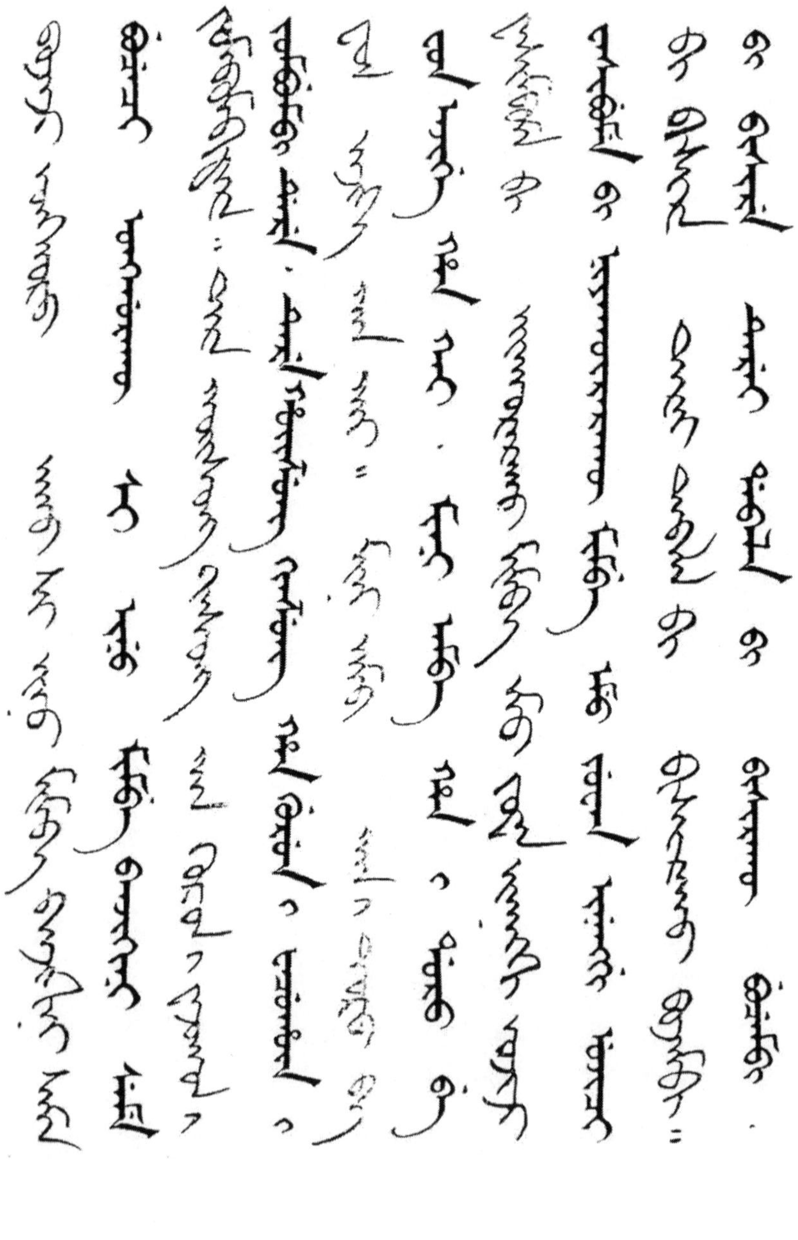

buceci onggoro akū, si inu mimbe banjikini seme
jombumbidere. tere hoidzung kindzung han gurun i facuhūn
i fon ajige han kai. mini amba han i doro be wasibume bi
niyakūrarakū, mimbe emu juwan inenggi ujici bi bisire, terei
dabala bi bisirakū bucembi,

雖死不忘，爾之提醒，亦欲生我也。但徽宗、欽宗二帝，
乃國中亂世之小君耳，我不屈膝損我大皇帝之體統，留我
十日，猶可，過此，我但求一死，不復生，

虽死不忘，尔之提醒，亦欲生我也。但徽宗、钦宗二帝，
乃国中乱世之小君耳，我不屈膝损我大皇帝之体统，留我
十日，犹可，过此，我但求一死，不复生，

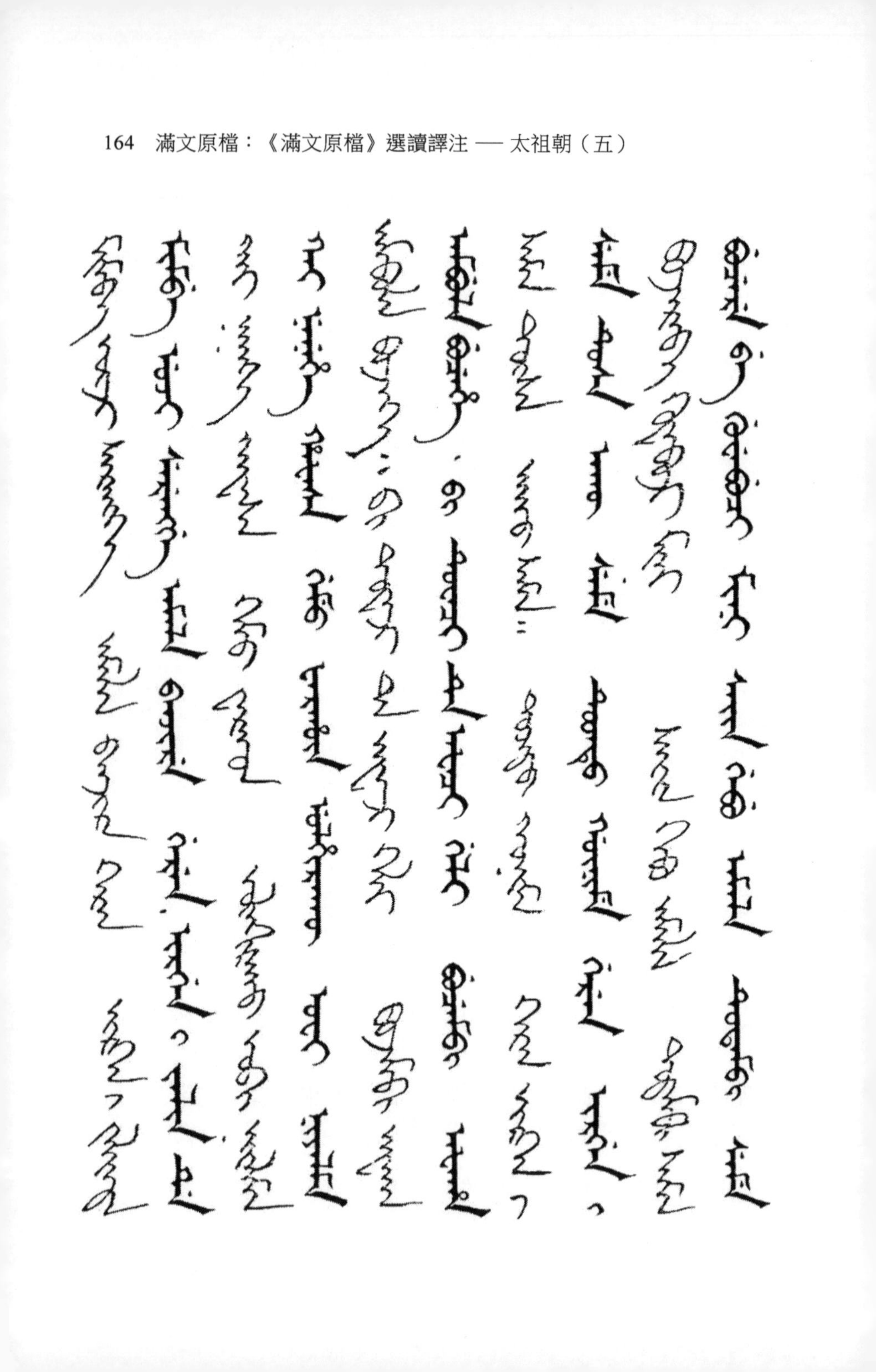

mimbe uji serengge amala banjire geren irgen i jalinde kai.
nenehe hafasa gemu farhūn ulhirakū ofi niyalma ambula
bucehe. bi tuwaci te afaci geli bucembi afaha seme tusa akū
seme, tuttu gūnime geren irgen i bucerebe guwebuci mini
sain gebu amala tutambi seme

所謂豢養我者，蓋為後世蒼生計耳。前此官員類皆愚昧不
諳時務，以致生靈塗炭。以我觀之，當今之戰，徒致傷亡，
雖戰無益。若使蒼生免於傷亡，則我之令名將垂於後世
乎？

所谓豢养我者，盖为后世苍生计耳。前此官员类皆愚昧不
谙时务，以致生灵涂炭。以我观之，当今之战，徒致伤亡，
虽战无益。若使苍生免于伤亡，则我之令名将垂于后世
乎？

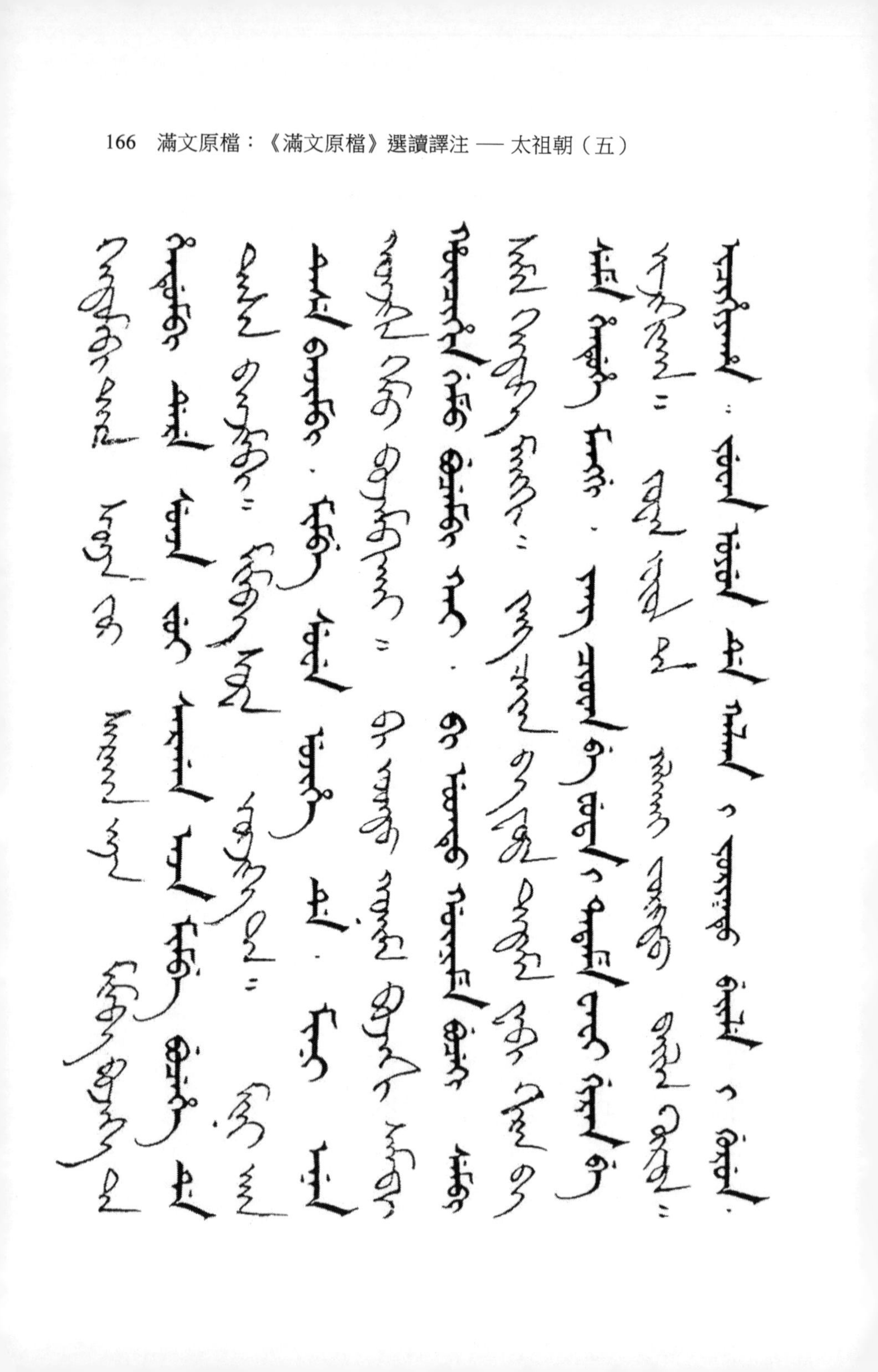

hendumbi dere. sunja jui sargan aja mimbe bucehe de tese banjimbi, mimbe suwe ujihe de, mini enen hūncihin gemu bucembikai, bi uttu gūnime buceki sembi seme henduhe manggi, jang ciowan be futa i tatame wafi giran be icihiyaha. juwan uyun de kalkai joriktu beile i gurun,

我有五子、妻、母，我死，彼等生。爾若豢養我，則我親族子嗣皆將死矣，故我情願一死。」言畢，遂縊張銓而葬之。十九日，喀爾喀卓禮克圖貝勒之國，

我有五子、妻、母，我死，彼等生。尔若豢养我，则我亲族子嗣皆将死矣，故我情愿一死。」言毕，遂缢张铨而葬之。十九日，喀尔喀卓礼克图贝勒之国，

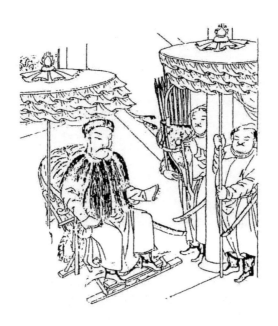

十一、致書朝鮮

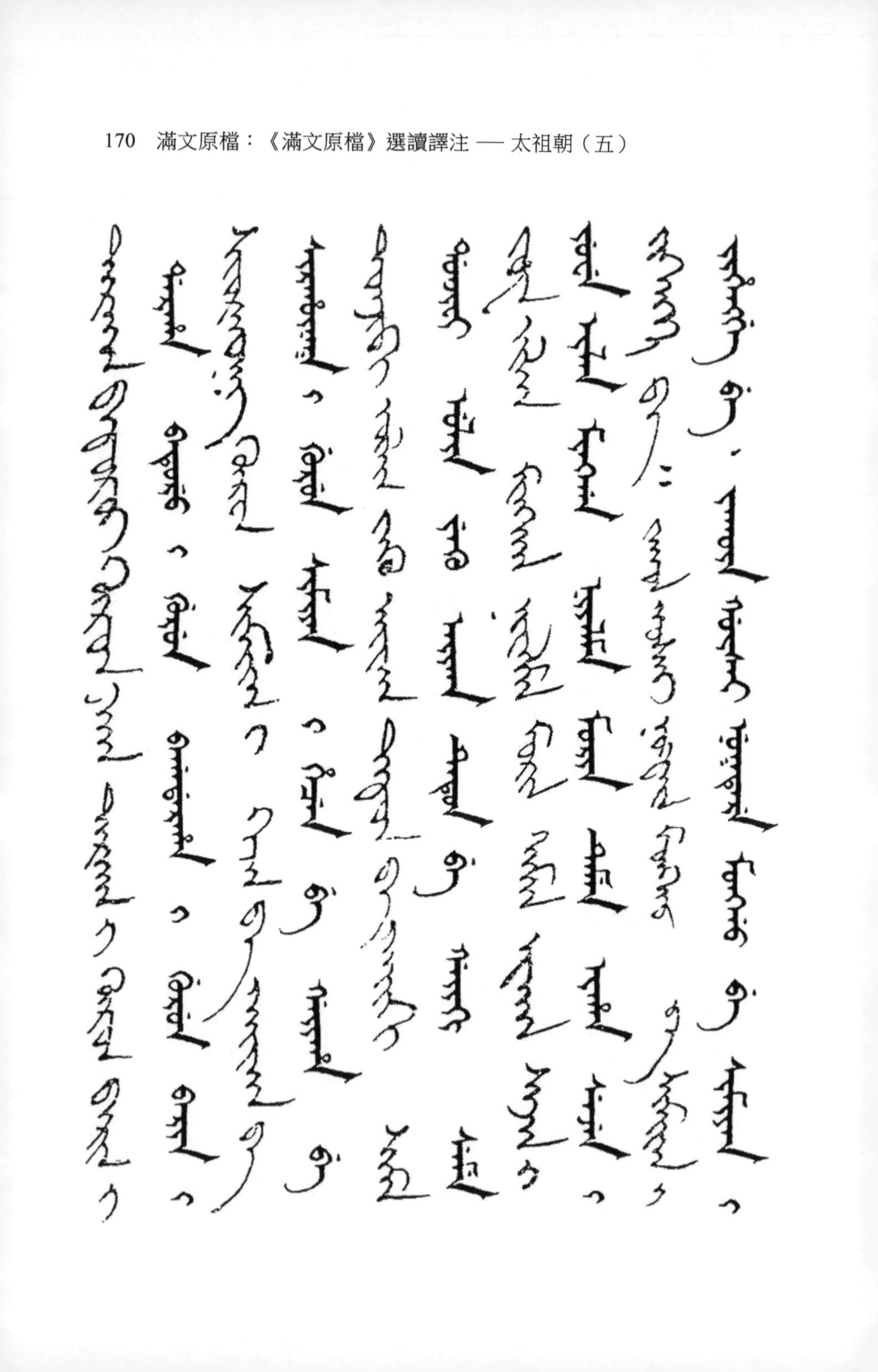

darhan baturui gurun baga darhan i gurun, barin i sirhūnaki
gurun simiyan i hecen be gaiha be donjifi, ulin jeku aika
tetun be gaiki seme juwe ilan minggan niyalma morin temen
ihan sejen i jihengge be, jakūn gūsai nuktere monggo be
simiyan i

達爾漢巴圖魯之國[39]、巴噶達爾漢之國、巴林石爾胡那克
之國，聞瀋陽城破，欲奪財粟及一應器皿，遣二、三千人
攜馬駝牛車至。留瀋陽城收糧之八旗遊牧蒙古，

达尔汉巴图鲁之国、巴噶达尔汉之国、巴林石尔胡那克之
国，闻沈阳城破，欲夺财粟及一应器皿，遣二、三千人携
马驼牛车至。留沈阳城收粮之八旗游牧蒙古，

---

[39] 巴圖魯，《滿文原檔》寫作"batoro"，《滿文老檔》讀作"baturu"。 按滿
文"baturu"係蒙文"baɣatur"借詞，源自回鶻文"bahadur"，意即「勇士、
英雄」。

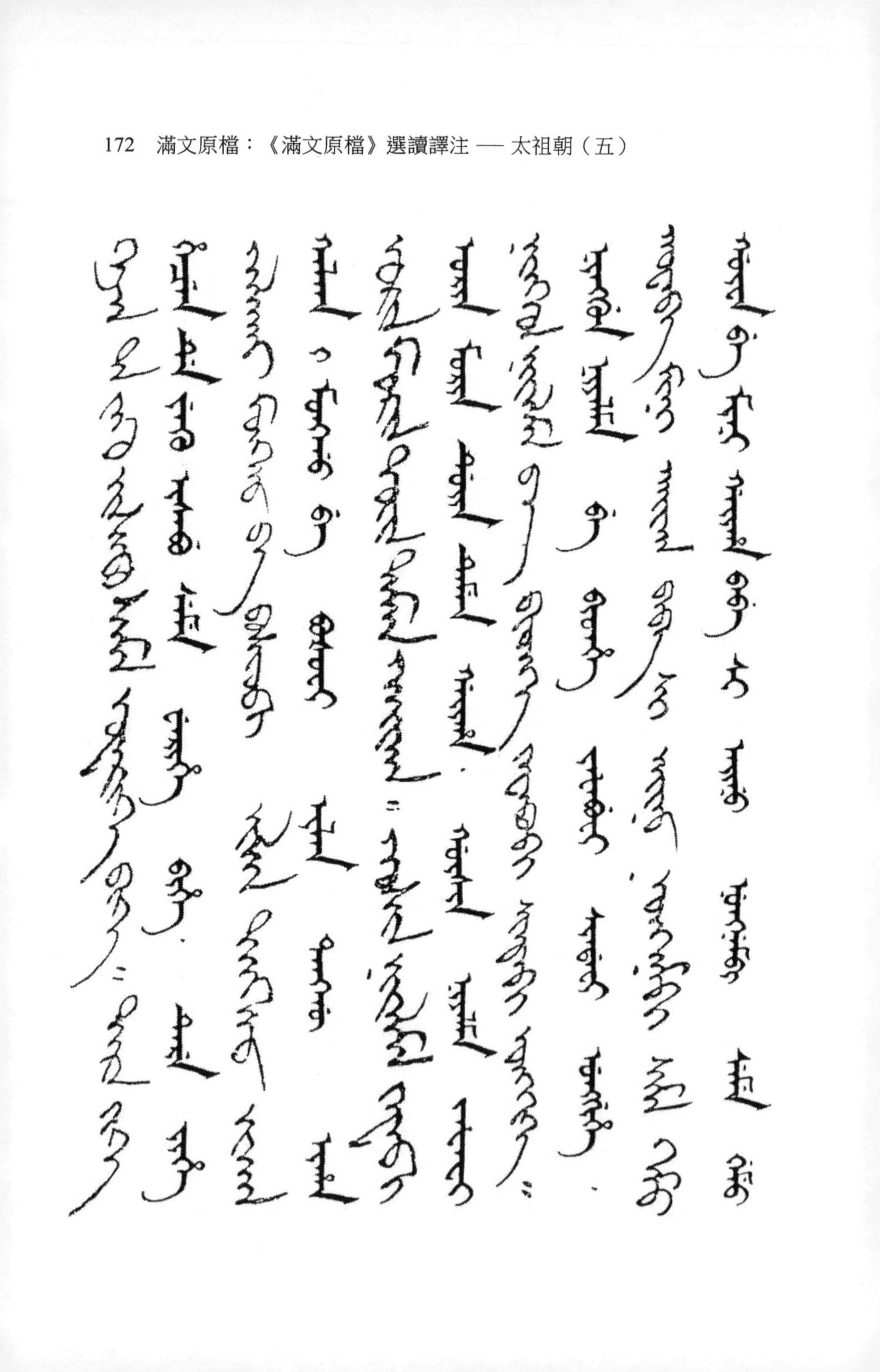

hecen de jeku isabu seme werihe bihe. tere jihe kalkai monggo be bošofi ilan tanggū ihan, orin morin, duin temen gaiha, gūsin niyalma jafafi ninggun niyalma be bithe jafabufi sindafi unggihe. gūwabe mini gaiha babe si ainu nungnembi seme gemu

驅逐前來之喀爾喀蒙古，獲牛三百頭、馬二十匹、駝四隻，俘三十人。釋六人令持書遣還，其餘人眾以爾為何侵擾我攻取之地盡殺之。

驱逐前来之喀尔喀蒙古，获牛三百头、马二十匹、驼四只，俘三十人。释六人令持书遣还，其余人众以尔为何侵扰我攻取之地尽杀之。

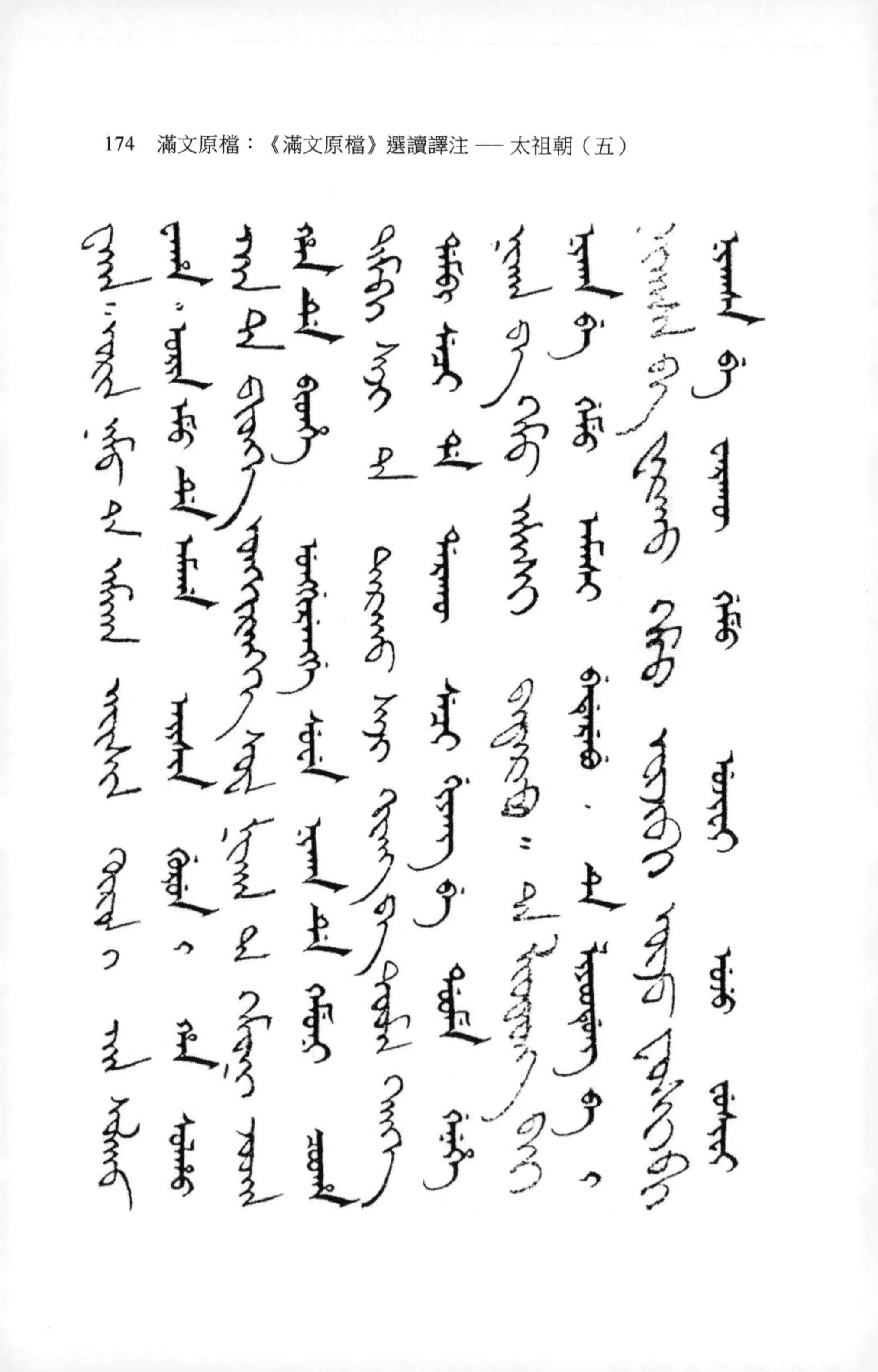

waha. orin emu de amaga aisin gurun i han solho han de
bithe unggirengge, suwe nikan de kemuni cooha dambi seci
da, darakū seci giyang be doome genehe nikan be gemu
amasi bederebu. te liyoodung bai nikasa be warakū gemu
ujifi uju fusi bi

二十一日，後金國汗[40]致朝鮮[41]王書曰：「爾若仍欲助兵
於明，則助之；倘不欲助兵，則將已渡江而去之漢人盡行
遣還。今遼東地方之漢人，其薙髮歸順者未行誅戮，俱豢
養之，

二十一日，后金国汗致朝鮮王书曰：「尔若仍欲助兵于明，
则助之；倘不欲助兵，则将已渡江而去之汉人尽行遣还。
今辽东地方之汉人，其薙发归顺者未行诛戮，俱豢养之，

---

[40] 後金國汗，《滿文原檔》、《滿文老檔》俱讀作 "amaga aisin gurun i han"，
此與〈天命金國汗之印〉（abkai fulingga aisin guruni han i doron）內之「金
國汗」 "aisin gurun i han" 稱謂相異。該印圖版，參見李光濤等編著，《明
清檔案存真選集》，第二集。

[41] 朝鮮，《滿文原檔》寫作 "solko"，《滿文老檔》讀作 "solho"。滿文本《大
清太祖武皇帝實錄》卷三，作 "solgo"，滿文音譯作 "coohiyan"。按滿
文 "solho" 原指稱「高麗」，其語源可追溯自蒙文 "solongɣos"（意即「高
麗」、「朝鮮」）一詞，其演變過程： "solongɣos" > "solongɣo"（s 表複
數，詞綴脫落）> "soloɣo"（ng 脫落）> "solɣo"（第二音節 o 脫落）>
"solqo"（ "solho"）。

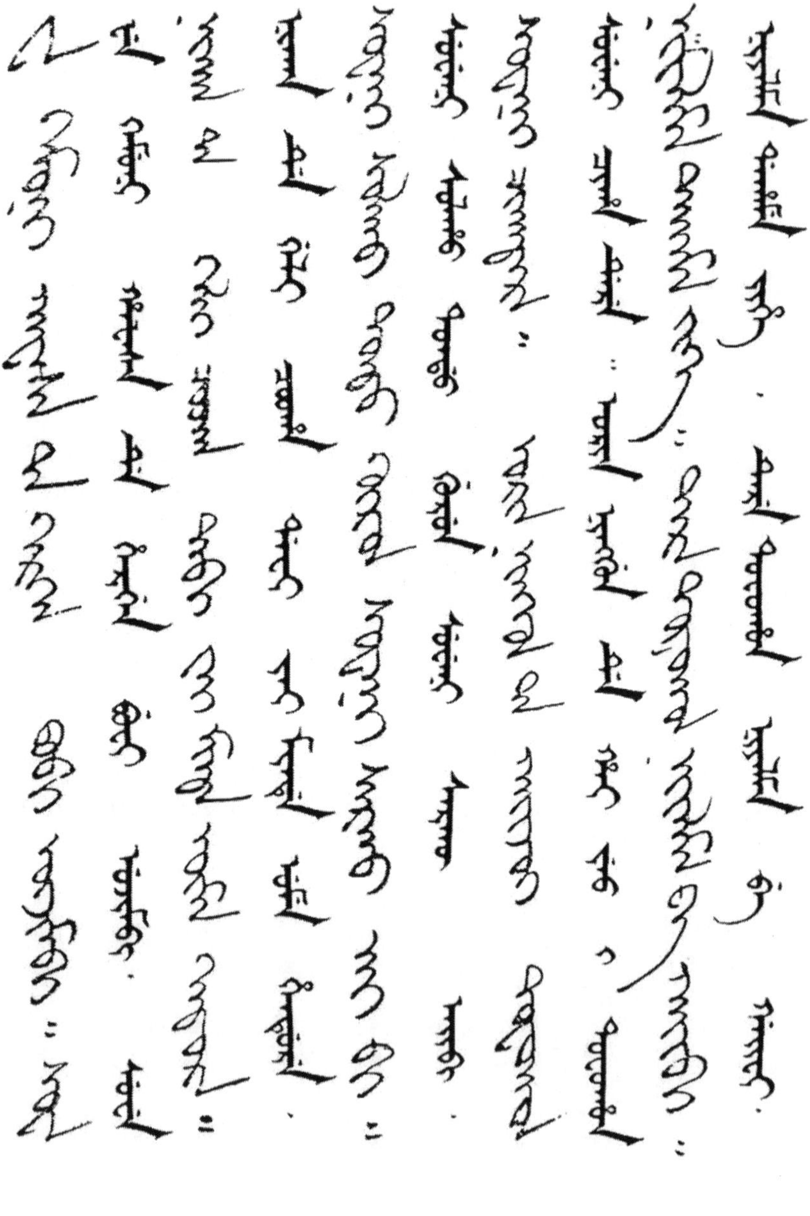

fe kemuni hafasa de hergen bufi ujimbi. suwe nikan de geli
cooha dafi jai minde ume hendure, suweni solho tondo gurun
suweni sarkū ai bi. suweni cihadere. orin ninggun de haijeoi
tofohon niyalma dahame jihe, tere tofohon niyalma be gaifi,

各官員仍授原職而豢養之。爾復助兵於明，勿再言於我。
爾朝鮮乃公正之國，爾豈能不知？悉聽爾便。」二十六日，
海州十五人來歸，攜此十五人，

各官員仍授原职而豢养之。尔复助兵于明，勿再言于我。
尔朝鲜乃公正之国，尔岂能不知？悉听尔便。」二十六日，
海州十五人来归，携此十五人，

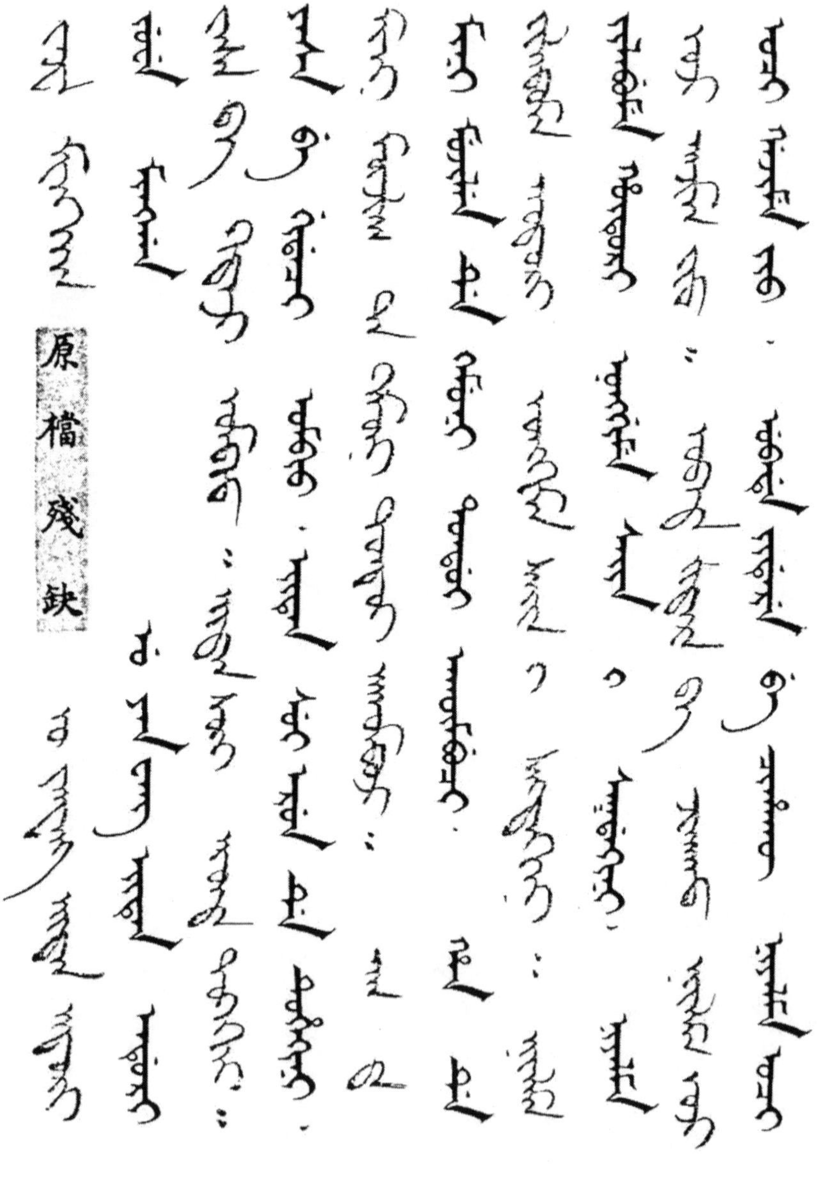
原檔殘缺

juwe minggan [原檔殘缺] u yanwang eiten enduri yasa be gidaci ombio. eiten sui erunde tuhekini, mini mujilen de kemuni tondoi akūmbuci, han de jilabume hūturi nonggime sain i sakdakini. niyalma oci gajime jio. ubade jidere be cihakū niyalma oci

---

二千[原檔殘缺]吳閣王豈可遮掩諸神之目，必將陷於一切罪刑。我思之，若能盡忠効力，蒙汗慈愛，增福[42]益壽。若有人願來者，可攜來；若不願來此之人，

二千[原档残缺]吳阁王岂可遮掩诸神之目，必将陷于一切罪刑。我思之，若能尽忠効力，蒙汗慈爱，增福益寿。若有人愿来者，可携来；若不愿来此之人，

---

[42] 增福，句中「福」，《滿文原檔》寫作"kotori"，《滿文老檔》讀作"hūturi"。按滿文"hūturi"與蒙文"qutuɤ"之根詞（hūt、qut），源自回鶻文"qut"，意即「幸福」。

十二、致書蒙古

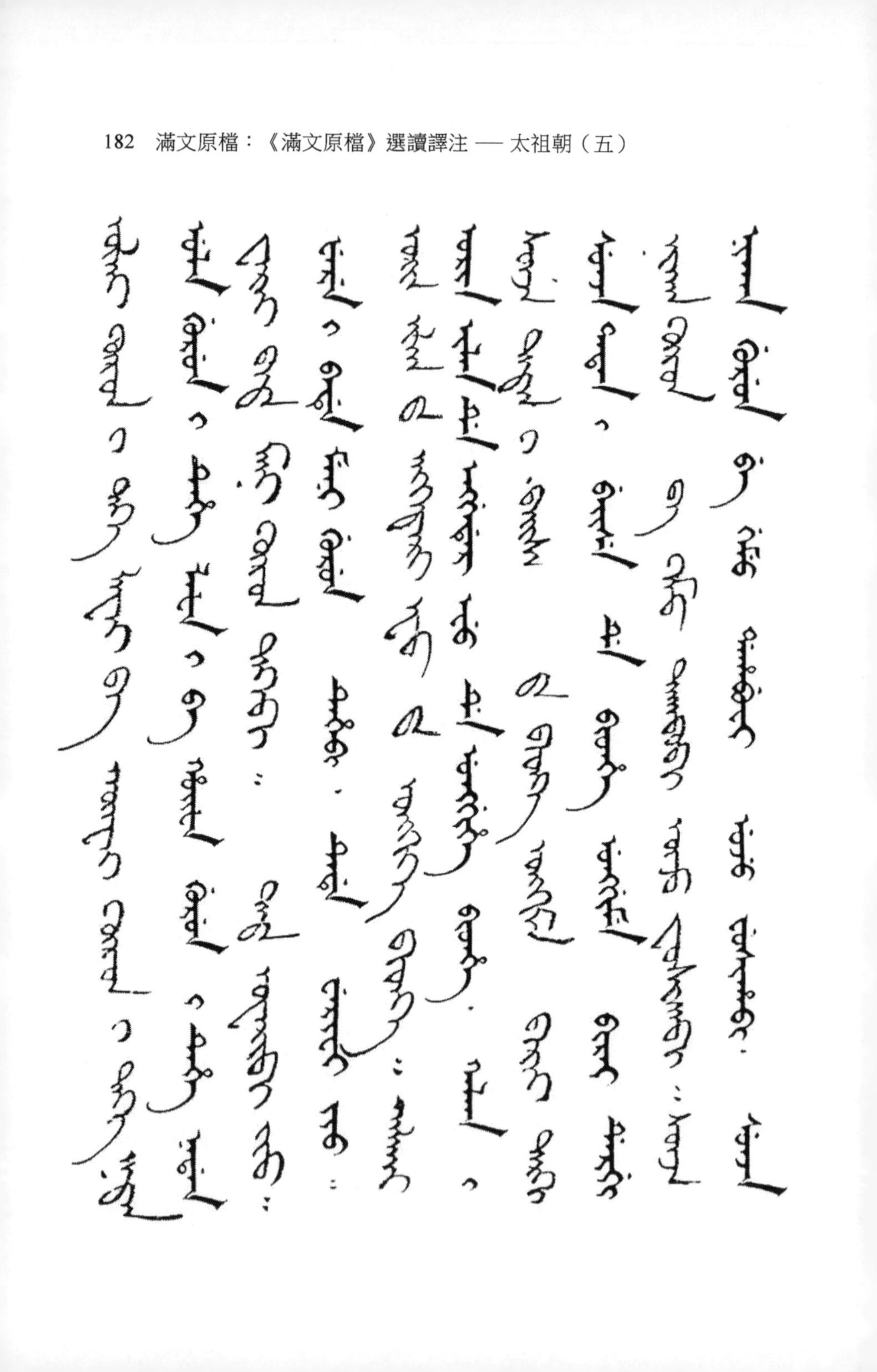

ulai gurun i tehe lafai ba, hoifai gurun i tehe nadan ferei bade meni gurun tehebi, tede werifi jio. orin ilan de enggeder efu de unggihe bithe, kalkai sunja tatan i beise de bithe unggime birai dergi nikan gurun be gemu dahabufi uju fusihabi, sunja

---

烏拉國所居拉發地方、輝發國所居納丹佛勒地方，皆有我國人居住，可來留之於其地。二十三日，致恩格德爾額駙書曰：「致書喀爾喀五部諸貝勒，河東漢人皆已薙髮歸順，

乌拉国所居拉发地方、辉发国所居纳丹佛勒地方，皆有我国人居住，可来留之于其地。二十三日，致恩格德尔额驸书曰：「致书喀尔喀五部诸贝勒，河东汉人皆已薙发归顺，

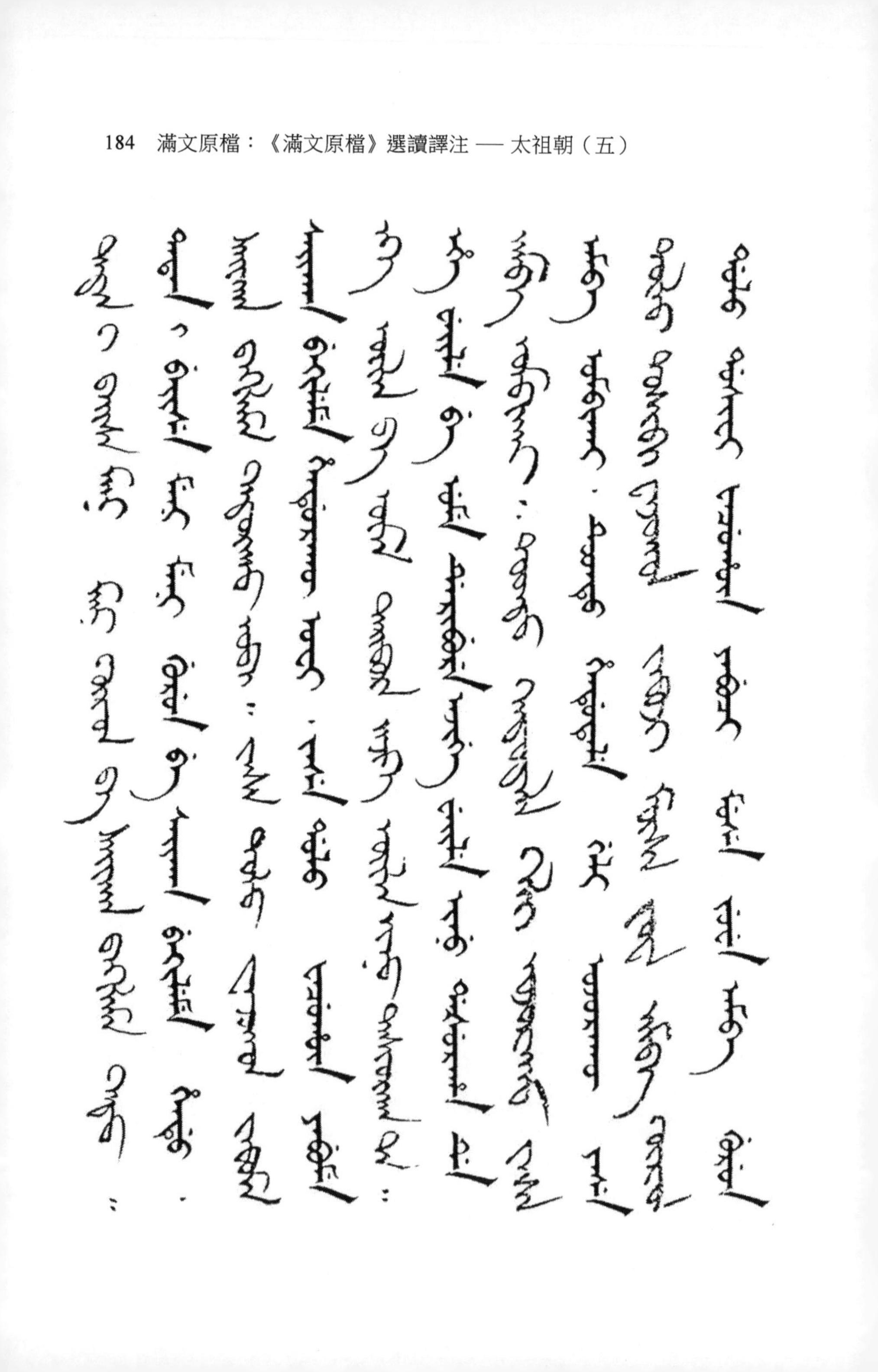

tatan i beise meni meni gurun be saikan bekileme hendu, saikan bekileme hendurakū ofi, jase dolo facuhūn yabume, ehe weile be ume deribure ajige weile inu dašuraha de amba ombikai. tuttu hendutele geli ojorakū jase dolo dosifi facuhūn yabuci muse juwe amba gurun

五部諸貝勒當各自曉諭國人善加固首，若不曉諭善加固首，必致進入界內行亂。勿生罪惡，小事亦可釀大禍也。若屢加曉諭而又不從，仍進入界內行亂，以致我二大國

五部诸贝勒当各自晓谕国人善加固首，若不晓谕善加固首，必致进入界内行乱。勿生罪恶，小事亦可酿大祸也。若屡加晓谕而又不从，仍进入界内行乱，以致我二大国

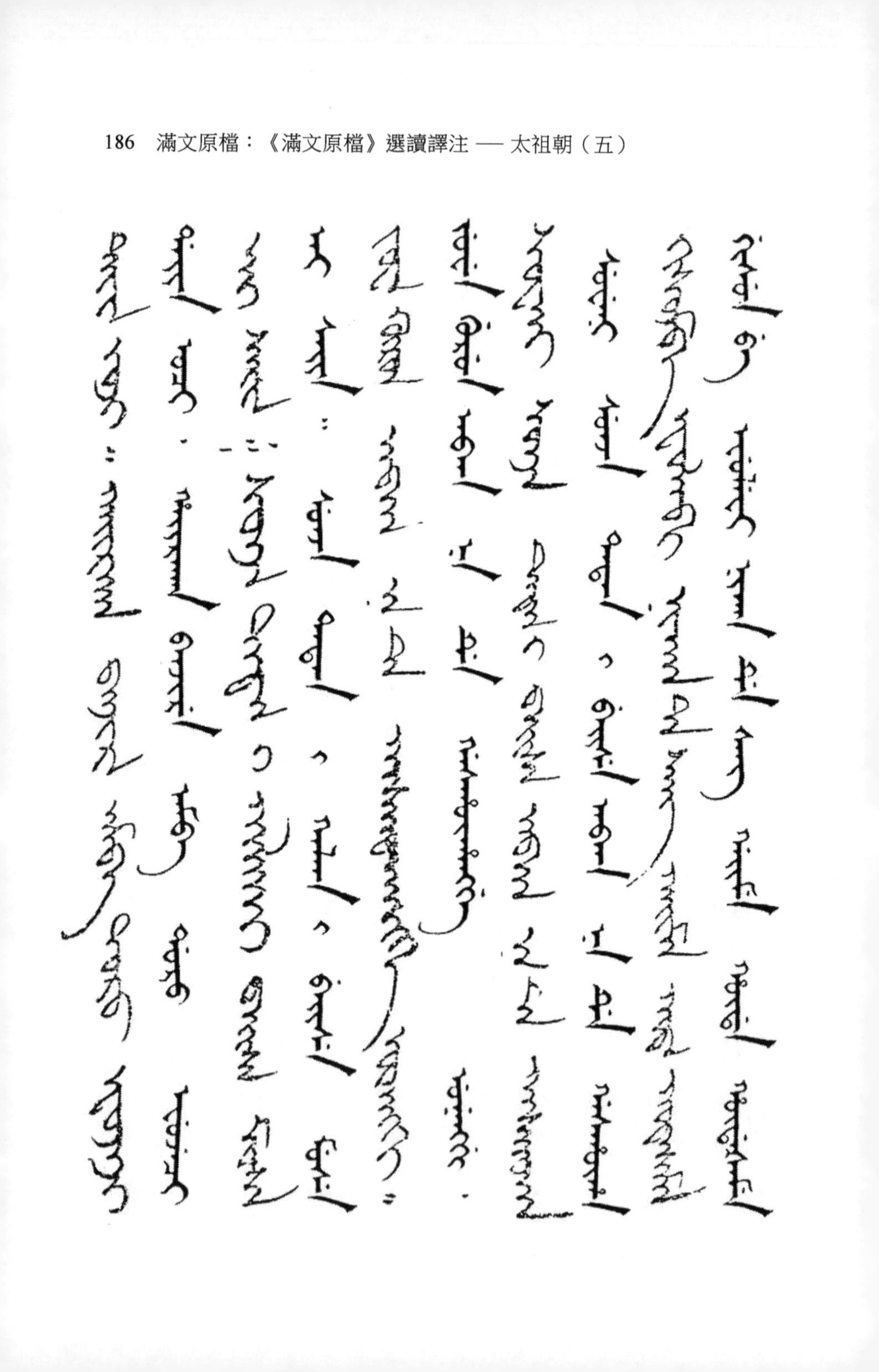

dain oci, hairakan banjire amba doro efujeci ai sain. sunja tatan i kalkai beise muse juwe gurun abka na de gashūhangge unenggi, suweni sunja tatan i beise abka na de gashūha gisumbe efulefi nikan de šang gaime hūda hūdašame

---

開啟戰端，破壞珍惜和好大業，有何益處？五部喀爾喀諸貝勒，我二國曾以誠心誓告天地；然爾五部諸貝勒破壞對天地誓言，受明之賞，貿易往來，

开启战端，破坏珍惜和好大业，有何益处？五部喀尔喀诸贝勒，我二国曾以诚心誓告天地；然尔五部诸贝勒破坏对天地誓言，受明之赏，贸易往来，

[Manchu script text - 9 columns, read right to left]

irgen beye emu ofi yabuha. suweni sunja tatan i beise nikan be dailaki seci encu dailacina. han i beye liyoodung ni hecen de tehebi birai dergi gurun gemu uju fusifi mini dahabuha gurun be suwe ainu gaimbi, suweni uttu dailame isinjiha bade, bi

---

民人一樣亦如此行之。爾五部諸貝勒若欲征明，可由別處征之也。汗已親自駐蹕遼東城，河東國人皆已薙髮歸降，爾等為何掠奪我所降服之國人？爾等若如此前來征戰，

民人一样亦如此行之。尔五部诸贝勒若欲征明，可由别处征之也。汗已亲自驻跸辽东城，河东国人皆已薙发归降，尔等为何掠夺我所降服之国人？尔等若如此前来征战，

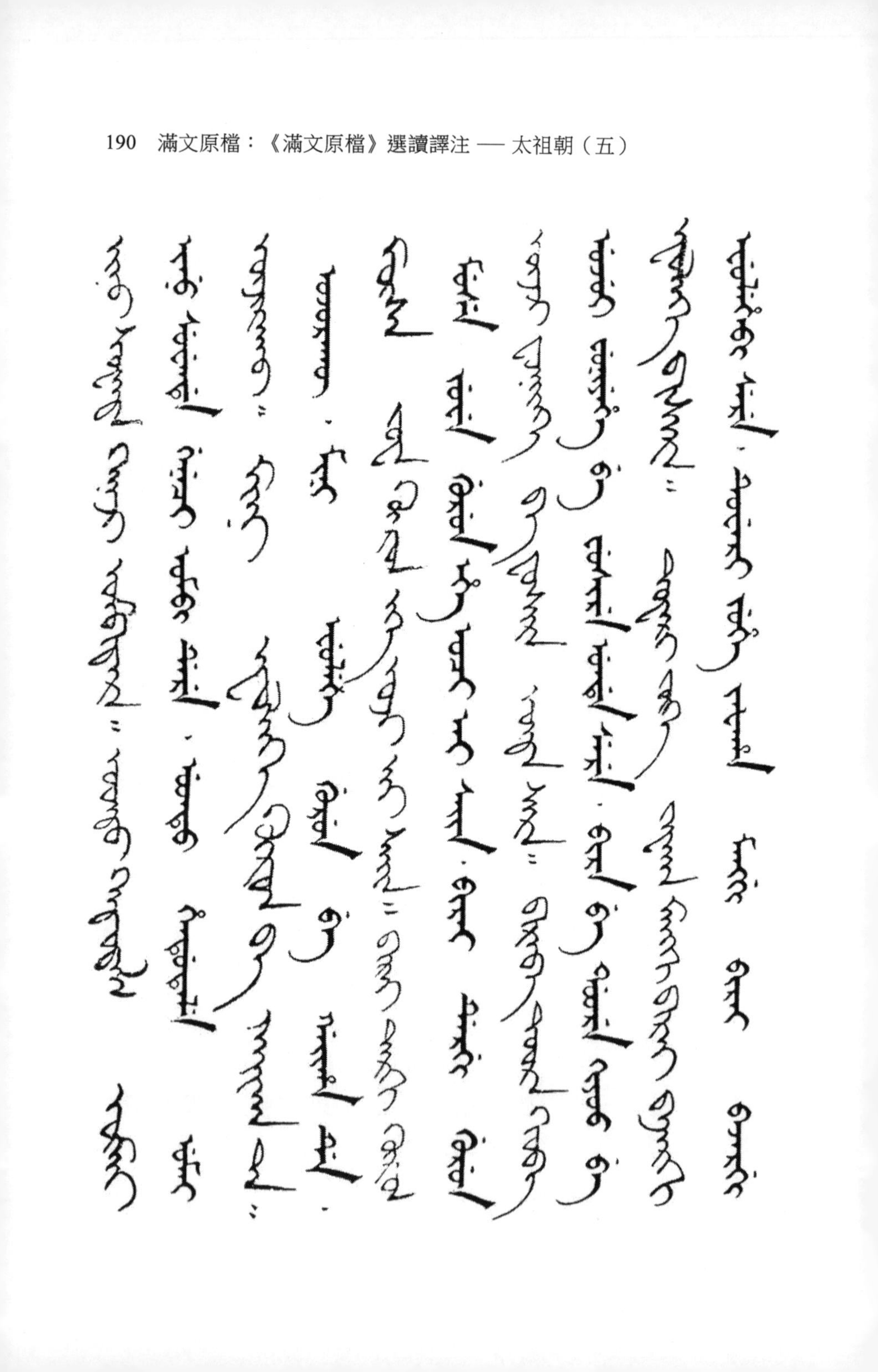

inu suwende geneci ombidere. uttu hendutele umai ojorakū, mini efulehe gurun be gaiha de, muse juwe gurun ehe oci ai sain. birai dergi gurun ujui funiyehe be fusire unde sere, birabe doore kiyoobe efulehe bisere, tuweri juhe jafaha manggi birai bajargi

則我亦可往征爾等也。如不從此諭，仍掠奪我所破之國，致我二國交惡，又有何益？據聞，河東國人未曾薙髮，其渡河之橋已毀壞。入冬結冰後，

則我亦可往征尔等也。如不从此谕，仍掠夺我所破之国，致我二国交恶，又有何益？据闻，河东国人未曾薙发，其渡河之桥已毁坏。入冬结冰后，

十三、賞罰分明

gurun be dailambi, juhe jafara onggolo sunja tatan i beise nikan be dailaki seci birai dergi gurun be dailacina. dzung bing guwan de juwe te tanggū yan i menggun, juwete tanggū orita boso, gūsita suje. fujiyang de emte tanggū susai ta yan menggun, emte tanggū susai ta

---

將往征河對岸國人。結冰之前，五部諸貝勒若欲征明，可往征河東之國人也。」總兵官賞銀各二百兩、布各二百二十疋、緞各三十疋；副將賞銀各一百五十兩、

將往征河対岸国人。結冰之前，五部諸貝勒若欲征明，可往征河東之国人也。」总兵官赏银各二百两、布各二百二十疋、缎各三十疋；副将赏银各一百五十两、

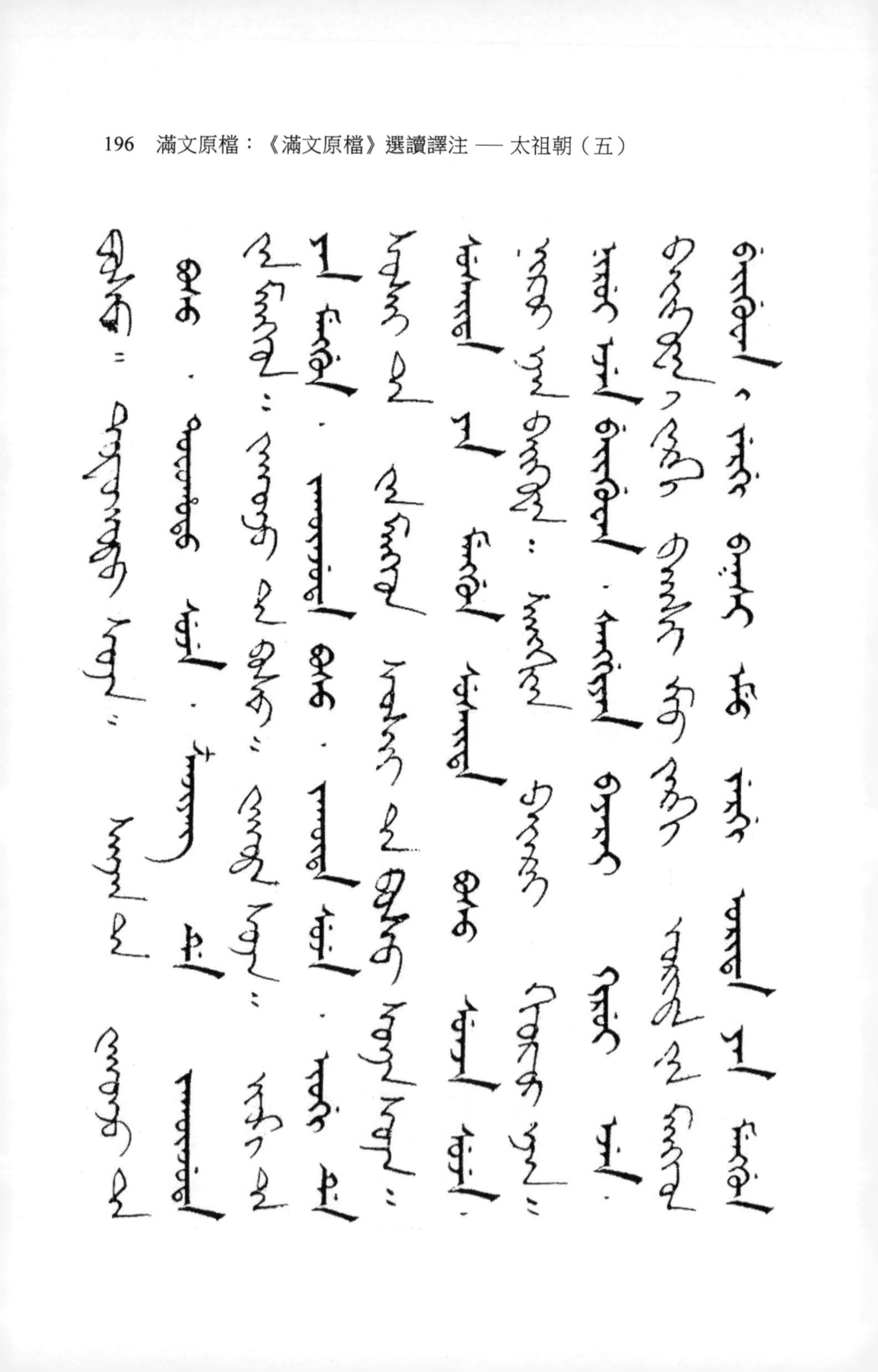

boso, tofohoto suje. ts'anjiyang de jakūnju ta yan menggun, jakūnju ta boso, jakūta suje. iogi de susai ta yan menggun, susai ta boso, sunja suje. nirui ejen, beiguwan, šanggiyan bayarai kirui ejen, beiguwan i jergi baksi emu jergi orita yan menggun,

---

布各一百五十疋、緞各十五疋；參將賞銀各八十兩、布各八十疋、緞各八疋；遊擊賞銀各五十兩、布各五十疋、緞各五疋。牛彔額真、備禦官、白巴牙喇纛額真及備禦官銜巴克什為同級，賞銀各二十兩、

布各一百五十疋、缎各十五疋；参将赏银各八十两、布各八十疋、缎各八疋；游击赏银各五十两、布各五十疋、缎各五疋。牛彔额真、备御官、白巴牙喇纛额真及备御官衔巴克什为同级，赏银各二十两、

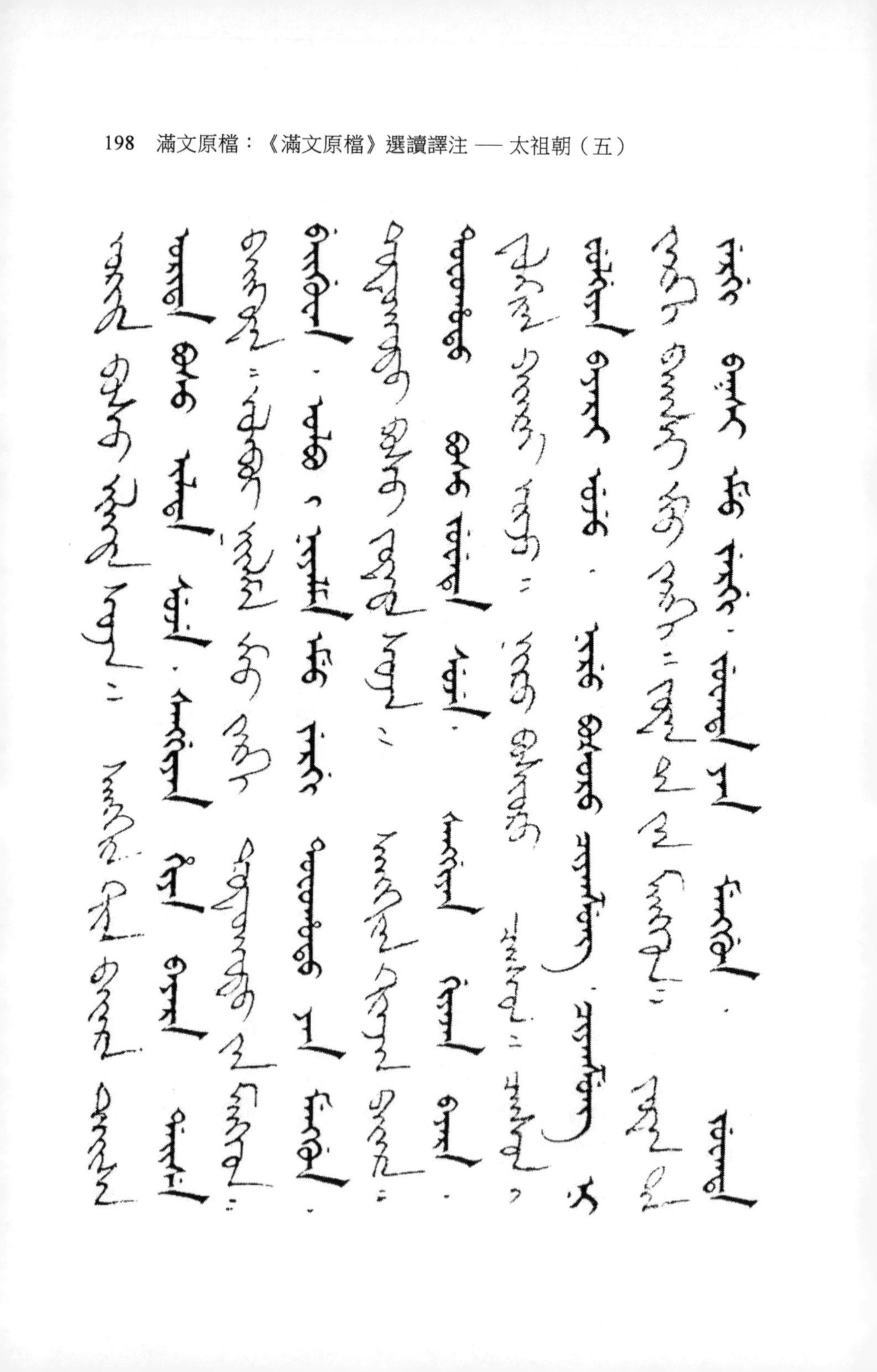

orita boso, ilata suje. šanggiyan hiya, bayara, daise beiguwan, olboi niyalma emu jergi tofohoto yan menggun, tofohoto boso, juwete suje. šanggiyan giyajan bayara, fulgiyan bayarai uju, niru bošoro ciyandzung, ciyandzung ni jergi baksi emu jergi, juwan ta yan menggun, juwan ta

---

布各二十疋、緞各三疋；白侍衛、巴牙喇、代子備禦官、綿甲人為同級，賞銀各十五兩、布各十五疋、緞各二疋；白隨侍巴牙喇、紅巴牙喇首領、管牛彔千總、及千總銜巴克什為同級，賞銀各十兩、

布各二十疋、緞各三疋；白侍卫、巴牙喇、代子备御官、绵甲人为同级，赏银各十五兩、布各十五疋、缎各二疋；白随侍巴牙喇、红巴牙喇首领、管牛彔千总、及千总衔巴克什为同级，赏银各十兩、

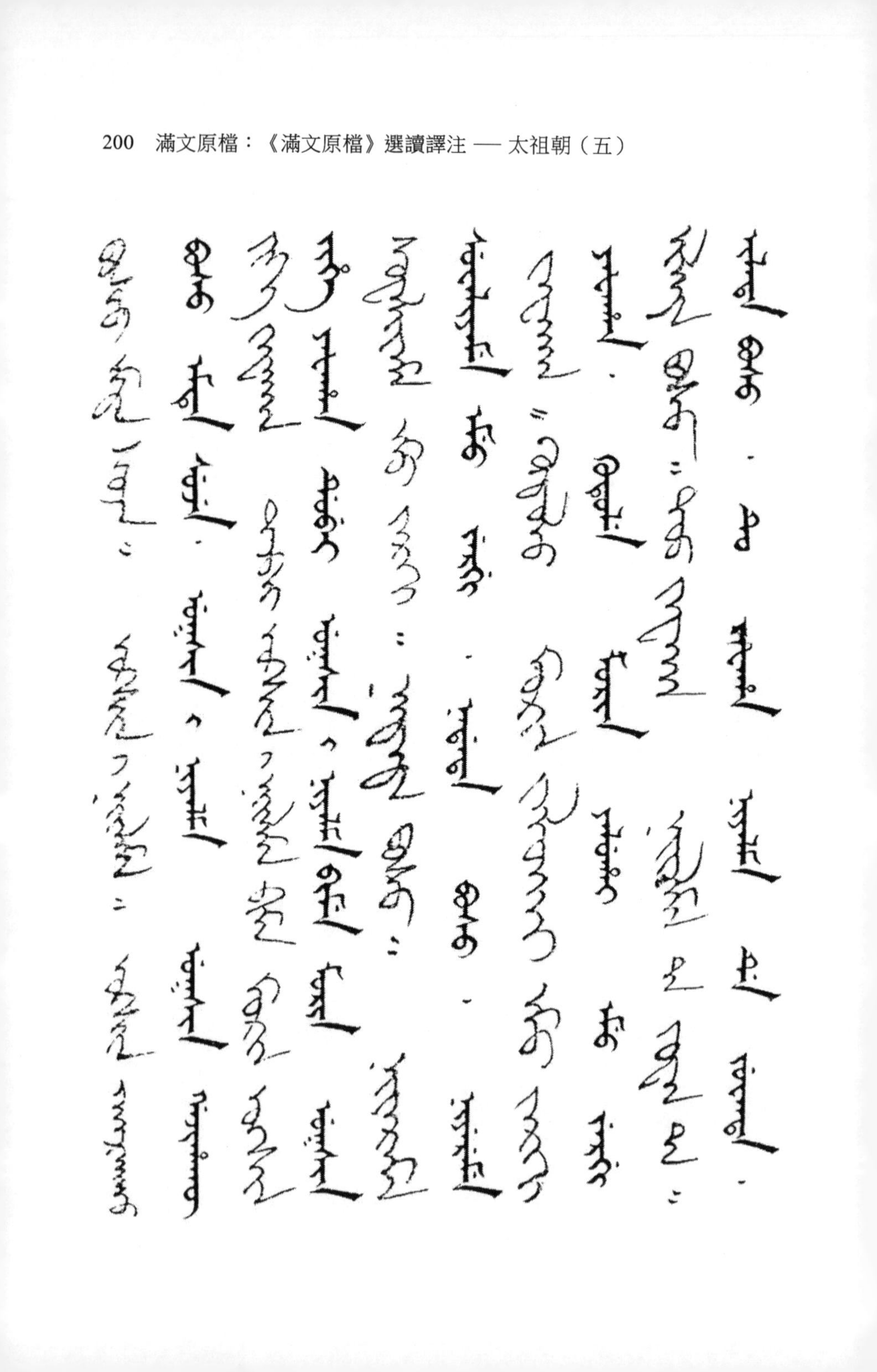

boso, emte suje. uksin i niyalma uksin gajihakū jihe yafahan dubei uksin i niyalma bime morin uksin suwaliyame emu jergi, nadata boso. niyereme yafahan, kutule morin yaluhai emu jergi ilata boso. tu jafaha niyalma de juwan ta（boso）,

---

布各十疋、緞各一疋；甲人未攜甲而來，殿後步甲及馬甲為同級，賞布各七疋；赤身步行及騎馬跟役為同級，賞布各三疋；執纛人，賞布各十疋；

布各十疋、緞各一疋；甲人未携甲而来，殿后步甲及马甲为同级，赏布各七疋；赤身步行及骑马跟役为同级，赏布各三疋；执纛人，赏布各十疋；

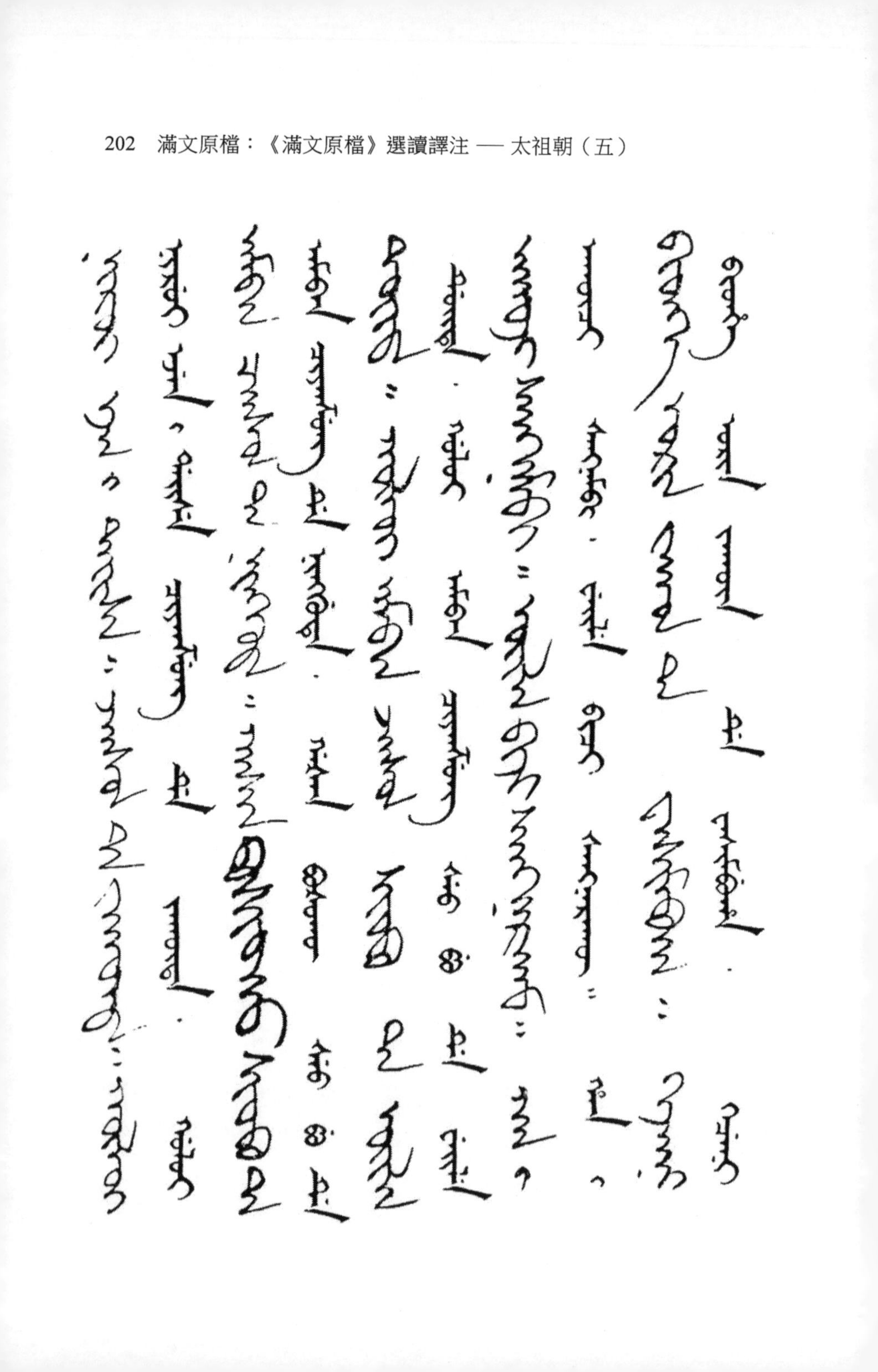

nirui ejen i daise, ciyandzung de jakūta（boso）, goloi amban ciyandzung de ninggute（boso）. gašan bošokū, šeopu de duite （boso）, goloi amban ciyandzung šeopu de weile akūci šangnambi, weile bici šangnarakū. han i bithe orin jakūn de wasimbuha, keceni

---

牛彔額真之代子、千總，賞布各八疋；各路大臣、千總，賞布各六疋；莊屯領催、守堡，賞布各四疋；各路大臣、千總、守堡，無罪則賞之，有罪則不賞。二十八日，汗降諭曰：「克車尼，

牛彔额真之代子、千总，赏布各八疋；各路大臣、千总，赏布各六疋；庄屯领催、守堡，赏布各四疋；各路大臣、千总、守堡，无罪则赏之，有罪则不赏。二十八日，汗降谕曰：「克车尼，

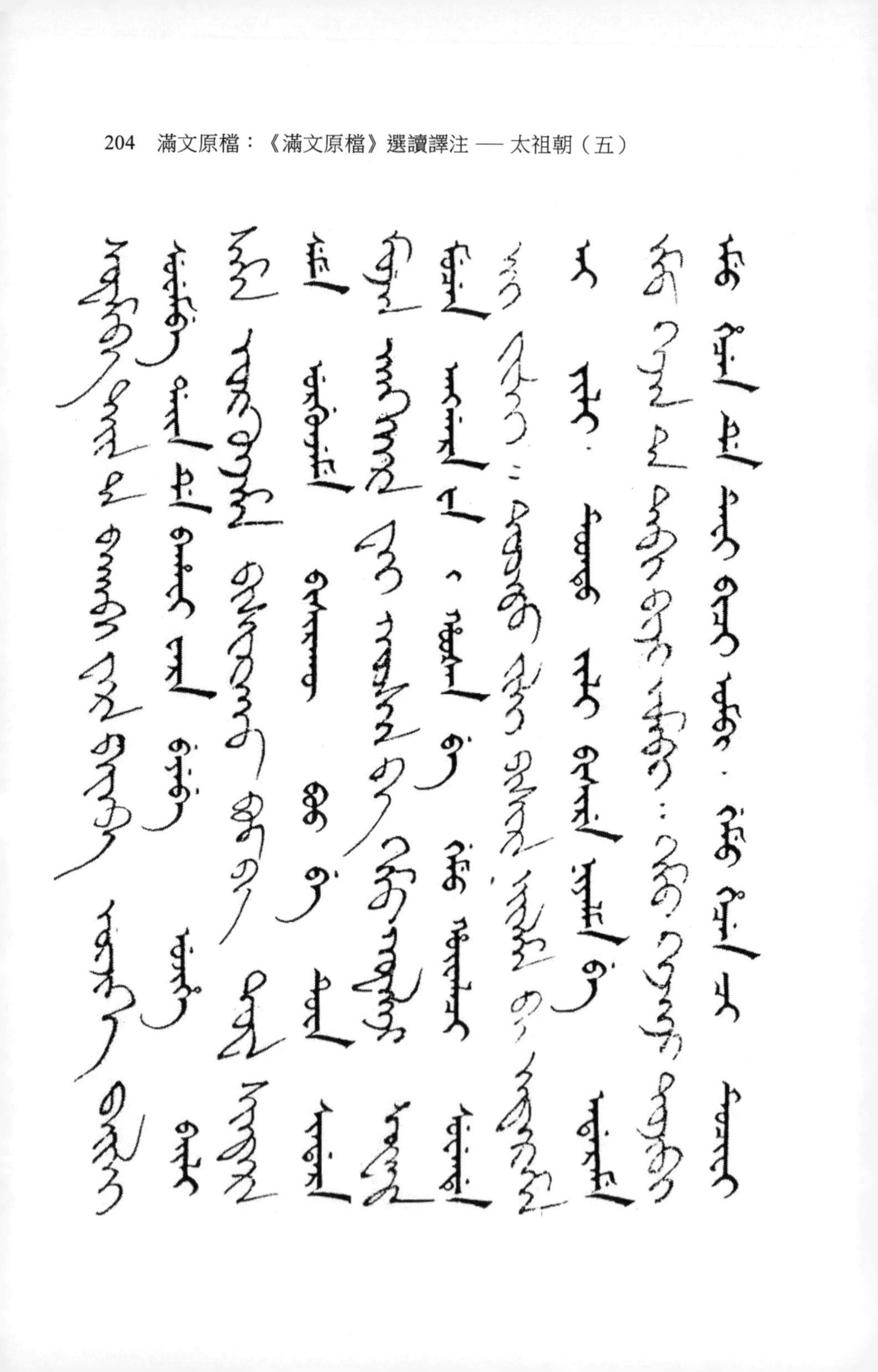

ᠮᠠᠨᠵᡠ

suwembe dain de bahafi wara beyebe ujihe baili seme
urgunjeme bisirakū, boo be tuwa sindara mucen, anggara, fai
hoošan be gemu hūwalaci suwende ai jili, tuttu jili bisire
niyalma be adarame emu hecen de tefi bici ombi. gemu
hecenci tucifi

爾等被擒於陣，應殺之身，乃不思豢養之恩，反而放火燒
屋，鍋、缸、窗紙，俱皆毀壞，爾等有何惱怒？似此暴躁
之人，豈可同城而居？俱令出城，

尔等被擒于阵，应杀之身，乃不思豢养之恩，反而放火烧
屋，锅、缸、窗纸，俱皆毁坏，尔等有何恼怒？似此暴躁
之人，岂可同城而居？俱令出城，

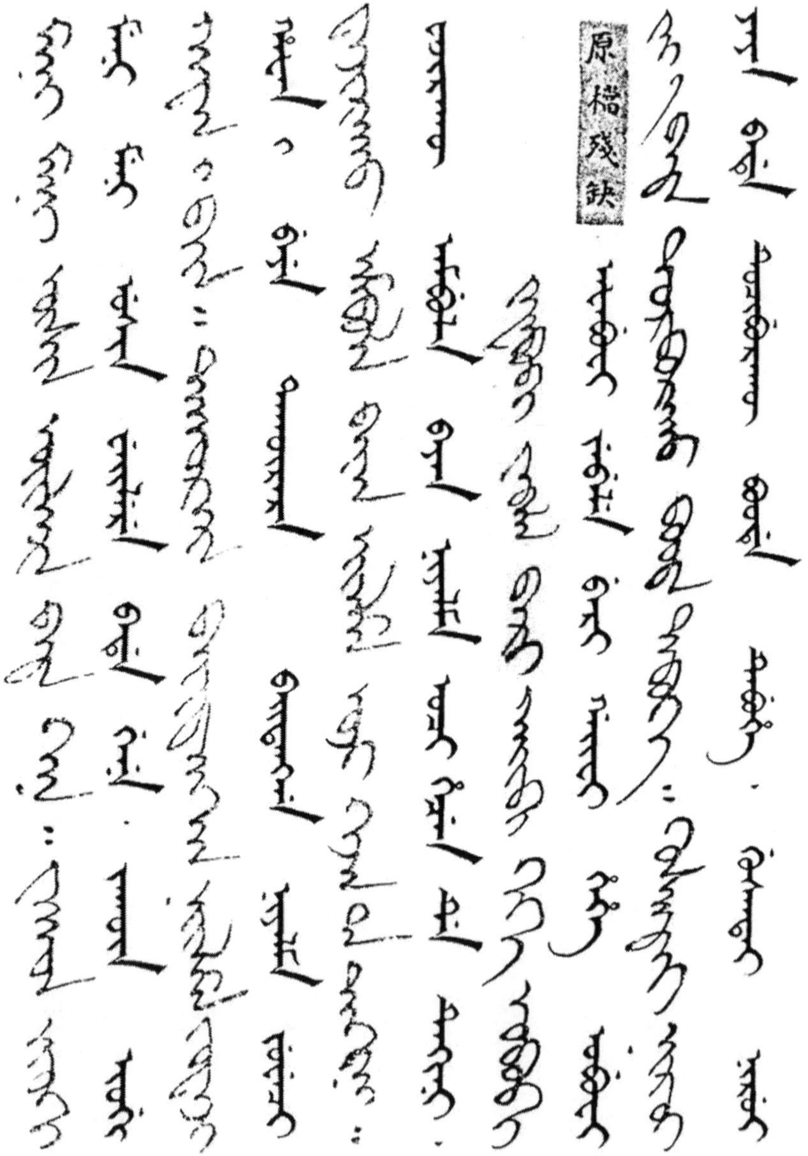
原檔殘缺

meni meni usin weilere bade gene. jakūn iogi hafan i beye takūrara baitangga niyalma juweci wajirakū ambula bayan niyalma oci hecen de tekini. [原檔殘缺] afabufi jebele beri gaifi hehe obufi yaya bade tuciburakū boode tebuhe. gusantai nirui

各往田莊。八遊擊官隨身差用之人，如屬運送不完殷實富戶，令其居住城中。[原檔殘缺]收取其弓矢後，視同婦人，不得外出各處，令其居住家中。顧三泰牛彔

各往田庄。八游击官随身差用之人，如属运送不完殷实富户，令其居住城中。[原档残缺]收取其弓矢后，视同妇人，不得外出各处，令其居住家中。顾三泰牛彔

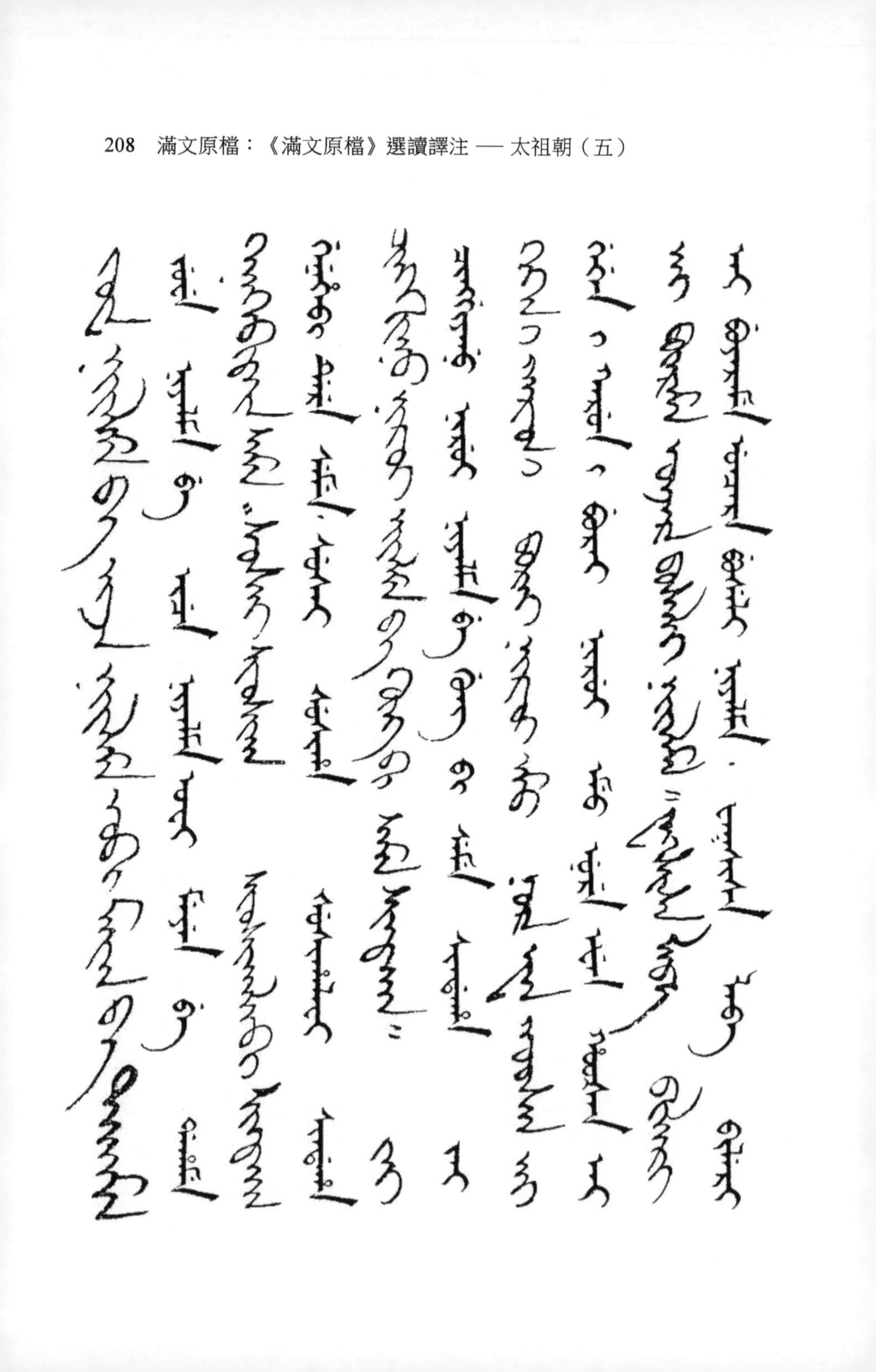

juwe niyalma be ice niyalma ofi meyen be dahame genehebidere seme, susai šusiha šusihalafi sindaha. cinggiyanu nirui niyalma be gung bi seme sindaha. jai gegen i karun i burai nirui emu nure, efen, hoošan ai ai buyarame uncara puseli niyalma, faksisa, laba, bileri

---

有新降二人，因擅自隨隊而行，各打五十鞭後釋放。青佳努牛彔之人，因有功釋放。再格根卡倫布賴牛彔下販賣酒、餅、紙張雜貨鋪一人及諸匠人，吹喇叭、嗩吶等

有新降二人，因擅自随队而行，各打五十鞭后释放。青佳努牛彔之人，因有功释放。再格根卡伦布赖牛彔下贩卖酒、饼、纸张杂货铺一人及诸匠人，吹喇叭、唢呐等

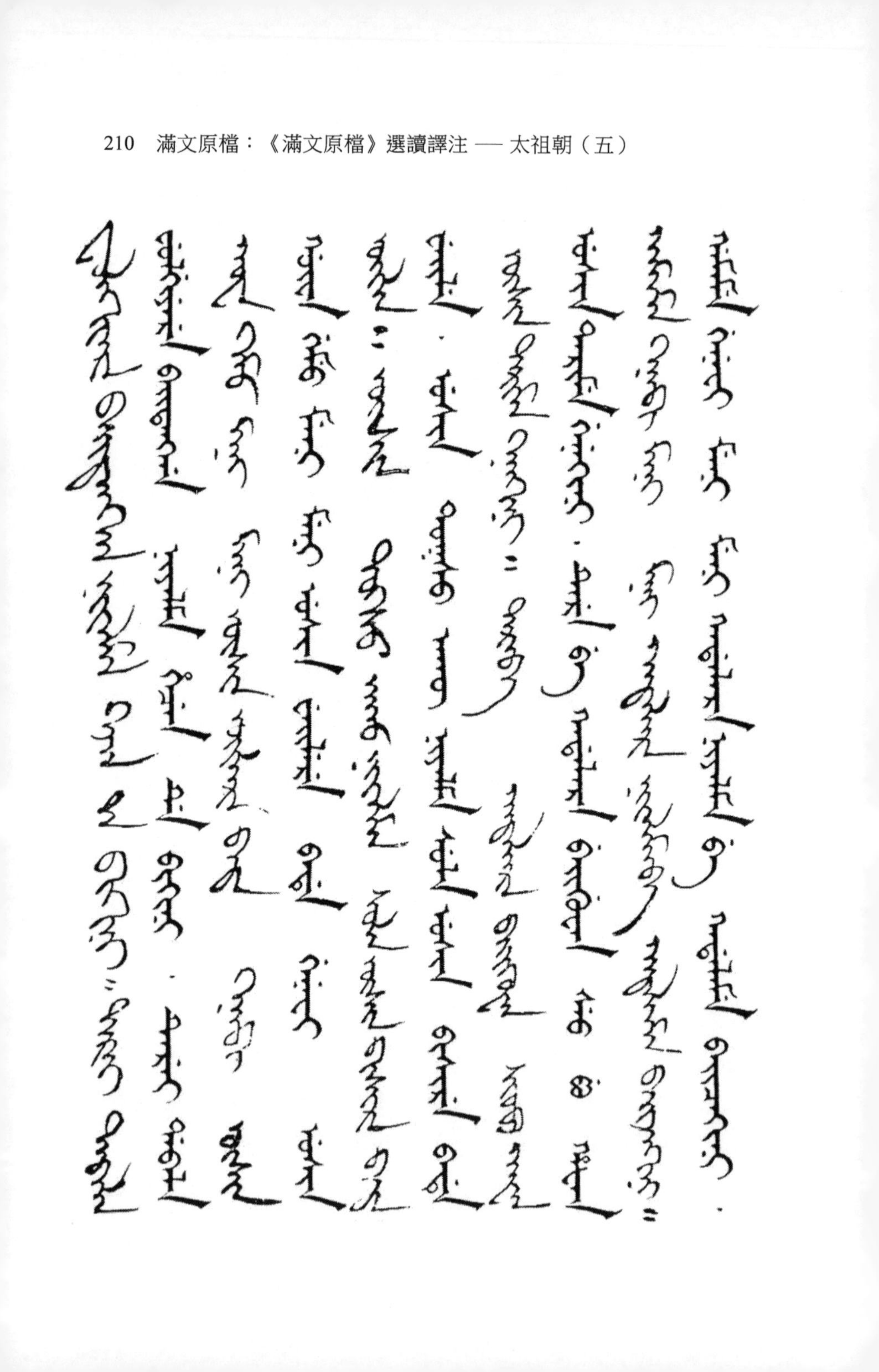

fulgiyere baitangga niyalma hecen de bikini. terei dabala
gūwa gemu meni meni usin weilere bade genefi usin weile,
usin tokso akū niyalma sula usin bisire bade usin tarime
genekini. terebe kadalara beiguwan, šeopu hafan gamame
genefi, meni meni kadalara niyalmabe kadalame baicakini.

差用之人，可留城中，其餘皆各往田莊耕田。其無田莊之
人，令其前往閒地種田，派遣管轄彼等之備禦官、守堡官
帶領前往，各自督察所管之人，

差用之人，可留城中，其余皆各往田庄耕田。其无田庄之
人，令其前往闲地种田，派遣管辖彼等之备御官、守堡官
带领前往，各自督察所管之人，

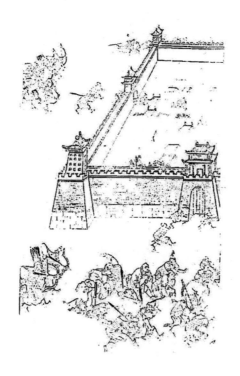

十四、遷都遼東

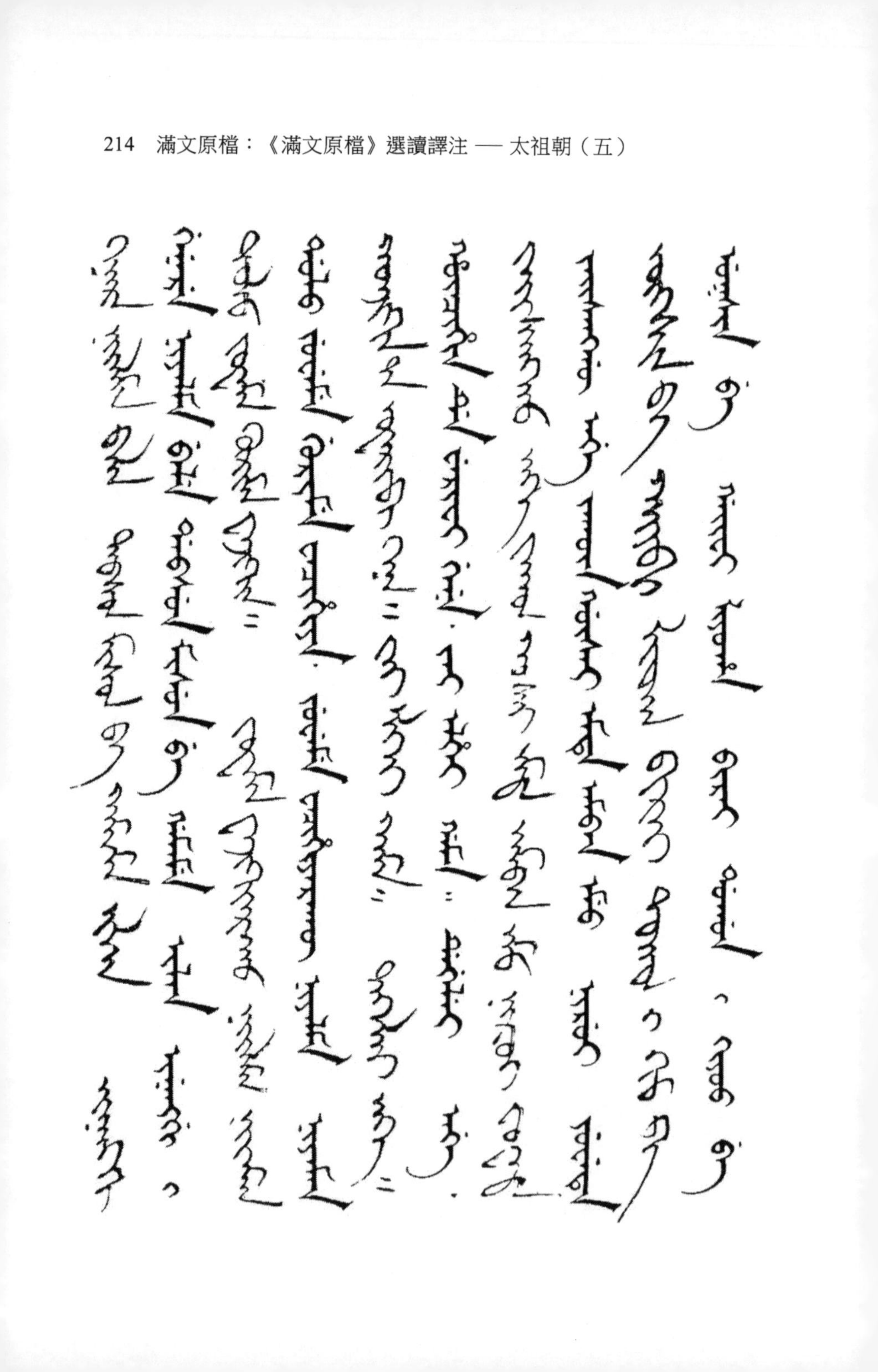

genere niyalma bele, dabsun, misun be gamame ilan inenggi
i dolo juweme gurime wacihiya. juweme wacihiyarakū
niyalma niyaman hūncihin de werifi gene, jai elhei gama.
degelei age, jaisanggū age jakūn gūsai emte amban emu
nirui juwete uksin be gaifi liyoha birai dogon i kiyoo be

前往之人攜帶米、鹽、醬等，限三日內搬運完畢。其未搬
完之人，可暫留親戚家中後前往，然後再緩慢帶去。德格
類阿哥、齋桑古阿哥率八旗大臣各一員，每牛彔甲兵各二
人，往視遼河渡橋，

前往之人携带米、盐、酱等，限三日内搬运完毕。其未搬
完之人，可暂留亲戚家中后前往，然后再缓慢带去。德格
类阿哥、斋桑古阿哥率八旗大臣各一员，每牛泉甲兵各二
人，往视辽河渡桥，

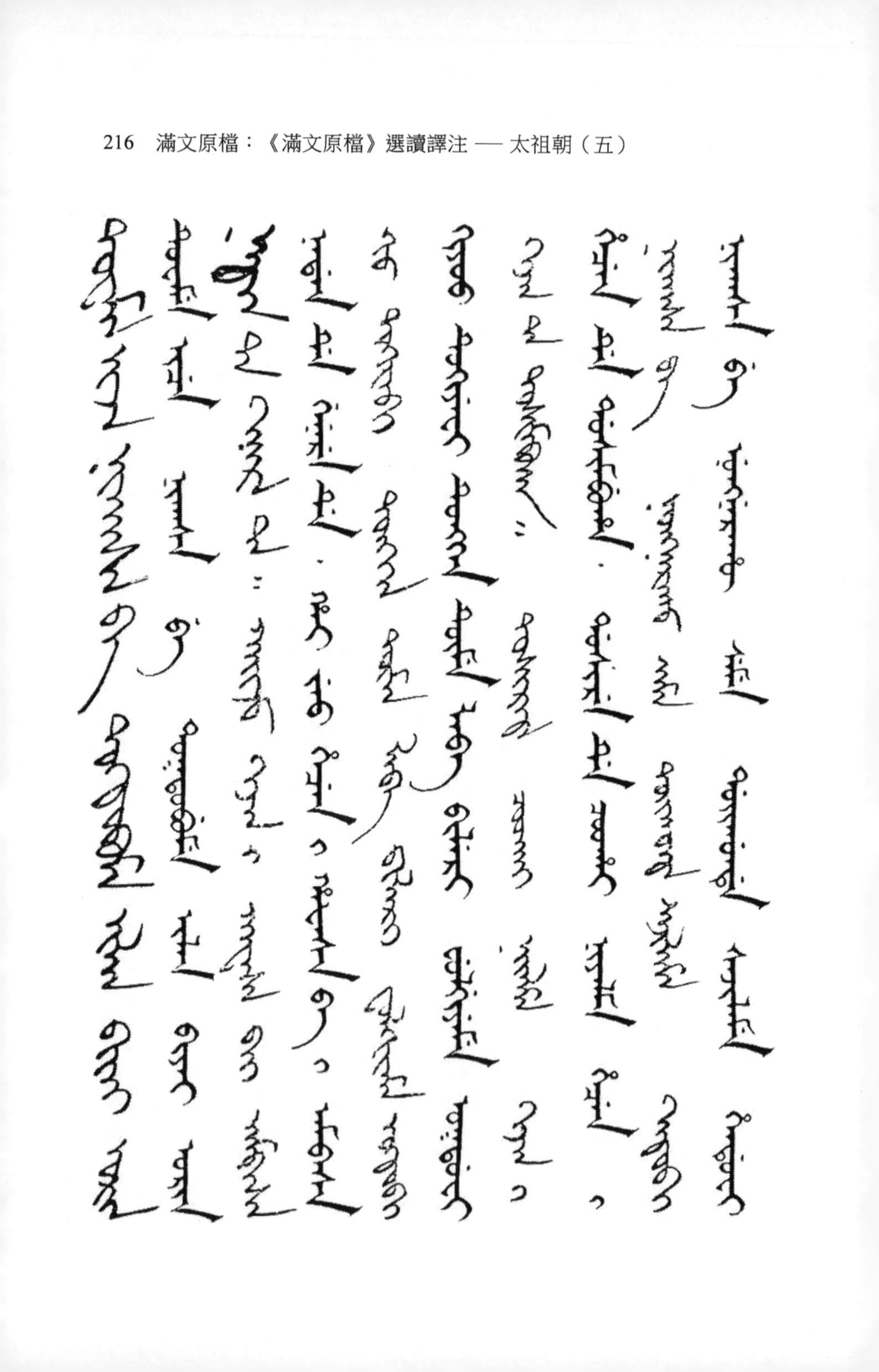

tuwame ice nikasa be toktobume, ilan biyai orin nadan de genere de, haijeo hecen i hafasa bai ambasa kiyoo tukiyefi tungken tūme laba, bileri fulgiyeme okdofi hecen de dosimbuha. dosirede, coohai niyalma hecen i nikasa be nungnerahū seme doigonde šajilame hendufi

安撫新附漢人。三月二十七日前往時，海州城官員及地方諸臣擡轎擊鼓，吹喇叭、嗩吶迎入城內。入城時，恐兵丁擾害城內漢人，而預先告知禁令，

安抚新附汉人。三月二十七日前往时，海州城官员及地方诸臣抬轿击鼓，吹喇叭、唢呐迎入城内。入城时，恐兵丁扰害城内汉人，而预先告知禁令，

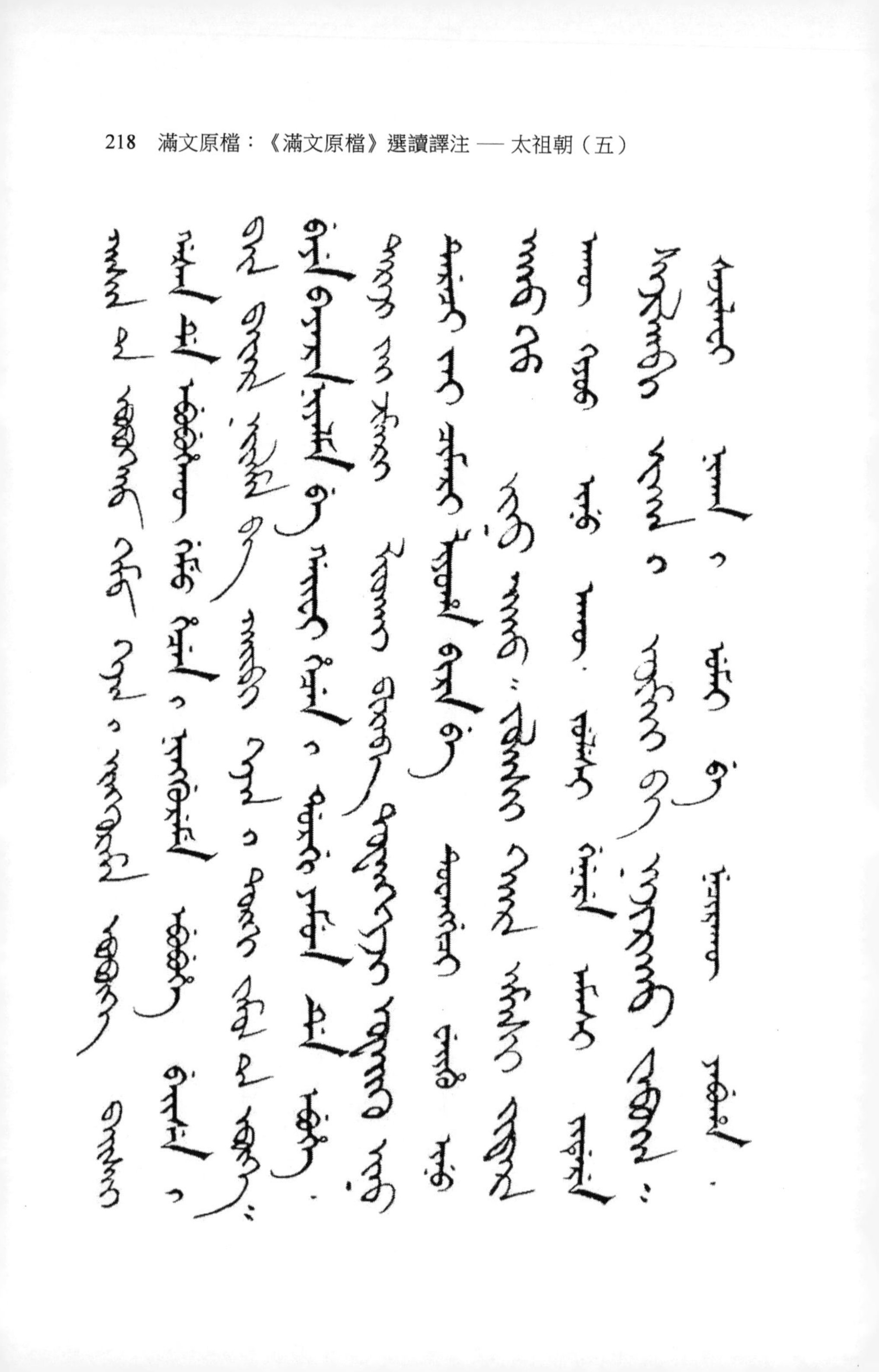

gašan de ebubuhekū gemu hecen i ninggureme ebubuhe.
beisei beye bayara niyalma be gaifi hecen i dorgi yamun de
ebuhe. tereci jai cimari liyohai birabe tuwanggici, weihu inu
akū kiyoo inu akū, julesi genere amasi jidere šajilafi nikan i
umai be necirakū yabuha.

勿入村寨，俱登上而宿，諸貝勒率巴牙喇之人宿城內衙
署。翌晨，前往視察遼河，既無渡橋，亦無舟楫[43]。往返
途中，因有禁令，並未侵犯漢人。

勿入村寨，俱登上而宿，诸贝勒率巴牙喇之人宿城内衙署。
翌晨，前往视察辽河，既无渡桥，亦无舟楫。往返途中，
因有禁令，并未侵犯汉人。

---

[43] 舟楫《滿文原檔》寫作“owa(uwe)iku”，《滿文老檔》讀作“weihu”，意
即「獨木舟」。按此為無圈點滿文“uwe”與“we”、“ku”與“hu”之混
用現象。

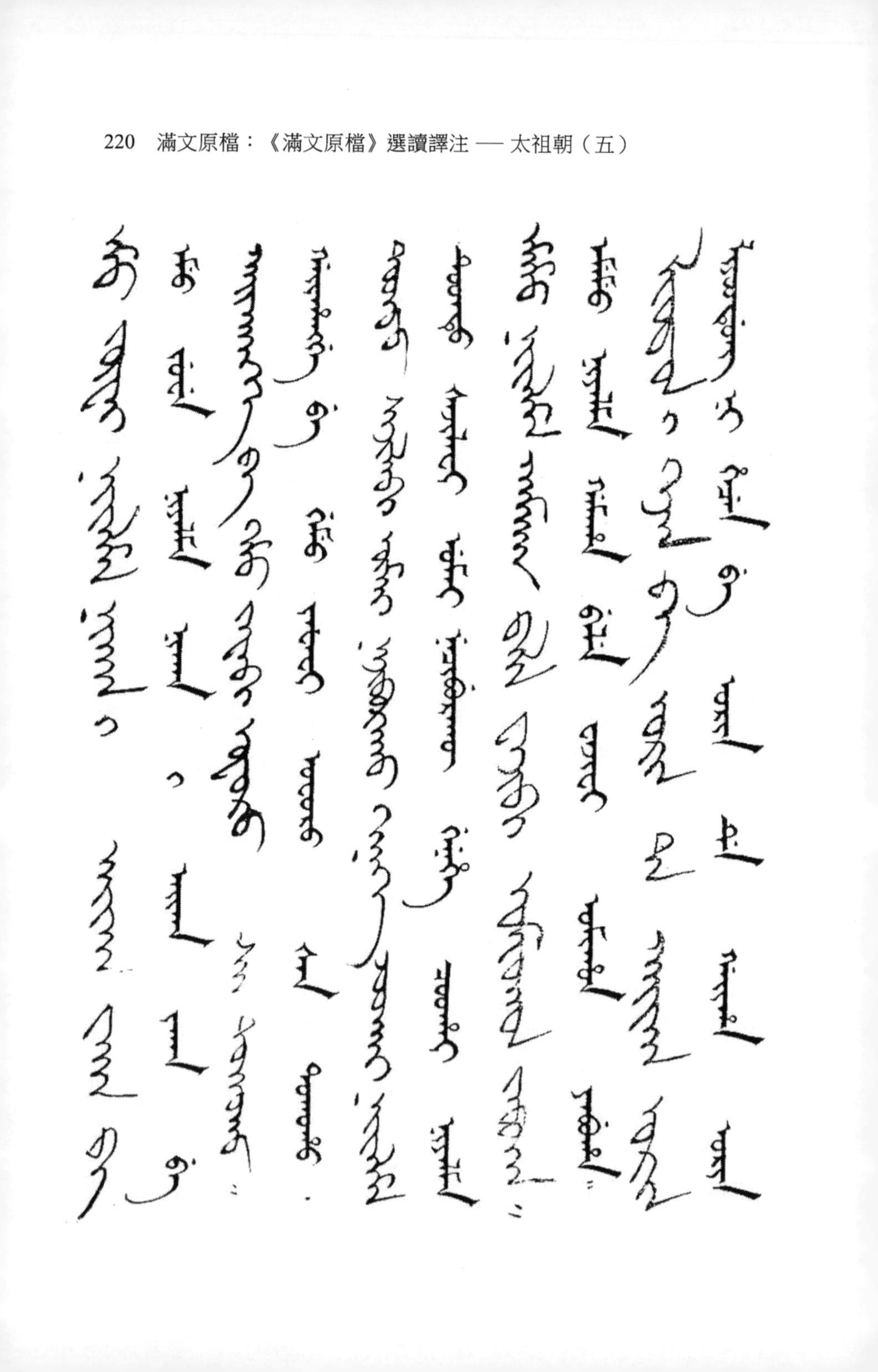

emu juwe niyalma nikan i aika jaka be gaihangge be gemu
jafafi oforo, šan tokoho, tuttu šajilafi umai neciburakū.
genehe coohai niyalma ememu niyalma gamaha bele wajifi
omihon yabuha. liyoodung ni hecen be orin de gaiha. orin

僅一、二人索取漢人一應物件，俱行擒拏，貫其耳、鼻，
如此禁止，並未侵犯。前往兵丁，或有人所帶食米用完，
乃忍飢而行。二十日，拔取遼東城。

仅一、二人索取汉人一应物件，俱行擒拏，贯其耳、鼻，
如此禁止，并未侵犯。前往兵丁，或有人所带食米用完，
乃忍饥而行。二十日，拔取辽东城。

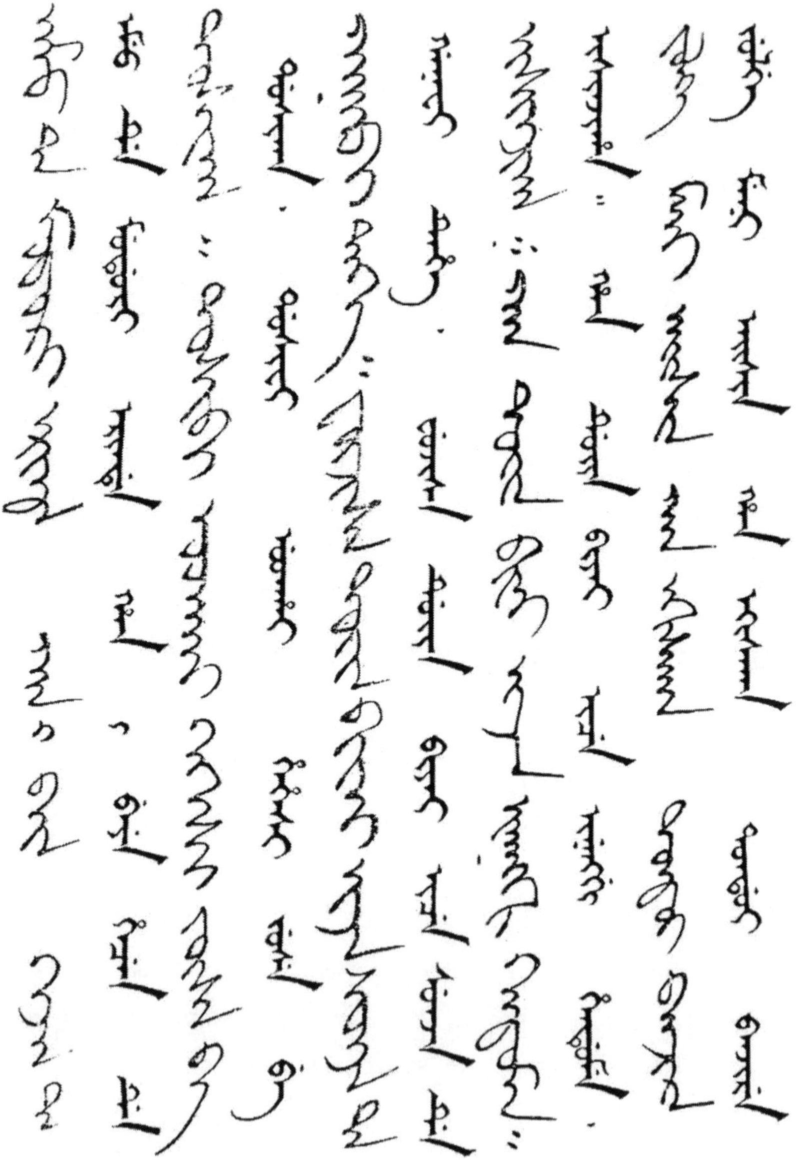

emu de muduri erinde han i beye hecen de dosika. dosifi
uthai hehesi juse be ganafi tehe, fujisa duin biyai ice sunja
de isinjiha. han duin biyai ice inenggi hendume, julge meni
aisin han ekisaka tondoi banjire

二十一日辰時，汗本人入城。進入後即遣人往迎眾婦人及
諸子來城居住。眾福晉於四月初五日至。四月初一日，汗
曰：「昔我金汗乃安靜忠誠度日之人，

二十一日辰时，汗本人入城。进入后即遣人往迎众妇人及
诸子来城居住。众福晋于四月初五日至。四月初一日，汗
曰：「昔我金汗乃安静忠诚度日之人，

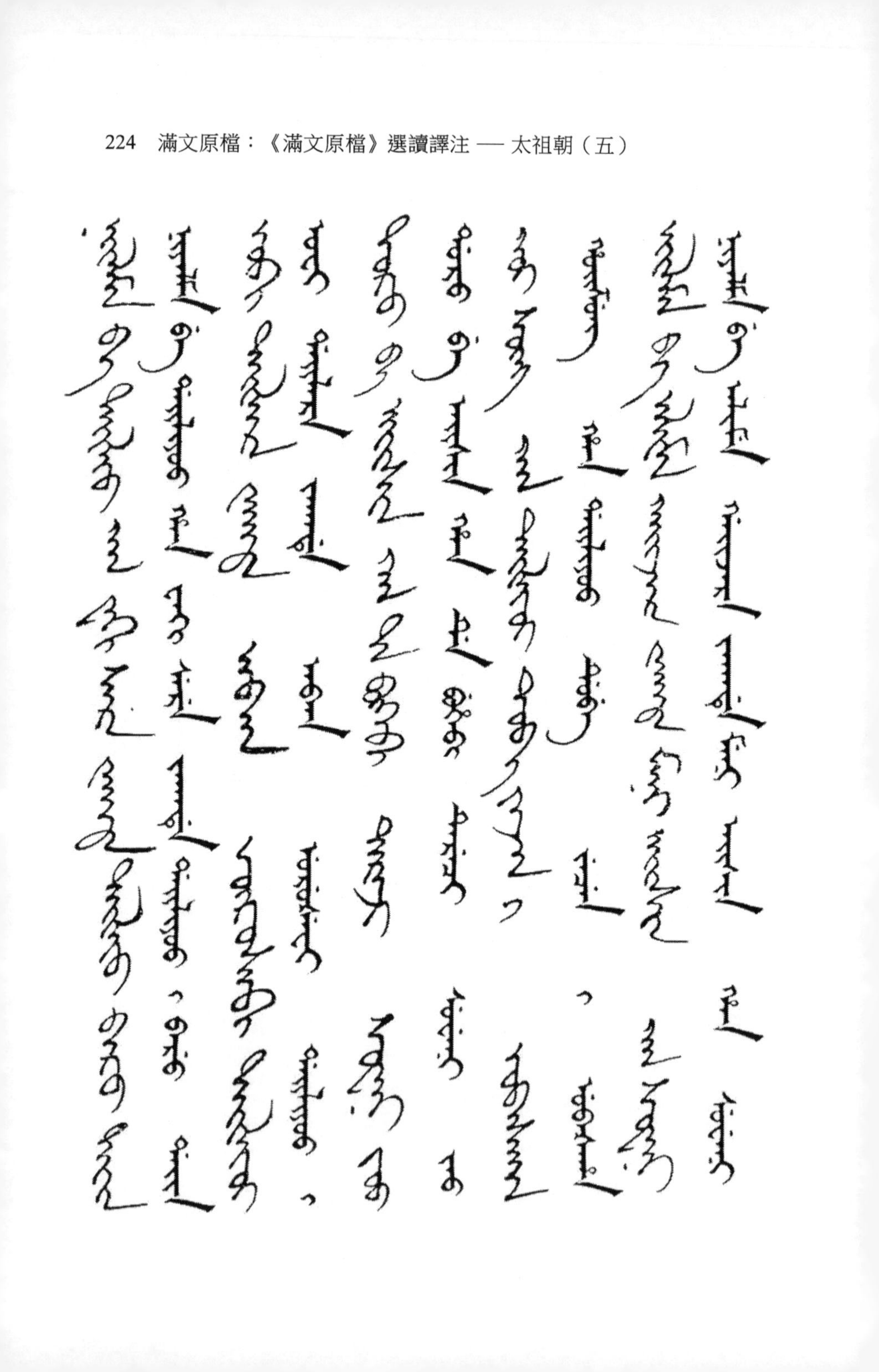

niyalma be dailiyoo han waki sere jakade dailiyoo i baru dain ofi dailara jakade abka urušefi dailiyooi doro be aisin han de buhebi. tereci suweni jao hoidzung han dailiyooi dube jecen i ubašaha niyalma be alime gaijara jakade meni aisin han suweni

---

因大遼帝欲殺之，故興師征遼。征戰時，蒙天嘉許，將大遼政權授與金汗。其後因爾趙徽宗帝接納大遼極邊叛人，故我金汗

因大辽帝欲杀之，故兴师征辽。征战时，蒙天嘉许，将大辽政权授与金汗。其后因尔赵徽宗帝接纳大辽极边叛人，故我金汗

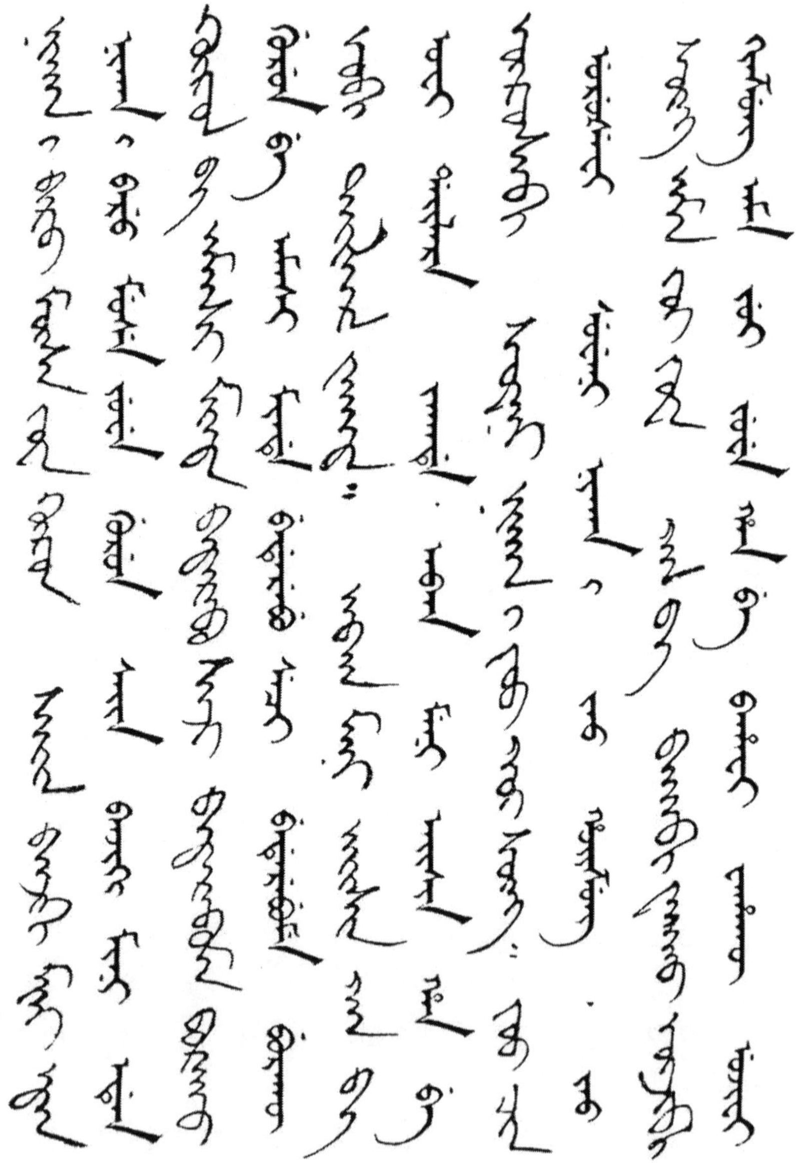

nikan i baru muse juwe gurun sain banjiki mini eden gurun
be amasi minde bederebu seci. bederebume burakū ofi
dailara jakade, abka meni aisin han be urušefi suweni nikan i
jao hoidzung, jao kindzung ama jui juwe han be bahafi
wahakū ujifi

謂爾漢人，願我兩國和睦相處，將我不全之國人[44]歸還給
我等語。因拒不歸還，故興兵征之。蒙天嘉許我金汗，擒
獲爾漢人趙徽宗、趙欽宗父子二帝，未殺而豢養之，

谓尔汉人，愿我两国和睦相处，将我不全之国人归还给我
等语。因拒不归还，故兴兵征之。蒙天嘉许我金汗，擒获
尔汉人赵徽宗、赵钦宗父子二帝，未杀而豢养之，

---

[44] 不全之國人，《滿文原檔》寫作 "eten kürün"，《滿文老檔》讀作 "eden
gurun"。〈簽注〉：「謹查，此 eden gurun，蓋指為敵人所掠之地方、人口、
財物。」

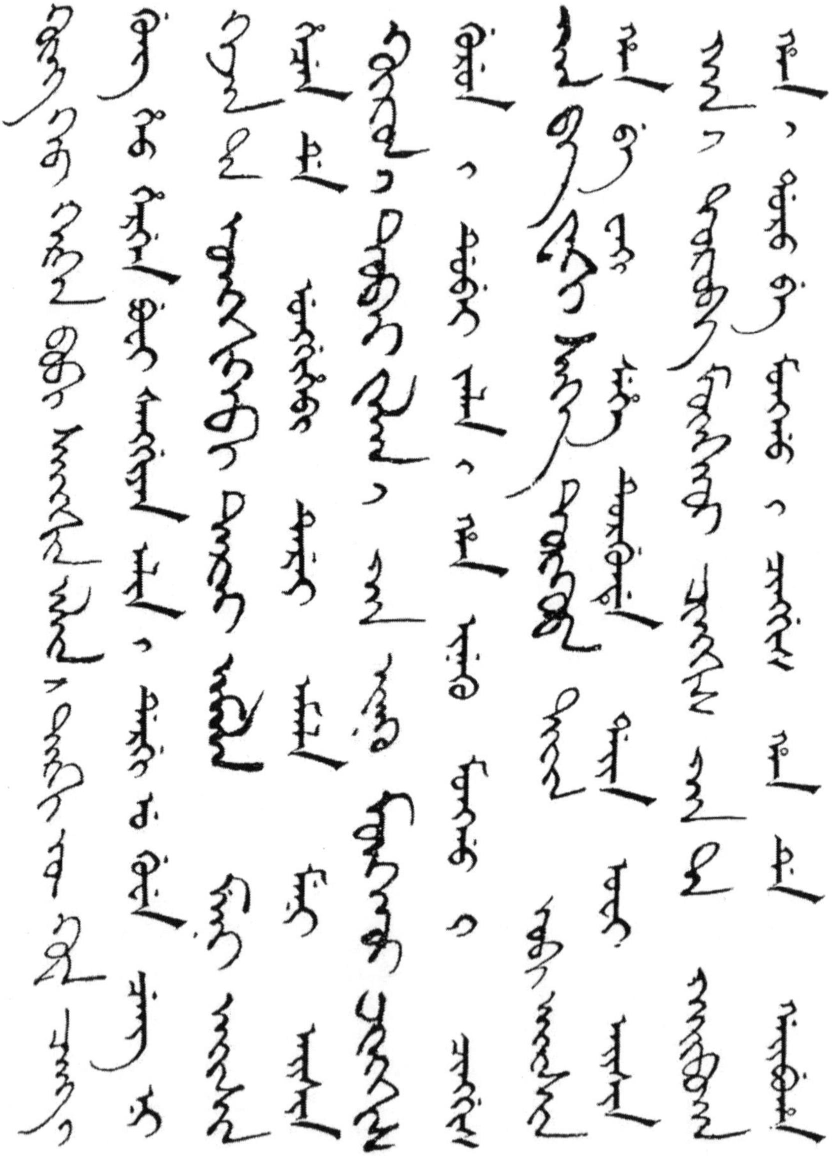

gung heo hergen bufi šanggiyan alin i dergi u guwe ceng ni hecen de unggihebi. terei amala meni aisin gurun i dubei jalan i han ineku monggoi cinggis han be waki sehe turgunde dain ofi aisin han i dorobe monggoi cinggis han de gaibuha.

封以公侯，遣往白山以東之五國城。其後，我金國末代汗也是因欲殺蒙古成吉思汗，以致興兵，金汗之政權，遂為蒙古成吉思汗所取代。

封以公侯，遣往白山以东之五国城。其后，我金国末代汗也是因欲杀蒙古成吉思汗，以致兴兵，金汗之政权，遂为蒙古成吉思汗所取代。

十五、不念舊惡

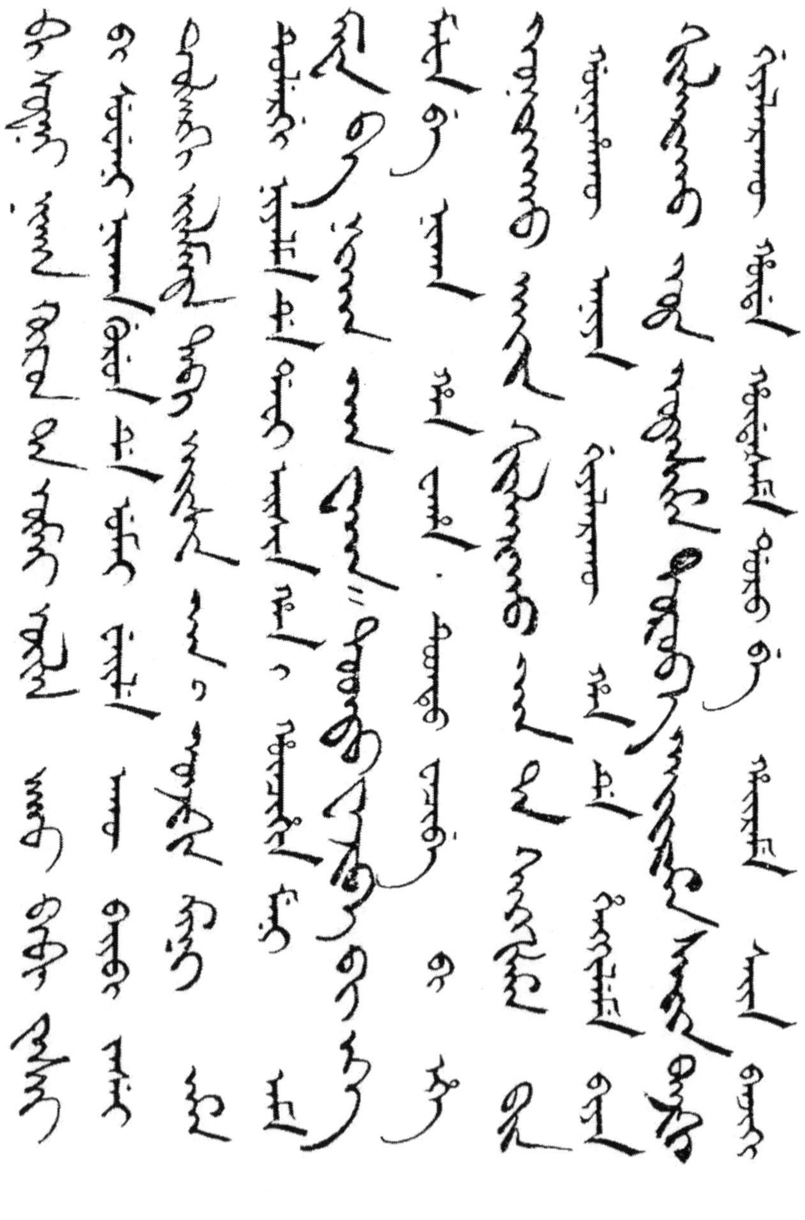

bi suweni nikan gurun de umai weile akū, baibi jasei tulergi niyalmade dafi aisin han i hūncihin meni ama mafa be nikan han waha, tuttu wacibe bi ehe gūnihakū aniya giyalarakū han de hengkileme biya giyalarakū hūda hūdašame dorobe hairame sain banjiki

今我於爾明國並無罪過，明帝平白[45]援助邊外之人，殺金汗親族我之父祖，雖殺我之父祖，然我不念舊惡，年年叩拜明帝，月月貿易互市，愛惜道業，以修和好，

今我于尔明国并无罪过，明帝平白援助边外之人，杀金汗亲族我之父祖，虽杀我之父祖，然我不念旧恶，年年叩拜明帝，月月贸易互市，爱惜道业，以修和好，

---

[45] 平白，《滿文原檔》寫作"babi"，《滿文老檔》讀作"baibi"。

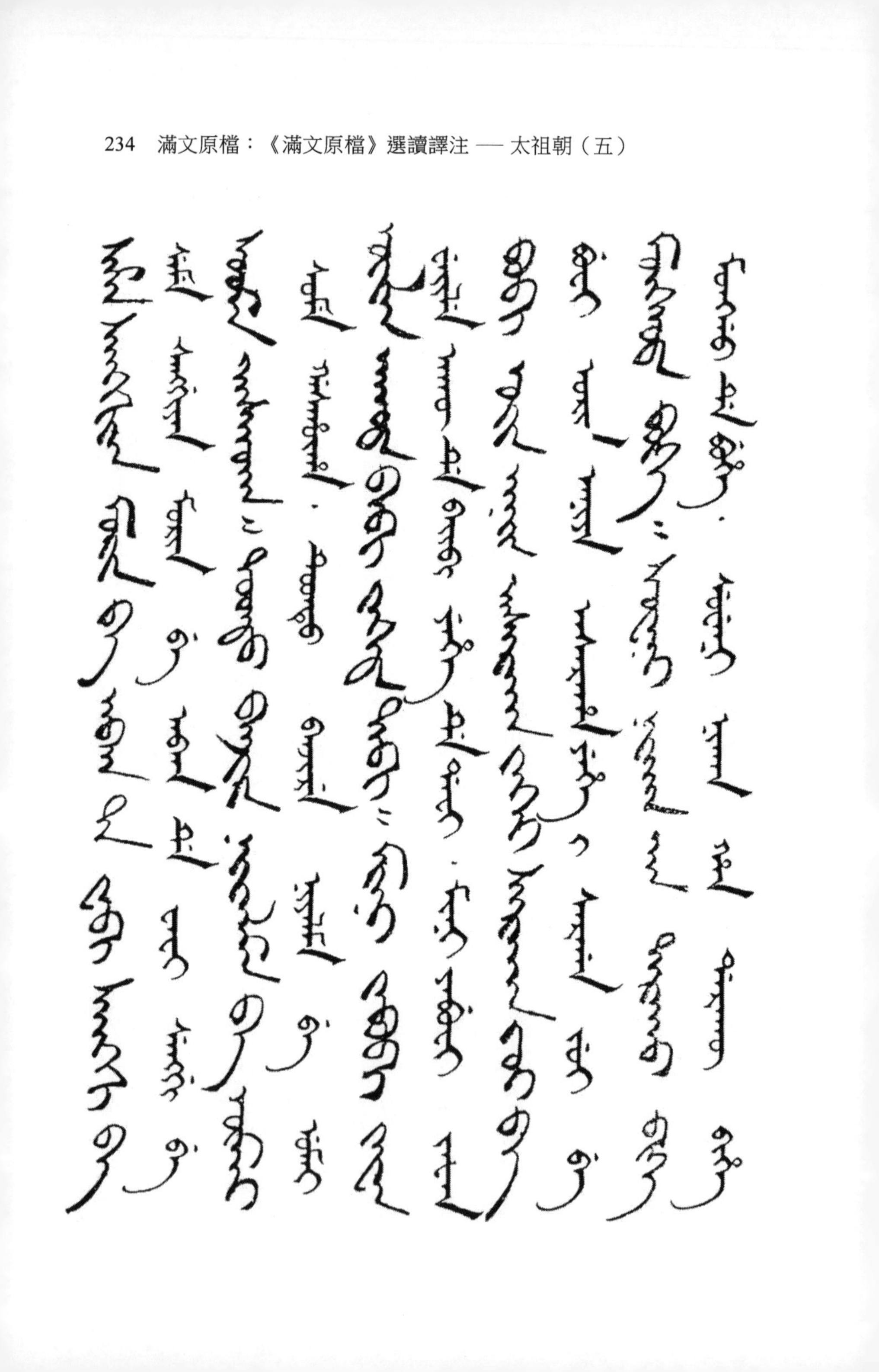

seme šanggiyan morin be abka de wafi senggi be some gashūha. tuttu banjire niyalma be umai weile akūde baibi yehede dafi mini yabufi jafan bufi orin aniya asaraha yehei sargan jui be monggode buhe, suweni nikan han darakū bihe

對天刑白馬，歃血⁴⁶盟誓。然而生民並無罪過，平白援助葉赫，將我行聘已二十年之葉赫之女改適蒙古；若無爾明帝相助，

对天刑白马，歃血盟誓。然而生民并无罪过，平白援助叶赫，将我行聘已二十年之叶赫之女改适蒙古；若无尔明帝相助，

<hr />

⁴⁶ 歃血，《滿文原檔》寫作"senggi be soome"，《滿文老檔》讀作"senggi be some"。 按滿文"senggi sombi"，係舊清語，與"senggi cacumbi"同。

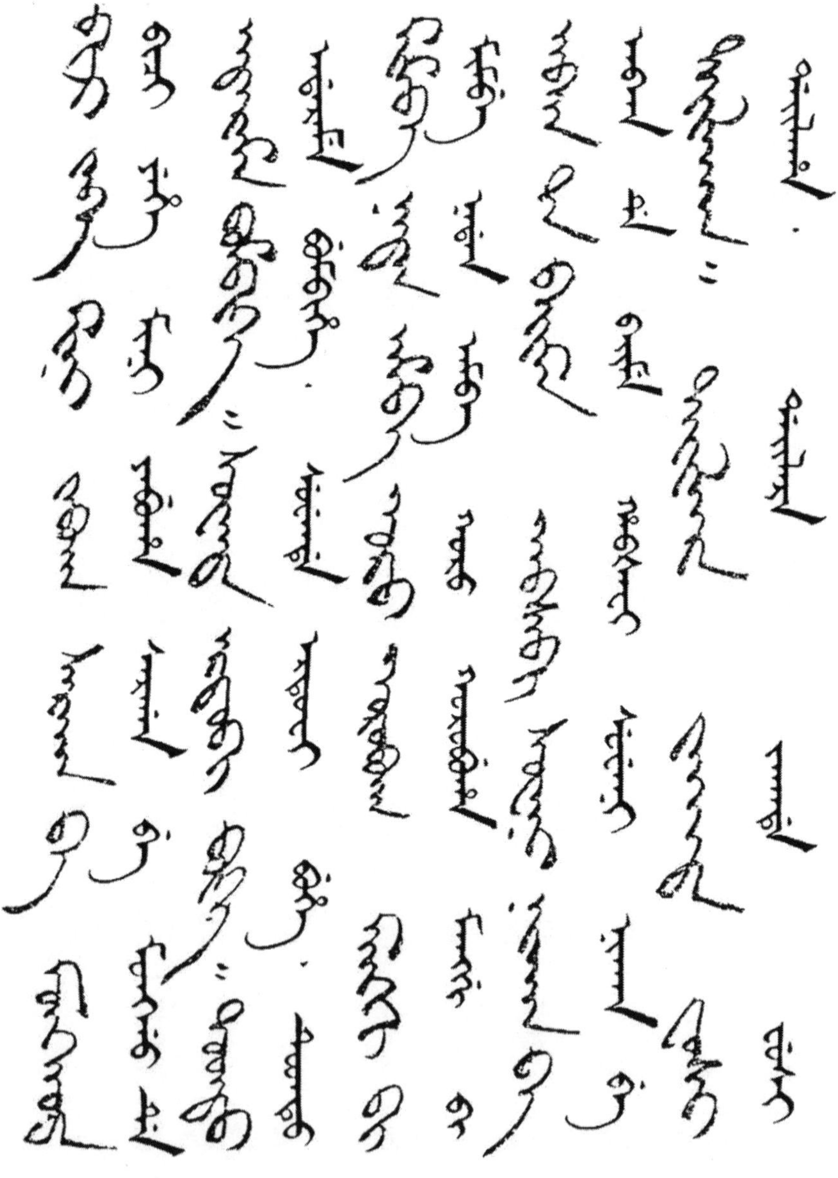

bici yehe mini yabuha sargan be monggode adarame bumbihe. suwende ertufi buhe. tuttu mimbe nadan amba koro korobuha manggi, bi abka de baime habšafi suweni nikan be dailaha, dailara jakade fusi,

---

葉赫豈敢將我已聘之女改適蒙古？乃仗爾勢改適也。明遺我七大恨之後，我祈告於天，征爾明國，因為征戰，

叶赫岂敢将我已聘之女改适蒙古？乃仗尔势改适也。明遗我七大恨之后，我祈告于天，征尔明国，因为征战，

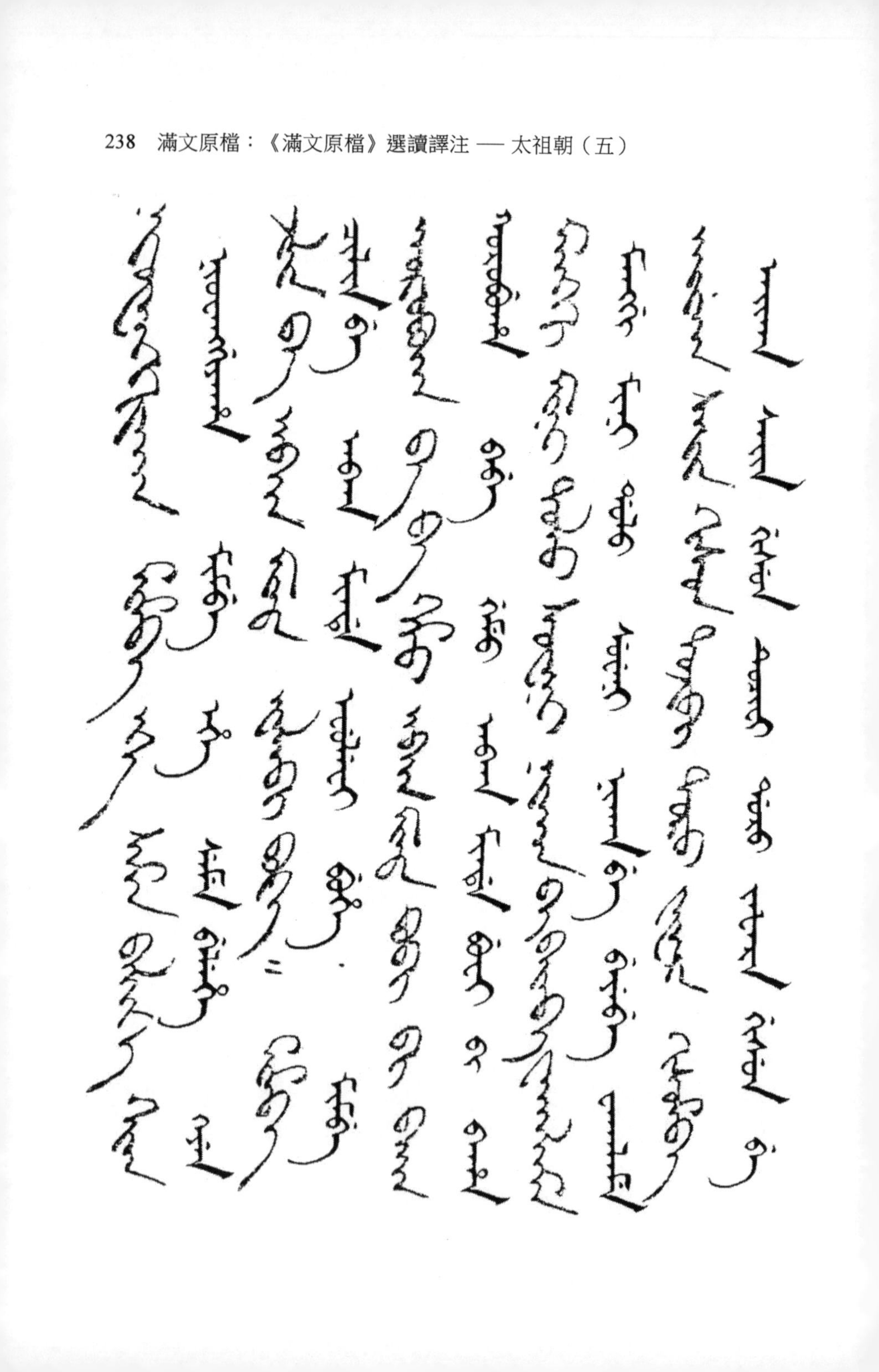

niowanggiyaha mimbe ehe seme belehe keyen, cilin be abka minde efulefi buhe. mimbe korobuha ba be gemu abka minde bufi bi baha manggi mini dolo suweni nikan be beyebe wakalame aika sain gisun tucifi doro jafara gisumbe

蒙天佑助，攻克撫順、清河及誣謗我之開原、鐵嶺等處，天皆授我，以釋我恨。我獲得後，我以為爾明人當知自責，或出善言，說修好之言。

蒙天佑助，攻克抚顺、清河及诬谤我之开原、铁岭等处，天皆授我，以释我恨。我获得后，我以为尔明人当知自责，或出善言，说修好之言。

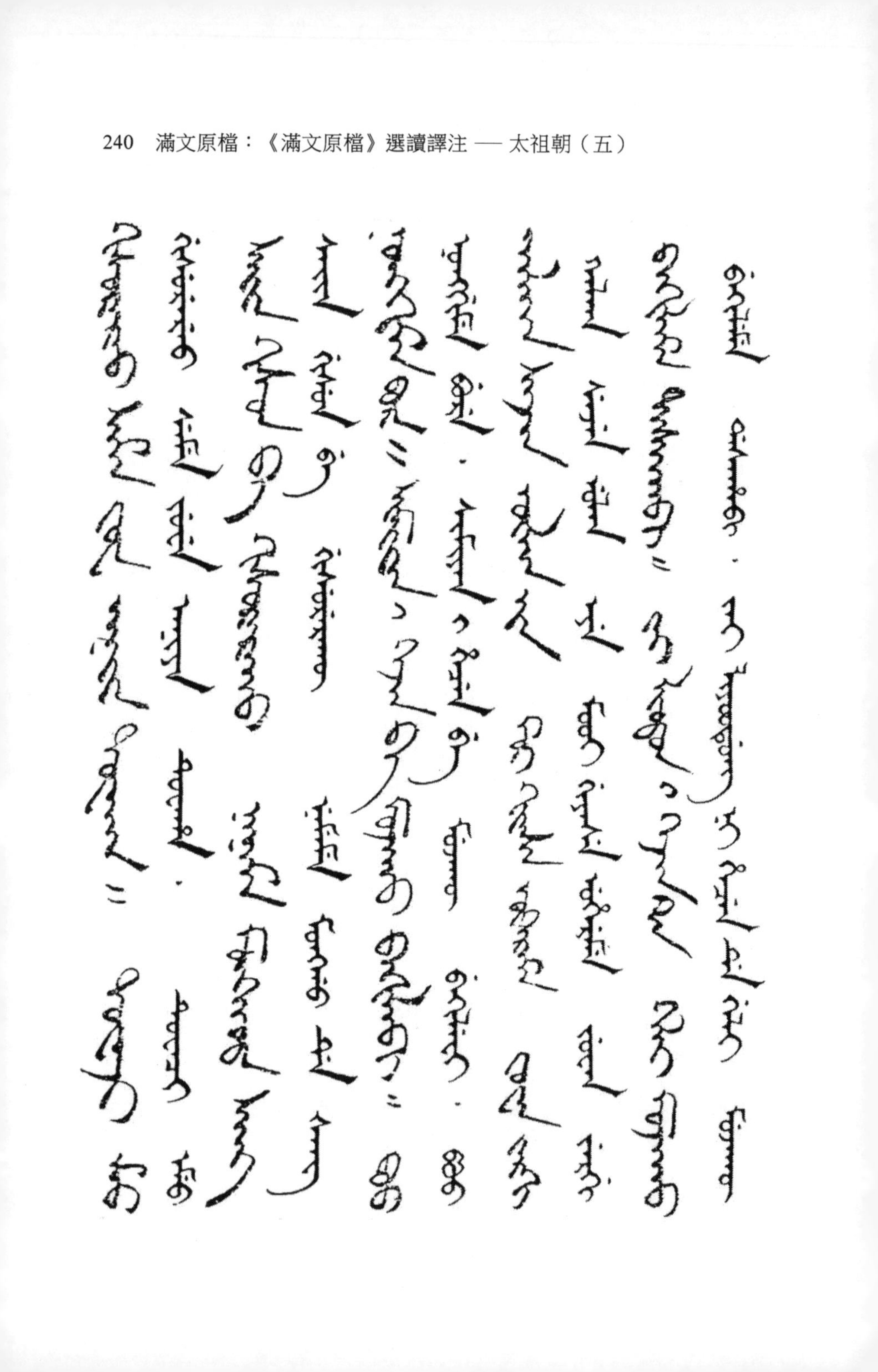

gisurereo seme juwe aniya tuwaha. tuwaci emu sain gisun be gisurerakū nememe monggode šang nonggime bure, simiyan i hecen be mujakū bekilefi, poo kalka sejen, ulan eye, mooi giyase uhereme juwan jergi bekileme dasahabi. jai liyoodung ni hecen de geli mujakū

觀察二年，看來，並不說一善言，反而加賞蒙古，整修加固瀋陽城池，布列礮、盾、車，掘壕塹，豎木架，總共十層。再，據聞又加固遼東城池，

观察二年，看来，并不说一善言，反而加赏蒙古，整修加固沈阳城池，布列炮、盾、车，掘壕堑，竖木架，总共十层。再，据闻又加固辽东城池，

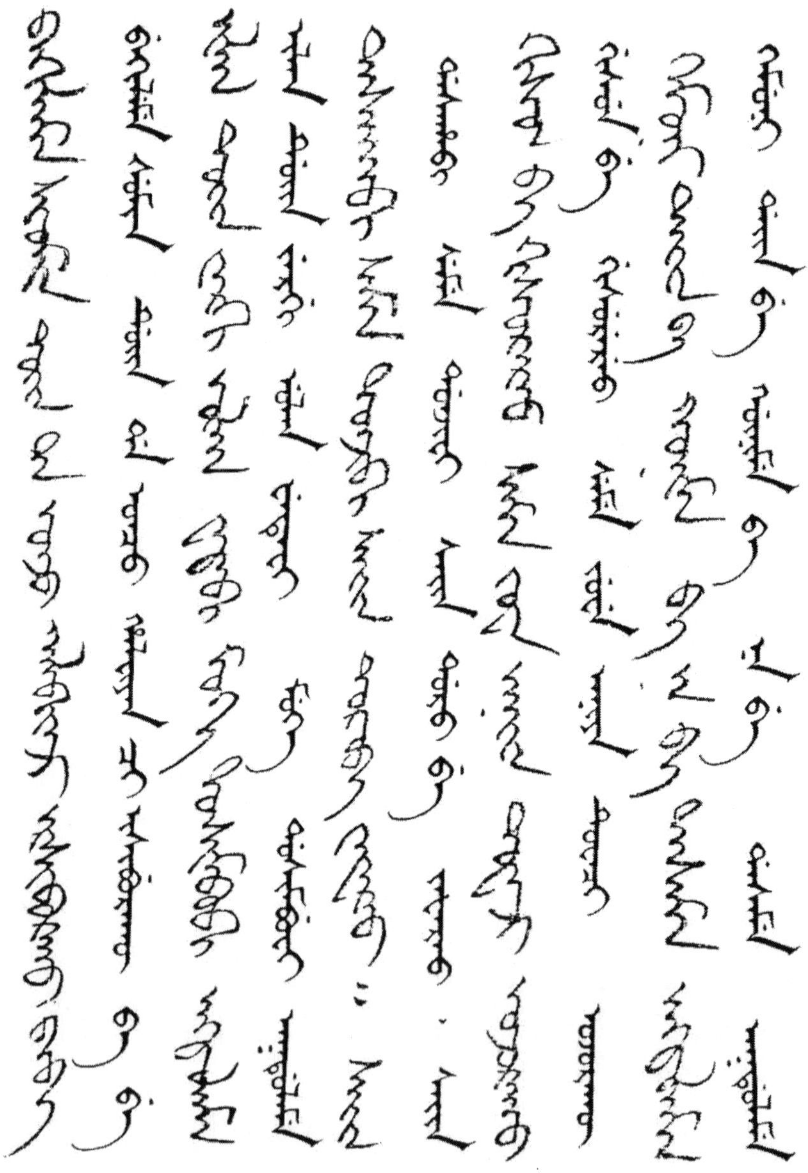

bekileme šumin duin da onco halfiyanci isiburakū babe ilan duin jergi ulan fetefi muke dosimbufi akdulame dasahabi seme donjifi, sain doro be jafarao. sain gisun be gisurereo seme juwe aniya tuwaci ojorakū, kemuni dain be gūnime ba na be dasame akdulame

---

將深不及四庹寬窄之地，掘壕三、四道，澆注以水。盼望修好，說善言，觀察二年，明人不從，仍想征戰，將其地方整修加固，

將深不及四庹寬窄之地，掘壕三、四道，澆注以水。盼望修好，說善言，觀察二年，明人不從，仍想征戰，將其地方整修加固，

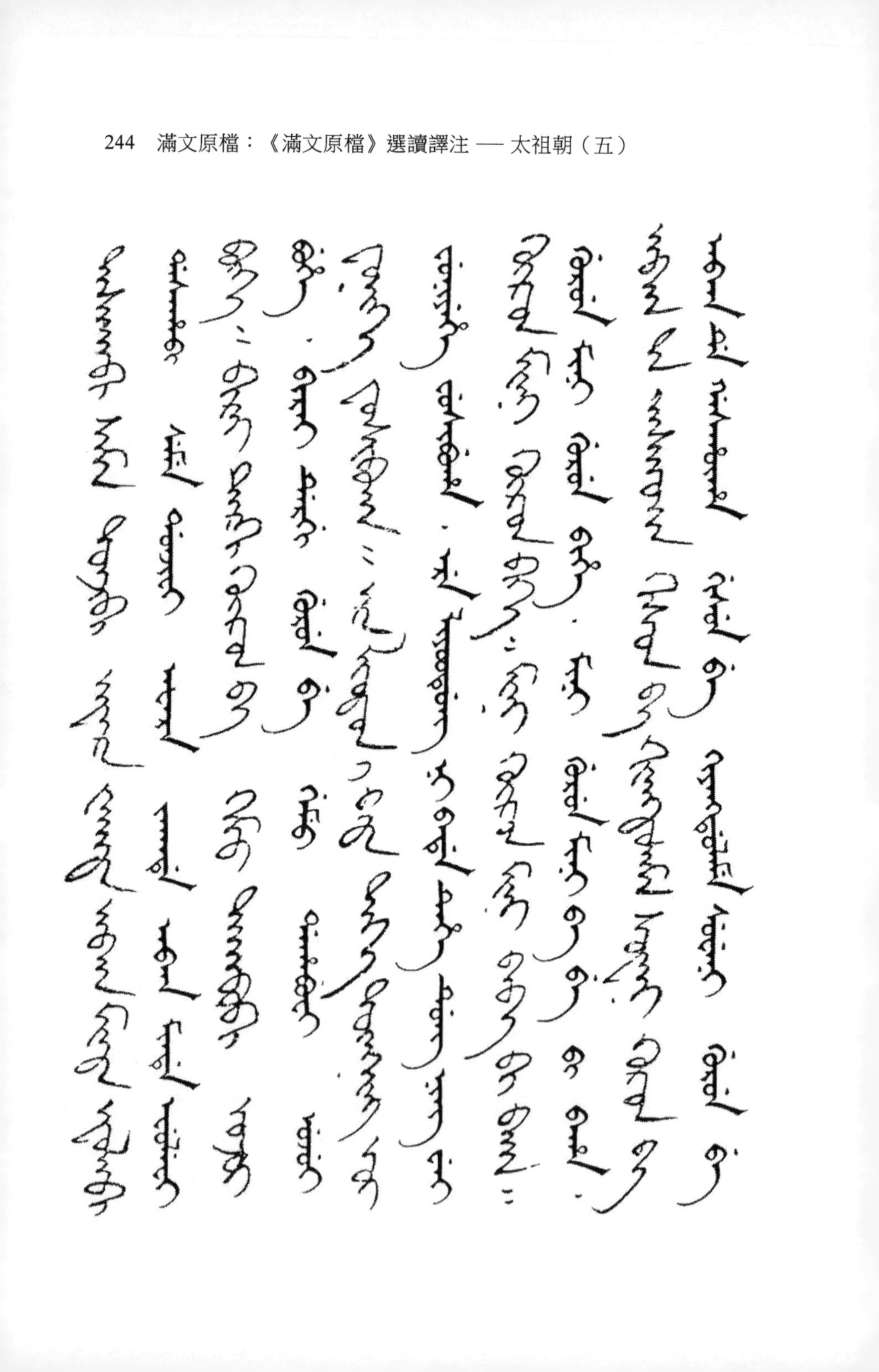

dasahabi seme donjifi, afara jakade abka minde efulefi buhe. birai dergi gurun be gemu dahabufi ujui funiyehe fusibuha. ere liyoodung ni bade tehe dung ning wei gurun mini gurun bihe, mini gurun mini babe bi baha, abka de gashūha gisun be kiyangdulame, suweni gurun be

---

聞此，因征戰蒙天眷佑，以其地畀我。河東國人俱已招降，悉令薙髮。在遼東地方居住之東寧衛國人，原係我國人，我獲得我國人我地方。爾自負對天誓言，

闻此，因征战蒙天眷佑，以其地畀我。河东国人俱已招降，悉令薙发。在辽东地方居住之东宁卫国人，原系我国人，我获得我国人我地方。尔自负对天誓言，

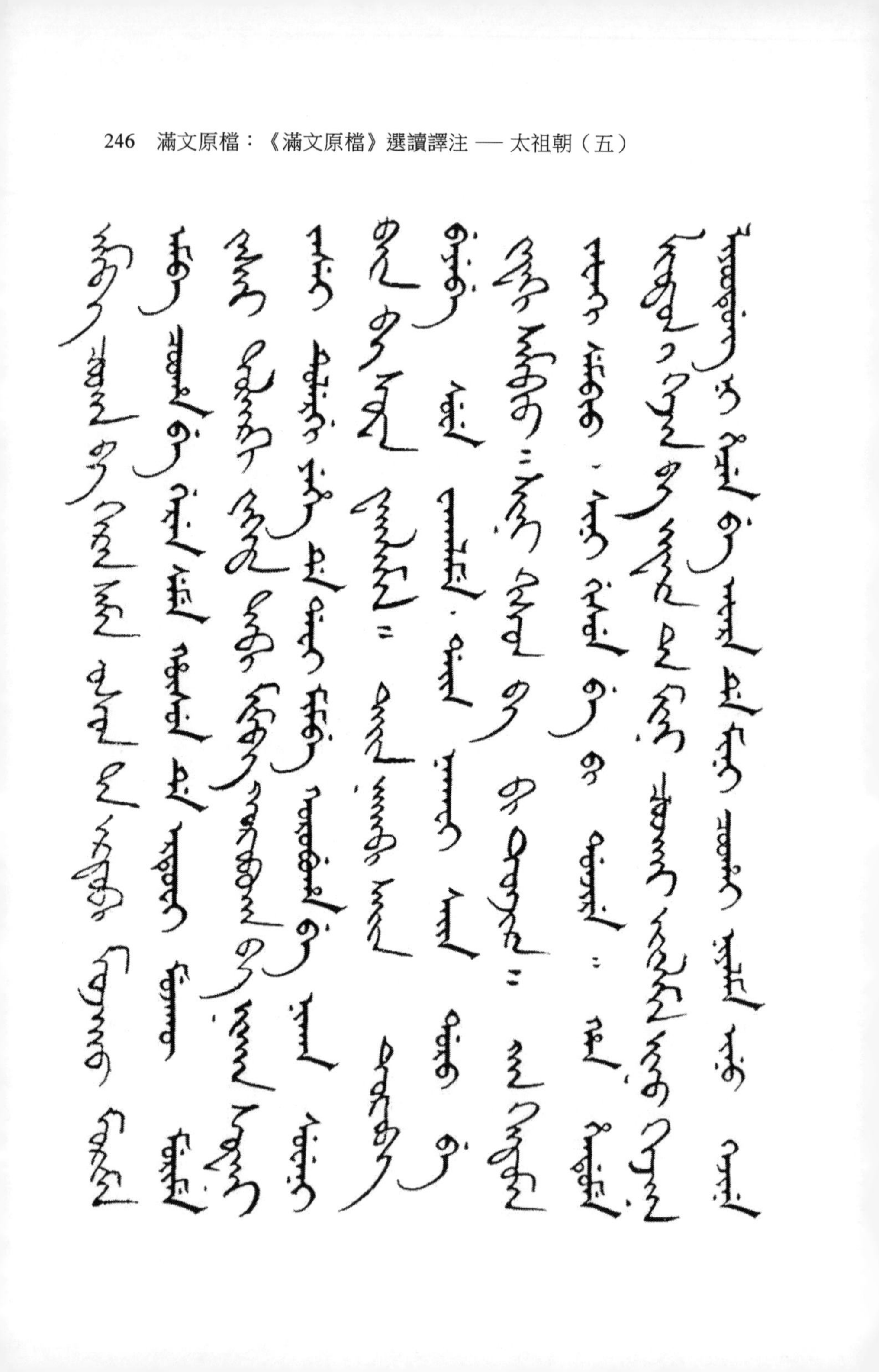

amba cooha be geren seme hūsun de ertufi mujakū murime
jasei tulergi yehede dafi mimbe korobuha be nikan suweni
beye be suwe wakalame, dain nakafi sain dorobe jafaki
sembio. sini gisun be bi donjire. han hendume, ni hecen be
afara de mini coohai niyalma inu kejine

自恃國大兵眾力強，援助邊外葉赫，明國爾不思自責停戰
修好，以釋我恨乎！我願聞爾言。」汗曰：「攻遼東城時，
我兵丁亦頗多

自恃国大兵众力强，援助边外叶赫，明国尔不思自责停战
修好，以释我恨乎！我愿闻尔言。」汗曰：「攻辽东城时，
我兵丁亦颇多

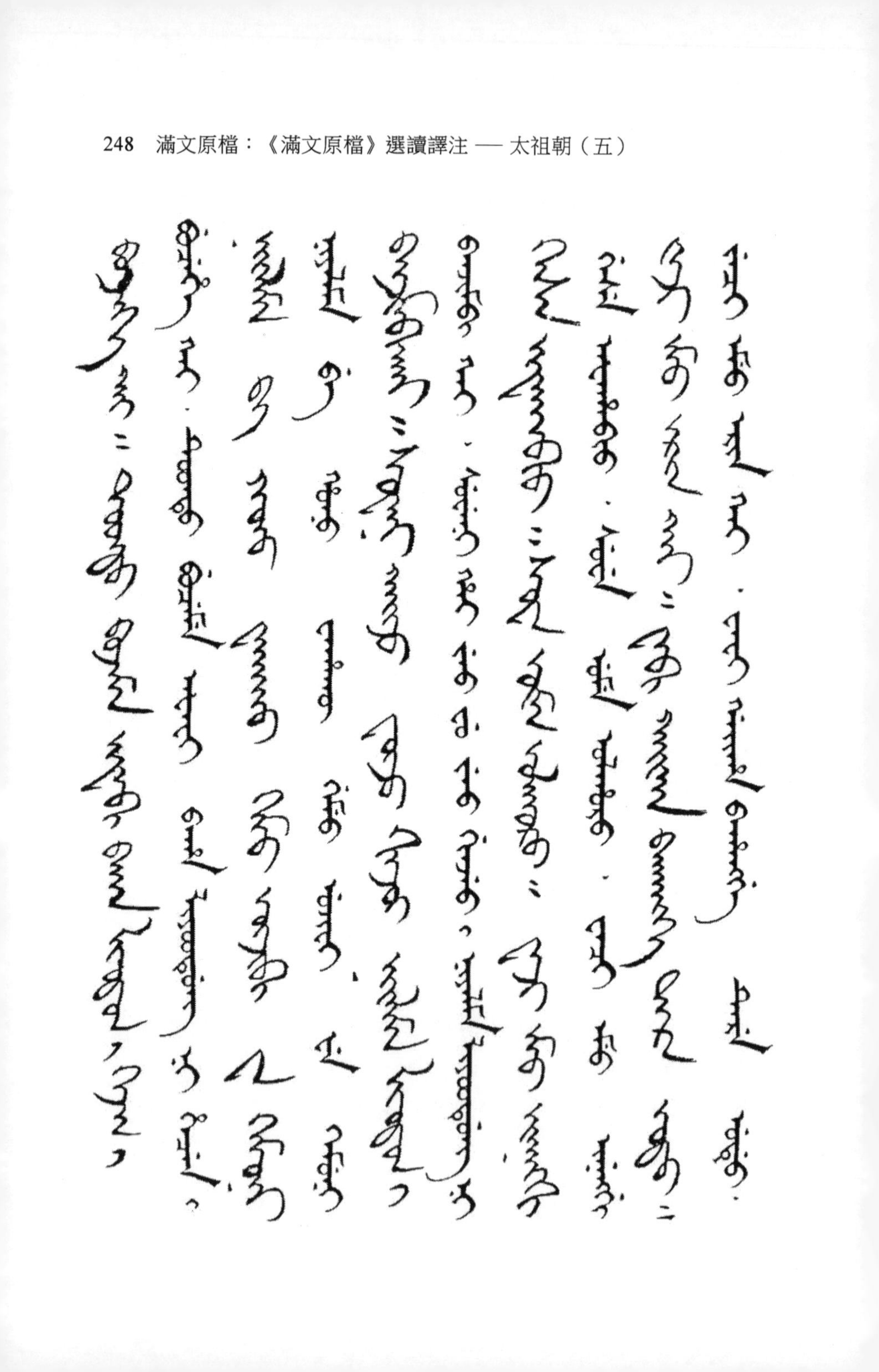

bucehe kai. tuttu buceme afafi baha liyoodung ni hecen i
niyalma be hono wahakū gemu ujifi fe kemuni banjimbikai.
suweni haijeo, fujeo, ginjeoi niyalma liyoodung ni gese
afahabio. suwe ume olhoro, waci emu inenggi jeci emu erin
kai. wafi gaiha bahangge tere udu,

死亡也。如此死戰所得遼東城人，尚且未殺，皆加豢養，
使其仍然照舊度日也。爾海州、復州、金州人攻戰似遼東
耶？爾等勿懼，殺則一日，食則一時也。殺之所得者有幾？

死亡也。如此死战所得辽东城人，尚且未杀，皆加豢养，
使其仍然照旧度日也。尔海州、复州、金州人攻战似辽东
耶？尔等勿惧，杀则一日，食则一时也。杀之所得者有几？

十六、心存公正

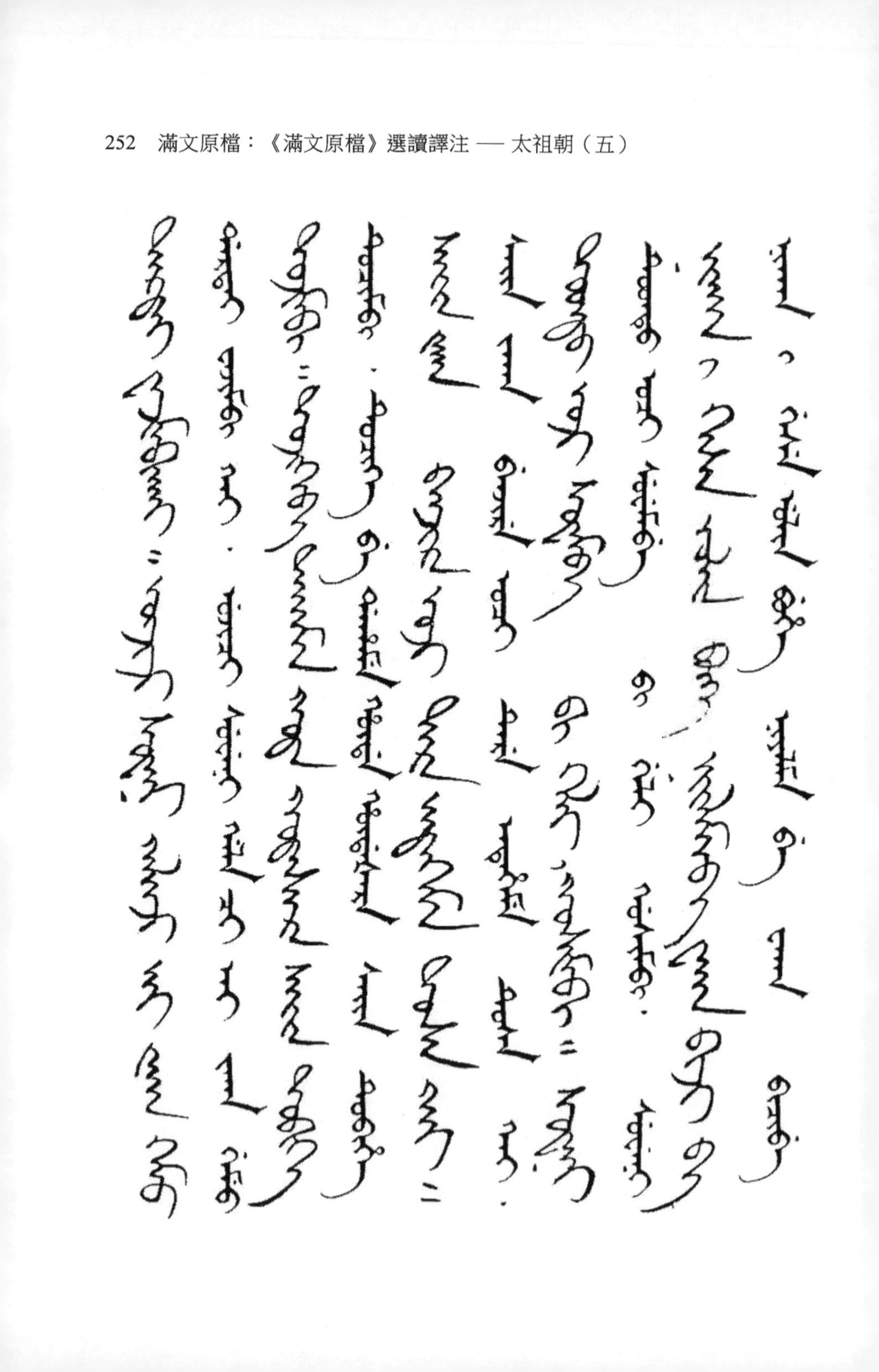

dartai wajimbikai. ujici suweni galaci ai jaka gemu tucimbi,
tucikebe dahame hūda hūdašara sain tubihe sain jaka benjire
oci tere enteheme tusa kai. tuttu oci suwembe bi geli gosimbi,
suweni nikan i gese ulin buhe niyalmabe waka bici be

頃刻即盡也。若加豢養，諸物皆出爾等之手，用於貿易，
若以佳果、珍品來獻，則永遠有益也。倘能如此，我將憐
愛爾等，似爾明人，給財之人雖非[47]

顷刻即尽也。若加豢养，诸物皆出尔等之手，用于贸易，
若以佳果、珍品来献，则永远有益也。倘能如此，我将怜
爱尔等，似尔明人，给财之人虽非

---

[47] 雖非，句中「雖」，《滿文原檔》寫作 "biji be"， 訛誤，應連寫作 "bijibe"；
《滿文老檔》讀作"bicibe"，改正。

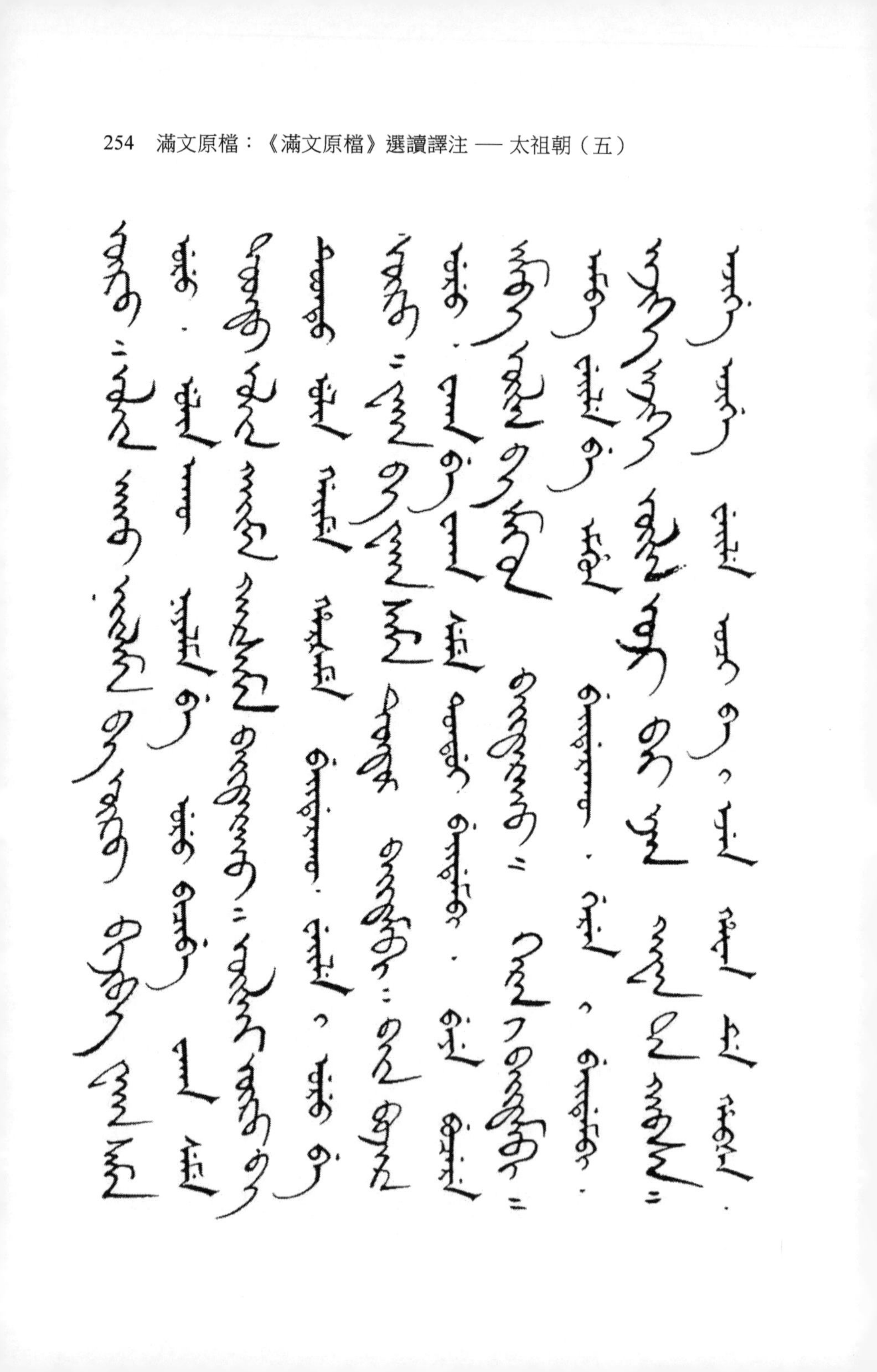

uru, ulin akū niyalma be uru bicibe waka seme, tuttu ulin gaime haršame beiderakū, weilei uru be uru, waka be waka seme tondoi beidembi, beye bucere amba weile be emhun beiderakū, geren i beidembi. ajige ajige weile oci bai ejen hafan de habša,

亦是，無財之人雖是亦非，貪財徇情，審理不公。凡事是則是，非則非，秉公審斷，身死人命大事，不可獨斷，當由公眾審斷。若是尋常小事，則訴於地方主管官，

亦是，无财之人虽是亦非，贪财徇情，审理不公。凡事是则是，非则非，秉公审断，身死人命大事，不可独断，当由公众审断。若是寻常小事，则诉于地方主管官，

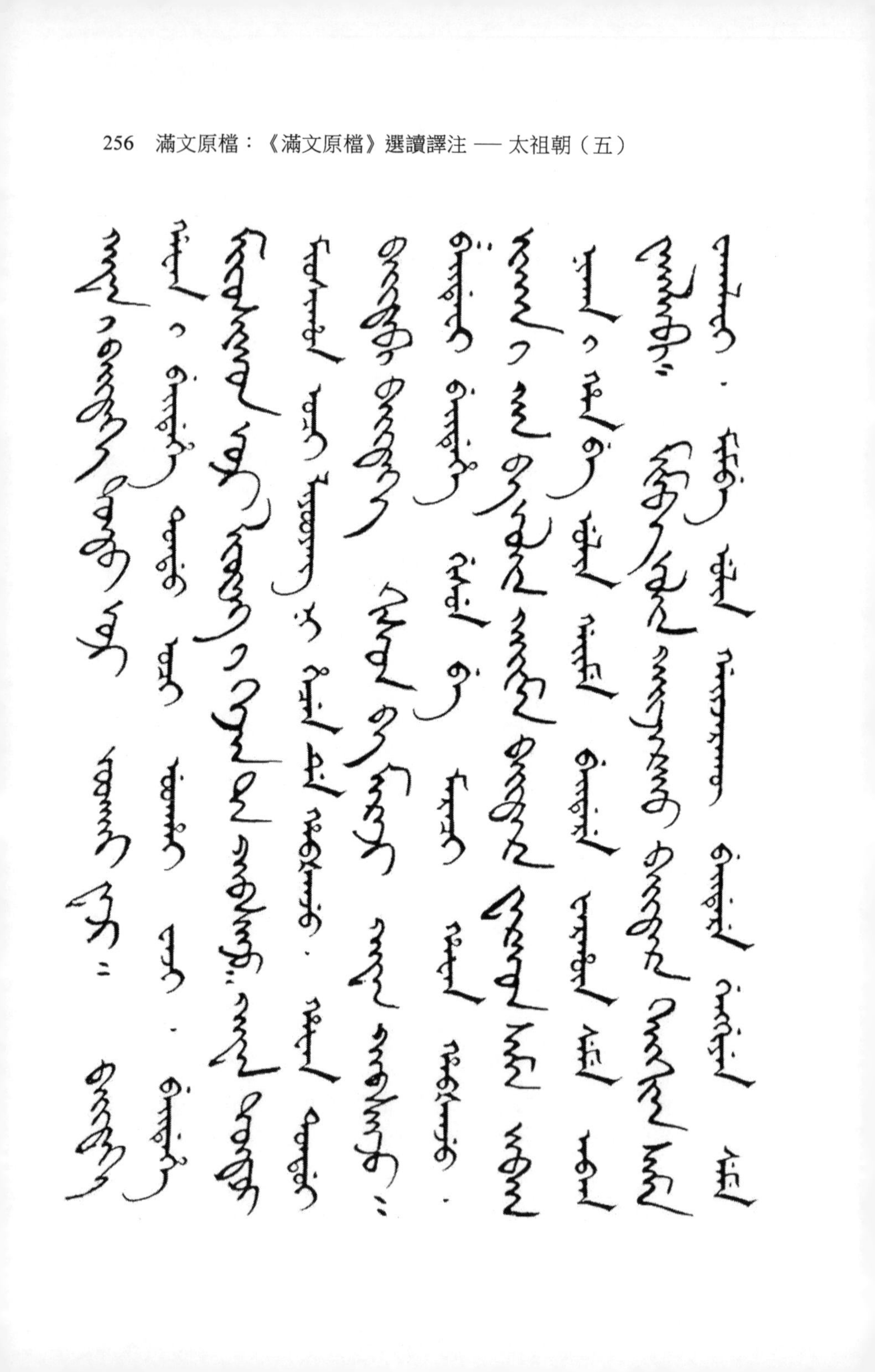

hafan i beidehe tondo oci uthai waji, beidehe miosihon oci liyoodung ni hecen de habšanju. hafan tondoi beidefi beidehe gisun be maraci hafan habšanju. nikan i han be ulin gaime beidere farhūn seme abka wakalafi, mimbe ulin gaijarakū beidere genggiyen seme

---

若該官審斷公正則已，倘若審斷邪曲不公，可來訴於遼東城。官員公正審斷而不從所審之言，由官員來訴。明帝貪財審斷不明，而遭天譴，以我不貪財，審斷清明，

若该官审断公正则已，倘若审断邪曲不公，可来诉于辽东城。官员公正审断而不从所审之言，由官员来诉。明帝贪财审断不明，而遭天谴，以我不贪财，审断清明，

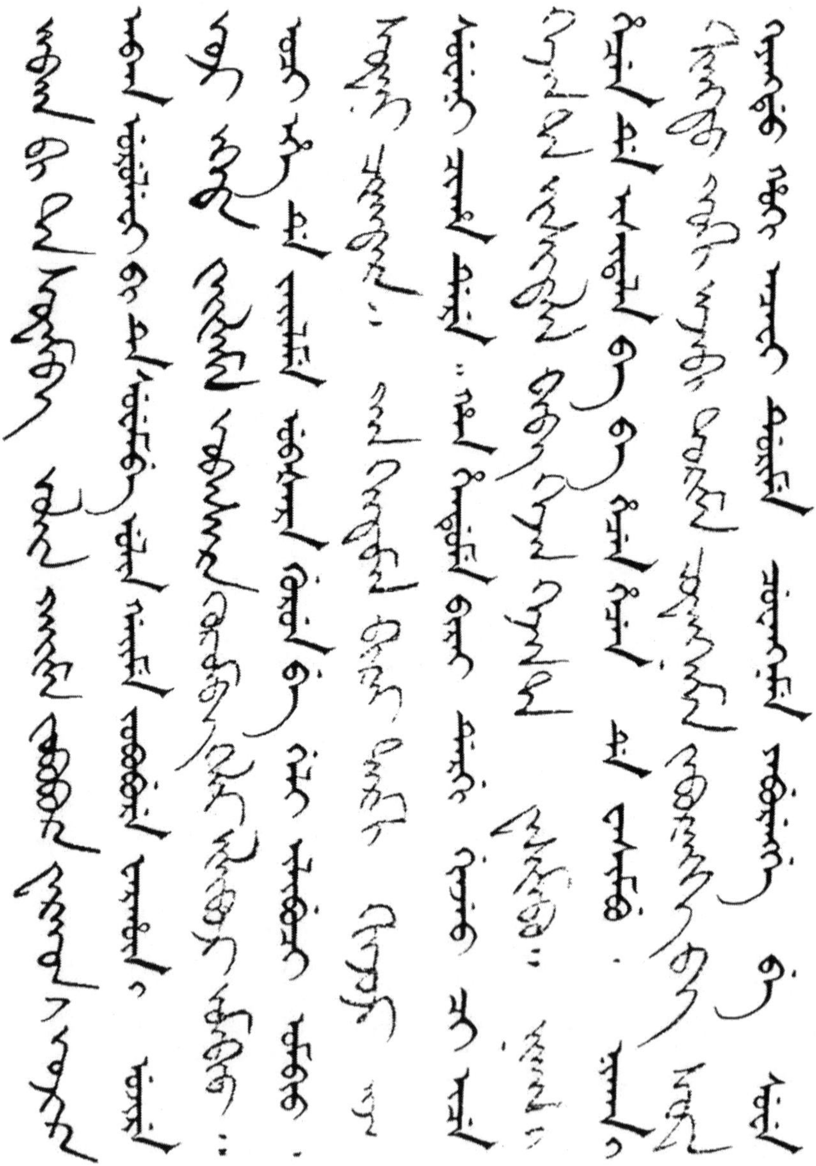

abka urulefi, bi te suwembe ulin gaime jobobure farhūn i ujire oci ehede jailame ubašara gurumbe geli ilibuci ombio. suweni cihadere. han hendume, birai dergi ginjeoci ice hecen de isitala baba hecen hecen de wasimbu, nikan i kiyangdu hoki acafi durime cuwangname yaburengge be suwe

蒙天贊許。今我若貪財昏憒豢養，避難逃亡之國人，又可阻止耶？且聽爾便。」汗曰：「河東自金州至新城各地、各城，凡遇有漢人強幹結黨行搶者，

蒙天赞许。今我若贪财昏愦豢养，避难逃亡之国人，又可阻止耶？且听尔便。」汗曰：「河东自金州至新城各地、各城，凡遇有汉人强干结党行抢者，

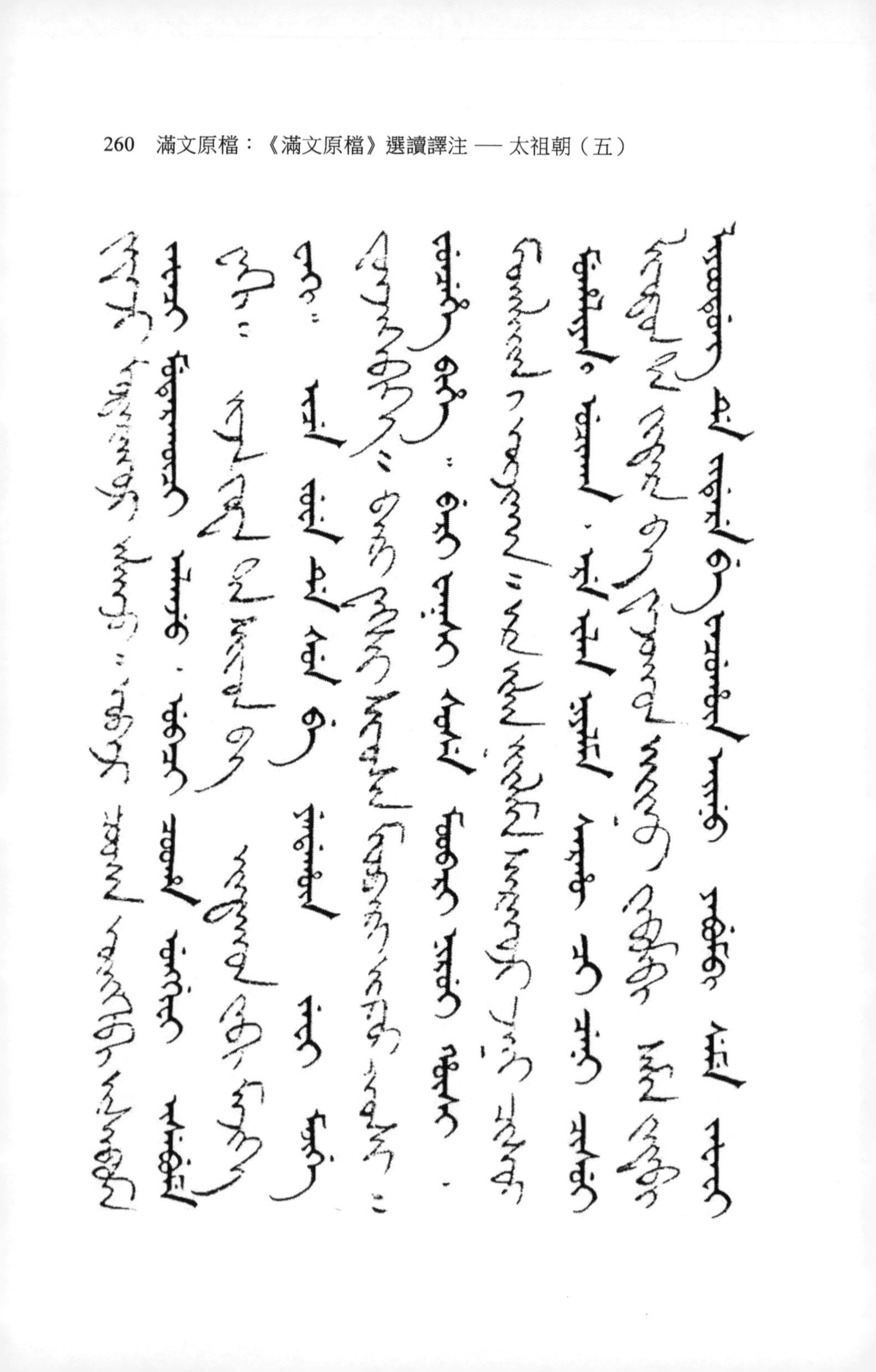

jafaci muterakūci alanju. ubaci cooha unggifi isebume waki.
ice juwe de šun be yendahūn jefi majige funcehebihe. beri
faksi šose, moobari nirui hūsi, muhaliyan i ucikan, ere ilan
niyalma sarhūci ceni cisui liyoodung de jidere be facuhūn
ainu yabumbi seme jafafi

即行擒拏，若是不能擒拏，則可來報。由此處派兵前往剿
殺之。」初二日，天狗食日[48]，所餘無幾。弓匠碩色、毛
巴里牛彔下胡希、穆哈連之烏齊堪，此三人自薩爾滸擅自
來至遼東作亂，遂即擒拏，

即行擒拏，若是不能擒拏，則可来报。由此处派兵前往剿
杀之。」初二日，天狗食日，所余无几。弓匠硕色、毛巴
里牛彔下胡希、穆哈连之乌齐堪，此三人自萨尔浒擅自来
至辽东作乱，遂即擒拏，

---

[48] 天狗食日，句中「狗」《滿文原檔》寫作"intakon"， 讀作"indahūn"，《滿
文老檔》讀作"yendahūn"。規範滿文讀作"indahūn"。

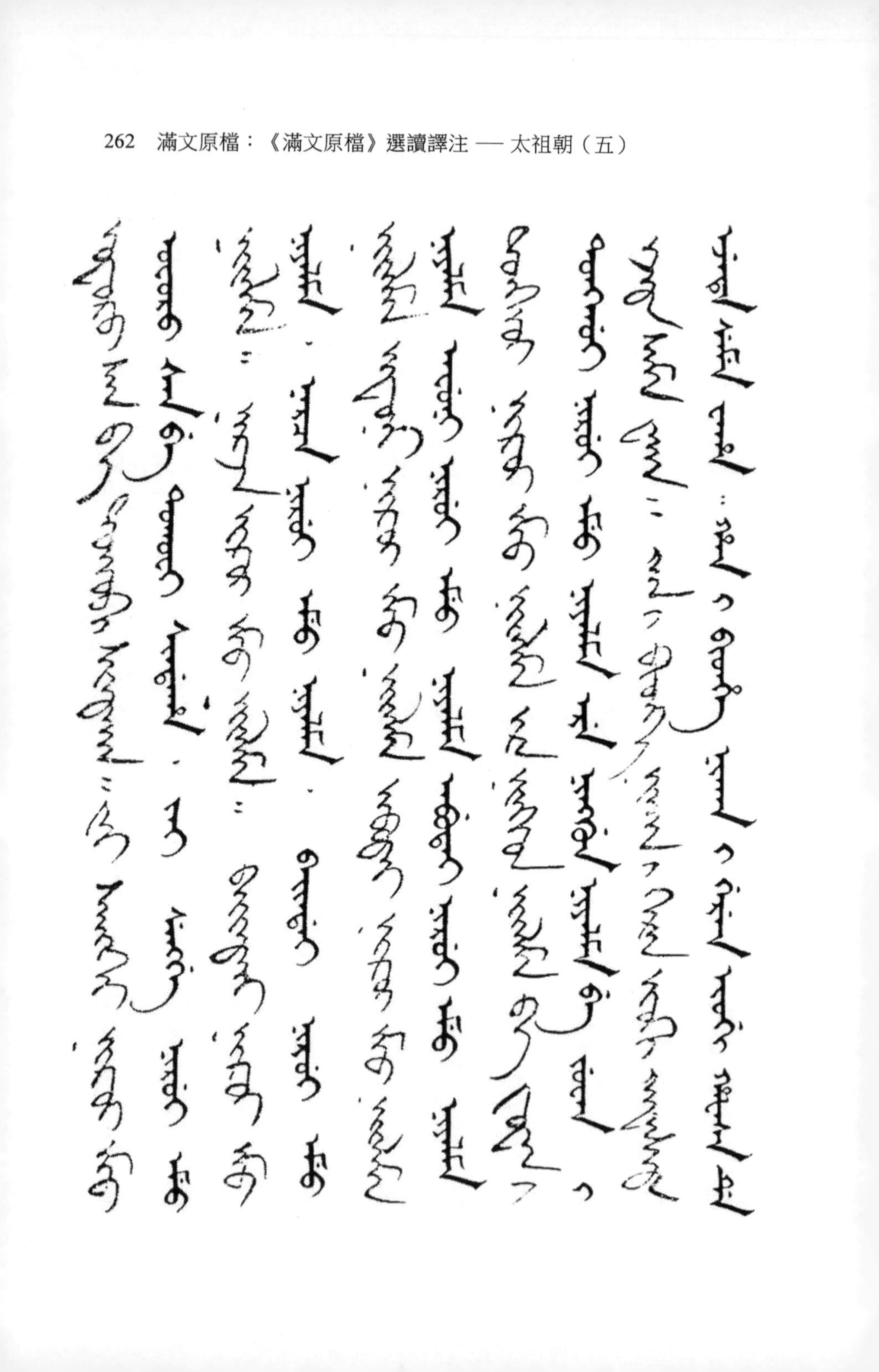

oforo šan be tokofi sindaha. jai senggei nirui emu niyalma, narca nirui emu niyalma, baindai nirui emu niyalma, afuni nirui emu niyalma, abutai nirui emu niyalma, tonggoi nirui emu niyalma ere ninggun niyalma be juwan i ejete seme waha. han i bithe nikan i geren iogi hafasade

---

貫其耳、鼻後釋放。再僧格牛彔下一人，納爾查牛彔下一人，巴音岱牛彔下一人，阿福尼牛彔下一人，阿布泰牛彔下一人，通鄂牛彔下一人，此六人各為十人之頭領而殺之。初三日，汗降諭於漢人各遊擊官員曰：

贯其耳、鼻后释放。再僧格牛彔下一人，纳尔查牛彔下一人，巴音岱牛彔下一人，阿福尼牛彔下一人，阿布泰牛彔下一人，通鄂牛彔下一人，此六人各为十人之头领而杀之。初三日，汗降谕于汉人各游击官员曰：

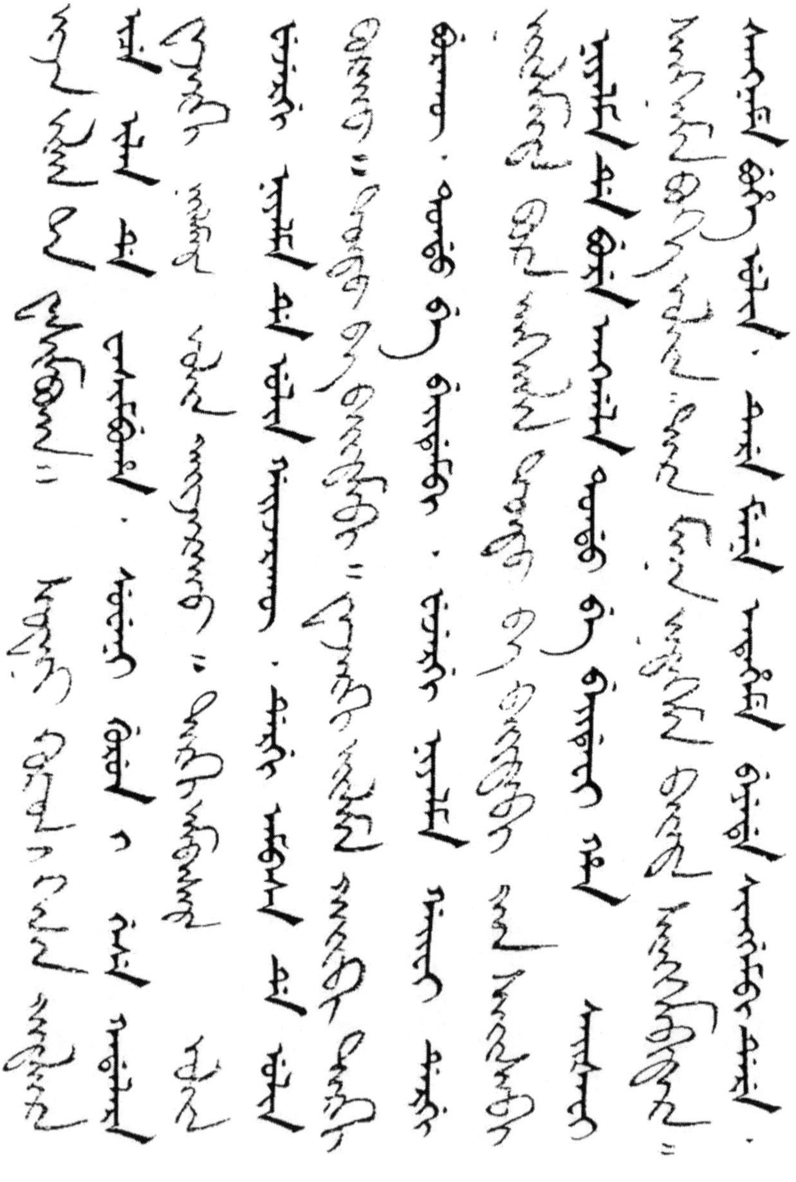

ice ilan de wasimbuha. suweni gurun i gese kadalara fejergi niyalmade ulin gaijarakū, dergi ambasade ulin burakū, tondo be beidembi. fejergi niyalma gaifi dergi niyalmade bure anggala tondo be beidefi han saišafi šangname buhe ulin, tere mene enteheme beyede singgembidere,

「不似爾國受賄於下，行賄於上，秉公審斷。與其取下賄上，不如秉公審斷。汗嘉賞財物，誠可永為己有，

「不似尔国受贿于下，行贿于上，秉公审断。与其取下贿上，不如秉公审断。汗嘉赏财物，诚可永为己有，

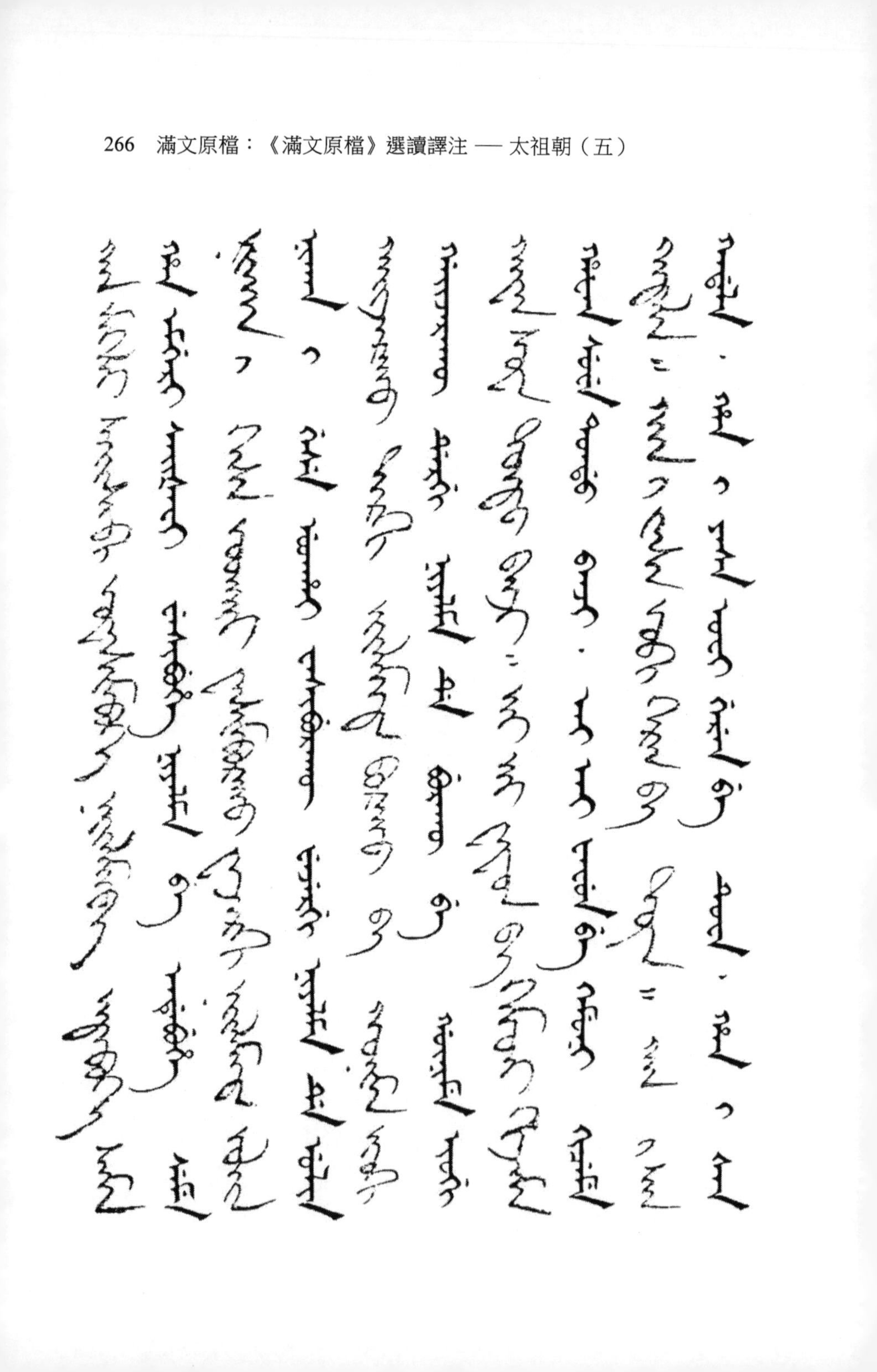

han emgeli saišafi wesibuhe niyalmabe endebuhe seme nikan
i gese uthai wasimburakū fejergi niyalmade ulin gaijarakū,
dergi niyalmade burakū be gūnime, iogi hafan suwe tondo
banji, ai ai fafun be kemuni kiceme kadala. han i yasa ofi
geren be tuwa, han i šan

汗既已嘉許陞用之人，雖有過失，亦不似明國即不加陞
用，而心想受賄於下，行賄於上。爾等遊擊官當心存公正，
一應法度，勤加管束。既為汗之眼目，則諸事必加觀察，

汗既已嘉许升用之人，虽有过失，亦不似明国即不加升用，
而心想受贿于下，行贿于上。尔等游击官当心存公正，一
应法度，勤加管束。既为汗之眼目，则诸事必加观察，

十七、迎接福晉

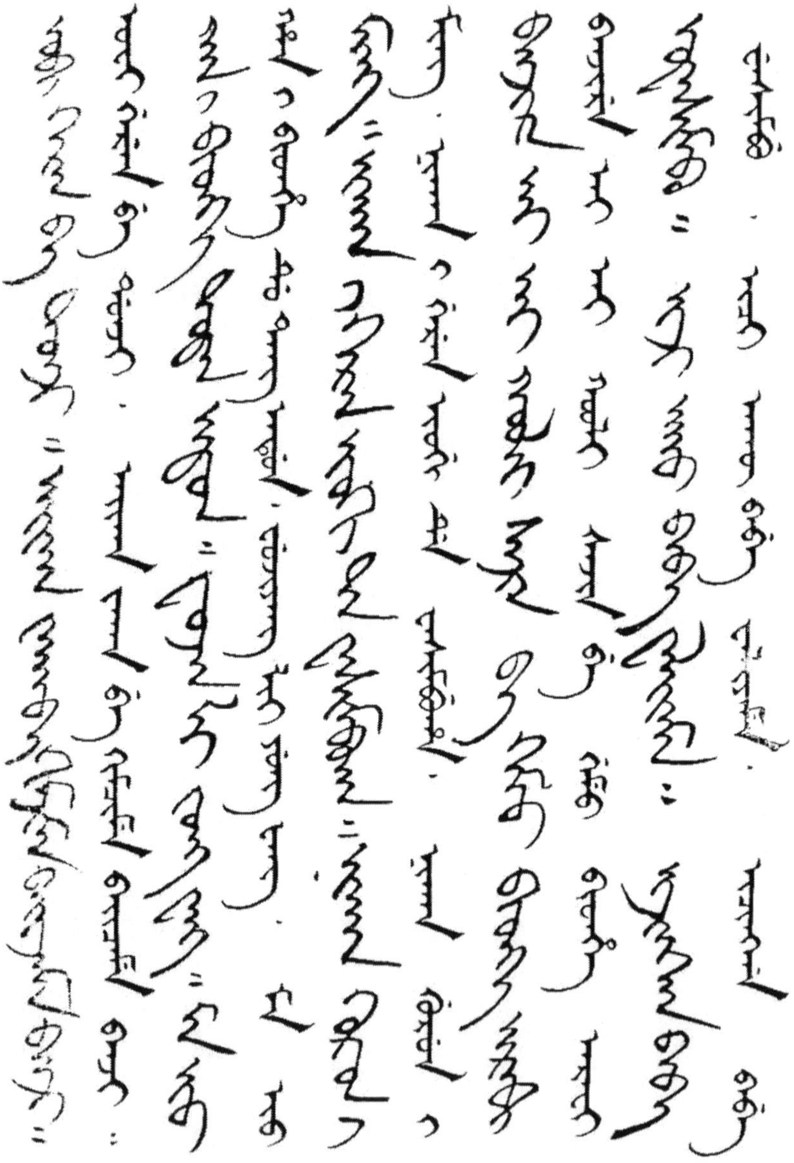

ofi geren be donji, aika jakabe kimcime baicame banji. han i
bithe du tang adun, fujiyang lii yung fang, ma io ming, nikan
i geren iogi de wasimbuha, nikan gurun i banjire ai ai kooli
šajin be gemu bithe arafi wesimbu, ici akū babe waliyame,
icingga babe

既為汗之耳朵，諸事必博聞，一應物件，必勤加詳察。」
汗降諭都堂阿敦、副將李永芳、馬友明及漢人各遊擊曰：
「著將明國所纂各項法典，俱繕寫文書陳奏，以便去其不
合之處，取其適合之處，

既为汗之耳朵，诸事必博闻，一应物件，必勤加详察。」
汗降谕都堂阿敦、副将李永芳、马友明及汉人各游击曰：
「着将明国所纂各项法典，俱缮写文书陈奏，以便去其不
合之处，取其适合之处，

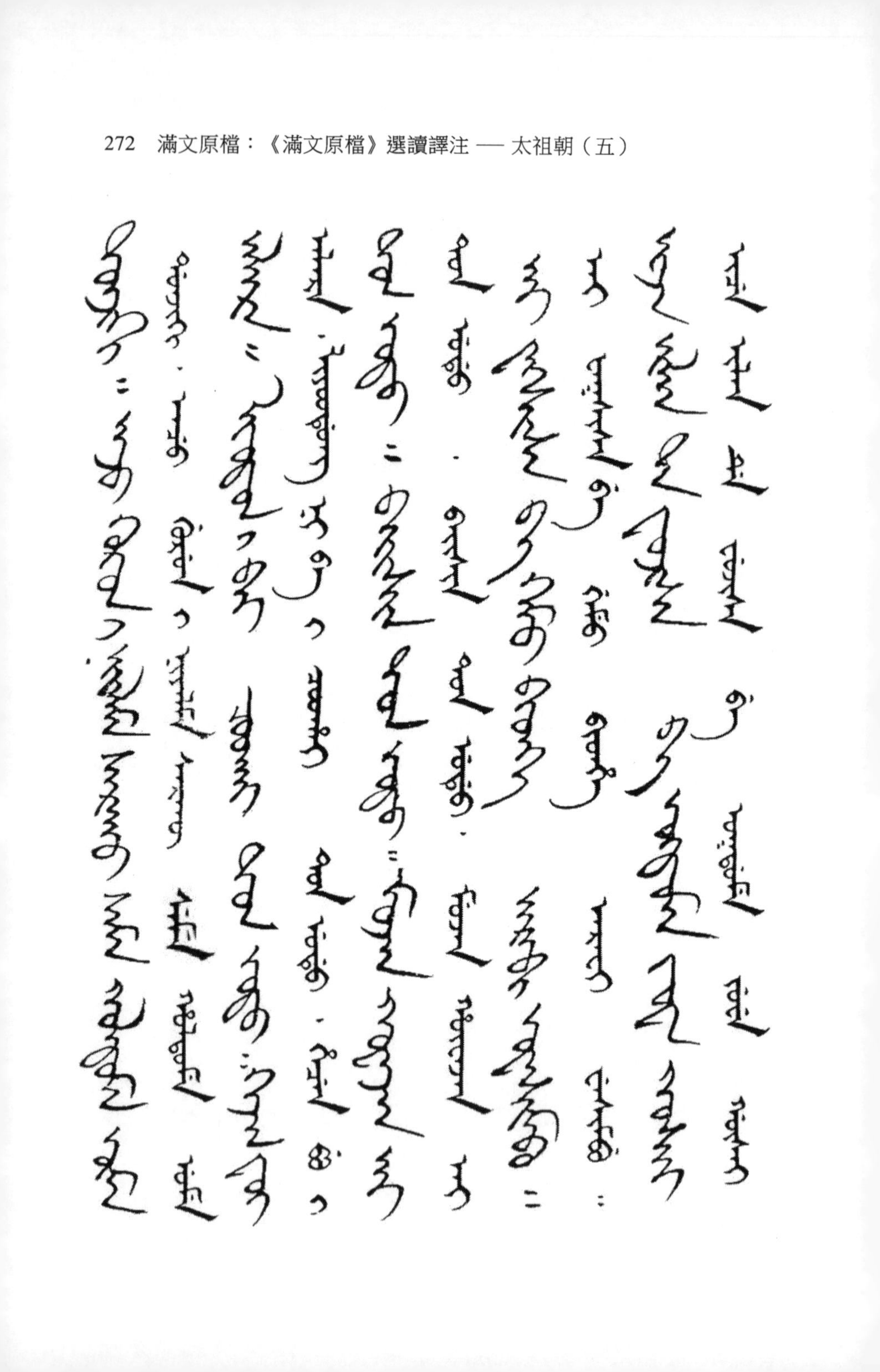

donjiki. encu gurun i niyalma sarkū seme holtome ume alara. liyoodung ni bai coohai ton udu, hecen pui ton udu, baisin ton udu, mujan hūwajan ai ai faksisa be gemu bithe arafi wesimbu. ice ilan de fujisa be okdome, juwe gūsai

勿以異國之人不知而謊報。另將遼東地方之兵數幾何，城堡之數幾何，百姓幾何，以及木匠、畫匠一應匠役，亦皆繕寫文書陳奏。」初三日，迎接諸福晉，

勿以异国之人不知而谎报。另将辽东地方之兵数几何，城堡之数几何，百姓几何，以及木匠、画匠一应匠役，亦皆缮写文书陈奏。」初三日，迎接诸福晋，

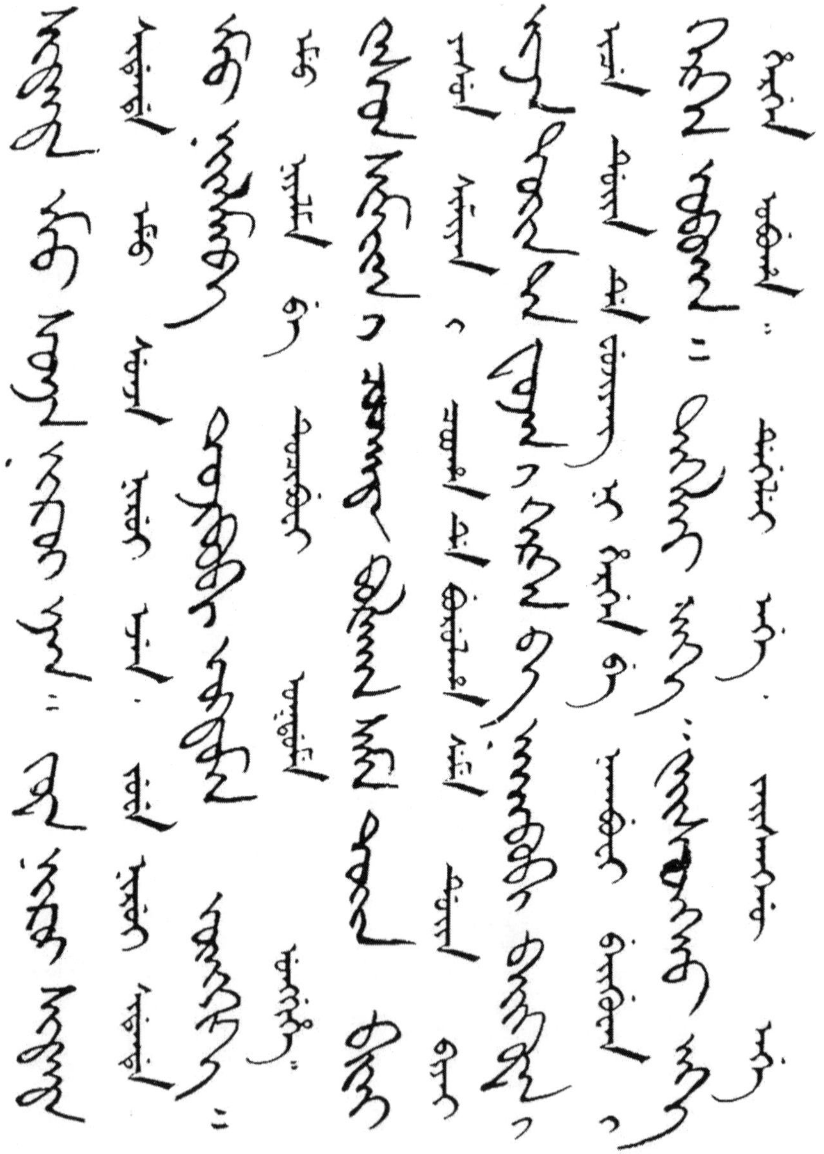

sidende emu sunja nirui ejen, juwe nirui sidende emu
niyalmabe tucibufi okdome unggihe. yasun simiyan i
coohade burulaha seme duin biyai ice duin de, fujiyang ni
hergen be nakabufi beiguwan i hergen obuha. degelei age,
jaisanggū age

命每二旗派出五牛彔額真一人，每二牛彔派出一人往迎。
四月初四日，雅蓀因敗於瀋陽之兵退卻，革其副將之職，
降為備禦官之職。德格類阿哥、齋桑古阿哥

命每二旗派出五牛录额真一人，每二牛录派出一人往迎。
四月初四日，雅荪因败于沈阳之兵退却，革其副将之职，
降为备御官之职。德格类阿哥、斋桑古阿哥

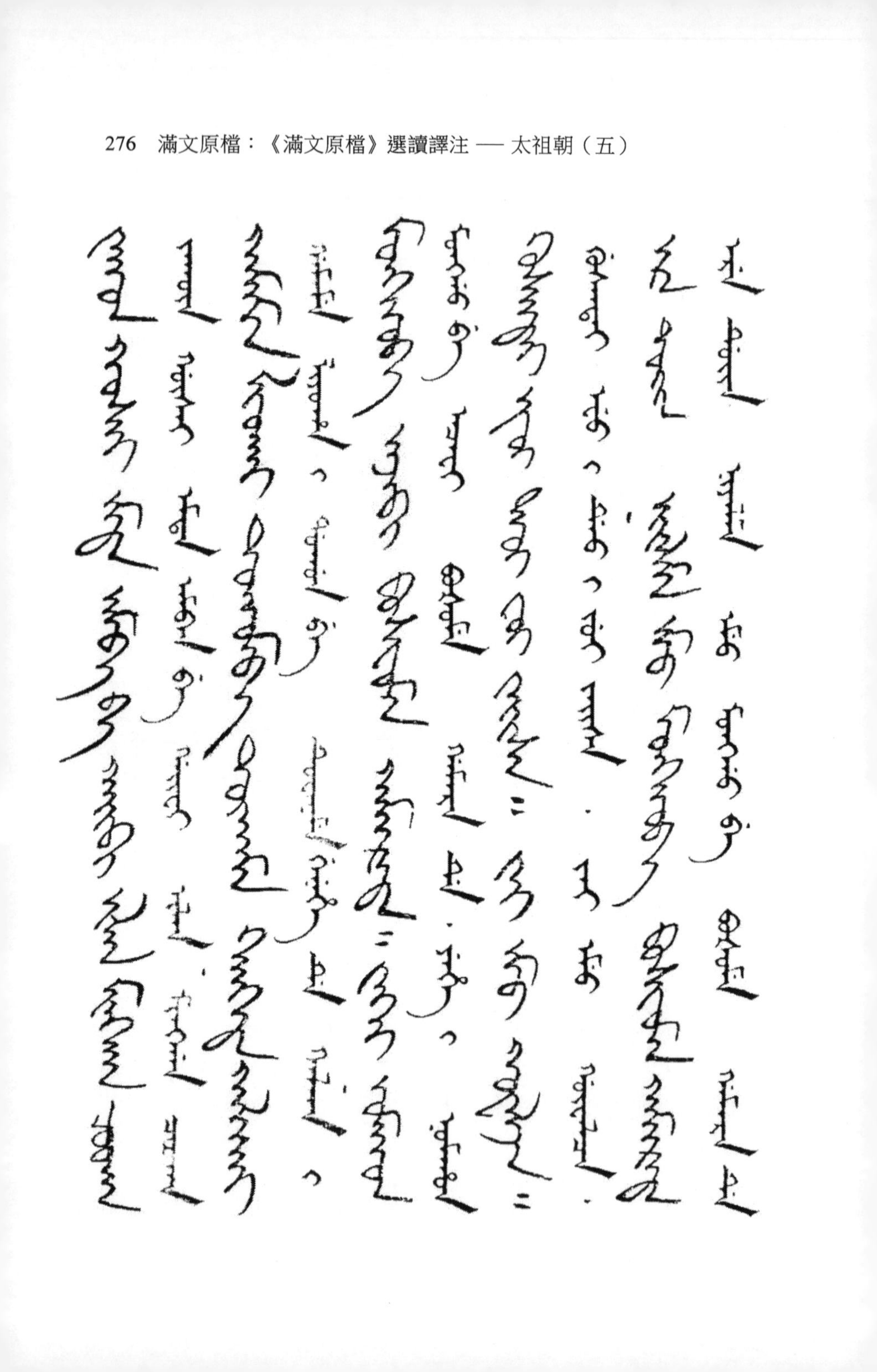

jakūn gūsai emte amba be gaifi ilan minggan cooha gamame
liyohai dogombe tuwaname genehede kalkai monggobe acafi
bošome gamarade, yehei nomhon gusantai efui deoi jui jaisa,
jai emu gūwalca, ere duin niyalma emu monggobe bošome
gamarade

帶八旗大臣各一人，率兵三千往視遼河渡口時，遇喀爾喀
蒙古人追逐之。葉赫之諾木渾、顧三泰額駙之侄齋薩及卦
爾察等四人，追逐一蒙古人，

带八旗大臣各一人，率兵三千往视辽河渡口时，遇喀尔喀
蒙古人追逐之。叶赫之诺木浑、顾三泰额驸之侄斋萨及卦
尔察等四人，追逐一蒙古人，

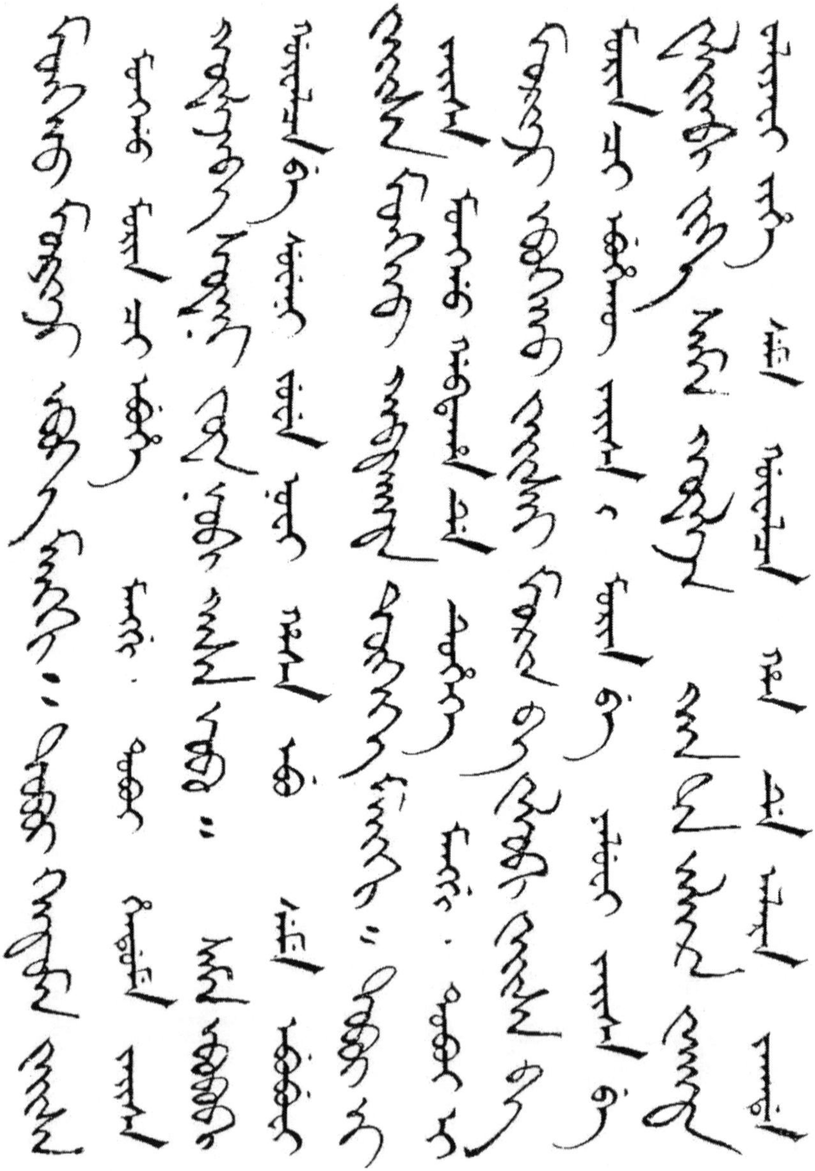

monggo morinci ebuhe manggi, toboi hendume, jaisa gūwalcabe suweni juwe nofi hasa ebu seme ebubufi jaisa monggo gabtahade tuheke manggi, toboi i morinci ebuhekū jaisai morin be yalufi jaisa be waliyafi jihe seme gūwalca han de alara jakade,

---

蒙古人下馬後，托博依謂齋薩及一卦爾察曰：「爾等二人速速下馬。」該二人下馬後，齋薩為蒙古人射倒。托博依未下馬，牽齋薩之馬，棄齋薩而歸。卦爾察報於汗。

蒙古人下马后，托博依谓斋萨及一卦尔察曰：「尔等二人速速下马。」该二人下马后，斋萨为蒙古人射倒。托博依未下马，牵斋萨之马，弃斋萨而归。卦尔察报于汗。

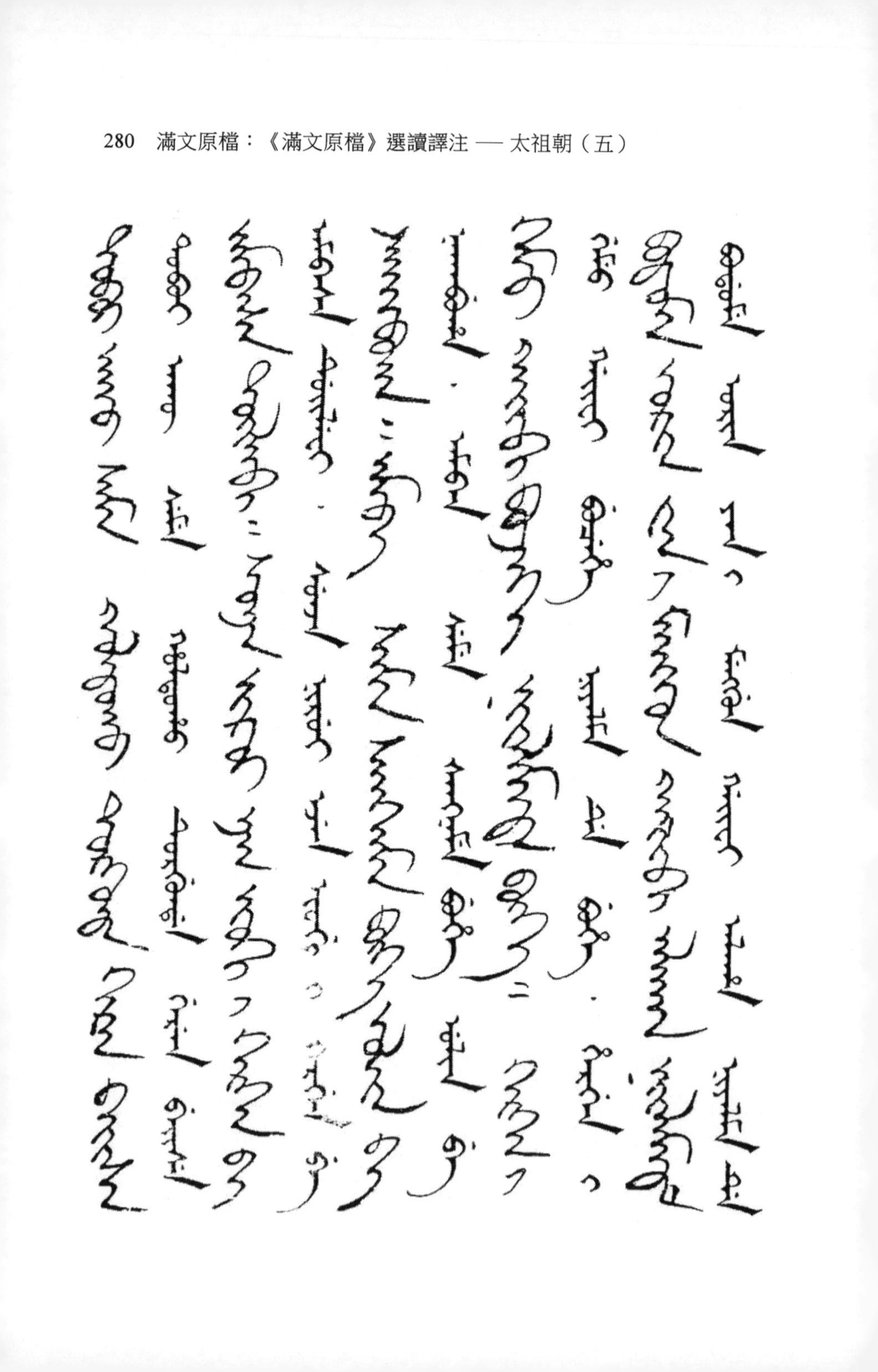

toboi akū seme holtoho turgunde geren beise ambasa duilefi, sunja nirui ejen iogi i hergen be nakabuha. amba seme šangname buhe ulin be gemu gaifi bucehe niyalmade buhe. hergen i bodome orin yan i menggun gaifi alaha niyalmade

----

因托博依謊稱無此事，遂令諸貝勒大臣勘斷，革其五牛彔額真、遊擊之職，盡沒收其大臣名下所賞賜之財物，賜與死者之家，按職罰銀二十兩，賜與首告之人。

因托博依谎称无此事，遂令诸贝勒大臣勘断，革其五牛彔额真、游击之职，尽没收其大臣名下所赏赐之财物，赐与死者之家，按职罚银二十两，赐与首告之人。

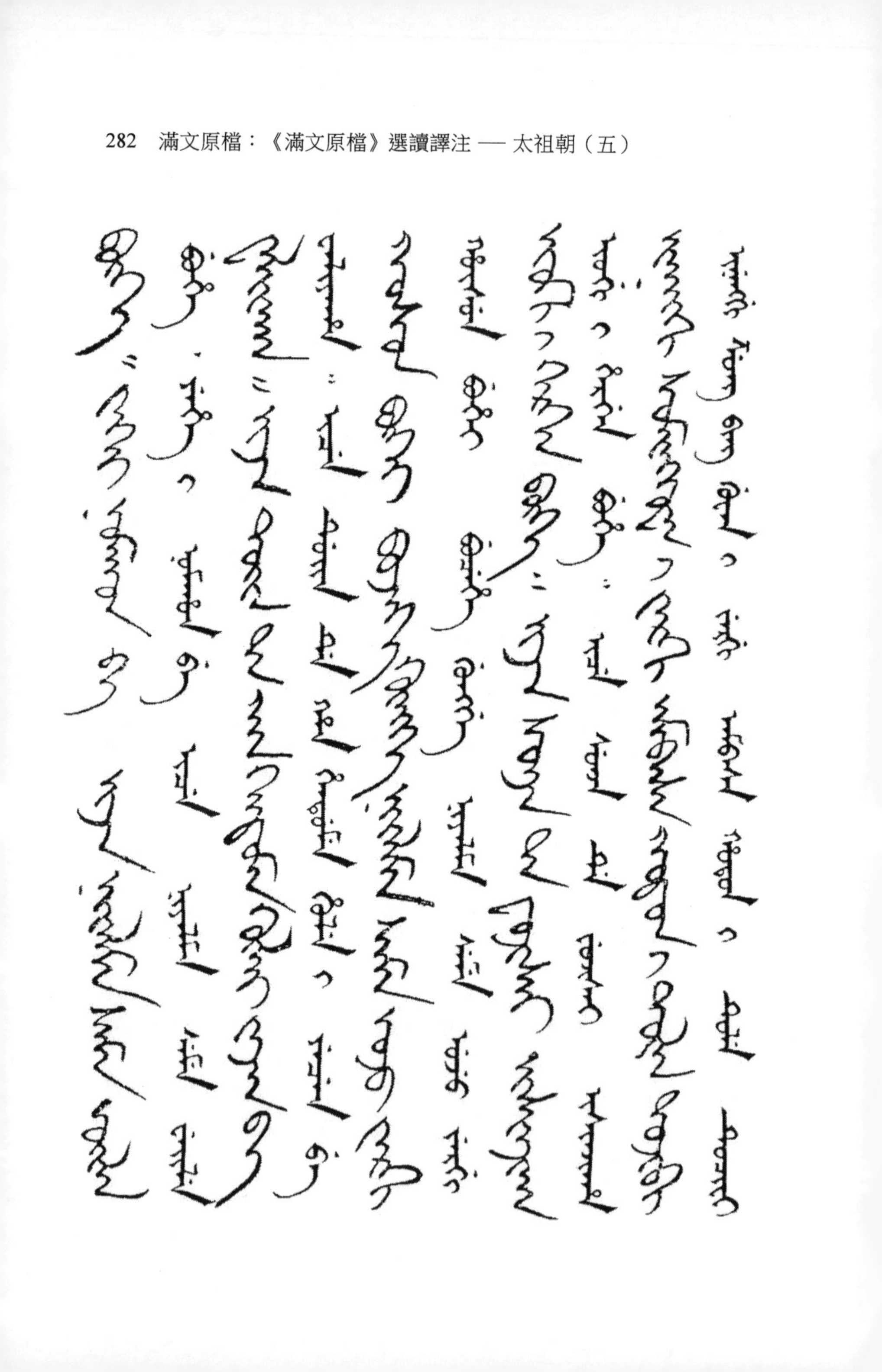

buhe. yehei nomhon be ice niyalma seme weile waliyaha. ice
duin de han hendume, hulei yecen be hūsun buhei bucehe
gungge niyalma seme, uju jergi iogi i hergen buhe. ice sunja
de fujisai isinjiha inenggi dzung bing guwan i jergi ambasa
hoton i tule tucifi

葉赫諾木渾係新附之人而免其罪。初四日，汗曰：「呼勒
之葉臣乃係効力捐軀有功之人。」遂命追賜頭等遊擊之
銜。初五日，眾福晉到來之日，總兵官等諸大臣出城外，

叶赫诺木浑系新附之人而免其罪。初四日，汗曰：「呼勒
之叶臣乃系効力捐躯有功之人。」遂命追赐头等游击之衔。
初五日，众福晋到来之日，总兵官等诸大臣出城外，

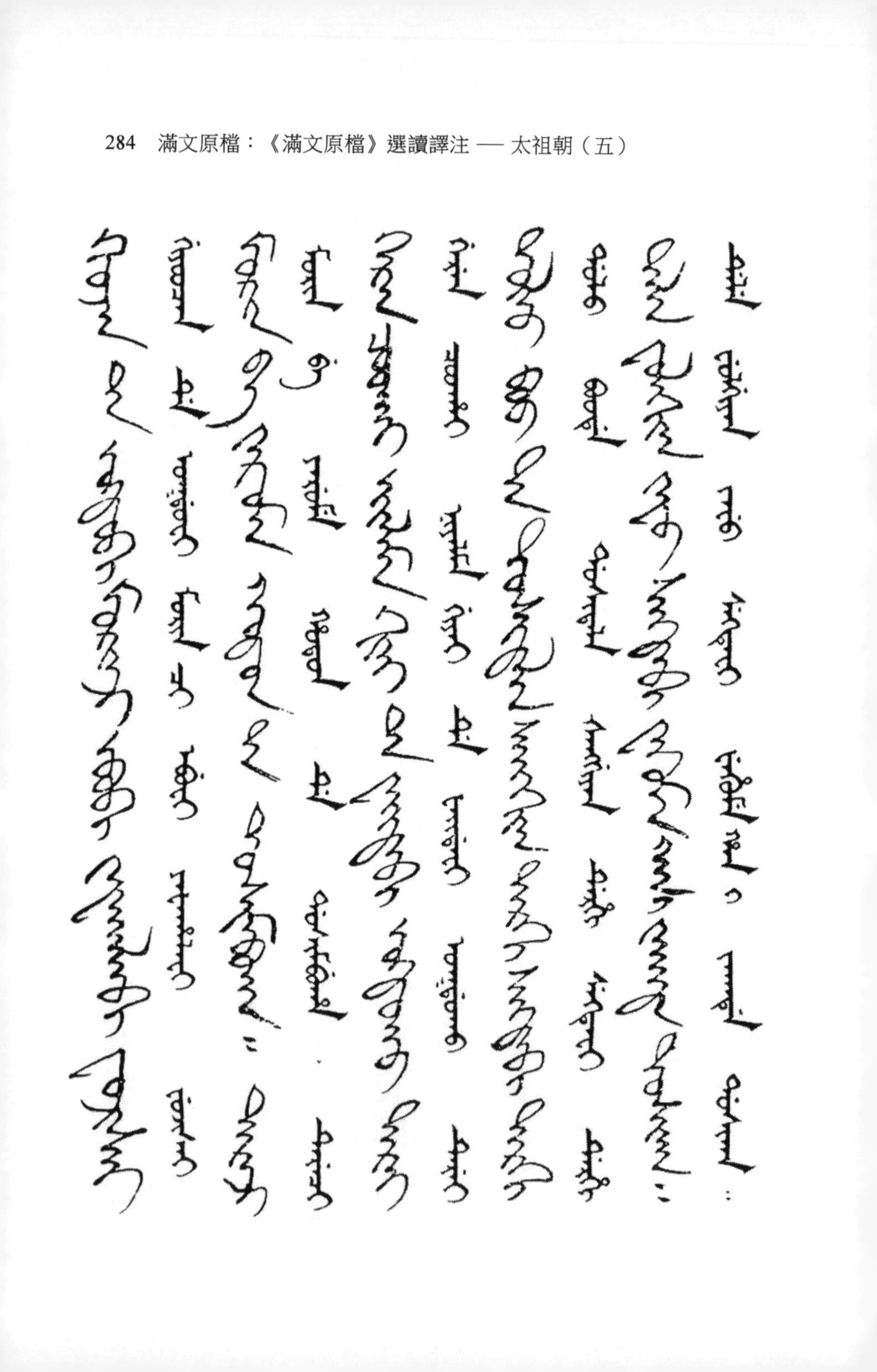

giyoocan de okdofi morinci ebufi yafahalafi fujisai morin be
yarume hoton de dosimbuha. tereci geren coohai niyalma
giyai de faidafi okdoko terei dolo boo de dositala, šanggiyan
derhi sektefi derhi dele fulgiyan jafu sektefi fehume han i
jakade dosika.

迎至校場，下馬步行，導引眾福晉之馬入城。眾兵丁沿街
列隊相迎。眾福晉進入內宅，地鋪白席，上鋪紅氈，眾福
晉履其上進入汗跟前。

迎至校场，下马步行，导引众福晋之马入城。众兵丁沿街
列队相迎。众福晋进入内宅，地铺白席，上铺红毡，众福
晋履其上进入汗跟前。

十八、罰當其罪

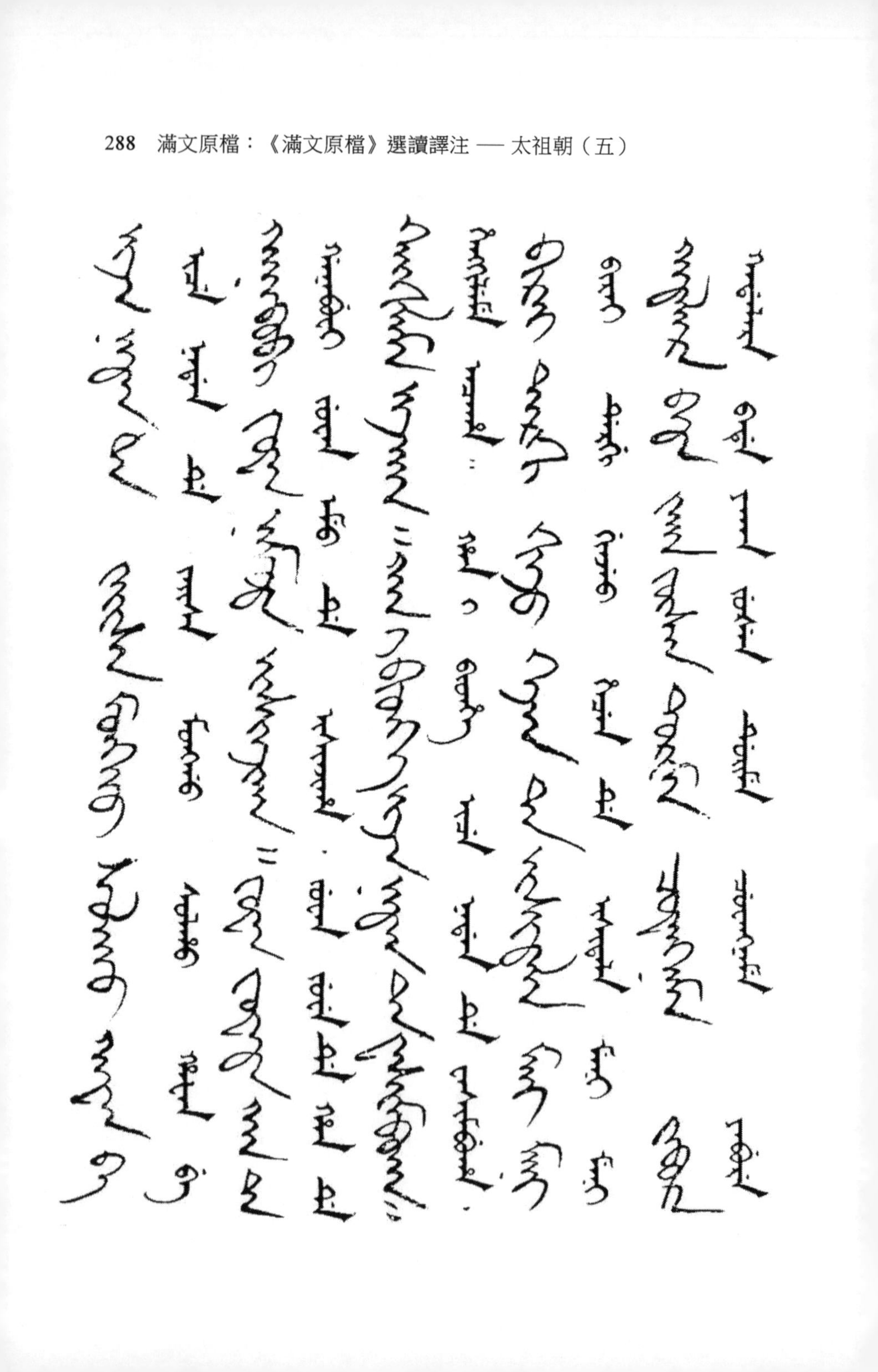

ice nadan de jaisa monggo solho hafan be ganabufi juwan emude isinjiha. juwan juwede han de hengkileme acaha. han i bithe ice nadan de wasimbuha, birai dergi ginjeo hecen de isitala meni meni kadalara bade yaka jušen durime cuwangname yabure

初七日，往接齋薩蒙古、朝鮮官員。十一日，到來。十二日，叩見汗。初七日，汗降諭曰：「至河東金州一帶各管之地，如見諸申搶擄之人，

初七日，往接斋萨蒙古、朝鲜官员。十一日，到来。十二日，叩见汗。初七日，汗降谕曰：「至河东金州一带各管之地，如见诸申抢掳之人，

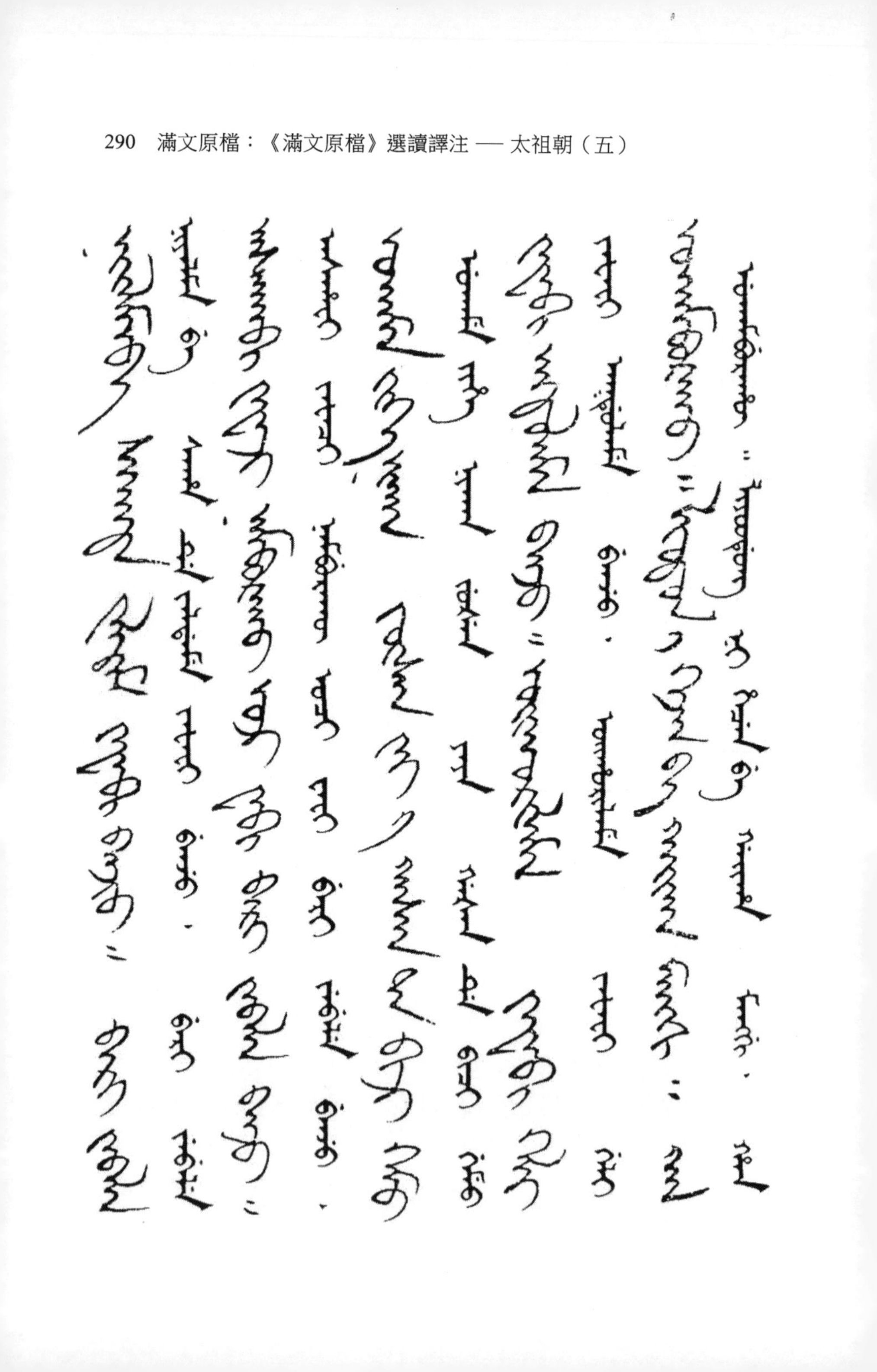

niyalmabe sahade jaldame jafafi benju. beri jebele ashafi jafaci namburakū oci wafi beri jebele benju. ukame jihe nikan jušen yaya gašan de bici gemu jafafi akdulame benju. oihorilame jafafi geli ukamburahū. liyoodung ni hecen be gaiha manggi, han

即行誘捕解送前來。若佩帶弓箭拒捕，可殺之，將其弓箭送來。逃來之漢人，若藏身諸申各村，俱行擒拏，押送前來。不可疏忽，恐拏獲後又逃走。攻取遼東城後，

即行诱捕解送前来。若佩带弓箭拒捕，可杀之，将其弓箭送来。逃来之汉人，若藏身诸申各村，俱行擒拏，押送前来。不可疏忽，恐拏获后又逃走。攻取辽东城后，

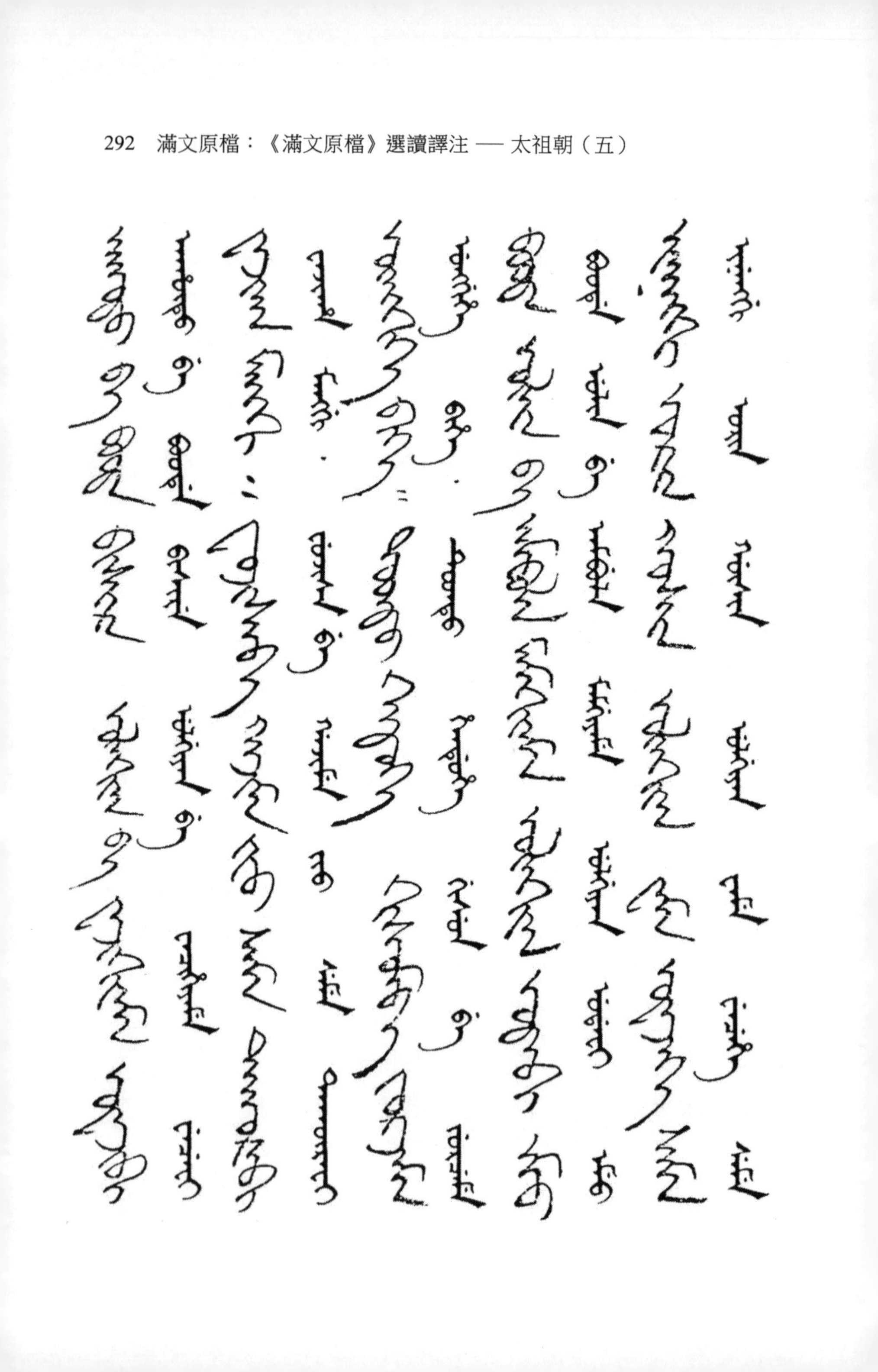

ahūtu be boode bisire ulgiyan be wacihiyame wecefi wajiha manggi, fujisabe gajime jio seme takūrafi unggihe bihe. tuttu henduhe gisumbe jurceme boode ulin be ambula mamgiyame ulgiyan udafi emu inenggi orin gūsin ulgiyan wame wecehe seme,

---

汗曾遣阿胡圖往家中，盡宰家中豬豕祭祀；祭祀完畢後，帶領眾福晉前來。阿胡圖違命，在家中奢侈耗財購買豬豕，一日之內宰殺豬豕二、三十隻祭祀，

汗曾遣阿胡图往家中，尽宰家中猪豕祭祀；祭祀完毕后，带领众福晋前来。阿胡图违命，在家中奢侈耗财购买猪豕，一日之内宰杀猪豕二、三十只祭祀，

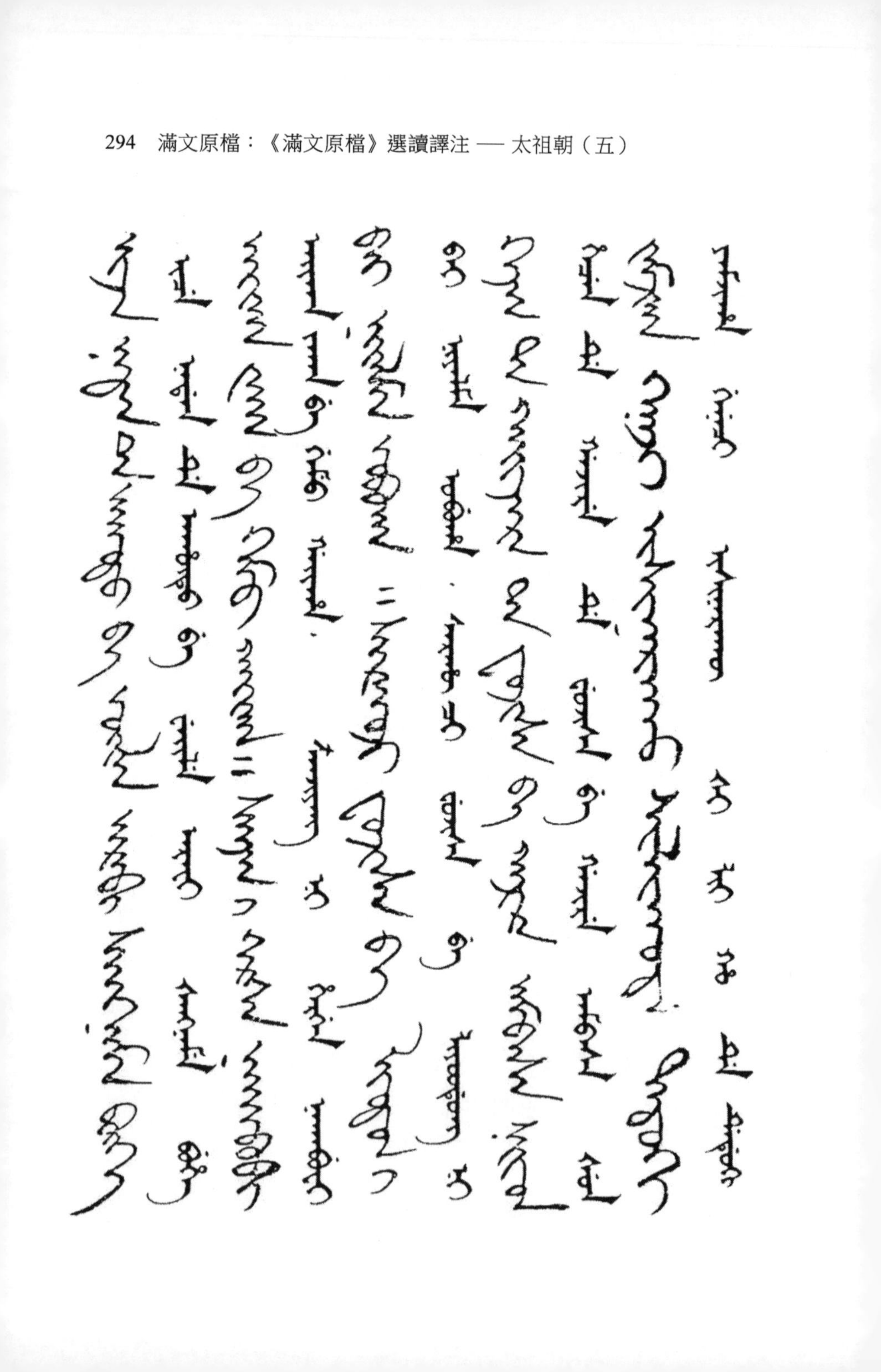

ice nadan de ahūtu be weile arafi šangname buhe aika jaka be gemu gaiha, ts'anjiyang ni hergen nakabufi bai niyalma obuha. sarhūci fujisa be liyoodung ni hecen de gajire de fujisa be gajire ambasa šun yamjiha geneci isinarakū šiliihode deduki

乃於初七日將阿胡圖治罪，盡沒所賞賜一應物件，革其參將之職，降為白身人。眾大臣帶領[49]眾福晉自薩爾滸至遼東城，在途中，帶領眾福晉之眾大臣見天色已晚，行走不能到達，遂商議欲宿於十裏河，

乃于初七日将阿胡图治罪，尽没所赏赐一应对象，革其参将之职，降为白身人。众大臣带领众福晋自萨尔浒至辽东城，在途中，带领众福晋之众大臣见天色已晚，行走不能到达，遂商议欲宿于十里河，

---

[49] 帶領，《滿文老檔》讀作 "gaijara"，意即「領取」，訛誤；《滿文老檔》讀作 "gajire"，意即「帶領」，改正。

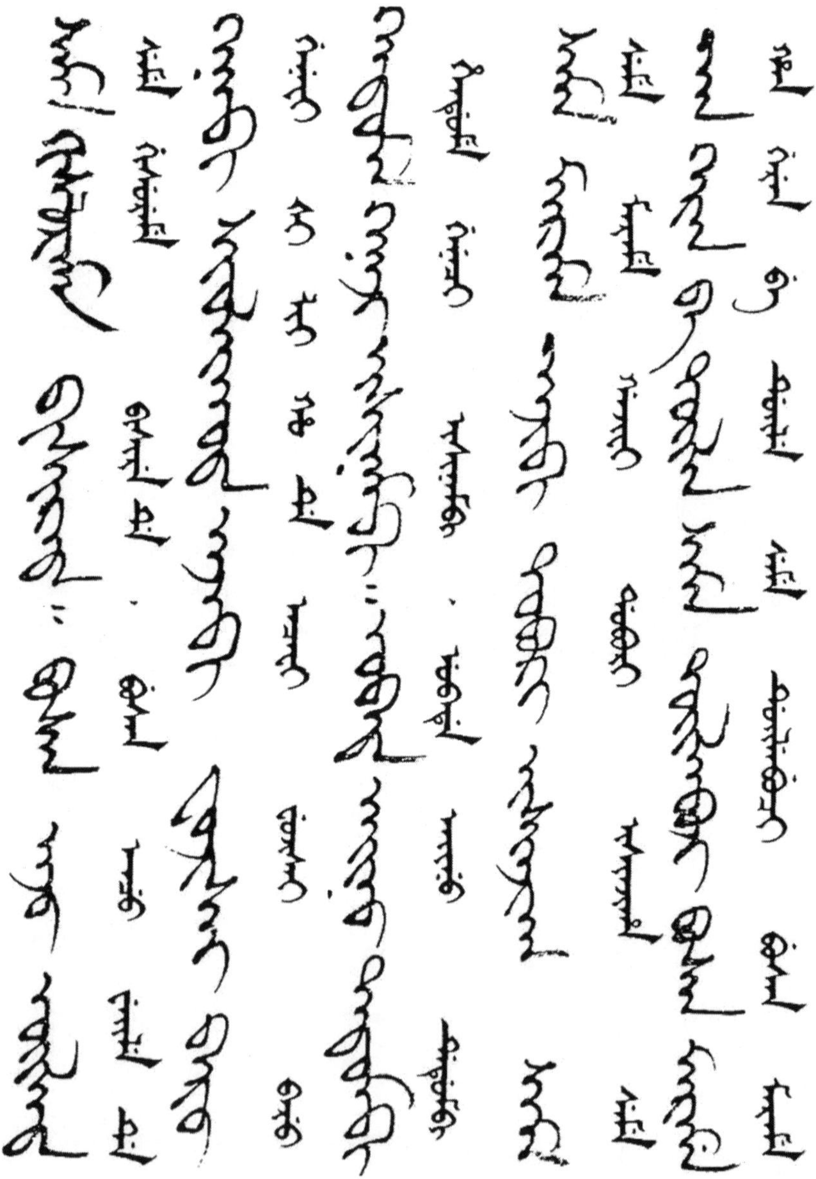

seme gisureme bisirede, busan encu weilede genefi šiliihode acafi fujisai baru hendume, geneci isinambi, ubade ainu dedumbi seme marame gajifi dobori isinjiha seme, han geren be duile seme duilebuci busan marame

---

正商議間，於十裏河遇見因他事前往之布三，布三謂眾福晉曰：「前往可至，為何宿於此？」遂逼令帶領啟行，至夜到達。汗命眾人審之，經審理，布三逼令

正商议间，于十里河遇见因他事前往之布三，布三谓众福晋曰：「前往可至，为何宿于此？」遂逼令带领启行，至夜到达。汗命众人审之，经审理，布三逼令

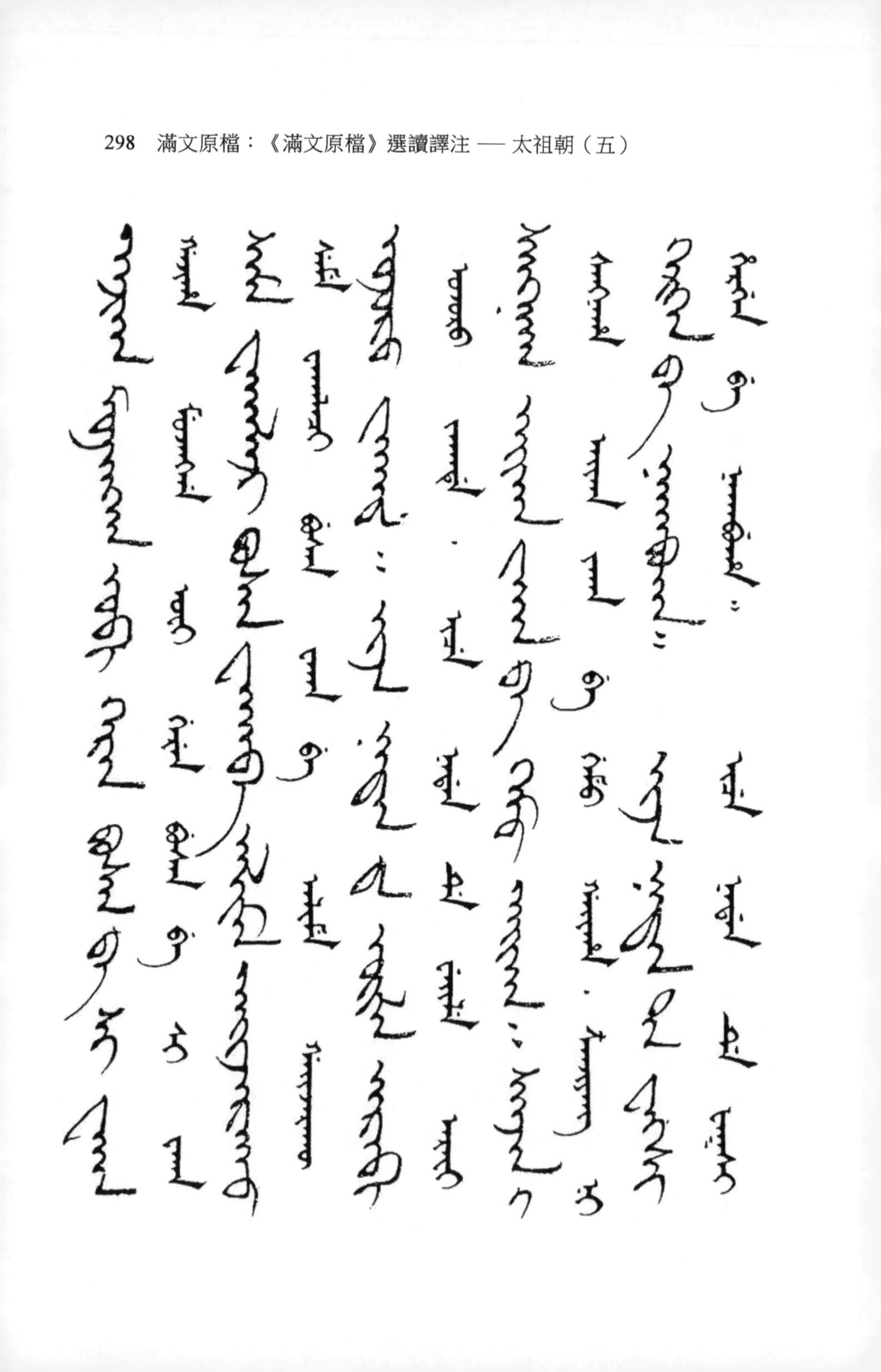

gajiha mujangga ofi, geren busan be si waka seme wakalaci, busan wakabe alime gaijarakū ojoro jakade, ice nadan de weile arafi šangnaha aika jaka be gemu gaiha, ts'anjiyang ni hergen be nakabuha. ice nadan de faksi

---

帶領啟行屬實。眾人斥責布三曰：「係爾之過失。」因布三拒不承認過失，乃於初七日治罪，盡沒其所賞一應物件，革其參將之職。初七日，

带领启行属实。众人斥责布三曰：「系尔之过失。」因布三拒不承认过失，乃于初七日治罪，尽没其所赏一应对象，革其参将之职。初七日，

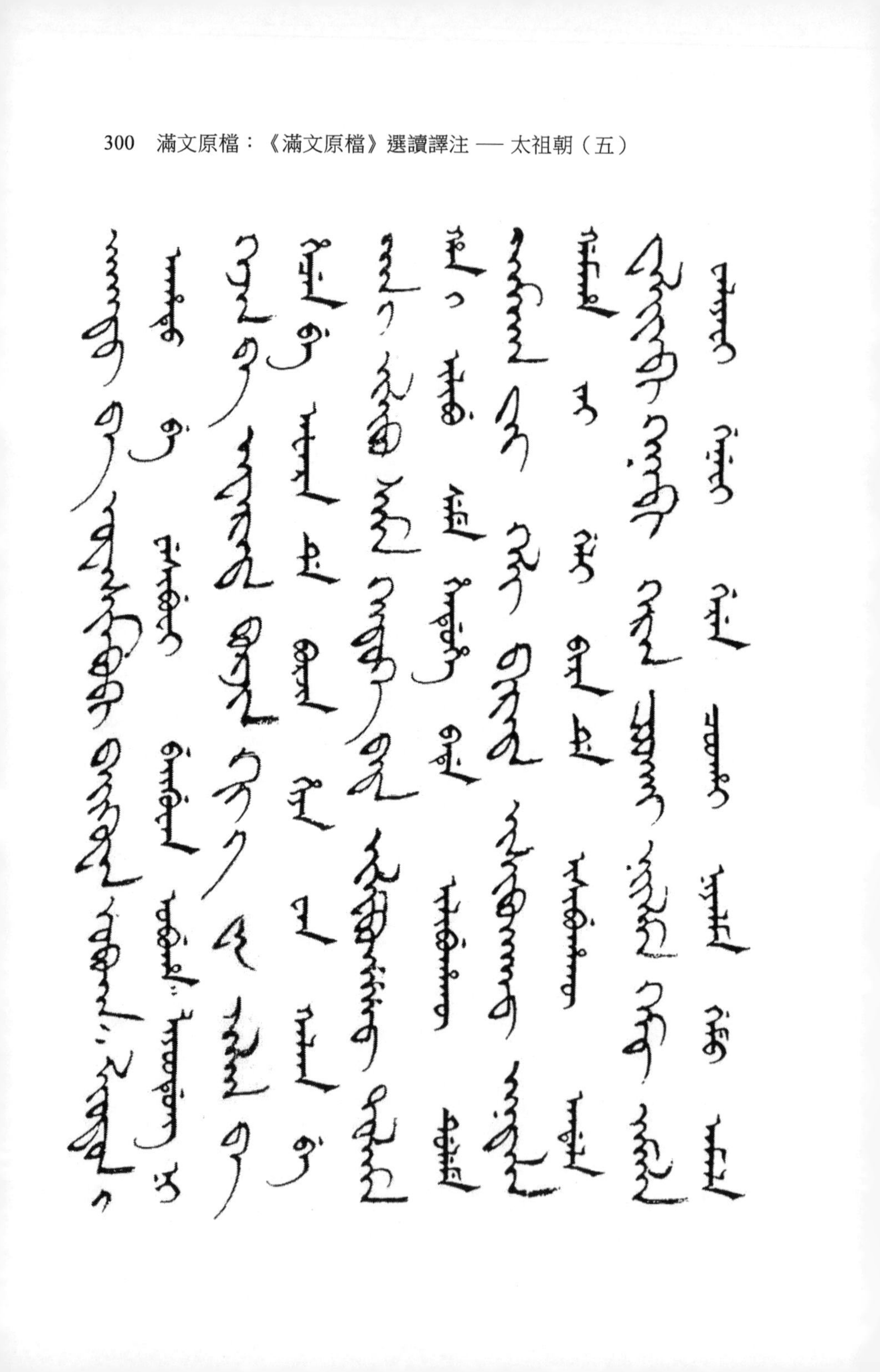

ahatu be wesibufi beiguwan obuha. liyoodung ni hecen be afarade borjin hiya wan kalka be han i ilibu seme henduhe bade ilibuhakū, duleme gamaha jai geli bira de isibuhakū andala waliyafi genefi geren coohai niyalma gemu amala

擢匠人阿哈圖為備禦官。攻打遼東城時，博爾晉侍衛未將雲梯、盾牌立於汗所指定應立之地，越之而去，又未送至河岸，中途[50]棄之而去，以致眾兵丁皆落於後。

擢匠人阿哈图为备御官。攻打辽东城时，博尔晋侍卫未将云梯、盾牌立于汗所指定应立之地，越之而去，又未送至河岸，中途弃之而去，以致众兵丁皆落于后。

---

[50] 中途，《滿文原檔》寫作"aṇtala"，《滿文老檔》讀作"andala"。按此為無圈點滿文字首音節尾輔音"ṇ"(加點)與隱形"n" (不加點)、"ta"與"da"之混用現象。

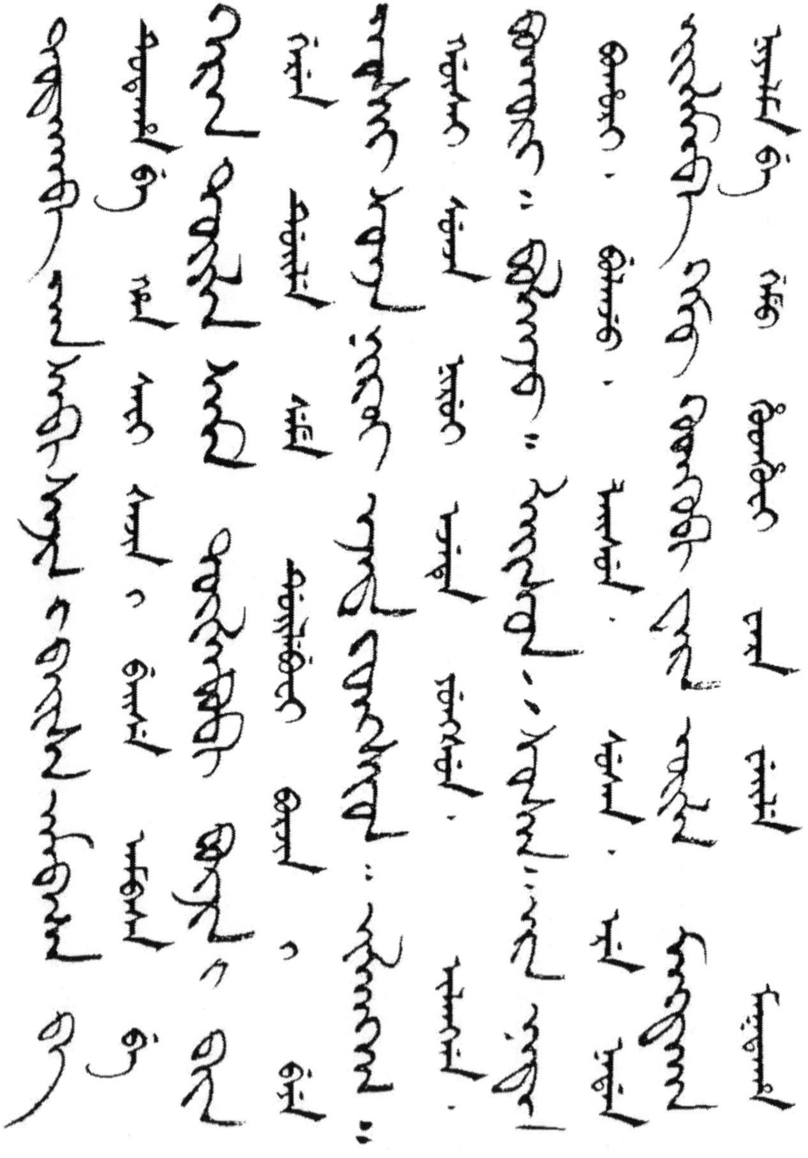

tutahabe, han safi šajin i beise ambasa be geren duile seme
duilebufi borjin i beye gūsai sunja nirui ejete yungšun,
ilangga, bohori, bulanju, laisun, susan, ere nadan niyalmabe
gemu huthufi wara weile maktaha

汗知之，命執法諸貝勒大臣當眾審之，經審斷後，將博爾
晉本人及旗下五牛彔各額真永順、伊朗阿、博和裏、布蘭
珠、賴蓀、蘇三等七人俱行捆縛，擬以死罪。

汗知之，命执法诸贝勒大臣当众审之，经审断后，将博尔
晋本人及旗下五牛彔各额真永顺、伊朗阿、博和里、布兰
珠、赖荪、苏三等七人俱行捆缚，拟以死罪。

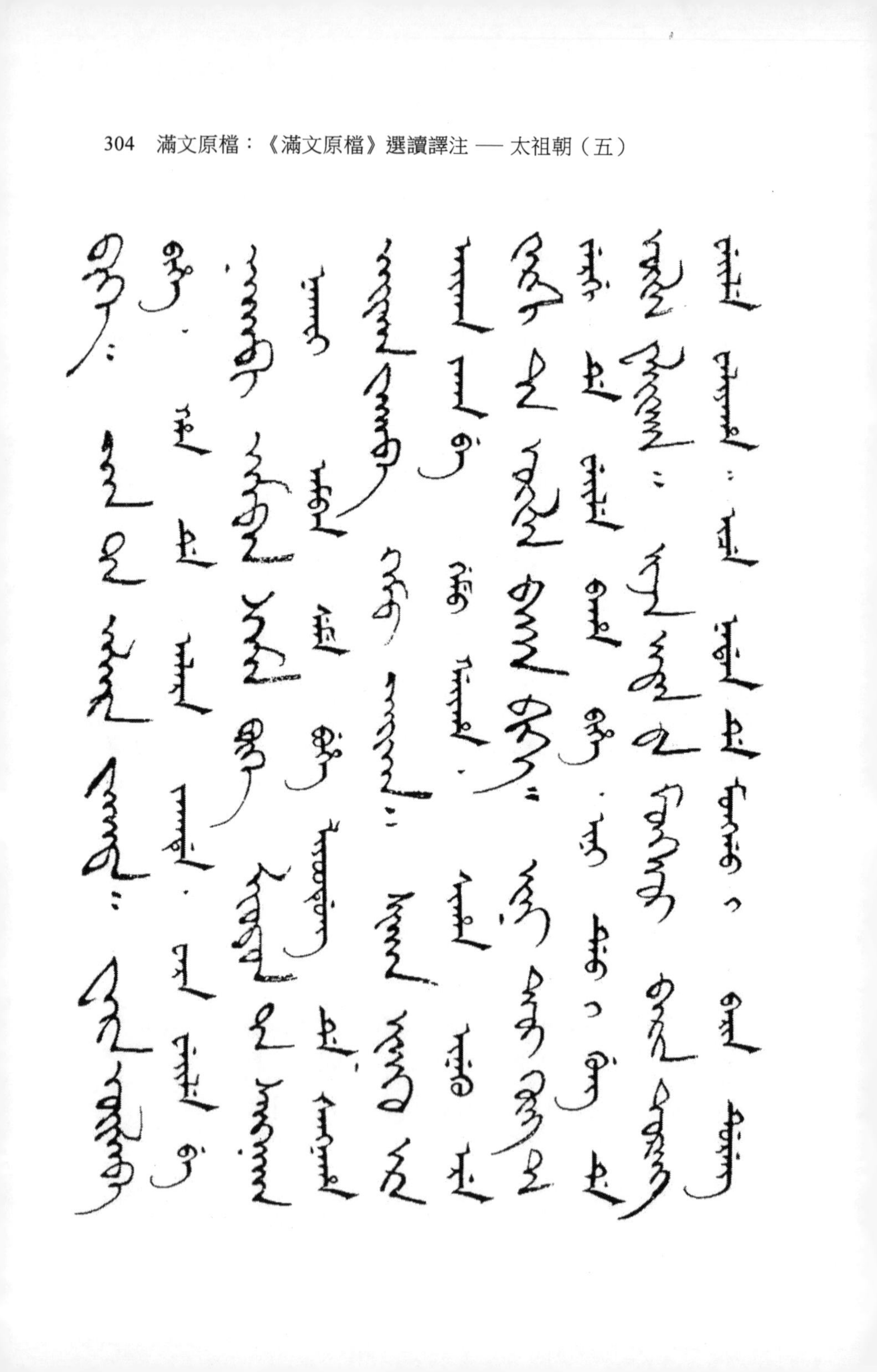

bihe. han de alara jakade, wara weilebe nakafi amban seme buhe liyoodung de šangnaha aika jakabe gemu gaiha. sihan ineku ere jergi de weile baha bihe, ini deoi gung de weile waliyaha. ice nadan de monggoi barin dureng

告訴汗後，免其死罪，盡沒收其在遼東大臣名下所賞一應物件。錫翰亦同樣為此而獲罪，惟因其弟之功免其罪。初七日，蒙古巴林杜楞

告诉汗后，免其死罪，尽没收其在辽东大臣名下所赏一应物件。锡翰亦同样为此而获罪，惟因其弟之功免其罪。初七日，蒙古巴林杜楞

十九、定居新城

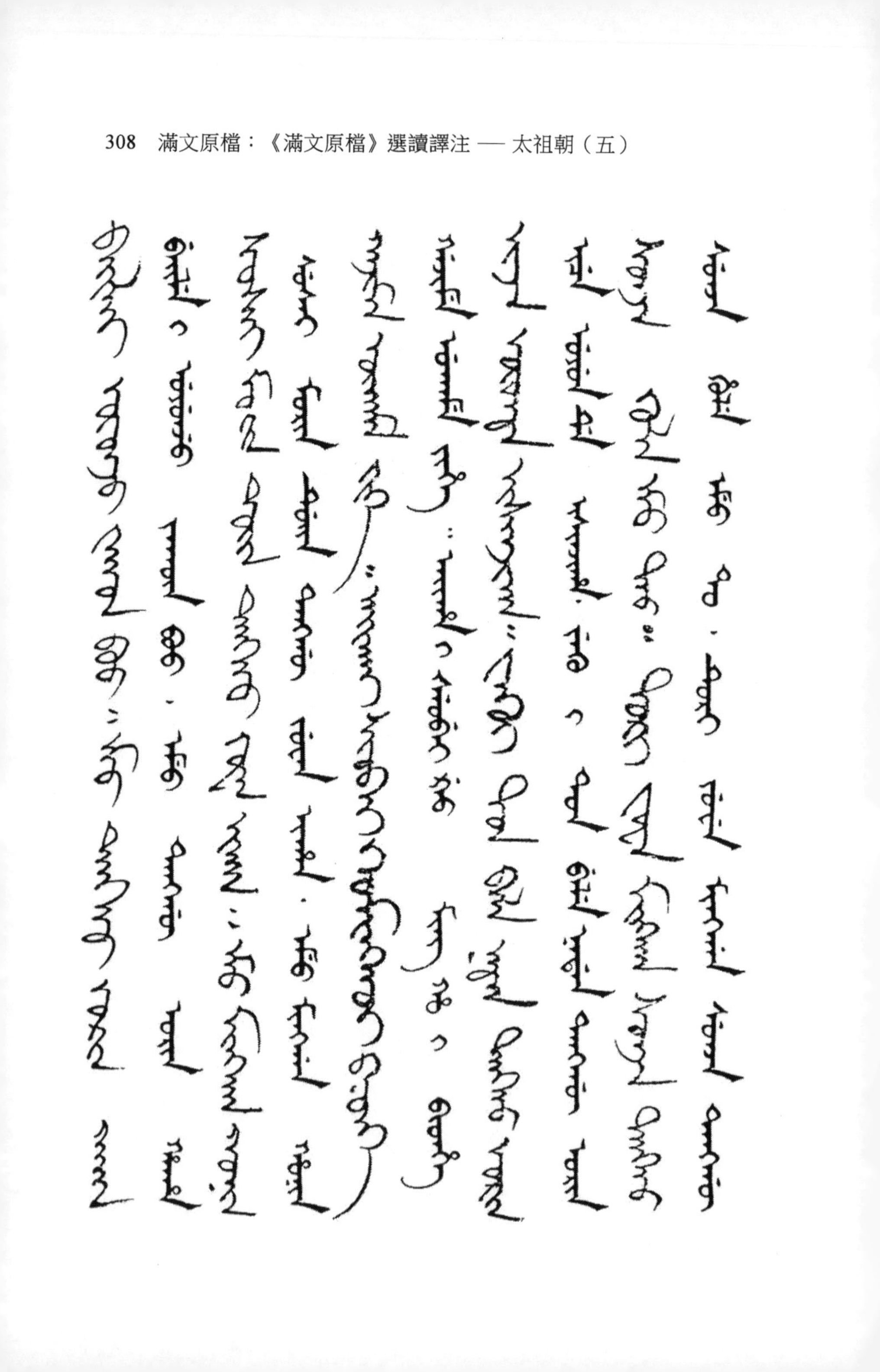

beilei uyunju jakūn boo, emu tanggū orin haha susai morin, duin tanggū juwan ihan, emu minggan honin gajime ukame jihe. aihai šeobei g'aominghoi bithe ice uyunde isinjiha, jekui ton bele nadan tanggū orin sunja hule emu to, turi juwe minggan sunja tanggū

貝勒屬下九十八戶一百二十男丁，攜馬五十匹、牛四百一十頭、羊一千隻來投。靉河守備高鳴和遣人齎書於初九日至，呈報糧數，計：米七百二十五石一鬥、豆二千五百

贝勒属下九十八户一百二十男丁，携马五十匹、牛四百一十头、羊一千只来投。叆河守备高鸣和遣人赍书于初九日至，呈报粮数，计：米七百二十五石一斗、豆二千五百

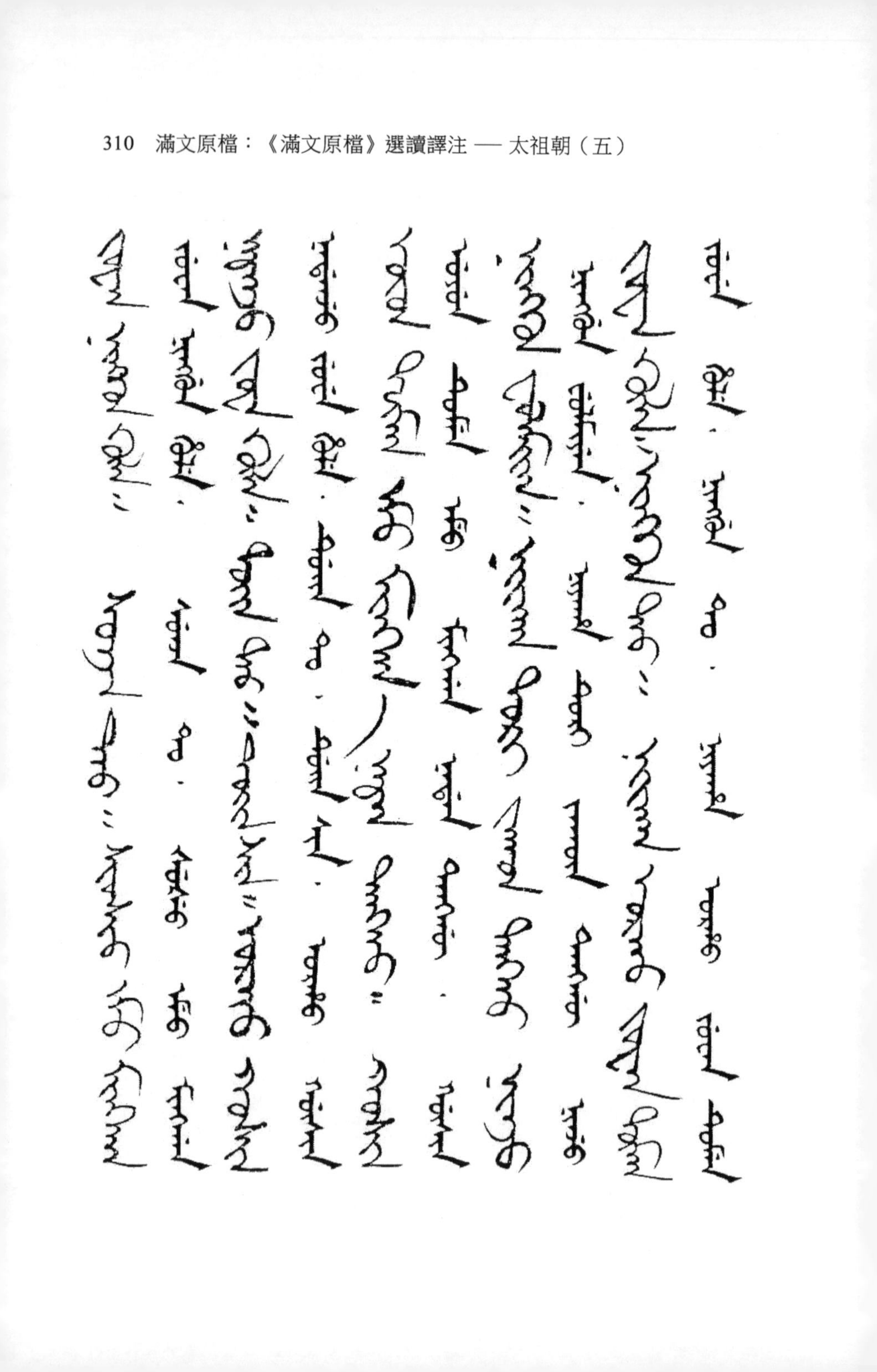

juwan ninggun hule sunja to, šušu emu minggan nadanju
juwe hule duin to duin sin, orho gūsin uyun tumen emu
minggan nadan tanggū gūsin ninggun fulmiyen, niyaha turi
jakūn tanggū ninju juwe hule ninggun to, niyaha orho juwan
tumen

一十六石五鬥、高粱一千零七十二石四鬥四升、草三十九
萬一千七百三十六捆、爛豆八百六十二石六鬥、爛草十萬

一十六石五斗、高粱一千零七十二石四斗四升、草三十九
万一千七百三十六捆、烂豆八百六十二石六斗、烂草十万

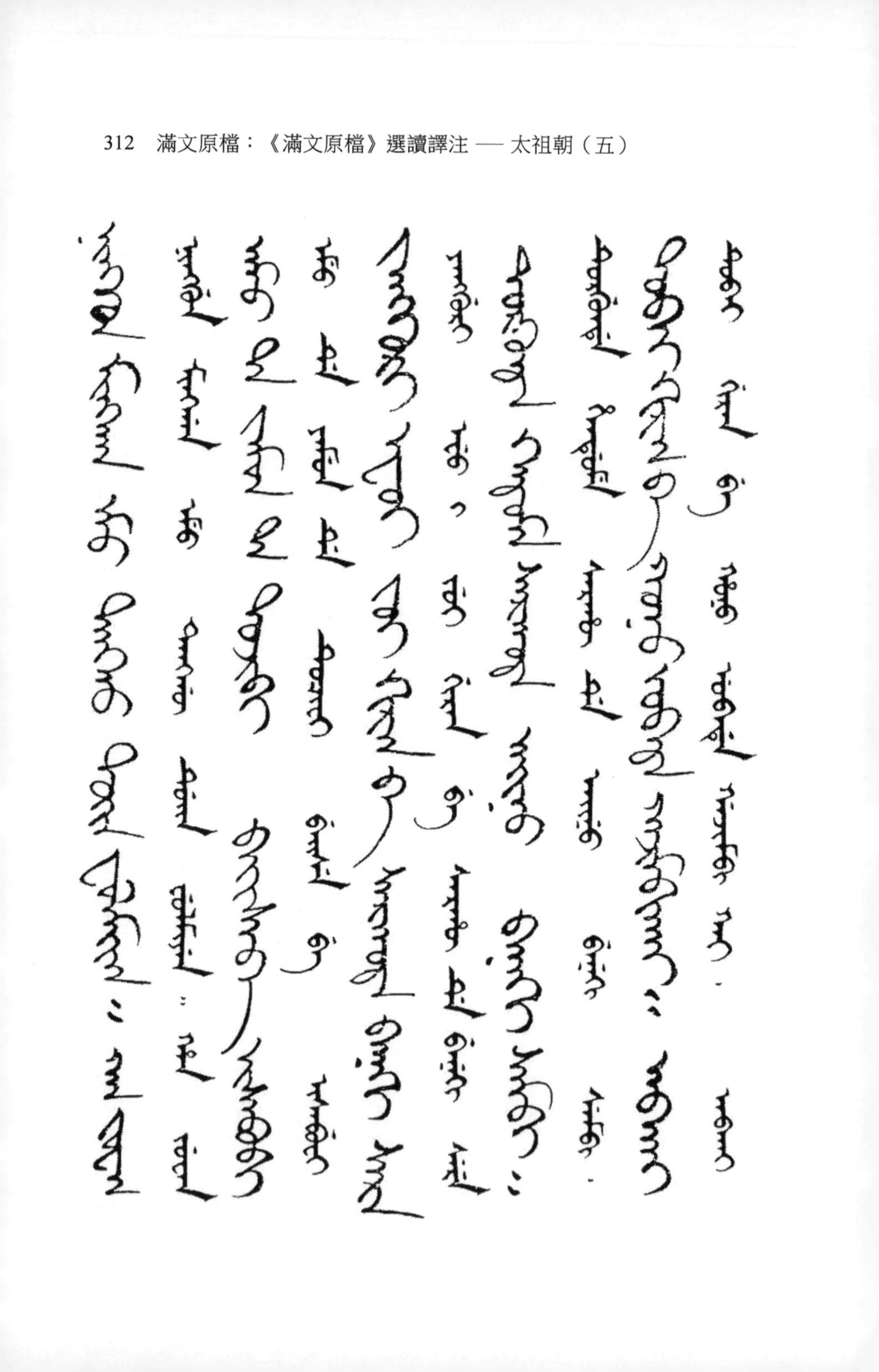

ninggun minggan emu tanggū duin fulmiyen. han juwan emu
de yamun de tucifi beisebe isabufi yangguri efui jui giran be
sarhūde beneki sere turgunde hendume, sarhūde ainu beneki
sembi, tubai giran be hono ubade gajimbikai. abkai

六千一百零四捆。十一日，因揚古利額駙子屍骸欲歸葬於
薩爾滸，汗禦衙門，集諸貝勒曰：「為何歸葬於薩爾滸？
該處屍骸尚且移葬於此也。

六千一百零四捆。十一日，因扬古利额驸子尸骸欲归葬于
萨尔浒，汗御衙门，集诸贝勒曰：「为何归葬于萨尔浒？
该处尸骸尚且移葬于此也。

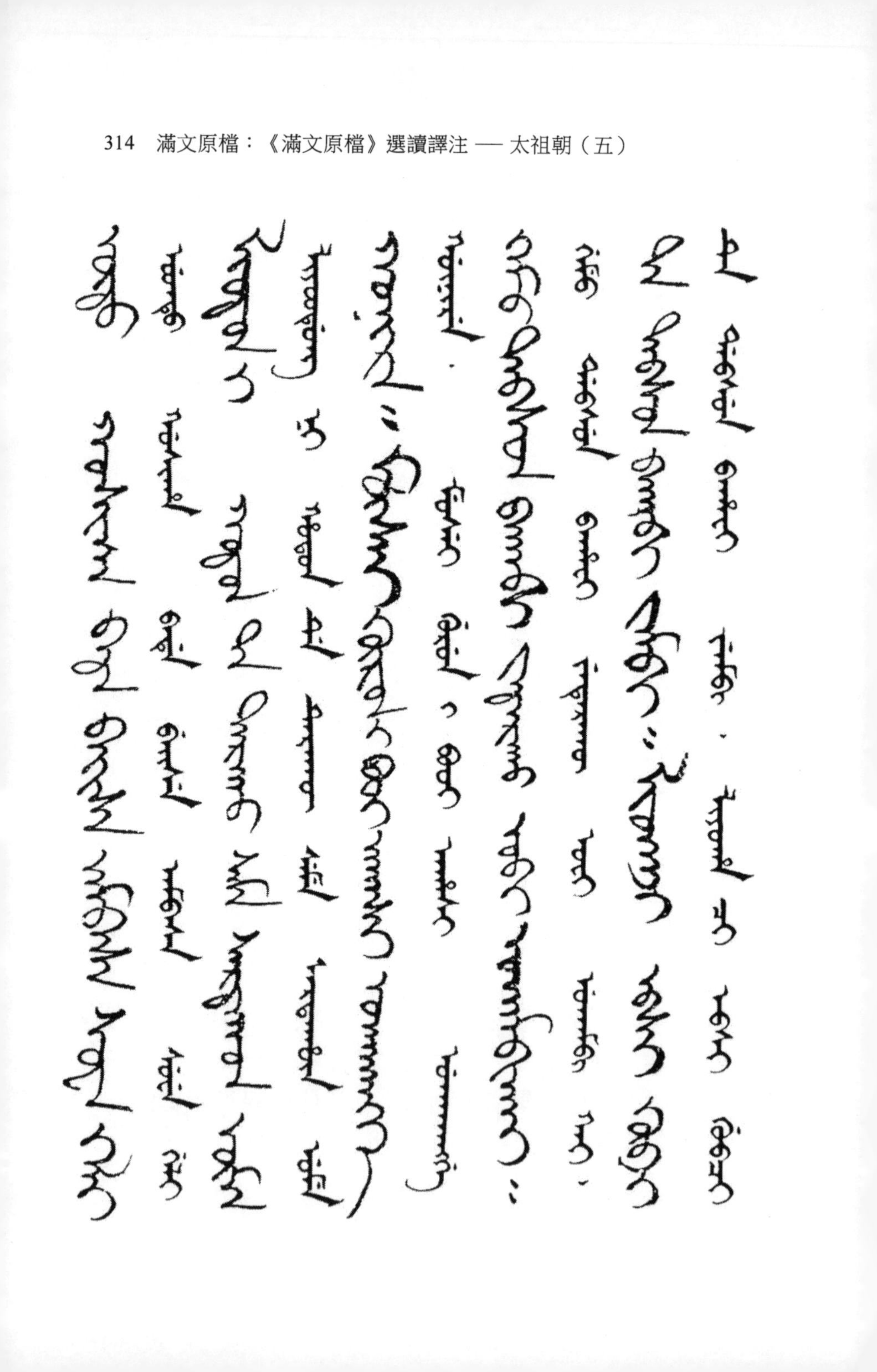

uttu gosiha bade beise ambasa suwe geli liyoodung ni hoton de terakū seme sartahūn ume gūnire. musei gurun i booi ahasi ukakangge, gemu dabsun bahafi jeterakū ofi ukambikai, te dabsun bahafi jembi, liyohaci ebsi gubci

---

蒙天如此[51]眷佑，爾等諸貝勒大臣卻又不居遼東城，奉勸爾等勿存疑慮。我國之家奴其逃走者，皆因得不到鹽食用而逃走也，如今得鹽食用。自遼河至此，

蒙天如此眷佑，尔等诸贝勒大臣却又不居辽东城，奉劝尔等勿存疑虑。我国之家奴其逃走者，皆因得不到盐食用而逃走也，如今得盐食用。自辽河至此，

---

[51] 如此，《滿文原檔》寫作"ütü"，訛誤；《滿文老檔》讀作"uttu"，意即「如此」，改正。

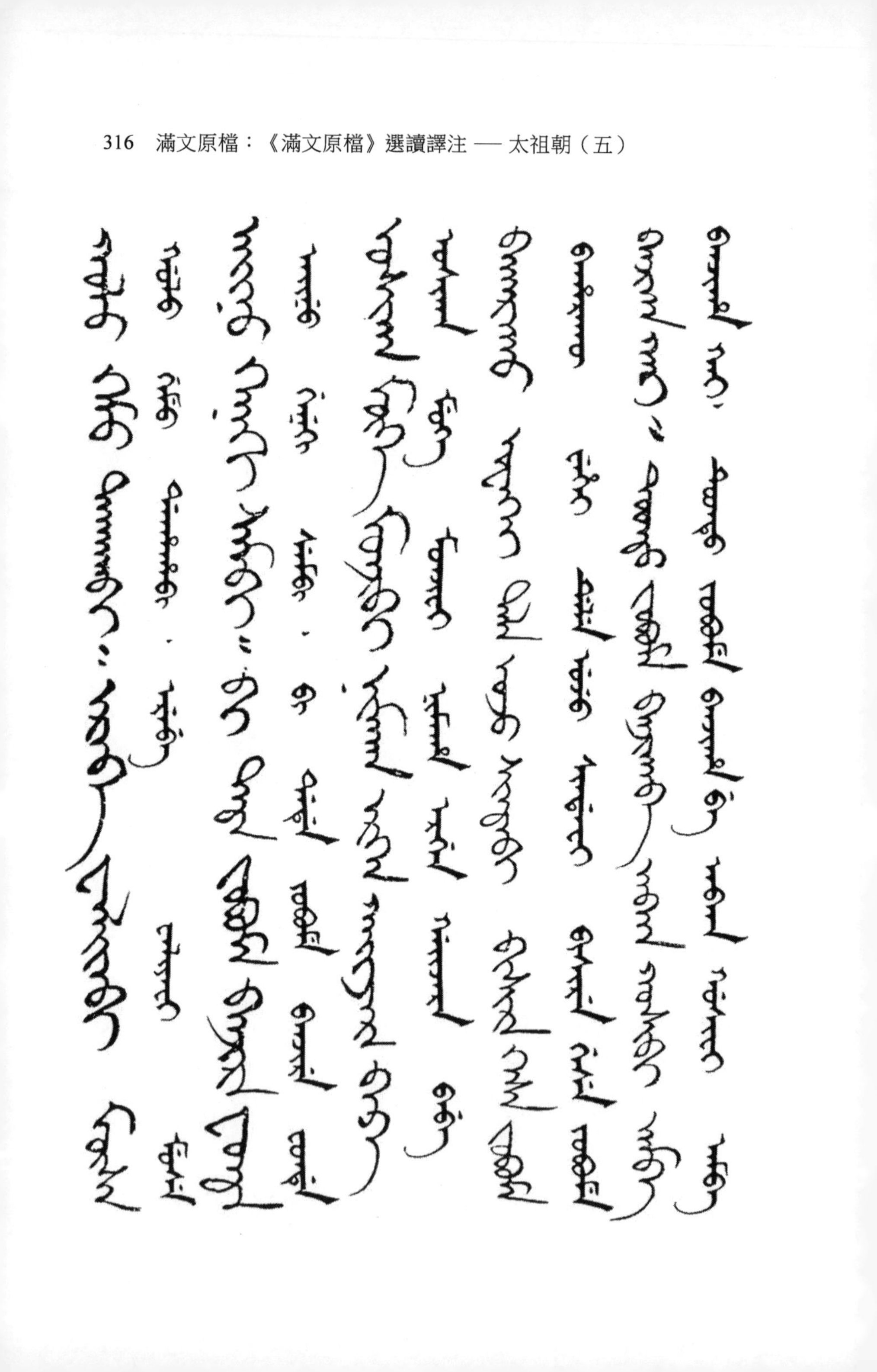

golo gemu dahahabi, erebe waliyafi muse ainu geneki sembi.
bi dade jobome banjire fonde osika muke monjifi nimaha
ergen gaijara babe baharakū wehei dele uju sindafi bisire
gese jobome banjiha kai. tuttu jobome banjihabe abka gosifi
amba

各路全皆投降，為何想要捨此而還耶？當初我生計困苦之時，猶如沽水之魚[52]，頭置石上，不能喘息，困頓為生也。生計如此困苦，蒙天眷佑，

各路全皆投降，为何想要舍此而还耶？当初我生计困苦之时，犹如沽水之鱼，头置石上，不能喘息，困顿为生也。生计如此困苦，蒙天眷佑，

---

[52] 沽水之魚，《滿文原檔》、《滿文老檔》俱讀作 "osika muke monjifi nimaha"；〈簽注〉：「因 osika muke monjifi 無從查考，謹照抄之。」按 "osika muke"，或作 "wasika muke"，此暫存疑。

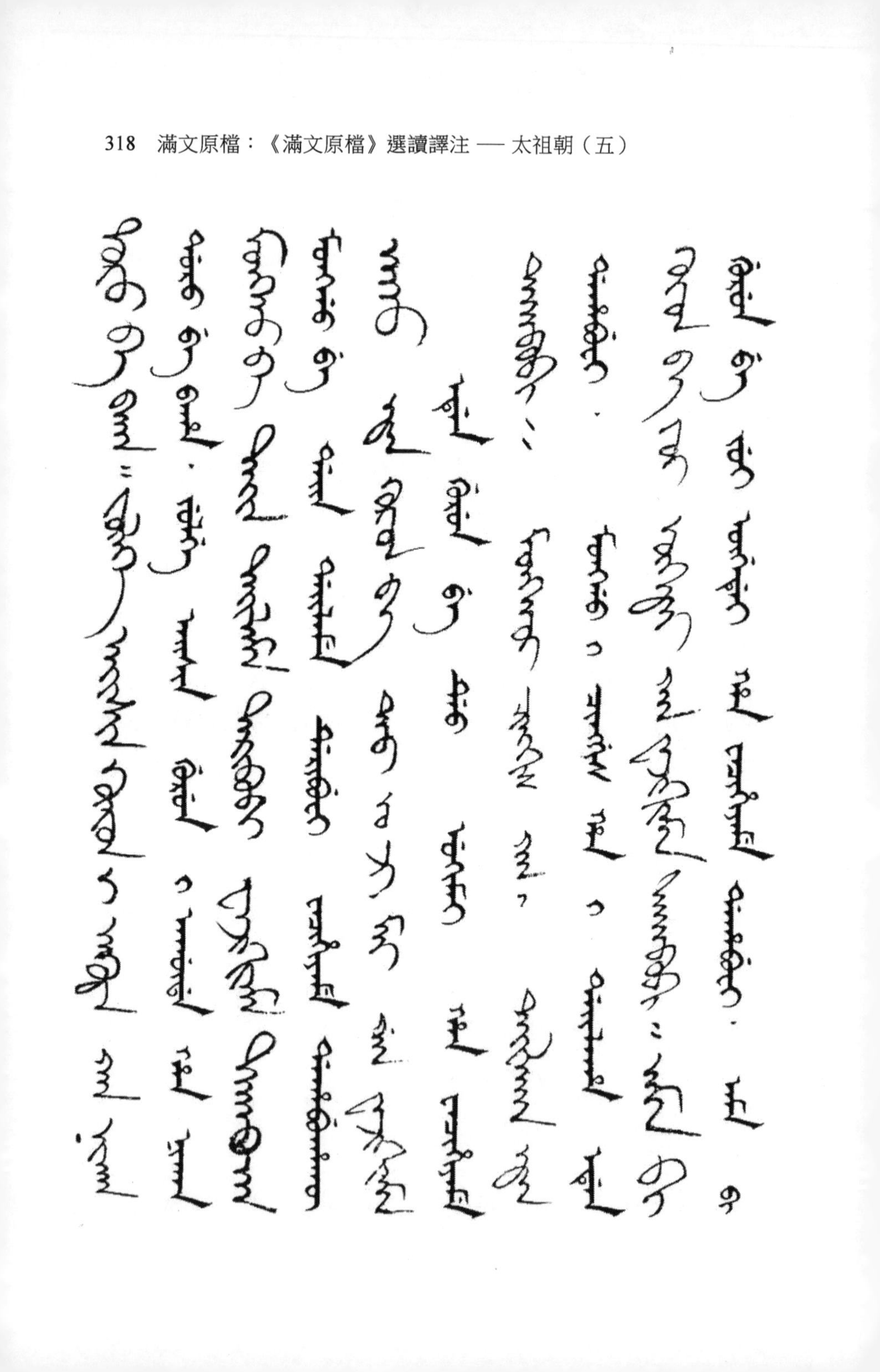

doro be baha. julge aisin gurun i agūda han nikan, monggo be dain dailame deribufi wacihiyame dahabuha akū eden gurun be deo u ci mai han wacihiyame dahabufi, monggoi cinggis han i dailaha eden gurun be jui ūgedei han wacihiyame dahabufi, ama bi

---

獲得大業。昔金國阿骨打[53]汗興兵征宋、蒙古，未盡征服，其弟吳乞買[54]汗將不全之國盡行征服。蒙古成吉思汗之子窩闊台[55]汗將征討不全之國盡行征服之。

获得大业。昔金国阿骨打汗兴兵征宋、蒙古，未尽征服，其弟吴乞买汗将不全之国尽行征服。蒙古成吉思汗之子窝阔台汗将征讨不全之国尽行征服之。

---

[53] 阿骨打，即金太祖完顏阿骨打，《滿文原檔》寫作 "akūta"，《滿文老檔》讀作 "agūda"。《欽定金史語解》卷一君名，滿文作 "agūda"，漢文作「阿固達」，無解義。按蒙文 "aɣudam"，意即「遼闊的」，音義或近之；參見《蒙漢詞典》（增訂本）頁 34，內蒙古大學蒙古學研究院編，內蒙古大學出版社，1999 年 12 月。

[54] 吳乞買，即金太宗完顏吳乞買，《滿文原檔》寫作 "o ji mai"，《滿文老檔》讀作 "ukimai"。《欽定金史語解》卷一君名，滿文作 "ukimai"，漢文作「烏奇邁」，無解義。

[55] 窩闊台，即元太宗窩闊台，《滿文原檔》寫作 "ūketei"，《滿文老檔》讀作 "ūgedei"。《欽定元史語解》卷一帝名，滿文作 "ūgedei"，漢文作「諤格德依」，解作「上也」。按蒙文 "ögede"、"ögedetei"，意即「興旺的」，音義或近之；參見《蒙漢詞典》（增訂本），頁 276、頁 277，同上揭版本。

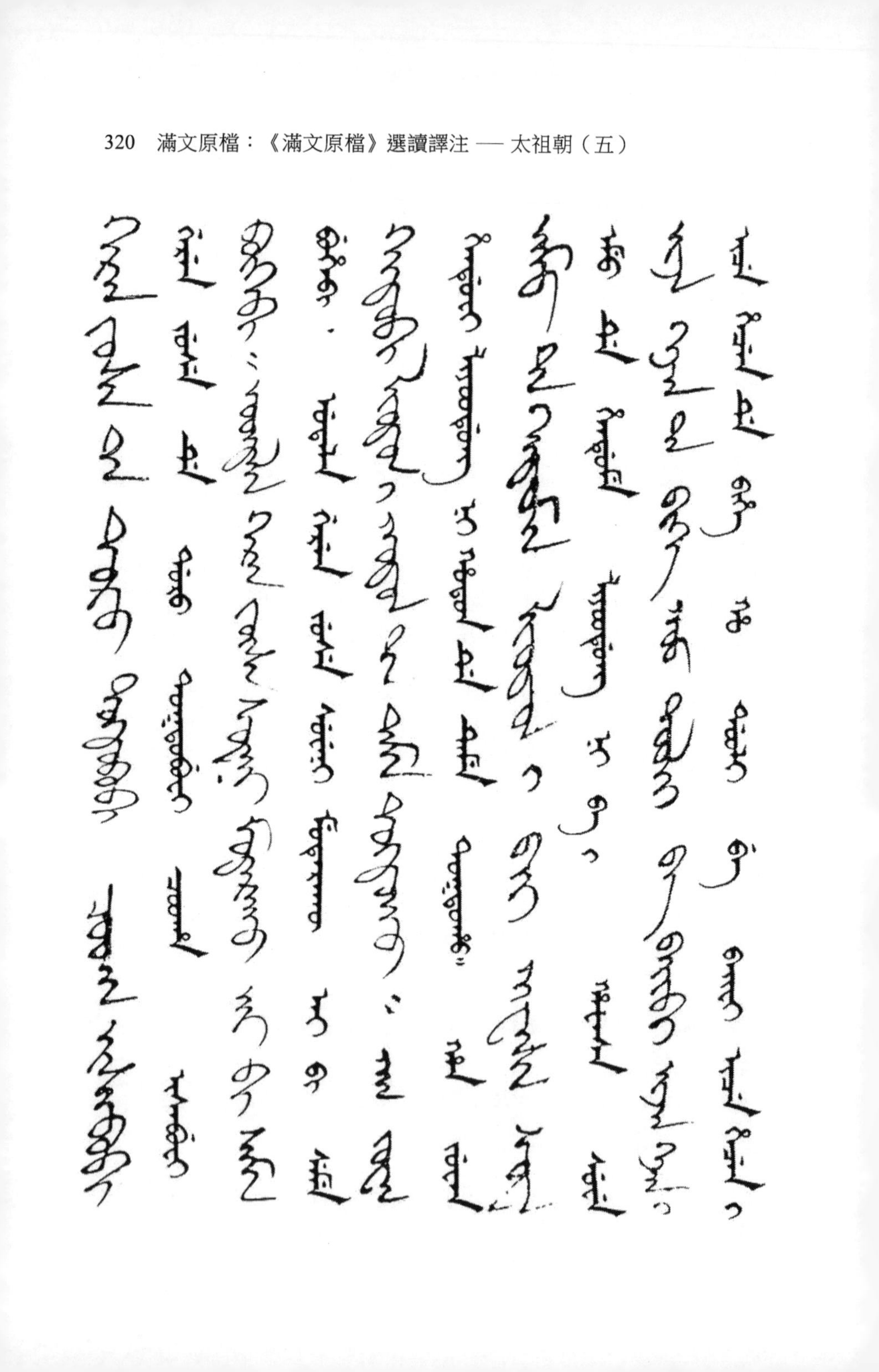

geren juse de doro toktobufi cooha isabufi buhebi, utala geren juse suweni muterakū ai bi seme hendufi, liyoodung ni hoton de teme toktoho. han juwan emu de hendume, liyoodung ni bai hafasa suwe ice hecen de bihe ho dooli be baifi ice hecen i

為父之我為諸子定業集兵與之，爾等諸子豈有不能之理？」言畢，遂定居遼東城。十一日，汗曰：「遼東地方官，著爾等尋覓新城原任何道員，

為父之我為諸子定業集兵與之，尔等諸子豈有不能之理？」言毕，遂定居辽东城。十一日，汗曰：「辽东地方官，着尔等寻觅新城原任何道员，

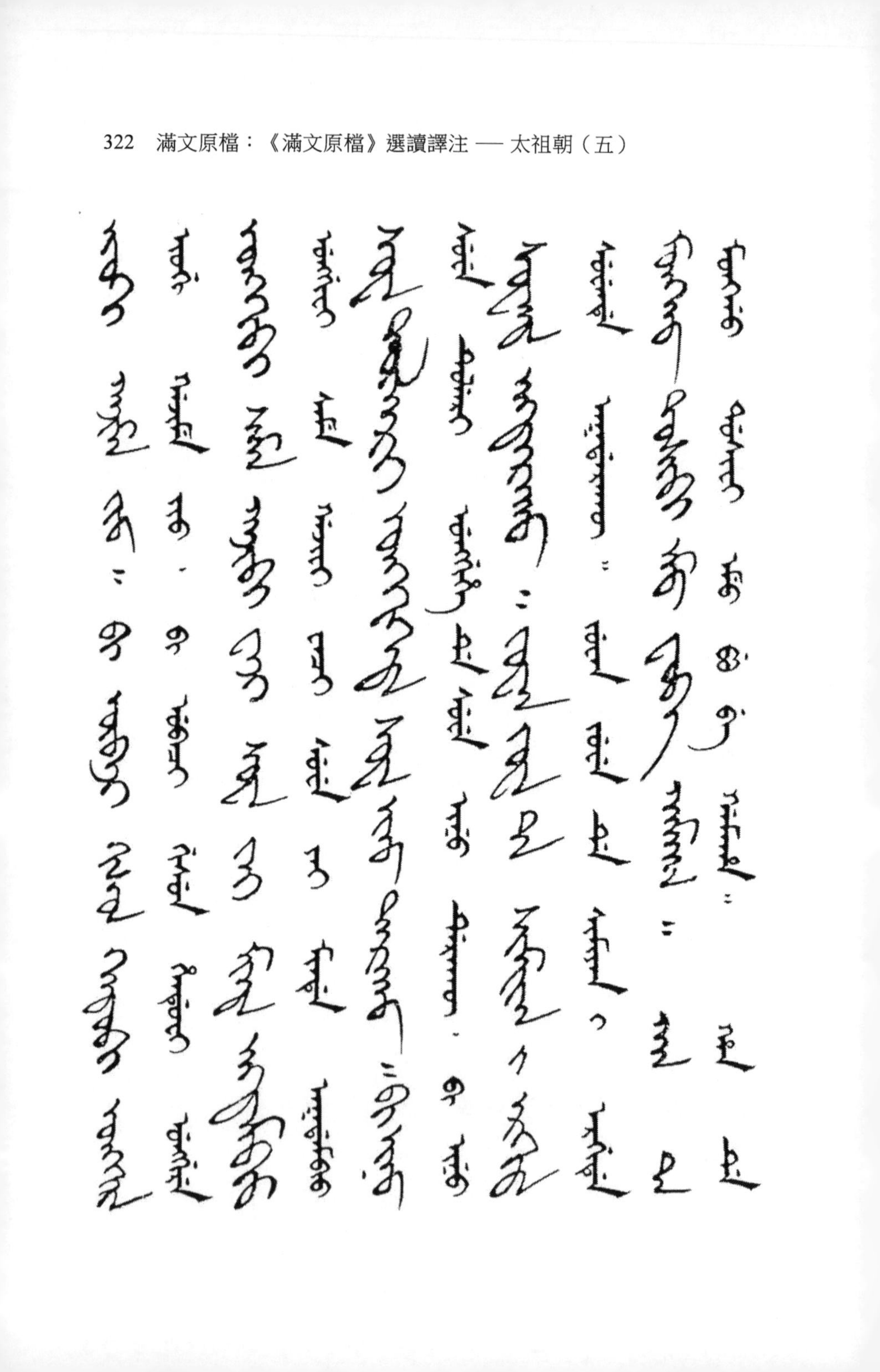

iogi gajime jio. bi ubaci gisun hendufi unggire unggifi same gajifi waci, suwe jai minde akdambio. suwe tuleri unggihede suwe inu derakū, bi inu suwende akdarakū. juwan juwe de simiyan i ergide monggo dosifi emu pube gamaha. han de

---

交新城遊擊解來。我諭令由此而遣之，遣後見而解來殺之，則爾等豈再相信我耶？爾等遣送境外，則爾等亦不體面，我亦不相信爾等矣。」十二日，蒙古侵入瀋陽方向，掠取一堡。

交新城游击解来。我谕令由此而遣之，遣后见而解来杀之，则尔等岂再相信我耶？尔等遣送境外，则尔等亦不体面，我亦不相信尔等矣。」十二日，蒙古侵入沈阳方向，掠取一堡。

二十、賞不遺賤

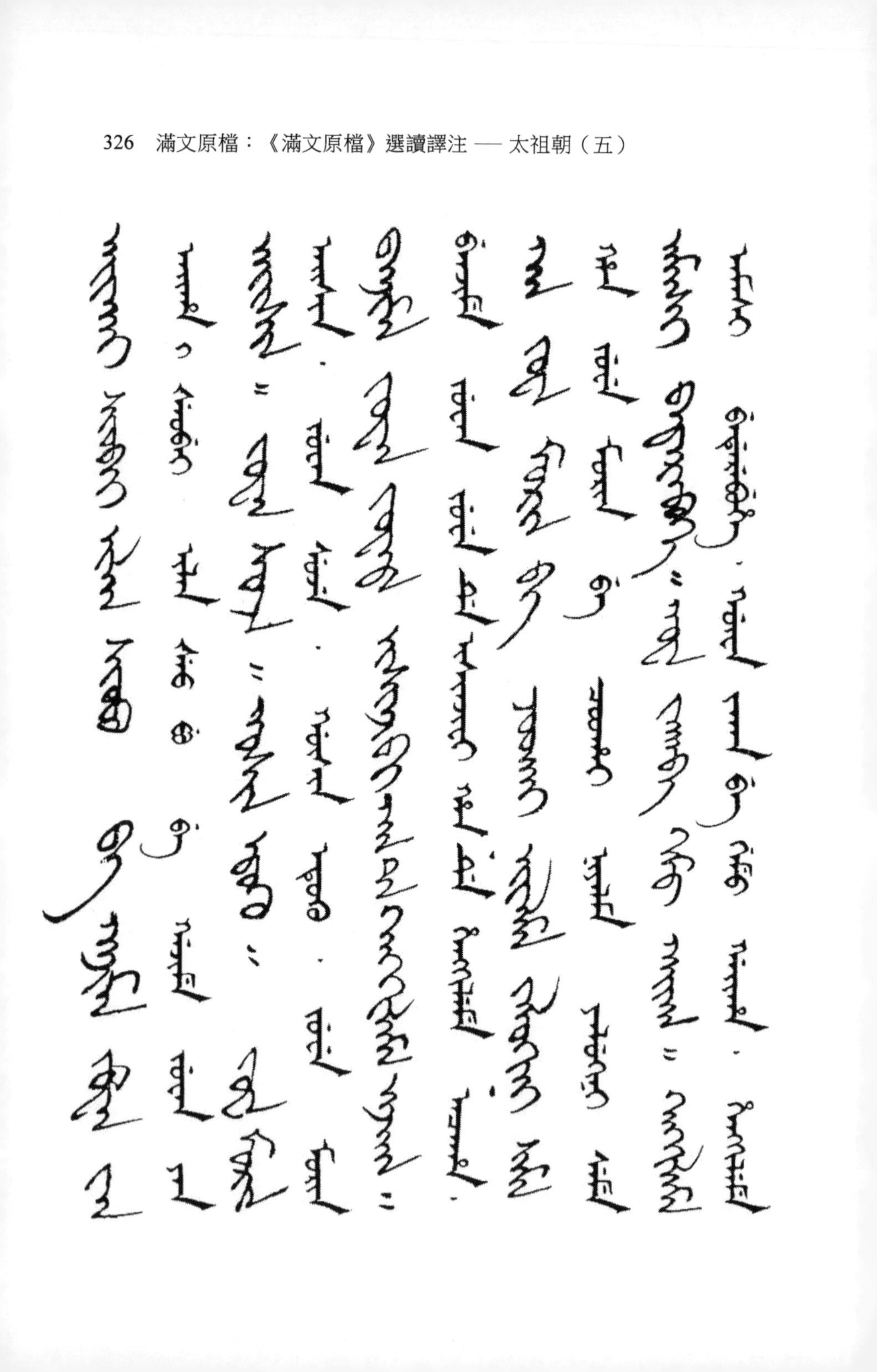

aihai šeobei ilan šeopu be gajime juwan yan aisin, juwan suje, gūsin etuku, juwe morin benjime juwan juwede isinjifi han de hengkileme acaha. han juwe morin be coohai niyalma yalukini seme amasi bederebuhe, gūwa jakabe gemu gaiha, hengkileme

---

靉河守備率守堡三人攜來金十兩、緞十疋、衣三十襲、馬二匹於十二日抵達，叩見汗。汗退還二馬給其兵丁乘騎，其餘皆接受。

叆河守备率守堡三人携来金十两、缎十疋、衣三十袭、马二匹于十二日抵达，叩见汗。汗退还二马给其兵丁乘骑，其余皆接受。

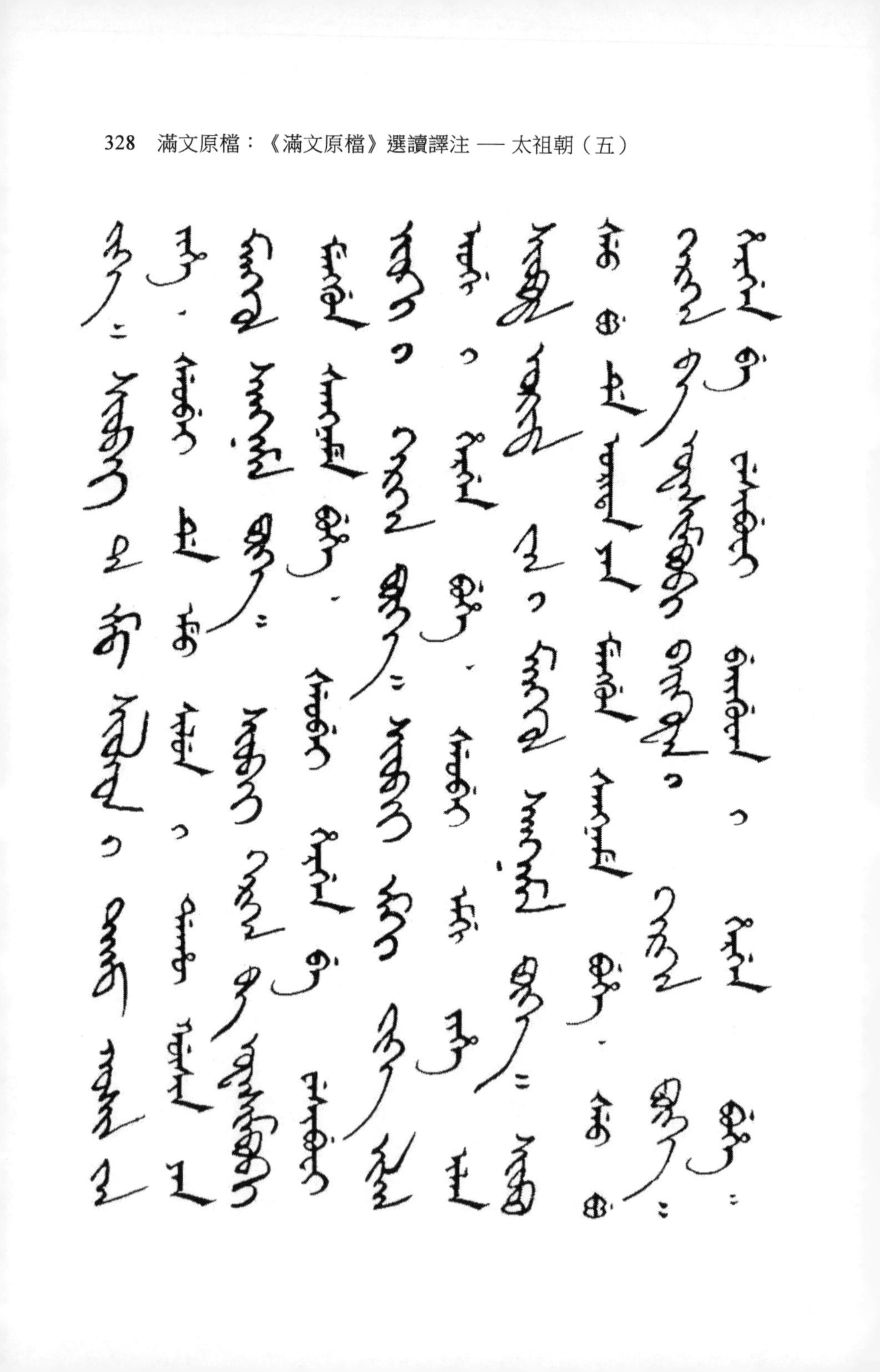

jihe šeobei de emu silun i dahū gūsin yan menggun šangname buhe, šeobei hergen be wesibufi iogi i hergen buhe. šeobei emgi jihe ilan šeopude orita yan i menggun šangname buhe, šeopu hergen be wesibufi beiguwan i hergen buhe.

賞賜來朝守備猞猁猻[56]皮端罩、銀三十兩；陞守備之職，授遊擊之職。與守備同來之守堡三人賞賜銀各二十兩，陞守堡之職，授備禦官。

赏赐来朝守备猞猁狲皮端罩、银三十两；升守备之职，授游击之职。与守备同来之守堡三人赏赐银各二十两，升守堡之职，授备御官。

---

[56] 猞猁猻，《滿文原檔》寫作 "siolon"，《滿文老檔》讀作 "silun"。按滿文 silun"與蒙文"silügüsü"係同源詞，意即「猞猁猻」。

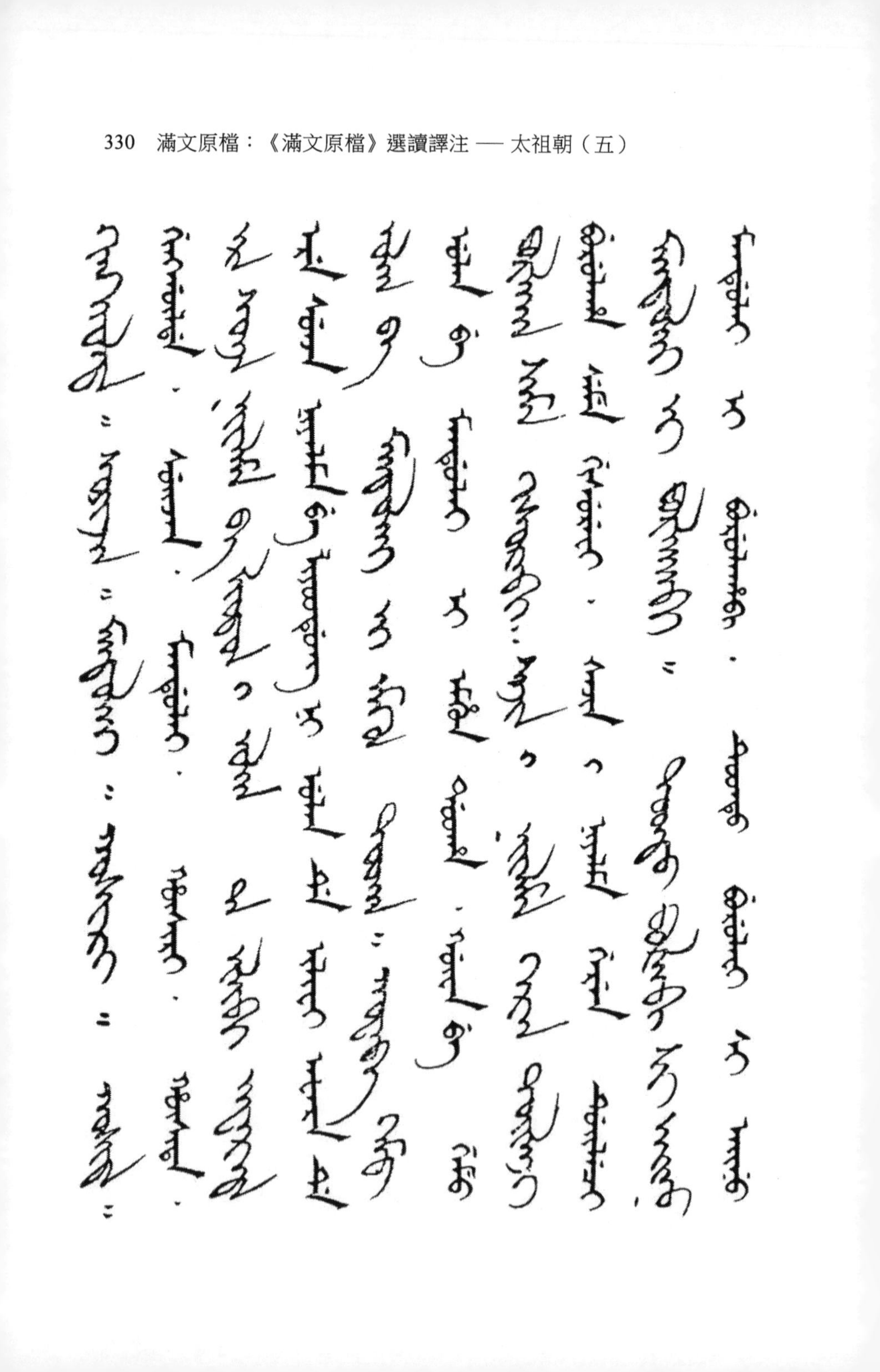

ginggūlda, suijan, mandulai, hūsiri, hūsita, ere sunja niyalma be liyoodung ni ulan de ilifi afarade ulan be mandulai i emhun dooha, gūwabe gemu burulaha seme gisurefi, šajin i niyalma geren duileci mandulai i burulahabi, tuttu burulafi si ainu

據雲，立於遼東城壕中攻打時，精古勒達、隋占、滿都賴、胡西裏、胡西塔等五人，唯滿都賴獨自一人渡壕，餘皆敗逃等語。眾執法之人審訊時，知滿都賴亦敗逃，

据云，立于辽东城壕中攻打时，精古勒达、隋占、满都赖、胡西里、胡西塔等五人，唯满都赖独自一人渡壕，余皆败逃等语。众执法之人审讯时，知满都赖亦败逃，

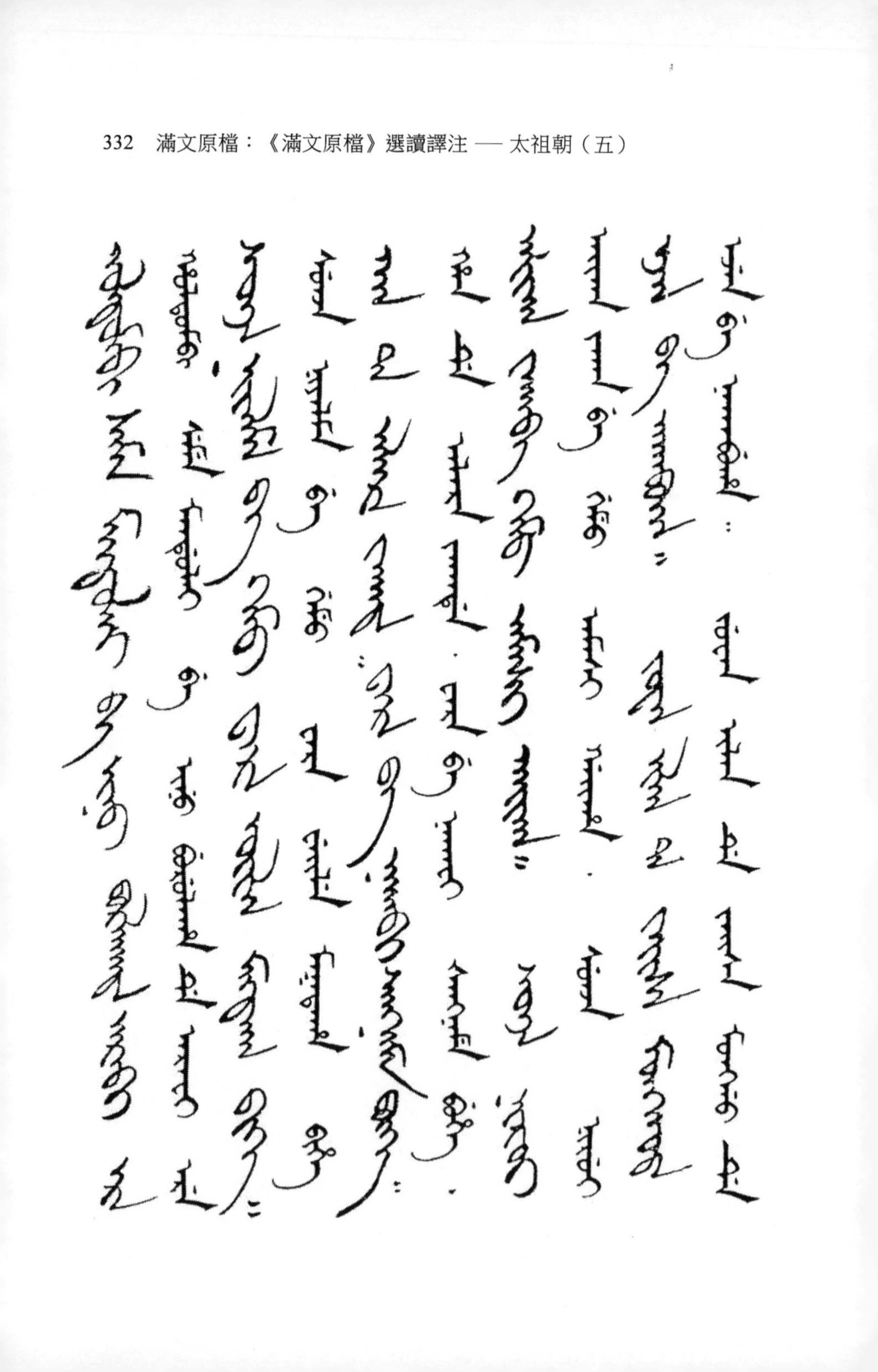

holtombi seme mandulai be inu burulaha de arafi, ere sunja niyalma be gemu wara weile maktaha bihe, han de alara jakade, wara be nakafi šangname buhe, aika jaka be gemu amasi gaiha, sunja nirui ejen be nakabuha. juwan ilan de jaisa monggode

乃責之曰：「既如此敗逃，爾為何撒謊？」故亦治滿都賴之罪。將此五人皆論死罪，報知於汗，汗宥其死，將所賞賜一應物件皆收回，革五牛彔額真。十三日，賜齋薩蒙古

乃责之曰：「既如此败逃，尔为何撒谎？」故亦治满都赖之罪。将此五人皆论死罪，报知于汗，汗宥其死，将所赏赐一应物件皆收回，革五牛彔额真。十三日，赐斋萨蒙古

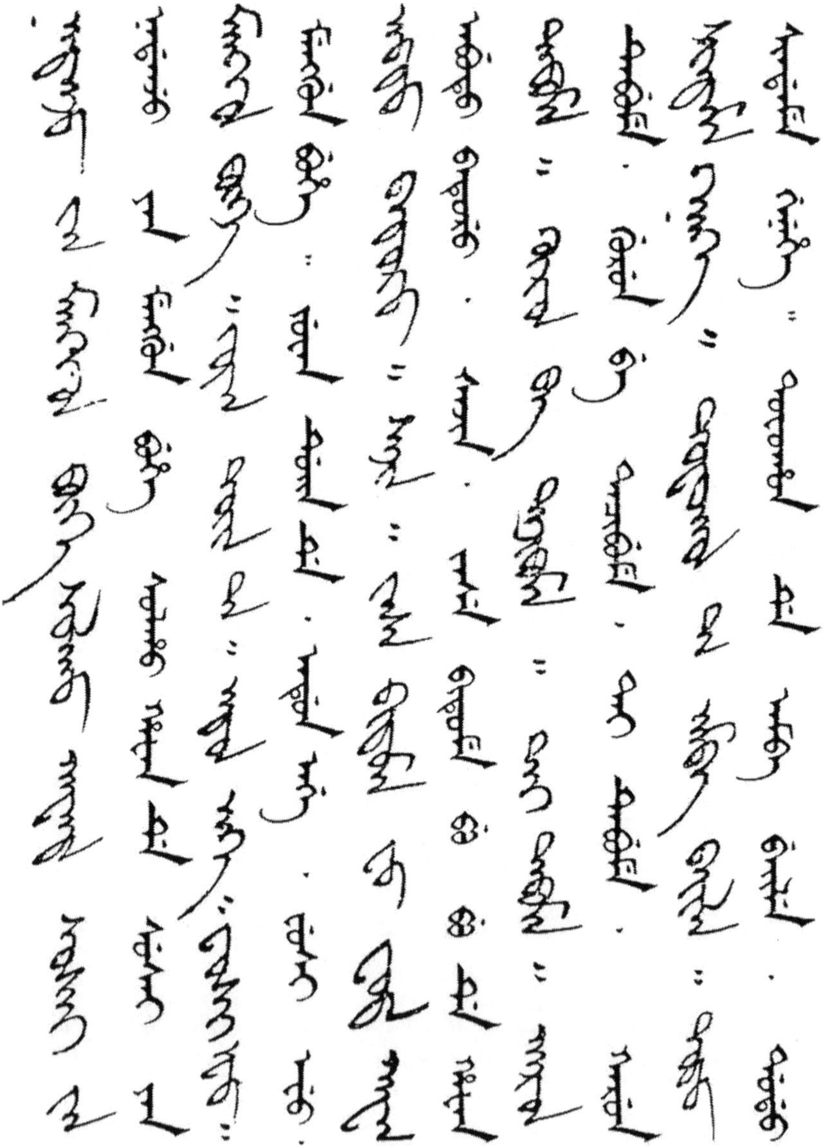

nadanju yan menggun buhe, solho hafan de susai yan menggun buhe. juwan duin de, adun age, fusi efu, abutu baturu, šajin, jase bitume pu pude hafan tebume, gurun be tacibume, tai tebume karun sindame genehe. tofohon de amba beile, dodo

---

銀七十兩，賜朝鮮官員銀五十兩。十四日，命阿敦阿哥、撫順額駙、阿布圖巴圖魯、沙金等前往沿邊各堡置官教導國人，設臺放哨。十五日，大貝勒、多鐸

银七十两，赐朝鲜官员银五十两。十四日，命阿敦阿哥、抚顺额驸、阿布图巴图鲁、沙金等前往沿边各堡置官教导国人，设台放哨。十五日，大贝勒、多铎

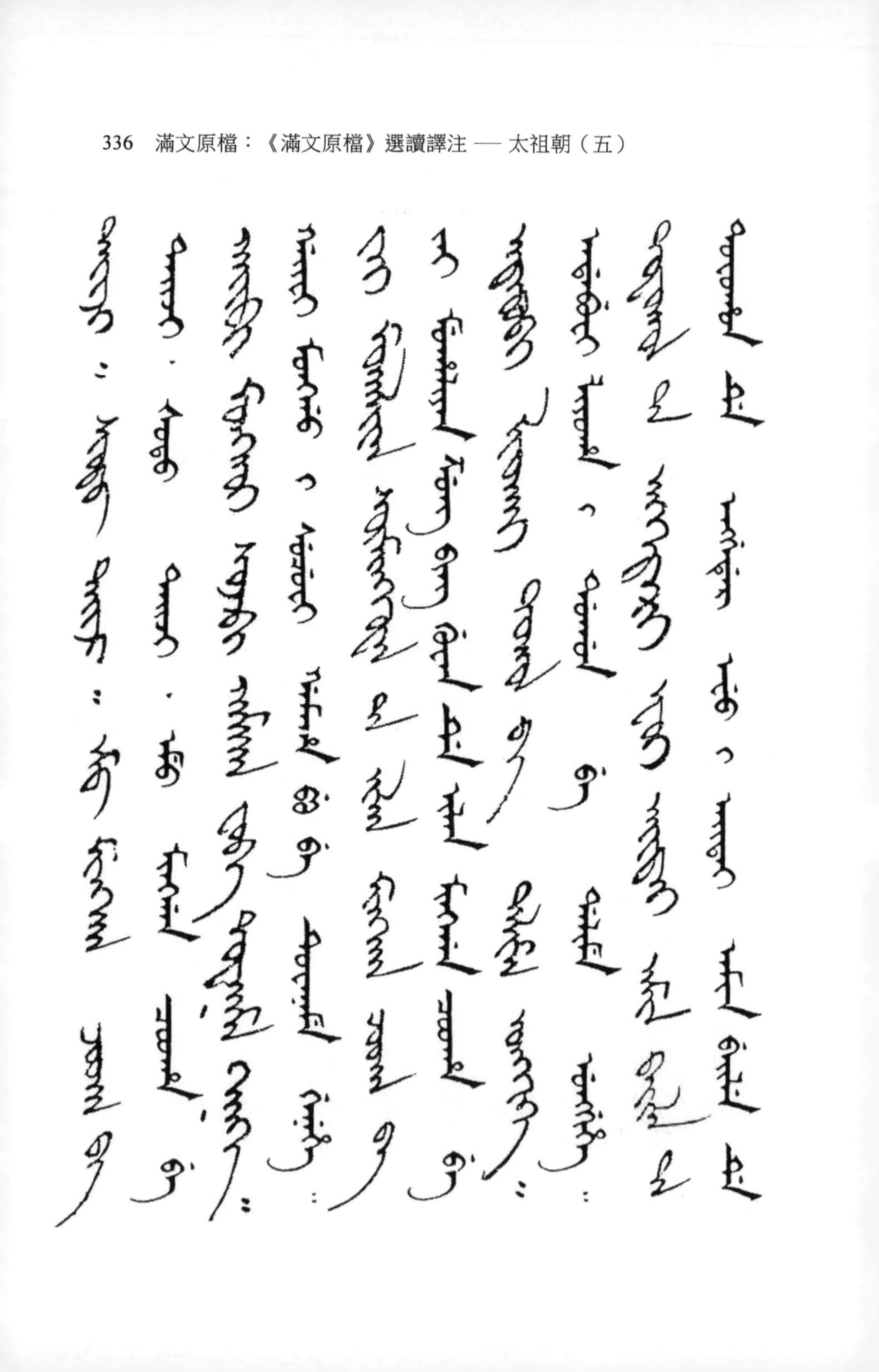

taiji, šoto taiji, emu minggan cooha be gaifi monggoi sucufi gamaha pube tuwaname genehe. jai muhaliyan dzungbingguwan de ilan minggan cooha be adabufi liyohai dogon be dalime unggihe. tofohon de enggeder efui aitai amin beile de

台吉、碩托台吉率兵一千，往視抵抗蒙古所掠之堡。再遣穆哈連總兵官配帶三千兵往守遼河渡口。十五日，恩格德爾額駙遣屬下愛泰

台吉、硕托台吉率兵一千，往视抵抗蒙古所掠之堡。再遣穆哈连总兵官配带三千兵往守辽河渡口。十五日，恩格德尔额驸遣属下爱泰

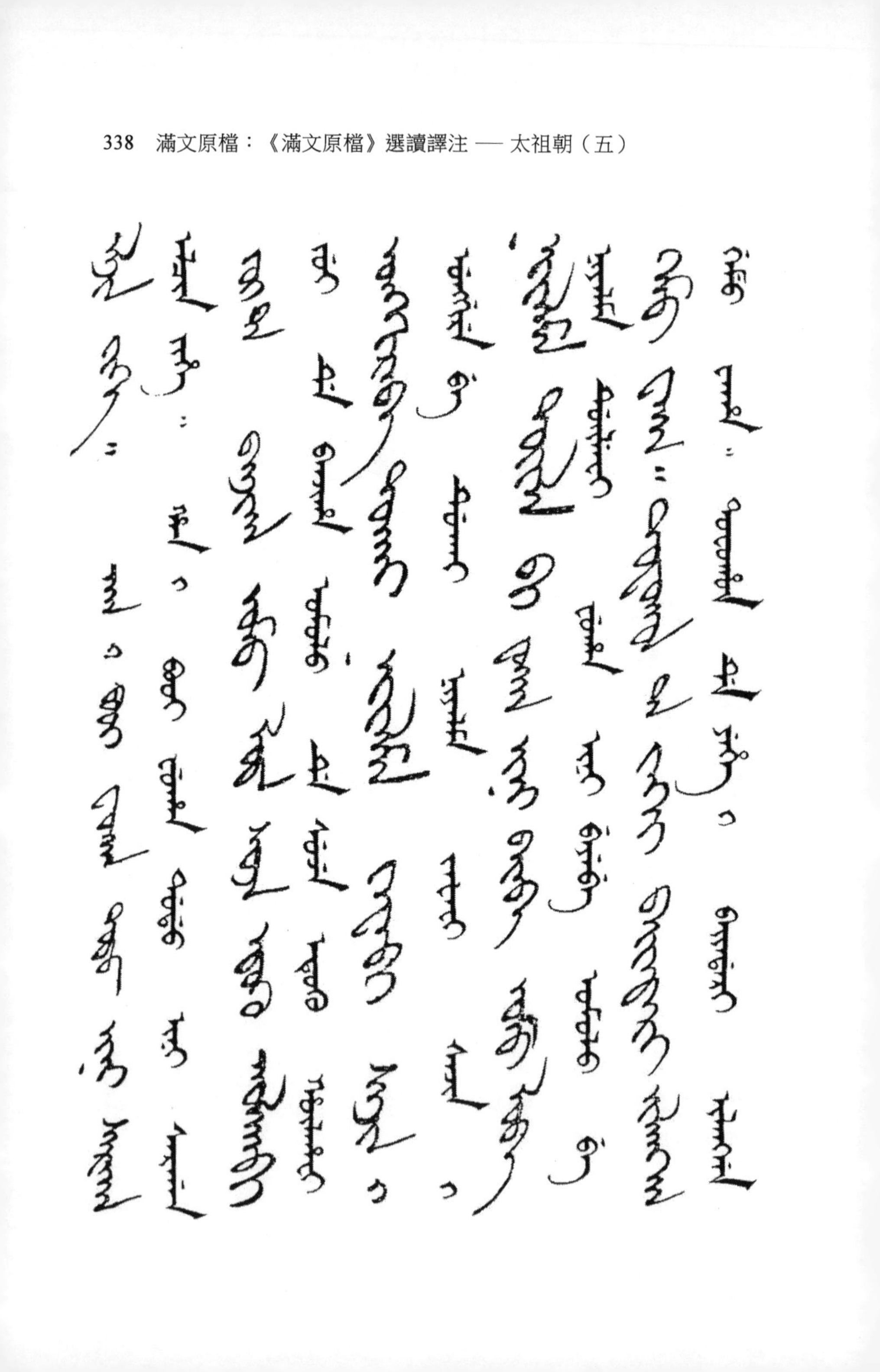

elcin jihe. han i booi fuhan dodo ini sargan jui de banjiha
omolode suje etuku hūlhafi unggirebe dukai niyalma jafafi
šajin i niyalma duile bi fuhan ini beyebe omolobe gemu
waha. tofohon de yehei baindari, ilangga

為使前來阿敏貝勒處。汗之包衣福漢竊取綢衣送其外孫多
鐸，為守門人拏獲，交執法人審訊後，將福漢本人及其外
孫皆殺之。十五日，葉赫之拜音達裏、伊朗阿

为使前来阿敏贝勒处。汗之包衣福汉窃取绸衣送其外孙多
铎，为守门人拏获，交执法人审讯后，将福汉本人及其外
孙皆杀之。十五日，叶赫之拜音达里、伊朗阿

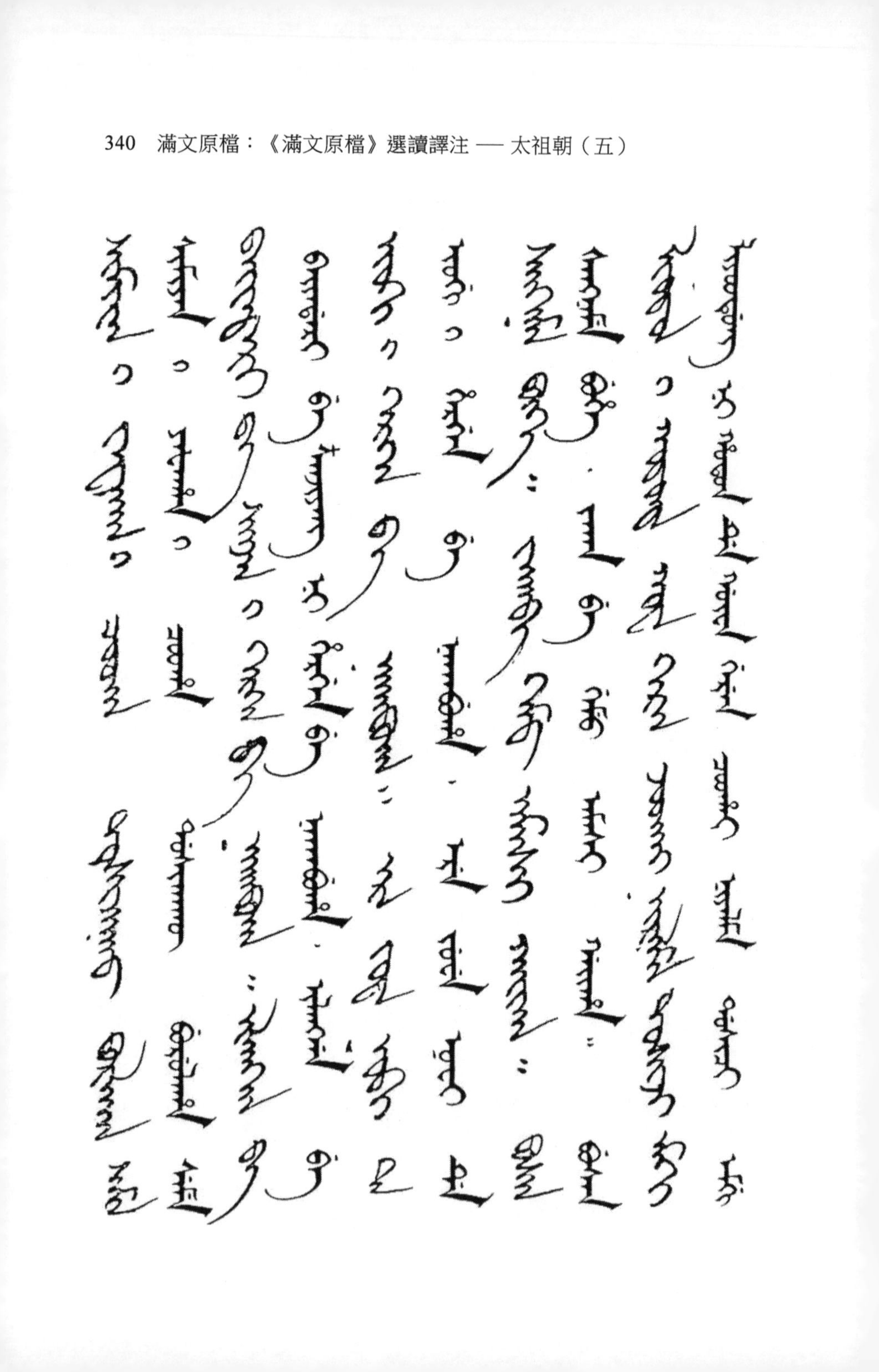

simiyan i yafahan i cooha dosikakū burulaha seme baindari be ts'anjiyang ni hergen be nakabuha, ilangga be iogi i hergen be nakabuha, ere juwe nofi de šangname buhe jakabe gemu amasi gaiha. busan liyoodung ni hotonde gūwa geren coohai niyalma dosici emgi

以瀋陽之役步兵未進入而敗逃，乃革拜音達裏參將之職，革伊郎阿遊擊之職，賞賜此二人之物品皆收回。布三以攻遼東城時，其餘眾兵丁進入時，

以沈阳之役步兵未进入而败逃，乃革拜音达里参将之职，革伊郎阿游击之职，赏赐此二人之物品皆收回。布三以攻辽东城时，其余众兵丁进入时，

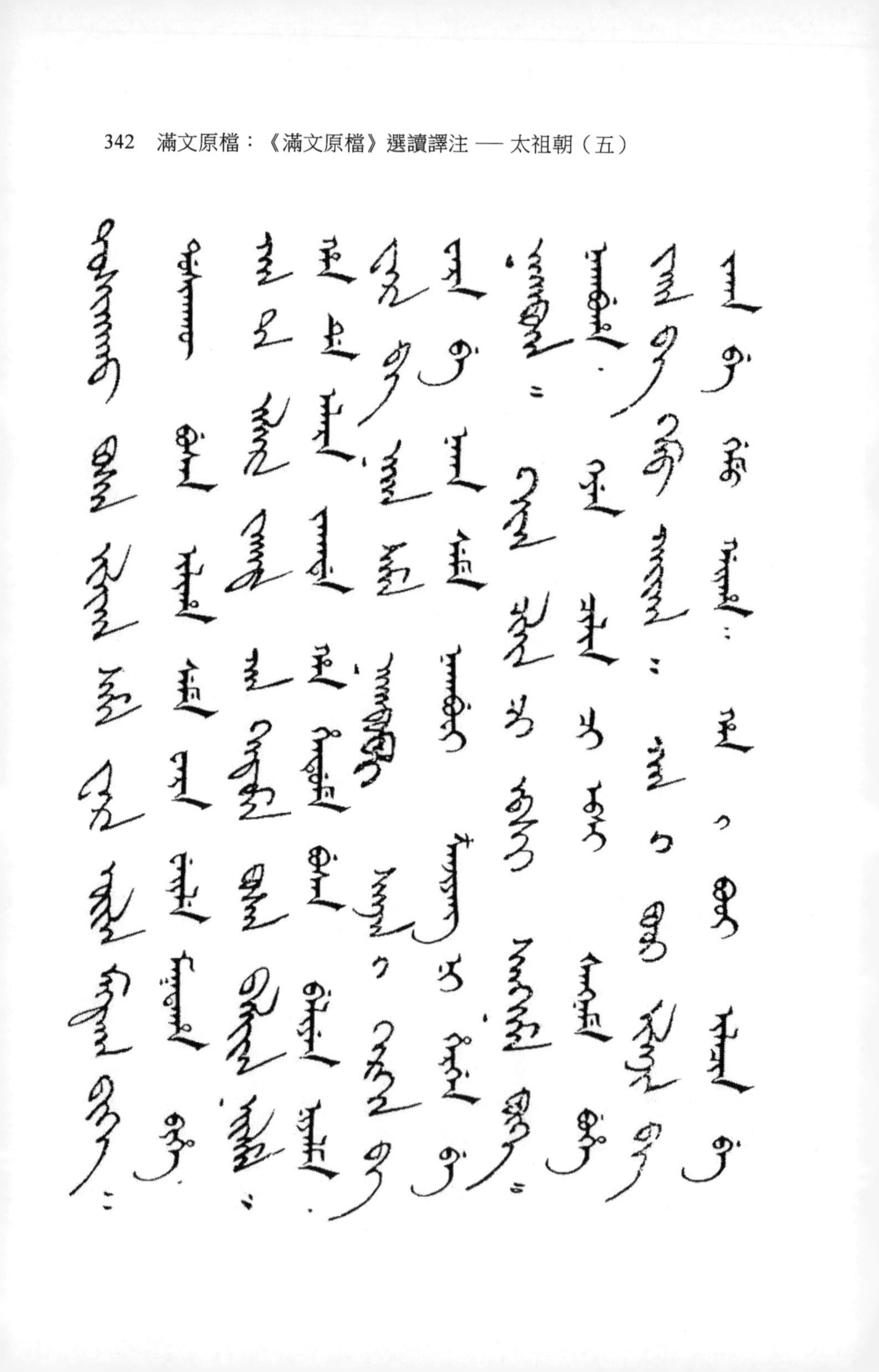

dosikakū busan iliha seme wara weile maktaha bihe. han de alara jakade han hendume, busan beliyen niyalma, wara be naka seme nakabufi ts'anjiyang ni hergen be nakabuha. keyen cilin ci ebsi šangname buhe jaka be gemu gaiha. han i booi ilacin be

未隨同進入，布三停止不前，乃論死，報知汗。汗曰：「布三乃癡呆之人，可免死。」遂免其死，革其參將之職。其自開原、鐵嶺以來所賞賜之物品皆收取。汗之包衣伊拉欽

未随同进入，布三停止不前，乃论死，报知汗。汗曰：「布三乃痴呆之人，可免死。」遂免其死，革其参将之职。其自开原、铁岭以来所赏赐之物品皆收取。汗之包衣伊拉钦

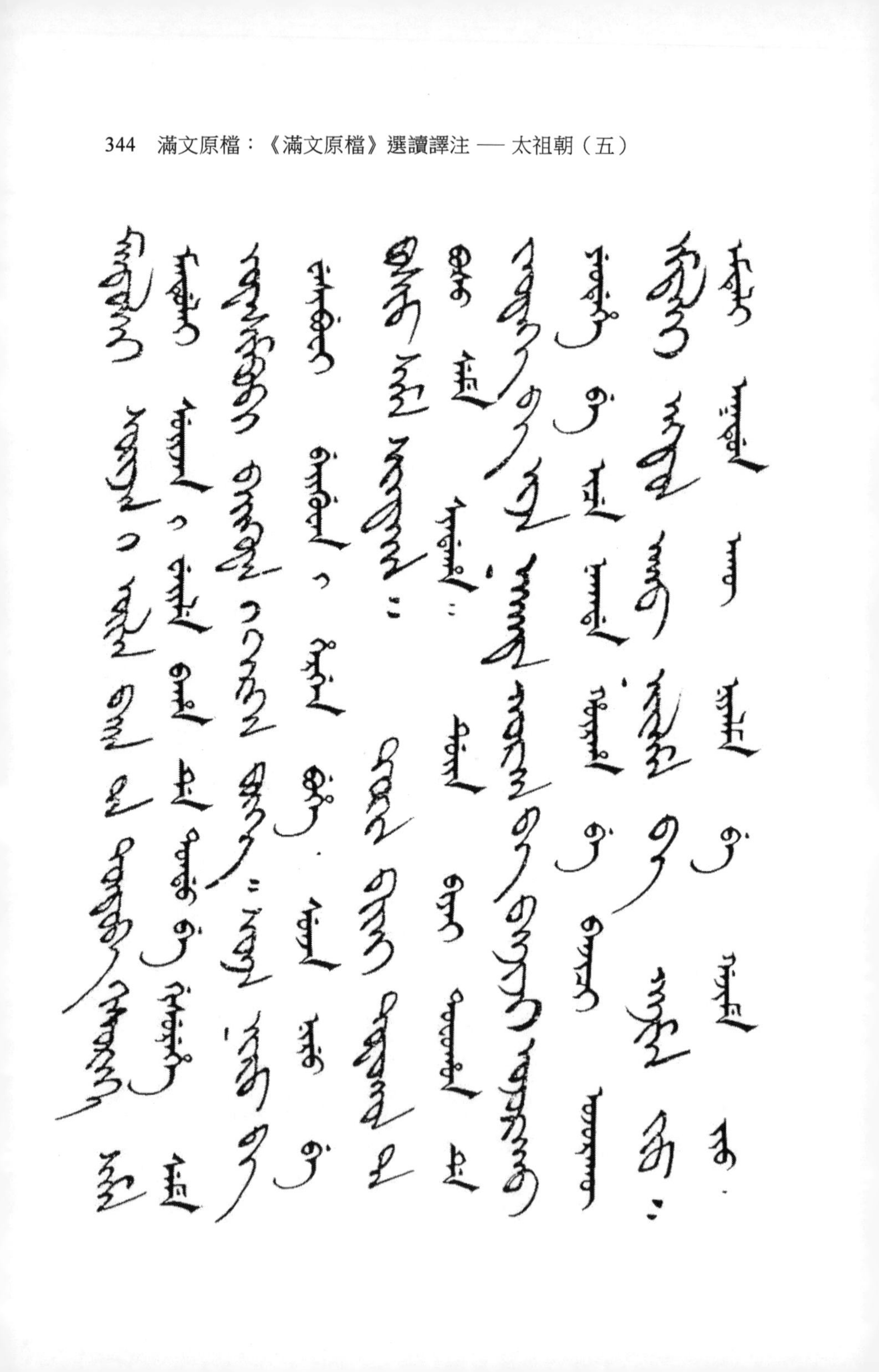

mandulai, suijan i weile baha de tondobe gisurehe seme wesibufi beiguwan i hergen buhe, sunja niru be bošo seme sindaha. duin biyai tofohon de yeodehe be ice nakada, hūrha be banjici ojorakū emteli akdun akū niyalma be gajime jio,

---

以直言舉發滿都賴、隋占所獲之罪，擢陞補授備禦官之職，著領五牛彔。四月十五日，遣嶽德赫往新納喀達、虎爾哈路，命將該處孤苦無以為生及無靠之人攜之而來，

以直言举发满都赖、隋占所获之罪，擢升补授备御官之职，着领五牛彔。四月十五日，遣岳德赫往新纳喀达、虎尔哈路，命将该处孤苦无以为生及无靠之人携之而来，

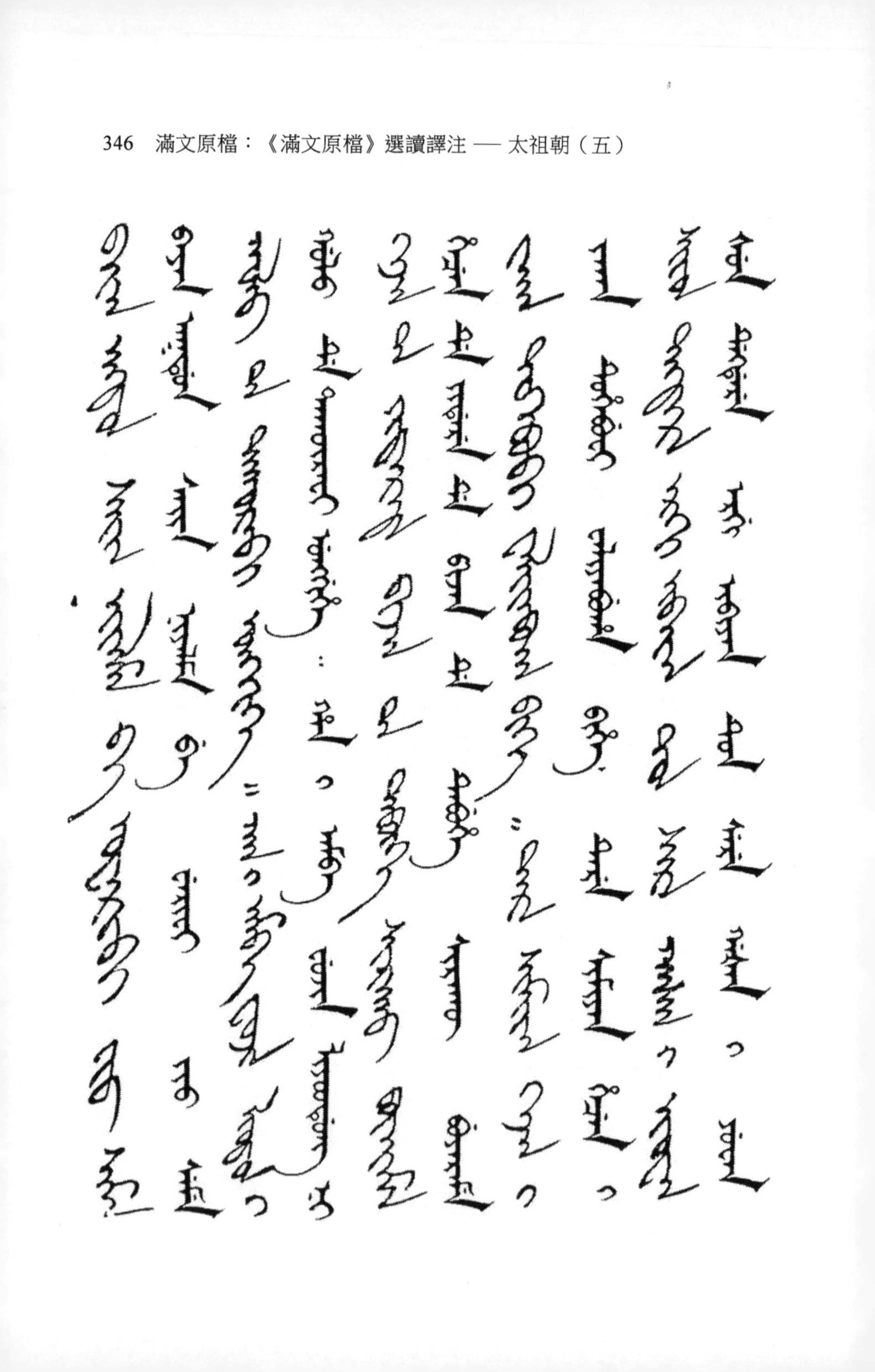

bayan akdun sain niyalma be werifi jio seme golo de takūrafi unggihe. han i amba fujin liyoodung ni hecen de jiderede pijan de tebuhe sirakū buyarame jaka tuhebufi waliyabuha bihe. tere simiyan hecen i šun dekdere ergi ibiyan tun sere gašan i yuwan

---

其殷富有依靠之善人仍行留居。汗之大福晉來遼東城時，皮箱內所裝假髮雜物曾丟失。其瀋陽城東邊伊卞屯村

其殷富有依靠之善人仍行留居。汗之大福晋来辽东城时，皮箱内所装假发杂物曾丢失。其沈阳城东边伊卞屯村

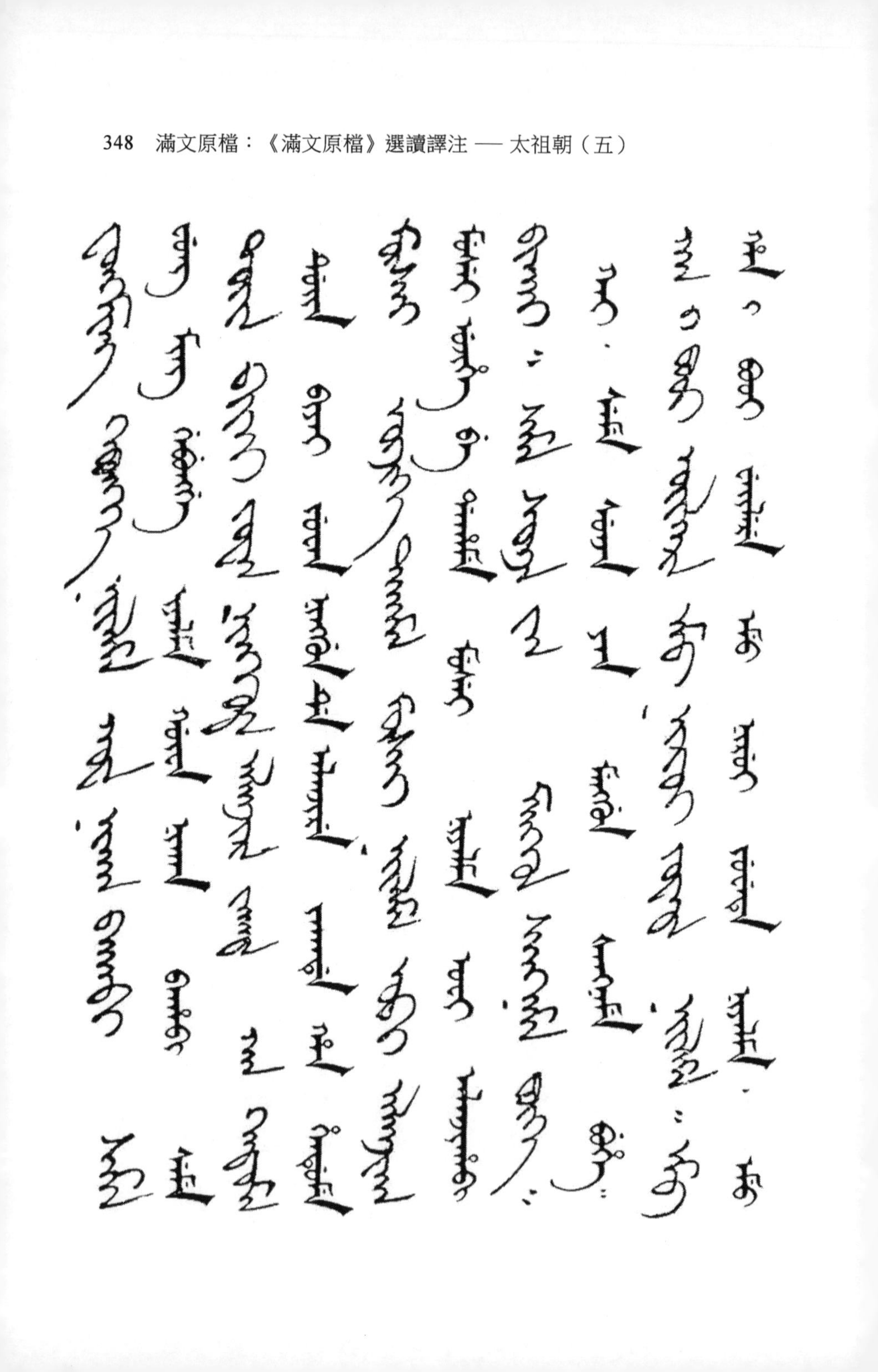

fungming gebungge niyalma gūwa nikan bahabi seme duin
biyai juwan ninggunde alanjire jakade, han hendume, musei
ujihe be dahame musei niyalma ofi alanjiha bikai seme,
sunja yan menggun šangname buhe. han i booi weilere emu
nirui juwete niyalma, emu

名袁鳳鳴之人於四月十六日來報，該物已為另一漢人拾
獲。汗曰：「我既豢養之，即屬我之人，故來報也。」遂
賞賜銀五兩。賞修築汗宅之每牛彔各二人，

名袁凤鸣之人于四月十六日来报，该物已为另一汉人拾
获。汗曰：「我既豢养之，即属我之人，故来报也。」遂
赏赐银五两。赏修筑汗宅之每牛彔各二人，

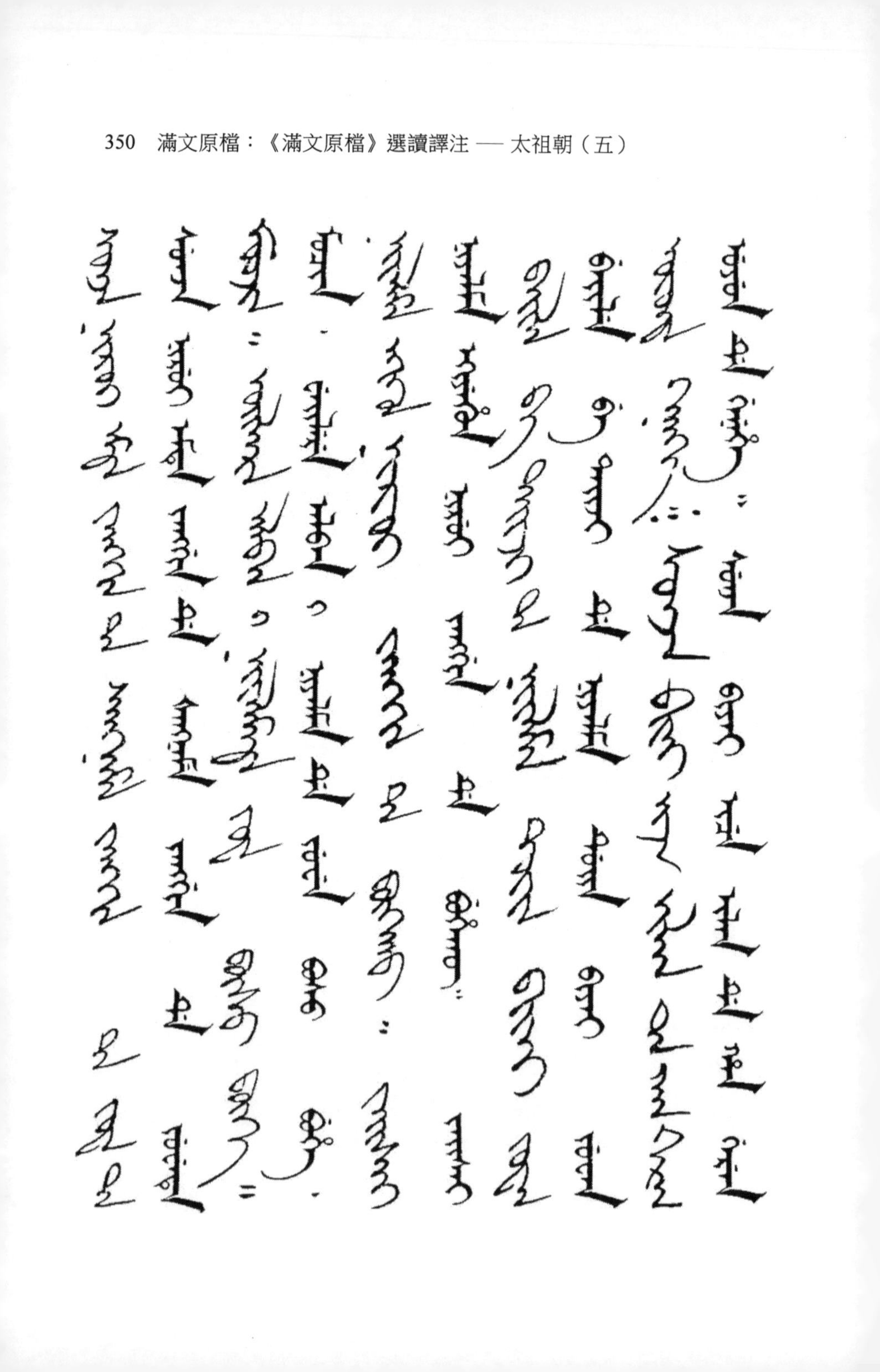

sunja nirui emte janggin de šangname janggin de juwete
mocin, weilere alban i niyalmade juwe boso buhe, niyalma
ekiyehun nirui janggin de buhekū. jaisai beile be taiji de [原
檔殘缺] niyalma duin biyai juwan uyunde genehe. sunja biyai
ice ilan de han geren

每五牛彔各一章京，賜章京毛青布各二疋，工役布二疋，
其缺人不足之牛彔章京無賞。四月十九日，命齋賽貝勒[原
檔殘缺]人往台吉處。五月初三日，

每五牛彔各一章京，賜章京毛青布各二疋，工役布二疋，
其缺人不足之牛彔章京无赏。四月十九日，命斋赛贝勒[原
档残缺]人往台吉处。五月初三日，

二十一、登城巡閱

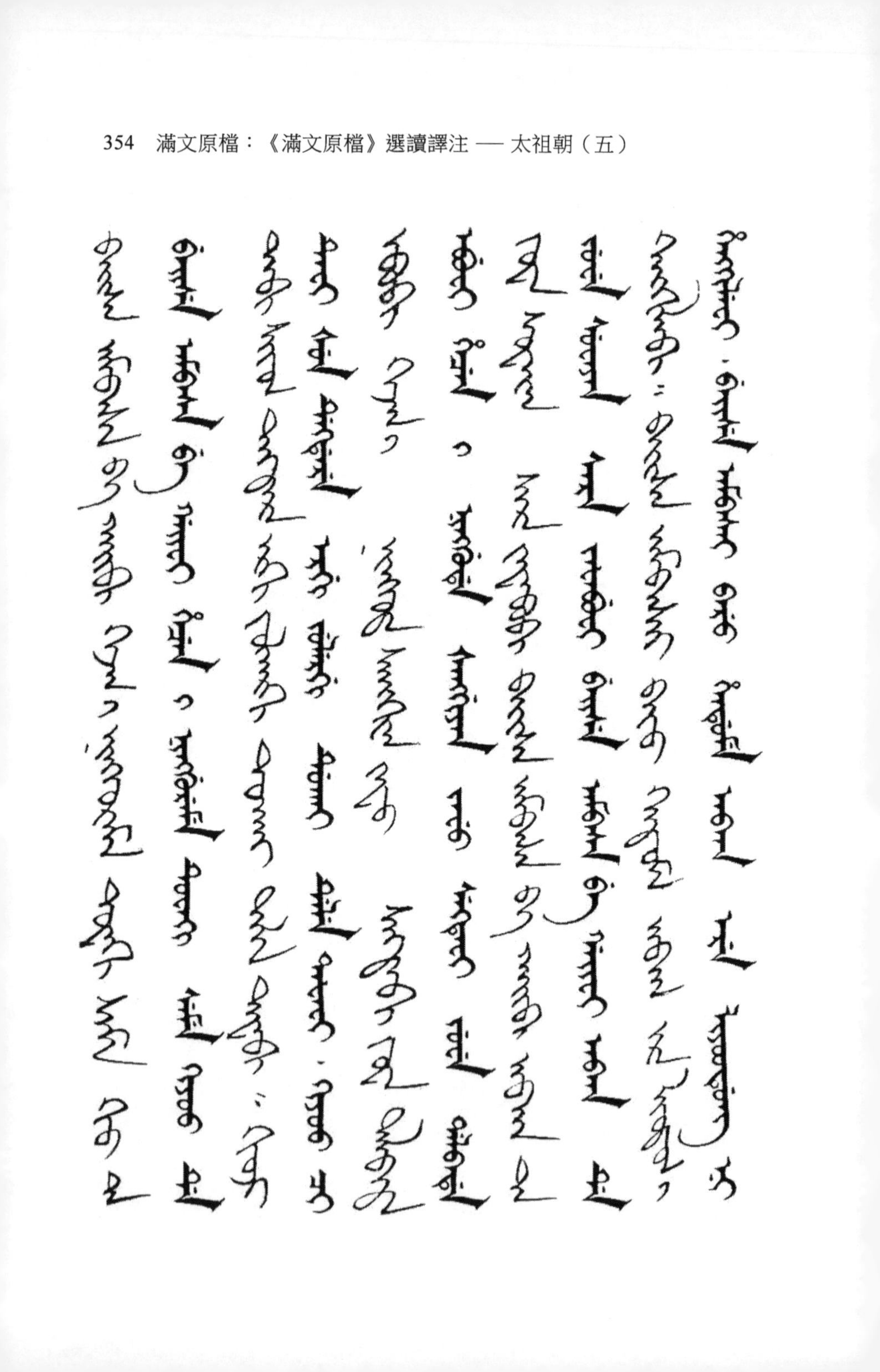

beise ambasa be gaifi hecen i ninggureme tuwaki seme kiyoo
de tefi šun dekdere ergi julergi dukai dele tafafi, kiyooci ebufi
hecen i ninggude šanggiyan jafu sektefi juwe dalbade juwe
suwayan sara jafabufi beise ambasa be gaifi abka de hengkilefi,
beise ambasai baru hendume, abka ere liyoodung ni

汗率諸貝勒大臣登城上巡閱。汗乘轎登上城東南門上後下
轎。城上鋪白氊，兩側執二黃蓋。率諸貝勒大臣拜天後，
謂諸貝勒大臣曰：

汗率诸贝勒大臣登城上巡阅。汗乘轿登上城东南门上后下
轿。城上铺白毡，两侧执二黃盖。率诸贝勒大臣拜天后，
谓诸贝勒大臣曰：

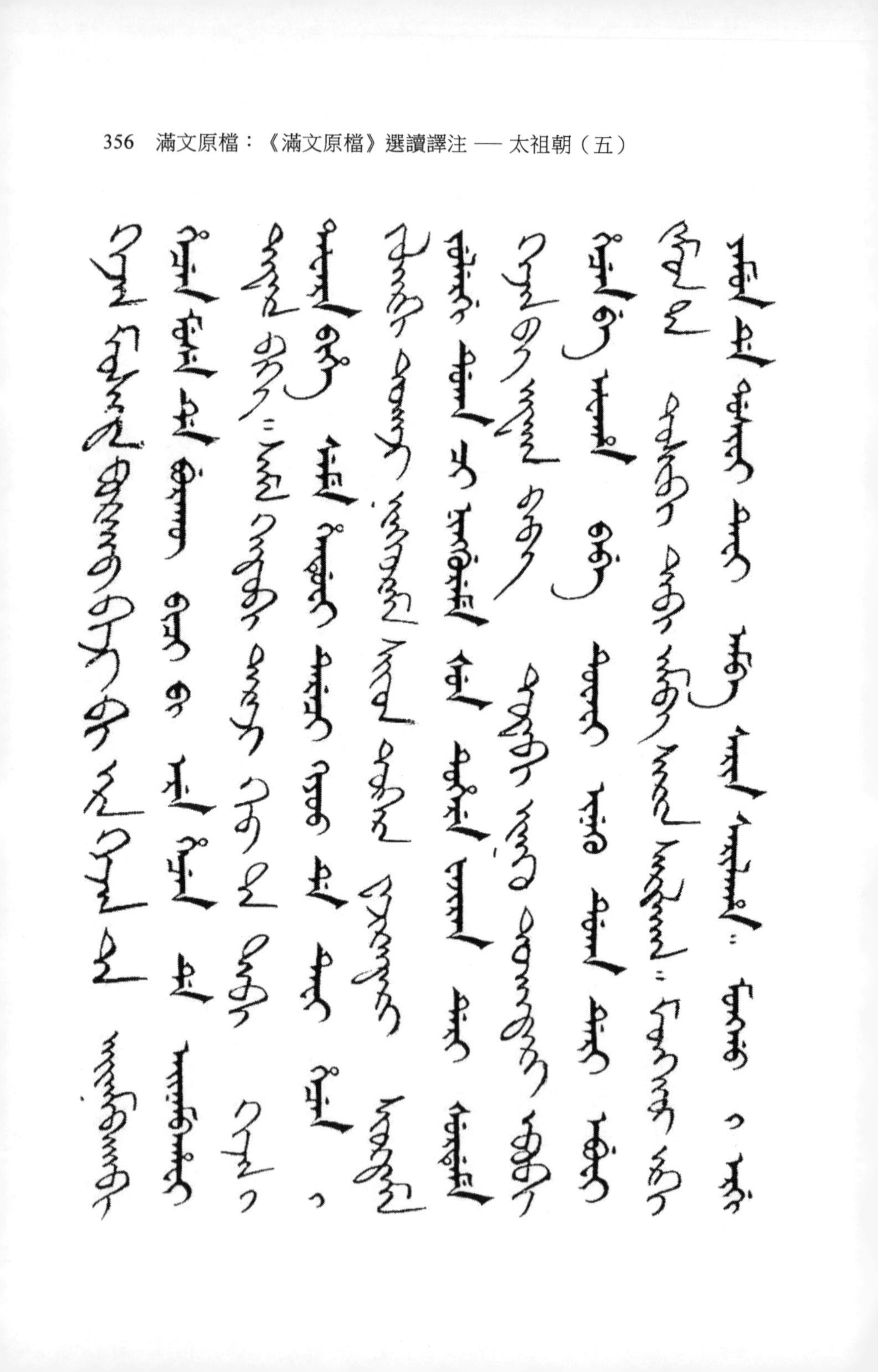

hecen musede burakū bici, bi ere hecen de ainambahafi tafara bihe seme hendufi, tereci kiyoo de tefi hecen i julergi dukaci ninggureme šun tuhere fajiranderi šurdeme hecen be afaha babe tuwafi, ineku dukaderi ebufi yamun de dosifi tefi amba sarin sarilaha. monggoi ergi

---

「天若不賜我此遼東城，我安得登上此城耶？」言畢，遂乘轎自城南門上環行至西牆，視察昔日攻城之處。視畢，仍由原來東南門下城進衙門入座，設大宴。

「天若不赐我此辽东城，我安得登上此城耶？」言毕，遂乘轿自城南门上环行至西墙，视察昔日攻城之处。视毕，仍由原来东南门下城进衙门入座，设大宴。

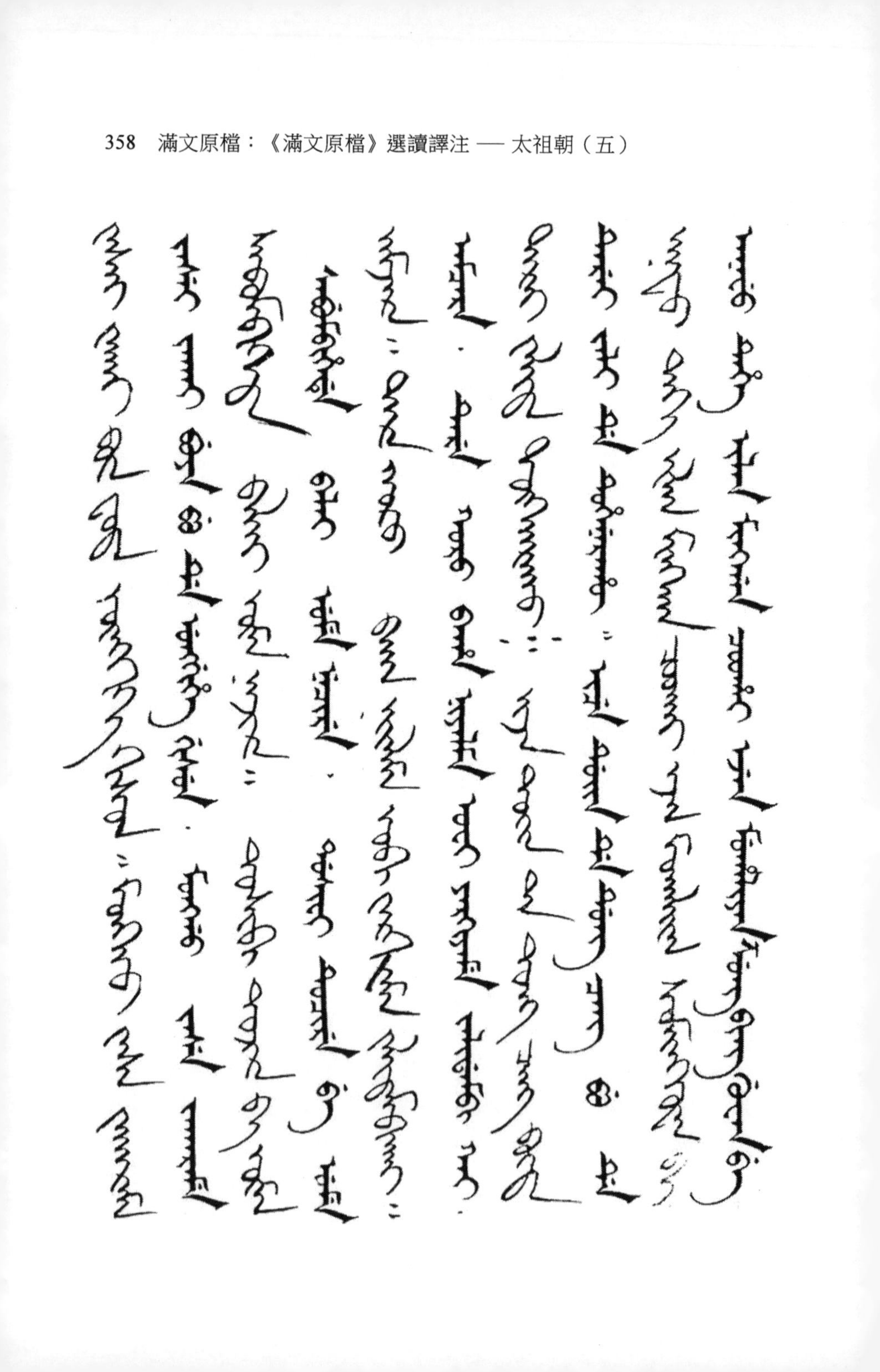

jasei jakai buya pude unggihe gisun, monggo jase jakarame sabumbihede balai ume necire, dosifi tucire be ume amcara. tere koro baha niyalma ofi yarkiyame jalidambikai, terei jalide tuhenerahū. ice duin de dung cang pude anafu tehe ilan minggan coohai ejen muhaliyan dzung bing guwan be

---

傳諭居蒙古邊界處小堡曰：「沿蒙古邊界，倘見有蒙古人，毋妄加肆擾，其進出，毋追之。彼等故意以負傷之人詭計誘我也，恐墜其詭計。」初四日，

传谕居蒙古边界处小堡曰：「沿蒙古边界，倘见有蒙古人，毋妄加肆扰，其进出，毋追之。彼等故意以负伤之人诡计诱我也，恐坠其诡计。」初四日，

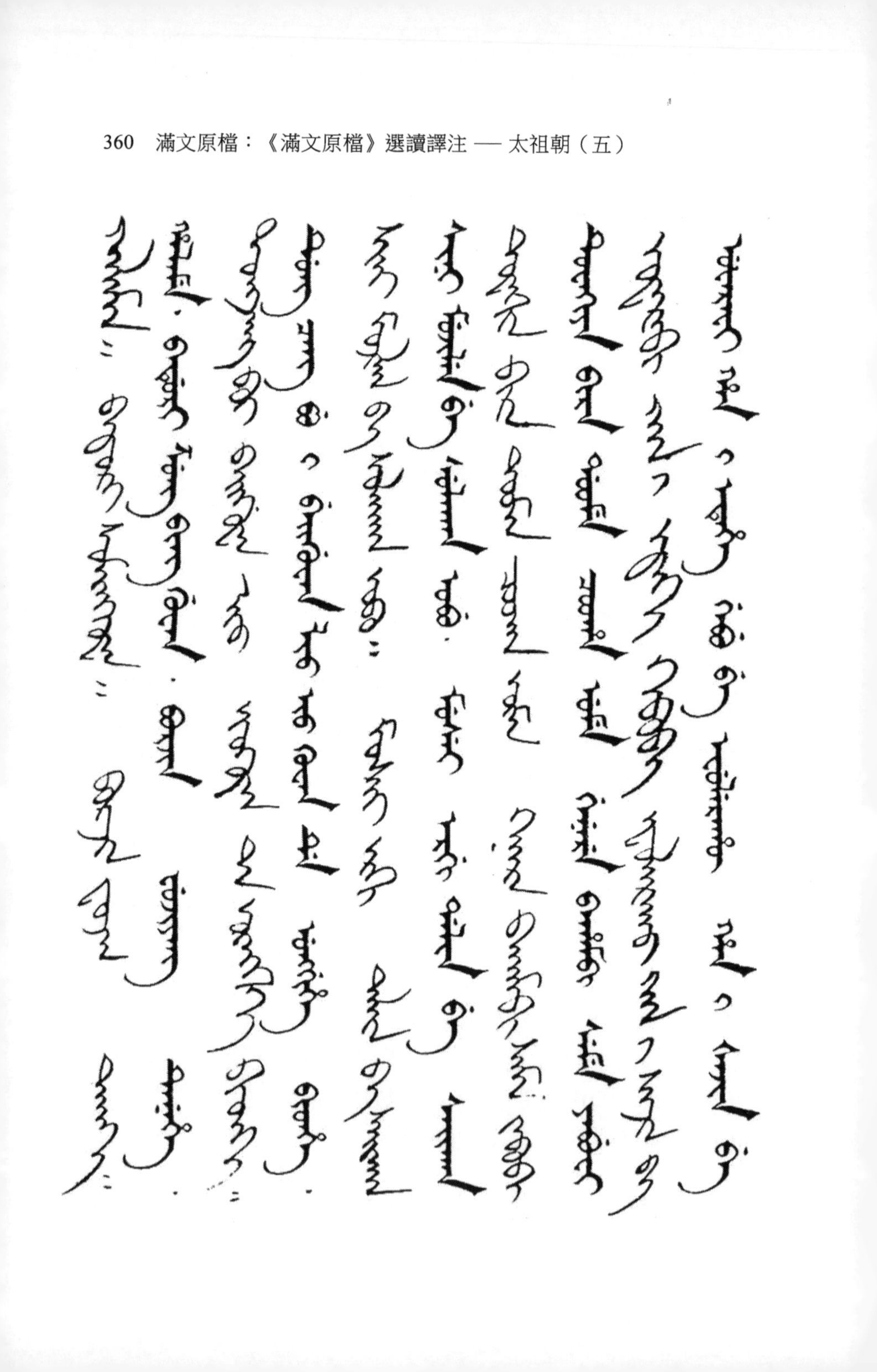

halame, baduri dzung bing guwan, borjin fujiyang tenehe, dungcang pui beiguwan lio iokuwan de unggihe bithe, sini mujilen be sulakan obu, musei ergi dalin be saikan tuwakiya bira doome cooha ume genere bahambi seme, yabufi ufarafi han i etehe gebube efulerahū han i šajin be

總兵官巴都裏、副將博爾晉前往替換率三千兵戍守[57]東昌堡主將總兵官穆哈連。傳諭東昌堡備禦官劉有寬曰：「著爾放心，善加防守我方河岸，勿令士卒渡河。若貪得而行，萬一有失，恐敗壞汗之盛名，勿違汗禁約。」

总兵官巴都里、副将博尔晋前往替换率三千兵戍守东昌堡主将总兵官穆哈连。传谕东昌堡备御官刘有宽曰：「着尔放心，善加防守我方河岸，勿令士卒渡河。若贪得而行，万一有失，恐败坏汗之盛名，勿违汗禁约。」

---

57 戍守，《滿文原檔》讀作 "aᶇfu"，《滿文老檔》讀作 "anafu"。

二十二、薙髮歸順

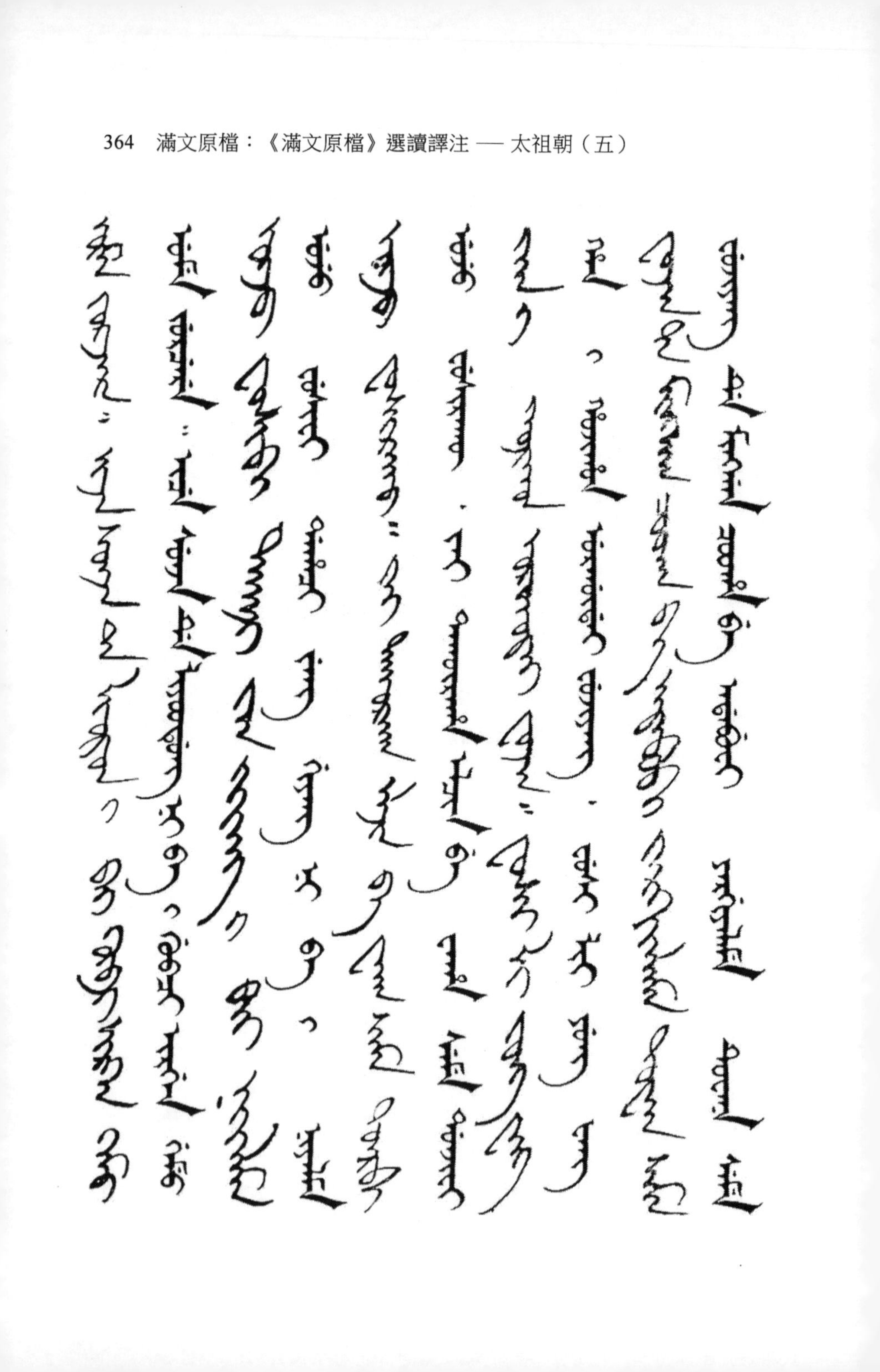

ume jurcere. ice sunja de liyoodung ni bai gubci irgen gemu
uju fusifi dahaci, jeng giyang ni bai niyalma uju fusirakū, jai
takūraha elcin be waha seme donjifi, han i hojihon urgūdai
fujiyang, fusi lii yung fang fujiyang de minggan cooha be
adabufi yargiyalame tuwana seme,

初五日，據聞遼東地方民人皆已薙髮歸順，鎮江[58]之人拒
不薙髮，又殺我所遣使者。汗遂命其婿烏爾古岱副將、撫
順李永芳副將率兵千人往察實情。

初五日，据闻辽东地方民人皆已薙发归顺，镇江之人拒不
薙发，又杀我所遣使者。汗遂命其婿乌尔古岱副将、抚顺
李永芳副将率兵千人往察实情。

---

[58] 鎮江，《滿文原檔》寫作 "jen jijang"，《滿文老檔》讀作 "jeng giyang"。
按此為無圈點滿文拼讀漢文地名時 "n" 與 "ng"、" ji" 與 "gi"、" ja"
與 "ya" 之混用現象。

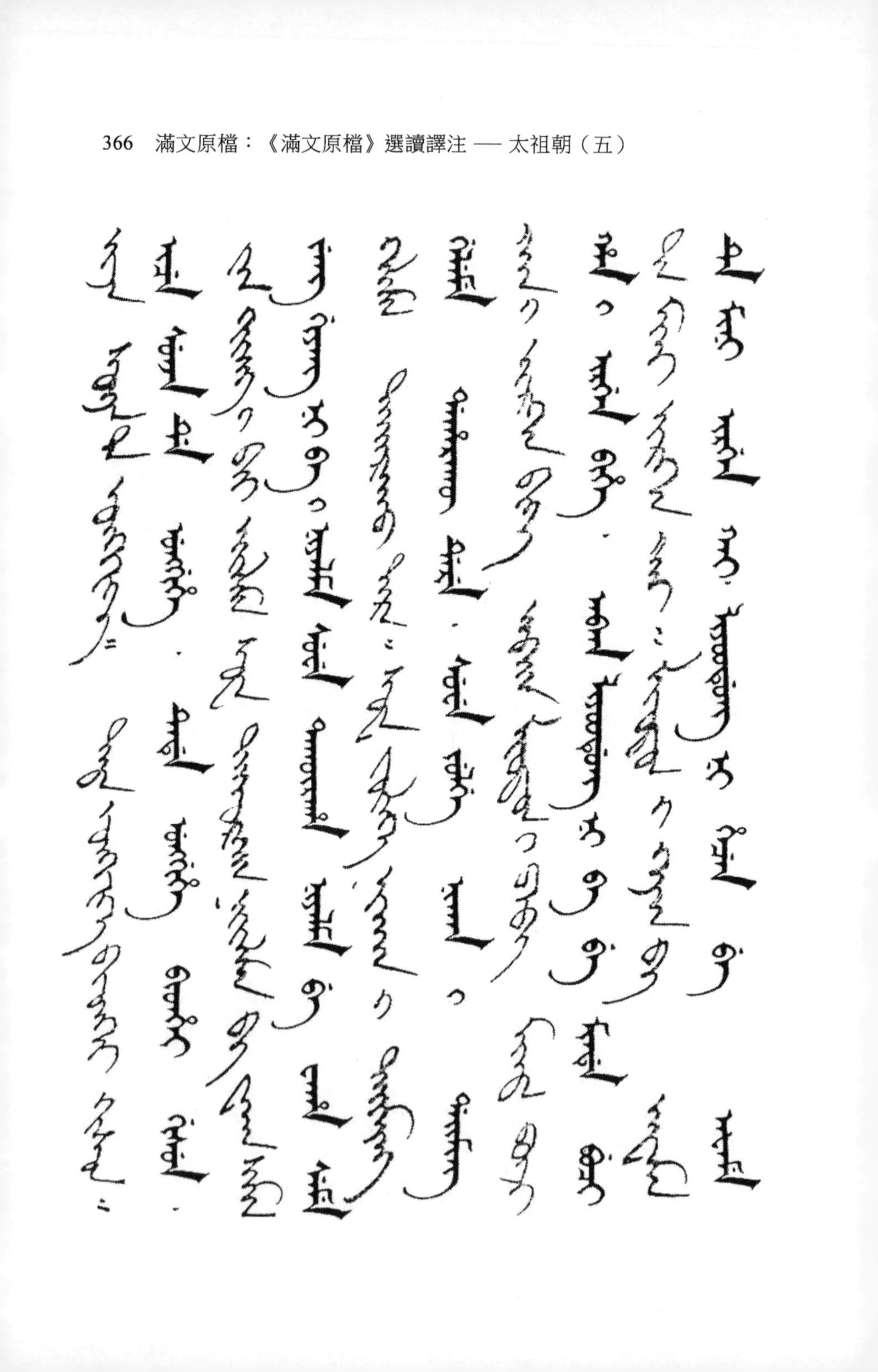

ice sunja de unggihe, tede unggihe bithei gisun, jeng giyang
ni bai niyalma suwe takūraha niyalma be waha seme geleme
daharakū dere. suwe julge nikan i daiming han i irgen bihe,
abka liyoodung ni ba be minde buci te mini irgen kai.
liyoodung ni hecen be afame

初五日遣往，發下彼等之書曰：「鎮江地方之人，諒爾等
因殺我所遣之人恐懼不降也。爾等昔日原為明大明帝之
民，天既以遼東地方畀我，今即為我之民也。攻打遼東城
時，

初五日遣往，发下彼等之书曰：「镇江地方之人，谅尔等
因杀我所遣之人恐惧不降也。尔等昔日原为明大明帝之
民，天既以辽东地方畀我，今即为我之民也。攻打辽东城
时，

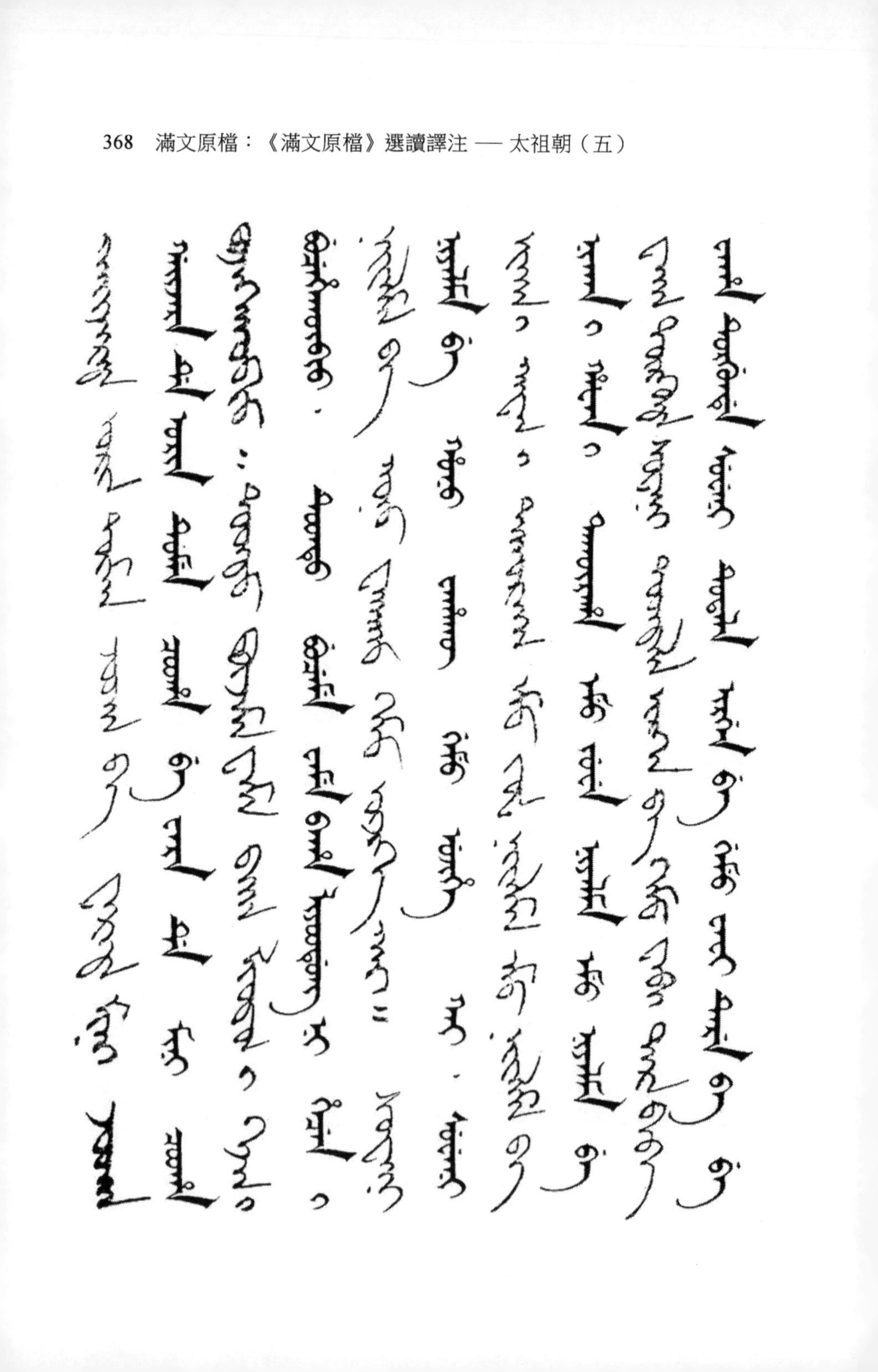

gaijarade orin tumen cooha be warade mini cooha
bucehekūbio. tuttu buceme wame baha liyoodung ni hecen i
niyalma be hono wahakū gemu ujihe kai. suweni nikan i
hafan i takūraha emu juwe niyalma emu niyalma be waha
turgund, suweni tutala irgen be gemu wafi tere babe

殺二十萬兵，我軍豈能不死耶？如此死亡殺戮血戰所獲遼
東城之人，尚且未殺皆加豢養也。爾明官所遣一、二人殺
我一人之故，而盡殺爾眾多民人、

杀二十万兵，我军岂能不死耶？如此死亡杀戮血战所获辽
东城之人，尚且未杀皆加豢养也。尔明官所遣一、二人杀
我一人之故，而尽杀尔众多民人、

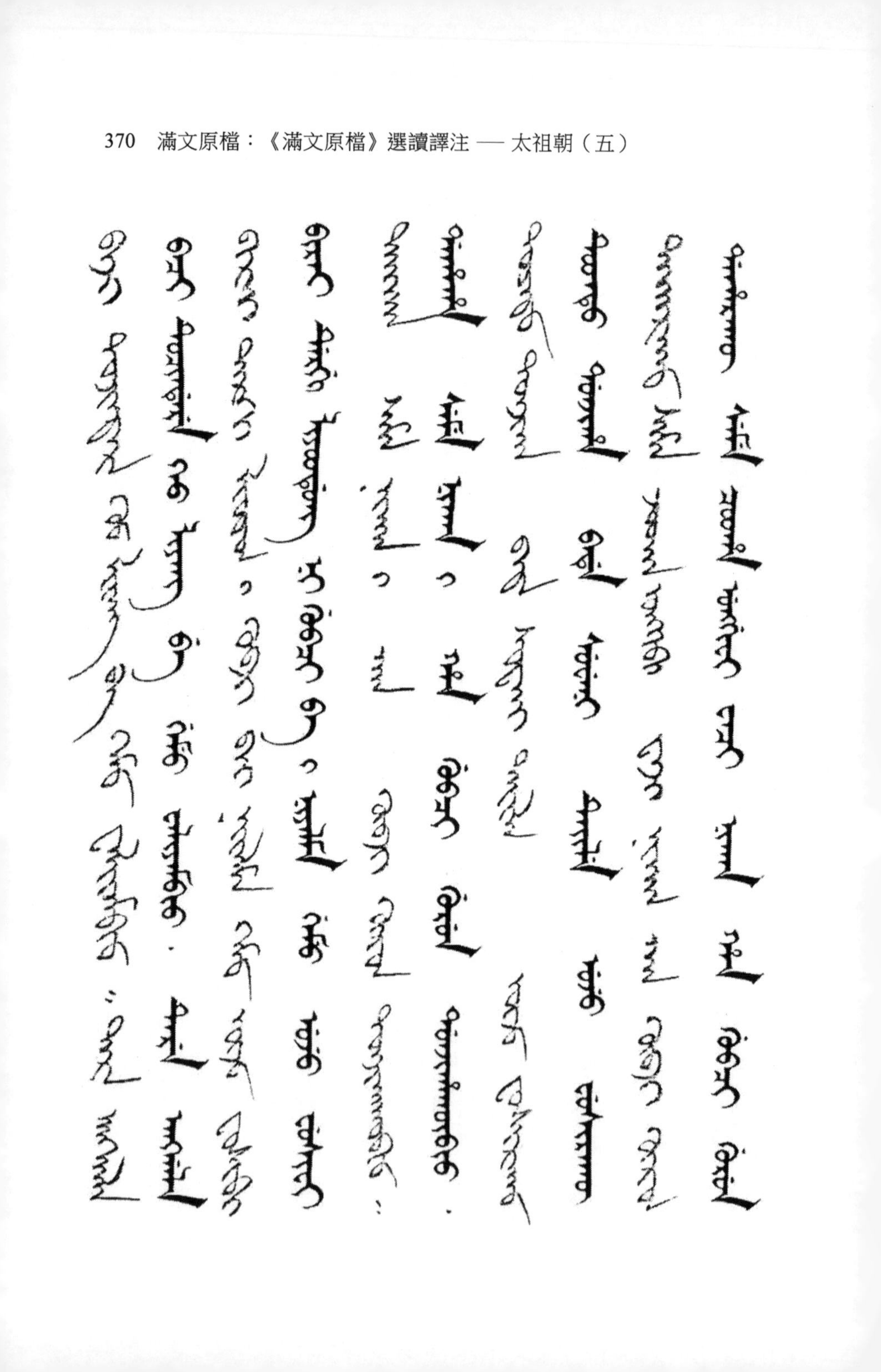

baci tucindere keo liyang be gemu waliyambio. tere anggala birai dergi liyoodung ni gubci bai niyalma gemu uju fusifi dahaha seme nikan i han gubci gurun donjihakūbio. tuttu donjiha bade suweni teile uju fusirakū daharakū seme cooha unggifi waci, nikan han gubci gurun

---

盡棄爾土地及當地出產之口糧耶？況且河東所有遼東地方之人，皆已薙髮歸順，明帝及其舉國之人豈未聞知耶？既已聞知，倘若僅以爾等不薙髮歸順之故而發兵剿殺，則明帝及其舉國之人

尽弃尔土地及当地出产之口粮耶？况且河东所有辽东地方之人，皆已薙发归顺，明帝及其举国之人岂未闻知耶？既已闻知，倘若仅以尔等不薙发归顺之故而发兵剿杀，则明帝及其举国之人

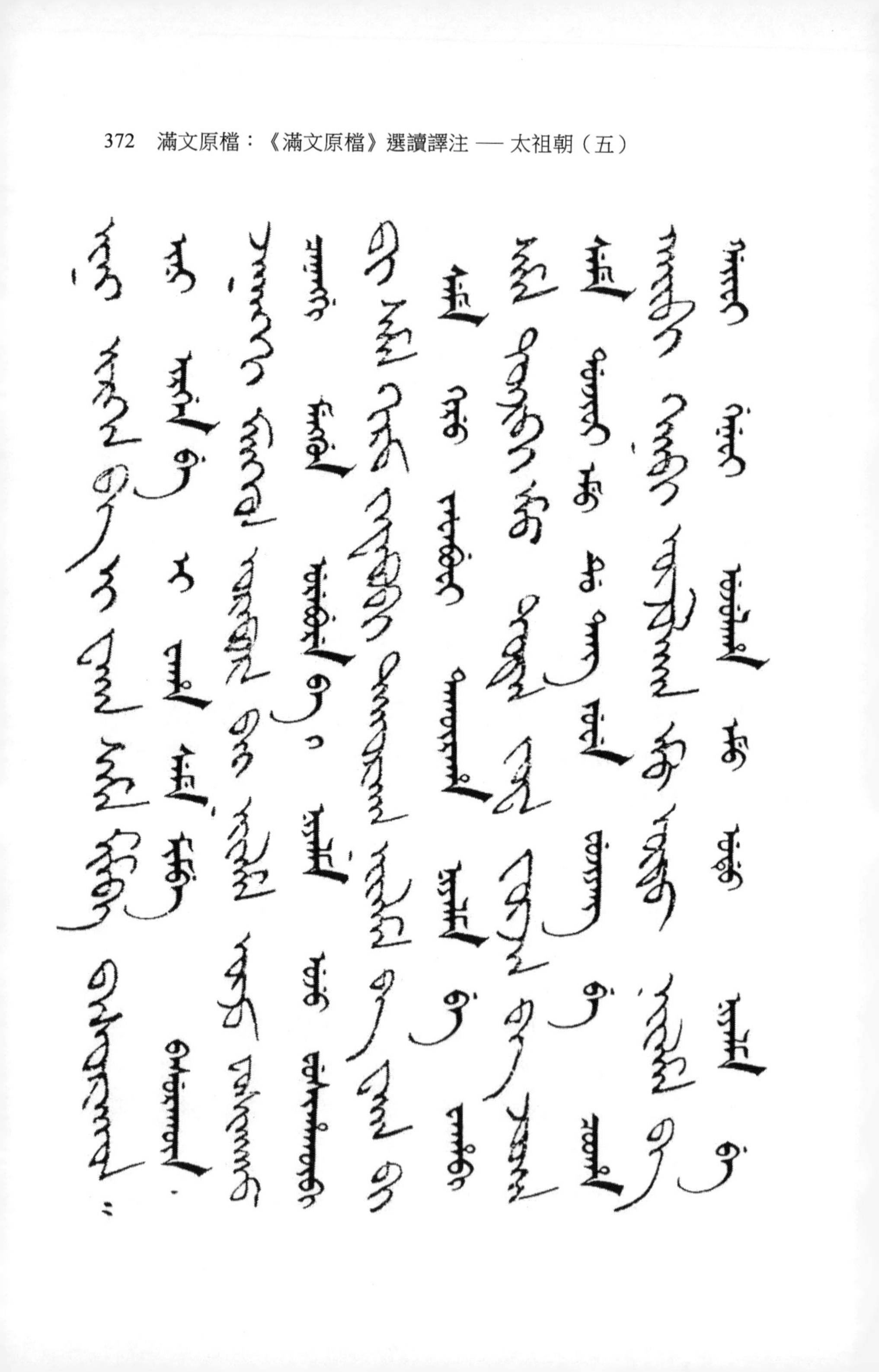

ini irgen be i waha seme mimbe basurakūn. cananggi menggun urebure bai niyalma uju fusihakū bi seme kiru jafabufi takūraha niyalma be waha bi seme, donjifi emu dutang, juwe fujiyang be cooha gaifi genefi ujulaha emu udu niyalma be

豈不嘲笑我嗜殺其民人耶？前日，煉銀地方之人，拒不薙髮，殺我所遣執纛之人。聞知後，曾命都堂一人、副將二人率兵前往殺其為首數人。

岂不嘲笑我嗜杀其民人耶？前日，炼银地方之人，拒不薙发，杀我所遣执纛之人。闻知后，曾命都堂一人、副将二人率兵前往杀其为首数人。

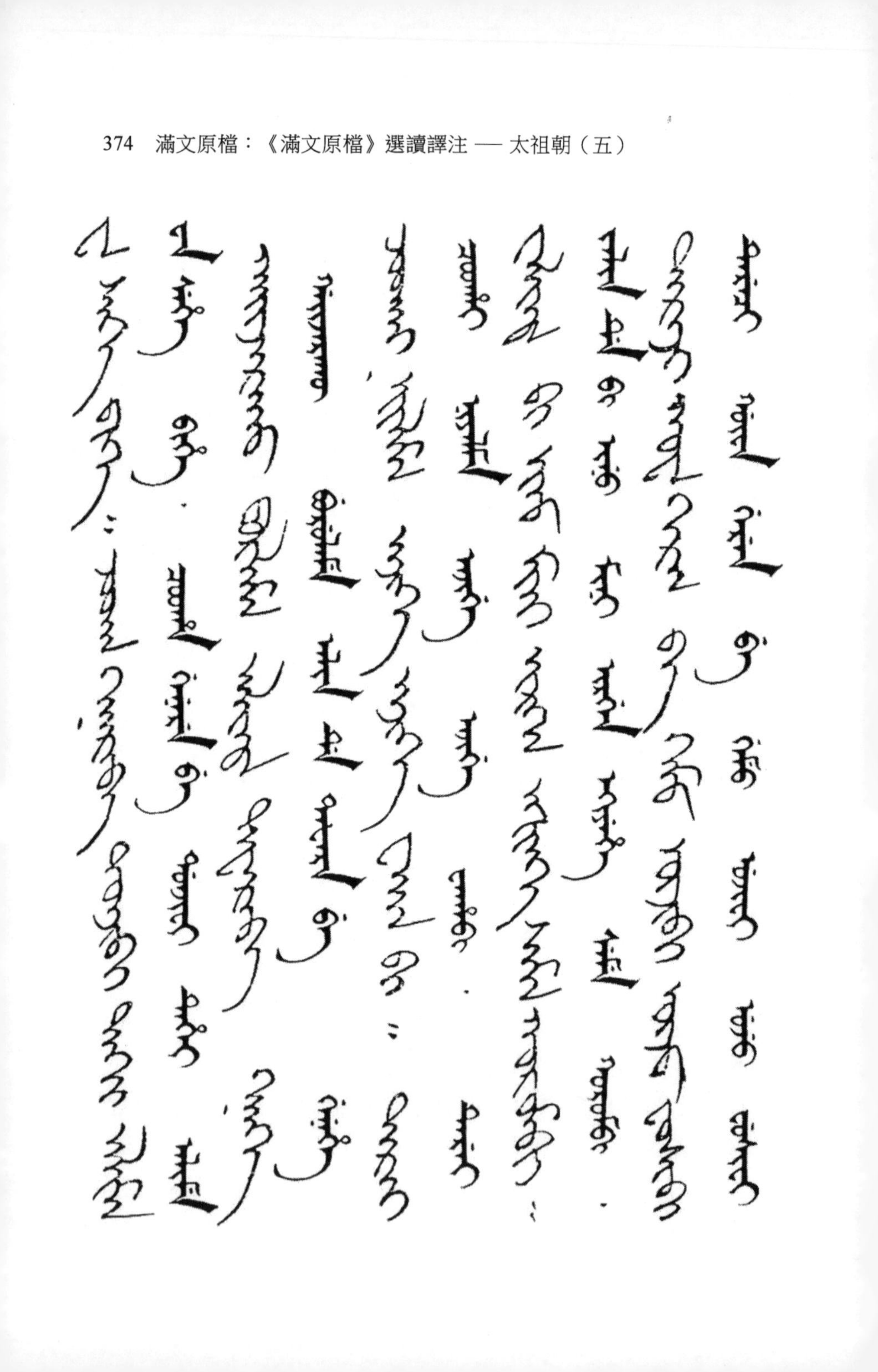

wa sehe bihe. cooha generebe donjifi tehei alime gaijarakū burulame alinde tafarabe genehe coohai niyalma ajige ajige waha bi. terei jalinde bi inu mini irgen ekiyehe seme korombi, tereci gūwa geren be gemu ujifi uju fusifi

---

彼等聞兵前往，片刻不留，登山逃走。前往之兵丁殺其少數。為此，我亦因我之民人減少而追悔，遂將其餘眾人皆加豢養，俱令薙髮，

彼等闻兵前往，片刻不留，登山逃走。前往之兵丁杀其少数。为此，我亦因我之民人减少而追悔，遂将其余众人皆加豢养，俱令薙发，

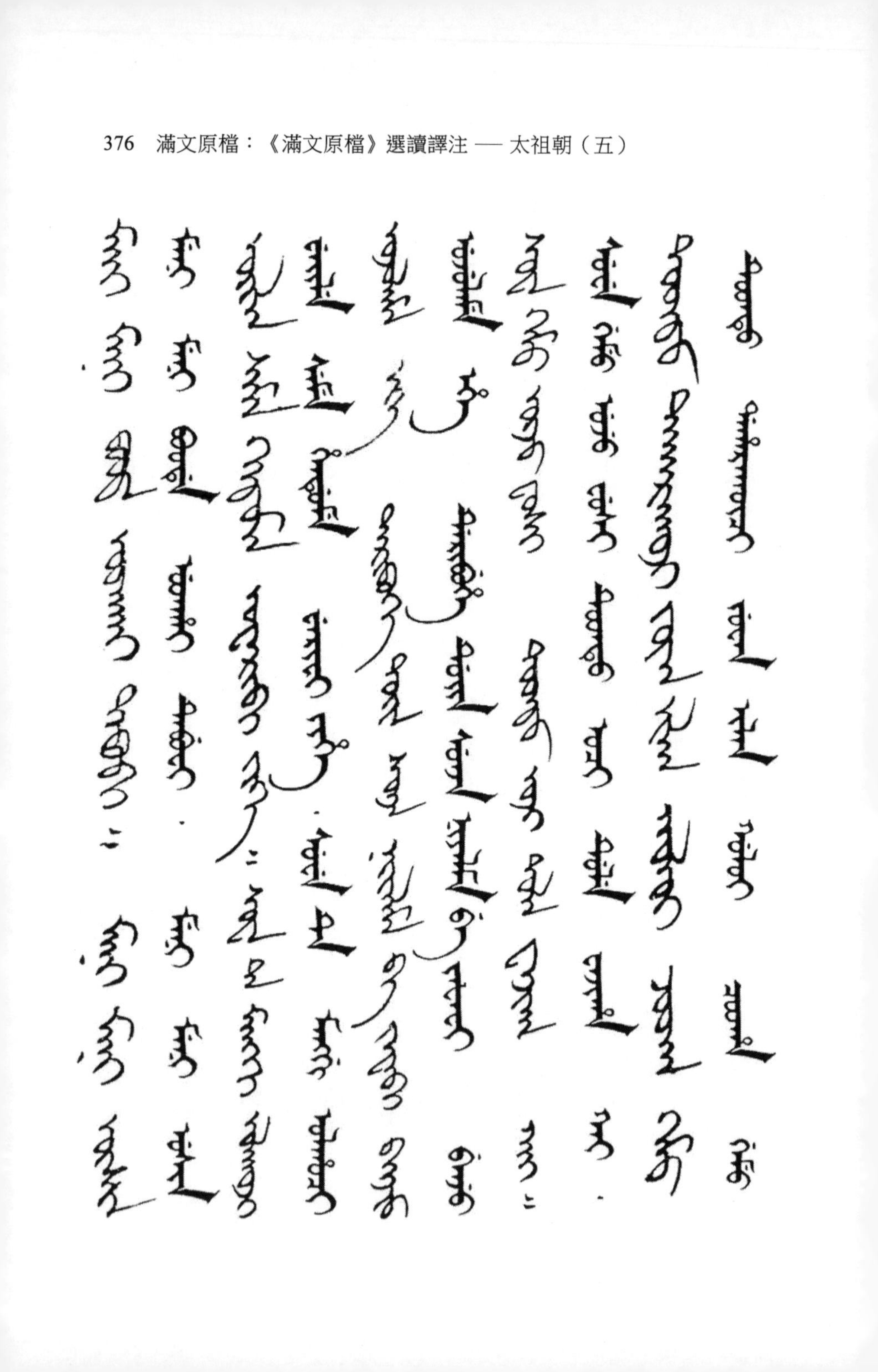

meni meni boode uthai tebufi, meni meni usin weile seme hendume werifi jihe. suwe te manggi olhoci ujulame ehe deribuhe duin sunja niyalma be jafafi benju, suwe gemu uju fusi tuttu oci dule wajiha kai. tuttu daharakūci juwan ilan goloi cooha gemu

---

即令各歸其家，各耕其田，而令其留下前來。爾今若知恐懼，則可將為首作惡四、五人拏獲送來，爾等皆薙髮，如此則已也。若仍不歸順，十三省之兵皆下來，

即令各归其家，各耕其田，而令其留下前来。尔今若知恐惧，则可将为首作恶四、五人拏获送来，尔等皆薙发，如此则已也。若仍不归顺，十三省之兵皆下来，

二十三、秉公斷案

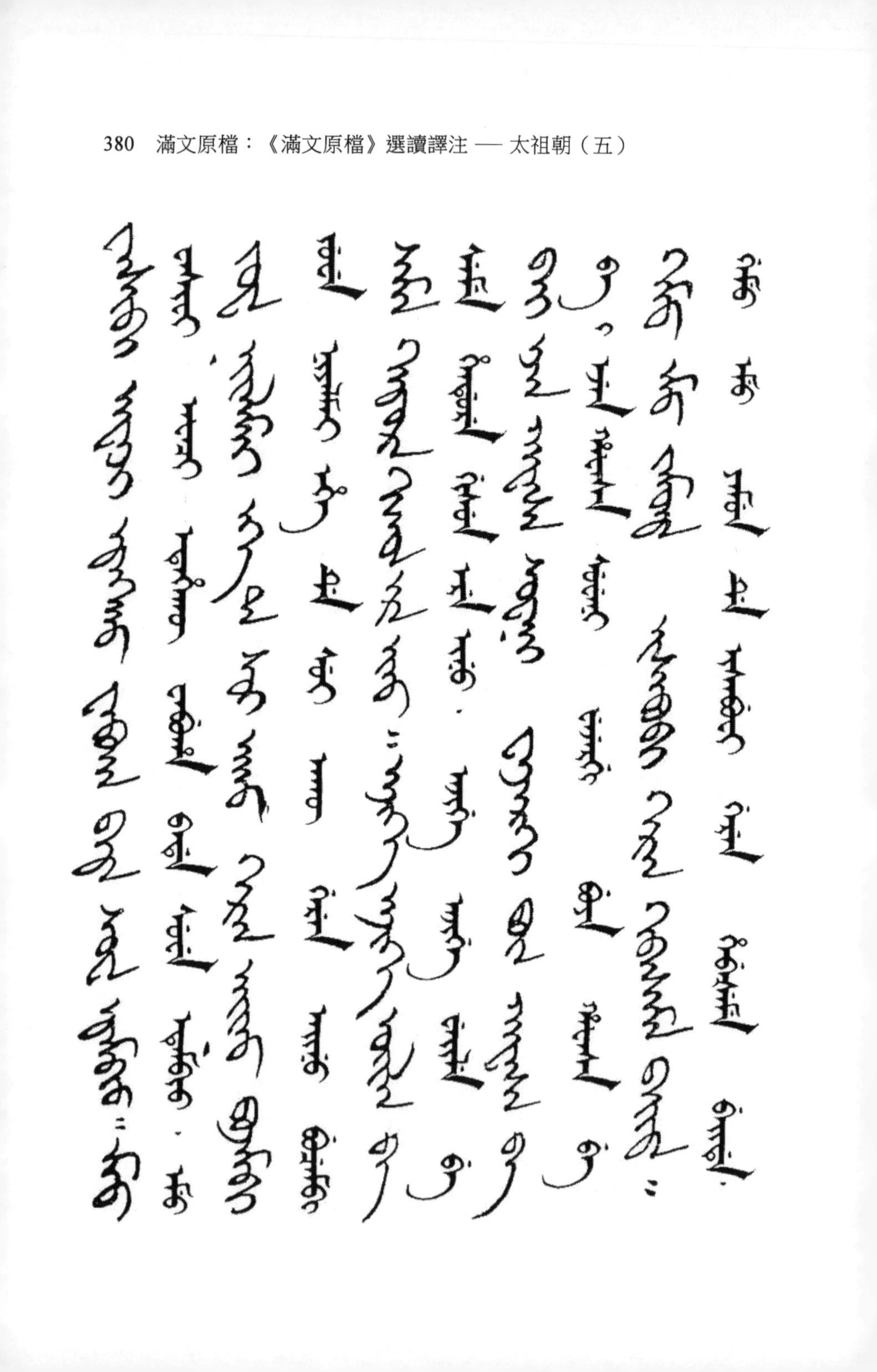

wasifi afaci etehekū wabuha bade suwe etembio. emu juwe niyalmai ehe de sui akū geren ainu bucembi seme hendure gisun ere inu. ajige ajige weile be, bai ejen hafasa suweni fejergi buya hafasa be, gemu emu yamunde isabufi, geren hebešeme beide.

征戰時，尚且不能勝而被殺，爾等豈能勝耶？因一、二人為惡，無辜之眾人為何死之？所言此也。」至於細小之事，皆令地方主管之官員與爾屬下微員皆聚集於同一衙門，由眾人商議審理；

征战时，尚且不能胜而被杀，尔等岂能胜耶？因一、二人为恶，无辜之众人为何死之？所言此也。」至于细小之事，皆令地方主管之官员与尔属下微员皆聚集于同一衙门，由众人商议审理；

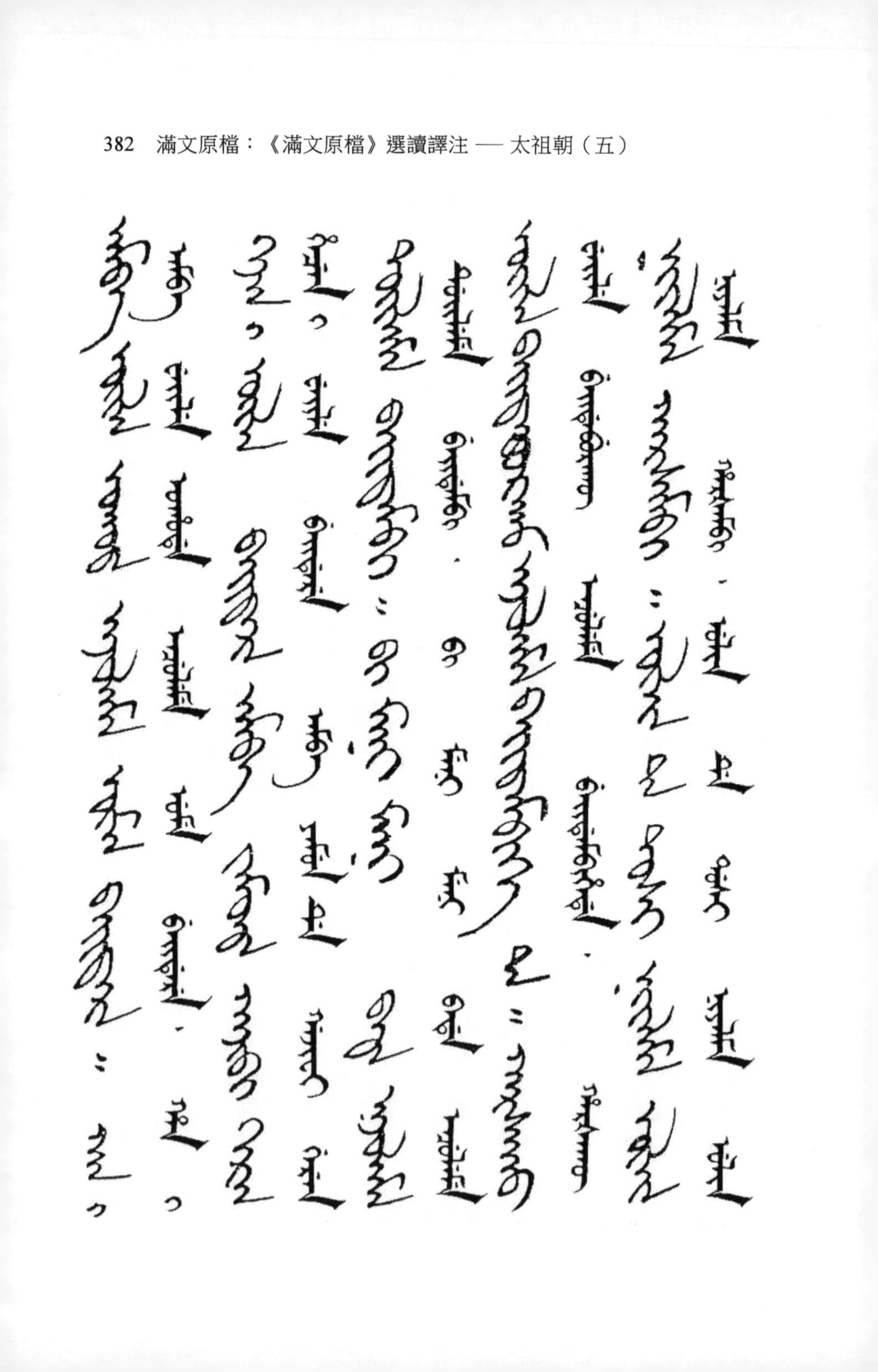

amba weile ohode enculeme ume beidere, han i hecen i weile beidere amba yamunde gajifi geren duileme beidembi. bi meni meni bade enculeme weile beideburakū, enculeme beidembihe de, haršakū niyalma haršambi, ulin de dosi niyalma ulin

---

若是大事，勿擅自另行審理，須送往汗城理事大衙門，由眾人審理。我不准各地擅自另行審理。若擅自另行審理，恐偏袒之人袒護，貪財之人納賄，

若是大事，勿擅自另行审理，须送往汗城理事大衙门，由众人审理。我不准各地擅自另行审理。若擅自另行审理，恐偏袒之人袒护，贪财之人纳贿，

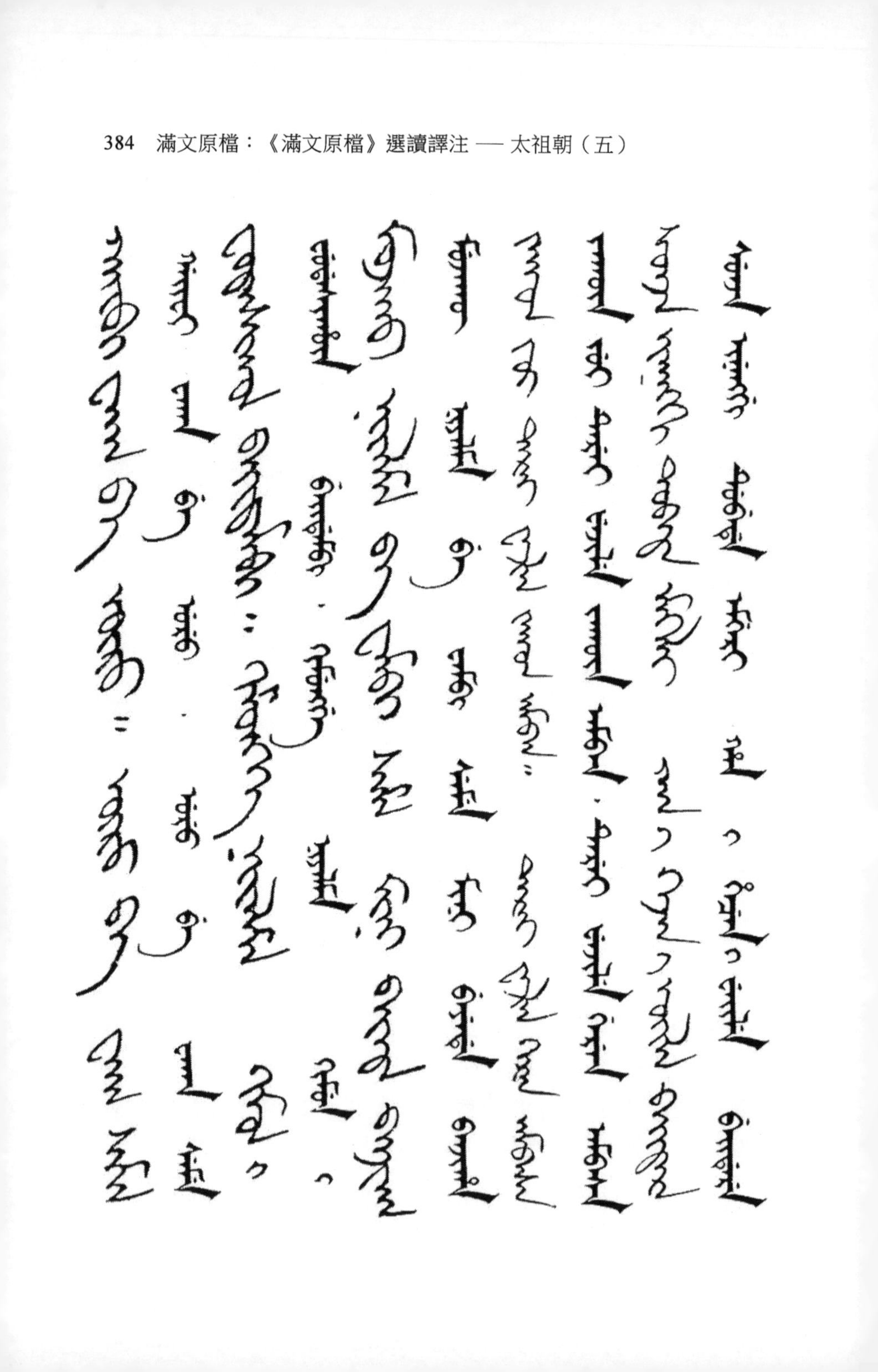

ᠮᠠᠨᠵᡠ

gaifi waka be uru, uru be waka seme fudasihūn beidembi.
kimungge niyalma kimun i mujakū niyalma be wambi seme,
mini beyede banjiha jakūn jui terei fejile jakūn amban, terei
fejile geren ambasa sunja inenggi dubede emgeli han i hecen
i weile beidere

以非為是，以是為非，顛倒剖斷。其有仇之人，借仇殺人。
我親生八子，其屬下八大臣及其屬下眾臣，五日一次，

以非为是，以是为非，颠倒剖断。其有仇之人，借仇杀人。
我亲生八子，其属下八大臣及其属下众臣，五日一次，

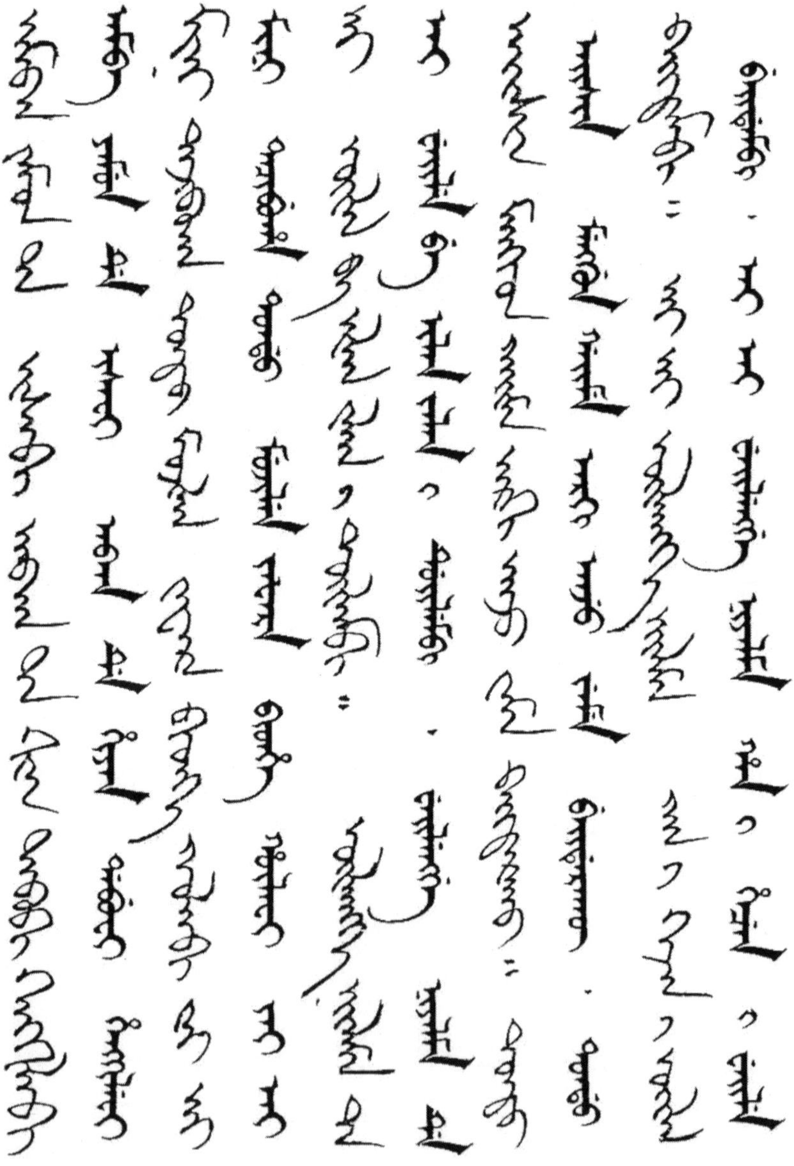

amban yamun de isafi abka de hiyan dabufi hengkilefi, mini tacibuha tondo mujilen jafara bithe hūlafi jai ai ai weile be ilan jalan i duilembi. weilengge niyalma de aisin menggun gaime arki anju jeme beiderakū, tondo beidembi. ai ai weilengge niyalma han i hecen i weile

---

聚集於汗城理事大衙門，焚香拜天，閱讀我所敕編存心公正之篇，再將各案再三剖斷。不納犯人金銀，不食犯人酒殽，秉公審斷。各類犯人，

聚集于汗城理事大衙门，焚香拜天，阅读我所敕编存心公正之篇，再将各案再三剖断。不纳犯人金银，不食犯人酒殽，秉公审断。各类犯人，

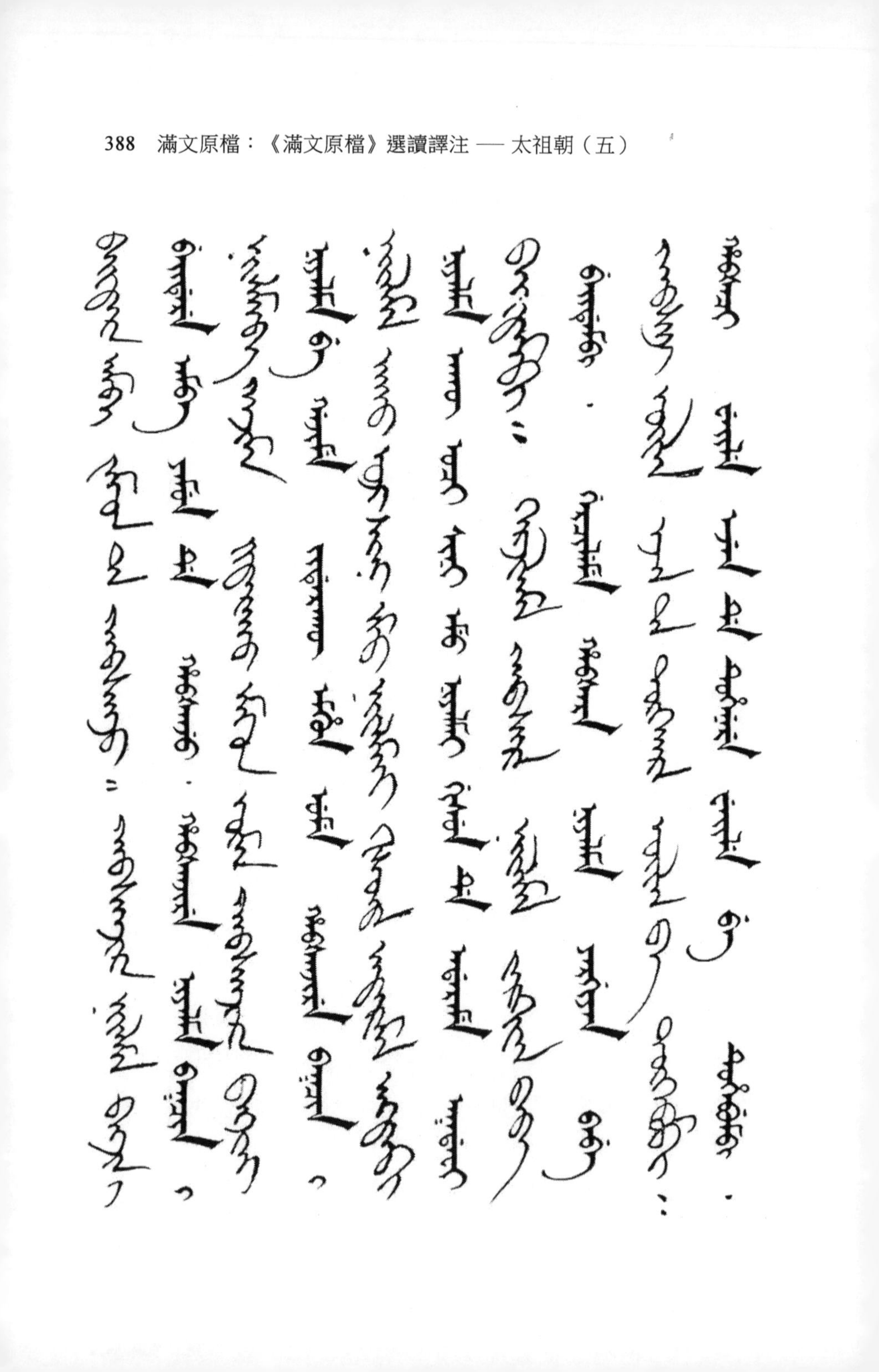

beidere amba yamun de habšanju. habšanjire niyalma bakcin i niyalmabe gajime jiderakū emhun ume habšanjire bakcini niyalma akū oci sini emu niyalmai gisun de adarame akdafi beidembi. gercileme habšara niyalma yargiyan babe habšaci weile ejen de tuhenere weile be tuhebumbi,

當來訴於汗城理事大衙門。來訴之人須帶被告，不可獨自一人來訴。若無被告之人，焉能相信爾一人之言審理？若首告之人所訴屬實，則治事主應得之罪。

当来诉于汗城理事大衙门。来诉之人须带被告，不可独自一人来诉。若无被告之人，焉能相信尔一人之言审理？若首告之人所诉属实，则治事主应得之罪。

二十四、互通有無

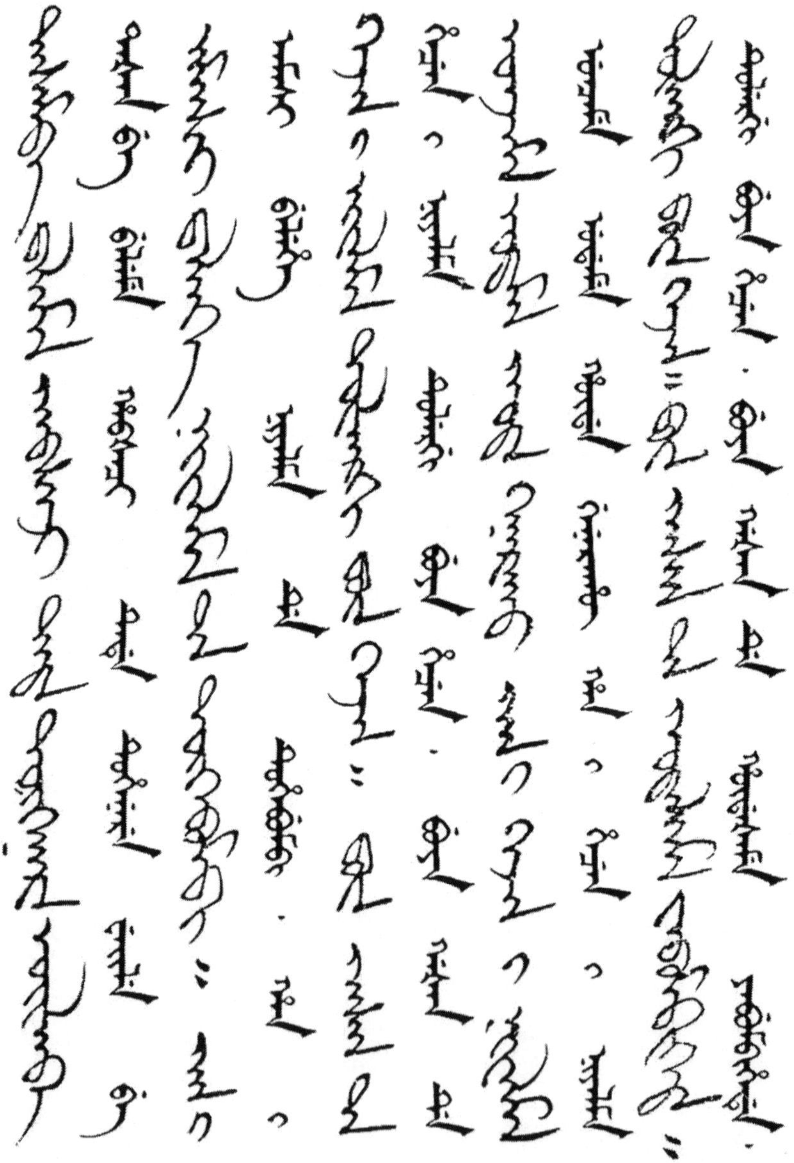

tašambe beleme habšaci tede tuhenere weilebe amasi belehe
niyalma de tuhebumbi, han i hecen i niyalma tulergi buya
hecen, buya gašan de uncame udame hūda generahū. han i
hecen i niyalma tulergi buya hecen, buya gašan de hūdašame
yabumbihede,

若捏詞誣告，則反坐誣告之人，恐汗城之人赴外地小城小
屯買賣貿易。汗城之人，於外地小城小屯行走經商時，

若捏词诬告，则反坐诬告之人，恐汗城之人赴外地小城小
屯买卖贸易。汗城之人，于外地小城小屯行走经商时，

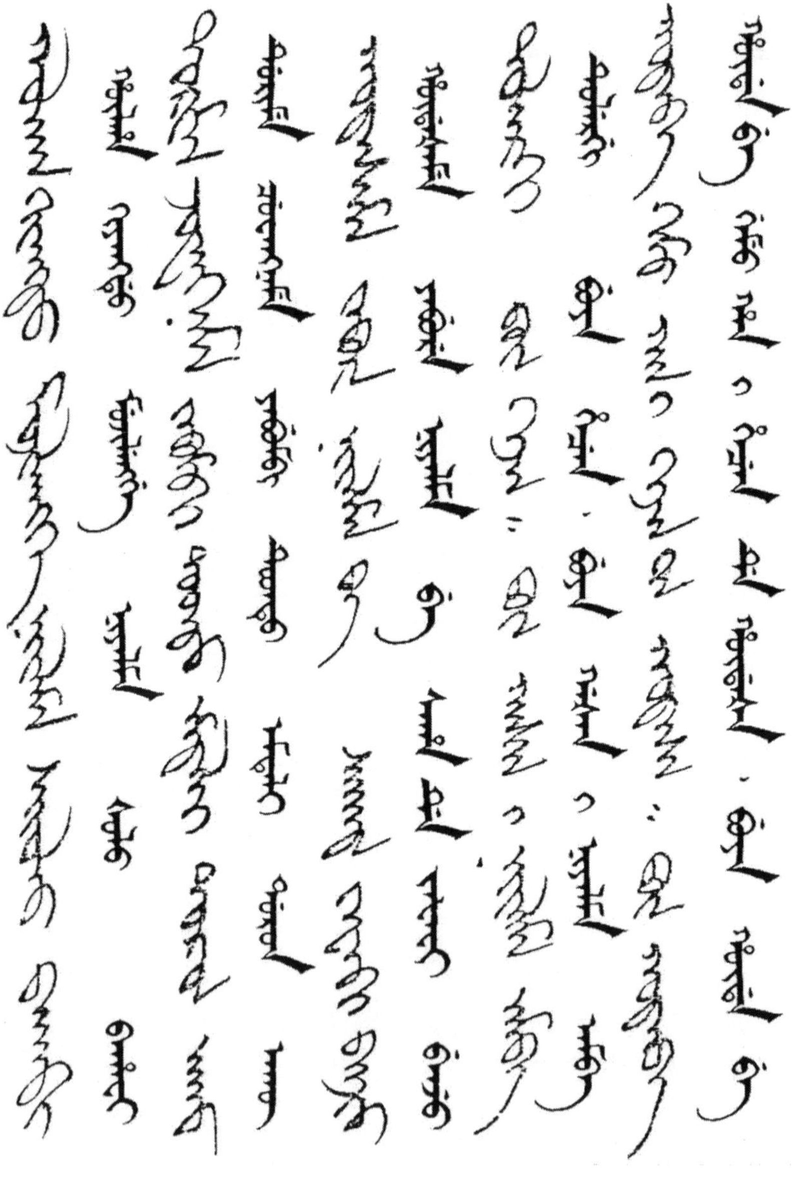

hūlha kiyangdu mujilengge niyalma šolo bahafi durime cuwangname yabumbi, tuttu emteli doron akū hūdašame yabure niyalma be sahade jafafi benju. tulergi buya hecen, buya gašan i niyalma amba hūda be gemu han i hecen de hūdaša, buya hūdabe

---

被盜賊逞強有心之人伺機掠奪，故凡見有單身無印票貿易行走之人，即挐送前來。外地小城小屯之人，皆可攜大宗貨物來汗城貿易，

被盜賊逞強有心之人伺机掠夺，故凡见有单身无印票贸易行走之人，即挐送前来。外地小城小屯之人，皆可携大宗货物来汗城贸易，

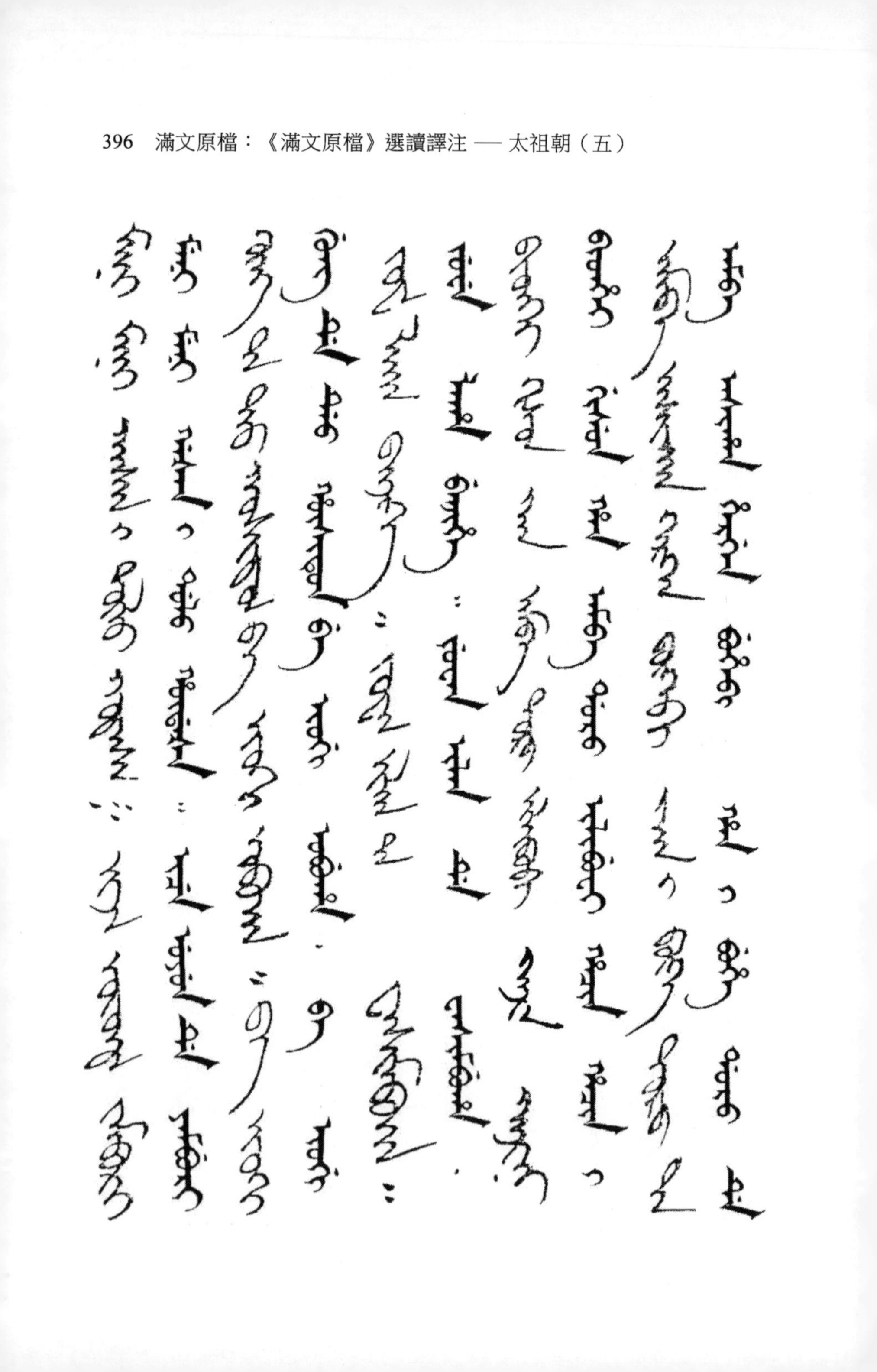

meni meni gašan i dolo hūdaša. ice uyun de yamburi gung de
deo hūsitun be iogi obuha. ba iogi juwe laha benjihe. juwan
ilan de wasimbuha bithei gisun, han amba doro ilibufi hacin
hacini amba asihan hergen buhebi, han i buhe doro de

小宗貨物可於各自屯中貿易。初九日，因雅木布裏有功，
以其弟胡希屯為遊擊。巴遊擊來獻淮子魚二尾。十三日，
頒降諭旨曰：「汗創立大業，授大小各項官職，宜仰合汗
所授基業，

小宗货物可于各自屯中贸易。初九日，因雅木布里有功，
以其弟胡希屯为游击。巴游击来献淮子鱼二尾。十三日，
颁降谕旨曰：「汗创立大业，授大小各项官职，宜仰合汗
所授基业，

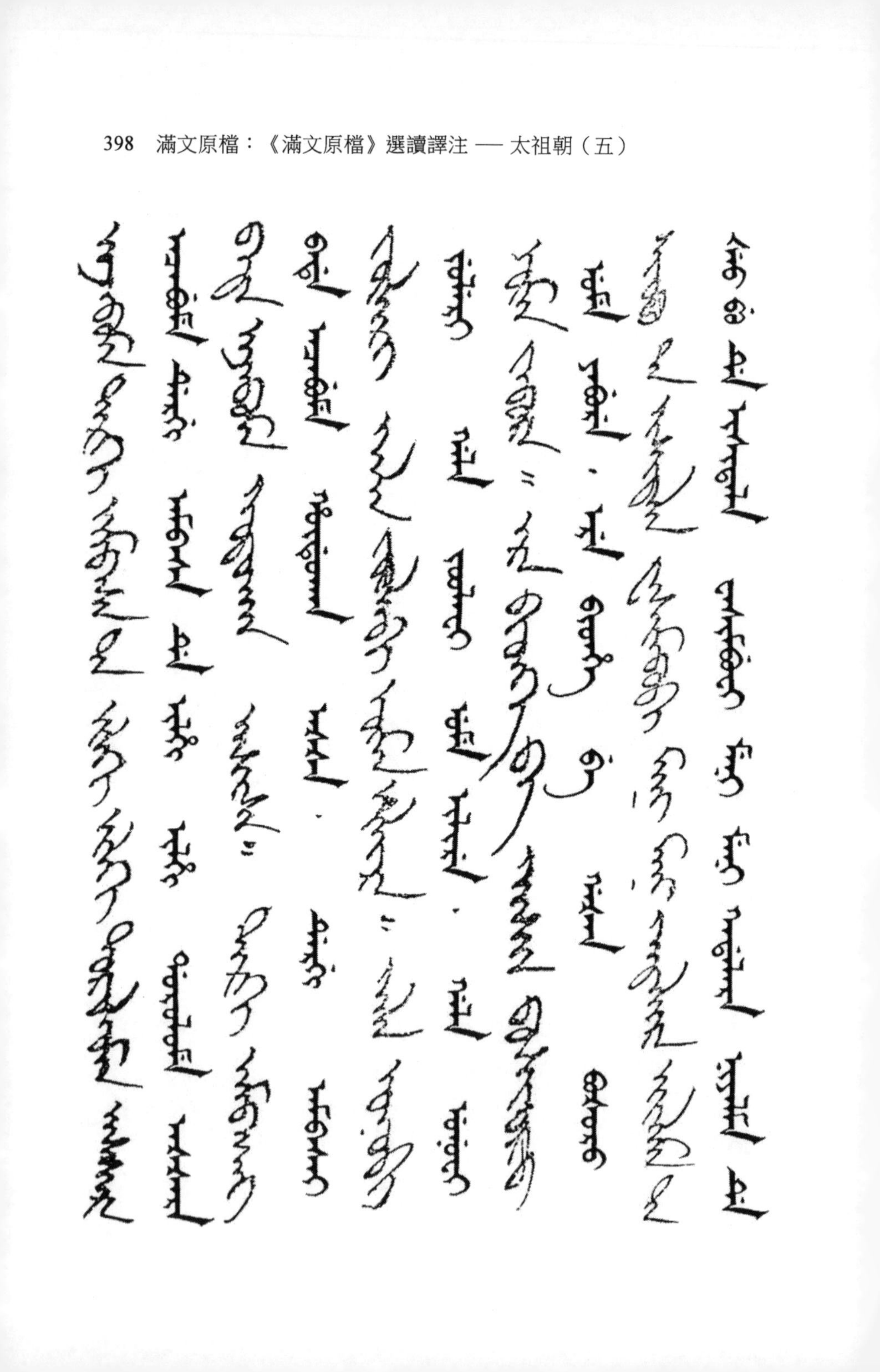

acabume dergi ambasa de ilhi ilhi dorolome aššara bade
acabume hūdukan ašša. dergi ambasai juleri gala joolafi ume
ilire, gala unufi ume yabure. ere bithe be gašan bošoro šeopu
de isitala wasimbufi meni meni kadalara niyalma de

侍奉上司大臣彬彬有禮，動作敏捷。於上司面前，勿抄手
而立，勿背手而行。著將此諭旨頒至管屯守堡，傳諭各該
管轄之人銘記。

侍奉上司大臣彬彬有礼，动作敏捷。于上司面前，勿抄手
而立，勿背手而行。着将此谕旨颁至管屯守堡，传谕各该
管辖之人铭记。

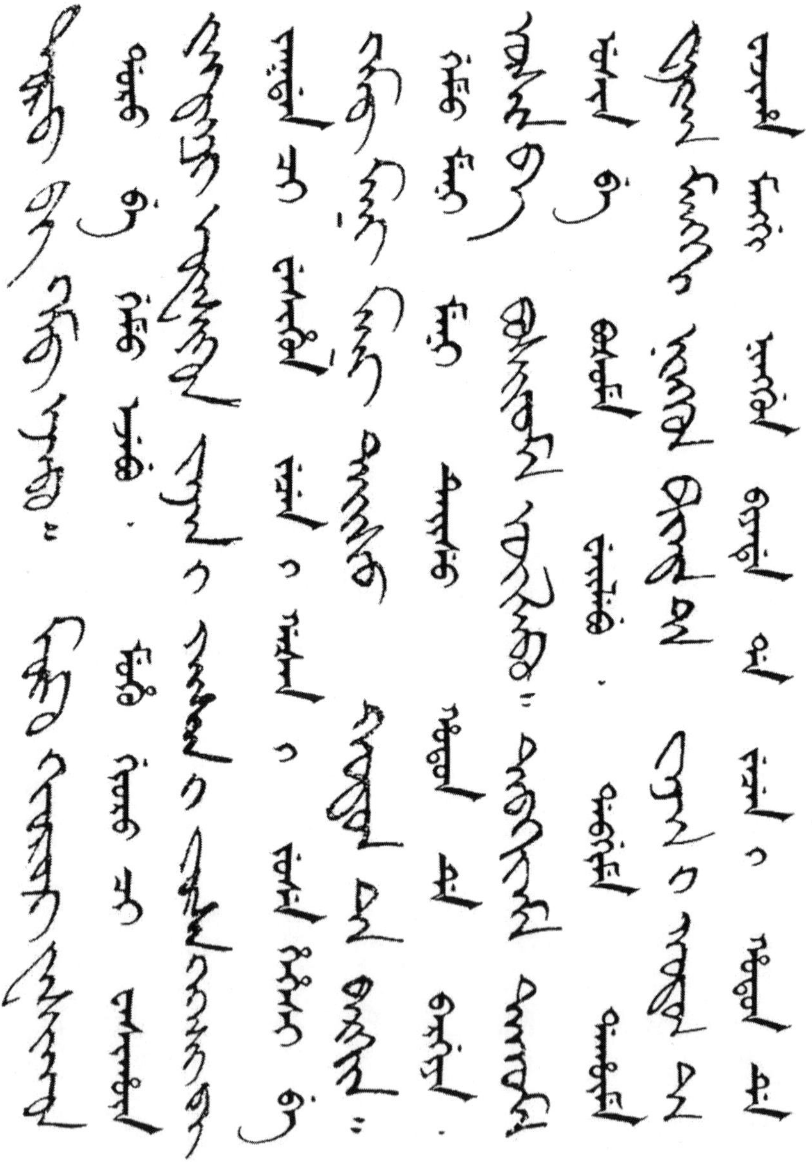

doro be gemu ejebu. muhu gioroci wasihūn jakdanci wesihun jecen i gašan i juse hehesi be gemu meni meni teisu hoton de bargiya, usin be bošome weilebu, dabkime dahūme wajiha manggi ninggun biyade da jecen i hoton de

自木虎覺羅以西、紮克丹以東之邊屯婦孺，皆各自收歸本城催令種田。工竣後[59]，可於六月將原收入邊城內

自木虎觉罗以西、扎克丹以东之边屯妇孺，皆各自收归本城催令种田。工竣后，可于六月将原收入边城内

[59] 工竣後，《滿文原檔》寫作 "tabkijame takome wajika manggi"、《滿文老檔》讀作 "dabgime dahūme wajiha manggi"，意即「反覆再三完成後」。句中 "dabgime"，意即「清除」，訛誤，應更正為 "dabteme"。

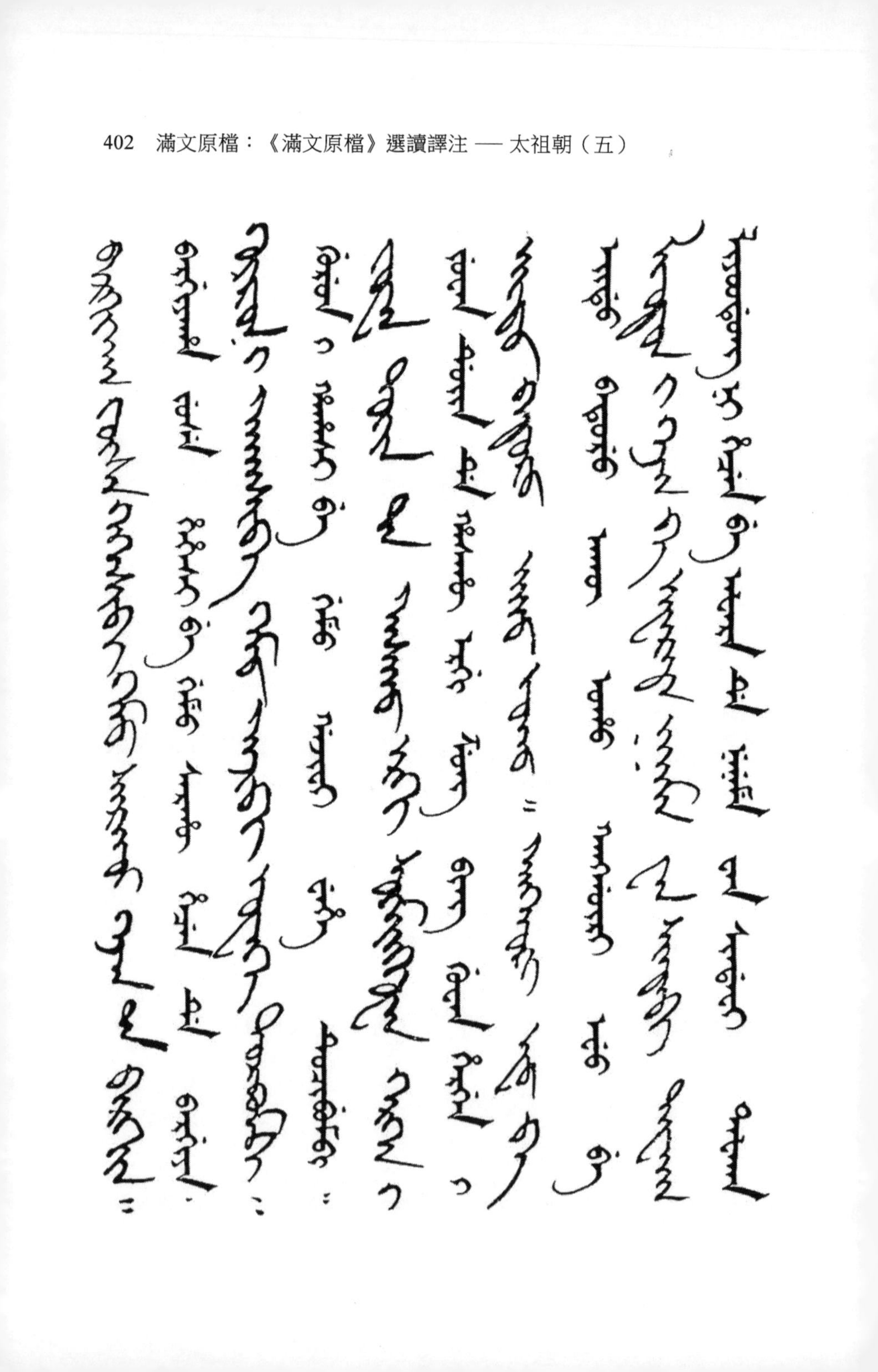

bargiyaha juse hehesibe gemu sarhūi hecen de bargiya, gurun i hahasibe gemu gajifi wehe tucibumbi. juwan duin de hashū ergi dzungbingguwan hergen i eidu baturu akū oho, kanggūri efu be liyoodung ni hecen be afarade neneme wan sindafi tafaka

婦孺皆收入薩爾滸城內，國中男丁皆帶來，令其搬運石頭。」十四日，左翼總兵官職之額亦都巴圖魯卒。以康古裏額駙於攻打遼東城時，豎梯先登，

妇孺皆收入萨尔浒城内，国中男丁皆带来，令其搬运石头。」十四日，左翼总兵官职之额亦都巴图鲁卒。以康古里额驸于攻打辽东城时，竖梯先登，

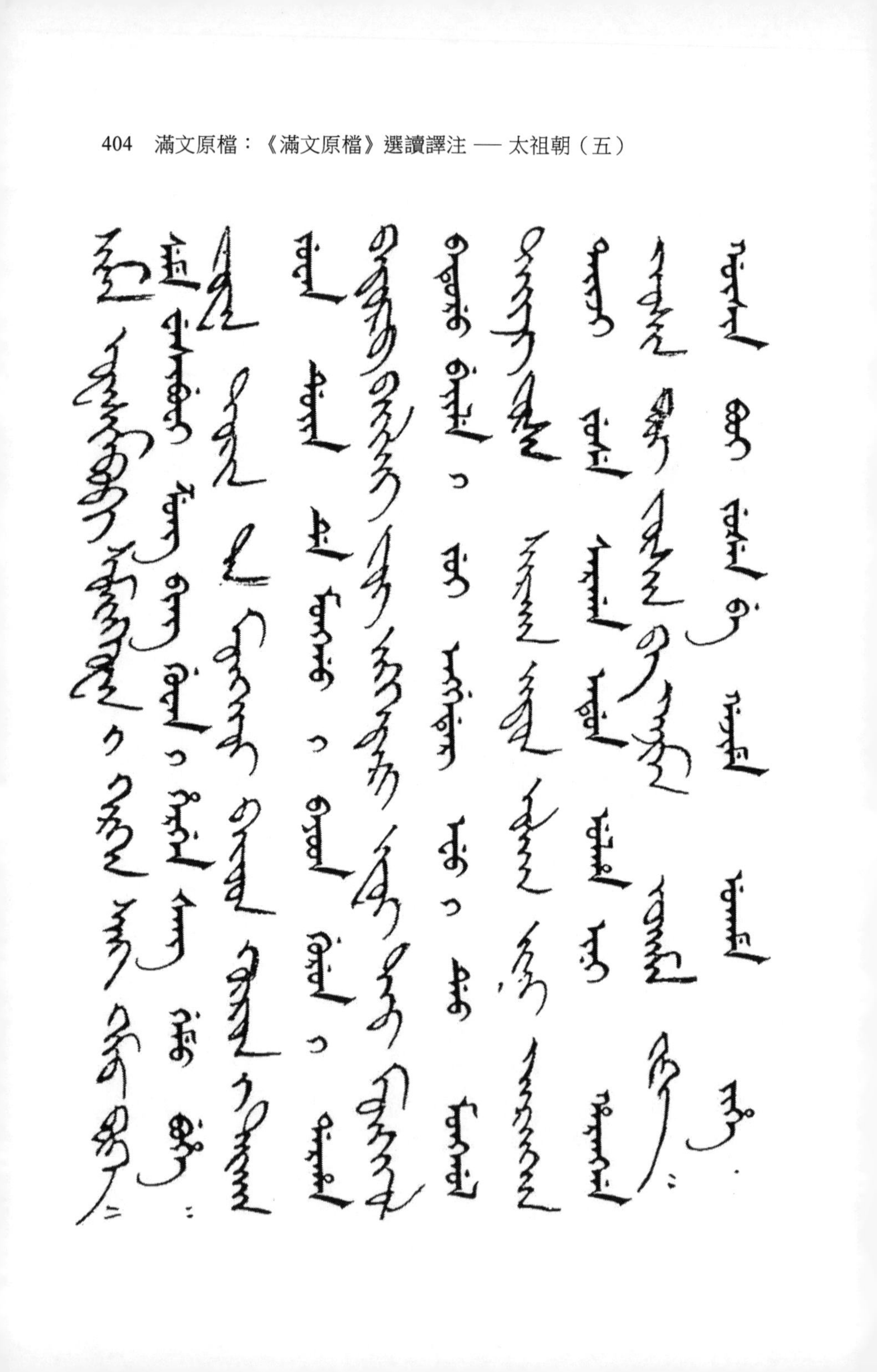

seme wesibufi dzung bing guwan i hergen šang gemu buhe. juwan duin de monggoi bayot gurun i darhan baturu beilei jui enggederi efui deo monggol taiji juse sargan adun ulha ini harangga gūsin booi jušen be gajime ukame jihe,

----

故擢為總兵官之職，且按銜加賞。十四日，蒙古巴嶽特國之達爾漢巴圖魯貝勒之子恩格德爾額駙之弟蒙果勒台吉率其婦孺、牧群牲畜及其所屬諸申三十戶逃來。

故擢为总兵官之职，且按衔加赏。十四日，蒙古巴岳特国之达尔汉巴图鲁贝勒之子恩格德尔额驸之弟蒙果勒台吉率其妇孺、牧群牲畜及其所属诸申三十户逃来。

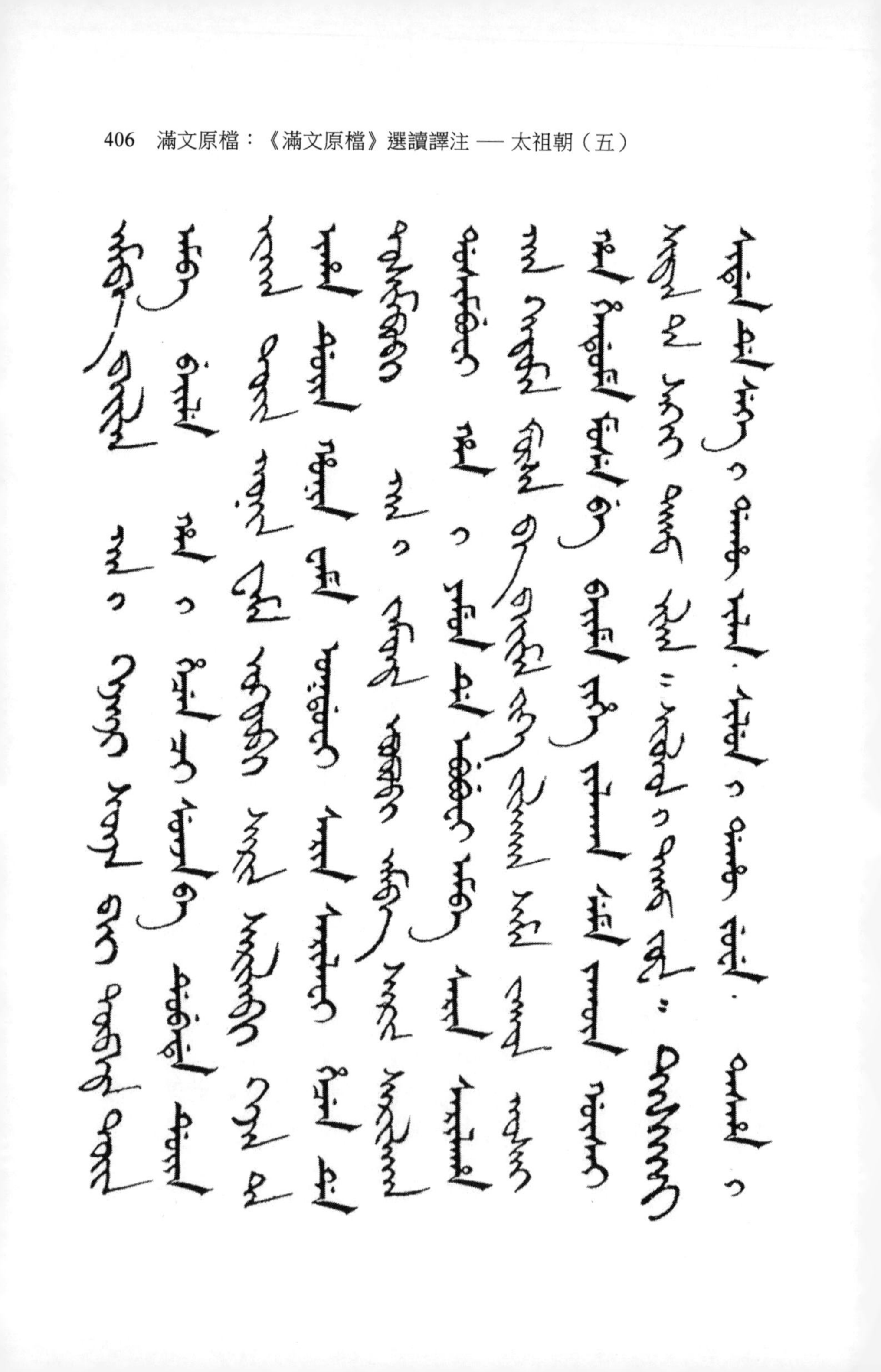

amba beile han i hecenci sunja bai dubede duin ihan, duin honin wame okdofi sarin sarilafi, hecen de dosimbufi han i yamunde ebubufi, amba sarin sarilaha. han hendume, muse be baime jihe jilakan seme jakūn gūsai siden de seke i dahū ilan, silun i dahū juwe, tashai

---

大貝勒出汗城迎於五裏外，宰四牛四羊設筵迎之。入城後，下榻於汗衙門，並設大筵宴之。汗曰：「前來投我，情屬可憐。」遂於八旗公帑內賜貂皮皮端罩三件、猞猁猻皮端罩二件、

大贝勒出汗城迎于五里外，宰四牛四羊设筵迎之。入城后，下榻于汗衙门，并设大筵宴之。汗曰：「前来投我，情属可怜。」遂于八旗公帑内赐貂皮皮端罩三件、猞猁狲皮端罩二件、

[Manchu script text - 9 columns, read right to left]

dahū juwe, elbihei dahū juwe, dobihi i dahū emke, sekei hayahan i jibca sunja, hailun i hayahai jibca juwe, ulhui hayahan i jibca ilan, haha hehei eture gecuheri etuku uyun, gulhun gecuheri ninggun, suje gūsin sunja, aisin juwan yan, menggun sunja tanggū

虎皮皮端罩二件、貉子皮皮端罩二件、狐皮皮端罩一件、鑲貂皮皮襖五件、鑲水獺皮皮襖二件、鑲銀鼠皮皮襖三件、男女穿蟒緞衣九件、整疋蟒緞六疋、緞三十五疋、金十兩、銀五百兩、

虎皮皮端罩二件、貉子皮皮端罩二件、狐皮皮端罩一件、鑲貂皮皮袄五件、鑲水獺皮皮袄二件、鑲银鼠皮皮袄三件、男女穿蟒缎衣九件、整疋蟒缎六疋、缎三十五疋、金十两、银五百两、

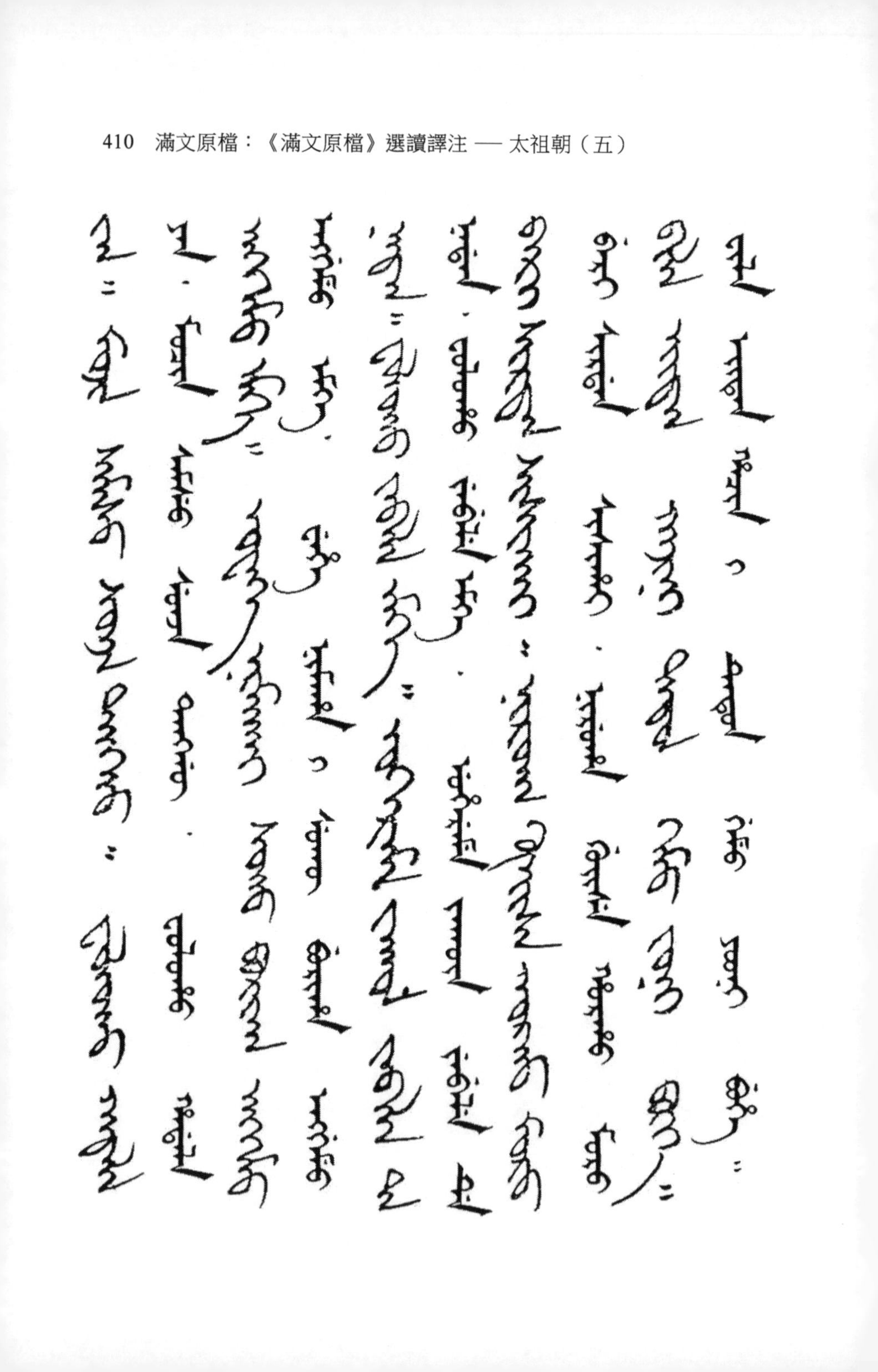

yan, mocin samsu sunja tanggū, foloho hadala enggemu emke, wehe nimahai sukū buriha enggemu nadan, foloho jebele emke, uhereme jakūn jebele de beri sirdan sisihai, niruha guise, horho, moro fila eiten hacini tetun gemu yooni buhe.

毛青布五百疋、雕花鞍轡一副、鯊皮鞍七具、玲瓏撒袋一件、插有弓箭之撒袋共八件及彩櫃、豎櫃、碗碟⁶⁰、各式器皿諸物俱備⁶¹。

毛青布五百疋、雕花鞍辔一副、鲨皮鞍七具、玲珑撒袋一件、插有弓箭之撒袋共八件及彩柜、竖柜、碗碟、各式器皿诸物俱备。

---

60 碗碟，句中「碟」，《滿文原檔》讀作 "pila"，係蒙文"pila"借詞，意即「盤子」。《滿文老檔》讀作 "fila"。
61 俱備，句中「俱」，《滿文原檔》寫作 "joni"，《滿文老檔》讀作 "yooni"。

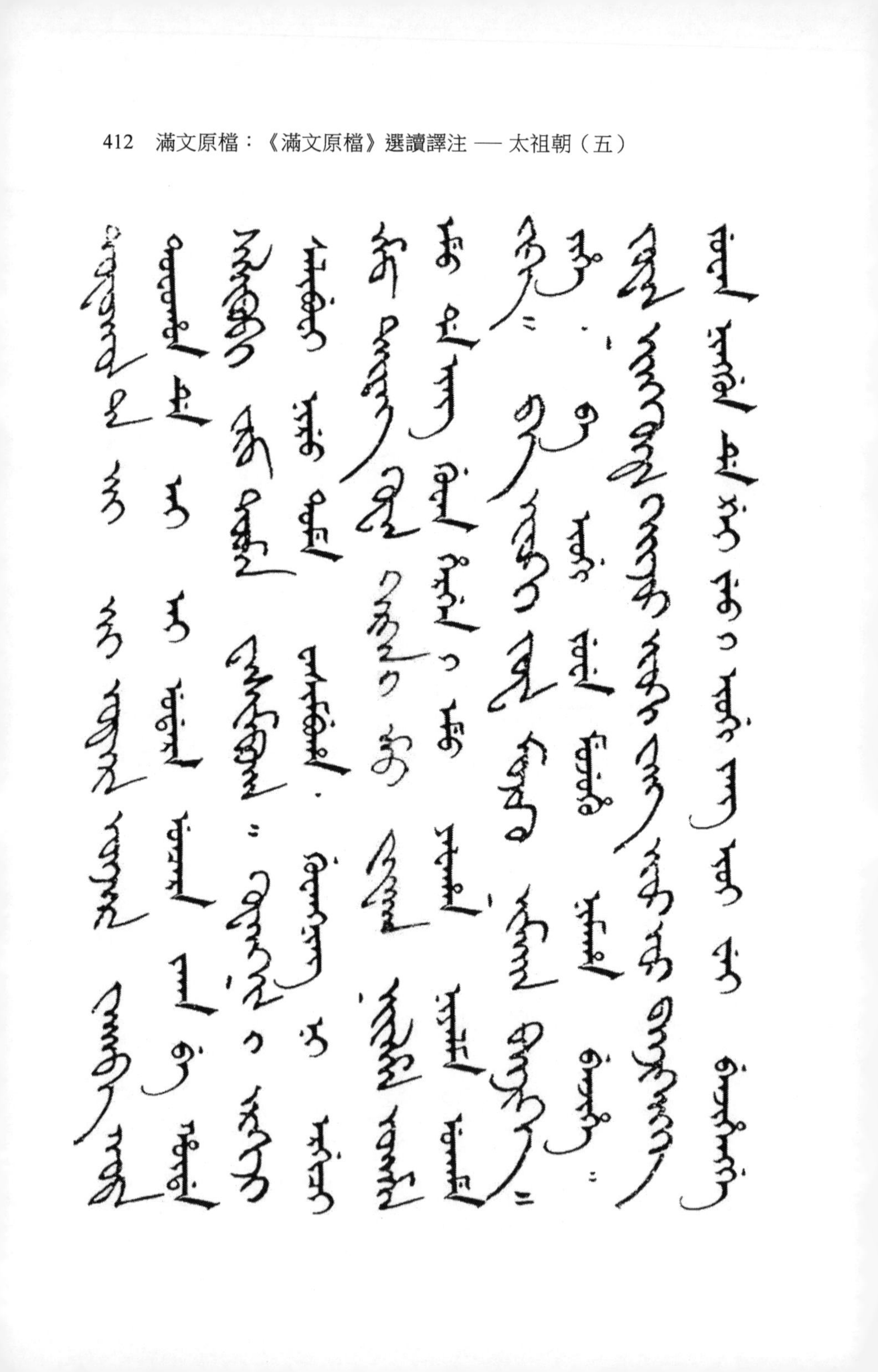

tofohon de ai ai udara uncara jakabe hūda salibufi niru tome wasimbuha. guwangning ni ergici emu daing guwan hergen i emu yafahan niyalma ukame jihe. ba iogi juwe mujuhu nimaha benjihe. juwan ninggunde g'aijeoi iogi jang ioi wei benjihengge

---

十五日，將各樣買賣物品折價後下發每牛彔。有一大營官職之一徒步人自廣寧方向逃來。巴遊擊送來鯉魚二尾。十六日，蓋州遊擊張玉維所送來者，

十五日，将各样买卖物品折价后下发每牛彔。有一大营官职之一徒步人自广宁方向逃来。巴游击送来鲤鱼二尾。十六日，盖州游击张玉维所送来者，

二十五、貢獻方物

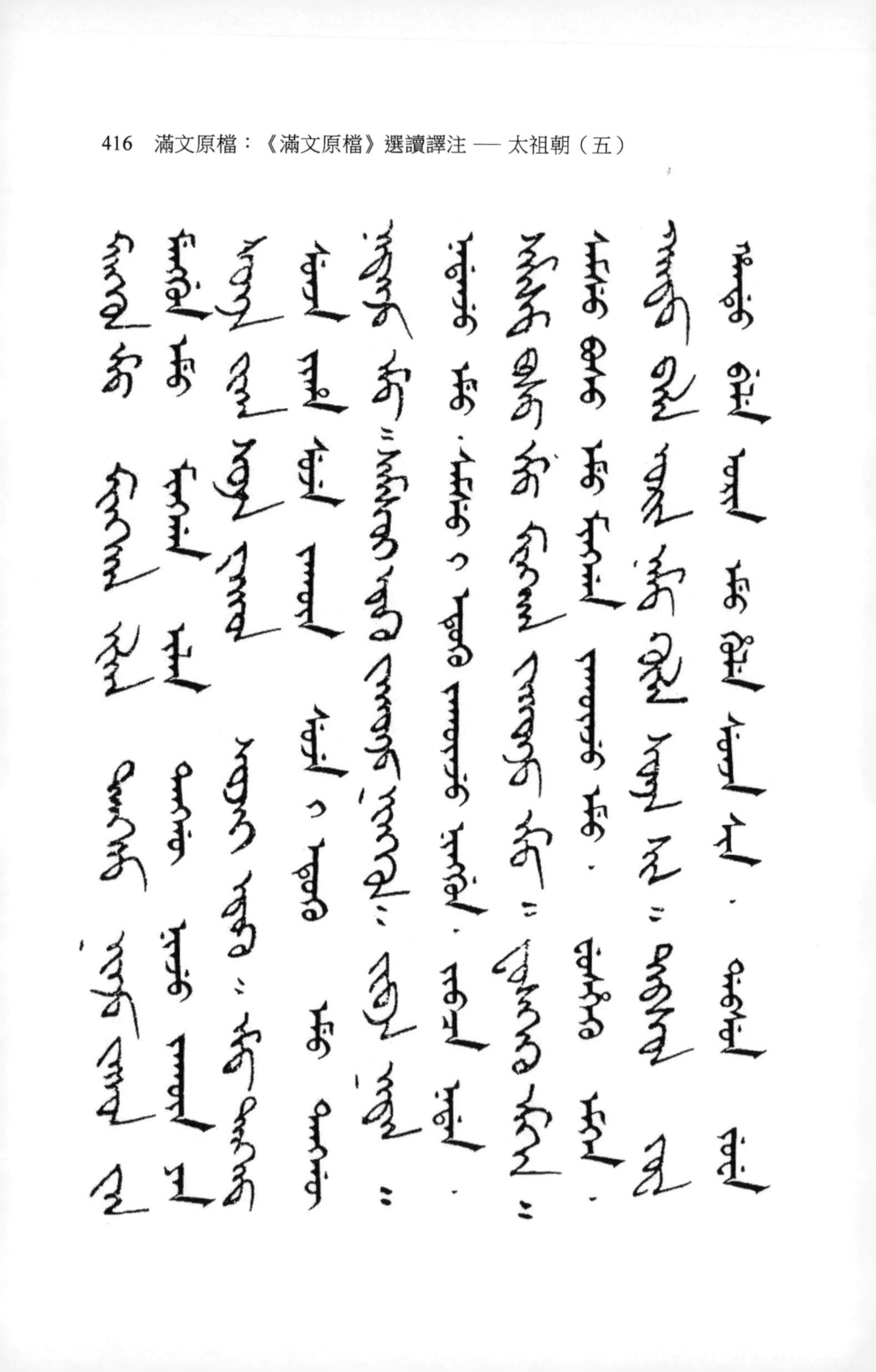

[滿文原檔文字]

menggun emu minggan ilan tanggū ninju jakūn yan sunja
jiha, suje jakūn, sujei etuku emu tanggū nadanju emu,
samsui etuku jakūnju ninggun, jibca nadan, samsu boso emu
minggan jakūnju emu, fusheku emken, handu bele orin emu
hule sunja sin, dabsun juwe

銀一千三百六十八兩五錢、緞八疋、緞衣一百七十一件、
翠藍布衣八十六件、皮襖七件、翠藍布一千零八十一疋、
扇子一把、粳米二十一[62]石五鬥、

銀一千三百六十八兩五钱、缎八疋、缎衣一百七十一件、
翠蓝布衣八十六件、皮袄七件、翠蓝布一千零八十一疋、
扇子一把、粳米二十一石五斗、

---

[62] 二十一，《滿文原檔》寫作"orin namo"，訛誤，《滿文老檔》讀作"orin
emu"，改正。

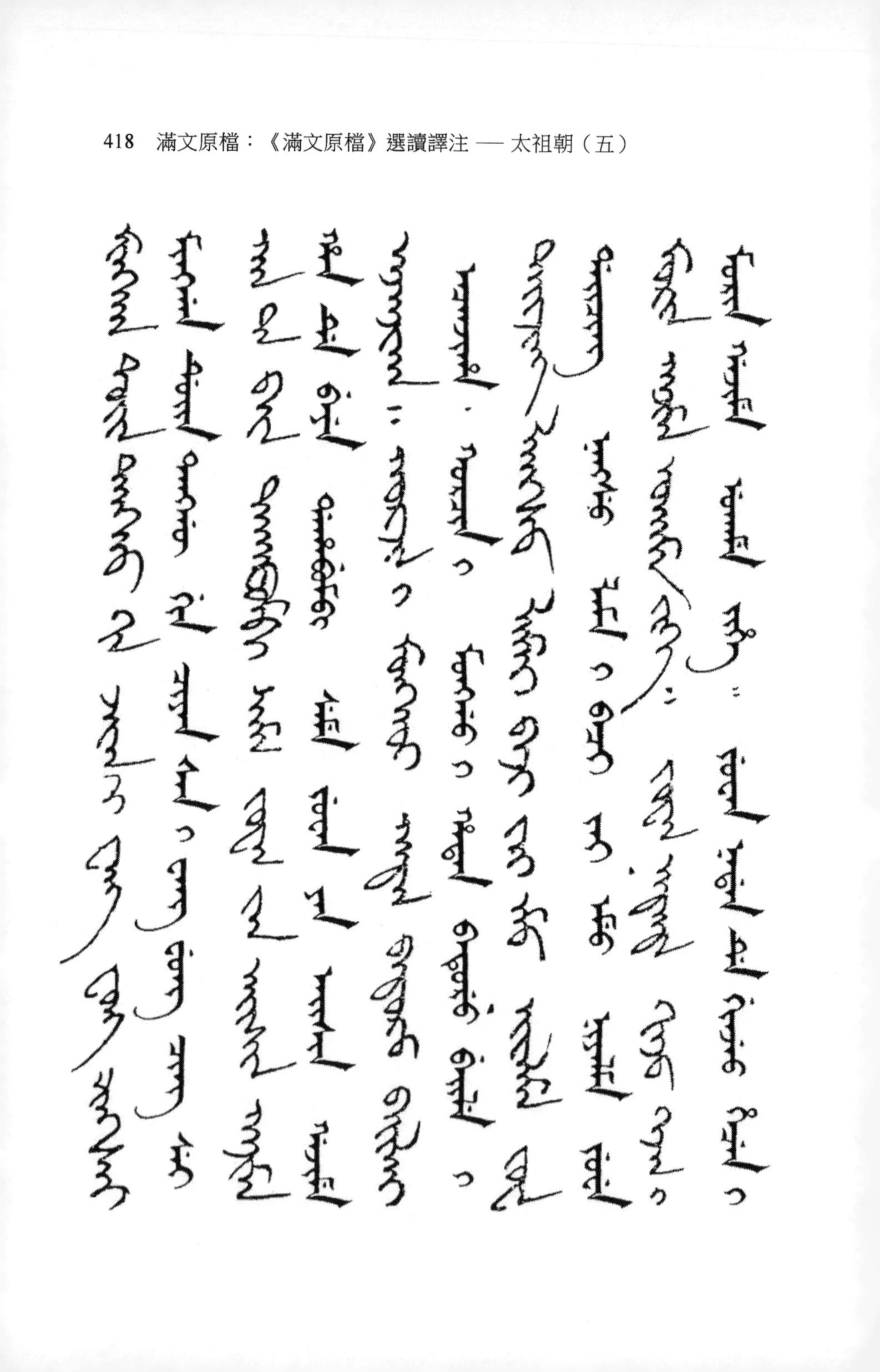

minggan duin tanggū gin. ciyan šan i wang fung cingsei han
de beye dahabumbi seme juwan yan aisin gajime acanjiha.
korcin i monggoi hatan baturu beilei daicing nangsu lamai
baci jai emu niyalma juwe morin gajime ukame jihe. juwan
nadande ginjeo hecen i

鹽二千四百斤。千山王鳳清等本人前來歸順汗，攜金十兩來會。又有一人攜馬二匹自科爾沁蒙古哈坦巴圖魯貝勒戴青囊蘇喇嘛[63]處逃來。十七日，金州城

盐二千四百斤。千山王凤清等本人前来归顺汗，携金十两来会。又有一人携马二匹自科尔沁蒙古哈坦巴图鲁贝勒戴青囊苏喇嘛处逃来。十七日，金州城

---

[63] 戴青囊蘇喇嘛，《滿文原檔》寫作 "taijing langso lama"，《滿文老檔》讀作 "daicing nangsu lama"。囊蘇，或作「囊素」。按天聰四年(1630)四月勒建滿漢二體《大金喇嘛法師寶(塔)記》碑文，滿文作 "urluk darhan langsu lama"，漢文作「法師斡祿打兒罕囊素」，句中喇嘛稱號「斡祿打兒罕」與《滿文原檔》作「戴青」相異。

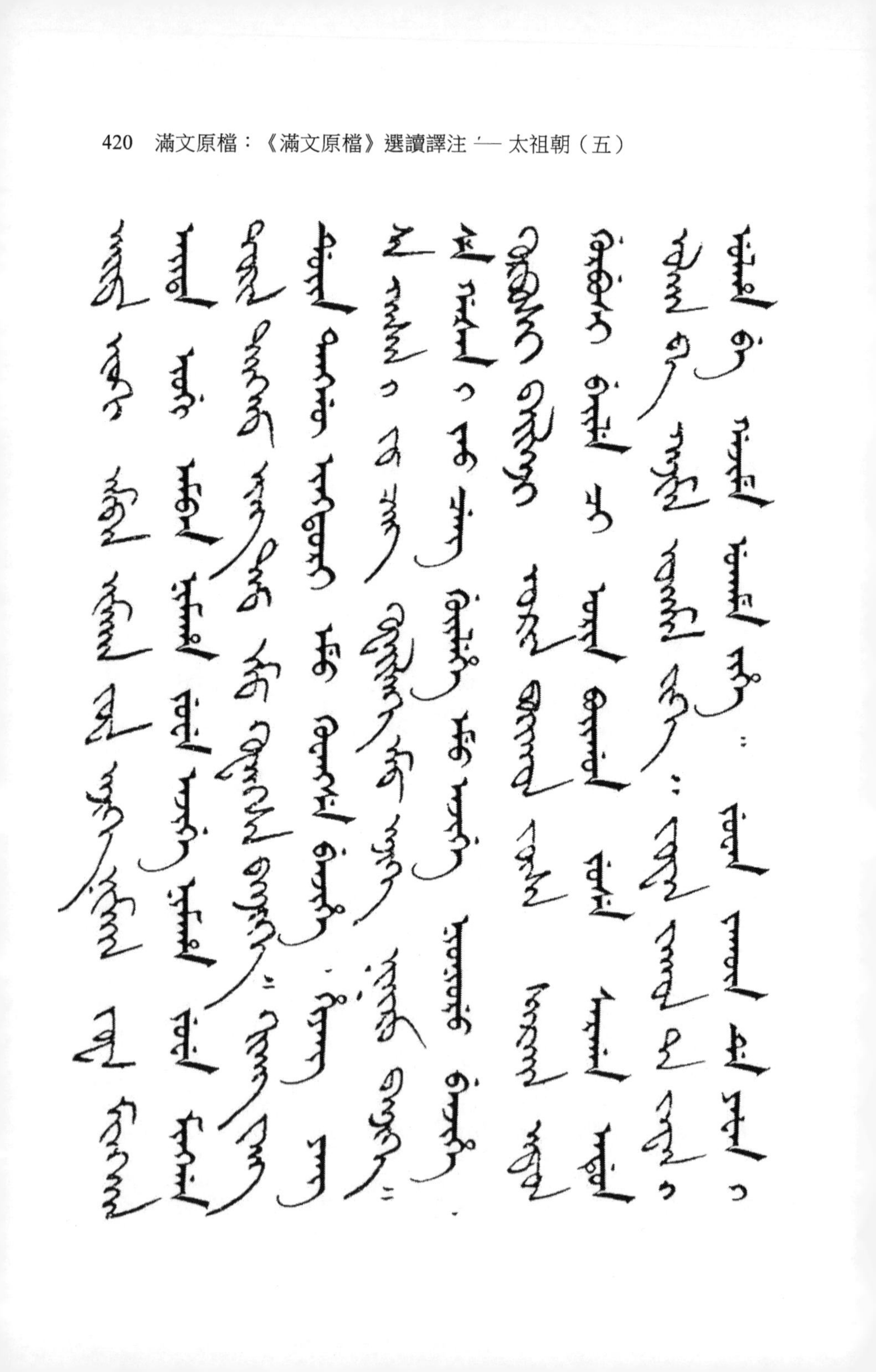

ᠮᠠᠨᠵᡠ

aita iogi amban nimaha juwe, ajige nimaha juwe minggan duin tanggū ing tao emu kuwangse benjihe. hiyang yang sy gašan i jao ceng guilehe emu ajige nionioru benjihe. gurbusi beileci orin boigon juse sargan adun ulha be gajime ukame jihe. juwan jakūn de yafan i

遊擊愛塔獻大魚[64]二尾、小魚二千四百尾、櫻桃一筐。向陽寺屯趙誠獻杏[65]一小笸籮[66]。古爾布希貝勒屬下二十戶率婦孺攜牧群牲畜逃來。十八日，

游击爱塔献大鱼二尾、小鱼二千四百尾、樱桃一筐。向阳寺屯赵诚献杏一小笸箩。古尔布什贝勒属下二十户率妇孺携牧群牲畜逃来。十八日，

---

[64] 大魚，句中「大」，《滿文原檔》、《滿文老檔》俱讀作 "amban"。按前清時期滿文 "amban"通用於「大」、「大臣」義，後遂分 "amba"作「大」解， "amban"作「大臣」解。

[65] 杏，《滿文原檔》讀作 "kuweileke"，《滿文老檔》讀作 "guilehe"。按滿文 "guilehe" 與蒙文"güilesü"為同源詞。

[66] 小笸籮，《滿文原檔》讀作 "niniro"，《滿文老檔》讀作 "nionioru"。

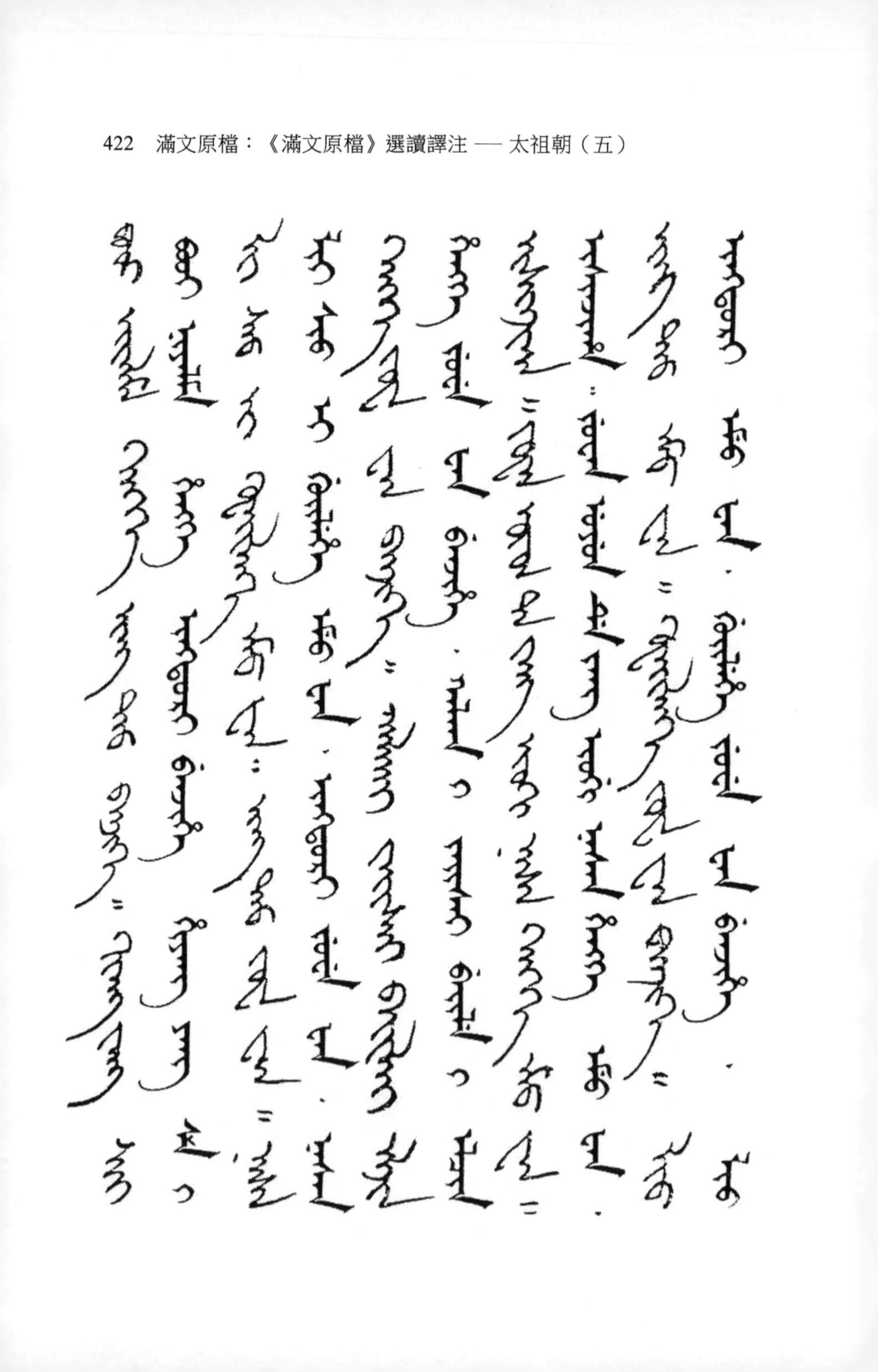

booi niyalma hengke, ing tao benjihe. hiyang yang sy i lii sio
i guilehe emu fan. ing tao juwe fan, nasan hengke juwe fan
benjihe. kalkai jaisai beilei elcin isinjiha. juwan uyun de
jang iogi nasan hengke emu fan, ing tao emu fan, guilehe
juwe fan banjihe. lio

園戶之人送來瓜、櫻桃。向陽寺李秀義送來杏一盤[67]、櫻
桃二盤、王瓜二盤。喀爾喀宰賽貝勒之使者至。十九日，
張遊擊送來王瓜一盤、櫻桃一盤、杏二盤。

园户之人送来瓜、樱桃。向阳寺李秀义送来杏一盘、樱桃
二盘、王瓜二盘。喀尔喀宰赛贝勒之使者至。十九日，张
游击送来王瓜一盘、樱桃一盘、杏二盘。

---

[67] 一盤，句中「盤」，《滿文原檔》寫作 "wan"，《滿文老檔》讀作 "fan"。
按滿文 "fan"為漢文「盤」字譯音(p、f諧音)。又，此為無圈點滿文 "wa"
與 "fa"之混用現象。

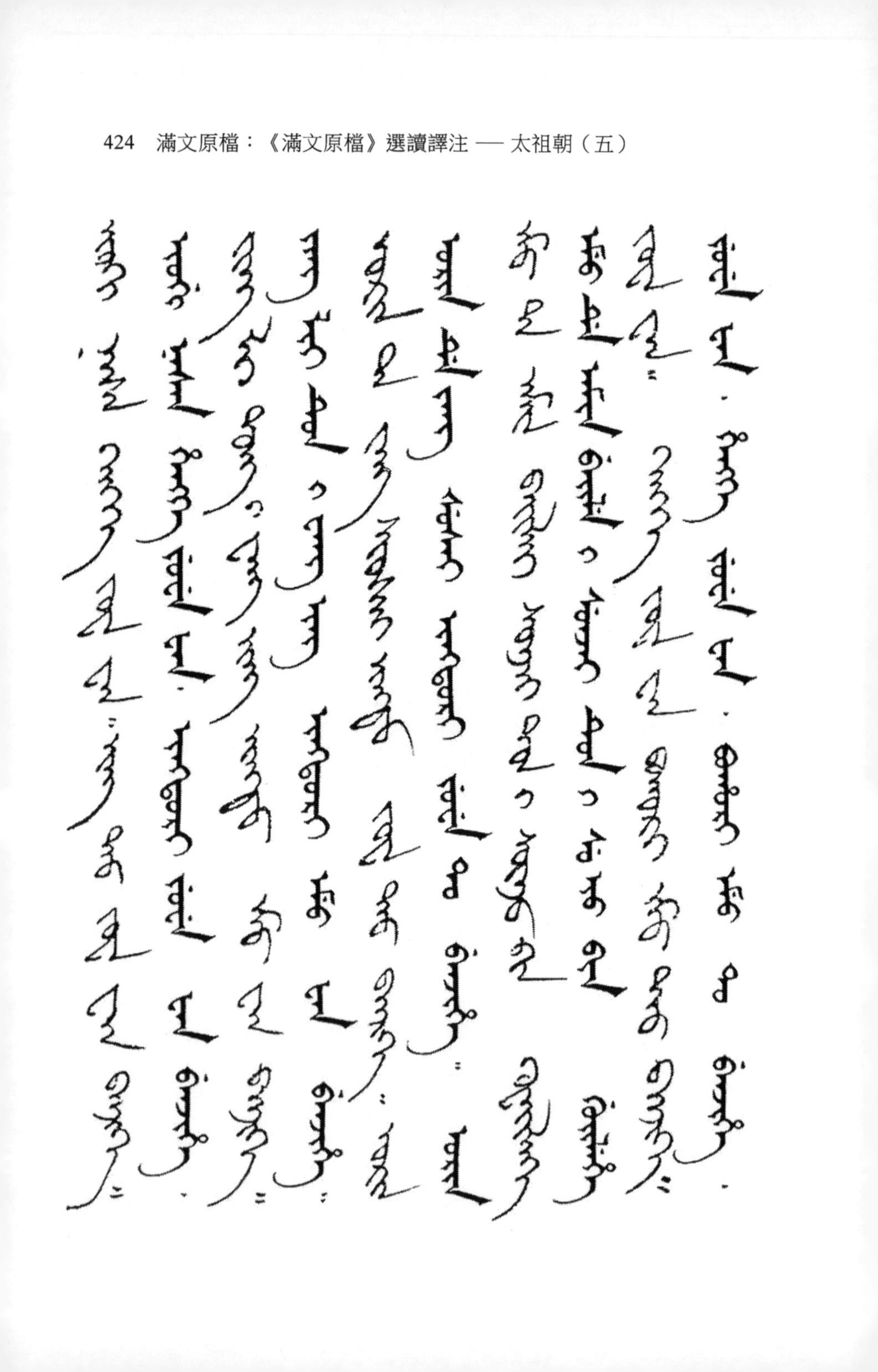

iogi nasan hengke juwe fan, ing tao juwe fan benjihe. jing lii tun i wang ing ingto emu fan benjihe. orin de jang šusai ingto juwe to benjihe. orin emu de amin beilei sunjai tun i suio bin guilehe juwe fan, hengke juwe fan, bohori emu to benjihe.

劉遊擊送來王瓜二盤、櫻桃二盤。京立屯王英送來櫻桃一盤。二十日，張秀才送來櫻桃二斗。二十一日，阿敏貝勒所屬孫紮依屯蘇有彬送來杏二盤、瓜二盤、碗豆一斗。

刘游击送来王瓜二盘、樱桃二盘。京立屯王英送来樱桃一盘。二十日，张秀才送来樱桃二斗。二十一日，阿敏贝勒所属孙扎依屯苏有彬送来杏二盘、瓜二盘、碗豆一斗。

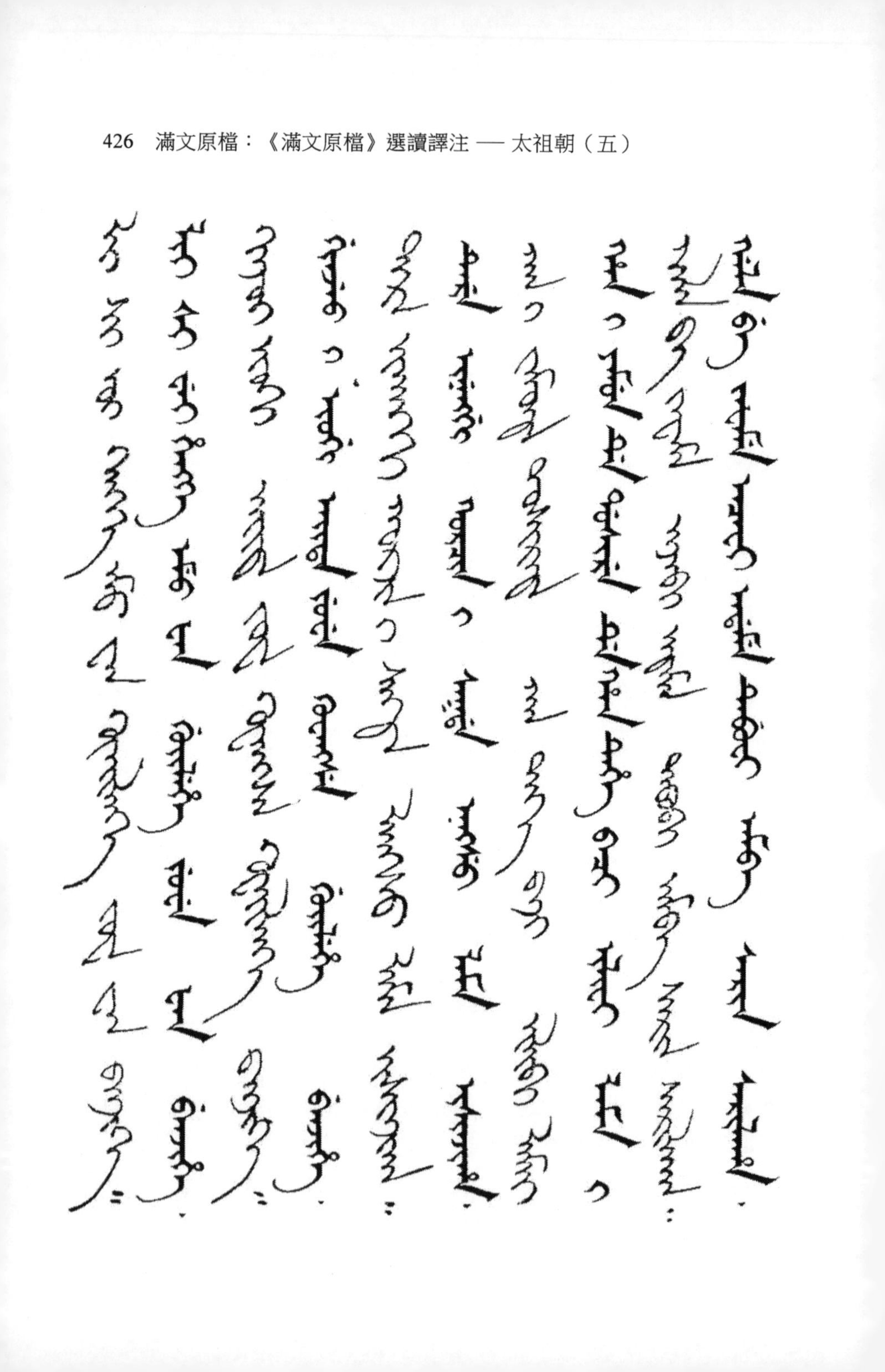

lii ši wei hengke emu fan, guilehe juwe fan benjihe. ginjeoi iogi aita juwe kuwangse guilehe benjihe. tere inenggi korcin i sakda langsu lama isinjiha, han i yamunde dosirede han tehe baci ilifi, lamai gala be jafame acafi adame tebufi amba sarin sarilaha.

李士威送來瓜一盤、杏二盤。金州遊擊愛塔送來杏二筐。是日，科爾沁老人囊蘇喇嘛至，進入汗衙門時，汗自座位起身與喇嘛握手相見後，挨著並坐，設大筵宴之。

李士威送来瓜一盘、杏二盘。金州游击爱塔送来杏二筐。是日，科尔沁老人囊苏喇嘛至，进入汗衙门时，汗自座位起身与喇嘛握手相见后，挨着并坐，设大筵宴之。

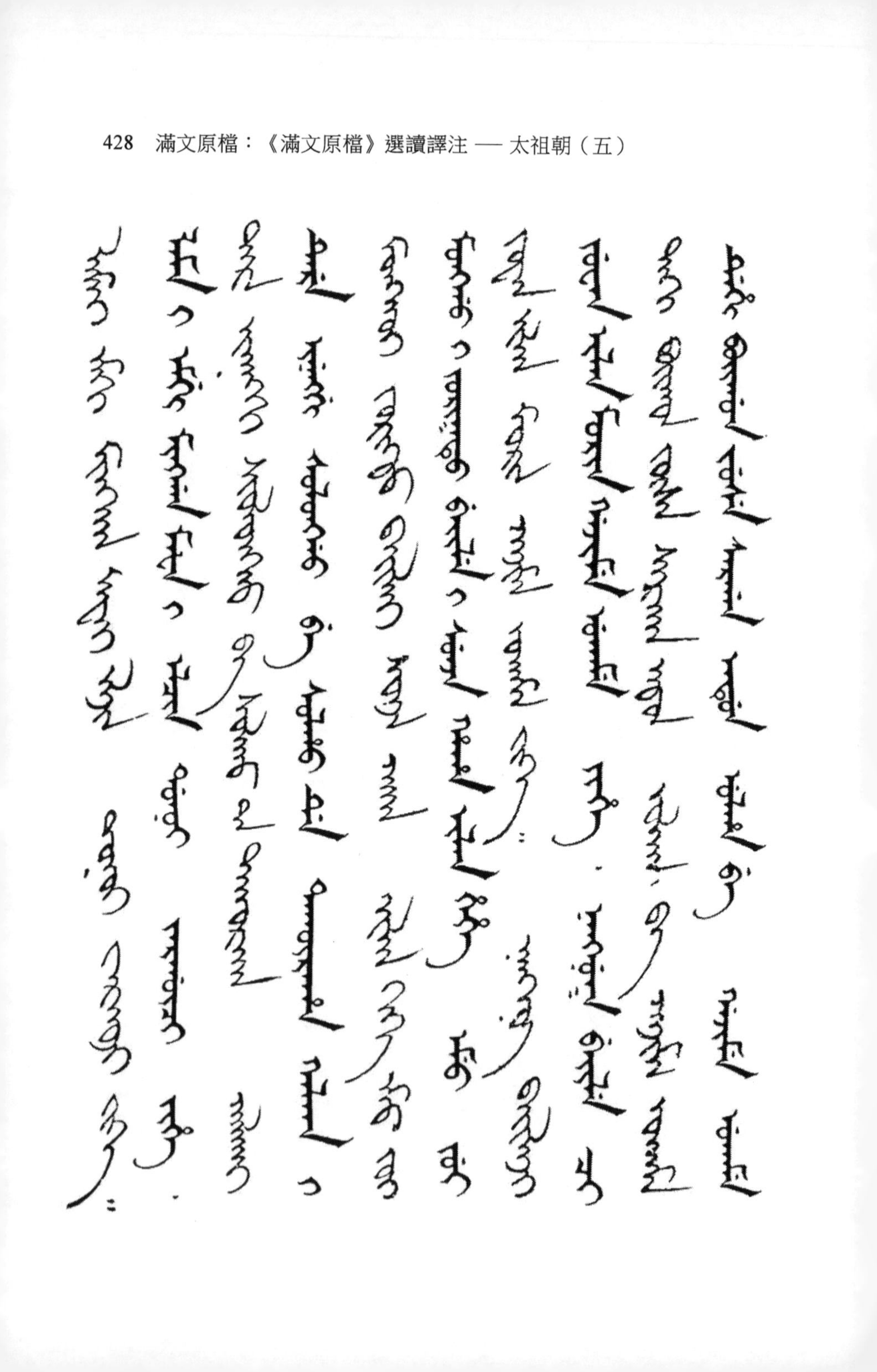

lamai emgi minggan mafai elcin donoi jargūci jihe. tere
inenggi šolonggo be solho de takūraha. kalkai monggoi
joriktu beilei sunja haha, ilan hehe, emu jui, juwan ilan
morin gajime ukame jihe. nangnuk beileci dehi boigon juse
sargan adun ulha be gajime ukame

明安老爺之使者多諾依紮爾固齊與喇嘛同來。是日，遣碩
隆古往朝鮮。喀爾喀蒙古卓禮克圖貝勒屬下五男三女一子
攜馬十三匹逃來。有四十戶攜婦孺、牧群牲畜自囊努克貝
勒處逃來。

明安老爷之使者多诺依扎尔固齐与喇嘛同来。是日，遣硕
隆古往朝鲜。喀尔喀蒙古卓礼克图贝勒属下五男三女一子
携马十三匹逃来。有四十户携妇孺、牧群牲畜自囊努克贝
勒处逃来。

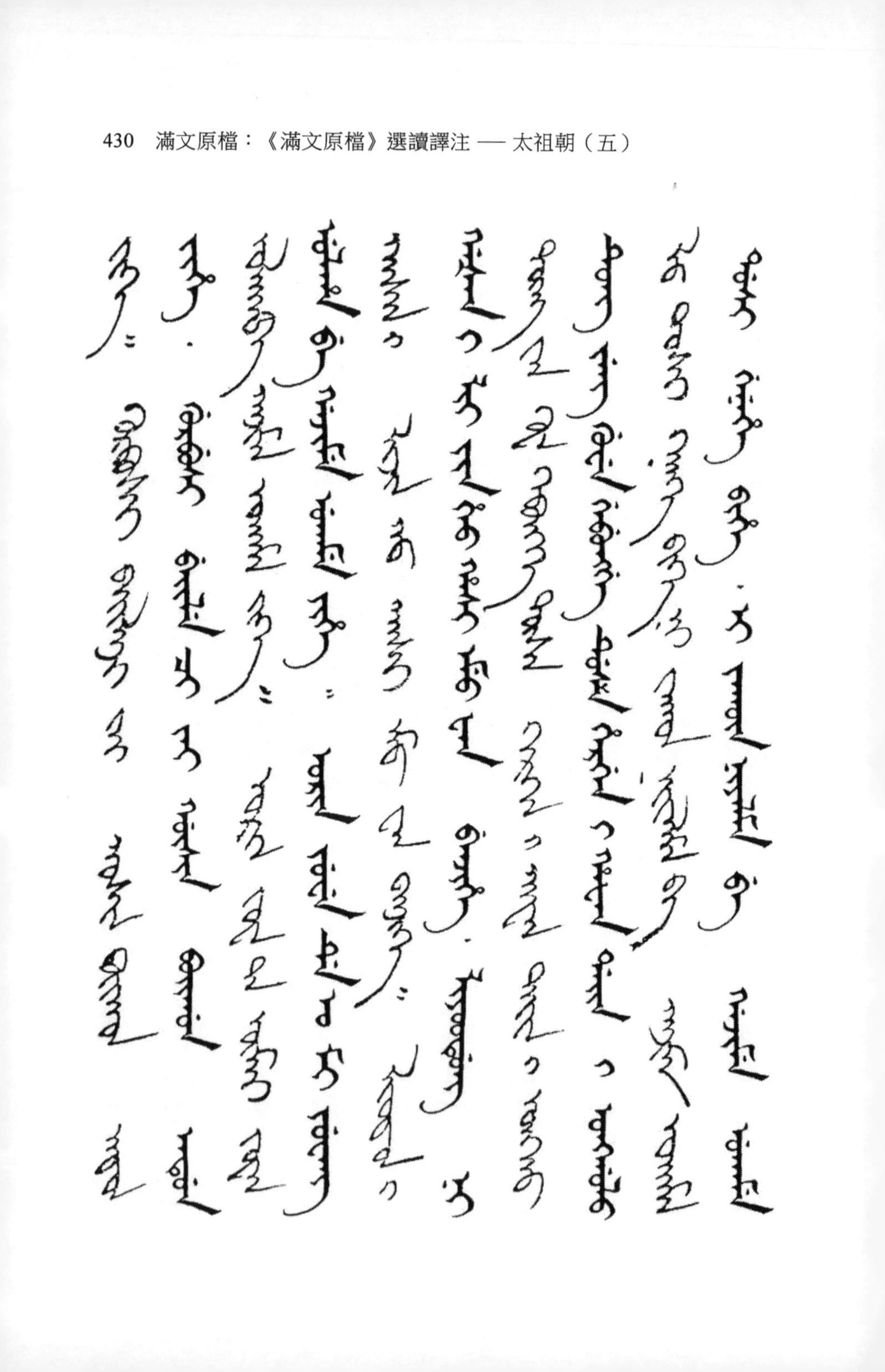

Jihe. gurbusi beileci jai gūsin boigon adun ulhabe gajime ukame jihe. orin juwe de omi juwang gašan i liijin heo hasi emu fan benjihe. liyoodung ni tung jeng guwe gebungge dusy hergen i hafan dain i onggo lo dosi genehe bihe, i jakūn niyalma be gajime ukame

又有三十戶攜牧群牲畜自古爾布希貝勒處逃來。二十二日，峨嵋莊屯李金侯送來茄子一盤。遼東都司職之官名佟正國於征戰之前已入關內，今攜八人逃來。

又有三十户携牧群牲畜自古尔布什贝勒处逃来。二十二日，峨嵋庄屯李金侯送来茄子一盘。辽东都司职之官名佟正国于征战之前已入关内，今携八人逃来。

二十六、秋毫無犯

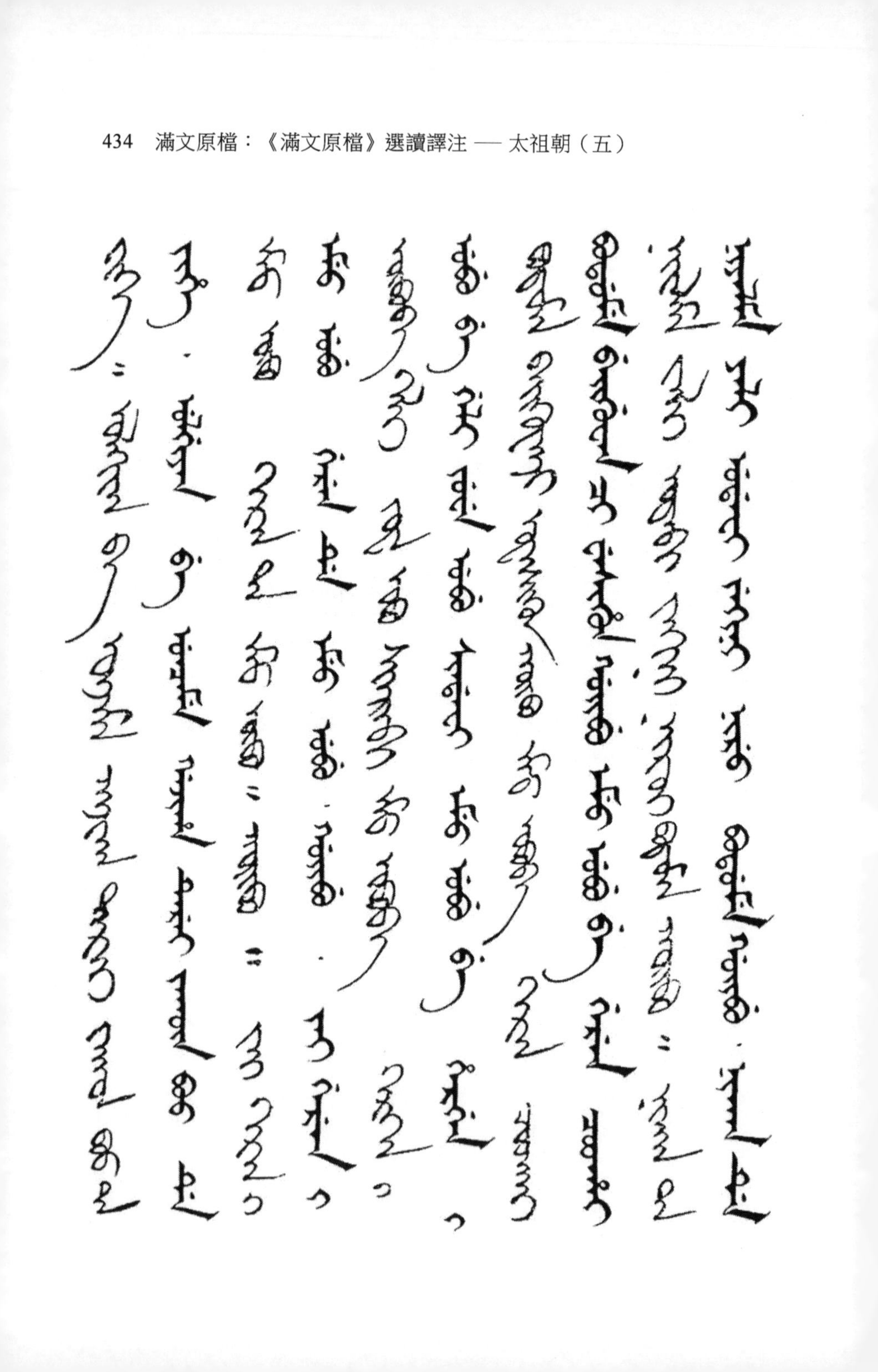

Jihe. ulgiyan be uncame gajiha, terei jakūn boo de emu ubu
geren de emu ubu goibu. jai geren i ubube geli juwe ubu
sindafi emu ubube hergen i bodome beiguwanci wesihun
goibu, emu ubube geren coohai niyalma yali udafi jekini
nirui bodome goibu. nikan de

賣豬攜來[68]，分給其八家一份，眾人一份。再將眾人一份
又分為二份。按其職在備禦官以上諸官分一份，其餘一份
按牛彔由眾兵丁購肉分食之。

卖猪携来，分给其八家一份，众人一份。再将众人一份又
分为二份。按其职在备御官以上诸官分一份，其余一份按
牛录由众兵丁购肉分食之。

---

[68] 賣豬攜來，句中「賣豬」，俱讀作 "ulgiyan be uncame"，察其前後文意，
應更正為 "ulgiyan be udame"，意即「買豬」，方為的當。

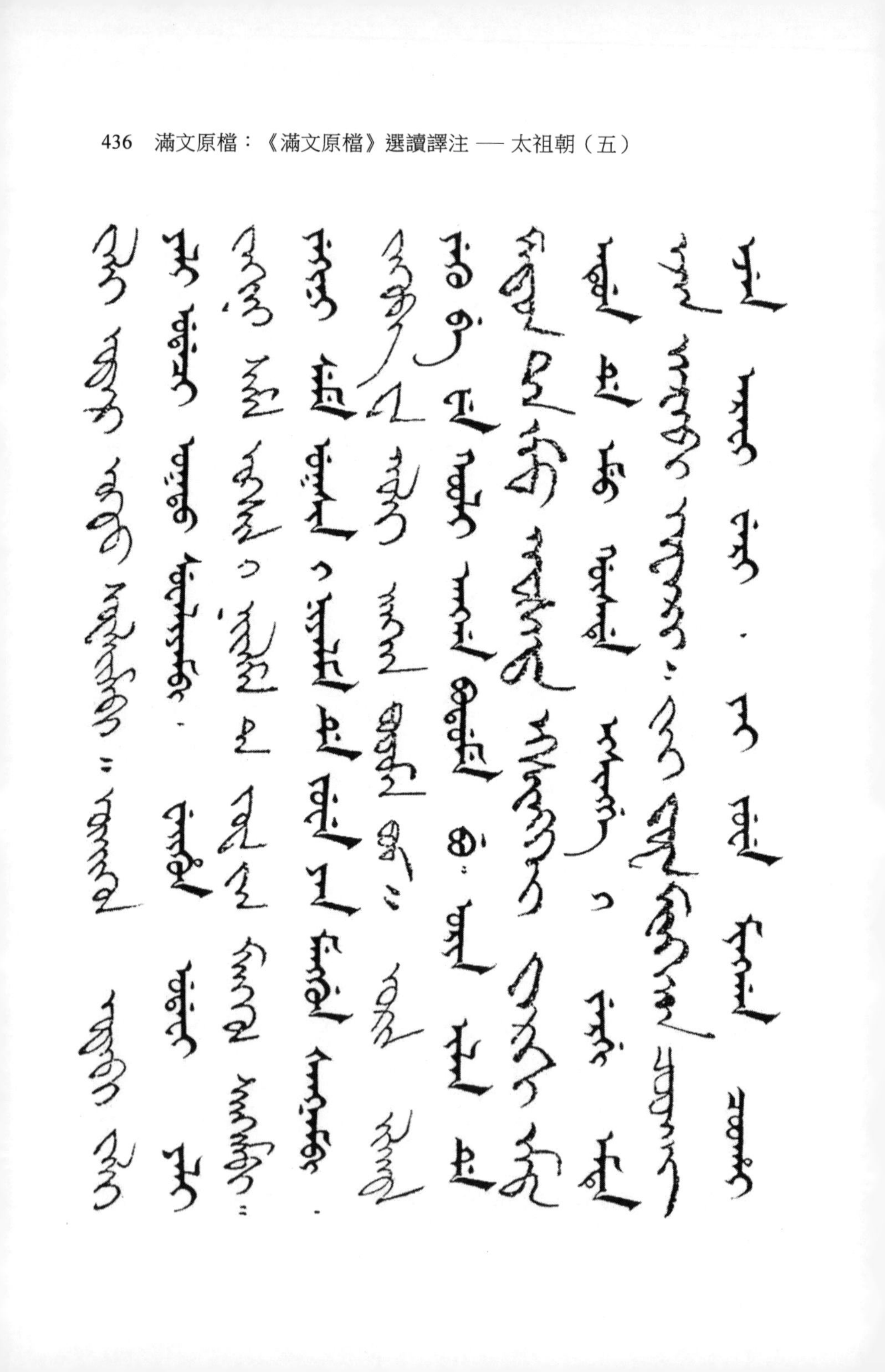

yali udaci okto suwaliyambi, weihun udafi yali jekini seme, uksin i niyalma de juwe yan menggun šangnambi, jekube fe kooli angga bodome bu. orin ilande adun de emu gūsade eksinggei jergi emte ejen arafi weri, jai juwe minggan coohai

---

若向漢人購肉，恐其摻藥，須購活者，宰食其肉，遂賞甲兵銀二兩，糧仍按舊例計口給之。二十三日，諭阿敦曰：「著每旗留各一如額克興額等為主管，再以兵丁二千

若向汉人购肉，恐其掺药，须购活者，宰食其肉，遂赏甲兵银二两，粮仍按旧例计口给之。二十三日，谕阿敦曰：「着每旗留各一如额克兴额等为主管，再以兵丁二千

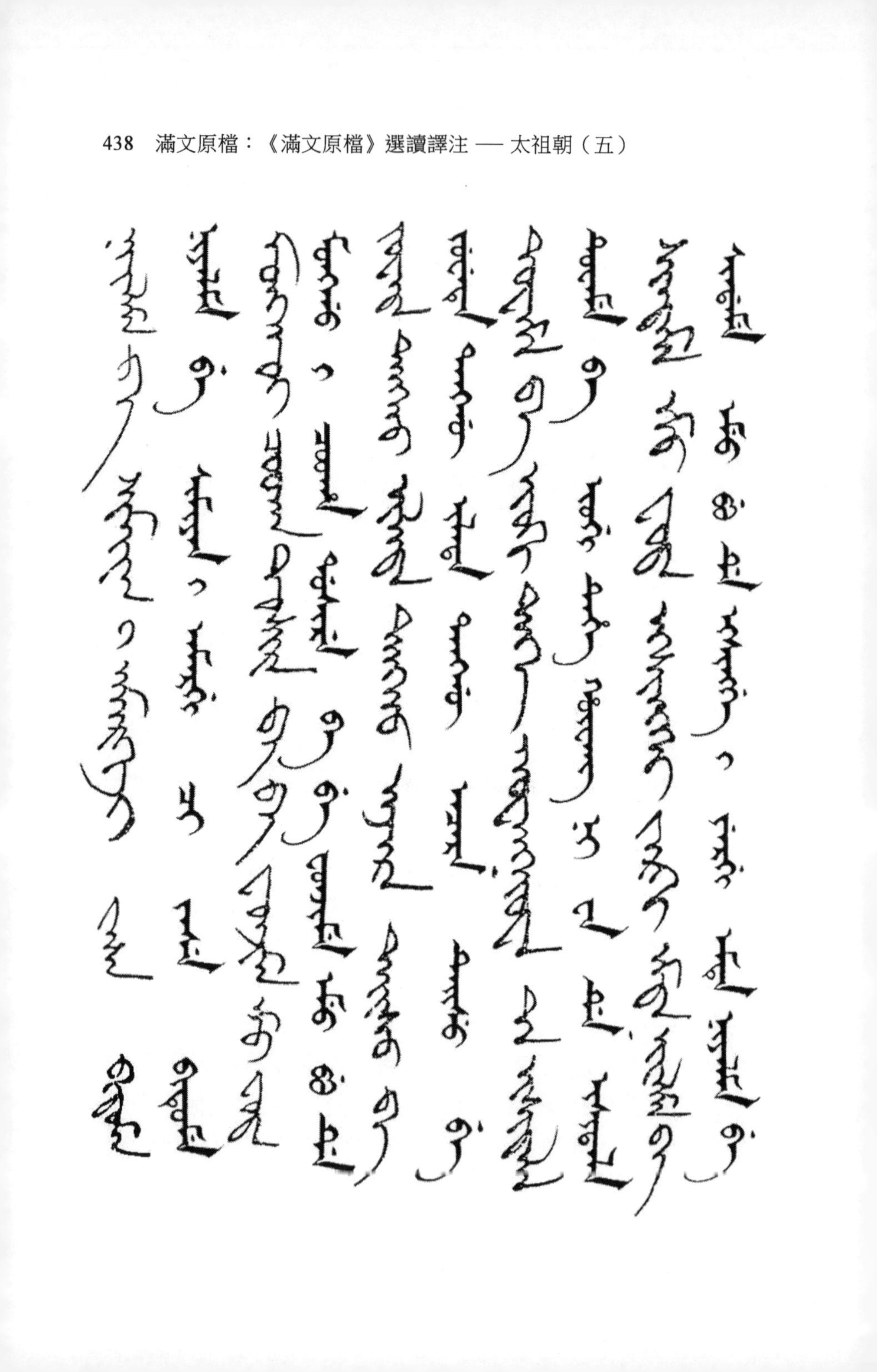

niyalma be simiyan i amargici jase bitume monggoi cooha
dosire ba be fonjime, emu pude juwete tanggū ilata tanggū
acara teisu be tuwame, ba iogi tehe hūwangniwa de isitala
sindame, emu pude eksinggei jergi emte niyalma be

自瀋陽以北至沿邊探詢蒙古兵進入之處，每堡酌設兵各二
百、各三百監視。直至巴遊擊之汛地黃泥窪，每堡各設一
如額克興額等人為主管，

自沈阳以北至沿边探询蒙古兵进入之处，每堡酌设兵各二
百、各三百监视。直至巴游击之汛地黄泥洼，每堡各设一
如额克兴额等人为主管，

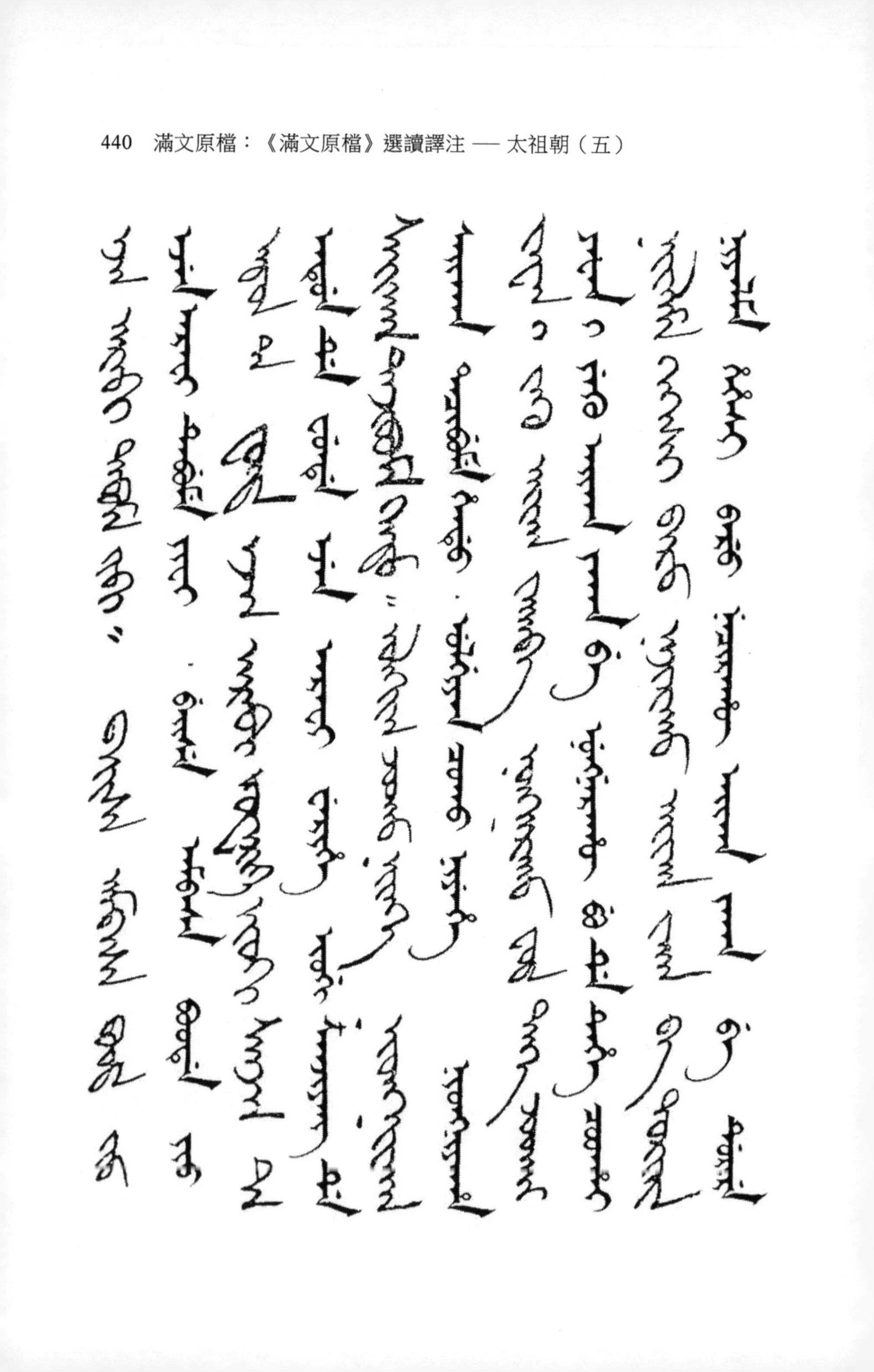

ejen arafi tebume jifi, beise ambasa boode jio. adun de funde
ejen arafi werihe iogi, ts'anjiyang de saikan tacibume hendu,
ulgiyan, coko, niyehe, niongniyaha, yafan i jeku aika jakabe
nungnerahū, pude tehe coohai niyalma hehesi baru necirahū
aika jaka be durire

而後回來，諸貝勒大臣俱回家。留下代替阿敦為主管之遊
擊、參將應善加教導，勿搶豬、雞、鴨、鵝及田園糧穀一
應物件，駐堡兵丁勿淫[69]婦女，勿奪一應物件，

而后回来，诸贝勒大臣俱回家。留下代替阿敦为主管之游
击、参将应善加教导，勿抢猪、鸡、鸭、鹅及田园粮谷一
应物件，驻堡兵丁勿淫妇女，勿夺一应物件，

---

[69] 勿淫，《滿文原檔》寫作 "najirako"，《滿文老檔》讀作 "necirahū"，意即
「恐侵犯」。滿文 "necirahū"，訛誤，應更正為 "necirakū"，意即「不侵
犯」。

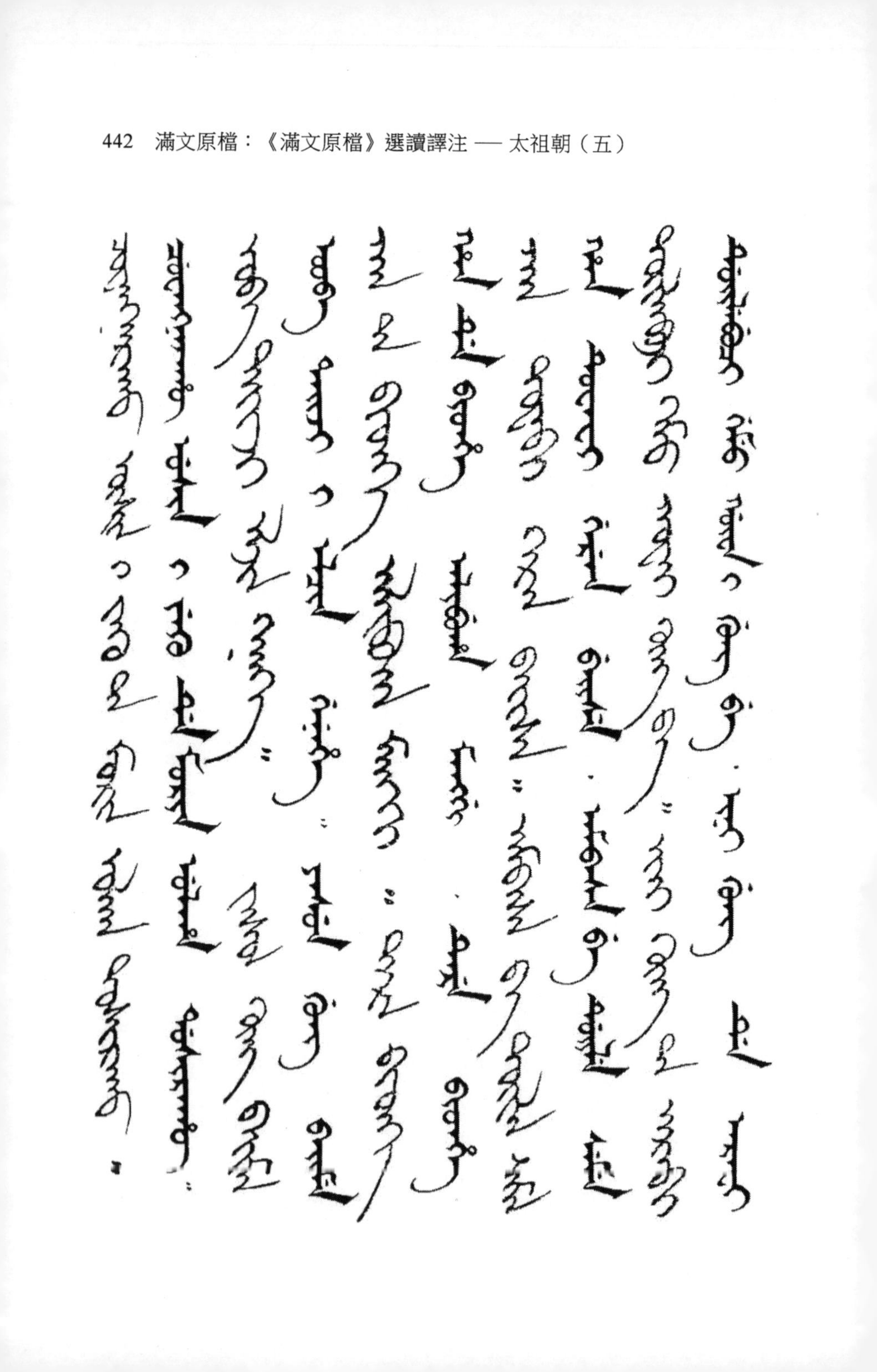

cuwangnarahū, usin i jeku de morin ulha dosirahū. ooba taiji
i elcin genehe. yasun gung baime han de bithe alibuha
manggi, tere bithe han tuwafi geren beise, ambasa be duile
seme, duilebuci gemu gūwai gung be, ini gung de arafi

勿使馬畜踐踏田禾。奧巴台吉之使者離去。雅蓀呈書請功
後，汗閱其書，令諸貝勒大臣審理。經審理後皆謂雅蓀以
他人之功，充作其功，

勿使马畜践踏田禾。奥巴台吉之使者离去。雅荪呈书请功
后，汗阅其书，令诸贝勒大臣审理。经审理后皆谓雅荪以
他人之功，充作其功，

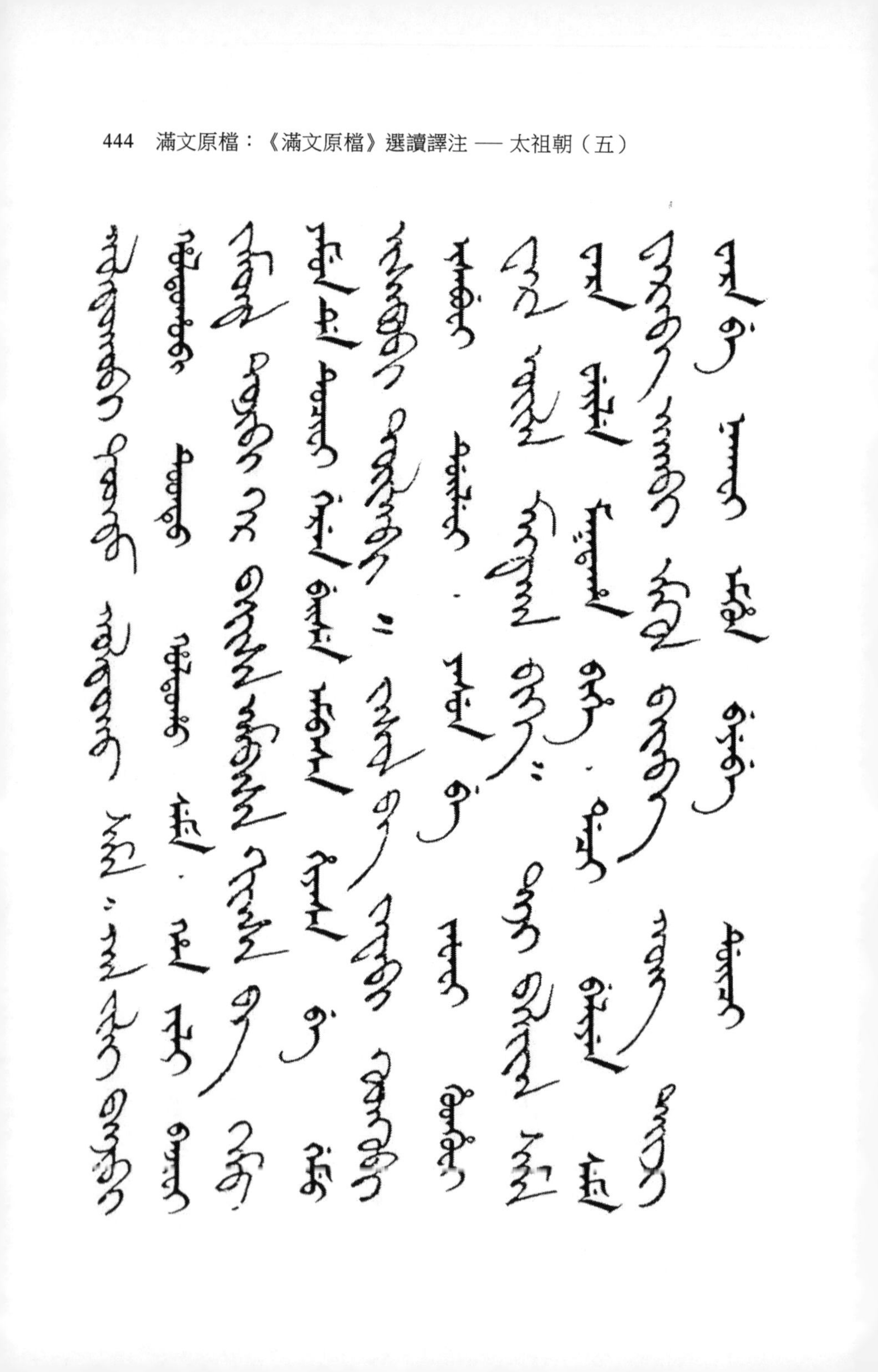

holtohobi. tuttu holtoho seme, han jili banjifi yamunde tucifi
geren beise ambasa hiyasa be gemu isabufi duilefi, yasun be
jafafi huthufi wara weile maktaha bihe. daci beliyen seme
warabe nakafi emhun beyebe hong taiji

實屬謊報。因其謊報，汗怒，禦衙門，俱集諸貝勒大臣、
侍衛審訊，捆拏雅蓀，擬以死罪。其後，以其本性癡愚，
免其死，單身賜洪台吉貝勒。

实属谎报。因其谎报，汗怒，御衙门，俱集诸贝勒大臣、
侍卫审讯，捆拏雅荪，拟以死罪。其后，以其本性痴愚，
免其死，单身赐洪台吉贝勒。

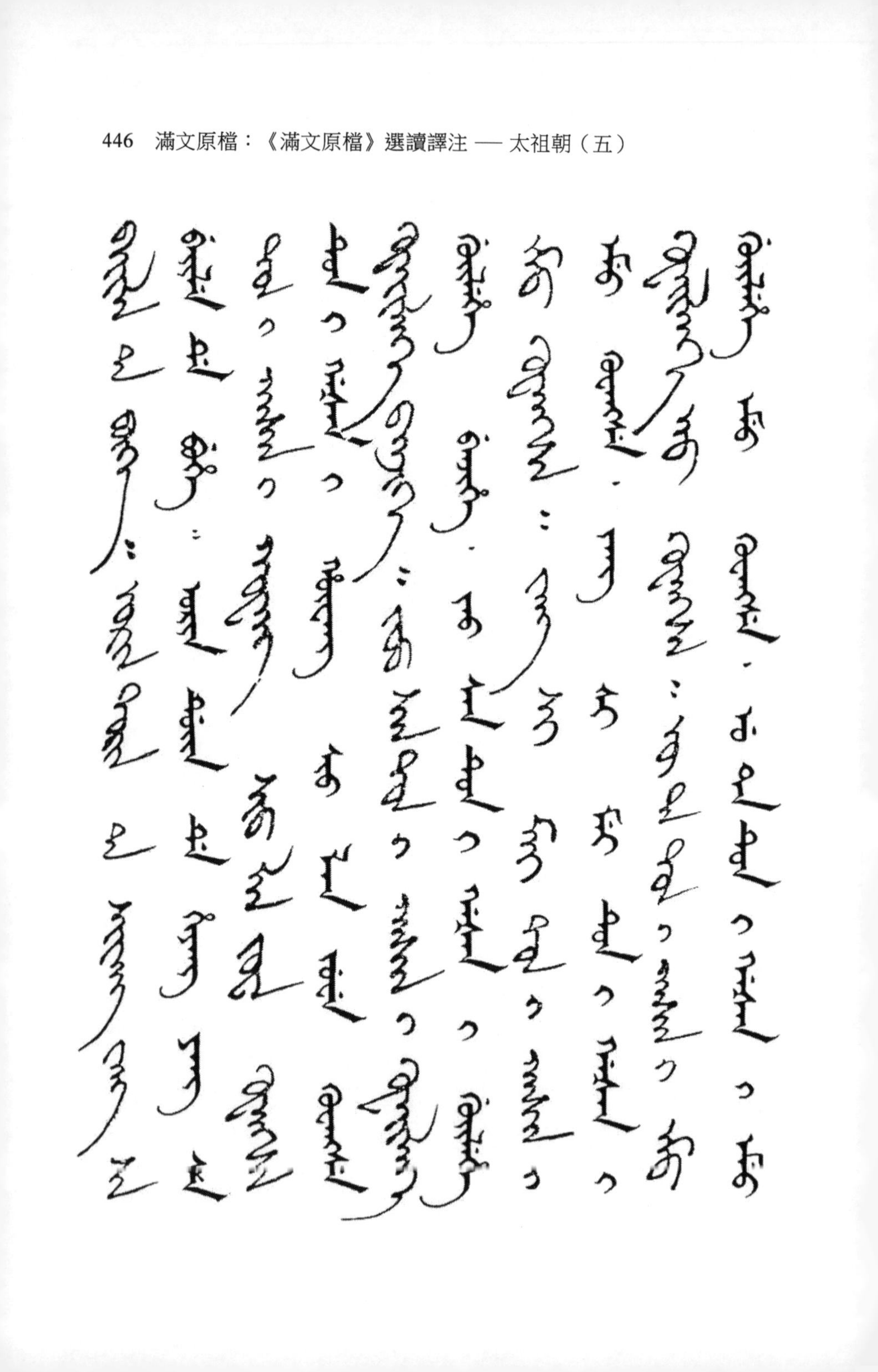

beile de buhe. orin duin de hiyang yang sy tun i gašan i
hūwang sio lan juwe kuwangse guilehe benjihe, jao san tun i
gašan i guilehe emu kuwangse, jang ši mei tun i gašan i
guilehe emu kuwangse, u ta tun i gašan i emu

二十四日，向陽寺屯黃秀蘭送來杏二筐，趙三屯送來杏一
筐，張侍梅屯送來杏一筐，吳塔屯

二十四日，向阳寺屯黄秀兰送来杏二筐，赵三屯送来杏一
筐，张侍梅屯送来杏一筐，吴塔屯

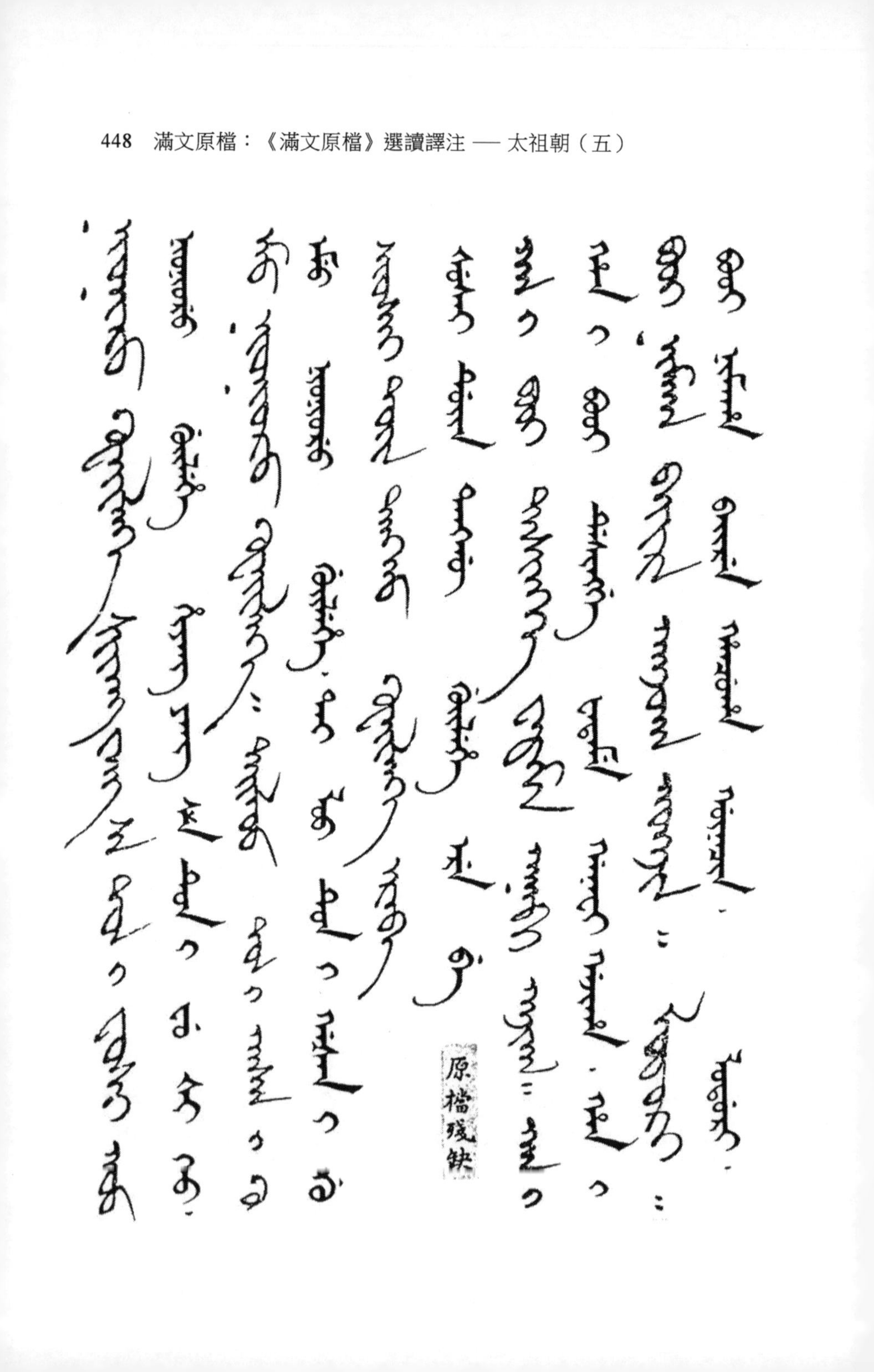

原檔殘缺

nionioru guilehe, hiyang yang sy tun i fu ši keo emu nionioru
guilehe, tailoo tun i gašan i g̓o šusai duin tanggū guilehe ere
be [原檔殘缺] han i booi desingge fatame ganafi gajiha. han i
booi nimaha baire hancuha, gūnacin, lodori,

送來杏一筐籮，向陽寺屯傅士可送來杏一筐籮，泰老屯郭
秀才送來杏四百枚。將此[原檔殘缺]汗之包衣德興額前往
摘取攜來。汗之包衣漁戶韓楚哈、顧納欽、洛多裏、

送来杏一筐笭，向阳寺屯傅士可送来杏一筐笭，泰老屯郭
秀才送来杏四百枚。将此[原档残缺]汗之包衣德兴额前往
摘取携来。汗之包衣渔户韩楚哈、顾纳钦、洛多里、

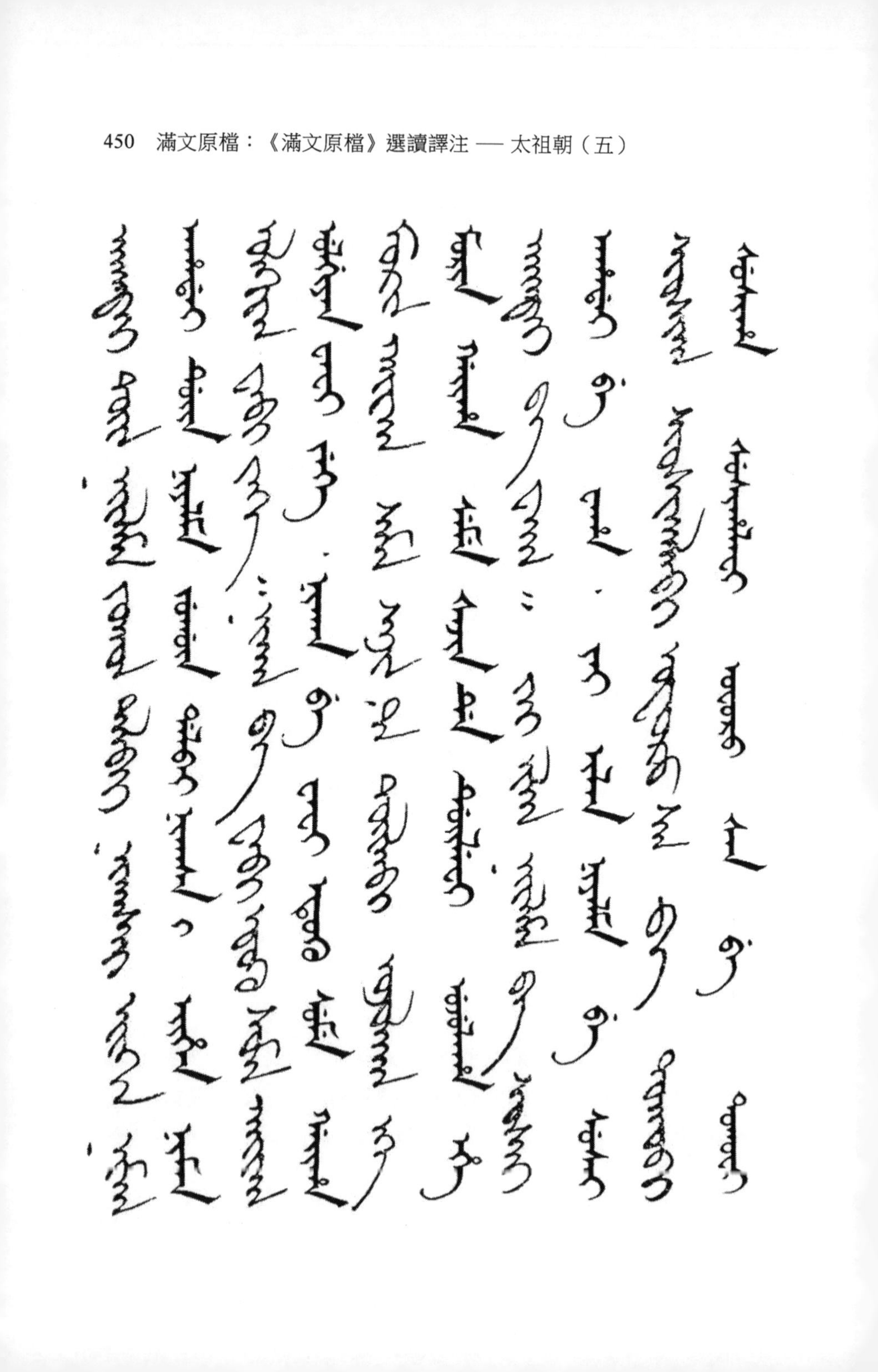

ahadai duin niyalma jugūn dalbai nikasai eihen, niman, ulgiyan wafi jeke, nikan be wafi etuku sume gaiha morin gaiha seme šajin de duilefi ujulaha ehe ahadai be waha, jai ilan niyalma be susai šusiha šusihalafi oforo šan be tokofi

阿哈岱四人，殺路旁漢人之驢、山羊、豬而食，並殺漢人，剝取衣物，奪其馬匹。依法審訊後，殺其首惡阿哈岱，其餘三人各鞭五十，刺其耳鼻後釋放。

阿哈岱四人，杀路旁汉人之驴、山羊、猪而食，并杀汉人，剥取衣物，夺其马匹。依法审讯后，杀其首恶阿哈岱，其余三人各鞭五十，刺其耳鼻后释放。

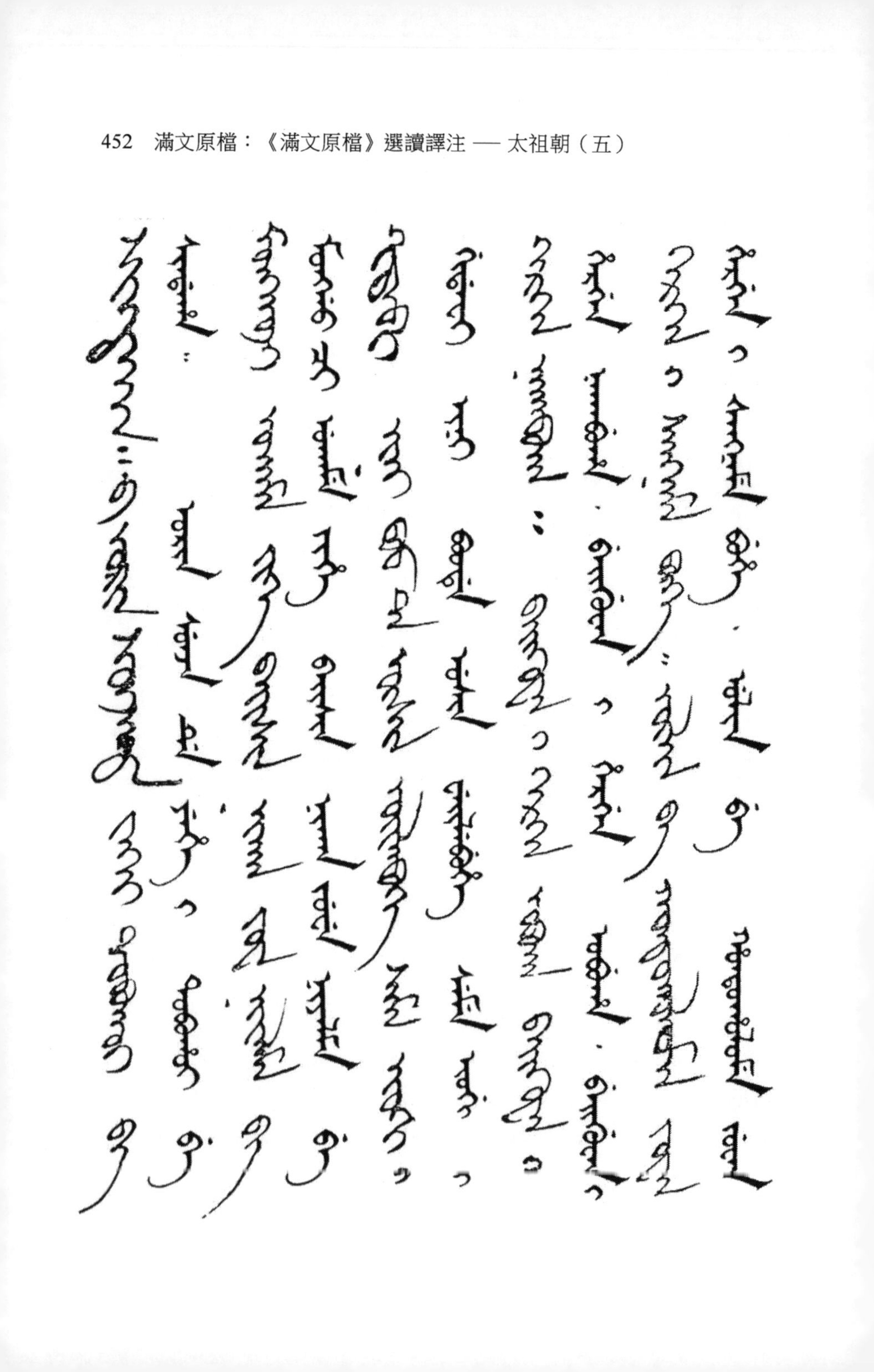

sindaha. orin sunjade yehei tobohoi be monggoci ukame jihe baisin nikan juwe niyalma be gidafi ini boo de usin weilebuhe seme iogi i hergen nakabuha, beiguwan i hergen obuha, beiguwan i hergen i šangname buhe ulin be hontoholome, juwan

二十五日，葉赫托博輝因將從蒙古逃來白丁漢人二人匿於其家中，為其耕田，故革其遊擊之職，降為備禦官之職，沒收其備禦官職銜下所賞賜財物之半數、

二十五日，叶赫托博辉因将从蒙古逃来白丁汉人二人匿于其家中，为其耕田，故革其游击之职，降为备御官之职，没收其备御官职衔下所赏赐财物之半数、

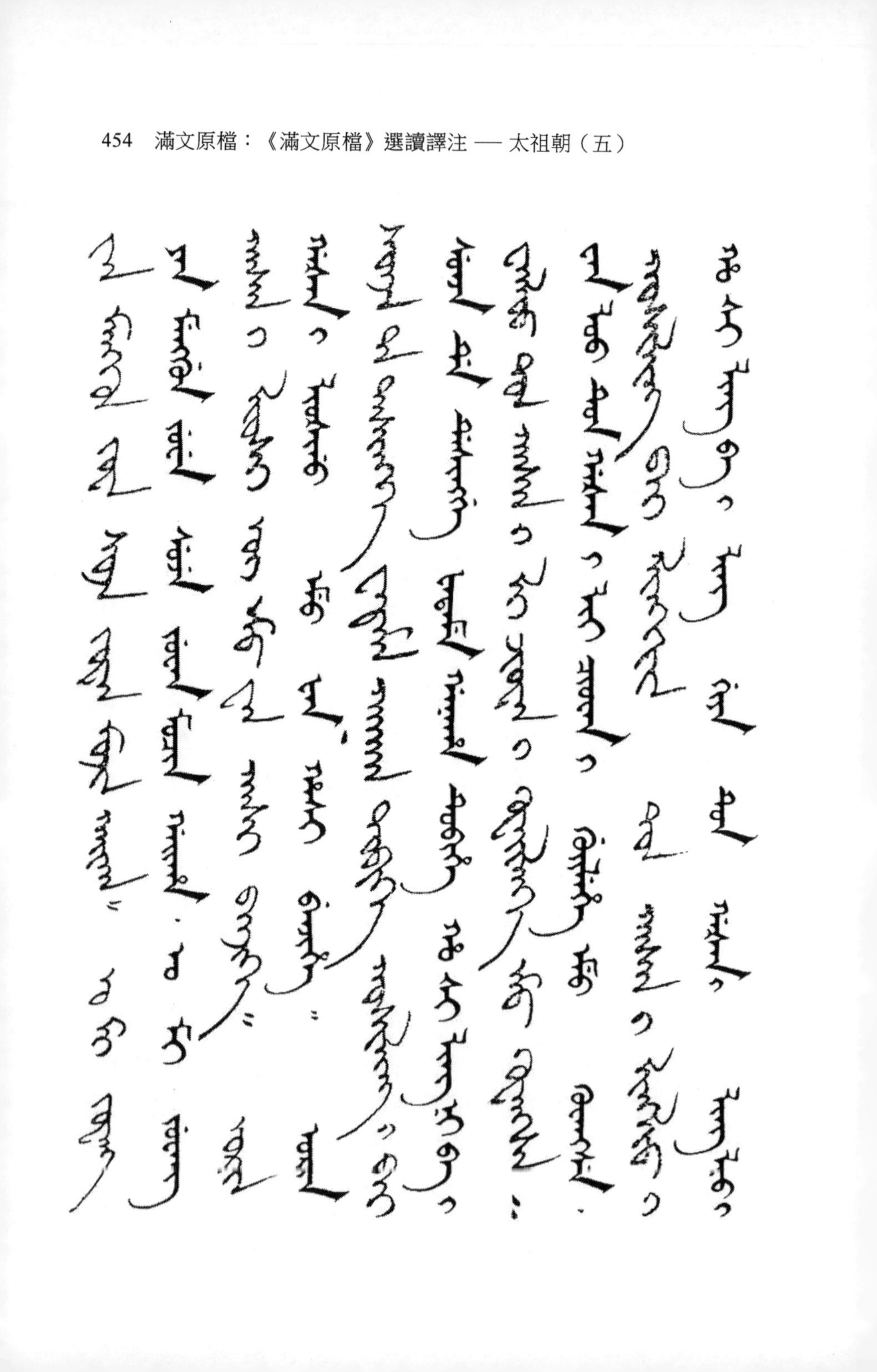

yan menggun, juwe suje, juwan mocin gaiha. o mi juwang
gašan i lioši u emu fan hasi benjihe. orin sunja de desingge
fatame ganaha tubihe. hošiling ni bai wanloo tun gašan i lii
ciowan i guilehe emu kuwangse, hošiling bai linggiya tun
gašan i linglio i

銀十兩、緞二疋、毛青布十疋。峨嵋莊屯六十五送來茄子
一盤。二十五日，德興額往摘水果帶回。火石嶺地方萬老
屯李全送來杏一筐。火石嶺地方淩家屯淩柳

银十两、缎二疋、毛青布十疋。峨嵋庄屯六十五送来茄子
一盘。二十五日，德兴额往摘水果带回。火石岭地方万老
屯李全送来杏一筐。火石岭地方凌家屯凌柳

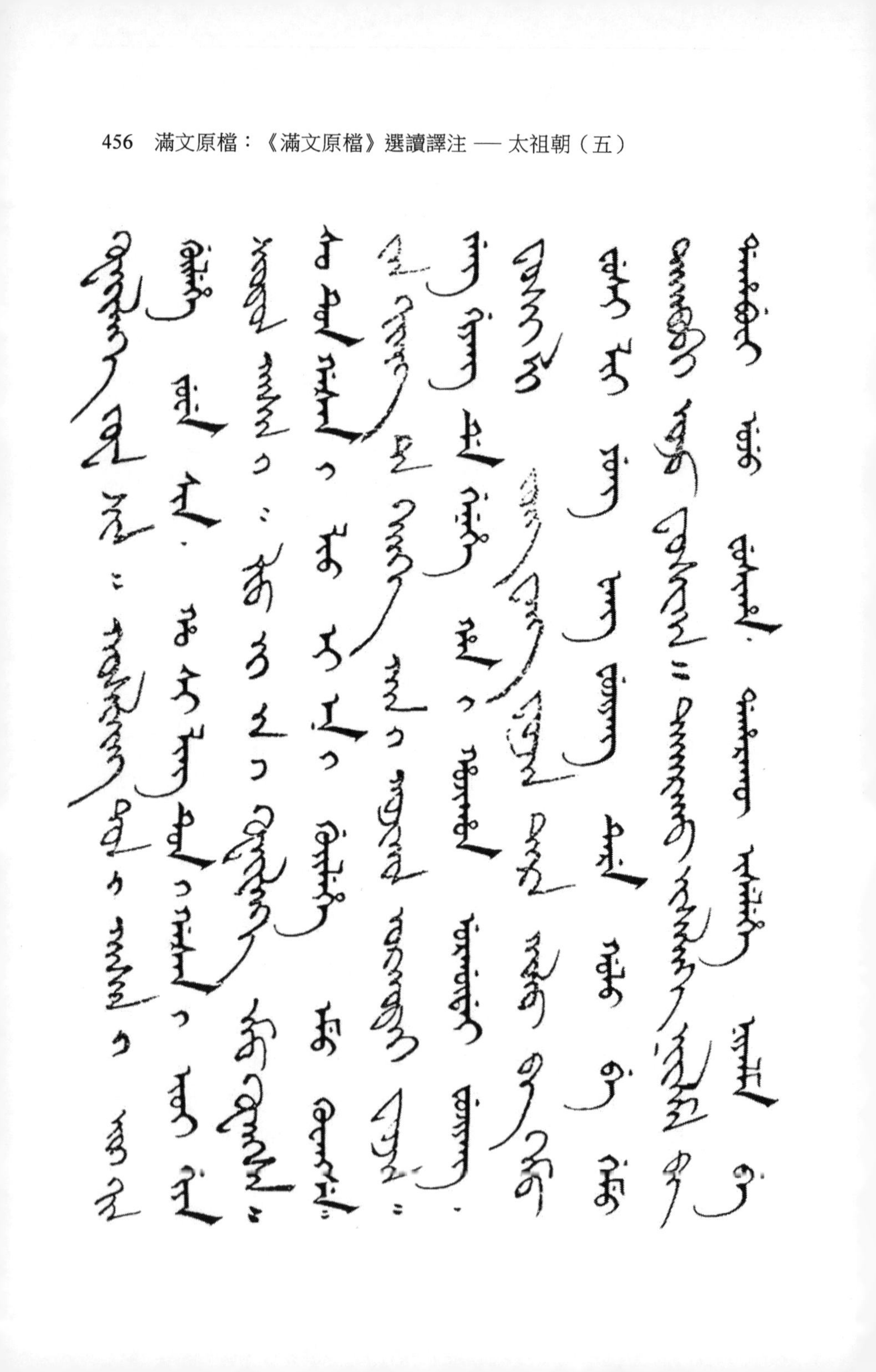

guilehe juwe sin. hošiling tun i gašan i ioi giya šotun gašan i lio i en i guilehe emu kuwangse. jeng giyang de genehe han i hojihon urgūdai fujiyang, fusi lii yung fang fujiyang tere golo be gemu dahabufi uju fusiha, daharakū iselehe niyalma be

---

送來杏二鬥。火石嶺屯餘家碩屯劉義恩送來杏一筐。汗婿副將烏爾古岱、撫順副將李永芳前往鎮江，招降該路，俱令薙髮，其抗拒不降之人殺之，

送来杏二斗。火石岭屯余家硕屯刘义恩送来杏一筐。汗婿副将乌尔古岱、抚顺副将李永芳前往镇江，招降该路，俱令薙发，其抗拒不降之人杀之，

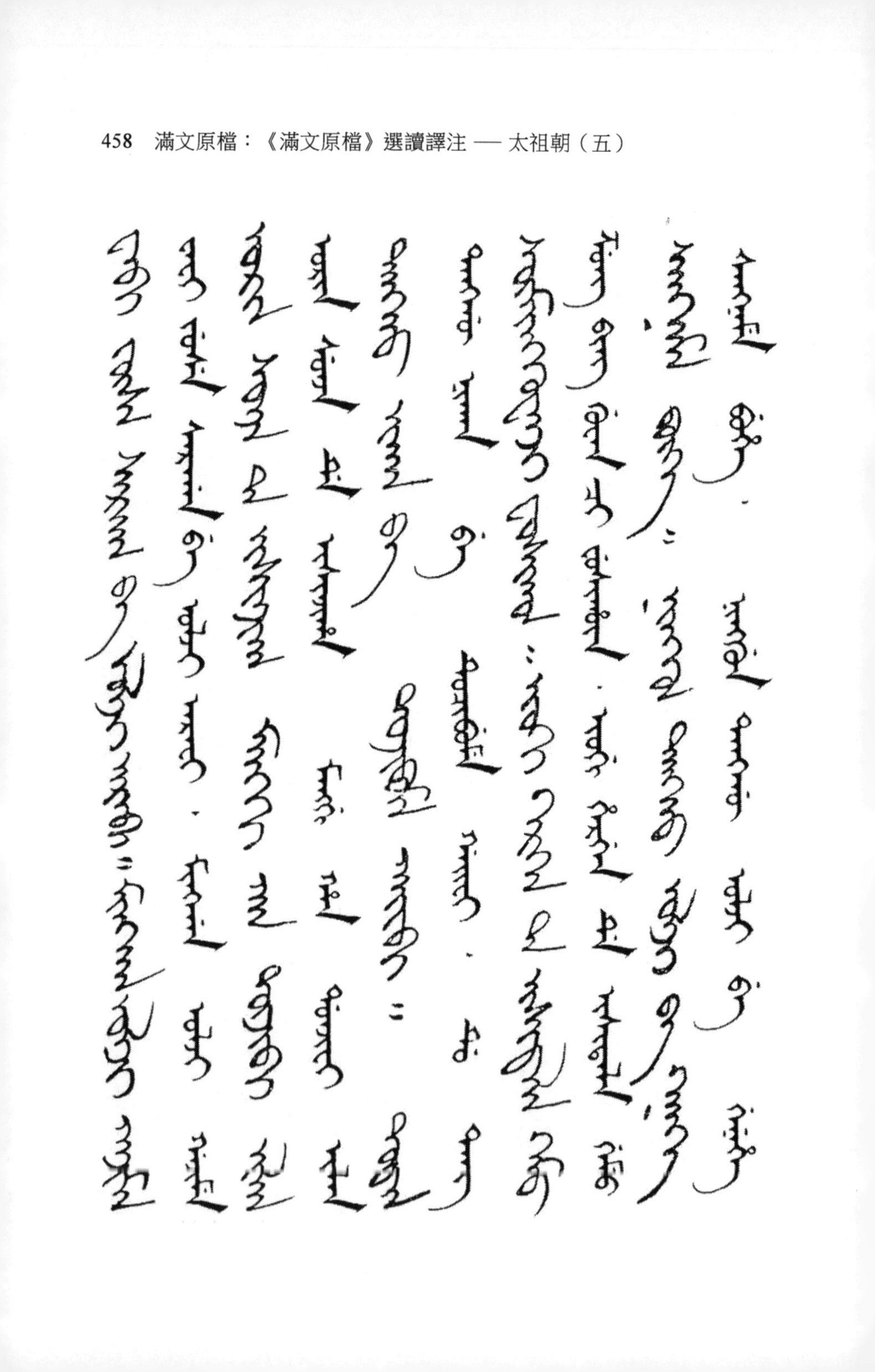

wafi juse sargan be olji arafi, minggan olji gajime orin sunja de isinjiha manggi, han donjifi ilan tanggū nikan be tucibume gaifi, dutang, dzung bing guwanci fusihūn, iogi hergen de isitala gemu šangname buhe. ninggun tanggū olji be genehe

---

俘其妻孥千人，於二十五日攜至。汗聞之，選出漢人三百名，俱賞賜都堂總兵官以下，以至遊擊之職。其六百俘虜

送来杏二斗。火石岭屯余家硕屯刘义恩送来杏一筐。汗婿副将乌尔古岱、抚顺副将李永芳前往镇江，招降该路，俱令薙发，其抗拒不降之人杀之，

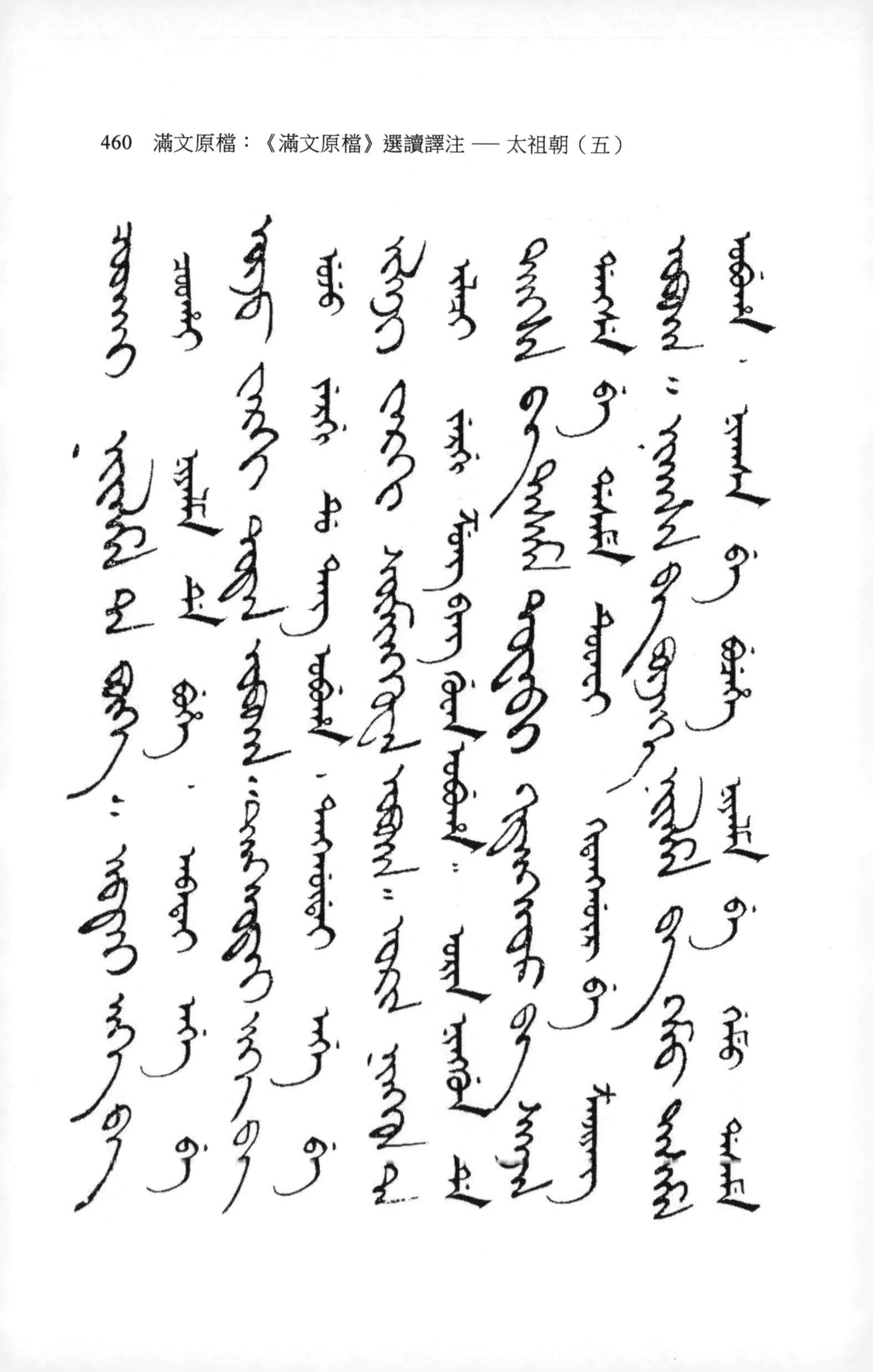

coohai niyalma de buhe. abatai age be uju jergi dutang obuha, tanggūdai age be ilaci jergi dzung bing guwan obuha. orin ninggun de dangse be dasame tuwafi kitanggūr be ts'anjiyang obuha, nikasa be bucehe niyalma be gemu dasame

----

賜隨行兵丁。擢阿巴泰阿哥為頭等都堂、湯古岱阿哥為三等總兵官。二十六日，重閱檔冊，命齊堂古爾為參將，將漢人及死亡之人

賜随行兵丁。擢阿巴泰阿哥为头等都堂、汤古岱阿哥为三等总兵官。二十六日，重阅档册，命齐堂古尔为参将，将汉人及死亡之人

二十七、投毒入井

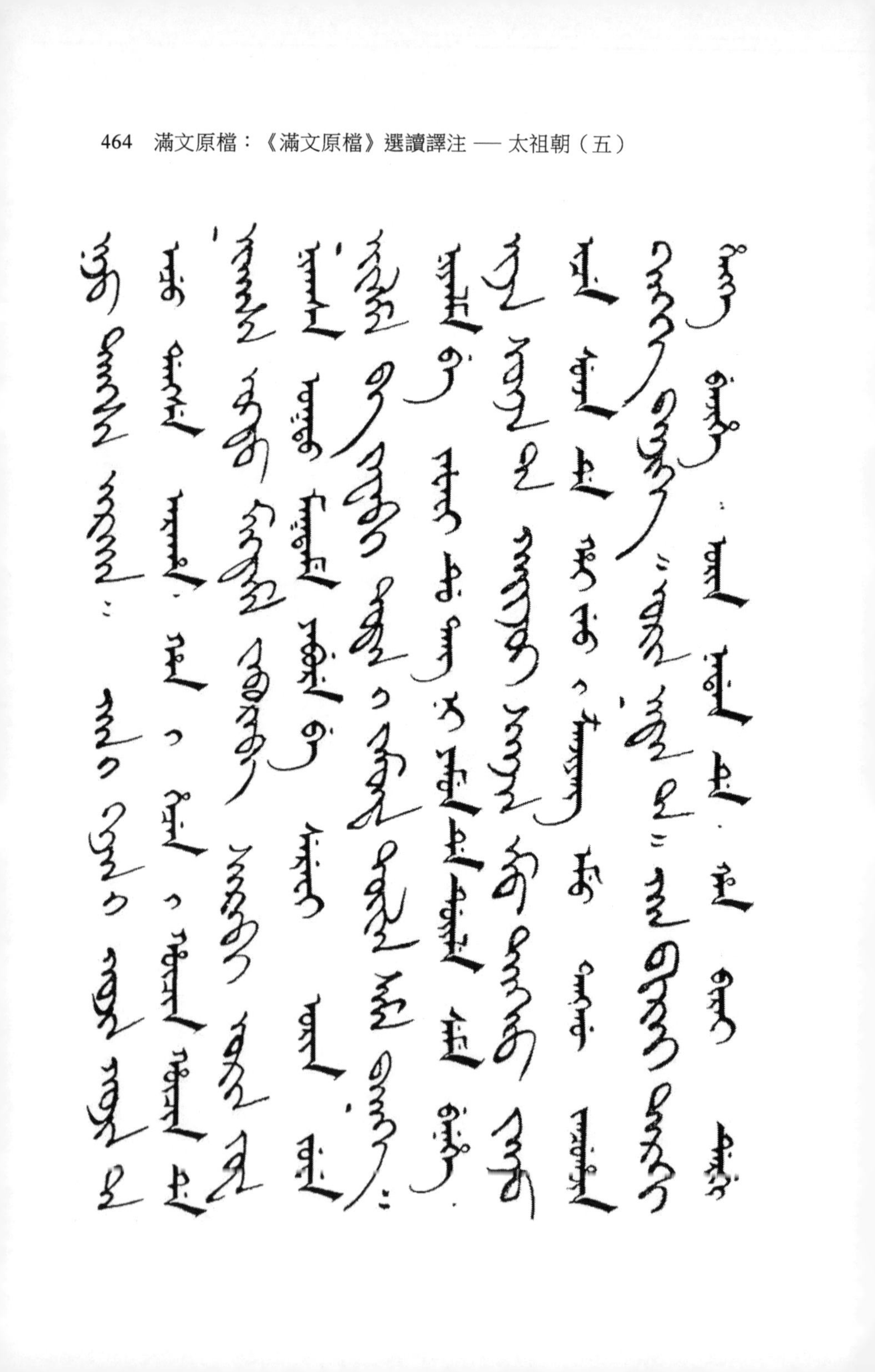

encu dangse araha. han i hecen i hūcin hūcin de nikasa okto maktame yaburebe serefi orin juwe niyalma be jafafi dutang ni yamunde duile seme benehe. ice sunja de haijeo i ts'anjiyang emu tanggū jancuhūn hengke benjihe. orin nadan de han birai dergi

---

皆重錄入另冊。漢人投毒於汗城各井內，察覺後拏獲二十二人，送交都堂衙門審理。初五日，海州參將送來甜瓜一百個。二十七日，

皆重录入另册。汉人投毒于汗城各井内，察觉后拏获二十二人，送交都堂衙门审理。初五日，海州参将送来甜瓜一百个。二十七日，

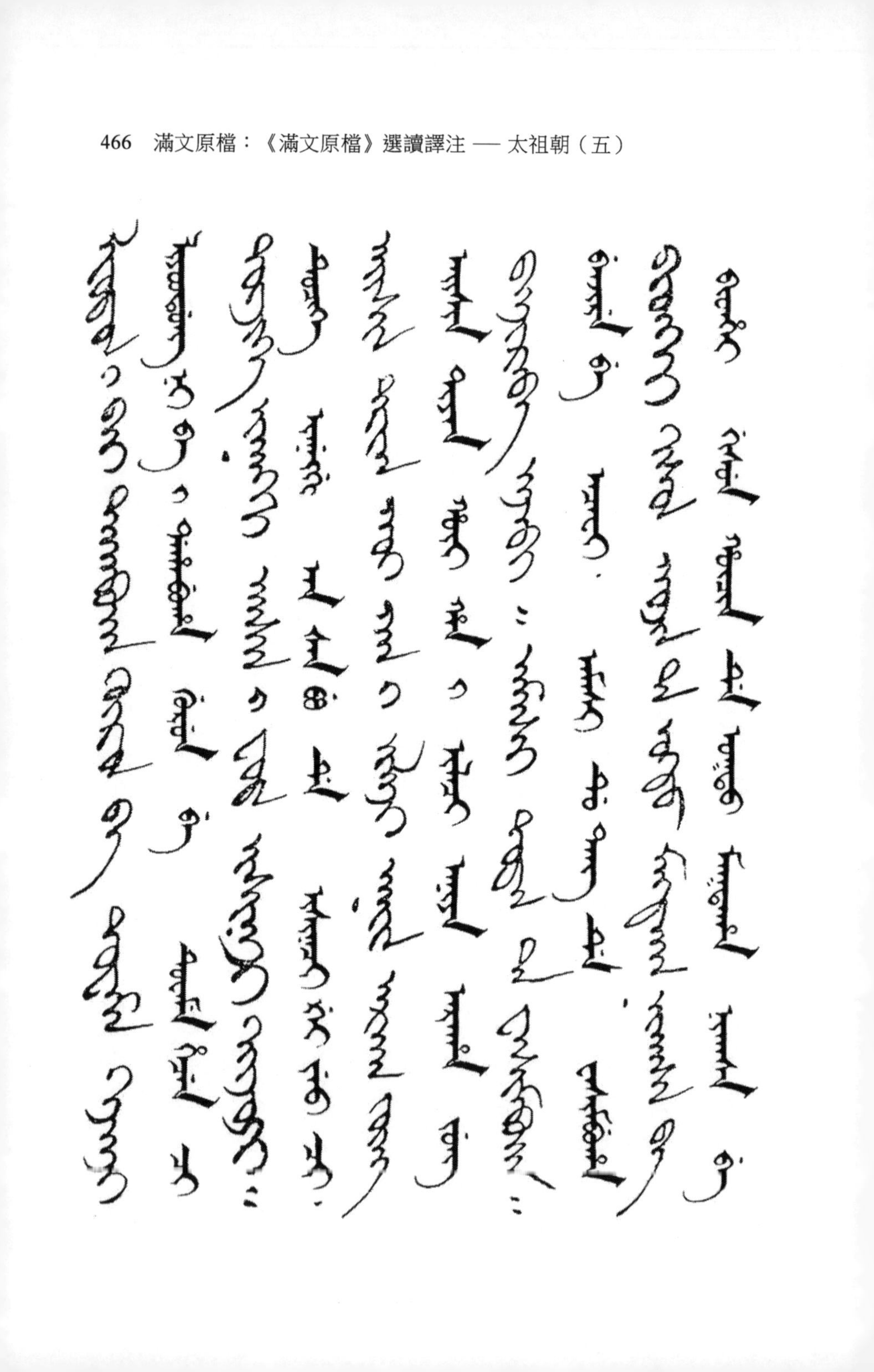

liyoodung ni bai dahabuha gurun be tuwame, hecenci tucike
inenggi anšan i pude isinaci g'aijeoci, aisin tiyan hūi han i
ilaci aniya araha jung benjirebe acafi, amasi dutang de
wasimbuha bithei gisun, hūcin de okto maktaha nikasa be

汗巡視河東遼東地方招降之國人。出城之日，至鞍山堡，
遇見自蓋州送來金天會[70]汗三年所鑄鐘之人，遂令傳諭留
守之都堂曰：「投毒入井之漢人

汗巡视河东辽东地方招降之国人。出城之日，至鞍山堡，
遇见自盖州送来金天会汗三年所铸钟之人，遂令传谕留守
之都堂曰：「投毒入井之汉人

---

[70] 天會，《滿文原檔》寫作 "tijan koi"，《滿文老檔》讀作 "tiyan hūi"，此
即金太宗完顏吳乞買年號。

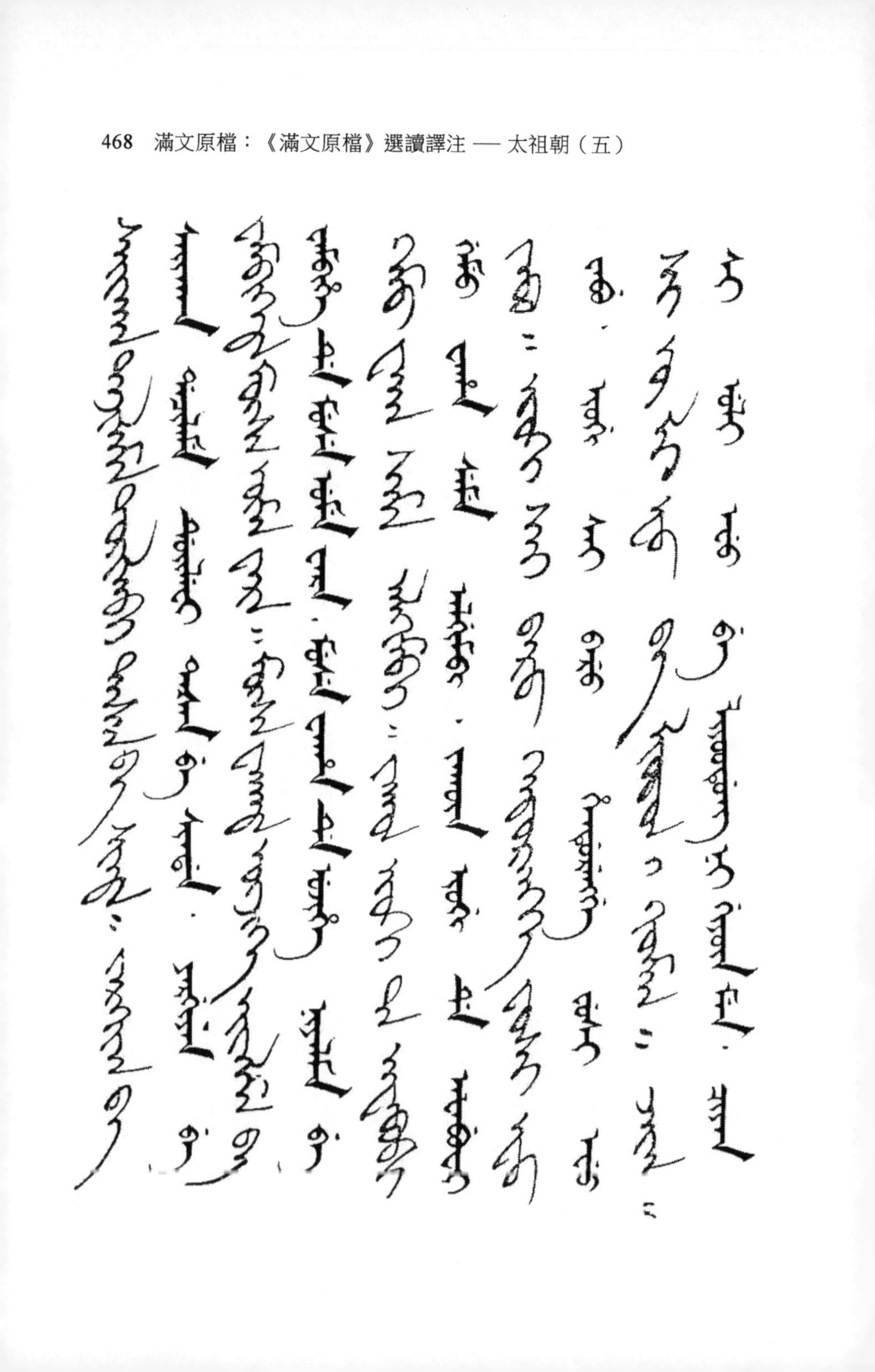

saikan dacilame duilefi tašan be sinda, yargiyan be wambihe
de muse ume wara, muse waha de ujihe niyalma be gemu
waha seme algimbi, jakūn iogi de afabufi wabu, iogi sai baru
hendurengge, fusi efu, si u li efu be liyoodung ni giyūmen,
ciyan

須妥為審理，虛則釋之，實則殺之，我等勿殺之，我等殺
之，恐散佈我屠殺豢養之降人，著交付八遊擊殺之。並諭
遊擊等曰：「如同遼東軍門、

須妥为审理，虚则释之，实则杀之，我等勿杀之，我等杀
之，恐散布我屠杀豢养之降人，着交付八游击杀之。并谕
游击等曰：「如同辽东军门、

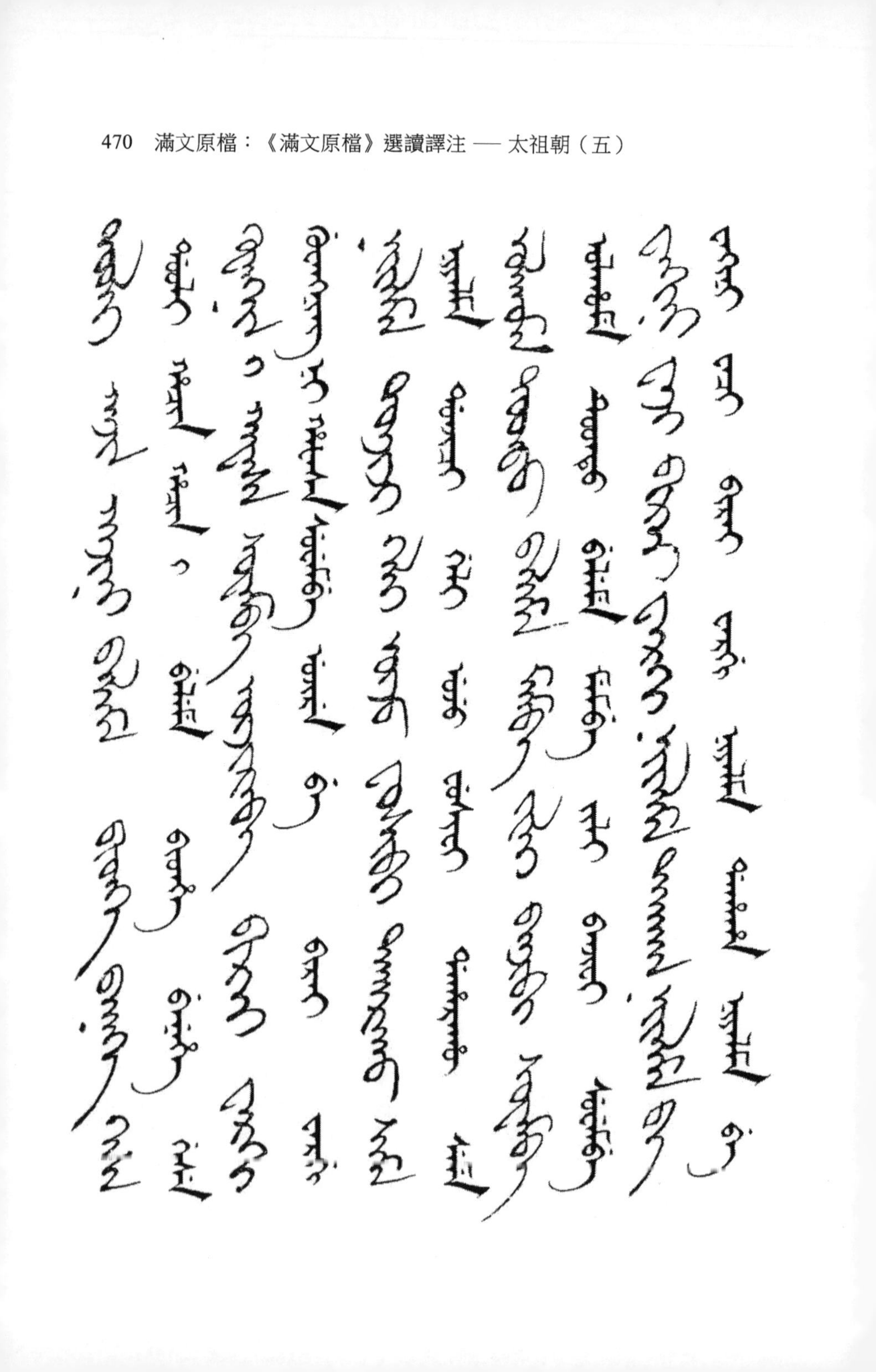

dooli hacin hacini beleme bithe benehe gese guwangning ni hafasa suwembe ujirebe birai wargi niyalma donjici geli uju fusifi daharahū seme olhome, tuttu beleme membe jili banjifi suwembe wakini waci birai wargi niyalma dahaha niyalma be

———————

僉道員送來書中種種誣謗撫順額駙、西烏裏額駙，廣寧各官唯恐河西人聞知我豢養爾等而薙髮歸降，故亦送書來誣謗，以激我怒，屠戮爾等，河西人以我屠戮降人，

———————

佥道员送来书中种种诬谤抚顺额驸、西乌里额驸，广宁各官唯恐河西人闻知我豢养尔等而薙发归降，故亦送书来诬谤，以激我怒，屠戮尔等，河西人以我屠戮降人，

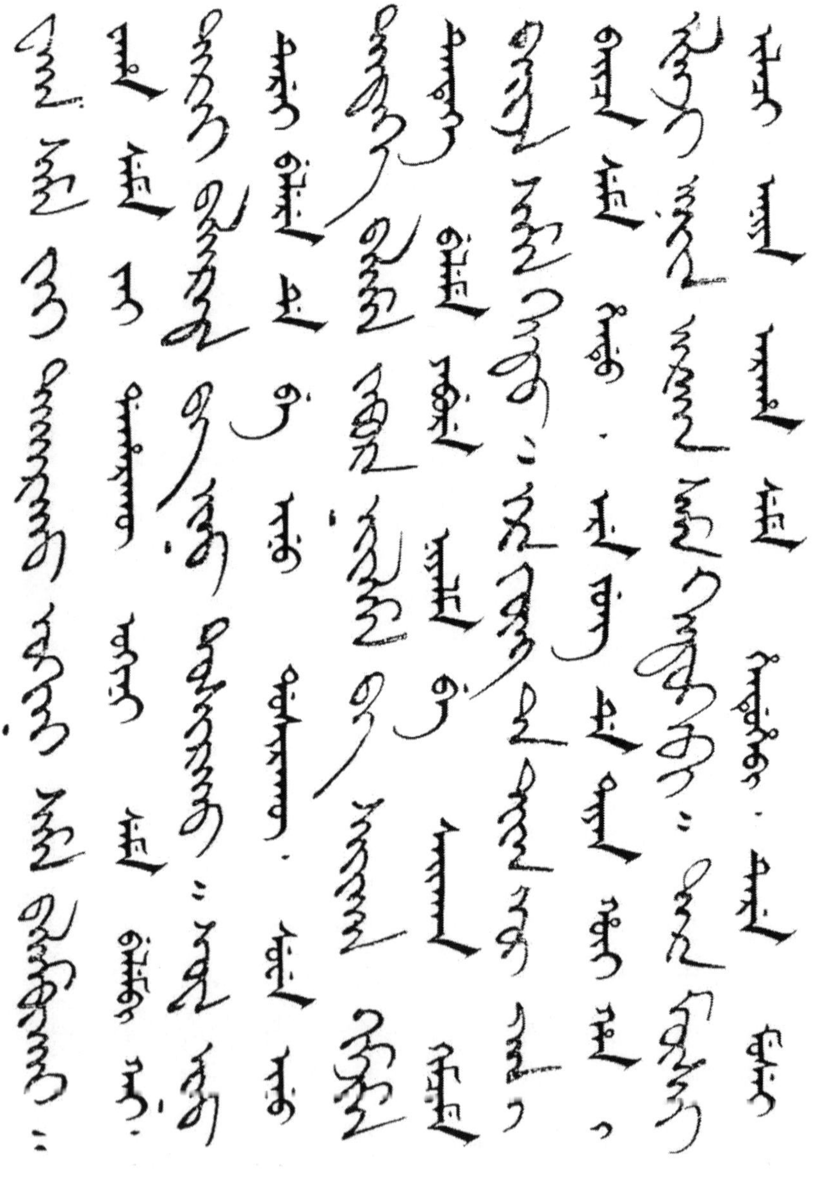

waha seme jai daharakū okini seme belembikai. terei belerede be inu dosirakū, suwe inu tenteke beleme yabure niyalma be saikan kimcime baica seme hendu. ere jung de tiyan hūi han i ilaci aniya araha seme henduhebi. tere musei

---

而不再歸降也。然我等不中其誣謗之計。爾等亦嚴諭屬下，詳查其誣陷之人。此鐘字雲：「天會汗三年造」。

而不再归降也。然我等不中其诬谤之计。尔等亦严谕属下，详查其诬陷之人。此钟字云：「天会汗三年造」。

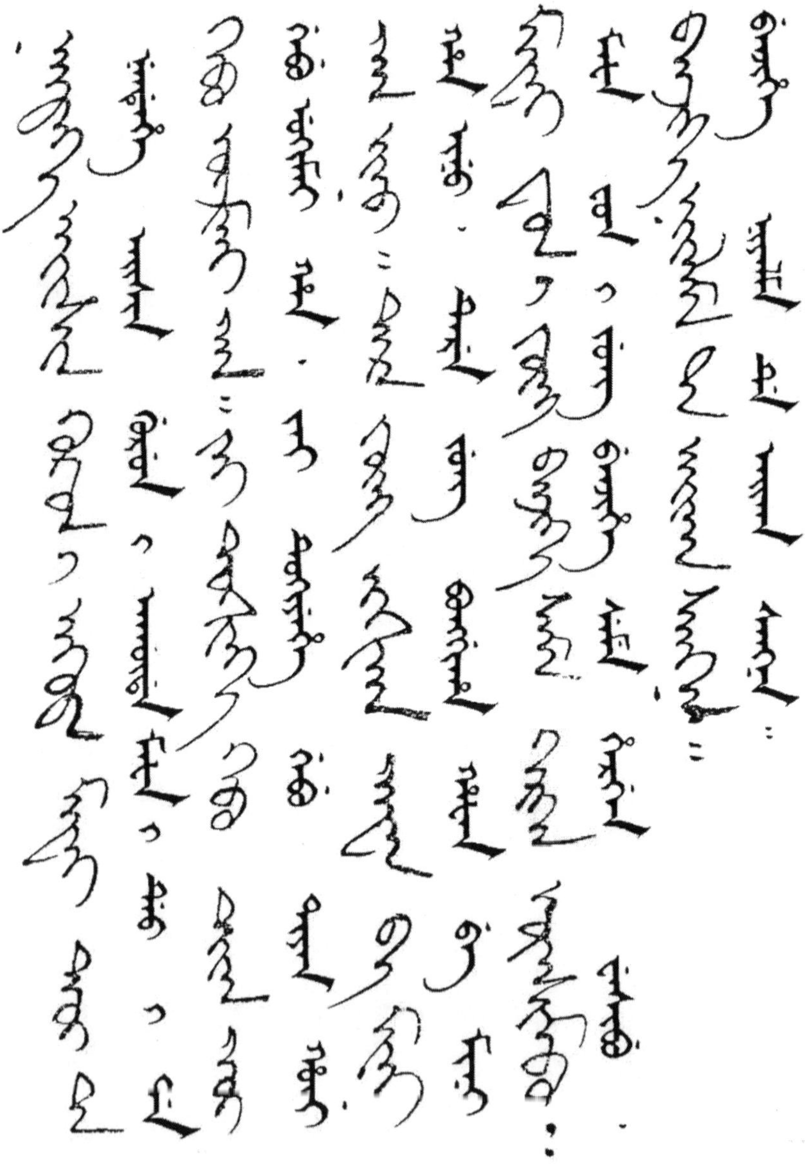

nendehe aisin gurun i agūda mafa i deo i da gebu ukimai han, jai tukiyehe gebu tiyan hūi han inu. tere jung bonggiha hafan be mini mafai fon i jung benjihe seme hergen wesibu, benjihe niyalma de aika šangna.

天會汗乃我先祖金國阿骨打弟本名吳乞買汗，尊號天會汗。其齎鐘之官員，因送來我先祖時古鐘，著陞其官職，並賞送來之人。

天会汗乃我先祖金国阿骨打弟本名吴乞买汗，尊号天会汗。其赍钟之官员，因送来我先祖时古钟，着升其官职，并赏送来之人。

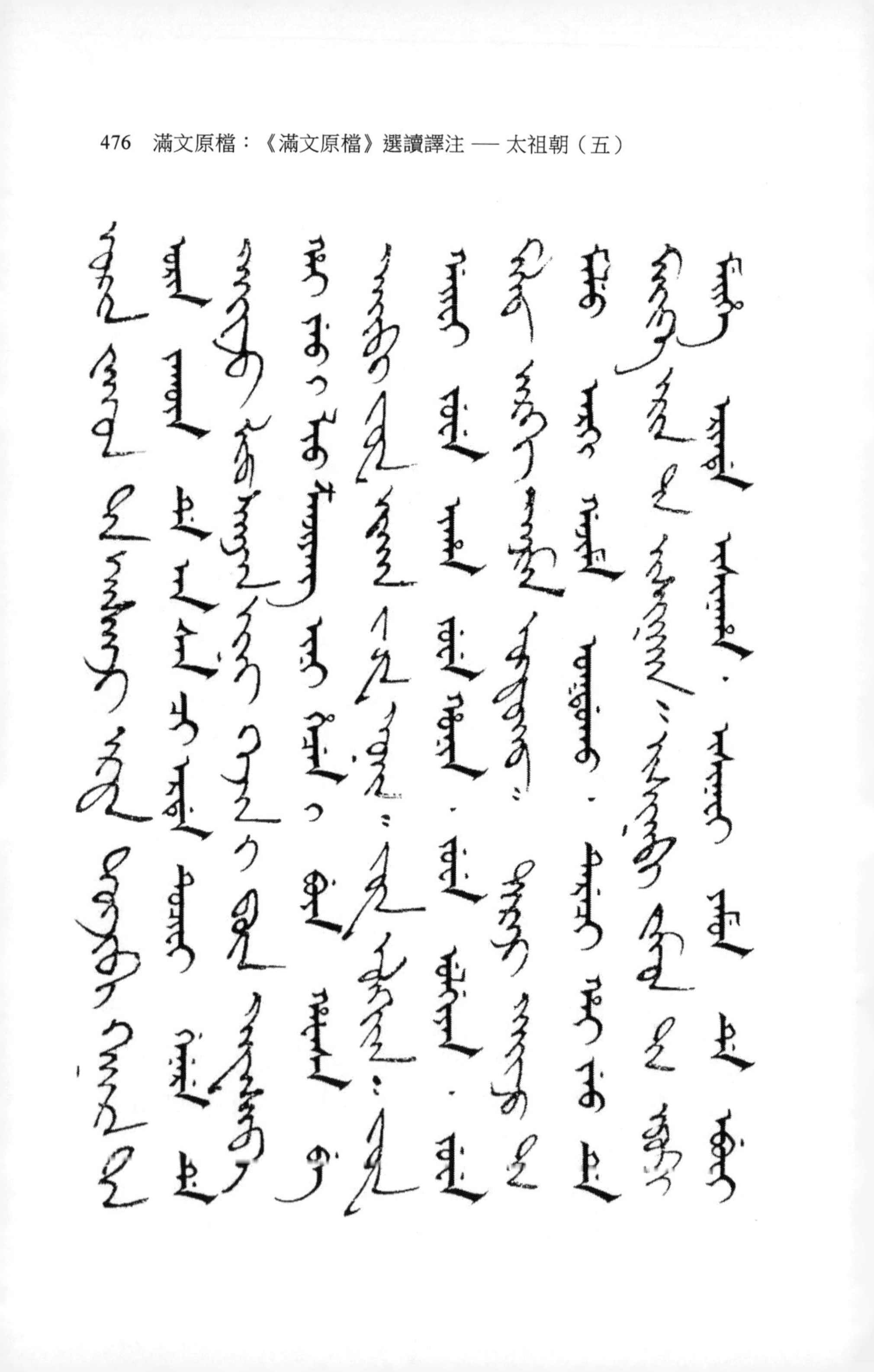

orin jakūn de anšanci erde tucifi genere de haijeo i lio
ts'anjiyang ini hecen i buya hafasabe gaifi juwe ihan, juwe
honin, juwe ulgiyan, juwe malu arki gajime okdoko. tereci
hai jeo de meihe erin de isinaha. isinafi yamun de ebufi

二十八日晨[71]，自鞍山啟行時，海州劉參將率其城中微員
攜牛二頭、羊二隻、豬二隻、酒二甕來迎。巳時抵達海州。
抵達後駐衙門

二十八日晨，自鞍山启行时，海州刘参将率其城中微员携
牛二头、羊二只、猪二只、酒二瓮来迎。巳时抵达海州。
抵达后驻衙门

---

[71] 晨，《滿文原檔》寫作"erte"，《滿文老檔》讀作"erde"。按滿文"erde"
係蒙文"erte"借詞，源自回鶻文"erte"，意即「早晨、明日」。

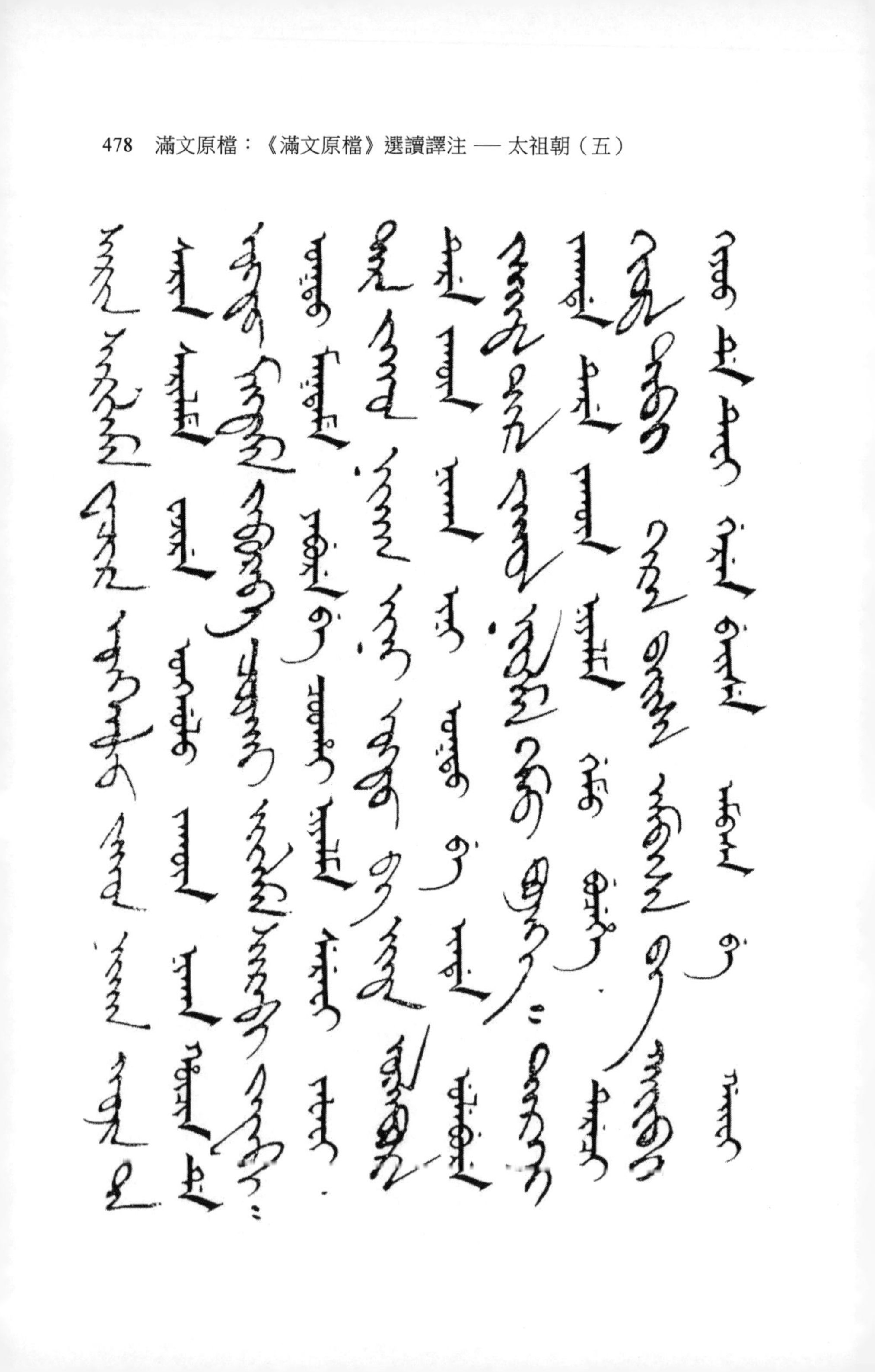

sarin sarilame wajire onggolo jakūn nikan hūcin de okto
maktame yaburebe coohai niyalma serefi jafafi, tere jakūn
nikan ini okto be inde ulebure jakade tere jakūn niyalma
gemu bucehe. tereci kiyoo de tefi geren beise ambasa be
gaifi

筵宴未畢，兵丁察覺拏獲投毒於井之漢人八名，即令其漢
人八名自服其藥，其八人皆死。隨後，汗乘轎，率諸貝勒
大臣

筵宴未毕，兵丁察觉拏获投毒于井之汉人八名，即令其汉
人八名自服其药，其八人皆死。随后，汗乘轿，率诸贝勒
大臣

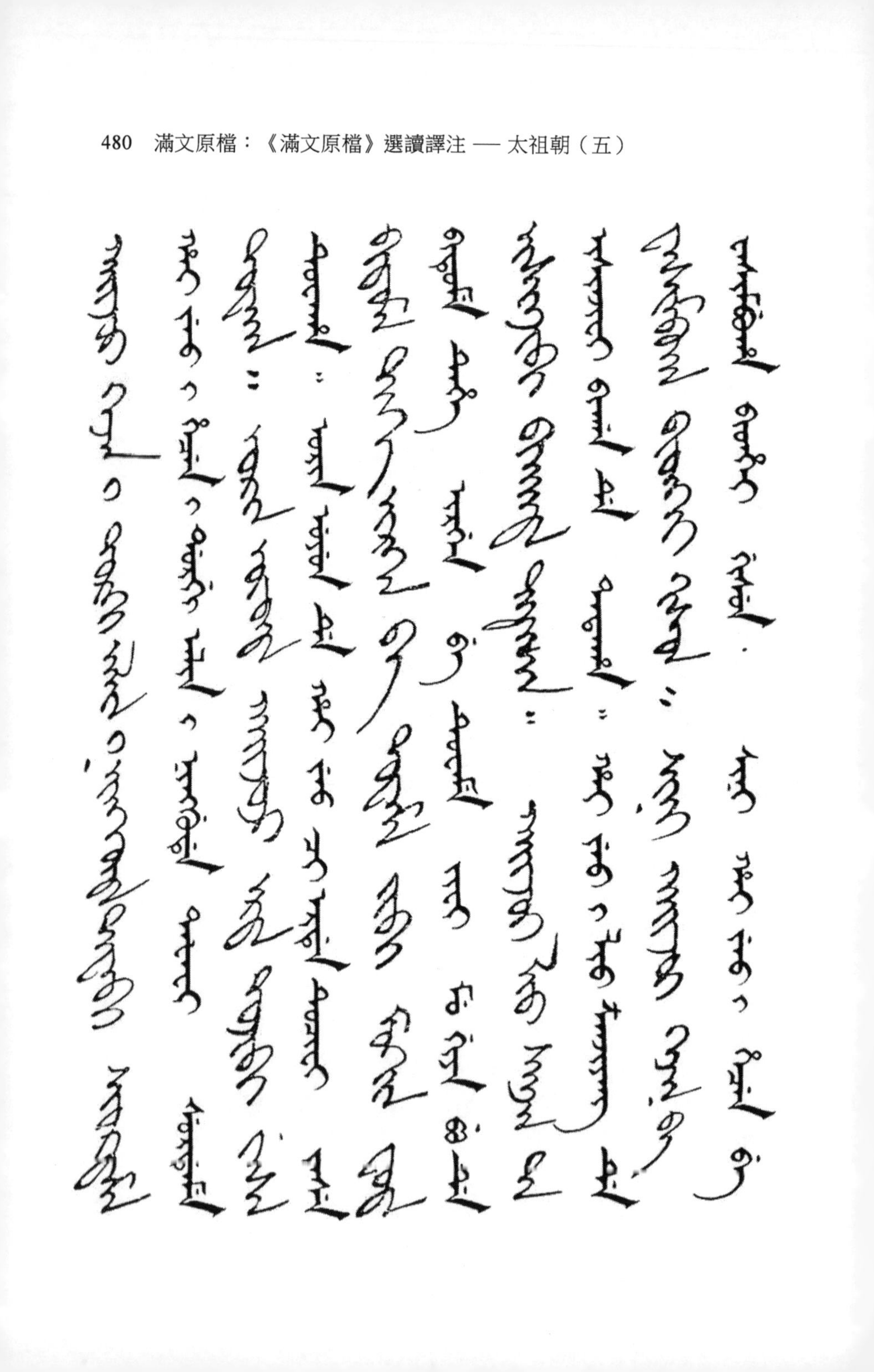

hai jeo i hecen i dorgi alin i ninggude tafafi šurdeme tuwaha. orin uyunde haijeoci erde tucifi jase bitume tehe irgen be tuwame jifi mugiya pude isinjifi bigande tataha. haijeoi lio ts'anjiyang de wasimbuha bithei gisun, sini haijeoi hecen be

登海州城內山上環視。二十九日晨，自海州啟行，巡視沿邊居民。至穆家堡，駐蹕於野外。頒降諭旨於海州劉參將曰：「我見爾海州城

登海州城内山上环视。二十九日晨，自海州启行，巡视沿边居民。至穆家堡，驻跸于野外。颁降谕旨于海州刘参将曰：「我见尔海州城

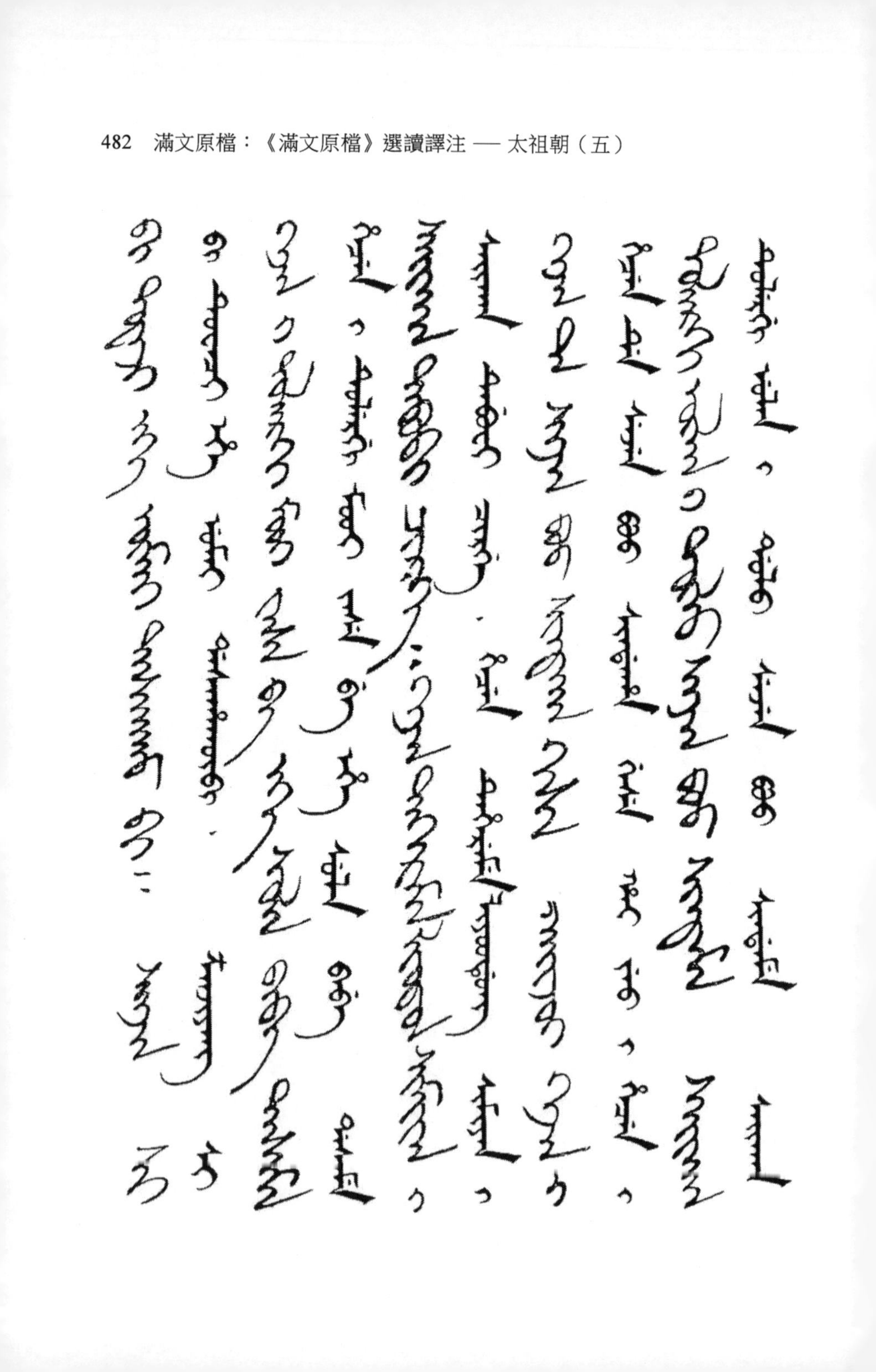

bi tuwaci ehe umai dasahakū bi. ts'anjiyang si hecen i tulergi mooi jase be ehe sula babe dasame saikan tebufi cirge, hecen tehereme liyoodung simiyan i hecen de sejen poo sindaha gese haijeoi hecen i tulergi ulan i dolo sejen poo sindame saikan

---

破舊，並未整修，著爾參將將城外木柵損壞鬆動之處，善加修葺駐紮，並如同遼東、瀋陽城佈列車礮之法，亦於海州城外壕內佈列車礮，

破旧，并未整修，着尔参将将城外木栅损坏松动之处，善加修葺驻扎，并如同辽东、沈阳城布列车炮之法，亦于海州城外壕内布列车炮，

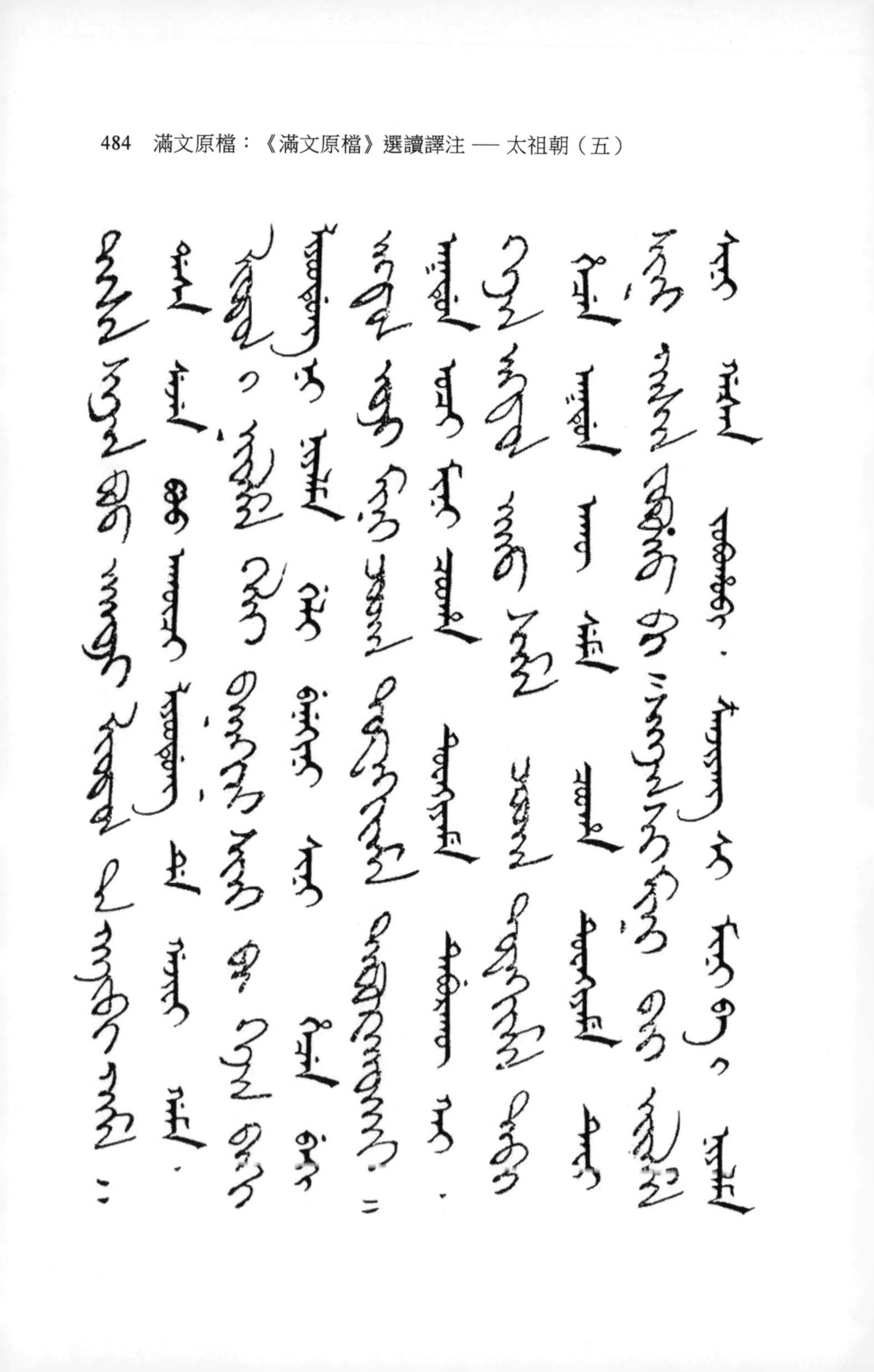

dasa, sejen poo akūci liyoodung de gajifi gama, liyoodung ni niyalma geli benekini. sini hecen beki akdun oci mini cooha tuwakiyame teburakūkai. hecen akdun akū seme cooha tuwakiyame tefi sini gašan joboho bi, ts'anjiyang si mini bai niyalma

---

善加整修，若無車礮，可至遼東取來，亦可請遼東之人送來。爾城若堅固，則無需我兵駐守也。城若不堅固，派兵駐守，則勞爾屯。爾參將如同我地方之人也。

善加整修，若无车炮，可至辽东取来，亦可请辽东之人送来。尔城若坚固，则无需我兵驻守也。城若不坚固，派兵驻守，则劳尔屯。尔参将如同我地方之人也。

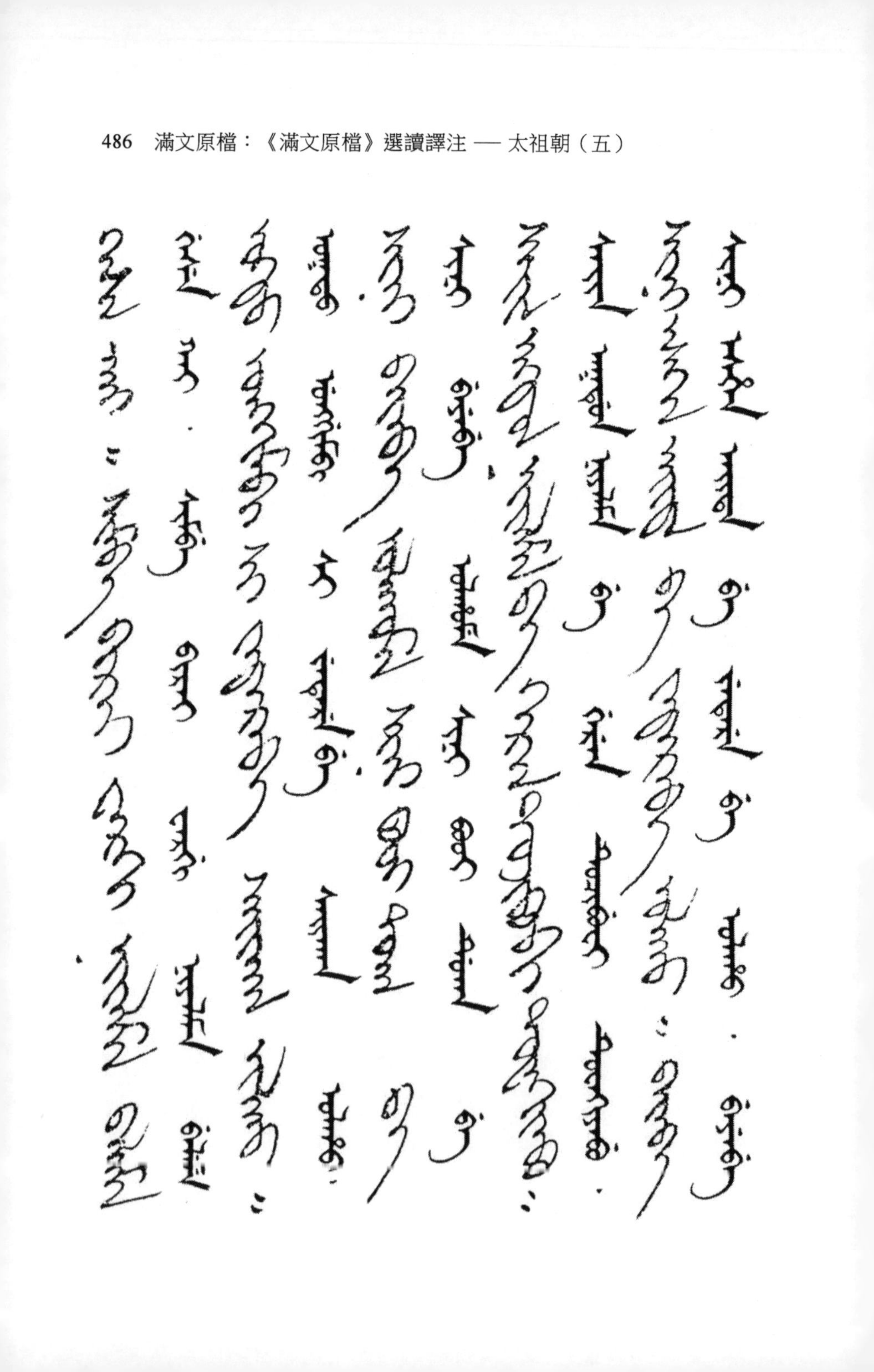

gese kai, simbe birai wargi niyalma beleme okto unggimbi si jeterebe saikan olho, sini beyebe olhome sini booi duka be sain akdun niyalma be geren tucibufi tuwakiyabu. sini eshen aita be jetere be olho, beyebe

---

河西之人投毒誣陷爾，爾飲食務須善自謹慎，保護爾身，宜派善良可靠之人看守爾家門，並致書爾叔愛塔，告知慎於飲食，

河西之人投毒诬陷尔，尔饮食务须善自谨慎，保护尔身，宜派善良可靠之人看守尔家门，并致书尔叔爱塔，告知慎于饮食，

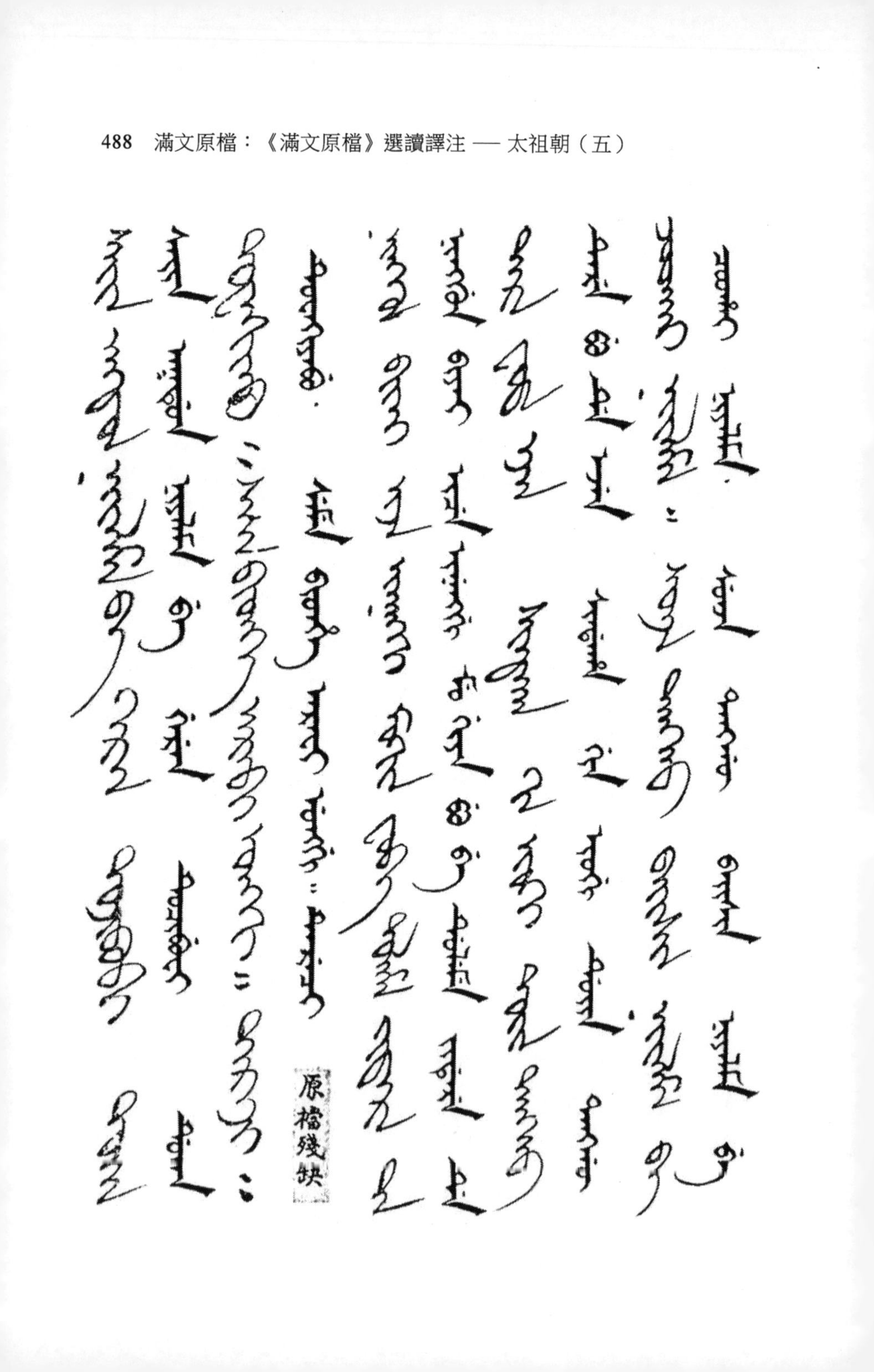

原檔殘缺

sain akdun niyalma be geren tucibufi duka tuwakiyabu, seme bithe arafi unggi. tereci, [原檔殘缺] ninggun biyai ice inenggi mugiya pube duleme jidere de tere pude ejen sindaha gin iogi duin tanggū coohai niyalma, sunja tanggū baisin niyalma be

派出善良可靠之人守門，以保護己身。」其後[原檔殘缺] 六月初一日，返回時，路過穆家堡，該堡主將金遊擊率兵丁四百人、白丁百姓五百人

派出善良可靠之人守門，以保护己身。」其后[原档残缺] 六月初一日，返回时，路过穆家堡，该堡主将金游击率兵丁四百人、白丁百姓五百人

二十八、利用厚生

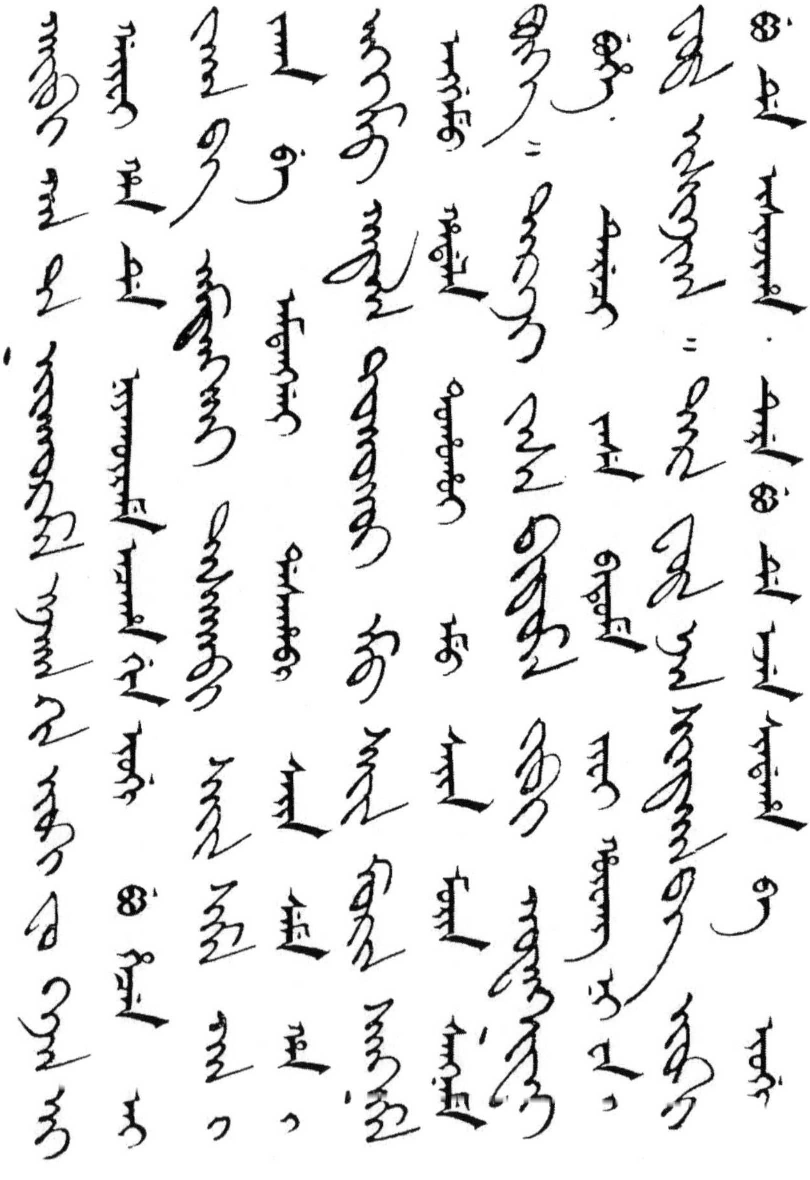

gaifi han de niyakūrame acaha. gin iogi pu hecen ai jaka be amtanggai dasahabi sain seme, han i enggemu hadala tohohoi emu sain morin šangname buhe. tereci jase bitume jifi hūwangniwai pude isinjiha, tere pude ejen sindaha ba iogi

---

跪見汗。汗嘉許金遊擊善治城堡，賞賜汗用備鞍良馬一匹。由此沿邊而來，至黃泥窪堡，該堡主將巴遊擊

跪见汗。汗嘉许金游击善治城堡，赏赐汗用备鞍良马一匹。由此沿边而来，至黄泥洼堡，该堡主将巴游击

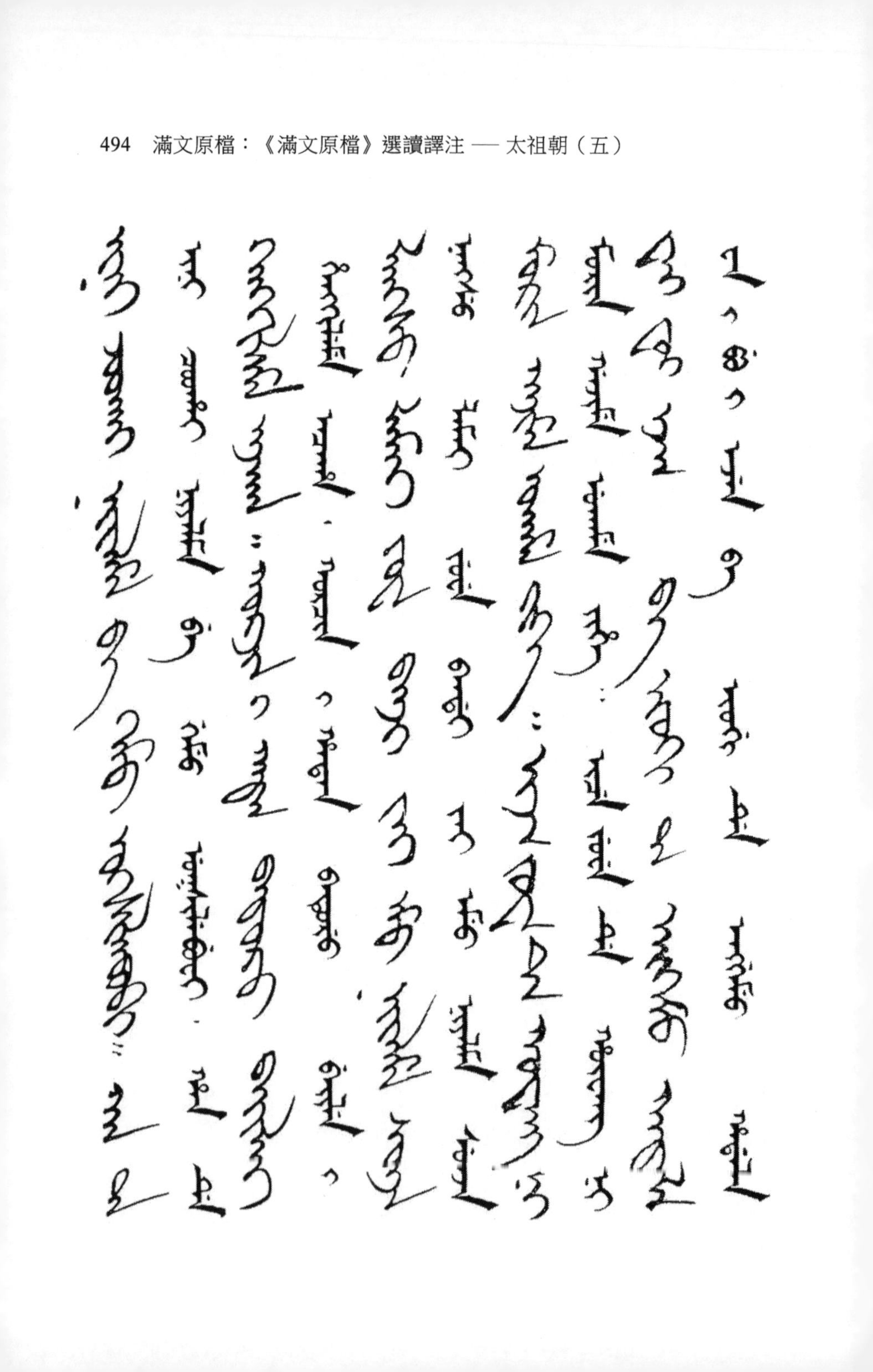

ini coohai niyalma be gemu uksilebufi, han de hengkileme acaha. korcin i hatan baturu beilei nangsu lamai juwe bandi, jai emu niyalma sunja morin gajime ukame jihe. ice juwe de hūwang ni wai pui ejen ba iogi de enggemu hadala

命兵丁皆披甲叩見汗。科爾沁哈坦巴圖魯貝勒之囊蘇喇嘛屬下二班第[72]及一人攜馬五匹逃來。初二日，賜黃泥窪主將巴遊擊備鞍

命兵丁皆披甲叩见汗。科尔沁哈坦巴图鲁贝勒之囊苏喇嘛属下二班弟及一人携马五匹逃来。初二日，赐黄泥洼主将巴游击备鞍

---

[72] 班第，《滿文原檔》讀作 "banji"，《滿文老檔》讀作 "bandi"，意即「小喇嘛」。

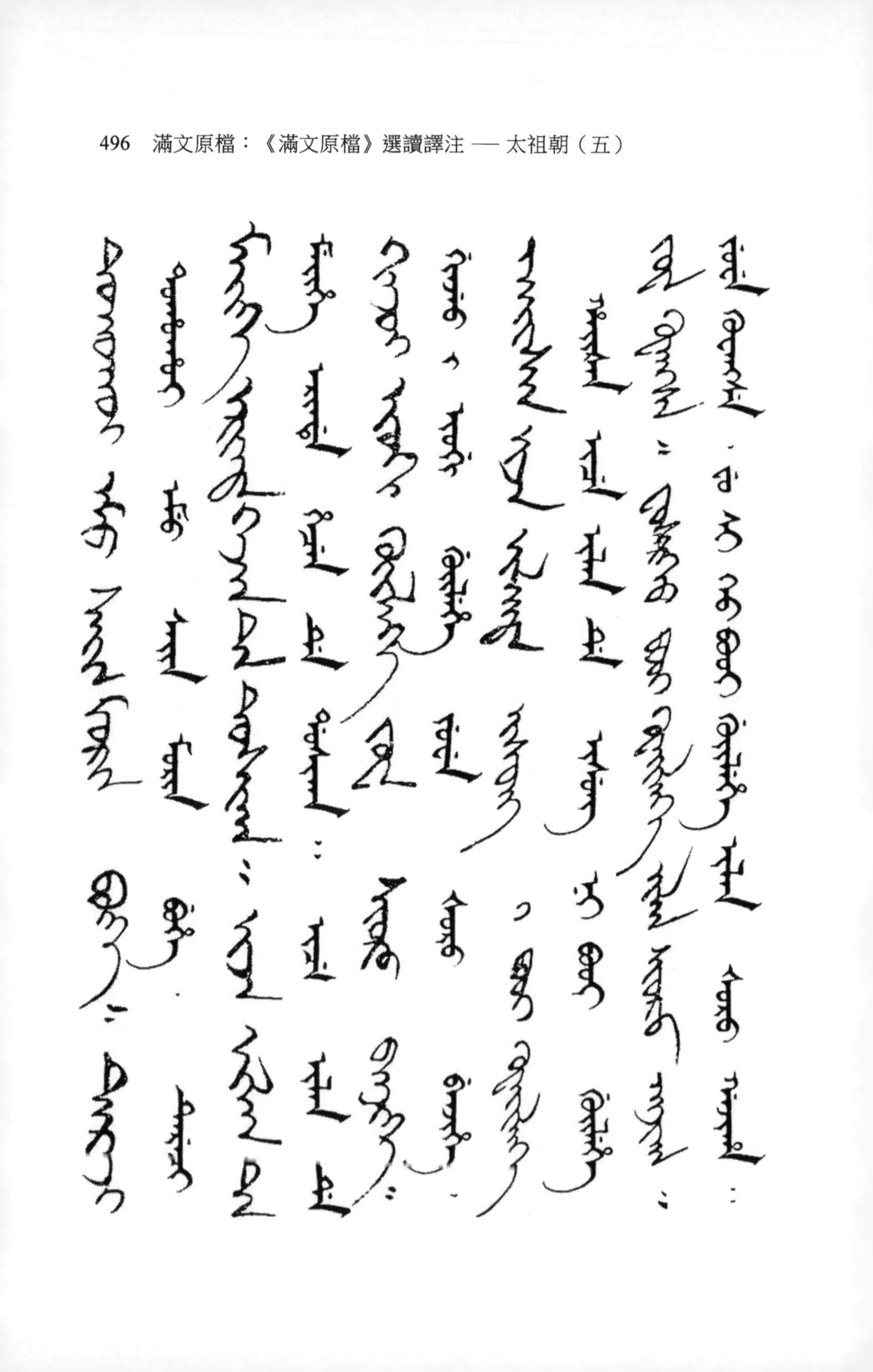

tohohoi emu sain morin buhe. tereci meihe erinde hecen de dosika. ice ilan de ginjeoi iogi guilehe juwe šoro benjihe. haišan ice ilande isung ni booi guilehe juwe kuwangse, fusikeo booi guilehe ilan šoro gajiha.

良馬一匹。巳時，由此入城。初三日，金州遊擊送來杏二簍。海善於初三日攜來伊松家杏二筐、富西口家杏三簍。

良马一匹。巳时，由此入城。初三日，金州游击送来杏二簍。海善于初三日携来伊松家杏二筐、富西口家杏三簍。

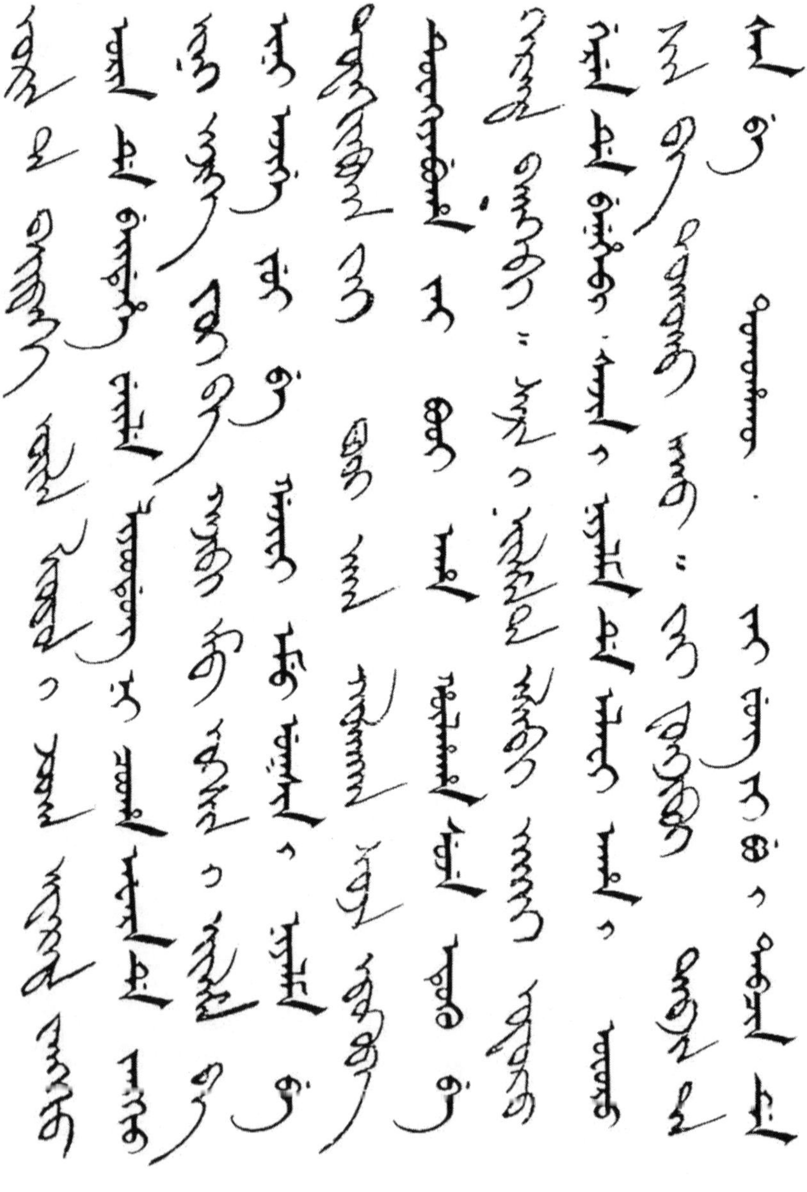

orin de beidehe weile, liyoodung ni cooha afarade jangkio
ini ajige jui be gaifi emu uksin i niyalma be tuwakiyabuha.
jai booi aha hūlhaha suje etukube gerende benehebi, šajin i
niyalma de alafi ahai oforo šan be tokoho akū. jai fungjipui
tabcin de

二十日，審理之罪：遼東之兵攻打時，張邱攜其幼子，令
一甲士看護。再，其家奴將所竊取之緞衣送給眾人，告知
執法之人，免刺其奴之耳鼻。再，掠奉集堡時，

二十日，审理之罪：辽东之兵攻打时，张邱携其幼子，令
一甲士看护。再，其家奴将所窃取之缎衣送给众人，告知
执法之人，免刺其奴之耳鼻。再，掠奉集堡时，

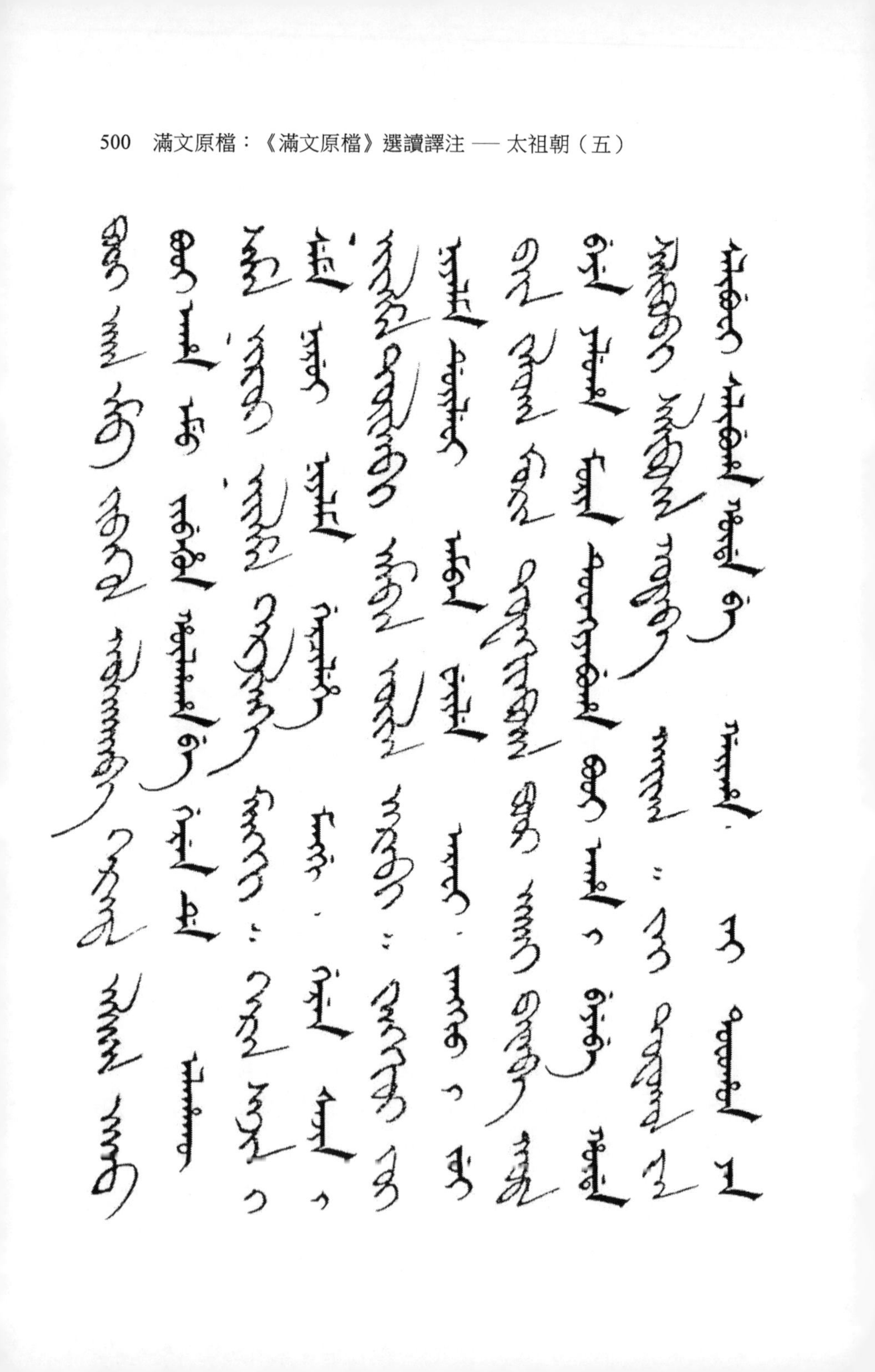

booi aha emu jibehun hūlhahabe gerende alaha akū seme, nirui niyalma gercilehe manggi, geren šajin i niyalma duilefi amban weile arafi, jangkioi jui beye yaluha morin tuwakiyabuha booi ahai beyebe hūda salibufi, salibuha hūdabe gaiha, jai tofohon yan

---

家奴竊被一床，未告眾人，為牛彔之人出首後，經眾執法之人審理後，治以大罪[73]。張邱之子其本人所騎之馬匹及看護家奴本人折價，沒收其所折之價，再罰銀十五兩，

家奴窃被一床，未告众人，为牛彔之人出首后，经众执法之人审理后，治以大罪。张邱之子其本人所骑之马匹及看护家奴本人折价，没收其所折之价，再罚银十五两，

---

[73] 大罪，《滿文原檔》讀作"amban üile"，《滿文老檔》讀作"amban weile"。句中"amban"，規範滿文讀作"amba"，意即「大」。

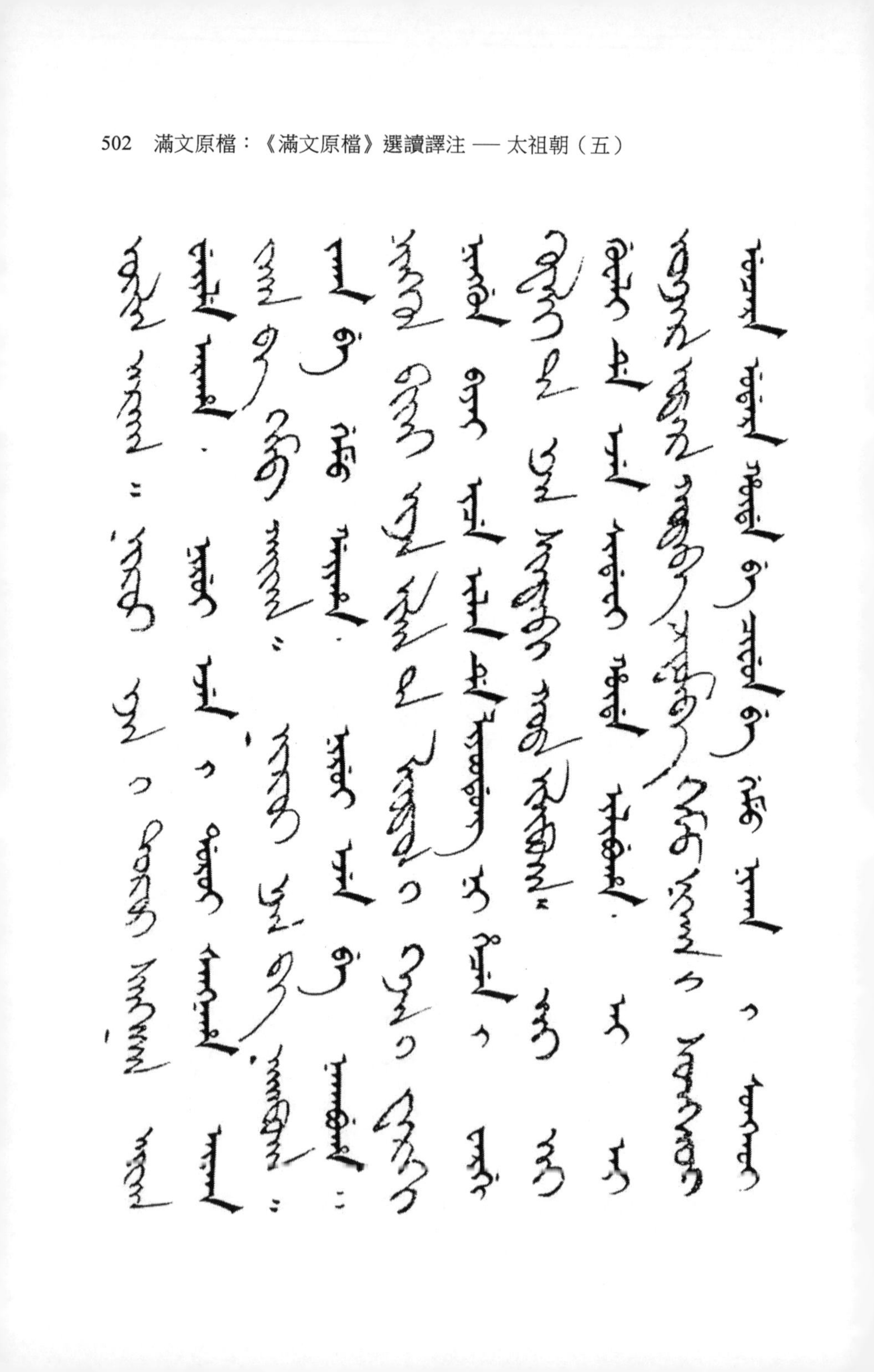

weile araha, nirui ejen i doroi šangnaha aika jaka be gemu gaiha, nirui ejen be nakabuha. ninggun biyai ice ilan de liyoodung i hecen i wargi guwali de ejen sindafi hūda ilibuha. ai ai uncara udara hūdabe cifumbe gemu nikan i songkoi

盡沒其牛彔額真名下所賞一應物件，革牛彔額真。六月初三日，遼東城西關廂設主管立市，各種買賣物價、稅課，皆照明國之例。

尽没其牛彔额真名下所赏一应物件，革牛彔额真。六月初三日，辽东城西关厢设主管立市，各种买卖物价、税课，皆照明国之例。

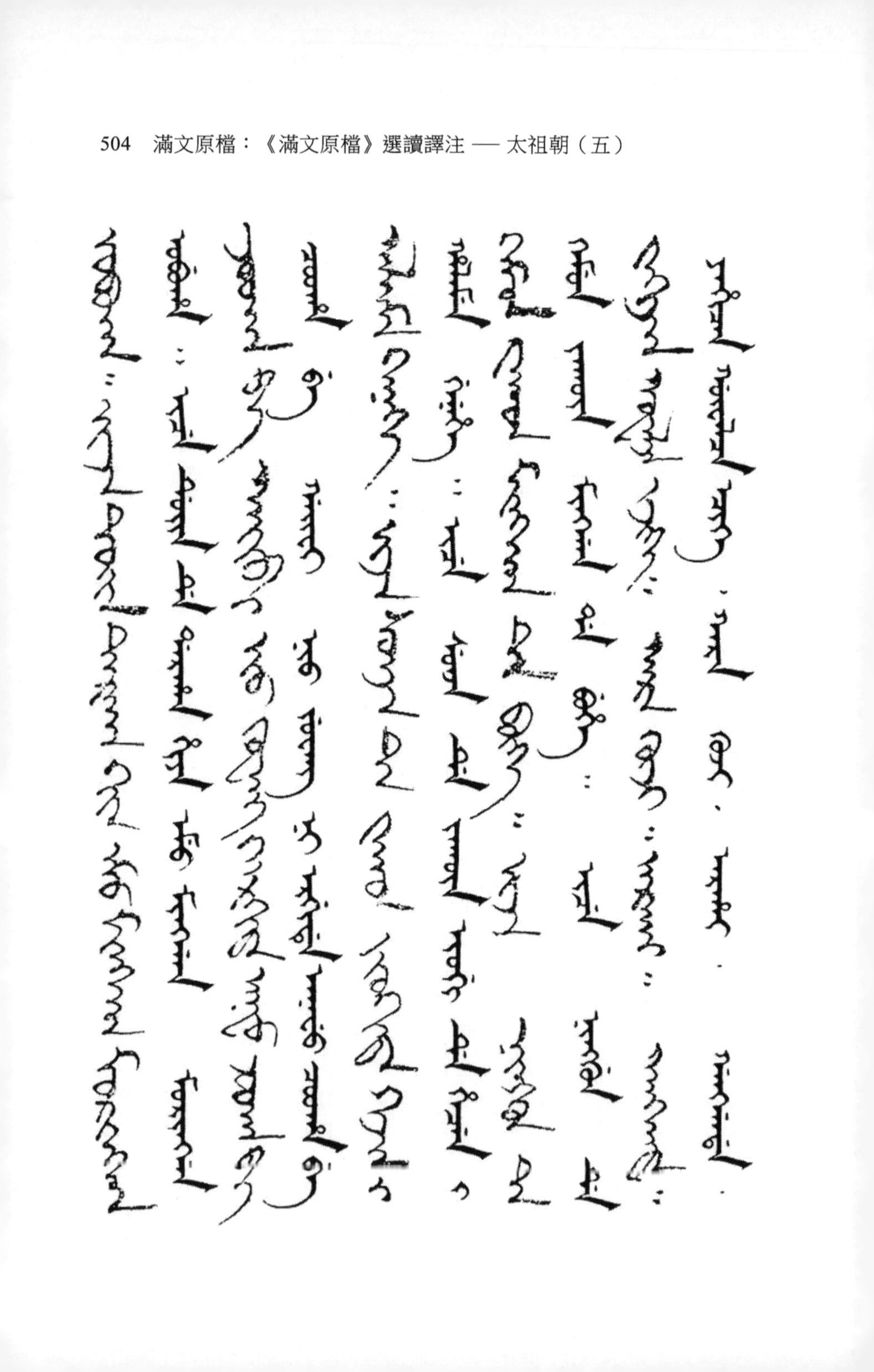

obuha. ice duin de darhan hiya emu minggan moringga cooha be gaifi, nio juwang ni ergide anafu cooha be halame genehe. ice sunja de jakūn iogide hecen i kemun jakūn minggan da buhe. ice ninggun de yahican, gūwalca ecike, kara kuji, arhai, ganggada,

初四日，達爾漢侍衛率騎兵一千，往牛莊一帶換防戍守。初五日，賜八遊擊築城地[74]八千庹。初六日，雅希禪、卦爾察叔父、喀拉庫吉、阿爾海、剛噶達、

初四日，达尔汉侍卫率骑兵一千，往牛庄一带换防戍守。初五日，赐八游击筑城地八千庹。初六日，雅希禪、卦尔察叔父、喀拉库吉、阿尔海、刚噶达、

---

[74] 築城地，《滿文原檔》寫作 "kejen i kemun"，《滿文老檔》讀作 "hecen i kemun"，意即「城之規模(範圍)」。

ᠪᠠᡳ᠌
ᡥᡝᠨᡩᡠᠮᡝ
ᠪᠠᡳ᠌ᡨᠠ

ᠪᠠᡳ᠌ᡨᠠ
ᡝᡥᡝ
ᠮᡠᠵᡳᠯᡝᠨ

ᡠᠮᠠᡳ᠌
ᡝᠮᡠ
ᠮᡠᠵᡳᠯᡝᠨ

ᠮᠠᠨᠵᡠ
ᠪᠠᡳ᠌ᡨᠠ
ᠶᠠᠶᠠ

sirana, yasita iogi ts'anjiyang emu minggan cooha gaifi monggoi jase de anafulame genehe. ice nadan de haijeoi hecen i harangga bai si mu ceng ni gašan i niyalma ilan minggan sunja tanggū juwan niowanggiyan moro tamse arafi benjihe. tere inenggi han hendume,

---

錫喇納、雅希坦等遊擊、參將率兵千人，前往蒙古邊境戍守。初七日，海州城所屬地方之析木城屯人送來所造綠碗、罐三千五百一十個。是日，汗諭曰：

锡喇纳、雅希坦等游击、参将率兵千人，前往蒙古边境戍守。初七日，海州城所属地方之析木城屯人送来所造绿碗、罐三千五百一十个。是日，汗谕曰：

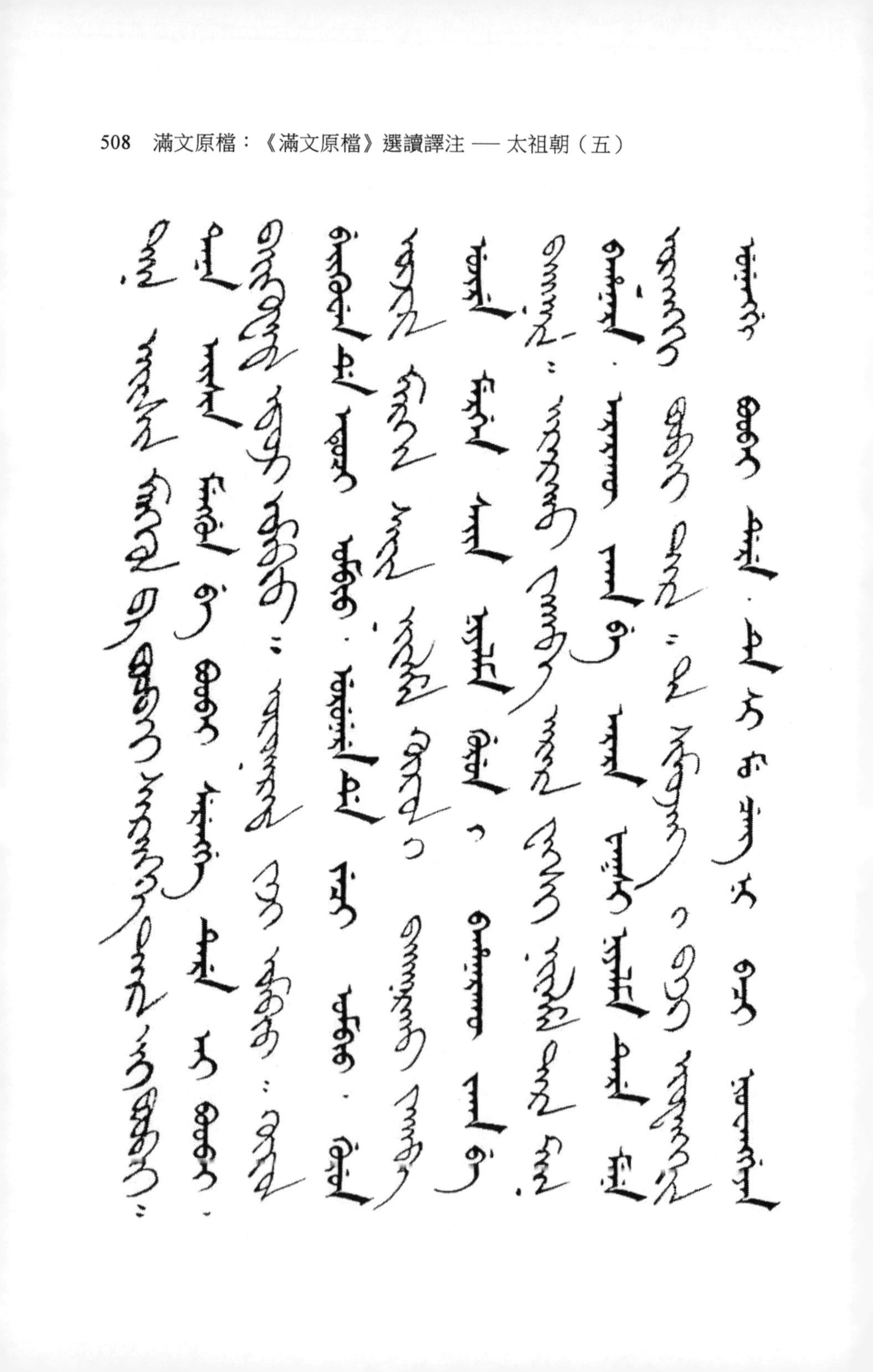

tana, aisin, menggun be boobai serengge tere ai boobai.
beikuwende etuci ombio. urunerede jeci ombio. gurun ujire
mergen sain niyalma gurun i bahanarakū jakabe bahanara,
ararakū jakabe arara faksi niyalma tere mene unenggi boobai
dere. te si mu ceng ni baci niowanggiyan

「所謂東珠、金、銀為寶者，其為何寶？寒時可穿耶？飢
時可食耶？國中所豢養賢良之人知國人所不知，匠人[75]能
做國人所不能做，彼等誠為寶也。今析木城地方

「所谓东珠、金、银为宝者，其为何宝？寒时可穿耶？饥
时可食耶？国中所豢养贤良之人知国人所不知，匠人能做
国人所不能做，彼等诚为宝也。今析木城地方

---

[75] 匠人，句中「匠」，《滿文原檔》寫作 "waksi"（陰性 k），《滿文老檔》
讀作 "faksi"（陽性 k）。按此為無圈點滿文 "wa" 與 "fa"、首音節字尾
k 陰性(舌根音)與陽性 k (小舌音) 之混用現象。

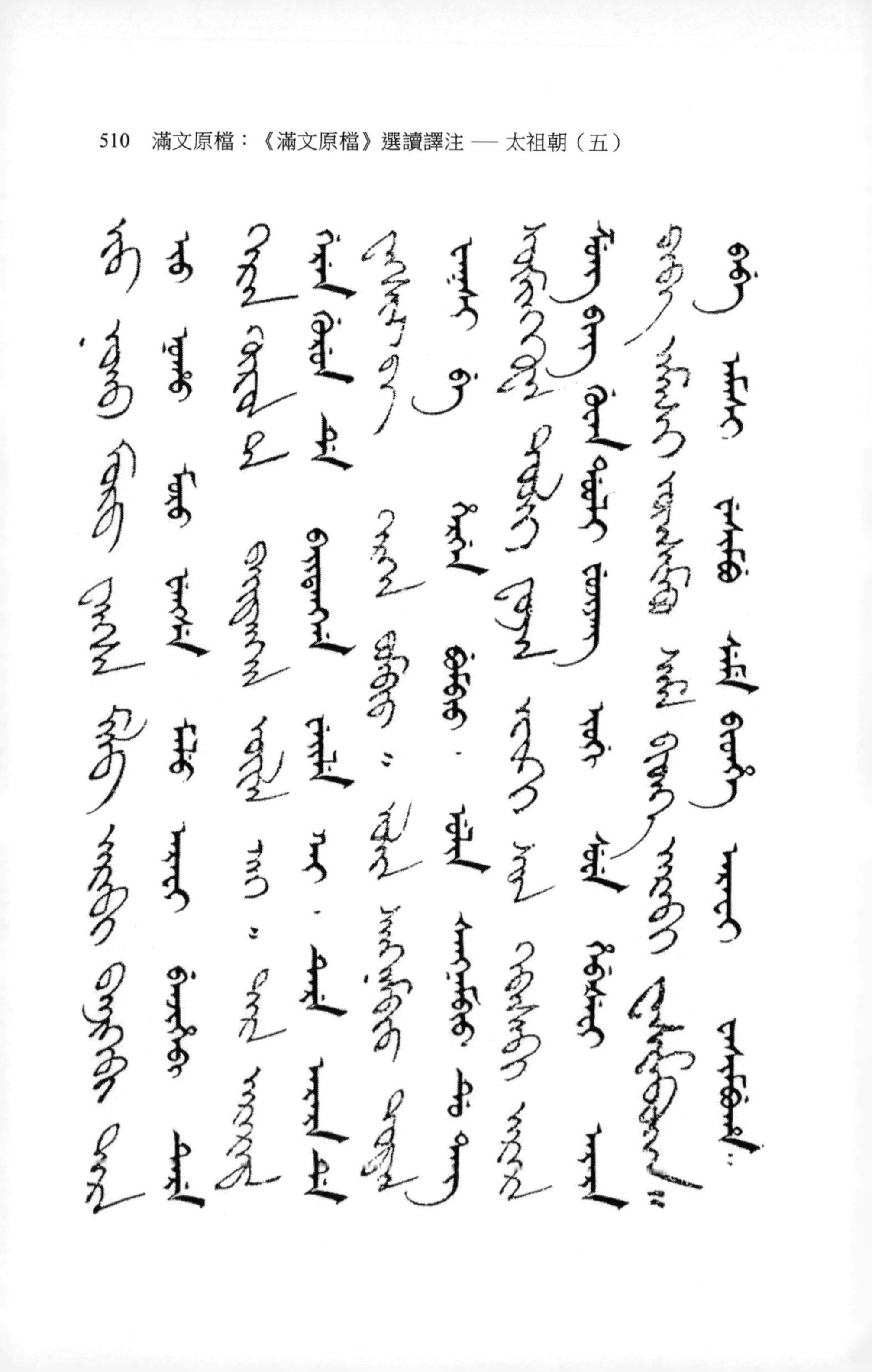

io noho moro, fengse, malu arafi benjihebi. tere geren gurun de baitangga weile kai, tere ararade faksi be hergen bumbio. ulin šangnambio. du tang, dzung bing guwan, dooli, fujiyang, iogi suwe hebešefi arara babe amasi wesimbu seme bithe arafi wasimbuha.

送來所造純綠釉碗、盆、罐，實乃眾國人有用之器皿也。造此器皿，匠人可授職耶？可賞財物耶？著都堂、總兵官、道員、副將、遊擊爾等商議繕寫文書回奏。」

送来所造纯绿釉碗、盆、罐，实乃众国人有用之器皿也。造此器皿，匠人可授职耶？可赏财物耶？着都堂、总兵官、道员、副将、游击尔等商议缮写文书回奏。」

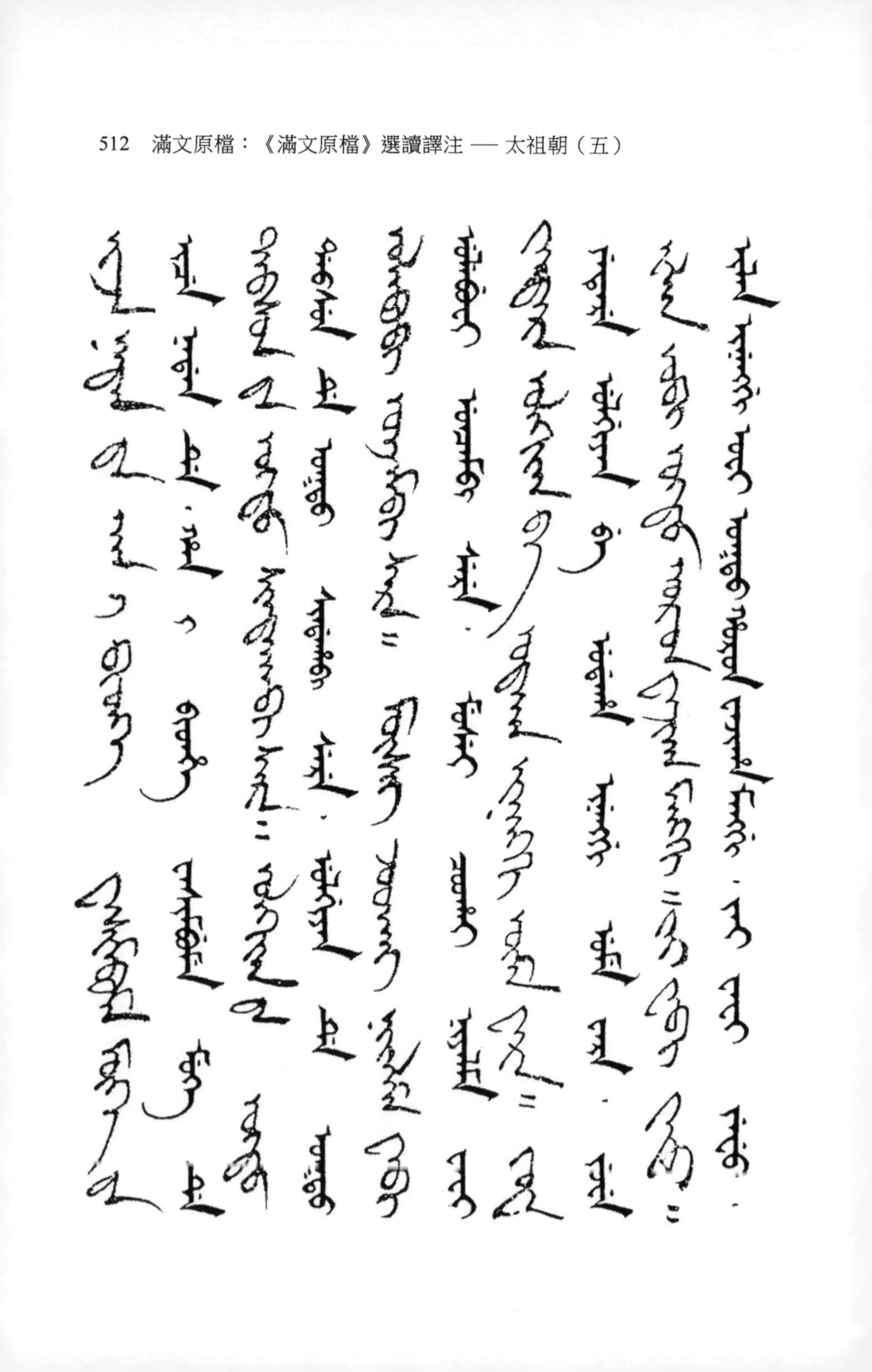

ice nadan de han i bithe wasimbume, muke de dabsun de okto sindahabi sere, ulgiyan de okto ulebufi uncambi sere. musei coohai niyalma wafi jetere ulgiyan be udaha inenggi ume wara. juwe ilan inenggi ofi okto horon wajiha manggi, jai wafi jefu.

初七日，汗頒降諭旨曰：「據聞有投毒於水中或鹽中，或以毒餵豬後販售。我兵丁欲殺豬而食，購買當日勿宰，二、三日後藥毒散盡後，再行宰食。

初七日，汗颁降谕旨曰：「据闻有投毒于水中或盐中，或以毒喂猪后贩售。我兵丁欲杀猪而食，购买当日勿宰，二、三日后药毒散尽后，再行宰食。

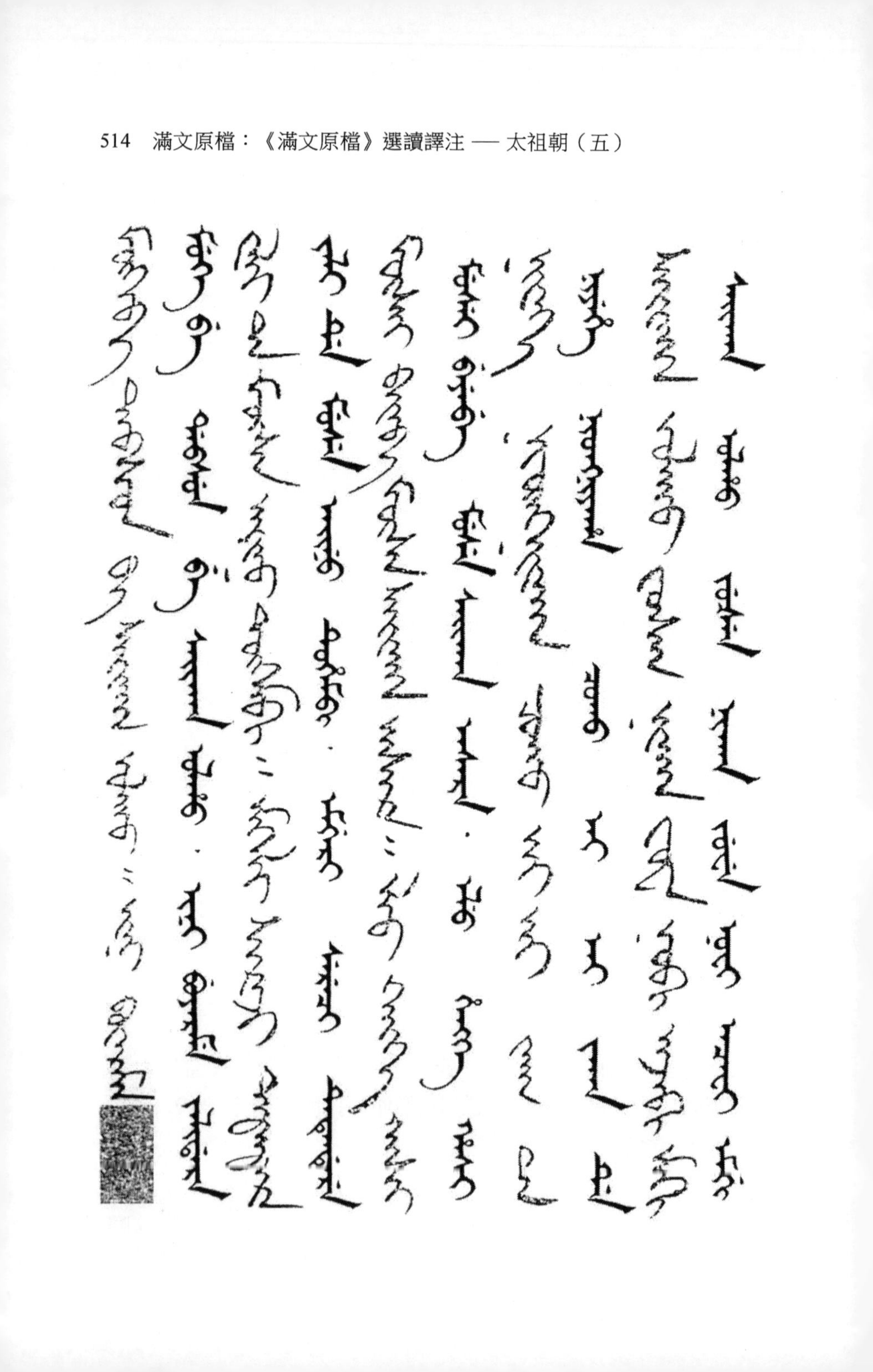

mukebe dabsun be saikan olho, ini buyarame jalidara jali de muse ainu tuhembi. emgeli sereci tetendere musei beyebe muse saikan asara, elu, hengke, hasi, niyehe, niongniyaha, coko ai ai jaka de saikan olho. jušen nikan juwe nofi acafi emgi

---

其水或鹽，宜善加小心，我等為何墜其奸計耶？既已查覺，我等即宜善加保護我等自身，舉凡蔥、瓜、茄子、鴨、鵝、鷄等諸物，俱善加當心。若見有諸申、漢人二人相會

其水或盐，宜善加小心，我等为何坠其奸计耶？既已查觉，我等即宜善加保护我等自身，举凡葱、瓜、茄子、鸭、鹅、鸡等诸物，俱善加当心。若见有诸申、汉人二人相会

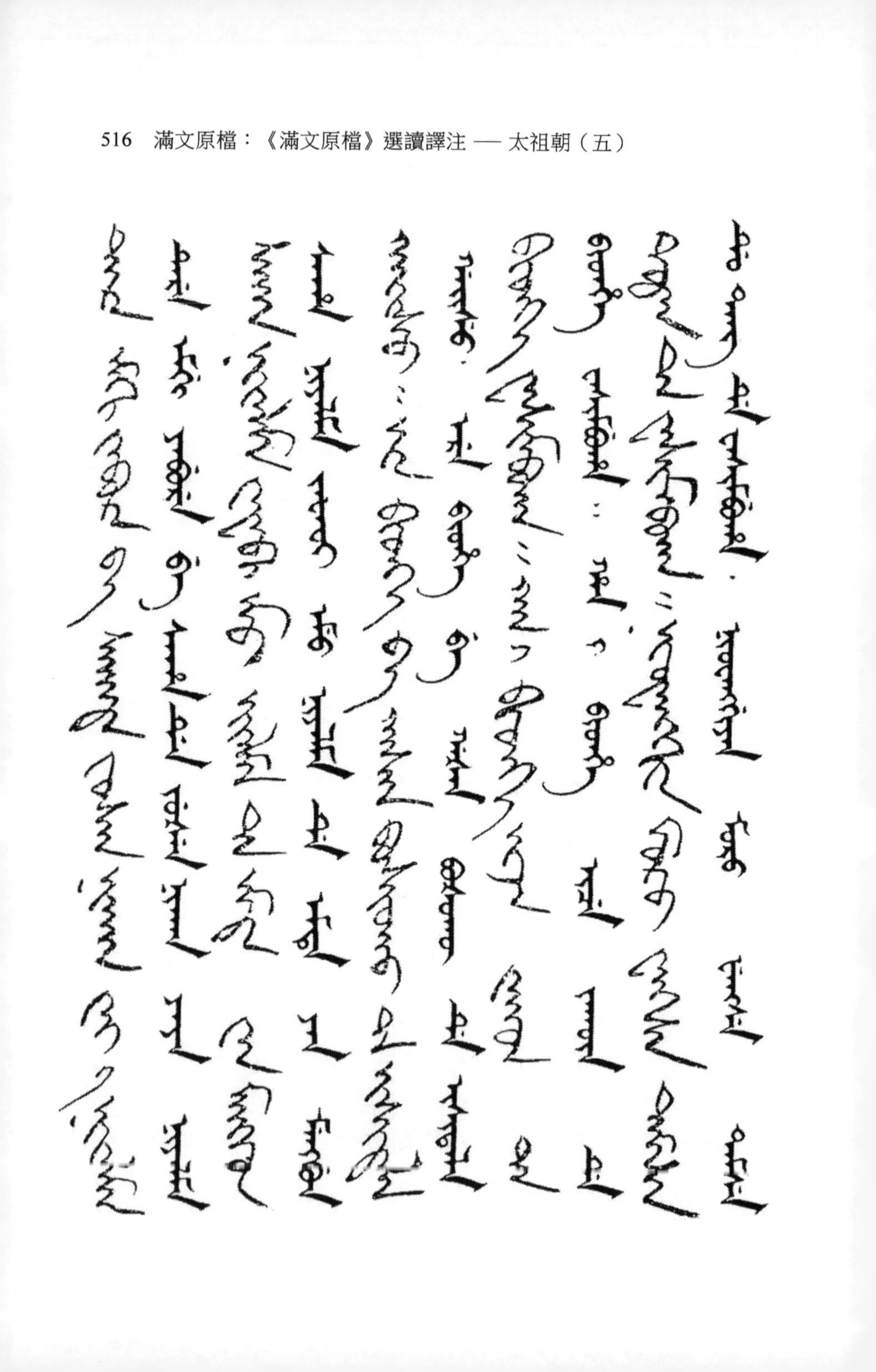

tere emgi yabure be saha de jušen nikan yaya niyalma saha
niyalma jafafi, emu niyalma de emte yan menggun gaisu, ere
bithe be gašan bošokū de isitala bithe wasimbuha. han i bithe
ice jakūn de du tang de wasimbuha, niowanggiyan moro,
fengse, tamse

同坐同行時，無論諸申、漢人，見即拏之，各罰銀一兩。」
傳諭直至村屯撥什庫。初八日，汗頒降諭旨於都堂曰：「爾
等為送來綠碗、盆、罐之人

同坐同行时，无论诸申、汉人，见即拏之，各罚银一两。」
传谕直至村屯拨什库。初八日，汗颁降谕旨于都堂曰：「尔
等为送来绿碗、盆、罐之人

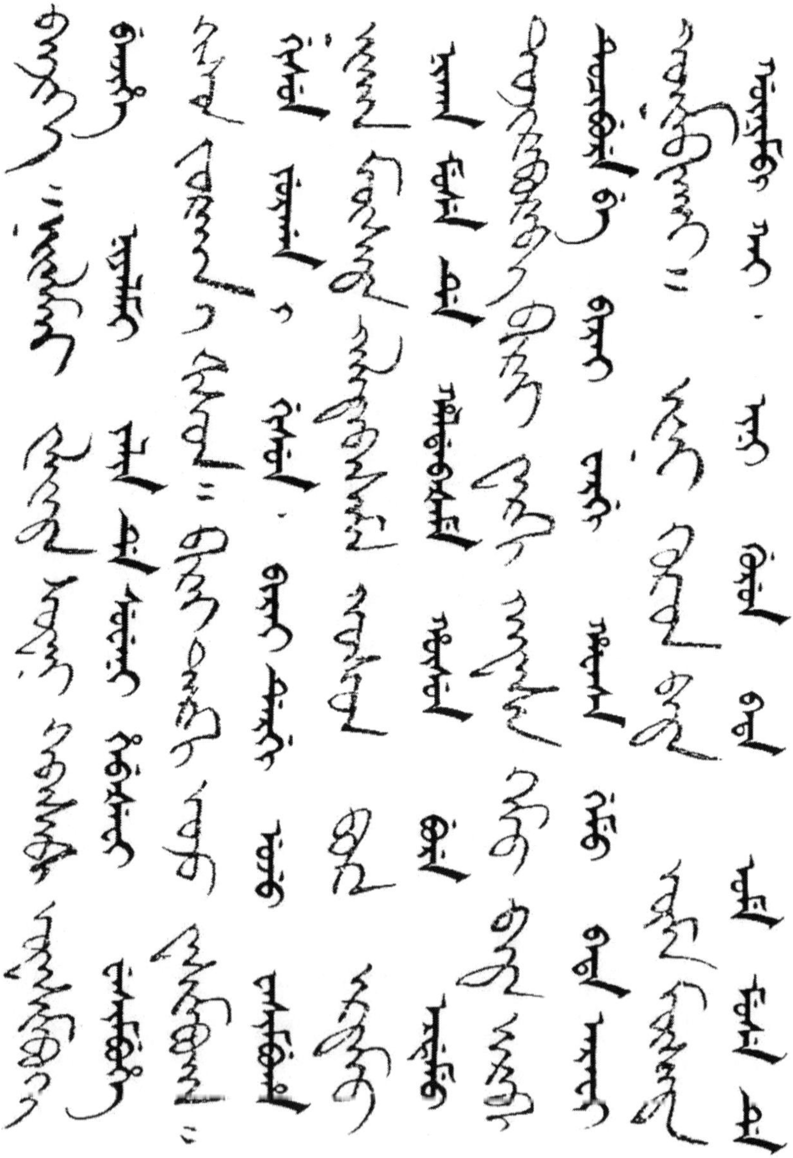

benjihe niyalmai jalinde suweni hebešefi wesimbuhe gisun jurgan i gisun. birai dergi uju wasimbuha nikan musede haldabašame hūsun bure erdemu tuciburebe, birai wargi hafasa gemu bata arafi gūnimbikai. ini gurun bata ome muse de

---

爾等議奏之言，乃正義之言。河東俯首歸順之漢人，為迎合我等効力，展現才能，河西官員皆以為敵也。與其國為敵，

尔等议奏之言，乃正义之言。河东俯首归顺之汉人，为迎合我等効力，展现才能，河西官员皆以为敌也。与其国为敌，

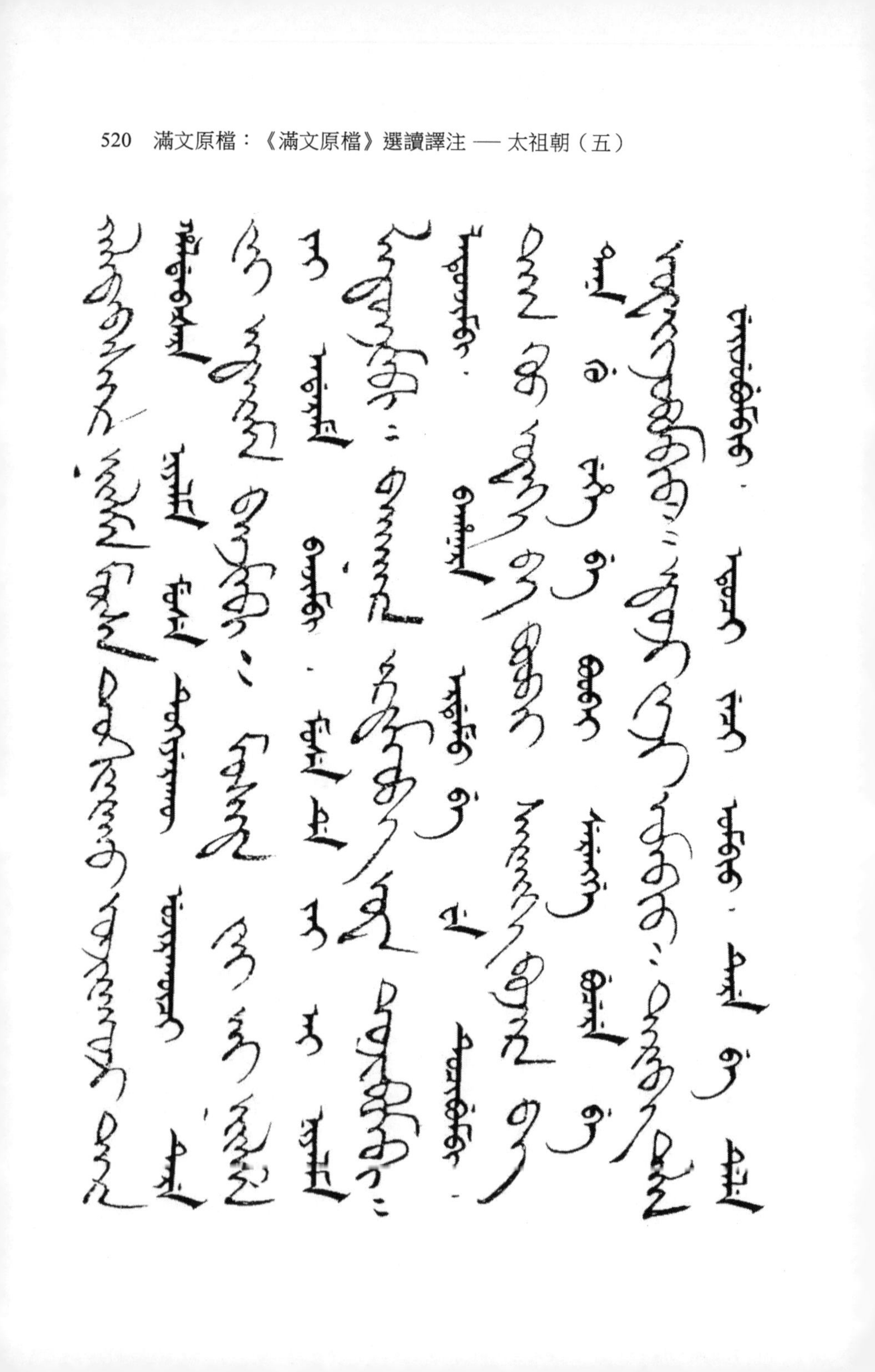

haldabašara niyalma muse tukiyerakū ujirakūci tere jai adarame banjimbi. musede jai ai niyalma latunjimbi, bahanara erdemube we tucibumbi. tana, gu wehe be boobai serengge bucere be weijubumbio. etuci jeci ombio. tere be dele

迎合我等之人，我等若不加擢用，若不加收養，則彼等又何以為生？又有何人[76]前來歸順[77]我等，展現其才能？所謂東珠、玉石為寶者，能使死者復生耶？可為衣食耶？

迎合我等之人，我等若不加擢用，若不加收养，则彼等又何以为生？又有何人前来归顺我等，展现其才能？所谓东珠、玉石为宝者，能使死者复生耶？可为衣食耶？

---

[76] 何人，《滿文原檔》寫作 "owa"，讀作 "uwe"，《滿文老檔》讀作 "we"，意即「誰」。
[77] 來歸順，《滿文原檔》、《滿文老檔》俱讀作 "latunjimbi"，意即「來靠近」。

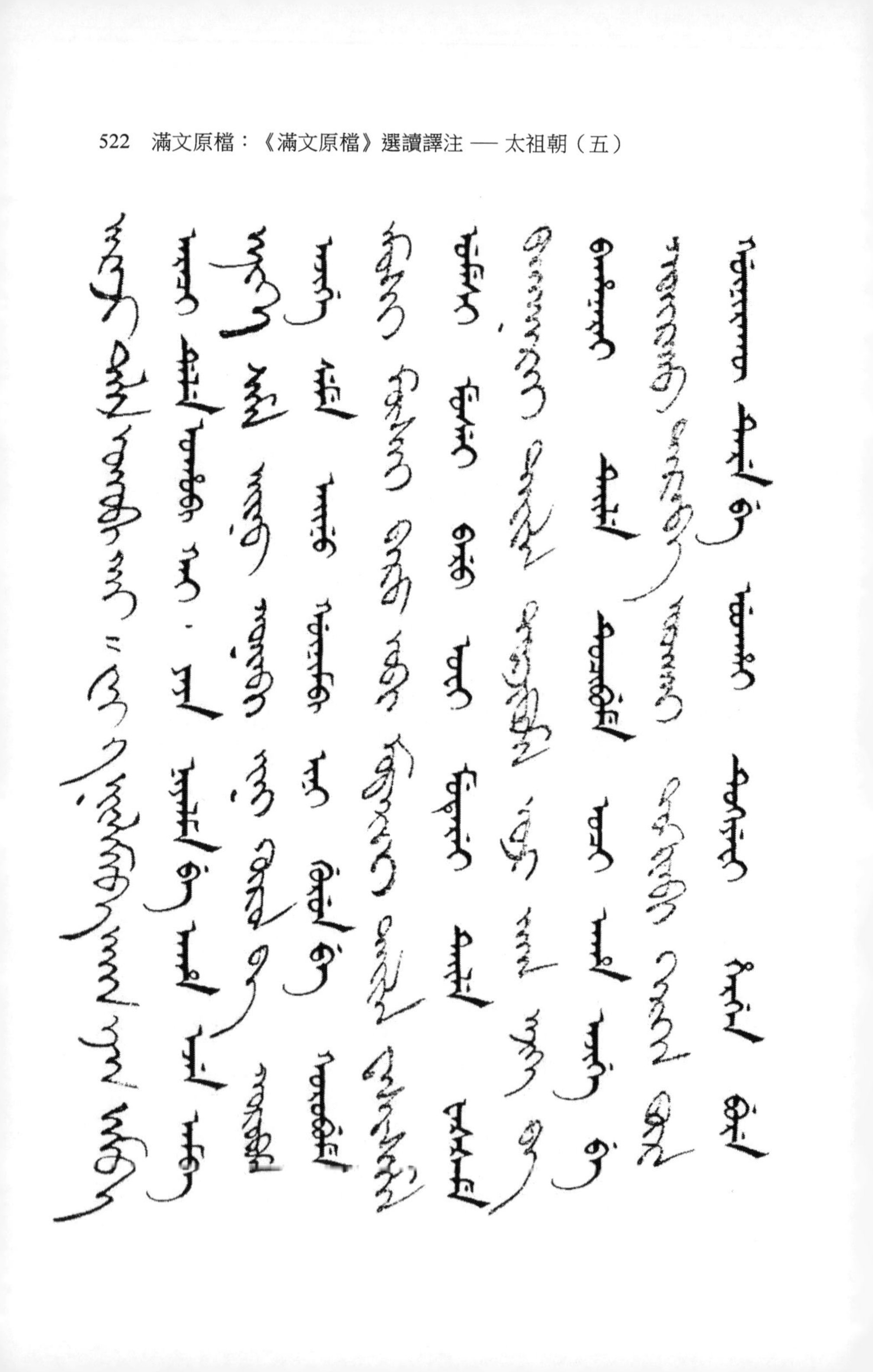

araci dele ohobi kai. yaya niyalmabe aha ejen amba ajige
seme ainu gūnimbi. ini gurun be korobume umesi musei baru
ofi muterei teile faššame bahanarai teile tucibume oci aha
ajige be gūnirakū terebe uthai tukiyefi hergen bure

人皆崇之為上，遂成崇高之物也。凡人[78]為何分主奴大
小？有怨恨其國前來歸附我，盡其所能勤勉効力，盡其所
知展現才能，則不念其為奴為小，即行擢用，授與官職

人皆崇之为上，遂成崇高之物也。凡人为何分主奴大小？
有怨恨其国前来归附我，尽其所能勤勉効力，尽其所知展
现才能，则不念其为奴为小，即行擢用，授与官职

---

[78] 凡人，句中「凡」，《滿文原檔》寫作 "jay-a"，《滿文老檔》讀作 "yaya"，
意即「凡是」。按此為無圈點滿文 "ja" 與 "ya" 混用，及字尾音節 "y-a"
「左撇分寫」過渡至"ya"「右撇」之現象。

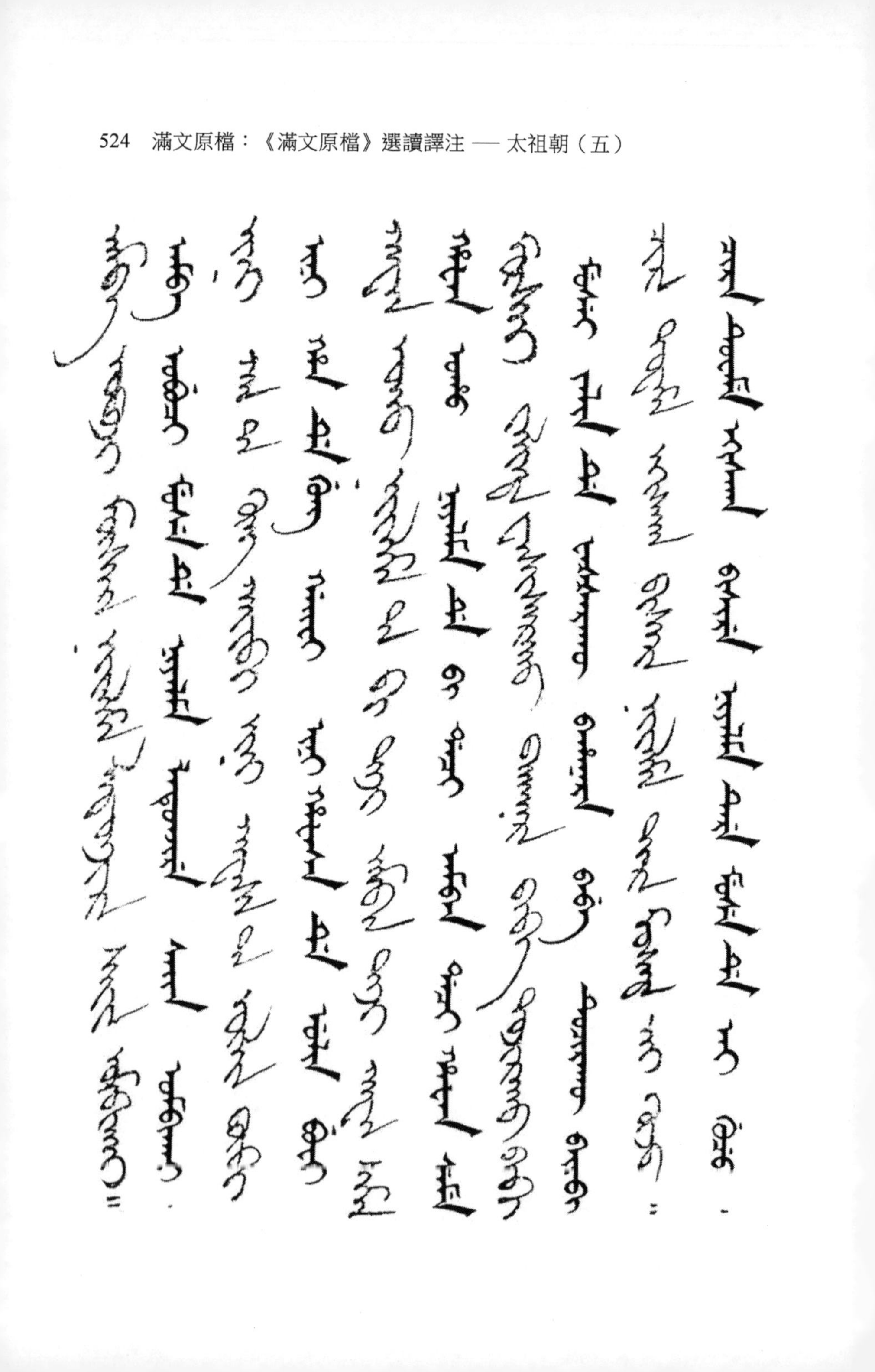

amba obuci muse de niyalma latunjire sain ombikai. ini han de gung gaifi ini hafasa de ulin bufi hafan oho niyalma de bi daci amban daci hafan seme musei jalinde faššarakū bahanara babe tucirakū, baibi cira tuwame ekisaka bisire niyalma tere musede ai gucu.

為大，則人願意前來歸順我等可以保舉也。至於邀功於其帝，賄其上司官員而為官之人，倚仗其原來為大臣，原來為官，不願為我等効力，不願展現其才能，只是察言觀色，悄然旁觀之人，皆非我友。

为大，则人愿意前来归顺我等可以保举也。至于邀功于其帝，贿其上司官员而为官之人，倚仗其原来为大臣，原来为官，不愿为我等効力，不愿展现其才能，只是察言观色，悄然旁观之人，皆非我友。

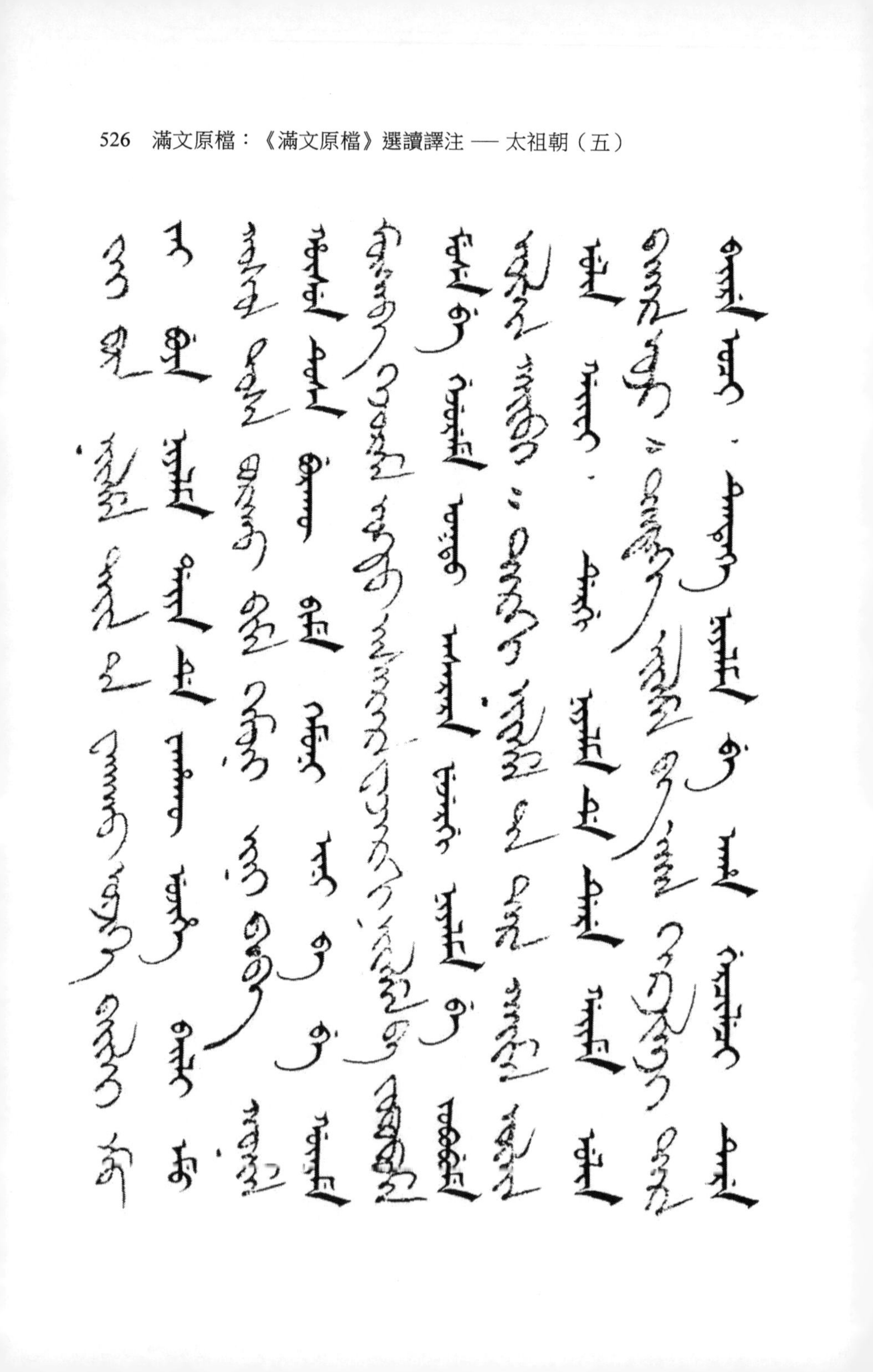

jai buya niyalma dain de wahakū ujihe baili emu hūsun tusa burakū bime kemuni ini babe gūnime musebe gejureme okto asarara, fejergi niyalma be jobobume ulin gaifi, dergi niyalma de dere gaime ulin baire oci, tenteke niyalma be aha gercileci tere

---

再，或有小民，不念陣中未殺豢養之恩，不曾出力，並無助益，仍思念其故土，放毒害我，或苦累取財於屬下之人，諂媚上司，謀取財物，此輩若為奴僕出首，

再，或有小民，不念阵中未杀豢养之恩，不曾出力，并无帮助，仍思念其故土，放毒害我，或苦累取财于属下之人，谄媚上司，谋取财物，此辈若为奴仆出首，

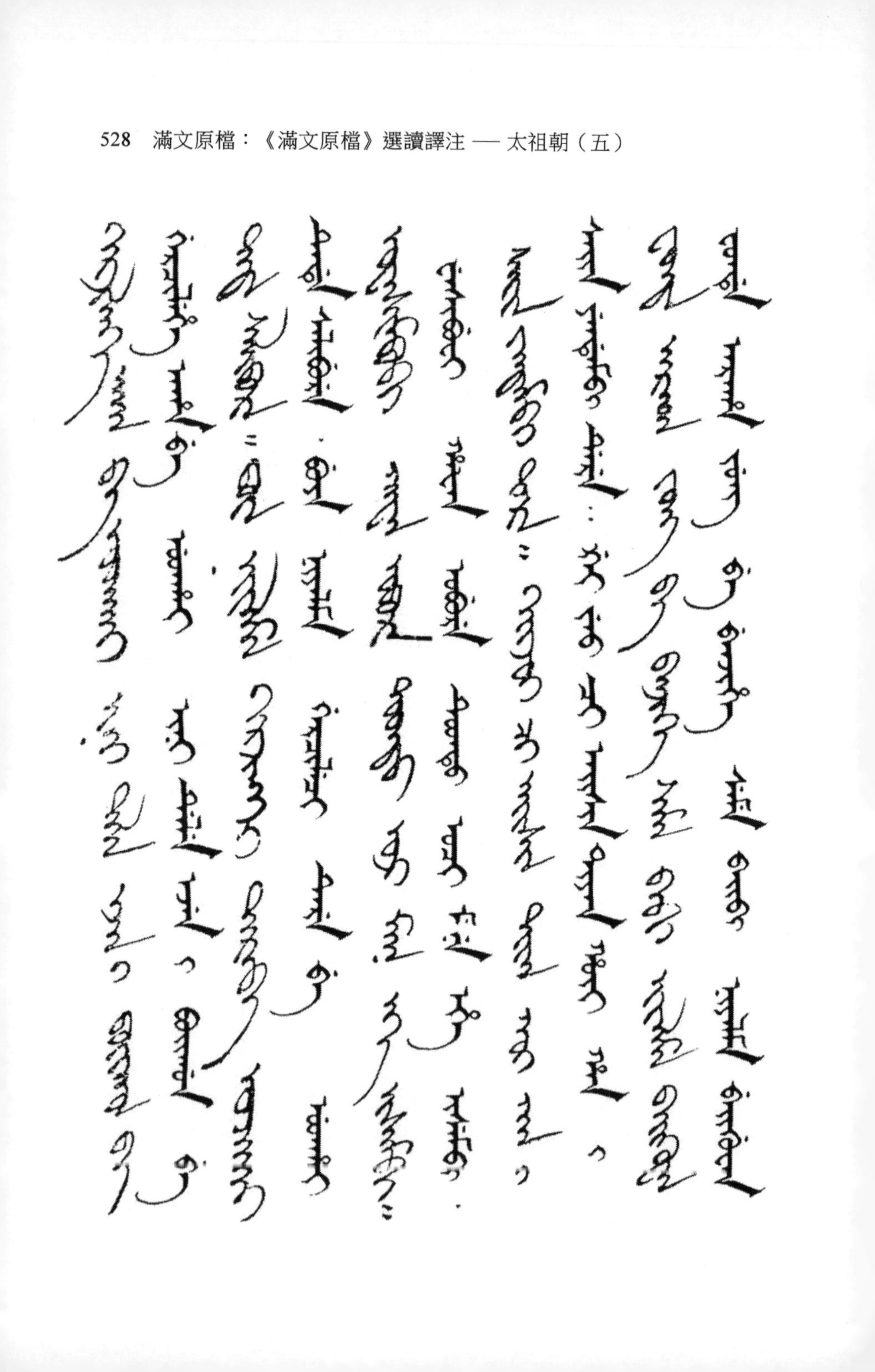

gercilehe aha be uthai ini dele ejen i boigon be tede salibure.
buya niyalma gercileci terebe uthai wesibufi hafan obure.
tuttu oci mene ehe isembi, sain yendembi dere. g'aijeoi ci
aisin tiyan hūi han i fonde araha jung be benjihe seme baibi
niyalma beiguwan

則以抄沒其主人家產折價給與出首之奴僕，若為小民出
首，即擢拔為官。如此，誠可懲惡揚善矣。」以蓋州平民[79]
送來金天會汗時所鑄古鐘，擢為備禦官，

則以抄没其主人家产折价给与出首之奴仆，若为小民出
首，即擢拔为官。如此，诚可惩恶扬善矣。」以盖州平民
送来金天会汗时所铸古钟，擢为备御官，

---

[79] 平民，《滿文原檔》讀作 "babi niyalma"，《滿文老檔》讀作 "baibi niyalma"。
按滿文 "baibi" 為副詞，意即「白白地」，"bai" 為形容詞，意即「等閒的」；
故 "baibi niyalma" 訛誤，應更正為 "bai niyalma"。

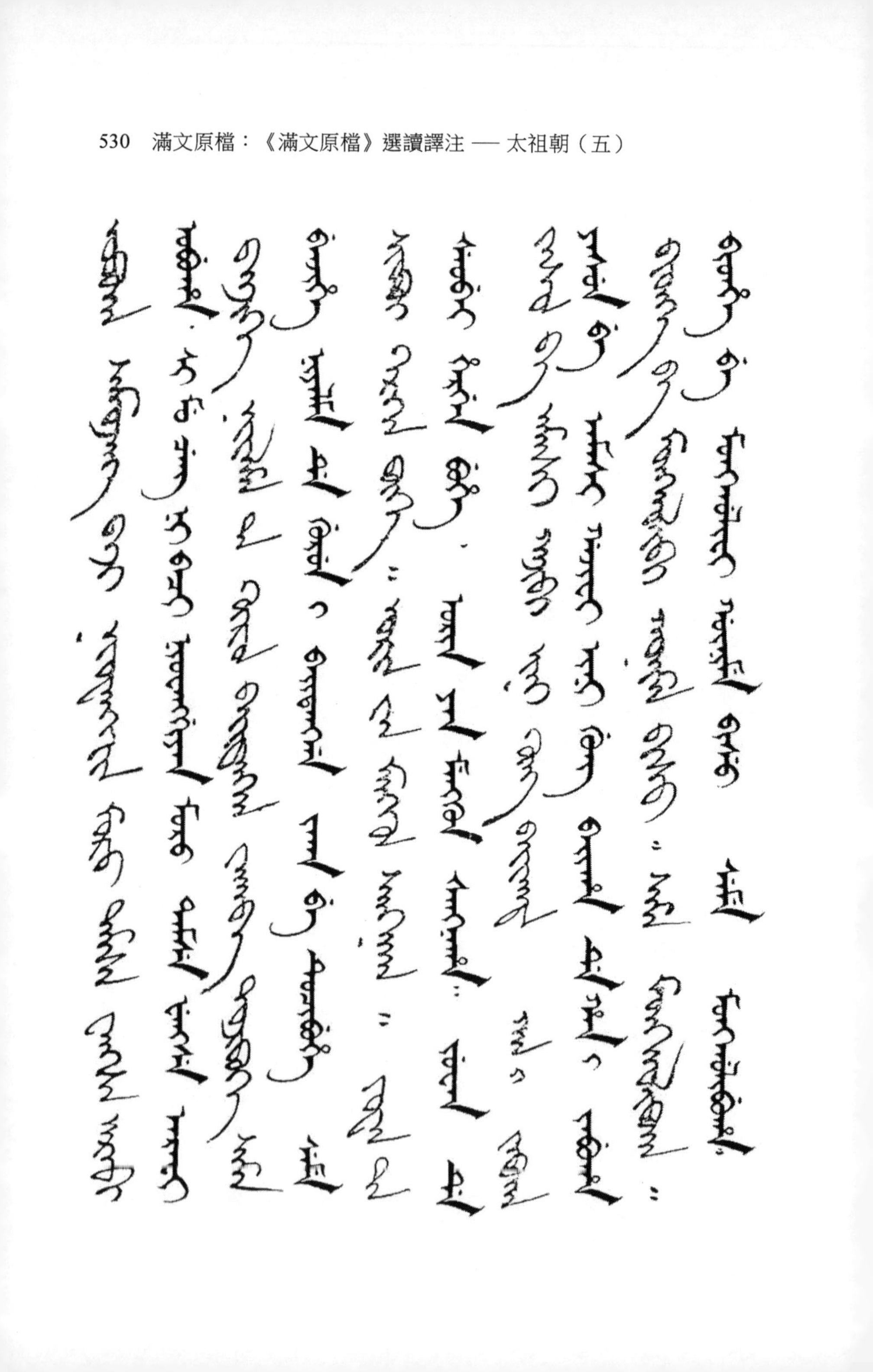

obuha. simucengni baci niowanggiyan moro, tames, fengse
arafi benjihe niyalma de gurun i baitangga jakabe tucibuhe
seme šeobei hergen buhe, orin yan menggun šangnaha.
juwan de yasun be amasi gajifi ini gung baihade han i jabuha
bithe be monggolifi gūnime bisu seme monggolibuha.

析木城地方送來綠碗、盆、罐之人，以製造國家有用之物，
授以守備之職，並賞銀二十兩。初十日，召回雅蓀，以其
邀功請賞，令懸汗之覆文於頸，默思己過。

析木城地方送来绿碗、盆、罐之人，以制造国家有用之物，
授以守备之职，并赏银二十两。初十日，召回雅荪，以其
邀功请赏，令悬汗之复文于颈，默思己过。

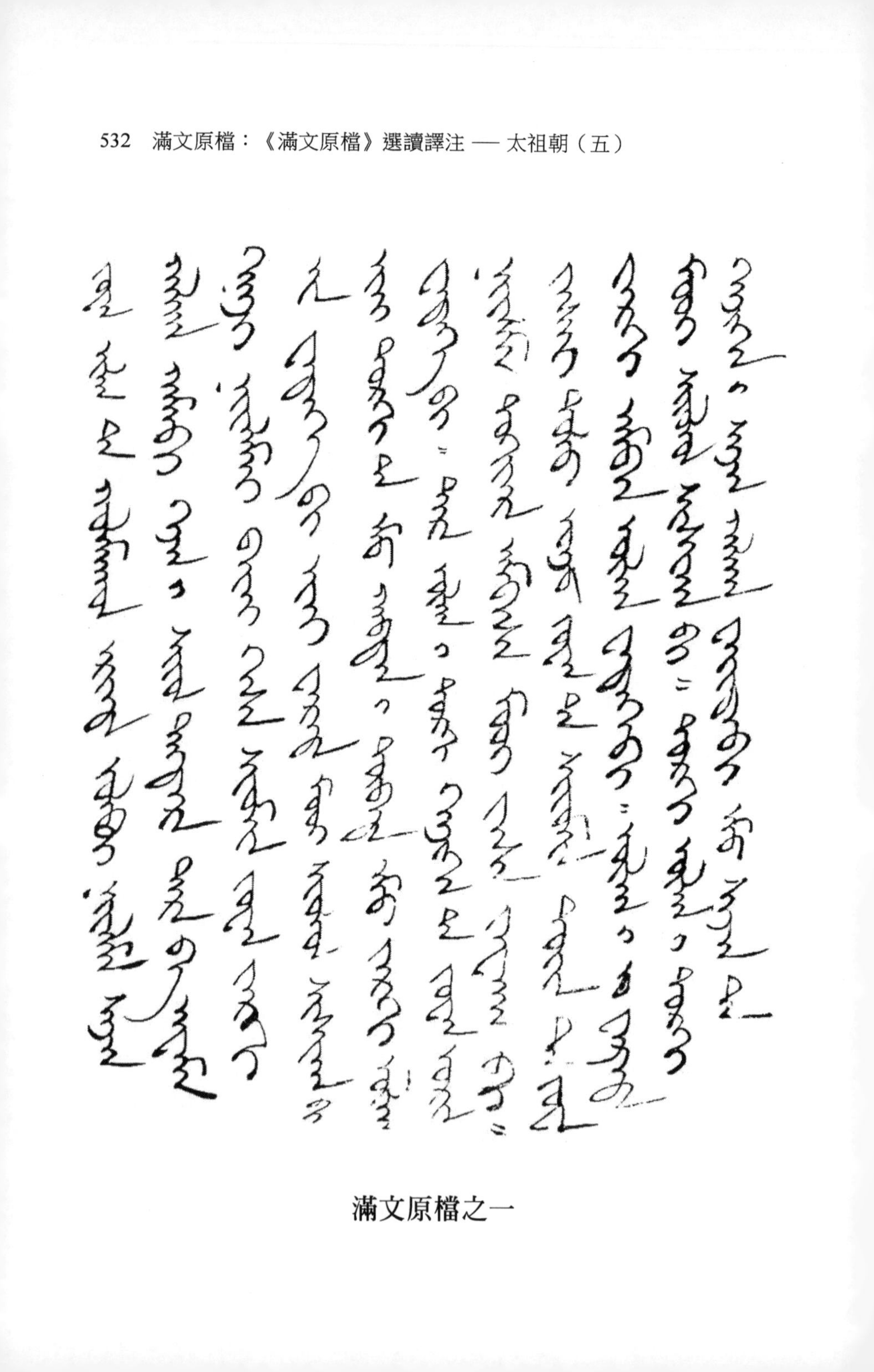

滿文原檔之一

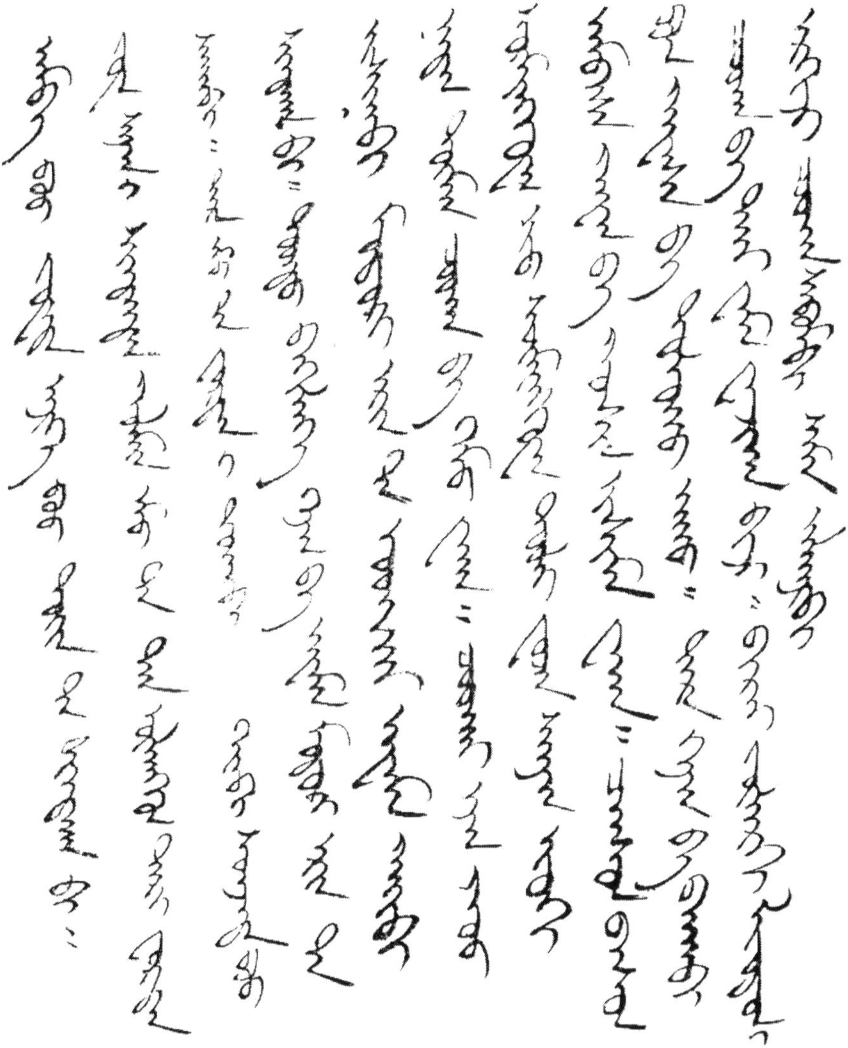

滿文原檔之二

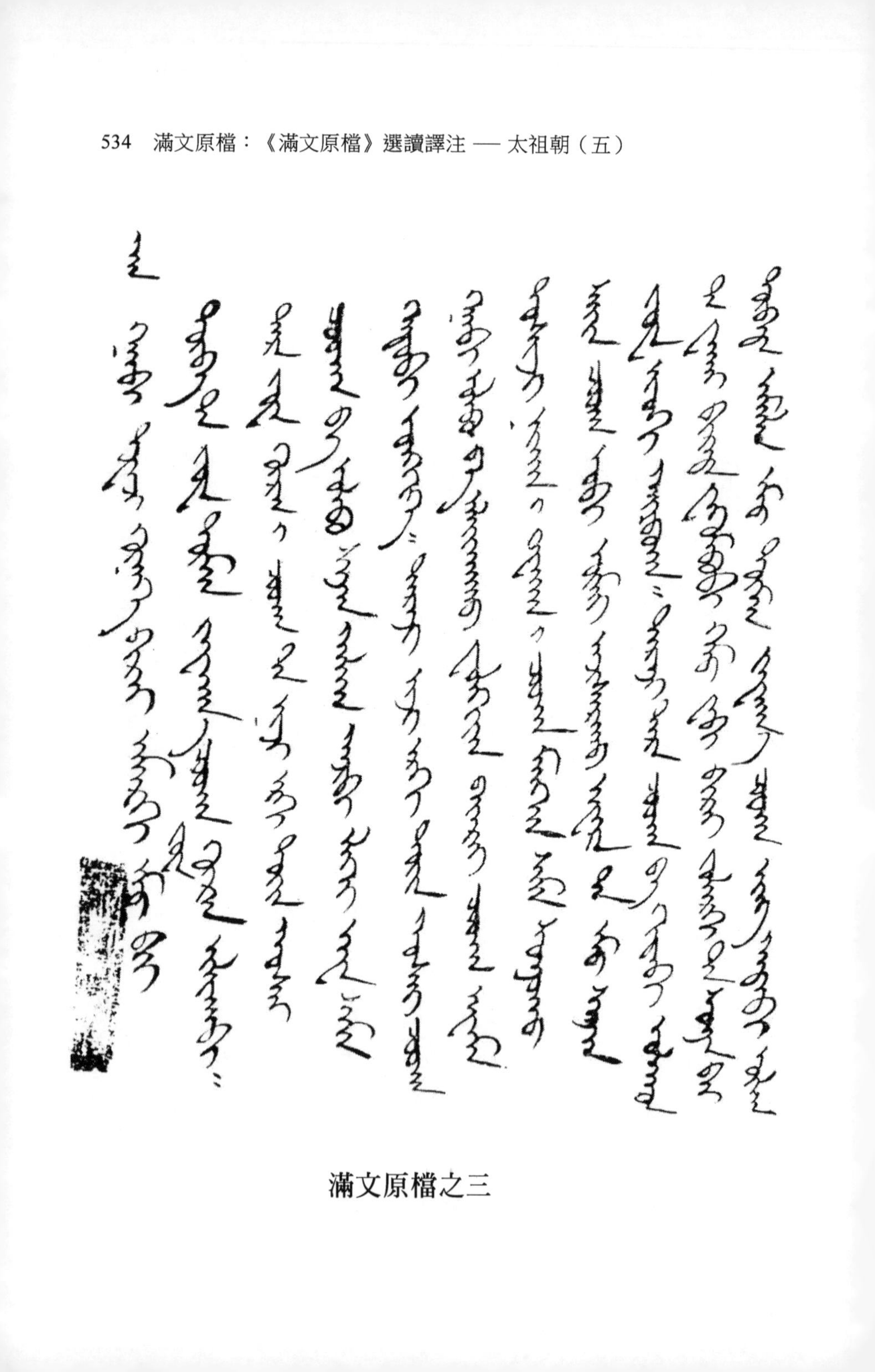

滿文原檔之三

滿文原檔之四

滿文老檔之

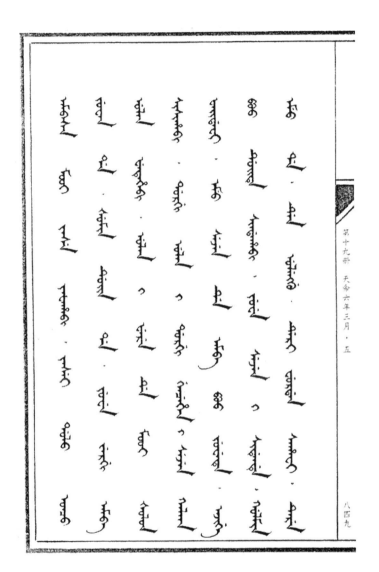

滿文老檔之二

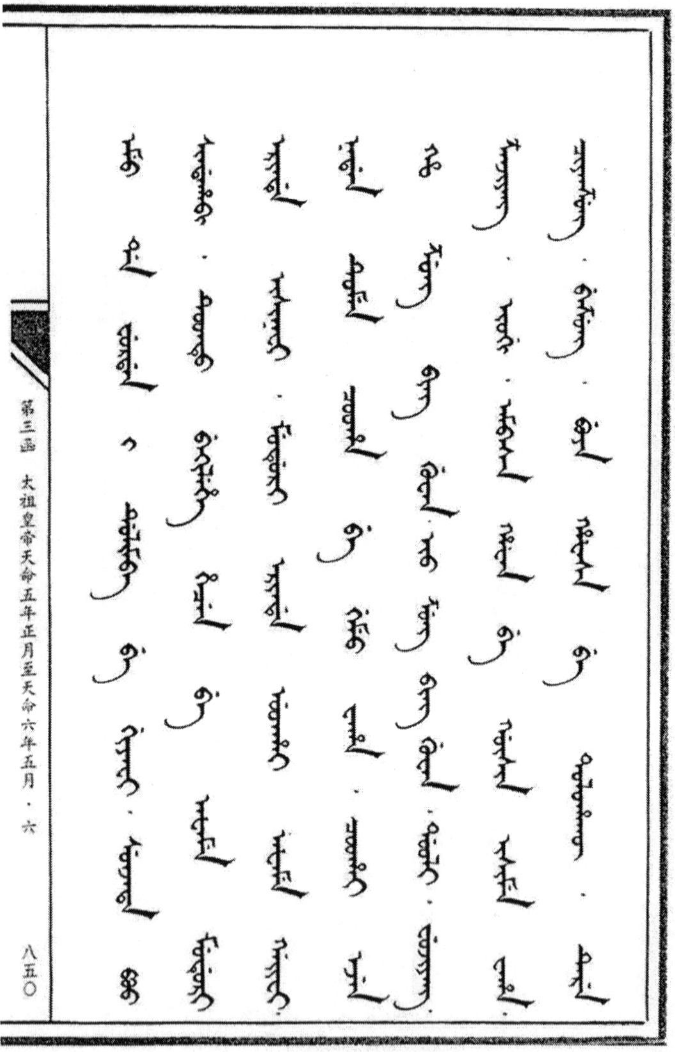

滿文老檔之二

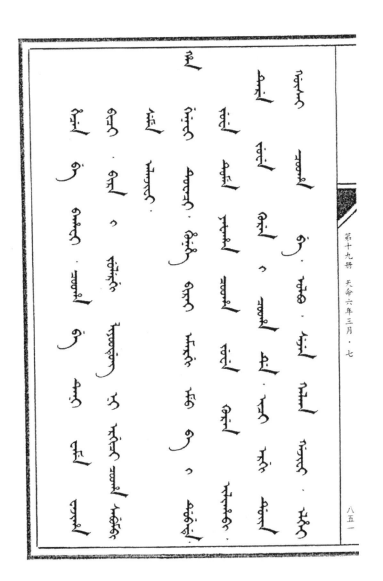

滿文老檔之四

致　謝

　　本書滿文羅馬拼音及漢文,由原任駐臺北韓國代表部連寬志先生精心協助注釋與校勘。謹此致謝。